盗《とう》墓《ぼ》筆《ひっ》記《き》

地下迷宮と七つの棺／怒れる海に眠る墓

I

THE LOST TOMB

Nan Pai San Shu

KADOKAWA

盗墓筆記 Ⅰ

地下迷宮と七つの棺／怒れる海に眠る墓

《盗墓笔记. 1》：七星鲁王宫、怒海潜沙 BY 南派三叔

Translated by Sakura Mitsuyoshi and Wan Zai

Japanese edition is published by arrangement with Beijing Xiron Culture Group Co., Ltd.
through The Grayhawk Agency Ltd. and The English Agency (Japan) Ltd.

装画：こた　　装丁：bookwall

目次

地下迷宮と七つの棺 ―――― 〇〇五

怒れる海に眠る墓 ―――― 一八三

「あとがき」にかえて　南派三叔 ―――― 四二五

訳者解説　光吉さくら ―――― 四二七

◈ 主な登場人物 ◈

呉邪（ウー・シエ）
盗掘者一族の青年。骨董品店を営む。古代文字に造詣が深い

三叔（サンシュー）／**呉三省**（ウー・サンション）
呉邪の叔父。墓の盗掘を生業とする

潘子（パンズ）
三叔の盗掘仲間。退役軍人。せっかち

大奎（ダークイ）
三叔の盗掘仲間。大柄だが気弱

悶油瓶（モンヨウピン）
三叔が知り合いから紹介された青年。無口。謎の力を使う

王胖子（ワンパンズ）
墓の探索中に遭遇した男。すぐ調子に乗るが腕っぷしは強い

文錦（ウェンジン）
呉三省の元恋人。沈没船の探索中に行方不明となる

阿寧（アーニン）
呉三省捜索の責任者

張（ジャン）
呉三省捜索に同行する地下宮殿研究の専門家

地下迷宮と七つの棺

七星鲁王宮

Episode 1

1　血屍《シュエシー》

一九五二年、中国湖南省長沙《ちょうさ》の鏢子嶺《ビャオズリン》（湖南省長沙市の子弾庫《ヅーダンクー》付近）。

こんもりとした小丘に、四人の墓荒らしがかがみ込んでいた。誰ひとり言葉を発することなく、地面に置かれた洛陽《らくよう》シャベル（盗掘でよく使用されるシャベル）をじっと見つめている。

シャベルの先端には、地下から掘り起こされた土がこびりついていた。不思議なことに、そのひとすくいほどの土の塊から、真っ赤な液体が流れ出ている。まるで、ついさっきまで血液の中に浸されていたかのように――。

「こりゃあ、大変だぁ」

煙頭爺《イエントウじい》さん（煙頭は煙管《きせる》の頭の部分。ここでは愛称）は、煙管を地面に叩きつけながらつづけた。

「どうやら地下には血屍（血だらけのゾンビ）がいるみたいだ。運が悪けりゃ、全員ここで捕まって、地下に引きずり込まれてしまうかもしれない」

「下りるのか、下りないのか？　ダメなのか、そうじゃないのか、ぐだぐだしてないではっきり言ってくれ」隻眼の青年が文句を言う。

「爺さん、あんた、足が弱ってるって言ってたよね。だったら下りなくていいから。俺と弟の二人でやってやる。血屍が何だっていうんだ。弾丸を何発も食らわせてやればいいんだから」

煙頭爺さんは怒るどころか、向かいにしゃがみ込む髭面《ひげづら》の男に笑いかけた。

「おまえのとこの次男坊は、気が荒いなぁ。これじゃ何が起こっても不思議じゃない。おまえがもっとよく言い聞かせないと。おれらの商売は銃を持っていたって、冷静さを欠いたらおしまいだ」

髭面の男は若者をにらみつけた。

「ばか、老煙頭《ラオイエントウ》（〝老〟は年長者の意味）の旦那になんて口をきくんだ。旦那はおまえがまだ母ちゃんのお腹《なか》の中にいた頃からこの仕事をしてるんだぞ」

「うるせぇな。だから何だっていうんだ？　ご先祖様も言ってるだろ。血屍がいる地下にはお宝がいっぱいあるんだ。さっさと行かないと、せっかくの獲物を逃してしまう」

「おまえ、まだ言うのか」

髭面の男は手を振り上げたが、煙頭爺さんが煙管を掲げ止めた。

「そんなに殴るもんじゃない。おまえもガキの頃は同じだったろう。『上の梁《はり》が曲がっていれば下の梁も曲がる（上に立つ者が正しくなければ下も悪くなる）』っていうことわざもあるだろ」

隻眼の青年は、父親が説教されるのを目にして、うつむきながらこっそり笑みを浮かべた。煙頭爺さんは咳払《せきばら》いして、青年の頭を殴った。

「おまえ何、笑ってる？　血屍に出くわしたら、どうなるかわからないんだぞ。昔、おまえの祖父《じい》さんの二番目の弟が洛陽で血屍を掘り当てたんだが、見てみろ、おかしくなっちまったままだろ。なんの毒が回っちまったんだか。まずはここで待ってろ。俺が先に下りる。おまえの父さんには俺の後に下りてもらうから、おまえは土ネズミ（先端に鉤爪《かぎづめ》がついた盗掘用の特殊なロープ）を持って、しんがりを務めてくれ。一番年下のおまえは下りなくていい。四人全員下りてしまったら、いざというとき撤退もできなくなるからな。土ネズミの端を握って、俺たちが中から叫んだら引っ張り上げてくれ」

一番若い三男は不満げだった。

「そりゃ、ないよ。こんなの不公平だ。俺も行きたい」

煙頭爺さんは大笑いした。

「聞き分けがない奴《やつ》だな。騒がなくていい。おまえのために金刀（古代の貨幣）を探してきてやるから」

「爺さんじゃダメだ、俺が自分で探すんだ」

隻眼の青年——次男はこれを聞くと途端に怒り出して、三男の耳をつまみあげた。

「この野郎、何でもかんでも言いがかりつけて、そんなに俺を怒らせたいのか」

三男は普段からことあるごとに殴られているのか、本気で頭にきている次男の姿に怖気《おじけ》づいて、反抗的だった態度を収めてしまった。父親が助けてくれることを期待していたが、どういうわけか、その父親は道具を片づけに行ってしまい、この場にはいなかった。そんなこともあって、次男はこれ見よがしに威張り散らすのだった。

「おまえ、いつもみんなをイライラさせて。今度ばかりは親父《おやじ》も助け船を出さないぞ。もう一回言ってみろ、そのときはとことん締め上げてやるからな」

老煙頭は次男の肩を叩くと大声をあげた。

「おい、おまえたち、道具を手に取れ！」

するとおもむろに、旋風シャベル（中が空洞の銅管製の盗掘用シャベル）を動かし始めた。

三十分もすると、底が見えないほど深い穴ができていた。次男が新鮮な空気を吸いにときどき地上に上がってくる以外は、穴から音は聞こえず、中の様子はわからなかった。三男は地上で待っていたものの、次第に我慢ができなくなり、穴の底に向かって大声で叫んだ。

「爺さん、貫通したか？」

数秒ほどの間があった後、はっきり聞き取れない声が届いた。

「わ……からない。おまえ……上で待ってて、縄を……引っ張れ！」

次男の声だ。次に煙頭爺さんの咳払いが聞こえてきた。

「声が大きい……耳を澄ましてみろ。何かが動いてるぞ！」

声が消えると、あたりは物音ひとつない、死んだような静けさに包まれた。

きっと地下で何かが起こったのだ。驚きのあまり、誰も言葉を発することができなくなっているんだと三男は悟った。

　すると突然、「グッグ」と、まるでガマガエルの鳴き声のような、身の毛もよだつ音が穴の中から聞こえてきた。続いて、次男の叫び声があがる。

「おい、早く引っ張れ！」

　三男は悠長に構える暇もなく両足を踏ん張ると、土ネズミの縄の端を勢いよく引っ張った。すると、穴の中の何かが縄に嚙《か》みついた感触が伝わってきた。同時に縄の動きもぱったり止《や》んだ。三男はとっさに縄の端を自分の腰に結びつけると、仰向《あおむ》けになり体を地面に対して三十度ほど傾けた。これは三男が村の男の子たちと綱引きをするときによくやる体勢だ。こうすることで全体重を縄にかけることができる。ラバにだって引けを取らない。

　予想通り、穴の中の何かと互角に対峙《たいじ》することができた。どちらも力の限りをつくして引っ張り合うが、縄は一ミリも動く気配がない。お互い譲らないまま十数秒が過ぎた。そのとき、穴から一発の銃声が響き渡り、続いて父親の叫び声が聞こえた。

「早く逃げろ！」

　ぴんと張っていた縄が、とたんに緩んだかと思うと、穴からヒュッと音を立てて弾け出てきた。何かが縄の先に引っかかっているように見えたが、このときの三男にはそんなことに気をまわす余裕はなかった。地下で何かが起こったのだ。三男は土ネズミの縄を拾い上げ、踵《きびす》を返しすぐに逃げ出した。

　一気に二里（約1キロメートル）以上も逃げた。やっとのところで立ち止まり、懐から土ネズミを取り出したが、見た瞬間、あまりの衝撃に大声をあげてしまった。土ネズミに引っかかっていたのは、もぎ取られたような血だらけの片腕だった。その腕には確かな身覚えがあった。すると自然と涙がこぼれてきた。明らかに次男の腕だったのだ。兄貴は死んでしまったか、そうでなかったとしても瀕死《ひんし》の重傷を負っているはずだ。三男は歯ぎしりをしながらも、兄と父を助けにいきたいという思いにかられた。だが、振り向いた三男の目に飛び込んできたのは、地面にうずくまる真っ赤な〝何か〟だった。その目はまっすぐにこっちに注がれていた。

だが、三男とてただの気弱な臆病者ではない。日頃から父親に鍛えられてきたのだ。不思議な出来事は人一倍見聞きしてきたし、地下ではどんなことも起こりえることは充分にわかっていた。こんな状況で最も肝心なのは、無闇に騒ぎ立てず、臨機応変に対応することだった。さらに、肝に銘じておくべきことも心得ていた。どんなに凶悪で危険な化け物であったとしても、生きている人間にはかなわないということだ。黒い怪物だろうが白い怪物だろうが、物理法則にはあらがえない。弾丸を何発も撃ち込み、ぼろきれのようにしてしまえば何も怖いことなどないはずだ。

三男は腹をくくった。後退しながら、腰に差していた銃を握り、連射モードを解除した。もし真っ赤なものが何かしようものなら、正面から弾丸を目いっぱい浴びせてやる。

そのとき、目の前で真っ赤なものが立ち上がった。じっくり見てみると、あまりにもひどい様相だった。頭がぼんやりして、腹の中がぐちゃぐちゃになったように感じた。それは皮を剝《は》がされ全身が血まみれの、たったいま皮を脱いで出てきたような人間のような姿をしていた。だが、動いている。それが本当に不思議だった。これこそが血屍本来の姿だというのか――？

考えを巡らせている三男に対し、血屍は弓なりにのけぞるやいなや、ふいに突進して覆いかぶさってきた。目が合った。そいつの血だらけの顔が鼻先にくっついて、酸っぱい臭いに襲われた。三男は突撃されるがまま体をのけぞらせたが、同時に銃弾を至近距離からそいつの胸に撃ち込んだ。あまりに近すぎたため、すべての銃弾が体を貫通し、あたり一面に血を飛び散らせ、化け物を何歩か後退させた。はやる三男は、今度はそいつの頭に照準を合わせて引き金を引いた。だが、カチッという不発音がしただけだった。

この銃はその昔、三男の祖父の弟が、ある軍閥の墓から掘り出したもので、それほど使い込まれたものではなく、ここ何年間か父親とあちこち飛び回っていたこともあり、手入れをする時間がなかった。それに加え普段は銃を使う機会などめったになかった。とはいえ、何もこんなときに不発になるとは――。

だが三男もそんなに簡単にやられる玉ではない。銃が使えないと悟ると、腕を振り回して力いっぱい投げつけた。そして、真っ赤な化け物に当たったかどうか確かめもせず、振り向きざまに逃げ出した。後ろを振り返る余裕なんてなかった。前方に見える大木を目指して全力で駆けた。化け物も、さすがに木登りはできないだろうと考えたのだ。だが、何かにつまずいてそのまま前のめりに倒れ込むと、地面の切り株に顔を強打し、鼻から口まで血だらけになってしまった。

手のひらで地面を強く叩いて怒りをぶつけた。くそっ、なんてついてないんだ！

このとき、後ろから風を切る音が聞こえてきた。どうやら閻魔《えんま》大王の点呼が始まってしまったようだ。三男は覚悟を決めた。死んだら死んだでいいじゃないか。あとはどうにでもなれとばかりに、地面に突っ伏した。だが血屍は三男のことなど眼中にないのか、そのまま体の上を踏み越えていってしまった。血だらけの足の裏によって、背中にひとつ刻印が刻まれた。背中を踏まれると、血屍は驚くほど重く、喉元に苦いものがこみ上げてきた。踏みつけられて、絞られた胆汁が口まで上がってきたようだった。背中に痒《かゆ》みを感じたかと思うや、とたんに視界がぼやけてきた。何かの毒が回ったらしい。意識が薄れていくなか、近くに落ちている次男の腕の拳に何かが握られているのが見えた。

なんとか目を凝らして見てみると、それは絹帛《けんはく》（絹の布）の小片だった。兄貴が命懸けで持ち帰ってきたものだ。絶対にありふれたものではないはずだ。彼らがどうなってしまったのかわからないが、ともかくここは自分が持っていよう。万が一俺が死んでも、誰かがこれを見つけてくれるかもしれない。そうすれば兄貴の腕も役に立つし、俺も無駄死にとはなるまい――。三男はそう思いながら、歯を食いしばって腕のところまで這《は》っていった。固く握りしめられている拳の指を剝がして絹帛を取り出し、袖の中にしまい込む。

すると耳鳴りがして目の前がかすみ、手足も冷たくなってきた。これまでの経験からすれば、ズボンの中は糞尿《ふんにょう》まみれになっているはずだ。毒で死んだ人間の最期はどれも醜い。いま、三男の一番の願いは、隣村のあの娘に自分の無様な姿を見られないことだった。

朦朧《もうろう》とする意識の中で、あれこれ思いを巡らせていたが、その力も尽きかけてきた。だが、盗掘穴の出口で聞いたあの「グッグ」という奇怪な音が、またかすかに聞こえてきた。

三男は意識が朦朧とする中、違和感を覚えていた。さっき血屍と格闘していたとき、奴は一言も声を発していなかった。でもいまになって、なぜ声をあげているんだ？　もしかすると、さっきのは血屍ではなかったというのか？　ならばこいつはいったい何者なんだ――？　もはや三男の思考力は、このときほとんど失われていた。反射的に頭を上げると、視界にはこっちを見おろしている巨大な気味の悪い顔が映っていた。瞳孔のない両目には何の感情もなく、生気のかけらさえなかった。

2　五十年後

五十年後、二〇〇二年の杭州《こうしゅう》。西冷印社《せいれいいんしゃ》（浙江省《せっこうしょう》にある学術団体及びその庭園の名）のほど近く。僕の思考は目の前のじいさんに断ち切られた。祖父のノートを閉じると、じいさんを値踏みする。

「ここは、拓本の買い取りはやっているかな？」

じいさんはそう尋ねてきたが、適当なことを言っているようにも見えた。僕はこの仕事にだいぶ自信があるから、軽くいなすつもりで返した。

「できますよ。ただ、そんなに高額は無理ですけどね」

いいものがないんなら、さっさと出ていってくれ、考えている途中で邪魔をしないでくれという意味だ。

　この業界は三年も売れないなんてことはザラだ。ただし売れたら三年は食っていける。平日がヒマなのには慣れていたが、厄介なのは、生半可な知識をひけらかす客に付き合うことだ。今では、一見客が来ようものなら、葬式で流すような陰鬱な曲をかけて追い払うようになった。それでも最近はヒマすぎる。観光客が来る時期もあっという間に終わってしまい、いいものも入ってこない。多少のことは我慢するしかないが。

「ではおたずねしますが――。こちらには戦国時代（中国における戦国時代。紀元前五世紀から紀元前二二一年）の帛書《はくしょ》（絹の布に書かれた書物）の拓本はありますか？　五十年前、長沙《ちょうさ》の土夫子《トゥーフーズ》（盗賊のこと。湖南省一帯の方言）たちが盗み、その後アメリカ人に持ち逃げされた――」

　じいさんはそう言いながら、カウンターの中のお宝を熱心に物色している。

「アメリカ人が持ち逃げしたとおっしゃるのでしたら、中国にはもうないのでは？」

　じいさんの言うことに少しイラつく。

「拓本なら、市場をくまなく探せばあるでしょう。けど特定のものを探す人なんて聞いたことがないですよ？　探し当てるのは厳しいかと――」

　じいさんは声をひそめた。

「あなたには伝手《つて》がおありだと聞いたもので。私は老痒《ラオヤン》の紹介で来たのです」

　鼓動が速まる。老痒は一昨年捕まったんじゃ？　なのに、どうして。――僕を売ったのか？　急な胸騒ぎに背すじからどっと冷や汗が吹き出す。

「えっと……どちらの老痒のことでしょうか？　存じあげませんが」

「そうか、そうか」

　じいさんはにやりと笑うと、おもむろに懐から腕時計を取り出した。

「どうぞ、老痒は、あなたがこれを見ればすぐにわかるだろうと」

その腕時計は老痒が東北にいた頃、初恋の人からプレゼントされたというものだった。老痒はその腕時計を命のように大切にしていた。酔いつぶれると、これを取り出して眺めては、「鵑《ジュアン》、麗《リー》……」とつぶやいていた。当時、僕は老痒に聞いたことがあった。

「で、名前は？」

しばし考え込んでいた老痒が、ふいに泣き出した。

「ちくしょう、忘れちまった……」

老痒は大切な腕時計をこのじいさんに預けたようだ。つまりこのじいさんは確かにただものではない。

ただ、どうひいき目に見ても怪しかったが、わざわざここまで出向いてきてくれたわけで、やはり丁重に応対したほうがよさそうだ。

「では、あなたが老痒のお友達だったとして、なぜ僕に会いにいらしたのですか？」

じいさんは口をゆがめ、大きな金歯をのぞかせた。

「友人が、山西《シャンシー》（山西省）から、あるものを持ち帰ってきたんでね。本物かどうか、あなたに見定めてほしいと思ったんですよ」

「北京訛《なま》りがありますね。そんな大都市からこんな南方までいらっしゃるなんて、僕を買いかぶりすぎですよ。北京にはもっと見識ある鑑定士がいるはずです。他に意図がおありなのでは――」

じいさんがヒヒヒと笑った。

「南方の人は利口だとはよく言ったものですな。やっぱり本当だった。あなたは若いのにすべてお見通しのようだ。私がここに来たのは、確かにあなたに会いに来たからではない。あなたのお祖父様《じいさま》に会いに来たのでで〔す〕」

僕は顔色をさっと変えた。

「僕の祖父に？　なんのつもりですか？」

「あなたのお祖父様は当時、長沙の鏢子嶺《ビャオズリン》で戦国時代の帛書を盗み出してから、一部か二部、拓本を取っておられませんか？　私の友人は、手元にあるこの一巻が同じものかどうかを確かめたいだけなんです……」

じいさんが話し終わらないうちに、僕はそばでうたた寝していた店員を呼んだ。

「王盟《ワン・メン》、お客様のお帰りだ！」

じいさんは焦り出した。

「まだ話の途中だ。どうして追い出されなきゃならないんですか？」

「あなたのおっしゃったことは正しい。ただ残念ながら遅すぎました。祖父は去年亡くなったんです。お会いになりたいのなら、帰って手首でも切ってみてください」

だが僕は内心ではこうつぶやいていた。あの当時、あの事件は、当時中央でも問題にされたほどの大事件。変に蒸し返されたくはない——。

「若い人というのは、どうして話を最後まで聞かないんですかねえ」

じいさんは不敵な笑みを浮かべた。

「お祖父様がいらっしゃらなくても大丈夫。私もとやかく言いません。でも、どうにか私が持ってきたものを見ていただけないですか。そうすればあなたも老痒の面子《メンツ》を立てることができますよね？」

じいさんは不自然な笑みをたたえている。どうやらひと目でも見なければ、ここから出ていくつもりはないらしい。仕方ない、老痒の顔を立ててやるか。そうすれば、ヤツが出所してから咎《とが》められることもないだろう。

「いいでしょう。見るだけ見ますよ。こちらのものと一緒のものかどうかはわかりませんが」

実際、戦国時代の帛書は二十巻ほどあり、どの帛書も巻が違った。当時、祖父が拓本にした数編はそのうちの一部だったが、極めて重要なものだった。いまも数部は、しっかり手元に置いてある。市場ではどれだけ金を積んでも買えない。そんなこともあり、金歯の老人が懐から取り出した一枚の白い紙を目にしたときは、怒りがこみ上げてきた。

「はあ……やっぱりコピーか」

「そりゃあそうでしょう、大切なお宝を持ち歩いてうろうろできるはずがない。すぐにボロボロになってしまう」

じいさんはさらに声を落とした。

「私の顔が広ければ、これはとっくに海外に持ち出されていることでしょう。そうしていないのは、人民服務《レンミンフーウー》（人民への奉仕。現在では冗談でも使われる）と言えますよ」

僕は皮肉をこめて笑ってやった。

「その口ぶり、どう見たってあなた墓掘り屋ですよね？　あなたは手を出せなかっただけでしょ？　これは国の宝ですから。もし国外に持ち出したら、あなたの首はとっくにつながっていないはずです」

自身の発言でペテンを見抜かれたじいさんの顔が青ざめた。

「まあそう言わずに。商売にはそれぞれのやり方があるわけですから。あなたのお祖父様が長沙で土夫子をなさっていたときには、名声を轟《とどろ》かせていた……」

「祖父のことを口にしたら、鑑定しませんよ！」

そう歯ぎしりする僕の顔色は相当悪かったはずだ。

「わかった、わかった。お互い落ち着こうじゃありませんか。とりあえず、すぐにご覧になってください。そうしたらすぐに出ていきますから」

白い紙を広げると、ひと目でそれが保存状態の良い戦国時代の帛書だとわかった。だがそれは、当時祖父が盗んだものではなかった。年代こそ古いが、後の王朝の贋作《がんさく》だった。僕は鼻で笑った。

「これは漢代の贋作ですね。どう言ったらいいのか……もしこれが偽物だと言われたら、そうだとも言えない。じゃあ本物だと言われても、本物とも言えない。これが抄本なのか、偽物なのかなんて誰にもわからない。だから僕もどう言えばいいのかわかりませんね」

「これは、あなたのお祖父様が盗んだものではないと？」

「本当のことを申し上げましょうか。祖父が盗んだものは、自分の目で確認する間もなく、アメリカ人に騙《だま》されて持っていかれてしまったんです。ですから本当にあなたの質問には答えられないんですよ」

あんたを騙すのはそれほど難しくない——内心ではそう思っていたが、あくまでも誠実な態度を通した。すると僕を信用したらしい金歯の老人は、ため息をついた。

「まったくもって残念です。どうやら、そのアメリカ人を探し出さない限りは、本当に望みがなさそうですね」

「なぜです？　なぜその一巻にこだわるんですか？」

これも奇妙だった。古籍の収集は、縁あってのものだ。戦国時代の古籍を二十巻、セットで探したいなんて、いかにも欲張りすぎる。

「お兄さん、本当に私は墓掘りじゃありません。この体を見てください。見るからに役立たずでしょう。ただ、私の友人はその道のベテランです。彼がどれほど重要なものを売っているのか、私にもわかりません。とはいえ、人にはそれぞれ道理がありますからね」とにやりと笑った。

「お互い知りすぎるのもよくないでしょう？　今日のところはひとまず帰ります」

そう言うなり踵《きびす》を返し、じいさんは振り返りもせずに出ていった。

下を向く。じいさんが持ってきたコピーがまだここにある。そしてそのコピーに奇妙な図が描かれていることに気がついた。それはキツネのような人の顔だった。瞳孔のない両目はやたらと立体的で、紙が盛り上がっているように見えた。その瞬間、すうっと血の気が引いた。この帛書はこれまでに見たことのないものだった。珍しいものであることは間違いない。老痒が出てくるのを待って、このコピーで偽の拓本でも作らせるのもいいかもしれない。

急いで店の外をうかがうと、あの金歯のじいさんがまさに戻ってくるところだった。

これを取返そうと、慌てて戻ってきたんだな——そう察して、デジカメで帛書に描かれた図を急いで撮影する。それから紙を持って外に出たところで、金歯の老人の大きな鼻と鉢合わせた。「お忘れものですよ」

僕の祖父は長沙の土夫子、いわゆる〝墓泥棒〟だった。

祖父がこの世界に入った理由は不思議でもなんでもない。世襲の商売というだけだった。僕の祖父の祖父が十三歳のとき、華中《かちゅう》（長江と黄河に挟まれた地域。江西省、湖北省、湖南省）一帯が干害に遭った。その時代は干害が起きようものならすぐに飢饉《ききん》になり、お金があっても食べ物にありつけなかった。当時、長沙の郊外には何もなく、古い墓しかなかった。山に住む者が山で生計を立てるのと同じように、墓の近くに住んでいた者も墓で生計を立てるべく総出で盗掘をしていた。その数年間、長沙一帯ではどれほどの人が飢え死にしたかはわからない。しかし彼らの村では死人が一人も出なかったどころか、誰もがたらふく食べることができて健康そのものだった。墓から掘り出したものを、外国人の持っている食べ物と交換していたからだ。

それからだいぶ時代が下ると、墓荒らしといえども、他の職と同様に、文化的な蓄積ができた。祖父の代には、すでに規則とか派閥といったものができあがっていた。その時代、墓荒らしは南北二つの派閥に分かれていて、南派《ナンパイ》がまさに祖父の一派だった。洛陽《らくよう》シャベルでの盗掘を得意としていて、名人となれば深さや時代まで墓のにおいを嗅ぐだけで断定できた。今でこそ、いろんな小説に洛陽シャベルがやたらと描かれるようになったが、じつは北派《ペイパイ》は洛陽シャベルを使わない。彼らは道具に頼らず陵墓の位置、構造を風水で導き出すのだ。だが、北派の人たちは少し変わっていた。——祖父の話によれば、彼らは不真面目で、腹黒く、儀礼的でカッコつけたがりが多く、まるで現代の官僚のようだった。だが南派は規則も緩く、死体もタブー視していなかった。

北派は、南派を犬だと罵り、文物を破壊して、盗掘した墓をまったく元通りにしないどころか、〝死体まで引っ張り出して売りさばく奴《やつ》ら〟と罵倒した。南派は北派を、偽善者だ、盗賊のくせに自分たちがさもご立派な人間のような顔をしていると罵った。のちには、内輪もめどころか、〝ゾンビ同士の喧嘩《けんか》〟といった類《たぐい》の事件まで勃発した。最終的に二つの派閥は揚子江をへだてて、それぞれが統治するようになり、北派は墓掘りと呼ばれ、南派は砂掘りや土掘りと呼ばれるようになった。洛陽シャベルは分裂してから発明されたもので、北派はそもそもシャベルを使うことを見下していた。

祖父は字が読めなかったから、のちに文字を学ぶクラス（中国建国直後の一九四九年から識字教育が展開されていた）に入った。その頃、砂掘りしかできなかった祖父は、必死になって文字を習得し、自分の経験してきたことをきちんと記録していた。長沙の鏢子嶺の三男——つまり僕の祖父は、こういった出来事を一字一句すべて自分のノートに書き留めていたのだ。一方、僕の祖母は教養ある箱入り娘だった。祖父の生き方に魅了されて、祖父を入り婿としてここ杭州に呼び寄せることになった。

そのノートは僕の一家に伝わる宝物だ。祖父の鼻はあの事件以来、いっさい使うことがなくなったが、その後、犬に土のにおいを嗅がせる訓練をしたので、〝狗王《ゴウワン》（犬の王様の意味）〟というあだ名をつけられた。長沙で土夫子をしていた年配者なら、みんなこの名前を知っているだろう。

それから、祖父がどうやって生きてきたのか、祖父の二番目の兄、ひいじいさんとひいひいじいさんが最後どうなったのか、祖父はついに僕に教えてくれなかった。僕には、隻眼で片腕の、祖父の二番目の兄を見た記憶がない。おそらく、本当に悪いことばかりで、良いことはひとつもなかったのだろう。この話題になると、祖父は涙を流してこう言ったものだ。

「それは子どもが理解できる話じゃない」

僕がどんなに聞いても、どんなに甘えても、祖父は半分も口を開くことはなかった。そして、成長するにつれて、だんだん子どもの頃の好奇心は薄れていった。


夜になり、店じまいの時間になった。またつまらない一日が過ぎていった。くずですら収穫がなかった。僕は店員を帰らせた。そのとき、一通のショートメッセージが届いた。

「九時、鶏眼《ジーイエン》（魚の目）と黄砂」

三叔《サンシュー》（呉《ウー》家の三男、僕こと呉邪《ウー・シエ》の父親の弟）からのメッセージだ。これは隠語。つまり新しいブツが届いたという意味だ。その直後、さらにもう一通メッセージが届いた。

「龍の背骨《ロンシューベイ》だ、すぐ来い」

僕は目を輝かせた。三叔の目利きは鋭い。この〝龍の背骨〟とは上物という意味だ。三叔の目に適《かな》ったものなら、ぜひとも見ておきたい。

店を閉めて、ボロ金杯《ジンベイ》（車のブランド）のワンボックスカーを三叔のところまで飛ばした。三叔が入手した上物というのがいったいどんなものなのか見てみたかったし、僕が今日撮った帛書の図がいったいなんなのか、見てもらいたかったのだ。なんといっても三叔はこの世代で唯一、土夫子たちと接点があるのだから。

車が三叔の家の下に着いたとき、上の窓から叫び声が聞こえてきた。

「なにやってんだ。すぐ来いって言ってから、どんだけかかってる。今頃来たってなんの役にも立たないぞ！」

「ええっ、そんなわけないでしょ。いいもの、残しといてくれてるんでしょ。売れるの早すぎだって！」

すると、若い男が三叔の家から出てくるのが見えた。布に包まれた長いものを背負っている。すぐに古代の武器だとわかった。おそらくはお値打ち物、もしかしたら、値段が十数倍にまで跳ね上がる代物だ。

僕が若い男を指さすと、三叔はやれやれとした様子でうなずいた。これは痛すぎる。店は今年で本当に廃業かも――。

三叔の家にあがって、自分でコーヒーをいれる。そして今日、金歯の老人が探りを入れにきたことを話した。三叔も共通の敵と思ってくれるかと思いきや、まるで人が変わったかのように、黙り込んでしまった。そして直接、僕のデジカメの中のものをプリントし、灯《あか》りの下に置くと、すぐに血相を変えた。

「どうかした？　これのどこが変なの？」

三叔は顔をしかめた。

「まさか。これはおそらく墓の地図だ！」

3　瓜子《グアーズ》寺院

びっしりと文字が書かれた帛書《はくしょ》のコピーをしばらく眺めてから、僕は三叔《サンシュー》の表情をうかがった。どう見ても冗談を言っているふうではない。

三叔は文字をちらっと見ただけだ。まさかそれだけで図面を読み取れるほどの達人だというのか？　普段は博打《ばくち》や女遊びといった遊興にほうけている三叔だ。そのいかがわしい生活ぶりからしてそんな要素などどこにもないはずだが――。

興奮のあまり三叔は震える声で独り言を漏らしていた。

「奴《やつ》らはいったいどこからこんな上物を手に入れたんだ？　どうしてこれまでこいつに巡り合えなかった？　だが今回はだいぶ運がいいぜ。奴らはまだこの正体に見当すらついてねえはずだ。先回りして盗掘できるかもしれない」

僕は戸惑ってしまった。

「もしかして僕がちょっと馬鹿なだけかもしれませんが、叔父さんは本当にこんな小さな文字から地図が読めちゃうんですか？」

「おまえには何もわからねえよな。これは文字図だ。ある場所の詳細な位置情報を文字で書き表してある。他の奴では何が書いてあるかさっぱりだろうがな。運がいいことに、おまえの叔父上様の見聞はかなり広かったというわけだ。世の中でこいつを読めるのは、俺以外には数人ぐらいだ」

三叔にはなんの取り柄もない。ただ子どもの頃から、珍しく変わった古代文字や隠語に興味を示していた。稀少《きしょう》文字に対する研究にかけては、確かに凄《すご》い能力の持ち主だ。例えば西夏《せいか》の五木経、女《じょ》真《しん》族初期の女真大字について、三叔はいろいろと独自の見解を述べることができた。だから解読がひどく厄介な文字図を知っていること自体、何も驚くことではない。ただ、三叔は相手が自分よりも知識がないと見ると利口ぶる典型的な人物だったので、三叔の前では無知を装うほうがよかった。そうしないとすぐに追い出されてしまうのでわざと馬鹿なふりをして聞いてみた。

「あれれ、この紙にはまず左のほうに行って、次に右に行って前に大きな木が見えたら右に曲がって、井戸が見えたら下に潜り込む、そう書いてあるんじゃないかなあ。どう、当たってます？」

「おまえはまったく教えがいのない奴だな。本当に飲み込みが悪い。これじゃあ、俺たち一族の家系もおまえの代でおしまいだろうよ」

心からため息をつく三叔の様子に、なぜか自然と笑いがこみ上げてきた。

「それじゃあどうしたらいいんですか？　父さんも教えてくれなかったし、こんなの生まれながらにできるもんでもないですよ」

　三叔はいかにも得意気に口をすぼめた。

「こういう文字図ってのは、実は暗号の一種なんだ。こいつには厳格なルールがあって、書かれているものをそのルールに従って組み立てていくと、完全な地図が浮かび上がるのさ。ちょっと文字が書いてあるただの絹のぼろきれだなんて思うなよ。ここに記されてる情報量がいかに膨大で複雑かは未知数だ。その場所でレンガがどれくらい使われているかまでも正確に教えてくれてる可能性だってあるんだぞ」

　僕もがぜん興味がわいてきた。思い起こせば、僕は子どもの頃から今まで、家族から盗掘に関わることを許してもらえなかった。今回こそは絶対に三叔のお供をしたい。それにお宝が手に入れば、店の経営危機だって、乗り越えられるかもしれない。

「叔父さん、誰のお墓のことが書かれているのかまでわかるんですか？　もしかして、かなりの有名人――？」

　三叔は得意気に笑みを浮かべた。

「俺にも完全にはわかってねえが、この墓は戦国時代の魯国《ろこく》（周から春秋時代、戦国時代にわたって、中国山東省の南部に存在した国）の貴族のものとみて間違いないだろう。誰かまではわからねえが、わざわざこんな秘密の文字図を使って、墓のありかを絹帛《けんぱく》に記録してるんだ。それだけでもそこに眠っている人物の地位が相当高いってことがわかるだろ。どうやらこの墓はかなり手のこんだ隠し方をしているみたいだな。こりゃ相当手強《てごわ》いぞ。行ってみる価値は大いにあるな」

　ギラギラしている三叔の眼を見ていると、本当に奇妙に感じる。普段は面倒くさがりで家の外には一歩も出ないのに、今回は自分から外に出ていこうとしている。本気なのか？　こんなことは今までなかったのに――すぐに確かめてみた。

「どうしたんですか。叔父さん、自分から盗掘しに行くつもりなんですか？」

三叔が僕の肩を叩いた。

「おまえにゃわからんだろうな。いいか。唐、宋、元、明、清――代々の王朝の墓の中にも、お宝くらいあるだろう。だがな、そいつらはいくら凄いっていったって、せいぜい人の手で作られたものにすぎない。それに比べて戦国時代のものはどうだ。王族の古墳はとてつもなく古いぞ。おまえのような奴には、いったい何があるのかなんか永遠にわからんさ。戦国時代の古墳ってのは、神器が納めてある場所だ。そしてこの世の神器と呼ばれるものはどれもが唯一無二の価値を持っているんだ。俺が自分の目でそれを拝みたくないはずないだろ？」

「でもどうしてそこまで神器があるって、確信できるんですか？　墓には何もないかもしれないじゃないですか」

「いいや、ある。おまえ、まだこれを見てないだろ？」

三叔は文字図に描いてある怪しげな狐顔《きつね》を指さした。

「これは魯国最古の人身御供《ひとみごくう》の祭祀《さいし》のときに使われる面具だ。この墓には高貴な人物が埋葬されているに違いない。ひょっとしたら当時の国王よりも尊い人物の可能性すらある」

「国王の父君とか？」

三叔は僕をにらみつけている。コピーの文字図をすぐさま奪い取ろうとしてきたので、その手を押さえながらにっこりほほ笑んでみせた。

「叔父さん、そんなに焦って隠す必要なんてあるんですか？　それに、これだってもともとは僕が手に入れたものじゃないですか。今回はどんなことがあっても一緒に連れていってもらいますよ。僕だって見聞ってものを広めないと困るんですからね」

三叔が大声を張り上げた。

「ダメだ！　盗掘はそんな甘っちょろいもんじゃない。エアコンもないし、ワナだってたくさん仕掛けられてる。いつ命を落としてもおかしくない。おまえは一人っ子だし、もし何かあったら、おまえの親父《おやじ》にどんな目に遭わせられるか」

負けじと大声をあげた。

「それじゃあ止《や》めましょう。もう止めです。僕はここに来なかったってことにしてください！」

僕はそう言いながら、三叔の手から紙を奪い取ると、帰ろうと立ち上がる。三叔の性格はよくわかっている。自分の好きなものをひとたび目にすると、主義や原則などどうでもよくなる、そういう人だ。骨董《こっとう》を目のあたりにしたときも、タイプの女性と出会ったときもそうだ。これは間違いない。思った通り、僕が数歩進んだだけで三叔は白旗を揚げた。後を追ってきて僕の手にしている紙をしっかり握って放さなかった。

「わかった。わかったって。おまえはすげえよ。だけどこれだけは約束してくれ。俺たちが盗掘用の穴に入ってるとき、おまえは上で待っていろ。それならいいだろ？」

そう言ってもらえて正直嬉《うれ》しかった。もし盗掘中に僕が地下に下りたいと言っても、引き止められっこない。

「わかりました。外では叔父さんの言うことにすべて従います。僕は叔父さんが望むことだけしますから」

三叔はやれやれとため息をついた。

「俺たちだけじゃあ、ことはうまく進まない。明日、何人か経験者の都合をつけてみる。俺は数日以内にこの文字図を解読するから、おまえはその間に必要なものを買い揃《そろ》えておいてくれ」

そう言うなり素早くメモを書き上げ差し出してきた。

「絶対に偽物をつかまされるなよ。これ以外にも、旅行者風の服装も揃えておけ。じゃなきゃそこに行きつく前に、みんな捕まっちまうからな」

僕はうなずくと、その場を後にした。

三叔から調達を頼まれたものは、どれも悪意が感じられた。僕を困らせようとしているとしか思えない。例えば分体式の防水カンテラ、スクリューパイル、発掘用シャベル、アーミーナイフ、折り畳み式シャベル、短柄のハンマー、包帯、ビニール製ロープ――どれも普通の店にはないものばかり。しかも半分で、一万元近く（日本円で約十五万円※当時）も払うはめになった。痛い出費だったし、三叔を恨めしく思った。あんなに金持ちなのに、なんてケチなんだ――。


三日後、僕と三叔は墓掘りの経験者二人、それからあの日、三叔のところで骨董品を買い取った若者の五人で、山東省の瓜子寺院から西に百キロメートルほど行ったところにたどり着いた。

この地域がどんなところかと聞かれたら、田舎《いなか》だとしか言えない、それほど何もないところだった。まず長距離バスに乗り、次に長距離マイクロバス、そして長距離バイク、さらに牛車に乗った。牛車から降り、あたりを見渡してみたが、何もなかった。前方から駆けてくる一匹の犬しか目に入ってこない。三叔はガイドの爺《じい》さんの肩を叩いた。

「おい、次はこの犬に乗れってのか？　こいつじゃさすがに無理だよ」

「まさか」爺さんは大笑いした。

「この犬は連絡用だよ。これが最後の乗り継ぎさ。もうこのあたりには車もないから、船に乗るしかねえ。この犬がその船を連れてきてくれるよ」

「この犬は泳げるのかい？」

「まあまあだ。うまいほうだと思うよ」爺さんが犬を見て言った。

「驢蛋蛋《ルーダンダン》、見せてやれ」

犬が川に勢いよく飛び込んだかと思うと、泳いでくるりと一回りして岸に上がった。そして体をブルブル震わせて水しぶきを飛ばすと、地面に這《は》いつくばって舌を出した。

「この時間じゃ、まだ早すぎるようだ。船頭の奴、まだ仕事を始めていないだろうからね。わしらもまず休むとしよう。煙草《たばこ》でも吸っていればいいよ」

僕は時計を見た。

「もう昼の二時ですよ。その船頭の仕事の時間っていったいどうなってるんです?」

「このあたりにはあいつしか船頭はいねえんだ。だからなにを言っても無駄だよ。起きたタイミングで仕事を始めるんだから。だから一日何にも仕事しねえときもあるよ。お客のほうが焦っちまうんだ」

爺さんは笑った。

「だけど、どうしようもねえ。この川の神様はあいつしか信用していない。他の奴らは山の洞窟に入っちまうとどうしたって出てこれねえんだから。だけど、あいつだけは大丈夫なんだよ。もしあんたらがロバにでも乗れたら、山を越えてあと一日くらいで着けるけど、あんたらが持ってきた荷物は多すぎるから、村のロバを全部使っても足りないよ」

「へえ」三叔は山の洞窟と聞いてがぜんやる気が出てきたらしく、解読済みの地図を取り出してきた。三叔はその地図を宝物のように扱い、僕にはちっとも見せてくれなかった。三叔が地図を取り出すと、みなそれを見ようと集まったが、例の若者だけは無言で座ったままだった。

僕は三叔が連れてきた墓掘り経験者の二人とはすぐに気が合ったが、そいつは苦手なタイプだった。まるで憂鬱そうに悶々《もんもん》として何も話さない油瓶――悶油瓶《モンヨウピン》のようで、旅のあいだも咳《せき》のひとつすらしない。ただまっすぐに空を見つめ、空が崩れ落ちてくるのを憂いているかのようなのだ。最初こそ少しは話しかけてみたが、だんだん興味も薄れていった。三叔がなぜこいつを連れてきたのか、まるでわからない。

「洞窟だ。それも川につながっている。この山の後ろにあるぞ」三叔が言った。

「おいおい爺さん、この山の洞窟が人を喰《く》うっていうのか？」

爺さんは笑って言った。

「どれもこれも何代も前から伝えられてきた話で、わしもよく覚えてねえ。あの水路がまだ通ってなかったときには、村の奴らはみんな洞窟の中に蛇の化け物がいると言ってたよ。中に入った奴は誰ひとり戻ってこなかったからな。ずいぶん後になって、ある日あの船頭のひいじいさんが竹竿《たけざお》を操りながら、小舟に乗って洞窟のなかから出てきた。そいつのひいじいさんは自分のことを、外からやってきた行商人だと言っていたらしい。だけど行商人がどうやって舟を担いでいろんなところに行けるってんだ？　この行商人こそ蛇の化け物の化身に違いないって、みんなそう言ったよ。そしたらひいじいさんが大声で笑って、この舟は隣村で買ったものだ、嘘《うそ》だと思うなら隣村で聞いてみろって言ったんだ。それで村の者たちが隣村に行って聞いてみたら、本当にそうだった。それで他の奴らもひいじいさんの話を信じた。そして洞窟の化け物までいなくなったと思っちまったんだな。それで、血気盛んな村の若者たちが洞窟探検に出かけた。だけど誰も帰ってこなかった。それからというもの、そのひいじいさんの一族だけが洞窟に出入りできるってわけだ。なんとも不思議な話だと思わないか？

それ以来、奴の家がずっとこの役割を受け継いで、今に至るってわけだ」

「あの犬も洞窟に入って大丈夫なんですか？」僕は不思議に思った。

「あの犬を使って連絡するんでしたよね？」

「あの犬は奴が飼ってるからな。他の一族だったら犬に限らず牛だって入ったら出てこれねえぞ」

「こんなおかしな状況、政府は何も動かないのか？」

「それには誰かが村の外で話して、それを他の誰かが信じないとダメだろ」

爺さんは自分の煙管《きせる》を地面に叩きつけた。

三叔は眉をひそめ、手を叩いた。

「驢蛋蛋、こっちにこい」

よく言いつけを守る犬だ。しっぽを振りながら走ってきたが、驢蛋蛋を抱きかかえてにおいを嗅いだ三叔の顔色が一変した。

「まさか。洞窟にあれがあると――?」

僕も犬を抱いてにおいを嗅いでみたが、きつすぎてむせ込んでしまった。この犬の主人はなんて怠け者なんだ。いったい、いつ体を洗ってやったのか。

潘子《パンズ》と呼ばれている墓掘りが大笑いした。

「叔父さんを見習わないと。おまえはまだまだ甘ちゃんだな」

「このクズ犬、ひどい臭いだ」

僕は吐き気で顔を歪《ゆが》めた。

「こいつは人の屍肉《しにく》を食らって生きてきたんだ」三叔が続けた。

「あれは死の洞窟だ。どうりで時間がかかるわけだ。その船頭という奴も子どもの頃から……」

「ありえないよ!」

ショックで鳥肌が立った。この話には、いつも憂鬱そうに黙っているあいつですら顔色を変えたほどだった。三叔が連れてきたもう一人の墓掘りは大柄な男で、大奎《ダークイ》といった。車を引っ張っていた牛と同じくらい頭が大きかったが、気は弱い。その大奎が小声でたずねた。

「死の洞窟とはいったい何のことですか? 入ったら何か起こるんじゃないですか?」

「わからん。何年か前、俺は山西省の太原《タイユエン》でこれと似た洞窟を見つけた。そこの死の洞窟はかつて日本人が虐殺を行った後に死体を積み上げていた場所だった。死の洞窟と言われるところでは、確かにそういう殺戮《さつりく》が行われていた。俺はその場所で、興味本位である実験をしてみたんだ。犬や鴨《かも》なんかをいかだに乗せて、それに撮影機器までセットして洞窟の中に入れてみたのさ。その洞窟の長さはせいぜい一キロくらいだったんで、その距離に見合う長さのワイヤーを用意していた。だがどういうわけか、ワイヤーはすべて伸び切ったのに、いかだは中から出てこなかった。中は真っ暗で、いかだがどこに流れていっちまったのかさっぱりわからない。それでワイヤーを引っ張って戻すことにしたんだ。少し引っ張っただけで、いかだは転覆しちまった。そのあとは……」

三叔が手を広げた。

「最後に見えたのは、顔の半分だけだった。モニターの画面から近すぎて、犬なのか何なのかよくはわからなかった。大昔からこんな洞窟を通らないとならないときには、死人を船に並べて、生きた人間はその死体と一緒に通り抜けないとダメなんだ。もし生きてる人間だけで通ろうとすると、入ったら最後、二度と出てこられない。だが山西省のある地方では、子どもの頃から人間の屍肉を食わせて、死者の気を体内に蓄積させると聞く。大きくなると死んだ人と同じようになって、化け物だってそいつらを見ることはできないんだと。爺さん、おまえたちの船頭も、山西省から来たのかい？」

爺さんの顔色がわずかに曇ったが、首を横に振った。

「さあ、よくわからねえよ。そんなのあいつのひいじいさんの時代のことだし、世代だって交代してるからな」そう言うと空を見上げて、犬に叫んだ。

「驢蛋蛋、おまえのご主人様を呼んでこい」

犬は一声吠《ほ》えると、川に跳び込み、山の後ろを目指して泳いでいった。

僕はこのとき、三叔が潘子に目配せしていることに気づいた。潘子は荷物の山からリュックサックを取り出して背負った。少し遠くに座っていた若者も立ち上がり、同様に自分のリュックを取り出した。湑子は僕のところにやってくると、わざと杭州《こうしゅう》の方言でささやいた。

「この爺さん、わけありだ。何かあるぞ。気をつけろ」

4　死の洞窟

ここまでの道中で危険なことは山ほどあったが、ことごとく助かったのは、三叔《サンシュー》が連れてきた経験者たちがかなりの手練《てだ》れだったからで、僕は彼らに大きな信頼を寄せるようになっていた。だから潘《パン》子《ズ》がささやいてきたとき、すぐに察した。大男の大奎《ダークイ》も僕に目配せしてきた。これには苦笑した。「おまえは後ろにいろ。何があっても首を突っ込むんじゃない」ということなんだろう。僕に首を突っ込む余地があるか？　大奎はパンチ一発で牛を気絶させられる奴だし、潘子は退役軍人で体じゅう古傷だらけ、文句のつけようもない。三叔も喧嘩《けんか》に関しては子どもの頃からの命知らずときている。あの寡黙な男、悶油瓶《モンヨウピン》にいたっては、どこからどう見ても善良な市民には見えない。それにひきかえ僕はどうだ。書生は無用の最たるものとはよく言ったもので、三叔から無理やり渡されたアーミーナイフですら重たく感じる。こんなナイフ、どうやってもうまく使いこなせるはずがない。

自分の身をどう守ろうかと考えていたとき、驢蛋蛋《ルーダンダン》がチャプチャプと泳いで戻ってきた。爺《じい》さんが煙管《きせる》をズボンの裾のところで叩いた。

「行きましょう、舟が来た」

果たして、二艘《そう》のいかだが前後に並んで山の後方からやってきた。前の舟には中年男が立っていて、片方の手でいかだを操りながらこっちに向かって何か叫んでいる。舟は大きくて、装備を積み、僕たち全員が乗ってもまだ余裕があった。爺さんは牛の喉のあたりを叩いた。

「旦那方、荷物は運ばなくてもいいよ。わしが牛と荷車を後ろの舟に載せるから。わしらは前に乗ればいいんだ。そのほうが力を使わなくていい」

潘子が笑った。

「水に浸かるとまずいものもあるからな。体につけて運んだほうがいい。牛が水に飛び込んだら、俺らはおしまいだろ？」

爺さんが笑いながらうなずいた。

「それも一理あるな。だけど、わしの牛は水牛じゃねえから、絶対に水には飛び込まねえ。もし飛び込んだら、この年寄りが水の中から引き上げてやる。だから、あんたらのものは一個もなくならないから」

爺さんはそんなことを口にしながら牛を引いて渡し場に歩いていった。僕たちは自分の持ち物を背負って後をついていった。中年男の舟頭の巧みな竿《さお》使いで、いかだはすぐに川岸に着いた。

爺さんが牛を追って後ろの舟に乗ったとき、僕は舟頭の男を観察していた。肌は日焼けし、背格好はごく普通だ。だが猜疑心《さいぎしん》のせいか、どうしてもうさん臭く思えてしまう。それに三叔が言っていた屍肉《しにく》を喰《く》う話まで思い出して、急にこの男が恐ろしく見えてきた。

「ちょっとあんたら、洞窟に着いたら絶対に小声で話してくれよ。川の神様を驚かしちゃまずいから」と舟頭が言った。「とくに、川の神様の悪口は絶対にダメだ」

「その洞窟にはどのくらいで着くんだい？」と三叔が聞いた。

「早ければ五分、川の流れが速ければ、すぐだ」

「なに？　なら流れが遅いときもあるってことか？」

「そうだ。水が逆流することだってあるからな。さっき、俺は水の流れに乗ってきたんだ。今は逆流の中に入っちまってる。だから、時間がかかるだろう。大体十五分くらいだと思う。何度か曲がるところがあって、けっこう危ないんだ」

「洞窟の中は明るいのかい？」

舟頭は鼻で笑った。「灯《あか》りなんてないよ。真っ暗だ。なんで明るいのさ？　真っ暗で何も見えねえ」

だが舟頭は自分の耳を指さして、「俺は十年以上、舟を漕《こ》いでる。流れを耳で聴いて竿を操れるから大丈夫」と言った。

「むしろ、灯りをつけたらまずいのかい？」潘子が手にしているカンテラを持ち上げた。

「いいだろ？」

「構わない。でも絶対に水の中を照らしちゃダメだ。そんなことしたら、びっくりして死ぬぞ」

「どういうことだ？」三叔が笑った。「水の化け物がいるってか？」

「化け物なんて何てことない。ここの水の中の奴のことは、俺も言えないよ。あんたらの気が強ければ、もうちょっとしたら自分で見れるから、見たらいいんじゃねえか。ただこれだけは覚えておけ。いいか、ひと目だけだ。運が良ければ水の中に黒い塊が見えるはずだ。運が悪かったら、あんたら頭がどうにかなっちまうかもな」

そうこうしているうちに洞窟が視界に入ってきた。この洞窟は山の崖の陰に隠れていて、岸にいるときには何も見えなかった。大きな洞窟を想像していたが実際は小さく、舟幅よりもわずかに十数センチ広いだけで、誰かが「こりゃダメだ」とつぶやいたほどだった。だが一番厳しいのは天井の高さだ。舟に座ったままでは無理で、体を縮めてやっと入っていける。こんなに狭い空間では、誰かに狙われたら、何の抵抗もできないだろう。潘子が奇妙な声をあげた。

「ありゃあ、この洞窟、だいぶしょぼくないか？」

「ここはまだ大きいほうだ。中に入るともっと狭くなるからな」後ろから爺さんが言った。

三叔が潘子に目配せすると、潘子がわざとらしく笑った。

「ああ、こんな狭い洞窟だったら、もし中に誰かが隠れてたらやばいな。襲われたら逃げきれないだろ？」

この言葉を聞くなり、舟頭が目立たないように手で合図を送ったのが見えた。やっぱりこいつらは怪しい。そう思っているうちに、舟はひゅうひゅうという風の音とともに洞窟に入っていった。

潘子がカンテラをつけた。洞窟の入り口付近は日ざしが差し込みまだ明るかったが、すぐにカンテラの灯りだけの暗闇の世界へと変貌した。

「旦那、この洞窟、俺たちにはかなり難儀かもしれないな」と大奎が言った。

「こりゃあ盗掘用の水洞だ」

「盗掘用の水洞は古いほど円形で、新しいほど四角い形をしている。ここを見てみろ。この傷跡からして、この洞窟はかなり年季が入ってる。こんな洞窟が他にもあるかもしれない」

「ははあ、どうも旦那は名の知れた人みたいだね。当たってるだろ」

中年男は腰を曲げ、片膝を舟首に突いて、片手で竿を扱い少しずつ漕いでいた。だが不思議なことに、男の竿はまったく水に濡《ぬ》れておらず、また少しも息を切らしていない。

「この山全体が古い墓で、このあたりには、盗掘用の洞窟が大きいのから小さいのまでいっぱいあるって聞いたことがある。ここは一番大きくて深い。お前さんたちが見た通り、昔はこんなに深くなかったらしい。当時は水がない乾いた洞窟だったはずだよ」

「おや、あんたもその道のプロだったのか」

三叔は舟頭に丁重に煙草《たばこ》を一本手渡した。だが舟頭は首を振った。

「プロなんかじゃないよ。俺も前にここに来た人から聞いただけだ。いろいろ話を聞いていると、少しくらいは話せるようになる。といってもこの程度だけどね。本当に浅い知識なんだ。だから、プロだなんて言わないでくれよ」

潘子と大奎は自分の刀の柄《つか》に手をかけながら、舟頭たち二人と談笑していた。一見すると、ひどく打ち解けた雰囲気だった。だが本当は、緊張でどれほど互いに張り詰めていたことか――。僕も心の中で密《ひそ》かに算段していた。こっちは五人、奴らは二人。戦いが始まれば負けることはないだろう。だがもし本当に奴らが動き出すとすれば、きっと何かしらの策を講じてあるに違いない。

そう考えていると突然、悶油瓶が手を振った。

「シーッ、聞け。誰かが話してる」

僕らはすぐに息をひそめた。洞窟の奥深くからサラサラという音が伝わってくる。その音が何の音なのかとよく耳を澄ましてみたが、はっきりとは聞こえない。少し間を置いてから、いつもこんな音がするのかと、舟頭に聞いてみようと振り返ったが、いつの間にか舟頭の姿は消えていて、影も形もない。しかもあの爺さんまでいなくなっている――。

「潘子、あいつらどこに行った？」三叔も焦ったように声を上げる。

「俺にもわからない。飛び込んだ音もしなかった」潘子も慌てている。

「いまのいままで奴らの声が聞こえてたのに、突然、姿をくらましやがった」

「こりゃまずいぞ。俺たちの体には死者の気なんか宿ってないからな。何が起こるかまったくわからん」三叔もすっかり困り果てている。

「潘子、おまえはベトナムで戦ったことがあったな。そのとき死人を喰わなかったのか？」

「旦那、冗談はよしてくれよ。俺は炊事兵で、毎日皿洗いだったんだ」

潘子が大奎を指さした。

「大奎、おまえ、前に言ってたよな。おまえの家では昔、人肉饅頭《まんじゅう》を売ってたって。子どもの頃にはずいぶん食べたんじゃないのか？」

「バカ、冗談だよ。それに、人肉饅頭を売ってる奴が、自分でそれを腹いっぱい食うなんてことあると思うか？」

僕は慌てて手で話をストップさせた。

「皆さんは三人合わせて百五十歳以上ですよね。そんな話をして恥ずかしくないんですか」

そのとたん、舟が大きく揺れた。潘子が慌ててカンテラで水の表面を照らすと、灯りが水中をうごめく巨大な影を捉えた。大奎は顔面蒼白《そうはく》で水中を指さしていたが、顎をガタガタと震わせているだけで何も言葉が出てこない。大奎が窒息すると心配でもしたのか、三叔がものすごい勢いで大奎を叩いて怒鳴った。

「情けない奴だな。何をびびってるんだ。小《ち》っちゃい奴らは何も叫んでねえのに。おまえ馬鹿か！この俺とどれだけ付き合ってきたんだ。ずっとゴミでも食ってたってか？」

「くそっ。旦那、こいつはとんでもなくでかいぞ！数人食ったくらいじゃ、腹の足しにもならない」

大奎は、怯《おび》えた様子でまだ水中を見つめている。舟の縁《へり》に座っていた大奎は、いつの間にか尻ごと舟の中央ににじり寄ってきていた。まるで水中から突然躍り出てくる何かに、嚙《か》みつかれるのを怖がっているようだ。

「ちぇっ」三叔は憎たらしそうに大奎をにらみつけた。「俺のところじゃ、仲間が欲しけりゃ、どんな奴だってすぐ集まってくるんだ。おまえの代わりぐらい腐るほどいる。呉《ウー》家の三男（三叔のこと）はどれだけ盗掘をやってきたと思ってる？　妖怪、魔物を、この俺様が見たことないとでも思ってないか？つまらないことでほら吹いてるんじゃねえよ」

実は潘子もすっかり震え上がっていた。だが潘子にとって、この震えの原因は恐怖ではなく驚きだった。こんな狭い空間で、巨大な何かが舟底をかすめていったのだ。あまりのことに一瞬、みんなの頭がどうにかなってしまったとしてもおかしくない。潘子はあたりを見渡しながらこう提案してきた。

「旦那、どうもこの洞窟は嫌な感じがするし、薄気味悪い。話をするなら外に出てからにしないか？」

大奎は即座に同意した。僕だって、こんなところは早く出たい。だがやはり、三叔にとって僕は本家の人間だ。そんな僕の立場からすれば、まずは三叔の出方を見なければならない。

このとき、三叔はあろうことか、悶油瓶に目を向けた。まるで彼に意見を求めているようだ。三叔は天帝（古代思想における万物の神）さえも眼中にないほど強気な性格なのに、このときばかりはこの若造のことをひどく気にしていた。僕にはそれが奇妙に映ったので、悶油瓶の様子を探ってみた。だが奴には僕たちの話などこれっぽっちも耳に入ってはいないようだ。石の彫刻を彷彿《ほうふつ》とさせるいつもの表情はとっくに消え、水中をじっとにらみつけている。集中して何かを探しているようだった。

悶油瓶がどんな奴なのか三叔に聞きたかったが、今はタイミングが悪かった。そこで、代わりにこっそり潘子に聞いてみた。潘子もかぶりを振るだけだったが、ただあいつが凄《すご》い力を秘めていることだけは見当がついていた。潘子は悶油瓶の手に顎をしゃくった。

「見てみろ、あの手。どれだけ修行したらああなるんだ？」

今まで、そんなこと少しも気にしていなかったが、よく見てみると、確かに尋常ではない。

悶油瓶の中指と人差し指がかなり長い。かつて曹操《そうそう》が設けた盗掘のための軍職「発丘中郎将《はっきゅうちゅうろうじょう》」の、二本指を使った洞窟探査の方法を思い出した。祖父のノートにはそれに関するメモもあった。「発丘中郎将」の中でも凄腕ともなれば、二本の指に泰山《たいざん》（道教で最も尊い山）のような圧倒的なパワーが宿るという。墓に仕込まれたわずかなからくりまでも簡単に見破ることができたそうだ。だがそんな達人の域に達するには、幼少時からの訓練が必要だ。それは筆舌に尽くしがたいほど凄絶なものに違いない。

指の力がどれほどのものか見てみたいと思っていたところ、ちょうど悶油瓶が稲妻のような速さで右腕を水面に突き刺した。そしてすぐさま腕を水面から引き上げると、不自然なまでに長い二本指の間に、真っ黒な虫が一匹挟まっていた。悶油瓶はそれを甲板に投げ捨てた。

「たったいま見えたのは、こいつだ」

身をかがめてその虫を見ると、僕はようやくホッとした。

「なんだ、ゲンゴロウじゃないか？　ということは、さっきの大きな影は、大量のゲンゴロウが泳いでいただけなのか?」

「そうだ」

悶油瓶は自分の服で手を拭いている。

もっとも、その言葉を完全に信じたわけではなかったが、それでもみんな安心した。すると大奎が突然、虫を踏みつけ始めた。

「驚かせやがって、こっちはショック死するかと思ったぞ」

でも僕は考え直していた。いや、これは違うぞ。こんなにたくさんのゲンゴロウが同時に動き回るなんてありえない。それにこのゲンゴロウ、でかすぎやしないか——悶油瓶も釈然としない様子だ。たぶん同じことを考えている。

大男の大奎は足の裏で、すでにグチャグチャになっている虫をまだ踏み続けていた。さっきの失態を挽回《ばんかい》しようとしているのだろう。三叔は虫の脚を一本つまみ上げ、においを嗅いだかと思うと、ふいに愕然《がくぜん》とした声をあげた。

「こいつはゲンゴロウなんかじゃない。屍鱉《シービエ》(本作における想像上の生物。外観はゲンゴロウに似ている)だ」

みんな呆然となった。まずい。屍鱉なんて名前からして不吉だ。

「くそっ。こいつは腐肉《ふにく》を食べる。屍肉のあるところにはとりわけ集まるんだ。よく食う奴ほどよく育つ。どうもこの上流には、死体が山積みになってるところがありそうだ。それもケタ外れのな」

三叔は漆黒の洞窟を見つめながら言った。

「それじゃあこいつら、人を喰うんじゃ?」と大奎が恐る恐る聞く。

「もし普通の大きさだったら、絶対に人を喰うことはないが、見てみろ、こんなに大きいだろ。こいつが人を襲うかは何とも言えない」三叔は納得がいかない様子だ。「こいつら、普通は死人の多い場所にいるはずで、こんなに泳ぎ回ったりはしない。なのに、どうして大群で移動してるんだ?」

悶油瓶が突然振り返ると、洞窟の奥を見つめた。

「こいつらは逃げ出してきたんじゃないか」

「えっ逃げ出した?」

潘子がハッとする。

「もしかしてこの洞窟の奥に……」

悶油瓶がうなずいた。

「さっきから何か感じないか。奥にいる何かがこっちに近づいてきている。それもかなり大きい奴だ」

5 水影

「おいおい、兄ちゃん、頼むからあんまり驚かせるなよ。俺は確かにでかい図体《ずうたい》してるけど、妖しげなもんはおっかなくてたまらねえんだ。もし、あんたの言ってるのが盗賊の輩《やから》ならなんてことはないけど、今度のは得体の知れない妖しい奴《やつ》だ。俺はもうこの通り、足がぶるぶる震えちまってる」

ここにずっといるわけにはいかない――。洞窟の水路の鬱々とした雰囲気が、暗い気分にさせるのだろうか。何とも言えない嫌な感じがずっと心に引っかかっている。

「そんなのどうだっていいですよ。今一番にやるべきことは、ここから早く出ることでしょう。今の僕たちは流れに逆らってます。だからもし来た水路を戻るんなら、きっと来たときよりは速いに決まってる。この水路に入り込んでまだ十分も経《た》ってないんですから、ここから出るのは何の問題もないと思いますよ」と僕。

「そうだ、そうだよ。あんたの言うことは正しいぜ」

真っ先に大奎《ダークイ》が慌てたように賛同した。

「三叔《サンシュー》の旦那からも何か言ってくださいよ。面倒なのは、せいぜいここを出てから山を越えることくらいだ。荷物は全部俺が担ぐから大丈夫。俺の力だったら、一日や二日ぐらいの遅れなら、難なく取り戻せるさ。それに、盗掘用の穴を早く掘ればもっと短縮できる」

三叔はまた悶油瓶《モンヨウピン》に目をやった。

「あんたはどう思う？」

悶油瓶は淡々と答えた。

「今から脱出しようったって、おそらくもう間に合わないな。さっきの二人が俺たちをここに放置したのは、俺たちが逃げられっこないっていう自信があるからじゃねえか」

「脱出できないって、ここで死ぬのを待つしかないってことか？」

悶油瓶を見つめる潘子《パンズ》の目に焦りがにじんでいる。悶油瓶は潘子を一瞥《いちべつ》しただけだった。何も言わず後ろを向くと、まぶたを閉じて精神統一を始めた。悶油瓶に無視された潘子は、今度は仕方なく三叔に話しかけた。

「前に進むのは絶対にやばい。大奎なんてびびりまくって、もういくらも持たないと思う。来た道をさっさと戻ったほうがいい。水路はそれほど複雑じゃなかったし、脱出できる可能性もあるんじゃないか。もし奇門遁甲《きもんとんこう》（方位を駆使して運命を切り開く占術。『三国志』に登場する諸葛孔明が使っていたことで有名）の類《たぐい》の術を食らってしまったら、そのときはそのときで策を考えればいい」

「その方法しかないかもな」

三叔はそう言うと潘子に指示を出した。

「カンテラを舟の前と後ろにひとつずつつけろ。銃にも全部銃弾を装塡《そうてん》しておけよ。俺と大奎で竿《さお》を操るから、潘子と呉邪《ウー・シエ》は後ろを見張ってくれ。兄ちゃんは進行方向を案内してくれ」

僕らは言われた通り、それぞれの持ち場についた。潘子がもうひとつカンテラを取り出して後ろを照らすと、もうひとつの舟に積まれていた牛が光に驚いて鳴き声をあげた。潘子が不満げに言った。

「三叔、この牛、この中に落っことしちまおう。こいつがいるとうまく竿を操れないよ」

さっきまで前方だけを照らしていたので、後方につないでいた舟のことなどすっかり頭になかった。だが後ろの舟を見た僕たちは、今になって愕然《がくぜん》とした。どうやらあの爺《じい》さんたちはしっかり準備していたらしい。水路の天井の高さでは、牛を立たせておくのはそもそも無理だ。しかも牛を水中に追い落とすなんてありえない。車一台分の荷物に加えて牛一頭の重みで舟の喫水はかなり深くなっている。もし僕たちが後ろの舟に乗り込んだら、うまく竿を扱えないどころか、転覆する可能性だってあるだろう。後ろの舟は、ちょうど僕たちを閉じ込める蓋のような役割を果たしていたのだ。

このとき水路の奥から不吉な音色がかすかに伝わってきた。しかもさっきより近くて、無数の幽霊が小声でささやいているような不気味な音色だ。みんなが黙りこくり、舟は一気に妖しげな雰囲気に包まれた。精気という精気がすべて吸い込まれていくような感じがする。懸命に意識を戻そうとしてみたが、どうやってもすぐにまた音色に吸い込まれてしまう。まずいぞ、理性が危険と警告してるのに、どうにも抗《あらが》えない。頭の中はあっという間に不気味な音色で埋めつくされてしまった。その瞬間、誰かにものすごい勢いで足を蹴られ、僕はふらふらと水中に落下した。

水に落ちると、音色も頭の中から消えていた。潘子もほぼ同時に舟から落下し、続いて三叔と大奎、最後に悶油瓶もカンテラを握ったまま水中に落ちた。音色は水中だとぼんやりして、僕はその呪縛から逃れられた。ただ、視界もぼんやりしている。いくら目を凝らしても周囲の様子はよくわからない。すると悶油瓶がカンテラで照らされた水底を指さした。水深が浅かったおかげで水底の白砂が確認できたが、照らされたあたりには植物はおろか魚やエビの類もいっさい見当たらない。水中にいるのに耐え切れなくなった僕は、呼吸しようと顔を水面に出した。まぶたの水滴をぬぐって目を開けると、そこにあったのは天井から吊《つ》り下《さ》がった、血塗《ちまみ》れの顔だった。ばっちり目が合ってお見合い状態になった。僕はそいつから目をそらせなかった。そいつもこっちをじっと見つめている。

血塗れの顔はあの舟頭だった。よく見ると上半身しか残っていない。天井には真っ黒な大きな虫が一匹いて、舟頭の腸にかじりつき振り回していた。なんてことだ。こいつは巨大化した屍鱉《シービエ》じゃないか。くそっ、どれだけ屍肉《しにく》を食らえばこんなにでかくなるんだ――。

このとき潘子も水面に顔を出した。だが、どこまでも運の悪い奴のようだ。屍鱉は潘子が状況を把握しないうちに、「ギーギー」という鳴き声とともに舟頭の死体を振り捨て、間髪容れず潘子の頭をめがけて襲いかかってきた。屍鱉は大あごを振りかぶり、潘子の頭をがぶりと突き刺した。

だが、潘子もただ者ではない。いつの間に手にしていたのか、左手にアーミーナイフがぱっときらめいた。その瞬間、ナイフが虫の大あごの根元にこじ入れられ、一瞬にして大あごの一部がもぎ取られた。もし僕がばかでかい屍鱉と対峙《たいじ》し、こんな強烈な一撃を食らっていたら、今頃は閻魔《えんま》大王のもとに召されていたに違いない。どこから音を発しているのだろうか、虫はまだギーギー鳴いている。だが残った大あごだけでは、挟む力は十分ではないようだ。潘子から強烈なパンチを食らうと、屍鱉は吹き飛んだ。まさに電光石火だった。だが、さすがの潘子も周囲に気を配る余裕などなかったとみえる。吹き飛ばされた虫が、今度は僕の顔に張り付いた。

潘子、なにやってんだ。おまえはいつも、僕のことを守ってやるとか言ってたよな。それなのに、虫をほうり投げてよこすなんて。おまえにはアーミーナイフがあるからいいけど、こっちは丸腰なんだ。ああ、もうダメかも――。虫は情け容赦なく、鋭利な爪を僕の顔に突き刺してくる。歯を食いしばり耐えながら、なんとか振り払おうとするが、その爪はまさかの鉤爪《かぎづめ》だった。服にもしっかと食い込んで離れない。皮下まで深く食い込んでいる。あまりの痛さに思わず涙が出てくる。

このときになってようやく悶油瓶も水面に顔を出した。息も絶え絶えの僕を見るなり、助けにかけつけてくれたのだ。僕の顔に張り付いている虫の背に指を二本突き刺すやいなや、力いっぱい引き抜く。すると白光りした、マカロニのようなものがごろっと出てきた。さっきまで優勢だったはずの虫は、一秒もかからず惨めな姿になり、即試合終了となった。僕は虫を舟の上になんとか投げ入れたものの、まだ悪夢の中を漂っているようだった。

大奎が悶油瓶に親指を立てた。

「あんた、やるな。参ったよ。こんなバカでかい虫の内臓を抜き出すなんて。感心するよ」

「あほか！」

潘子は頭に二か所傷を負っていたが、幸いにも傷口は深くなかったようで、歯をむき出して叫んだ。

「おまえの馬鹿さ加減ときたら救いようがないな。これは中枢神経だ。兄ちゃんは虫を生きたまま麻《ま》痺《ひ》させたんだ」

「――ってことはこの虫、まだ死んでないのか？」

大奎はそれまで舟べりに上げていた片足を、あわてて水中に戻した。悶油瓶は一気に舟に上がると、虫をわきに蹴り飛ばした。

「こいつはまだ殺せない。こいつを利用してこの水路を抜け出さないと」

「さっきのあの音……この虫が鳴いてたんじゃないのか？」と三叔がたずねた。さっき聞こえた虫の鳴き声とは、音色が似ていなかったからだ。

悶油瓶が虫をひっくり返した。見ると虫の尾っぽにはこぶし大ほどの大きさで、六角形の銅製の密封型の鈴が括《くく》り付けられている。いつ付けられたものなのか、鈴は緑青《ろくしょう》で錆《さ》びつきボロボロだった。鈴の六つの面には、米粒ほどの小さな文字で呪文がびっしりと刻まれている。

潘子が傷口に包帯を巻きながら虫を蹴りつけると、六角形の鈴が突然震え出し音を発した。その音色はさっき聞こえてきたものと同じだったが、冥府から漂い響いてくるような妖しげな雰囲気は消えていて、聞きなれた鈴の音になっていた。しかし鈴がさっきの音色の音源であることは確かなようだ。

どうやらこの鈴は水路にエコーすることで初めて人の心を惑わすものらしい。六角形の鈴の内部には、千年の歳月を経ても朽ちることのない、金や銀の類で造られているような何か精巧な仕掛けがあるのだろう。だがどういった仕組みで鈴が鳴るのかは謎だった。

考えあぐねている間にも、鈴の音色はより激しくなってきた。封印されている怨霊がこの神器から逃れようとしているようにも感じる。だが鈴があまりにも小さいために、その様子はむしろ滑稽に見える。潘子は包帯を巻き終えていた。その手際のよさはまるで毎日傷を負っていて、手当てはお手の物といったふうだった。うっとうしい鈴の音に我慢できなくなった潘子が、足で鈴の動きを止めようとした。だが鈴はパシッと音を立てて割れてしまい、中からものすごい悪臭を放つ緑色の液体が噴き出てきた。青銅の外殻はとうにボロボロになっていたようだ。

三叔は今にも潘子の頭を殴りつけんばかりの鬼の形相だった。だが潘子は頭にもう二つも傷を負っている。今ここでもう一撃食らわせたら、鈴と同じ運命をたどるかもしれないとでも思ったのか、今回は毒を吐くだけにとどめた。

「お前のその足、もう少し行儀よくしとけよ。この鈴は腐っても神器なんだ。踏んづけてめちゃくちゃにしちまうなんて」

「こんなにもろいなんて、わかるわけないよ」

潘子はいかにも悔しそうだ。

三叔の怒りは収まらないが、それでも頭を振りながら、アーミーナイフで青銅の破片をより分け始めた。六角形の鈴の中には小さな鈴がいくつかと球体がひとつ入っていた。小さな鈴は蜂の巣のようで、サイズや形状はそれぞれ異なっている。そしてその鈴は穴のびっしりと開いている中空の球体に張り付いていた。ただ球体は足で踏みつけられたせいで破裂していて、その内側には一匹の大きな青ムカデが、頭が潰れた状態で死んでいる。緑色の液体は、指ぐらいの太さの、このムカデの体内から流れ出ていたのだった。

三叔がナイフの先で球体をひっくり返してみると、球体には巨大屍鱉に直接つながっている管があった。

「おそらく、ムカデは腹を空《す》かせると、この管をつたって屍鱉の腹に入り込む。そこでなにかしら喰《く》ってたんだろう。こんな共生システム、どうやって編み出したんだか」

上半身だけになった舟頭の死体が、浮いては沈み水面を漂っている。三叔はゆっくりと息を吐いた。

「自業自得だ。あいつら、置き去りにしやがって。俺たちが死ぬのを待って荷物を奪おうって魂胆だったに違いない。まさか自分たちが巨大屍鱉の手にかかって命を落とすなんて思ってもみなかっただろうな。ざまあみろ」

「思いがけないことってあるもんですね。僕らは運が良いのかも」と僕は言った。

だが、潘子は首を横に振った。

「こいつの顎は短時間で人間をまっぷたつにできるほど強くはない。もしそんなに強力だったら、俺の脳みそはとっくに飛び出てただろう。どうやら、巨大屍鱉は一匹だけじゃなさそうだ。こいつは死体がまっぷたつにされても、死体に食いさがって独り占めしようと思ったんだろう」

大奎はだいぶ落ち着きを取り戻していたが、この話を聞いてまた心配になったのか、唾を飲み込んでいた。

「そんなにびびるなって。さっき、兄ちゃんが言ってただろ。この虫をうまいこと利用して、ここから脱出するって。この巨大屍鱉を舟に積み込んで、水先案内してもらうってわけだ。こいつは生まれてこのかた屍肉《しにく》を食らってきたから、陰気がとりわけ強い。つまりミイラキラーってわけだ。ここではこいつらが王として君臨しているようだし、俺たちの舟に載せておけば絶対に外に出られるはずだ」

と三叔は大奎を励まし、さらに続けた。

「行くぞ、後戻りはなしだ。前にいったいどんな場所があるのか、何が俺たちを待ち受けてるのか、どうやってこんな馬鹿でかい虫が生まれたのか、どうしても知りたいからな」

三叔の言うことにも一理ある。もうかなりこの水路の中にいるのだ。こんなところで頭も上げられずにずっと縮こまっているのは、あまりにも苦しい。僕たちは後ろの荷物から折り畳み式スコップを取り出すと、それを竿の代わりにして、石壁を押しながら前進した。

僕はスコップを操りながら水路の壁を眺めていると、急にある疑問がわいてきた。

「叔父さん、ここの壁はどこも一枚岩ですね。大昔の盗掘の先達はどうやってここを掘り進めたのかな？　今だって、こんな長い水路を掘り抜くには数百人は必要でしょう」

「水路の形状がこんなに丸くなっている。ここはかなり年季が入った水路だ。当時この水路を掘った奴らは、国に仕える墓掘りたちだったのは確かだろう。つまり軍の盗掘のプロってわけだ。この感じだと、地図の墓を探し出すのも思った以上に手間取るかもしれないな」

「三叔の兄貴、どうして墓がまだ残ってるって、そんなに自信があるんだい？　軍隊がこんなに長い水路まで掘ってるんだ。そいつらがもうお宝を全部かっさらっちまってるなんてことはないのか」

そう言う大奎はさらに話を続けた。

「俺は、墓に入ったとしても棺桶《かんおけ》の板さえ見当たらないんじゃないかと思う」

三叔がフンと鼻を鳴らした。

「確かに、もし墓が何千年も前に掘られてたとしたら、俺たちには何も見つけられないだろう。だが地図にもこの水路がはっきりと描かれてるってことは、この盗掘用の水路は、墓の御主人様が埋葬されたときにはもう存在してたってことだろ。だからこの水路が造られたのは俺たちが探してる古代の墓よりも前のものだってことだ。それに、このあたりにある古墓はひとつだけじゃないはずだ。だからこの水路がどの墓の盗掘のために掘ったものかなんて誰もわからないはずだ」

「ということは……」

僕は三叔が言ったことに、鳥肌が立つような意味がこめられていることに気づいた。

「僕らがここで遭遇したすべてのものたち――巨大屍鱉やら、六角形の青銅鈴なんかの持ち主は、戦国時代よりも前の人ってこと?」

三叔は首を振った。

「俺がもっと気になってるのは、古墓の主人は、なぜとっくに盗掘されてる他の墓の周辺に自分の墓を造ったのかってことだ。そんなの、風水では最も忌むべきことだろ?」

そこへ悶油瓶が突然手を振って話をさえぎり、前方を指さした。カンテラの光も届かない、水路の奥から放たれている緑色の光が見える。三叔がふっと息を吐いた。

「死骸置場に到着したようだな」

6 死骸置場

僕たちは舟を停《と》めた。ここがこの洞窟で最も危険な場所なのは間違いなさそうだ。準備万端で来ていれば、こんなところに突入するなんて愚行をおかす必要などなかったのに。三叔《サンシュー》が時計を見ながら言った。

「どうやらこの死の洞窟は進入は簡単だが、脱出は不可能なようだ。俺も長いこと盗掘稼業をやってきたけど、こんな場所は初めてだ。ここには本当に化け物がいるかもしれないな!」

潘子《パンズ》が小さな声で応えた。

「はあ、そんなこと言われなくたって誰にでもわかるよ」

三叔は潘子をにらみつけた。

「だがな、例の話はじいさんに初めて会ったときに聞いただけだろ。洞窟から生還したのはあの舟頭だけで、他の奴《やつ》らはみんなダメだったなんて話、本当なのかどうか、俺たちにはわかりっこない。もしこの洞窟が――」

三叔が語気を強める。

「本当に死の洞窟だとしたら、この先には確実に危険が待ってるわけだ。どんな事態にぶち当たるのか、そこまではさすがの俺にもわからない。もしかすると鬼《き》打《だ》牆《しょう》（中国の妖怪。人の進路を遮って進めなくする）に出くわして舟ごとどこかに流されちまうかもしれないし、数百匹の水鬼《すいき》（水中で死んだ人間の幽霊。水中に人を引きずり込み溺れさせる）に舟板をめくり取られるかもしれないしな」

大奎《ダークイ》の表情は真っ青になっていた。

「そ、それほどひどくはないはずだ。きっと」

「いずれにしても、何が起きてもおかしくないのは確かだ。今回の盗掘は、まだ墓にもたどり着いてないってのに、もうこんなに危険だらけだ。こりゃあ、俺たちは運があんまりよくなかったのかもな。だが、どんな状況にあっても墓掘りは化け物なんて怖がらない。そんなのを怖がる奴にはこの仕事はどだい無理な話なんだ。この道で食べていこうっていうなら、やばいものにも会っておくぐらいじゃなきゃあ、それこそ面白《おもしろ》味《み》がない」

三叔はそう言うと、潘子に背負っていたリュックからダブルライフル銃を取り出させた。

「それに俺たちには現代のハイテクな武器がある。昔の先輩たちよりずっと条件はいい。もし本当に水鬼に遭遇したら、逆にそいつらこそ運が悪いってことだ！」

大奎はもう恐怖で全身の震えが止まらない。それを横目に僕は三叔に言った。

「叔父さんの演説、戦いの前に戦士を鼓舞しようってつもりかもしれませんが、いつの間にか怪談話になっちゃっていませんか？　これじゃ逆効果ですよ」

三叔は撃鉄を起こしながら語気を強める。

「大奎、今回お前は俺の顔にひどく泥を塗った。まさかこんなにフヌケだと思わなかったよ。くそっ、ここまでの道中、自分のことを金剛力士よろしくほら吹きまくってたくせに」

それから悶油瓶《モンヨウピン》に銃を手渡した。

「全部で二発撃てる。撃ち終わったら銃弾を装塡《そうてん》しないとダメだ。こいつは散弾だから距離が遠いと威力が下がるんだ。照準を定めてから撃ってくれ」

僕は子どもの頃、クレー射撃で表彰されたほどの腕だ。ダブルライフル銃についても熟練していたので僕も銃を受け取った。三叔と大奎は一方の手にアーミーナイフを構え、もう一方の手で折り畳み式スコップを使って船を進めていった。潘子と僕、そして悶油瓶は銃を構える。船はゆっくりと緑の光を放つ死骸置場に向かっていった。

カンテラのわずかな灯《あか》りを頼りに進んでいくと、水路が徐々に広くなっていく。緑色の光源にもどんどん近づいているようだ。傍らでは悶油瓶が何やら西洋の言葉を唱えているし、潘子も何かぶつぶつ言っている。次の瞬間、一生忘れられない光景が目に飛び込んできた。

あたりが緑色の光に照らされている箇所まで来ると、急に視界が開けた。狭かった空間が天然の巨大洞窟へと様変わりし、狭かった水路も洞窟の中を流れる大きな川へと変貌をとげた。川の両岸の浅瀬はすべて黒緑色の腐った死骸で埋め尽くされているが、それらが人間なのか動物なのかはまったく判別がつかない。奥のほうでは、骸骨がひとつひとつ整然と並べられていた。これらは人為的に並べられたものに違いない。一方、その外側は骨が乱雑に散らばっている。とりわけ川岸に近くなるほど整然さを欠き、様々な姿を呈している。まだ完全には腐りきっていない死骸もあるが、すべてにグレーのシートのようなものがきつく巻かれていて、中には巨大屍鱉《シーピエ》が出入りしているものもある。僕たちの舟で死んでいるものよりはずっと小さいが、普通の屍鱉の五倍はある。もっと小さな屍鱉たちも御《ご》馳走《ちそう》にありつこうと死骸によじ登っていくが、巨大屍鷲に嚙《か》みつかれ、しまいには喰《く》われてしまっていた。

「この死骸の大部分は上流から流れついて、ここで浅瀬に乗り上げたんだろう。みんな気をつけろ。周りで何かおかしなことが起こっていないか、よく注意しろよ」

「おい、見てみろ！」

　視力のいい大奎が片側の岩壁を指さした。みんなが顔を向けると、一斉にぎょっとした。垂直に切り立つ岩壁の中ほどに深緑色の水晶の棺《ひつぎ》がはめ込まれている。内側には白装束の女性の亡骸《なきがら》が納められているようにみえるが、遠すぎてはっきりとはわからなかった。

「あそこにもあるぞ！」

　今度は潘子が反対側を指さした。目をやると、そちら側の岩壁にも水晶の棺がはめ込まれていた。だが、棺の内側は空だ。

　三叔が深呼吸をした。

「亡骸はどこに行った？」

「まさか粽子《ゾンズ》（中国語本来の意味は「ちまき」、ここでは盗掘者の使用する隠語として「ゾンビ」を示している）なのか？」

「三叔、ここには粽子なんているはずないよな！」と大奎。

「おまえら気を抜くなよ。もし何か動いてるものを見たら、何も考えずにすぐに撃て」

　三叔はそう指示しながら、四方を見渡して、周囲の警戒を怠らない。

　このとき急に川の流れが変わり、舟が骸骨の山に沿って急カーブを描く。

「ワッ」大奎が驚声をあげ、舟のなかに倒れ込んだ。何かを目にしたようだ。じっと目を凝らすと、白い羽衣を身に纏《まと》い、黒髪を腰まで垂らした女がこっちに背を向けて立っているではないか。女が身につけている装飾品は、明らかに西周時代（紀元前一一〇〇年頃から紀元前七七一年）のものだ。僕は思わず生唾を飲み込んだ。

「死体がいるぞ――」

「停まれ――停まるんだ――」

三叔が額の汗を拭いながら命令した。

「大奎、リュックから黒ロバの蹄《ひづめ》を出せ。どうやら、この屍《しかばね》は千年を超える大粽子《ダーゾンズ》だ。一九二三年の蹄を取ってくれ。新しい蹄じゃ、太刀打《たちう》ちできない」

三叔はもう一度同じことを言ったが、大奎は返事をせず、動く気配もない。振り返ると、大奎が口から泡を吹いてぴくぴくしていた。もしこんな状況でなかったら、僕は笑い転げていただろう。それはあまりに滑稽な姿だった。

「潘子、おまえが取り出してくれ！　くそっ、次も大奎の奴と一緒だったら、俺が粽子のメシにされてしまう」三叔は黒ロバの蹄を受け取ると、気合を入れた。

「よく見てろ。呉《ウー》家の三叔の腕前を。呉邪《ウー・シエ》、おまえも俺の甥《おい》っ子《こ》なんだから、よく見とけ。こんな千年物のお宝粽子にはそう簡単に出会えるもんじゃない。もし俺が失敗したら、俺の頭のてっぺんに一発お見舞いして、ひと思いに逝かせてくれ」

僕は三叔を引っ張った。

「どうなの？　本当に勝てそう？」

これまでこんな状況に出くわしたことがなかった僕は、それほど怖いと思っていなかった。すらっとした白装束の女性の後ろ姿に、ちょっとした悲哀を感じただけだった。いつも見ているホラー映画でも、長い髪の白装束の女が振り向いたところで、どうってことはない。だがここへきてようやく、僕の心臓が激しく鼓動し始めた。

このとき、悶油瓶が三叔の肩をぽんぽんと叩いた。

「黒ロバの蹄は粽子には有効だ。だがこいつはたぶん粽子じゃない。今回は俺に任せてくれ」

そう言ってバッグから棒のような長いものを取り出した。三叔のところから買い取ったあの「龍の背骨《ロンシューベイ》」だ。包んでいる布を解《ほど》くと、現れたのは烏金石《うきんせき》（宝剣を精錬するのに使われる黒い石）を精錬して作られたとみられる、漆黒の古刀だった。

悶油瓶は古刀で自分の手の甲を切りつけると、舟首に立って血を水中にたらす。ぽたりと一滴、水面に血が落ちたとたん、ガサガサと音がした。すると屍鱉が川岸の死骸からぞろぞろと這い出《はいで》てきたかと思いきや、化け物にでも出くわしたかのように、ものすごい勢いで僕たちの舟から遠ざかっていくではないか。舟の周囲、水中、死骸といったあらゆるところから、屍鱉が一瞬で姿を消した。

悶油瓶が血のしたたる手を白装束の女性に向けると、なんと、女は地に膝をついていた。僕たちはこのショックな光景に言葉を失い、体も固まってしまった。そのとき、悶油瓶が三叔に向かってうながした。

「さっさと行くんだ。絶対に振り返るな！」

女がどんな顔をしているのか、内心かなり興味をそそられたが、後ろを振り向く危険は冒せない。それにパサパサのミイラの顔しか拝めないかもしれないのだ。三叔と潘子が二人で懸命に舟を操り続けると、やっと前方に狭い水路が見えてきた。それは入ってきたときの水路と同じくらいの広さだ。どうやら、この天然の洞窟はもともと山の中腹にあったようだ。そして両側から盗掘用の穴をここまで掘り抜き、貫通させて水路を作った。だから両側の水路が極めて狭いという構造になったわけだ。そのおかげで、両側の河川によって洞窟が塞がれてからも、内側は乾燥した状態を保てたのだろう。

盗掘用の水路を進むと、またしても頭をかがめ、体を縮こませなければならなくなってきた。この水路に入る前までは、〝振り返るな〟という約束を守ってきた僕だったが、このときになってふいにある考えが頭をよぎった。確か、後ろを見るなと言われただけだったよな？　ってことは、あの女が後ろから追ってきているかどうか水面の影を確かめるくらいならいいんじゃないか――だが、今思い起こせば、本当に見なければよかったと、後悔しか残らない。水面に映った影を一瞥《いちべつ》しただけで、僕は失神しかけたのだ。得体の知れない何かが背中に這い上がってくるのを感じ、大声で叫びたくなった。そして、後ろを振り向きたいという強い衝動をどうしても抑えることができなくなっていた。次の瞬間、後頭部にずどんと衝撃が走り、目の前が真っ暗になって、一気に意識が飛んだ。

7 無数の頭蓋骨

どのくらい時間が過ぎたのだろうか、支離滅裂な夢を繰り返し見ていた。こっちに背を向けている白装束の女の姿がおぼろげに見える。女の顔を見たいという思いにかられた僕は、回り込んで女の目の前まで走っていくが、やはり背中しか見えない。何度も何度も走った。だがどうやっても、後ろ姿しか見ることができない。いったいなぜと腑《ふ》に落ちずに考えていたが、「この女には後ろ姿しかないのだ」とふいに悟って絶叫した。そこで夢は終わった。目を開けて最初に視界に飛び込んできたのは、真っ赤な血のような夕焼け空だった。

「起きたか?」

潘子《パンズ》の大きな顔が笑いかけている。

太陽の光に目を細める。潘子が空を指した。

「見えるか? おい、俺たちなんとか脱出できたんだぞ!」

僕は後頭部をさする。

「ねえ、僕のこと殴ってないよね?」

そのとき、記憶が一気によみがえってきて、僕は慌てて手を背中に回した。背中にまだあの「何か」

がいるのではと思ったからだ。それを見た潘子がガハハと大笑いした。

「安心しろ。もういねえよ」

「あれはいったい何だったの？」

心臓のバクバクはまだ収まらない。

「あの兄ちゃんが言うには、あれは『くぐつ』と呼ばれるもので、その正体はあの白装束の女粽子《ゾンズ》の霊魂だそうだ。女はおまえの陽《よう》の気をちょっと借りて、死の洞窟から出たいと思ってただけだったらしい。だが、それ以上の詳しい話はしなかったし、あいつもちょっと話しただけで気を失っちまったからな」

三叔《サンシュー》はスコップを操りながら続けた。

「だが、あいつはどうもただならぬ力を持ってる。千年の粽子さえひざまずかせちまうほどだ。どんな法術なのかは知らんがね」

身を起こし、悶油瓶《モンヨウビン》と大奎《ダークイ》が横並びで眠りこけている様を見ていると、その姿があまりに滑稽で、思わず笑ってしまった。ちょっと前まで何とも感じなかった周囲の風景も、今は大空を眺めただけで何だかものすごく晴れやかな気分になれた。

「奴《やつ》はいったい何者なのかな？」

三叔は首を振った。

「俺もよく知らないんだ。長沙《ちょうさ》の友達の伝手《つて》で経験者を探したんだけど、そいつらが紹介してくれたんだ。俺はこいつの苗字《みょうじ》が張《ジャン》ってことしか知らん。道すがら、何度か探りを入れようとはしたんだがな。こいつは寝てるか、ぼーっとしてるかで、結局、素性はわからずじまいだ。でも、紹介してくれた友達は、こいつはこの道のプロだと言ってた。だから何の問題もない」

この話を聞いて、悶油瓶の謎がいっそう深まってしまった。だが、そう言う三叔をさしおいて、これ以上しつこく聞くのも具合が悪い。諦めて、目の前の潘子に別の話を振る。

「さっきの村はもう見えるのかい？」

「前方にあるようだ」

三叔は前方にぽつりぽつりと灯《とも》っている明かりを指した。

「あそこは俺たちが考えてるほど、ちっぽけな村でもないようだ。電気も通ってるみたいだし」

集落がすぐそこにあるとわかると、熱いシャワー、出来立ての郷土料理、それにおさげ姿の村娘が頭に浮かんできてドキドキが止まらなかった。ちょうどそのとき、夕日に照らされた人影の群れを山頂のあたりに発見した。彼らはロバにまたがっていて、どうやらこれから村に入っていくらしい。それほど高い山でもないおかげで、彼らが地元の人間ではないことも見て取れた。

僕たちが舟から渡し場に上がると、村の子どもがこちらを見るなり突然大声を上げた。

「お化けぇっ！」

キツネにでもつままれた思いだ。子どもは走るのがめっぽう速く、あっという間に逃げ去って見えなくなった。この間、牛は行儀よく後ろの舟の上で、苛立《いらだ》つ様子もなくお利口にしていた。潘子は田舎《いなか》の出身で、実家でも牛を飼っていたから、牛追いをやらされることになった。岸に上がる頃になって、大奎はようやく目を覚ましたものの、まだ夢の中にいるようだった。それで初めに三叔から一発お見舞いされ、続いて潘子からも数回蹴りを食らう羽目になった。

ひどく出血したからだろうか、ずっと目を覚まさずにいる悶油瓶を僕が牛車まで運んでいくことになった。どうなってるんだか、こいつの体はまるで女性のように柔らかくて、骨という骨がないみたいだ。僕が悶油瓶を牛車に横たわらせている間に、三叔は道行く村人をつかまえて、宿の場所を聞いていた。村人は変質者を見るような目でこっちを眺めている。

「あんたら、ここをどこだと思ってるんだ？　おらたちの村にはたったの三十軒しか家がねえんだ。

宿なんてあると思ってんのか。もし泊まるところを探してるんなら、村の招待所（安い宿泊施設）に行ってみたらどうだい」

　僕たちは仕方なく化け物屋敷同然の外観をした招待所を訪ねてみると、いい意味で予想を裏切られることとなった。中は思いのほか小ぎれいで、電話や電気も通っているし、コンクリート造りだ。熱いお湯があったこと、そして何よりもベッドが清潔なのが嬉《うれ》しい。こんな村からすれば、この招待所は五つ星ホテルに相当するほど高級なものに違いない。

　招待所で入浴すると、本当に生きかえる思いがした。体にしみ込んだ腐臭をすべて洗い流すと、食堂に行って料理をほおばった。悶油瓶もようやく目を覚ましたが、体調はまだ悪そうだ。滋養強壮にと、豚レバー炒《いた》めを注文してやったものの、何も聞かないことにした。悶油瓶は僕にとって命の恩人だし、こみいった話は体調が回復するのを待ってからするべきだろう。

　僕たちはビールを注文した。とはいえ明日も作業があるので深酒するわけにはいかない。その代わり、食事をしながら店員にちょっかいを出していた。

「お姉さん、このあたりは良いところだね。どこもかしこもコンクリート造りだし、外の道路だってコンクリートだ。もしかしてロバに積んだコンクリートを山越えで運んだってこと？」

「そんなことあるわけないよ。ロバで運んだらいつ着くかわからないんだから。あたしんとこじゃ、すっごく前から公道が通ってたんだよ。解放（中国最初の自動車メーカー「中国第一汽車集団」のトラックのブランド名）の車だってここまで来れたんだから。二年前、山崩れで道が埋まっちゃったけど、崩れたとこから大きな鼎《かなえ》（食べ物を煮たり、祭りに用いたりする三本脚の器）が出たって、省都のほうからもいっぱい人が来たんだ。その人たちの話じゃ、鼎は戦国時代のもので、国宝に違いないんだって。でも、その人たちは鼎だけ持ってっちゃって、村の道のことなんかお構いなし。ほんと頭にきたわ。後になって、村でも自分たちで直せばいいだなんて大口叩いてたけど、どうやって直すの？　村にはお金なんてないんだから。ちょっと直しては止《や》めて、またちょっと直しては止める。こんなこと繰り返してもう一年も経《た》つんだ。今だってまだ直してるんだよ」

「それじゃあ、あの水路は？　ここには渡し場があったよね？」

「あれは昔のものだよ。もう長いこと誰も舟に乗ってないんだ。もし誰かがあんたたちに水路で行くよう勧めたら、そいつらの狙いは金目のものと、あんたらの命を奪うことだと思うよ。だから、よそ者はよっぽど気を付けてないと、危ないんだよ。ここの水路はひどいもんだ。いったい昔からどれだけの人がおぼれ死んだか。死体はひとつも浮かんでこないしね。あたしのとこの年寄りも噂話《うわさばなし》でよく言ってるんだ。ありゃあ、山神様に喰《く》われたに違いないって」

　内心また恨みがこみ上げてきた僕は三叔に目をやる。あんたが連れてきたガイドはなんだったんだ？　ただの賊じゃないか！　三叔も申し訳なく思っていたのだろうか、プライドも傷つけられたようで、酒を一気にあおるとこうたずねた。

「ところで、ここにはよそ者は多いのかい？」

「ここの招待所は小さいけど、馬鹿にしちゃダメだよ。いいかい、よそから来た人はね、みんな誰でも、あたしのところに泊まるんだよ。あの鼎が出てきてからというもの、よそ者がどんどん増えてるんだから。山のほうに別荘を造ろうとしてる人だっているんだ」

　すると三叔が急に立ち上がった。

「はあっ⁉　そんな馬鹿な話あるかよ。こんな山奥に別荘を造る奴は、華僑《かきょう》じゃなきゃ墓泥棒くらいだ」

　その勢いに、店員が跳び上がった。潘子が慌てて三叔をなだめた。

「旦那ももういい齢《とし》なんだから、いちいち突っかからないでくれよ」

　そして店員に向く。

「気にしないでくれ。きっと、旦那はちょっとおかしいって思っただけなんだ」

三叔は何か小声でぶつぶつ文句を言っていたが、恥ずかしそうに笑って店員に目を向けた。

「そうだ。ここには何か観光名所はあるのかい？　どこか面白いところはある？」

するとにたにた笑っていた店員が、ふいに小声になった。

「お客さんたちはどう見ても観光客に見えないんだけど、やっぱり、あれかい、墓掘りに来たの？」

僕たちが誰も答えないことがわかると、店員は僕たちの隣の席に座った。

「本当のこと言うと、ここに来るよそ者たちで墓掘りじゃない奴なんかいないんだ。あんたたちだって、もし本当に観光に来たんだったら、車一台分の装備を持ってくるなんて変だよね。荷物がいっぱいで邪魔くさいんじゃない」

三叔は僕にちょっと目をよこし、店員に酒を注いだ。

「てことはお姉さん、あんたもその道の人なのかい？」

「あらら、そんなはずないでしょ。あたしはただ祖父《じい》さまの話を聞いただけ。ここ数年、このあたりに来る墓掘りたちは少なくない。そいつらにだいぶお宝を持っていかれちゃった。だけど、祖父さまが言うには、凄《すご》いお宝はもっと地下深くの神仙《しんせん》（中国の土着の神、または修行をして神となった人）のお墓に眠ってるんだって。その神仙のお宝と比べたら金銀財宝なんかただのゴミみたいなものだってさ」

「へええ」三叔ががぜん興味を示し始めた。

「そうすると、あんたのじいさんは墓に入ったことがあるのかな？」

店員は口をすぼめて笑った。

「なに言ってんの。そんなことあるはずないよ。祖父さまはその祖父さまから聞いたんだ。この伝説がいつから伝えられているのかは知らないよ。言い伝えによると、神仙は玉皇大帝（中国の民間信仰である道教の最高神、天地の支配者）に遣わされて、大将軍に変身したんだって。そして当時の皇帝のために戦って、徳を積んだおかげで恵みを得て天に昇っていったんだって。戦争のときに使った神仏の宝剣は、肉体と一緒に埋葬されたって話なんだ。そういうわけで、その墓は皇帝のものなんかよりも凄いものだっていうよ。そうじゃないと神仙なんて呼ばないよね」

「だとしたら、絶対に凄い数の人がその墓を探しに行くだろ?」

三叔が緊張した面持ちで聞く。

「誰かがもう探し当てたのかい?」

「あれ、あんたは知らないんだね。今はね、その場所へ行くのは無理なんだよ。一昨年起こった山崩れで、跡形もなくなっちまったんだからね。崩れたところから何が出てきたか知ってる?」

「何って、どうせ鼎とかそんなもんだろ」と大奎が答えた。

「なに言ってんだ。もしも本当に鼎だったら、とっくに誰かが盗んでるよ。これはあんたらだけに話してやるんだから、誰にも言っちゃいけないよ」

店員はビールを一口飲んだ。

「そこから掘り出されたのは、ものすごい数の頭蓋骨だったんだ」

8 山間《やまあい》

三叔《サンシュー》が眉をひそめた。

「頭蓋骨だけ? 体の骨は?」

「そう、ないんだ。怖くない? あの場所は崩れてから、道がふさがれて、ロバでも行けないんだ。だから、あんたたちがどうしてもそこに行きたいっていうなら、歩いて行くしかない。もっともそこに着いたとしても、その後はどうなるかなんてわかんないけどね。前に、何組かたどり着けた人もいたみたいだけど、山崩れの様子を見た祖父さまたちはみんな首を振るばかりで、それ以上は行かなかったんだって」

三叔は悶油瓶《モンヨウピン》を一瞥《いちべつ》したが、奴《やつ》は気だるそうにして反応しないので、そのまま続けた。

「山崩れの前には、誰かしら墓に入ったことはあるだろ？」

「いることはいるね。けどその人たち、何日かして戻ってきたんだけど、結局手ぶらだったよ。行くときはみんな楽しそうにしてたけど、帰りはもうひどいもんだね。その格好ときたら目も当てられなかったよ。こっちが死にそうになるくらい臭いったらありゃしない。本当にたまらないよ。じいさまの話じゃあ、結局あいつらは墓がどこにあるのかすら見当もつかなかったって。それでも行ってみたい？」

「ここまで来たんだから、そりゃ行くしかないよ。でなきゃ、それこそ無駄骨だろ？」

三叔は笑ってみせたが、それ以上は何も言わなかった。料理が出てこないので、店員が催促しに厨《ちゅう》房《ぼう》に行くと、潘子《パンズ》が言った。

「どうやら、俺たちが探してる古墓がそこにあるのは間違いなさそうだな。だがあの娘の話の通りだとしたら、車一台分の装備を山の中まで運び込むのは難しいだろう」

「装備があるときはそれ用の掘り方、ないときはそれなりの掘り方ってもんがある。戦国時代の墓ってやつは、普通は上から下まで垂直式の竪穴《たてあな》になっていて玄室《げんしつ》（死者を安置する部屋）がない。今回の墓がそれと同じタイプかどうかは現場に行ってみないとわからない。墓の規模や、どのくらい深く埋めてあるかなんかは俺たちがこれまで掘ったものとはだいぶ違ってるだろう。山崩れで出てきた頭蓋骨、あれはご先祖様が言うところの鬼頭坑《グイトウカン》のだと思う。つまり殉死させた人間たちを殉葬した場所とみて間違いない」

三叔は地図を取り出して、地図上の丸く囲まれた箇所を指し示した。

「ここを見てくれ。この場所は墓からはかなり離れてる。以前やってきた奴らが、風水の手法にある

『尋龍点穴《じんりゅうてんけつ》』（気の流れが噴出している「龍穴」を探すこと）に従って墓の位置を探していたとしたら、必ずここに足を運んでいるはずだ。龍穴の下に墓があるとされているし、ここはその龍頭と見える。だが、よく見てみろ。さらにもっと深く潜ったところに瓢箪《ひょうたん》のような場所があるだろ。もっと深く潜っていなかったら、そのさらに下に『洞天《ほうてん》』（仙人が住むとされる地上の洞窟）があるなんて思いもしないはずだ。その場所こそが本当の龍頭ってわけだ。この墓を設計した何者かは『尋龍点穴』に長《た》けていて、墓掘りたちが騙《だま》されるような場所を故意に造ったらしい。もし俺の予想が当たりなら、このニセの龍頭の下にはとてつもない数のワナが仕掛けられてる、ニセの古墓があるはずだ」

　三叔は僕たちが真剣に自分の話に耳を傾けているのを見ると、だんだんご満悦になって話を続けた。

「もしこの地図がなければ、俺たちのご先祖様が来たとしても、騙されてしまうだろう。明日ひとまず最低限の装備と軽装で下見しに行こう。それでダメそうなら、ここに戻ってまた装備を運ぶぞ」

　僕たちはうなずくと、さらに酒を少し飲んでから部屋に戻った。

　そして装備の準備に取りかかった。最近では、昔ながらの洛陽《らくよう》シャベルは使われていない。三叔は発掘用シャベルを一本、選び出した。このシャベルは鉄管を一本ずつねじ入れることで必要な長さに調整できるもので、木製の柄のついた洛陽シャベルより目立たない。戦国時代の墓というのは普通、深さが十数メートルあるので、発掘用シャベルが欠かせない。各自シャベルの鉄管を十本ずつ背負い、シャベルの匙《さじ》もひとつずつ持った。潘子は銃身の短いカービン銃を携帯した。普段は革製のホルスターにしっかりと収められている銃だが、今は取り出されている。闇市で販売されているダブルライフル銃よりも銃身が短く、服に忍ばせておいても気づかれることはなかった。潘子は銃弾数発と一緒に銃をリュックに押し込んだ。三叔の話では、地下では体の向きを変えるのが難儀で、ダブルライフル銃なんてものは邪魔になるだけだから、潘子のカービン銃のほうがよっぽど実用的だということだった。僕もデジカメを一台、それから左官用のコテをひとつ携帯したが、他に何を持っていくべきか、まるで想像がつかなかった。まあいいや。僕なんてただのしがない盗掘実習生だ。

舟で過ごした疲れもあって、その晩は誰も話すことなく、死んだように眠りについた。かなり眠ったはずだが、目覚めると関節がまだぐったりとしたままだった。僕たちは朝食をかき込むと、携帯用の食料を少しだけ持って出発した。

招待所のスタッフはみな好意的で、村の子どもを一人、ガイド役にと呼んでくれていた。二時間ほど山道を登ったあたりで、股割れズボン（しゃがむと尻が出て用が足せるようになっている子ども用のズボン）を穿《は》いたその子どもが前方を指さした。

「あそこだよ！」

確かに、前方には明らかに土石流で削られたような渓谷があった。僕たちが今立っているのは、山の尾根と尾根に挟まれたところだ。延々と連なるこの峡谷は、雨期には川が流れていたのだろうが、土石流に加え、このところの数か月にも及ぶ日照りの影響で、今は真ん中に小さな沢がちょろちょろと流れるだけになっている。

両側にそびえ立つ尾根はかなりの傾斜で、歩いて登るのはとうてい無理そうだ。前方の河川も、山から崩れてきた岩石ですでに塞がれていた。

僕は尻を丸出しにした子どもの頭を軽くこづいた。

「もう帰って遊んでいいぞ。姉ちゃんにありがとうって伝えてくれ！」

子どもは手を伸ばしてきた。

「五十を一枚だ」

意味がわからずあっけにとられるばかりだったが、子どもは黙って手を出してこっちを見つめている。

「いったい何のことだい?」

三叔は大笑いして百元札を取り出すと、子どもに渡した。子どもはすかさずそれをもぎ取って、飛び跳ねるようにして走っていってしまった。このときになって僕もやっと意味がわかって、苦笑いした。

「いまどきのガキは、こんな山奥でも拝金主義に侵されてるんだな」

「人は鳥のために死す――」（「人為財死鳥為食亡」（人は財貨のために死に、鳥は餌のために死ぬ）ということわざを間違えて言っている）

大奎《ダークイ》がそうブツブツ言うと、潘子が大奎の脚を蹴り上げた。

「お前には教養ってもんがないのか？　お前みたいな奴はゴミにまみれて死んじまえだ」

僕たちは黙々と登り始めた。足元がそれほど不安定ではなかったので、ほどなく坂道を越えることができた。娘が言うほど怖いと感じなかったし、話にあった頭蓋骨もお目にかからなかった。崩れた坂の後ろ側には峡谷が続いていて、少し遠くには小さな林が見える。さらにその奥には、どうしてこんな景観が造り出されたのか不思議なほど、びっしりと樹木が生い茂った森林が遠くへ伸びている。

僕たちはこのとき、崩れた坂の下方にある峡谷で老人が水を汲《く》んでいるのを発見した。よく目を凝らすと、なんと僕らを騙して水路に引き込んだあの爺《じい》さんだった。あっちも急に現れた僕らに気づいてびっくりしたのだろう。腰を抜かしていきなり沢まで転がり落ちたと思うやいなや、立ち上がり、走って逃げていった。潘子が笑う。

「逃げられるものならやってみろ」

そしてカービン銃を取り出すと、爺さんの足先を狙って弾丸を撃ち込んだ。爺さんはびびって跳び上がると、今度は後ろに逃げ出した。潘子の弾丸が三連発、すべて爺さんの足跡に撃ち込まれた。だが向こうも馬鹿ではない。自分がからかわれていると気づくや、逃げられないと観念して、地面にドスンとひざまずいた。

みんなで坂を駆けおりると、爺さんは地面に頭をこすりつけながら謝ってきた。

「旦那様、どうか命だけはご勘弁を。この老いぼれも本当にどうしようもなかったんです。仕方なく旦那様たちを殺《や》るしかないと考えちまった。わしが思ってた以上に、皆さんは仙人みてえな凄《すご》い人たちだった。本当にお見それいたしました」

涙と鼻水でぐしゃぐしゃになっている爺さんに、三叔がたずねた。

「おい、どうした？　俺の目には、あんたは元気いっぱいに見えるが。何が仕方ないって？」

「もう嘘《うそ》はつかねえ。わしは本当に病気なんだ。元気そうに見えても、毎日薬を飲まねえとダメだし。見てください。この汲み水も薬を煎じるためのものなんだ」

爺さんは脇に置いてある水桶《みずおけ》を指さした。

「俺の質問に答えてみろよ。おい、どうやってあの水路のなかで姿をくらましやがった？」

「それに答えたら、見逃してくれるか？」

爺さんは僕たちを見つめている。

「大丈夫だ。今は法治社会なんだからな」三叔は続けた。「正直に吐けば寛容に、抵抗すれば厳格に。そういうことだ」

「そう、そうだよな。正直に言うよ」

爺さんは話し出した。

「実際にはそうたいしたことじゃないんだ。あの水路はまっすぐな洞窟に見えるかもしれないけど、天井にはけっこう穴ぼこが開いてるんだ。穴ぼこはうまく隠れていて、よく探さないと見つけられない。わしは旦那様方の隙を狙って、穴ぼこに入り込んだんだ。そして旦那様方の舟が行っちまってから出てきたってわけだ。驢蛋蛋《ルーダンダン》がわしの笛の音を聞いて木の桶を持ってきてくれたから、それを使って抜け出てきたんだ。事が成功したら、あの舟頭の魯《ルー》がわしにも分け前をくれるって算段だったんだよ。わしの取り分なんて雀《すずめ》の涙だ」

そう言いながら爺さんは急に何かを思い立ったようだ。

「そういえば、魯はどうしたんです？　さしずめ旦那様方の手にかかったってことで？」

潘子は首を切り落とすジェスチャーをしてみせた。

「もう奴は地獄への報告も終わったくらいだろうよ」

するとしばらくぼんやり黙り込んだ爺さんが太腿《ふともも》を叩き始めた。

「やった。死んでよかった！　本当のこと言うと、わしはこんなことしたくもなかったんだ。あいつが〝もしやらなかったら一緒に殺すぞ〟って脅すから、仕方なかったんだ。旦那様方、わかってくだされ、どうしようもなかったんだよ。わしを許して、もう放してくだされ」

「おい、いい加減にしろ！」

三叔が語気を強める。

「お前、どこに住んでる？　なんでここまで来て水汲みなんかしてる？」

「あの中に住んでいますだ」

爺さんはそばの洞窟を指さした。

「見てくだされ、この老いぼれの姿を。田んぼも畑もなく、家だってねえんだ。息子も早く死んじまったし、あとは死ぬのを待つだけですだ。本当にあわれなもんです！」

「ということは、お前はこのあたりにはだいぶ詳しいってことだよな。ちょうどよかった。自由にしてやってもいいぞ。だが、あるところまで案内しろ」

三叔が森のほうを指すと、ショックのあまり、爺さんの顔色が一変した。

「なんてこった。旦那様方は盗掘に来たんですか。あの墓は掘っちゃダメだ！　あそこには妖怪がいるんだ！」

それを聞いて、何やら訳ありなこと、それから爺さんがそれについて何か知っていることがはっきりした。三叔は続けて爺さんにたずねた。

「なんだ。お前、あそこで何か見たことがあるのか？」

「へえ、何年か前に大勢連れてあそこに行ったことがありました。そいつらは考古学調査に行くんだって言っていましたけど、どう見ても墓掘りでした。だけど、そいつらはこれまでの奴らとは違っていましてね、わしがそれまで知っていたのはどうしようもない輩《やから》で、墓に着くなり掘り始めるような奴ばかりだったんですが、正直——そいつらはまったく違っていました。一目で普通の奴らじゃねえってわかった。そいつら、近くにあった他の墓になんか目もくれなかったんですよ。この峡谷の下に行きたい、ずっとそう言ってたんです。村でそこに行ったことがあるのはわしだけだったから、奴らは太っ腹で、最初からわしに百元札を十枚いっぺんにくれました。お金を見て、わしは腑《ふ》抜《ぬ》けになっちまった。それでそいつらを案内して、この林に入ってきたんです。そして、前に行ったことがある場所まで行くと、もっと奥まで行きたいって言い出すじゃありませんか。わしはこれっぽっちの金じゃ命まで売れねえって断ったんです。そしたらもう十枚やるって言ってきた。だけどわしはあと百枚もらったってダメだって言ってやったんです。そしたら、そいつらのボスが本性を剝《む》き出して、わしの頭に銃を突き付けてきました。もう、奴らを連れて奥に進んでいくしかなかったんです」

爺さんは頭を掻《か》きながら話を続けた。

「目的地に着いたら、奴らは本当に喜んでましたよ。そしてその場所で何かいじくり回していました。何かが地下にあるって言っていました。わしらは適当な場所を探してテントを建てて、何もわからなくなるくらいぐっすり眠っちまったんです。その晩は飲みすぎましたからね。目を覚ましたとき、どうなってたと思います？　人っ子ひとりいなくなってたんです。荷物もあったし、火もまだ消えていなかったのに。わし、恐ろしくなっちまって、いろいろ走り回って叫んだんですけど、いくら叫んでも誰も出てこなかった。何かやばいことが起こったって思いましたよ。ただそのときは、奴らはもういなくなっちまったし、わしも逃げたほうが良いって思いましたから、さっさと逃げてきたんです」

爺さんは何やら恐ろしい光景を思い出したのだろうか、目を細めるとさらに話を続けた。

「数歩も行かないうちに、誰かが呼んでいる声が聞こえてきて、振り返ったんです。そしたら奴らの仲間の女が手招きしているじゃないですか。わし、怒鳴ってやろうって思いましたよ。なんでこんな朝っぱらから誰もいなくなっちまったんだって。すると突然、女の後ろで大きく揺れている大木が見えたんです。上のほうを眺めたら、死ぬほど驚いた。その木にはびっしりと死骸が吊《つ》られてたんだ。目玉が飛び出るほど驚いたわしは、なりふり構わず走り続けてやっと村に戻ったんです。旦那様、どう思いますか。あれは絶対に木の妖怪に違いありませんよ。もし、わしが小《ち》っちゃいときから屍肉《しにく》を食らってこなかったら、あの妖怪に魂まで引っ張られていたはずです」

三叔はため息をついた。

「やっぱりお前、屍肉を食らってやがったんだな！」

手を振って合図すると、潘子がよしきたとばかりに、爺さんを縄でぐるぐる巻きにした。その後の道のりは爺さんの案内でだいぶ楽に進むことができた。爺さんは嫌だったろうが、抵抗する術《すべ》もなかった。その場所に着くには丸一日かかるらしい。大奎が前に立って道を切り開いてくれていたこともあり、僕たちの歩みはがぜん速まった。地図と爺さんの記憶をたよりに、何としてでも日が暮れる前に目的地に到着してやる――僕たちは心からそう願っていた。

それから半日歩き続けた。はじめは話もしていたが、周りがすべて緑色だったせいか、徐々に目が霞《かす》んできた。さらに眠気が襲ってきて、みなあくびばかりするようになっていた。

するとふいに爺さんが歩みを止めたので、潘子が言った。

「お前、またなんか企《たくら》んでるのか？」

茂みのあたりを見つめている爺さんの声が震えている。

「ありゃあ……何……何だ？」

見ると、草むらの中で何かがピカピカと光っている。なんとそれは携帯電話だった。

9　古墓

その携帯電話は何者かが落としてからそれほど時間が経《た》っていないようだった。拾い上げてみると、血がこびりついている。これはだいぶやばい。

「どうもここに来ているのは僕たちだけじゃないみたいだな。それに誰か傷を負っているようだ。携帯電話が空から降ってくるわけがないんだから」

僕は携帯電話の電話帳を開いて登録先を調べてみた。どの番号も海外のものだということがわかったくらいで、それ以外にはさほど役に立つ情報は得られなかった。そこへ三叔《サンシュー》が先を促した。

「こんなところでそんな奴《やつ》らのことなんか構ってられるか。先を急ぐぞ」

周囲を見渡しても、他に手掛かりになるようなものは何も見つからない。確かに前に進むしかなさそうだ。だがこんなへんぴな山奥で、近代的な道具が見つかるなんてどう考えてもおかしい。僕は爺《じい》さんに聞いてみた。

「僕たち以外に、最近この森に入ってきた奴らはいない？」

すると爺さんが薄ら笑いを浮かべる。

「二週間前、十人くらいでここに来た奴らがいましたけど、まだ誰も出てきていないですね。ここは危ないから、旦那様方、わしらも戻ったほうがいいと思う。まだ間に合いますから」

「ただの妖怪だろ。ジジイ、あんたに教えてやるぜ。こちらの兄ちゃんの前ではな、千年のミイラでさえ二下座するんだ。この兄ちゃんさえいればどんな妖怪だってへっちゃらだ。そいつらに生きる道はない。だよな？」

大奎《ダークイ》は悶油瓶《モンヨウピン》に同意を求めたが、大奎のことを空気か何かのように思っているのか、悶油瓶はまるで無反応だ。無視された大奎は不愉快そうだったが、どうすることもできずにいた。

空が沈みゆくなか、誰も何も話さず一心に前進を続け、午後四時ちょっと前にようやく目的地にたどり着いた。

そこで、張られたままの軍用テントを十以上も発見した。テントには腐った落ち葉がたくさん積もっていたが、テント自体はほぼ完全な状態だった。調べてみると内部は湿度が保たれ、よく整頓されていた。さらにはこまごまとした生活必需品も大量に備蓄されていた。人間の死体などどこにも見当たらない。どうやら爺さんは嘘《うそ》をついてはいなかったようだ。

防水布に包まれた発電機や、ガソリンもタンクに入った状態でいくらか残されていた。大奎は発電機を起動させようとしたが、どうやってもうんともすんともいわなかった。部品のほとんどが錆《さ》びついていて、ダメになっていたのだ。だが、ガソリンのほうはまだ使えそうだった。他にもいろいろなものをひっくり返し調べてみたが、もともと貼ってあったラベルはすべてはぎ取られ、テントや残されたリュックサックからはそのブランド名すら消えていた。

「これは妙だな。ここにいた奴らは、自分たちの素性を知られたくないようだぞ」

僕たちはこの野営地で火をおこし、晩御飯を簡単に済ませた。爺さんはふいに妖怪が現れて、自分たちが木に吊《つ》るされるのではと怯《おび》えた様子で、食事中も周囲を警戒していた。一方僕は、保存食が食うに耐えられなかったので、少し水を飲むだけにしておいた。

地図を見ながら食事していた悶油瓶が、地図上の狐《きつね》の顔が描かれている箇所を指した。

「この場所はここで間違いない」

地図の周りにみんなが集まると、悶油瓶は話を続けた。

「ここは祭祀《さいし》を執り行った場所だ。つまりこの下には祭祀台があるはず。殉葬した祭祀の品も一緒にあるかもしれない」

三叔は地面にしゃがみ込むと土のかたまりをつまみ、鼻先でにおいを嗅いだが、首を横に振ると、さらに何歩か歩き、また土のかたまりをつまんだ。

「こりゃだいぶ深く埋めてあるぞ。シャベルを突っ込んでみないとわからん」

みんなでねじ山のある鉄パイプを一本ずつつなげて、最後にシャベルの匙部《さじ》を取りつけると、三叔が足で地面に印をつけて、シャベルを打ち込む箇所を示した。大奎がそこにシャベルを固定し、短い柄のハンマーを使って打ち込み始めた。三叔は片手を鉄パイプにあてがいながら地下の様子を感じ取っていたが、鉄パイプが十三本打ち込まれたところで、急に声をあげた。

「とどいたぞ！」

シャベルを少しずつ引き上げていくと、先端の匙部にはひと握りほどの土のかたまりが付着していた。大奎がシャベルの匙部を取り外し、たき火のそばにいた僕たちに見せにきた。それを見た僕と三叔はショックで顔が青ざめた。いつも反応の薄い悶油瓶でさえ「あっ」と声をあげている。その土のかたまりは血に浸っていたかのように、ポタポタと鮮血に似た液体をしたたらせていたのだ。

三叔は土のかたまりのにおいをかいで、眉をひそめた。三叔も僕も、血屍《シュエシー》に関する記録を読んだことはあったが、祖父のノートから得た知識だけでこの状況を正確に推測するのは難しかった。だが、土のかたまりに血がついているなんて。この下にある墓が普通じゃないことだけは間違いない。

どんな決断を下すのか知りたかった僕は三叔に目をやった。三叔は煙草《たばこ》に火を点《つ》けると考えを言った。

「どのみち、まずは掘ってみるしかないな。それからまた考えればいい」

向こうでは、潘子《パンズ》と大奎が休むことなく作業を続けている。大奎はさらにシャベルを数回打ち込むと、さっきと同じように匙部を三叔に見せにきた。その都度、三叔はシャベルの土のにおいを嗅いでいたが、しばらくするとこての歯を使って、シャベルで開けた地面の穴と穴を結ぶように線を引いていった。せわしなく動き回り、墓の位置を見定める作業がようやく一段落したときには、古墓のおよその輪郭が地面に描き出されていた。

穴を掘って地下を探り、墓の位置を特定することは、土夫子《トゥーフーズ》としての基本的な能力なので、地面に描かれた輪郭と地下の墓の構造が一致するのは当たり前のことだ。間違えることはほぼない。だが僕は、地面に描き出された輪郭に違和感を覚えていた。戦国時代の大部分の墓には、地下宮殿なんて備わっていないはずだ。だが、この地下墓には明らかに地下宮殿が存在するし、レンガを積み上げて造られた天井もあり、かなり奇妙な造りをしている。

三叔は手の指で寸法を測りながら、棺《ひつぎ》の位置をほぼ確定させた。

「この下にあるレンガの天井が邪魔していて、シャベルではもうこれ以上掘り進められない。仕方がないから、勘でだいたいの位置に印をつけてみた。だがどうもこの地下宮殿は妙だ。レンガがどのくらいの厚さなのか、まるで見当がつかない。当面は宋代の墓を参考にして、まずは後ろの壁のほうから墓の中に入ろうと思う。もしそれでもダメなら、初めからやり直しだ。お前ら手ぎわよく動けよ」

盗掘経験十年以上の三叔は、驚くほど機敏だ。旋風シャベルを三本使って土のかたまりを吹き飛ばしながら、すぐに七、八メートルほど穴を掘り上げた。ここは荒れ地なので土の始末をする必要もなく、土をそのまま穴の外に出しておけばいい。あとは野となれ山となれだ。しばらく経って、大奎が穴の下のほうから叫んできた。

「うまくいったぞ！」

大奎は、たった今掘られたばかりの盗掘穴の下方部分をさらに大きく掘り込んでいて、レンガの壁面が広くあらわになっていた。僕たちは鉱山用のカンテラに灯《あか》りをともすと、穴の底まで降ろした。

悶油瓶は大奎が手でレンガの壁を叩こうとするのを見て、慌てて制止した。

「どこにも触るな！」

その目の異常なまでの鋭さは、大奎を凍りつかせるほどだった。

悶油瓶は二本の指をまっすぐ伸ばし壁につけ、レンガの境目に沿って指を動かしている。指先で何かを感じ取っているかのようだ。しばらく触れていると、ようやく言葉を発した。

「この中には盗掘を防ぐために中間層に何かが仕込まれている。だからレンガを動かすときには、どれも外側に向かって引き抜かないといけない。内側に押し込んではダメだし、レンガを壊すのはもっとダメだ！」

潘子が壁に触りながら問うた。

「隙間もないのに、どうやってレンガを外側につまみ出すんだよ？」

悶油瓶はそれには答えず、ひとつのレンガに触れると、力を入れて、そのレンガを壁から引き抜いてしまった。ここのレンガはだいぶ頑丈だ。それなのにたったの指二本で壁から引き抜くとは、どれだけ馬鹿力なんだ。こいつの指には、驚異的なパワーが宿っている——。

悶油瓶はレンガをそっと地面に置くと、壁の後ろ側を指さした。そこにはさらに蠟《ろう》で造られた暗い赤色の壁があった。

「この蠟壁の内側には、錬丹術（神仙になるための丹薬を製造する術）で使うバナジン酸がぎっちり詰まってる。もし壁を破ったら、たちどころに有機強酸が体に飛び散って、俺たちは皮が剥《は》げるほどの大やけどをするってわけさ」

思わず唾を飲み込んだ。そしてふいに、祖父が見たという皮膚のない怪物の姿が脳裏に浮かんだ。その猟奇的な姿に、体がおののく。もしかしてその怪物って、実は血屍なんかじゃなく、バナジン酸で焼けただれた、おじいちゃんのおじいちゃんだったのか？　まさかおじいちゃんは、自分のおじいちゃんに向けて銃を放ったということなのか――?

悶油瓶は、大奎にさらに五メートルほど垂直に穴を掘らせた。次に自分のリュックから注射針と樹脂チューブを取り出すと、チューブの先に針を取り付け、もう一方の先端を垂直の穴に放り込んだ。続いて潘子に火折子《フォジャーズ》（携帯火種。中国の道具、紙を巻いたもの。点火後に消しても炭火同様に火が残っているので、息を吹きかけるだけで再度の点火が可能）を使って針を焼かせた。それを悶油瓶が注意深く蠟の壁に突き刺した。するとすぐに壁の内側から赤いバナジン酸がにじみ出てきて、チューブを通って穴のなかに流れ込んでいった。

暗い赤色だった蠟壁が、少しずつ白くなっていく。どうやら内側に溜《た》まっていたバナジン酸がなくなったようだ。悶油瓶がうなずいた。

「よし！」

それを合図に、みんなでレンガを運び出し、壁にはあっという間に人ひとり通れるほどの穴が開いた。三叔がそこに火折子を投げ込むと、火の灯りで中の様子をうかがうことができた。この穴は墓の北側に開けられていた。どうやらここから墓室に進入できるらしい。墓室の床は古代の文字が彫り込まれた石板でびっしりと覆われていたが、石板の配列は八卦《はっけ》（中国で古代から伝わる易の基本要素の配列「天、沢、火、雷、風、水、山、地」の八つを記号化したもの）によく似ている。石板は外側ほど大きく、真ん中に行くほどほど小さい。また、墓室の四方には全部で八つ灯明が備え付けられていたが、もちろん火はとっくに消えている。さらに墓室中央の上にある天井には、日月星辰《じつげつせいしん》（太陽、月、星、星座の四つ）が彫り込まれ、その真下の床には四つ足の方鼎《ほうてい》（四角い鼎《かなえ》）が置いてあった。僕たちのいる場所と向かい合う位置――つまり墓室の南側にも別の石棺が置かれている。加えてその石棺の後ろにはどこへ続くかわからない甬道《ようどう》が一本、さらに深く下方に伸びていた。

三叔は頭だけを穴に入れにおいを嗅ぎ終えると、僕たちに手を振った。一人、また一人ともぐり込んでいく。

三叔は床の文字を見て、悶油瓶に言った。

「ちょっとこの文字を見てくれないか。ここに埋葬されている奴が誰かわかるか？」

悶油瓶はかぶりを振るだけだった。

火折子に火をつけて、灯明のなかに放り込むと、墓室全体が明るくなった。だがやはり僕は恐怖に怯えていた。祖父のノートにあった、最後に墓から出てきたという怪物や、祖父から何度も聞かされた「グッグ」という怪しい鳴き声がずっと脳裏から離れないのだ。しかし鼎によじのぼって中をのぞき込んでいた潘子は、こんな状況にもかかわらず歓声をあげている。

「三叔、ここにお宝があるよ！」

みんなで鼎によじのぼると、衣服が腐っていてほとんど何も身につけていない首無しミイラが、鼎のなかに収まっているのが目に入った。ミイラは玉《ぎょく》の首飾りしか身につけていない。潘子はいっさいの遠慮なく、ミイラから玉を奪うと自分の手につけた。

「こいつは人身御供《ひとみごくう》の残がいだ。祭祀を執り行った奴らは、こいつの首を斬って天を祭る儀式に使うと、残った体のほうはここに放り込んで、さらに人身御供にされたんだろう。このミイラはさしずめ戦の捕虜ってところだ。奴隷だったら首飾りなんて持ってるはずがないからね」

潘子はもっと良いお宝を探そうと、勢いよく鼎のなかに飛び込んだ。あまりにも急だったので、悶油瓶の制止も間に合わない。悶油瓶はすぐに石棺を振り返って見たが、運の良いことに何も起こっていないようだ。三叔が潘子に怒鳴りちらした。

「お前、この鼎は人身御供のための御贄《おにえ》を置いておくところだぞ。馬鹿め、自分が生贄になりたいのか？」

潘子は笑みを浮かべた。

「俺はあんな大耷の馬鹿野郎とは違うよ。そんなに脅かさないでくださいよ」

そう言いながら、鼎の中から今度は大きな玉の瓶を取り出した。

「見てください。お宝はまだまだありますよ。鼎をひっくり返して、もっと探してみるってのはどうです?」

「馬鹿なことはもうやめろ。早く出てこい!」

三叔が怒鳴っている間、悶油瓶は真っ青な顔で石棺のほうをずっとにらみつけている。その様子から、三叔も何かが起こるのだと悟った。

このとき、「グッグ」という音が聞こえてきた。振り返った僕は、悶油瓶のただならぬ様子に気づき、体中が凍り付いた。その音は石棺から聞こえてきたのではなかった。なんと悶油瓶が発していたのだった――。

10 影

はじめは、悶油瓶《モンヨウピン》が脅かそうとしてわざとやっているのだと思った。だが奴《やつ》の表情からは、冗談でやっているようにはみじんも感じられない。悶油瓶は途切れることなく「グッグ」という音を出し続けているが、口はまったく動いていない。身の毛もよだつ姿を見てしまった僕たちは、そんなに恐れることはないはずと思い込むことにした。だがその一方で、悶油瓶こそが実は無間《むけん》地獄(八大地獄のうち、最大かつ最恐の地獄)から来たゾンビなのかもしれないとも思っていた。

悶油瓶の恐ろしすぎる形相を見た三叔《サンシュー》は、急いで潘子《パンズ》を鼎《かなえ》から引っ張り出した。突然、悶油瓶の声が止《や》んで墓室が静まり返り、物音がいっさい聞こえなくなった。どのくらいの時間が流れたのだろう、我慢できなくなった僕が、いったい何が起きていたのかと悶油瓶にたずねようとした。その瞬間、石棺の蓋が急に跳ね上がり、石棺の本体が強烈な勢いで揺れ始めた。そして石棺から身の毛もよだつ陰惨な声が聞こえてきた。その声は蛙《かえる》の鳴き声のようで、祖父のノートにあった描写とそっくりそのままだった。

大奎《ダークイ》はびびりすぎて尻もちをついていた。僕も足ががくがく震えて、ほとんど座り込む寸前だ。三叔はといえばさすがに海千山千の輩《やから》、足こそ少し震えていたものの、倒れ込むほどではなかった。

棺《ひつぎ》から聞こえてくる声に、悶油瓶の顔色がさらに悪くなった。するといきなり床にひざまずき、棺に向かって頭を床に打ちつけるようにお辞儀を始めた。僕たちもすぐそれにならい、みんなでひざまずいて床に頭をこすりつけた。悶油瓶は頭を上げ、呪文を唱えるかのような怪しげな声を再び発し始めた。それを見て、三叔は冷や汗を流しながら声をおとした。

「奴はあれと交信でもしてるんじゃねえのか？」

石棺がやっと鎮まって動かなくなると、悶油瓶はもう一度お辞儀をしてから立ち上がり、僕たちに命じた。

「日が出る前に、どうしてもここから離れないといけない」

三叔は汗をぬぐっている。

「びっくりしたぜ。兄ちゃん、さっきはミイラの爺《じい》さんと命の値段の取り引きでもしてたのか？」

悶油瓶は手で「聞いてくれるな」という仕草をした。

「ここにあるものは、どれも触れちゃいけない。この石棺の主はものすごく強いお方だ。そのお方が出てきたら大羅金仙《だいらきんせん》（上位ランクの仙人。最高ランクは混元無極大羅金仙で、二番目が大羅金仙。ここではそのどちらも含めてのことと思われる）だってここから抜け出せないだろう」

分別のつけられない潘子は、へらへらと笑いながらたずねた。「兄ちゃんがさっき話してたのは、どこかの国の言葉か？」

悶油瓶はもう潘子のことなど相手にせず、棺の後ろの甬道《ようどう》を指さすだけだ。

「静かに行け。絶対に棺に触るな！」

三叔は気分を落ちつかせると、甬道へ向かって進み出した。悶油瓶のような奴と一緒だと、本当に肝が据わる。へらへらしている潘子は無視し、とりあえずカンテラに灯《あか》りを点《つ》けて、三叔が先頭、悶油瓶が最後尾で隊列を作り、棺の後ろの甬道へと歩みを進めた。大奎は棺の傍らを通り過ぎるとき、必死で壁に貼り付いてできるだけ棺から距離をとろうとしていた。いつもならその滑稽ぶりを大笑いしていたところだが、このときの僕にはさすがにそんな気力はなかった。

甬道は下に傾斜していて、道の両側には銘文や彫刻が彫られていた。読もうとしてもほとんど意味がわからなかったが、拓本や骨董《こっとう》の販売を生業《なりわい》にしていて多少なりとも知識があったおかげで、少しだけ意味を理解できた。

だが、もし僕がすべての文字を知っていたとしても、句読点がついていない文章を読み解く場合、その本当の意味を解するのはやはり困難だっただろう。なぜなら昔の人々の言葉は非常に簡潔で、技巧に長《た》けているからだ。「然《ラン》」という字を例にしてみよう。この字に関して、ある故事を聞いたことがある。斉《せい》（紀元前一〇四六年から紀元前二二一年頃、中国の春秋戦国時代、山東省のあたりにあった国）の国王が、軍師にあることをたずねたところ、軍師はうなずいて笑い、「然（中国の書き言葉で〝そうだ〟と、〝しかしながら〟という二つの意味がある）」と答えた。国王は長い間ずっと、それが同意を意味しているのか、反対を意味しているのかを熟考し続けた。だが結局、考えすぎて病気になってしまった。国王は臨終の際、自分が考えた答えが軍師の意味するところの答えと一致しているのか確かめようと質問した。すると軍師はやはり笑って「然」とだけ答えた。それを聞いて、国王はすぐにこと切れたという。

三叔は慎重に歩を進めた。じっくりと時間をかけて一歩、また一歩と進んでいく。カンテラの光が届く範囲はそれほど広くない。前も後ろも漆黒の闇に包まれていて、水路に進入したときに似た空気が漂っている。僕にはひどく気味の悪い時間だった。

三十分ほど過ぎた頃だった。甬道が登り坂になってきた。全行程の半分は過ぎたらしい。このとき盗掘用の穴が前方に出現した。三叔はアッと声をあげ、穴を調べようと直行した。他の誰かに後れを取るのを恐れていたのだ。

穴は最近掘られたもののようで、かき出された土も新しい。僕は三叔に聞いてみた。

「あの爺さんが言ってましたよね。二週間前にあるグループがこの谷に来たって。そいつらが掘ったものじゃ？」

「さあどうだか。だが掘り方がかなり雑だ。どうやらこれは外から進入するために掘られたものじゃない。ここから出るために掘ったようだ。本当に俺たちはそいつらに先を越されちまったのかもしれないな」

「がっかりすることはないさ。もし奴らが成功してたら、はじめに入ってきたところから出ていくはずだろ。そうじゃないってことは、何か想定外のことが起こったってことだよな。だからお宝はやっぱりまだ残ってるに違いない」と潘子が励まし、三叔もうなずいた。

「それじゃあ前進を続けるとしよう。誰かが俺たちの身代わりになってワナや地雷を踏んでくれたのなら、俺たちはこれ以上ここでのんびりしてることはないってことだ」

足どりを速めてさらに十五分間ほど進むと、甬道が広がり、開けた場所にたどり着いた。ここから先にある回廊の幅はこれまでの甬道の倍以上になっていて、装飾もかなり凝っている。どうやら墓の主の玄室《げんしつ》が近いようだ。回廊の行き止まりには、透き通った玉《ぎょく》でできた巨大な玄門《げんもん》(玄室の入り口)があって、すでに大きく開かれていた。誰かが内側から開けたのだ。玄門の両側には漆黒の餓鬼の彫像が二体鎮座していて、一方の手には鬼の爪を、もう一方の手には印璽《いんじ》を持っていた。

三叔が玄門を調べてみると、門の上に隠されていたワナが破壊されていることがわかった。玄門から中に入った僕たちを待ち構えていたのは、大きくて真っ暗な空間だった。カンテラの電源はそろそろ尽きかかっていて、明るさは充分ではなかったが、だいたいの様子だけはつかめた。ここが玄室に違いない。潘子がカンテラの光で前方を照らしながら驚声をあげた。

「なんで棺がこんなにいっぱいあるんだ?」

光源が強く、玄室の内部をはっきりと見定めるのは至難の業《わざ》だった。だが懸命に目を凝らすと、確かに潘子の言う通り、玄室の真ん中あたりには石棺がずらっと並んでいる。石棺は整然とまではいかないが、明らかに何か決まった順番で並んでいる。アーチ型の天井は壁画で埋めつくされていて、四方の壁にはびっしりと文字が彫り込まれた正方形の石板がはめ込まれている。僕は自分のカンテラを壁の近くに置いた。それに呼応するように、潘子もカンテラの光を、僕が置いたカンテラの光と交差させるように当てた。すると玄室内部のだいたいの様子が照らし出された。この玄室はその隣に耳室《みみしつ》(棺の置かれている墓室へと入る墓道や、墓室同士あるいは墓室と墓道をつなぐ甬道の両側に付設されている小さな墓室)を二つ配置した形をしているようだ。

三叔と僕は一番近くの石棺に近づき、火折子に点火した。この石棺の上にはびっしりと銘文が彫り込まれている。盗掘用の穴から進入して最初に見た石棺よりも各段にグレードが高い。銘文の一部は僕でもなんとか解読できた。

石棺の上に書かれた銘文は、棺に納められた人物の生涯を記したものだった。それによると、この墓の主は魯《ろ》の諸侯の一人だったという。彼は生まれながらにして冥府の印、鬼璽《グイシー》を所持していた。それで冥府から亡霊戦士たちを借り受けることができたので、戦では負け知らずだった。戦いの功によって魯公(魯は周の時代に周王より諸侯に封じられた侯爵家。魯の第二代君主から魯公と称した)から殤王《しょうおう》に封じられた。ある日、殤王は突然、魯公に謁見を願った。殤王はこんな話を魯公にした。「長い間、冥府から兵隊を借りてきましたが、現在、冥府では獄卒《ごくそつ》(地獄の看守)たちの反乱が起こっているといいます。今、わたしは冥府の王に義理を返す必要があります。ですから自分が冥府に帰って、冥府の王に命を捧《ささ》げることを許してほしいのです」魯公はそれを許し、殤王は何度も頭を床につけ謝意を示した後、その場で座ったまま亡くなってしまった。

殤王がまた戻ってくると思っていた魯公は、殤王のためにこの地下宮殿を造り、遺体もそこに安置しておいた。殤王が戻ってきたら自分のために命を捧げてくれると願ってのことだ——といった具合に銘文は長ったらしく、くどくどと記されている。そのほか、殤王が参加した戦役に関する詳細な記述もあった。そのほとんどが、殤王の冥府の印が光ると、地下から無数の亡霊戦士が現れて人間の魂を奪っていく、というものだった。それを聞いた潘子がやけに驚く。

「殤王ってそんなに強いのかよ。そいつが早く死んでよかったよな。そうじゃなかったら六国（中国戦国時代の、秦《しん》以外の六つの大国、斉、楚、燕、韓、魏、趙。最後は秦が統一した）を統一したのは魯ってことになってたかもしれないぞ」

僕は大笑いした。

「そんなの何とも言えないさ。大昔の人はほら吹きばかりなんだから。魯の殤王は亡霊戦士を借りたかもしれないけど、斉国の誰かが今度は天から兵を借りてくる、そんな具合だろう。確か、空を飛ぶ将軍だっていたはずだ。あんただって『山海経《せんがいきょう》』（中国最古の空想的地理書）くらいは読んだことがあるだろ？」

「どっちにしろ、俺たちが誰の墓を掘り返してるのか、これでわかったってこった。だが、ここにはこんなにたくさん棺がある。いったいどれがここの主《あるじ》のものだ？」

他の棺に彫られた銘文をいくつか読んでみたが、どれもほぼ同じ内容だった。棺の数を数えてみると全部で七つ、ちょうど北斗七星を模して配置されている。どの棺にも、名前を表すようなものは記されていない。どうしても理解できない銘文もあって、僕はそれらを読もうと四苦八苦していた。そのときだった。少し離れたところにいた大奎から怯《おび》えたような叫び声があがった。

「おい、見てくれよ。この石棺、もう誰かに開けられてるぞ！」

近づいて見てみると、確かに棺の蓋は完全に閉じられていない。さらに棺には、バールでこじ開けたような跡がたくさんついている。三叔はリュックからバールを取り出すと棺の蓋を少しずつこじ開け、灯りで中を照らしてみた。中をのぞいた潘子は奇声をあげ、戸惑いを隠せない。

「なんで、中に外国人がいるんだ？」

僕ものぞき込んでみると、確かに外国人の死体がある。それもまだ死んでそれほど経《た》っていない。どう長く見積もっても死後一週間というところだろう。潘子がまた性懲りもなく棺の内側に手を伸ばした。この期に及んでお宝を探そうとしているのだ。だが今回は悶油瓶がその肩をつかんだ。かなり凄《すご》い力だったようで、潘子が痛みに口をゆがめる。

「動くな。本当の主はこいつの下にいるぞ！」

念入りに観察してみると、はっきりとは見えないものの、確かに外国人の死体の下にもうひとつ死体があるようだ。三叔は黒ロバの蹄《ひづめ》を取り出した。

「こいつは黒毛《ヘイマオ》(ゾンビのなかでも黒い毛が生えているもの)に違いない。初めから少々手荒い手を使っちまおう！」

このとき、僕は大奎に後ろから服を引っ張られ、引き寄せられた。

いつもの大奎なら、何でもすぐに口に出して言う奴なのに――僕は不思議に思って、どうしたのか聞くと、大奎は、向かい側の壁にカンテラの光で映し出されている僕たちの影を指して小声で言った。

「おい、見てみろよ。あれはおまえの影だよな。そうだろ？」

「どうしたっていうんですか。まさか今度は影にびびってるとか？」

本当にうざったい。だが大奎の顔色はだいぶ悪い。僕の言葉を聞いているうちに、今度は口までががくがく震え出している。なんて奴だ、ありえない。本当にこんな影に怯えているのか？　そう思ったが、大奎に「しゃべるな」と手でさえぎられてしまった。

「これは俺の影、こっちは潘子のだ。そしてそれは三叔、そっちはお前さんのだ。どの影も見えるよな？　おまえのを合わせて全部で五つ。そうだな？」

僕はうなずいたとたん、気づいてしまった。大奎は唾を飲み込み、僕たちの影が映っている場所から少し離れたところにあるもうひとつの影を指すと、ほとんど泣きそうな顔になっている。

「それじゃあ、あの影は誰なんだよ？」

11　七つの棺《ひつぎ》

よく見ると、影の頭にあたる部分が下を向いたように低く垂れたかと思うと、また上に持ち上がっていった。影の頭はかなりの大きさで、肩幅よりも広く、常軌を超えた妖しさだ。緊張のあまり頭までむずがゆくなって、思わず大声を上げてしまった。

「バケモンだあっ！」

みんなが振り返る。僕は叫びながら影を指さし、後ろを振り返り、影の主の姿を捉えた。それは頭でっかちの怪物で、変わった形の何かを手にしている。薄闇のなかに浮かぶ奇妙なまでに大きな頭は、想像できるどんな怪物よりも恐ろしかった。悶油瓶《モンヨウピン》がカンテラでそいつを照らすと、怪物の正体があらわになった。それはまるで……まるで人が頭に大きな甕《かめ》をかぶってるような……おい、もうやめてくれ！

僕の感情は、極度の恐怖から極度の怒りへと変わっていった。やっぱりあれは人間に違いない。頭には大きな甕を載せて、手には懐中電灯。それでエジプトの古代壁画のごとく立っている。そいつは二つの穴が開いている甕から、目をのぞかせていた。その姿は悪趣味極まりない。

一瞬、その場に何とも言えない空気が流れた。こいつが敵か味方かすら判別できない。その姿にあっけにとられ、頭が追いつかなかった。結局、最初に潘子《パンズ》が毒を吐いた。

「くそったれ。これでもくらえ！」

潘子が銃を抜くと、相手は僕らの怒りに気づいたのだろう、「あいやーっ！」と叫ぶなり身をひるがえし、僕らが来た道を走って逃げようとした。それで遠慮などする潘子ではない。素早く弾薬を装《そう》塡《てん》し、銃弾を一発お見舞いした。そいつの頭の甕は砕け散り、首のまわりに輪っかのような部分だけが残った。そいつは逃げながら、大声でののしっている。

「絶対に許さねえからな！　戻ってきたらお前を始末してやる！」そう捨《す》て台詞《ぜりふ》を吐くと、あっという間に姿が見えなくなった。

その様子をちらっと見て、悶油瓶が言った。

「ダメだ。あいつを俺たちの盗掘穴に寄せつけるな。さっきの棺に近づかれでもしたら、それこそおしまいだ！」

悶油瓶はリュックの中からさっと烏金石《うきんせき》の古刀を取り出し、カンテラも持たずに、数歩走ったかと思うと、あっという間にその姿は暗闇のなかに溶けていった。

潘子も助太刀《すけだち》するために追いかけようとしたが、三叔《サンシュー》がそれをさえぎった。

「お前が行って何ができる。そんなことよりあの二つの耳室《みみしつ》を見てみるんだ。奴《やつ》がどこから来たのかを探れ」

僕は急いで右側の耳室に行ってみると、盗掘穴が石壁に直接掘られているのを確認できた。隅にはローソクがあって、ゆらゆらと緑色の光を放っている。

「おおっ」

思わず声をあげた。奴もやっぱり盗掘目的でここに来ていたんだ——。地面にはリュックが落ちている。どうやら奴のものらしい。開けてみると、工具、電池、それからこの古墓に関するスケッチが入っていた。スケッチはなぐり描きだったが、僕にはひと目でわかった。描かれているいくつかの四角形は、ここの七つの棺桶《かんおけ》を表している——。スケッチの横にはたくさんのメモ書きがあったが、筆跡が全部違っている。どうやらここで、何人かで話し合いながらスケッチに書き足していったようだ。さらにそこには大きなクエスチョンマークも書かれていて、こんな文字も書かれていた。——七星疑《チーシンイー》棺《グアン》。

緊張が走った。「七星疑棺」、この言葉、どこかで見たことがある——。すぐに思い出した。祖父のノートにあったあれだ。この七星疑棺はひとつだけが本物で、それ以外の棺にはからくりや極めて危険なワナが仕掛けられている。つまり、もし誰かがうっかり開けてしまったら、偽の棺のからくりやら法術やらが発動して、ひどい目に遭うのは想像に難くない。あの外国人は、中に何が入っているかまるでわかっていなかったのだろう。どの棺にもお宝が入ってると予想していたのだろうが、結果として何らかの理由で棺桶の中へと引きずり込まれてしまった。奴の仲間もおそらくその惨状に驚いて、ここからたまらず逃げ出したのだろう。その途中でもうひとつ別の盗掘穴を掘って、慌ててそこを通って離脱した、そんなところに違いない。

これは充分ありえる話だ。この地図を三叔に見せなくてはならない。僕は部屋から外へ出てみたが、そこにはカンテラ一個しか残されていなかった。そのカンテラは死の洞窟で水に浸《つ》かったせいで、弱々しく点滅し、まるで使い物にならなかった。加えて三叔と大奎《ダークイ》たちもいなくなっている！　もうひとつの耳室ものぞいてみたが、そこにも三叔たちの姿は見当たらない。僕はカンテラを拾い上げて三叔を呼んだ。

「三叔——ッ！」

三叔たちが僕だけ残して先に行くはずはない。ということは彼らの身に何か起こったに違いない——だが、それも変だ。争っているような音は聞こえてこなかった。潘子たちくらい力があるなら、怪物に出くわしたとしても、絶叫ぐらいできるはずだ——！

僕の呼び声がこだまするも、誰からも反応がない。眼前にぼんやり見えているのは漆黒の墓室、七つの冷たい棺、見知らぬ外国人の遺体——。僕はすぐ現実に引き戻された。そして自分がプロの土夫子《トゥーフーズ》ではないこと、そもそもひとりで墓室のなかにいられるはずのない臆病者だということを思い出した。僕は、たとえ妖怪などいなかったとしても、その姿を想像しただけで卒倒してしまう、そんな軟弱な奴なのだ！　僕はまた大声をあげた。誰か、返事をしてくれ――そう切実に願った。だがあたりはなおも静まり返っている。そのときだった。突然、僕の持つカンテラの火が今にも消えそうに点滅しだした。体からは冷や汗が噴き出し、頭も混乱してきた。もしずっとこの静寂が続いていたら、僕も徐々に冷静さを取り戻せたのかもしれない。だが運悪く、このとき石棺のほう――七つの棺桶のうち、どの棺からかはわからないが、ゴロリと何かの音が聞こえてきた。ふいにめまいがした、心臓がのどから飛び出そうになり、そのまま壁によろめいた。空間が揺らいだので後ろを見てみると、隣の耳室のローソクの火が消えていた。

いきなり絶望の底に叩き落とされた。あんたからはなんにも奪っていないだろ。それなのになんで灯まで消しちゃうんだ――？　再び石棺を振り返る。すると蓋が開いていた。石棺のなかで寝ていたはずのミイラが、石棺の上に座っていた。ついでに、外国人の遺体までも一緒に外に出ていた。二つの死体は仲良く並んで座っているかのようだ。運よく、奴らは別の方向に顔を向けていて、僕を見ていなかった。

僕はそいつらを見ないように目を閉じて、ぶるぶる震えながら、そっと壁に張り付いて移動した。それから軽くジャンプし、音を出さないように気をつけて、再び耳室に入っていった。

祖父は、度胸を鍛える秘訣《ひけつ》をノートに書いてくれていた。――見えなければ、何も起こっていない――僕もそう思うことにした。そうでもしなきゃ、千年のミイラが座っている姿を見て、正気でいられるはずがない。カンテラを隅に放り、できるだけ光を耳室の外に漏らさないようにした。それから甕野郎が残していったリュックをひっくり返して、漁《あさ》ってみた。しかし保存用のビスケットが数枚と、びっしりと文字が書かれている紙きれしかない。どうやら奴は重要なものは全部身につけていたらしい。外は一筋の光さえ射《さ》さない漆黒の闇、ミイラがなにをしているのか見当もつかない。もしミイラがそこでスクワットをして鍛えているだけだったら怖くなんかない。でももしかしたらいきなりこっちに向かってくるかもしれない、そう思うと恐怖でしかなかった。

このとき盗掘穴から風が吹いてきて、僕ははたとひらめいた。そうだ。この洞窟は絶対に外に通じているはずだ。そうでなくとも、どこかしらにつながっているはず。それがどんなところであれ、ここよりはましだ――。穴のそばにマークを刻んだ。こうしておけば、三叔が戻ってきたとき、僕が穴に入ったとすぐにわかるはずだ。僕はカンテラを手に、漁ったものを背中のリュックに入れ、その盗掘穴へと潜り込んだ。

這《は》いつくばって進みながら、子どもの頃、祖父が話してくれた〝常識〟を思い出していた。盗掘穴は古ければ丸いし、新しければ四角いとか、先秦時代《せんしん》（秦以前の時代。紀元前二二一年まで）の墓は山中にあって、漢代の墓は坂の途中にあるとか、女性を満足させるテクニックとか――いやいや、違った。おいおい、しっかりしろっ、呉邪！　と首を振る。じつのところ、頭のなかにはそっち方面の知識はほとんどない。

盗掘穴をじっくり観察してみると、この穴は丸いようで丸くない、四角いようで四角くもない。これじゃあ、いつ掘られたものなのかわからない。もう一度じっくりと考えてみよう。さっき、もしこの穴が頭に甕をかぶっていた奴が掘ったものなら、墓磚《ぼせん》（レンガのこと。これで墓ができている）を叩いたときにワナにも触れていただろうし、腕のいい墓掘りだとしたって音をまったく出さずに掘れるなんてことはないだろう。だが奴がここに入ってきたとき、僕らは誰も気づかなかった。ということは、この盗掘穴は奴らとは別のグループが掘ったか、ずっと前に掘られていたかのどちらかだ。奴は他の誰かが掘った盗掘穴から入ってきた、あるいは奴の掘った盗掘穴とこの盗掘穴が偶然につながってしまったかだ――。

さらに這い進んでいると、予想通り分かれ道が現れた。この二つの盗掘穴の掘削の手法はまるで違っていて、二つの別々のグループによって掘られたことは明らかだ。だが、どちらの穴も外部に通じているはずだから、適当に選べばいい。三叔が僕のことを探し出せるように、僕は選んだ穴の入り口のそばにもマークを刻み、先に進んでいった。このときの僕の頭の中には新鮮な空気、あかあかと光る月がすでに浮かんでいた。穴から地上に出たらすぐに火が燃えているはず、そして地上で僕を待っている人が僕を見つけてくれる。僕をひっぱり上げ、テントに入れてくれる、僕はそこで美味《おい》しいものを食べてたっぷりと眠る。それから三叔たちと、一緒に家に帰るんだ。でもこれはただの妄想にすぎない。ちくしょう、もう怪しいのだとか危ないのはこりごりだ。普通なら一生涯ずっと墓荒らしをしてやっとのことで白毛《バイマオ》か黒毛《ヘイマオ》（保存状態の悪いミイラについている毛）レベルの化け物に遭遇するかどうかだ。でも僕ときたら今回が初めての盗掘だというのに、どこに行っても上物のミイラだらけで息つく暇さえない。こっちだって大変だと思わないのか？　地上で待っててくれてるのは女の子がいい。肩なんかをもんでくれるといいなあ――そんな妄想がまた頭の中を駆けまわっていた。

僕はいてもたってもいられなくなり、歩を速めた。ほどなくして、火の光が前に現れ、僕は本当に驚喜した。今ここで味わっている苦労は、夜明け前の暗闇でしかないってことだ！　全身を猛烈に動かし、ものすごい勢いで出口を探した。今度こそ本当に思いっきり息を吸いたい。だが穴から出てみると、僕はショックを受けた。

期待が大きいと、失望もそのぶん大きいとはまさにこのこと。目の前に、さらにもうひとつ甬道《ようどう》が口を開けているだけだ。今度のは来たときに通った甬道と酷似している。どうやら、この墓はかなり複雑な造りらしい。

思わず怒りの言葉が僕の口から出ていた。カンテラであたりを何度も照らしてみて、すぐにわかった。自分はなんて馬鹿なんだろう。ここは僕らが来たとき通った甬道じゃないか？　だけどなぜ、この盗掘穴と甬道が通じてたんだ？　僕らは誰かがこの穴を掘って逃げたんだと思ってたのに――。

わけがわからず、心がもやもやしてきた。この穴を掘った奴はいったいどんな目的があったのだろう。

12　秘密の扉

僕は甕男《かめ》のリュックの中にあった大量の紙には、どれも地図みたいな見取り図が描かれていたことを思い出した。ひょっとしたらそれが何かの手がかりになるかもしれない——事態は深刻だ。とりあえず手あたり次第なんでもやってみるしかない。前方には七星疑棺《チーシンイーグアン》があるし、後方にはあの悶油瓶《モンヨウピン》でさえ深々とおじぎをした怪物がいる。これじゃあどっちにも進めない。ここがいちばん安全だった。

地面に座って紙をざっとめくってみた。そのなかの一枚は、奴《やつ》らが盗掘穴を掘るための設計図のようで、盗掘で想定されることがたくさん書かれていた。だが血屍《シュエシー》が眠る墓室の構造について推測している部分の記述はとりわけ乱雑に書かれており、読んでもさっぱり理解できなかった。ただ、瑠璃頂《るりちょう》（盗難防止のためにほどこされた仕掛け）と書いてある文字だけは判別できた。どうやら、彼らは血屍が眠る墓室のからくりを突破するために、様々な方策を考えていたらしい。最終的にそれを実行できたのかはわからないが——。それから別の一枚には、樹木のような、鬼の爪にも似た形の不吉な何かが描かれていた。

紙をさらにめくっていくと、ようやく意味のありそうな記述が出てきた。古墓全体の鳥瞰図《ちょうかんず》だ。湖底を通る甬道《ようどう》や七星疑棺が置かれている場所も描かれている。図はかなり詳しく描かれているが、僕たちが最初に進入した墓室だけが抜けていた。奴らはそこまでたどり着けなかったのだろう。僕がさっき這《は》い進んだ盗掘穴も描かれているし、その途中の分かれ道になっている場所もはっきりと記されていた。あのとき、僕がもしもうひとつの穴を選んでいたら、そっちは行き止まりだったようだ。そっち側の道には〝塌《ター》（崩落の意味）〟という字が書かれているのだ。

　盗掘穴を抜けて地上に戻りたい僕の願いは、とっくに断たれていることはよくわかった。さらにじっくり地図を確かめてみると、とりわけ奇妙な箇所を発見した。今立っているこの場所の左側には、どこかに通じる道はいっさい見当たらない。それなのに、地図にはこの左側にもうひとつの墓室が描かれている。だがよく見ると、地図のなかでこの甬道とその墓室をつないでいるのは点線だ。つまり隣の墓室はここの甬道とは別の空間にあるというのを示しているのかもしれない。僕は無意識に後ろの壁を手で探っていた。まさかこの壁の後ろに秘密の通路が隠されているのだろうか？　壁をじっと見つめながら、祖父のノートにあった、石でできた秘密の扉の構造を思い出した。通常、こういったからくりを朽ちずに千年動かすには、石と水銀を使って作動させる構造にしておかなければならない。それに加えて作動装置のトリガーは平たい板状のものじゃなきゃダメだ。目の前の壁にはひとつひとつに銘文が彫られているが、もし本当に秘密の扉があるなら、そのなかにひとつだけ、必ず可動する箇所があるはずだ。そしてそれは発見がとても難しいだろう――。

　そんなことを思いながら、身をかがめ、石壁や地面をあちこち触ってみた。すると四角い石板が壁にはまっている怪しい部分があったので、そこを押してみた。なんの反応もない。もう一度ゆっくり押してみた。やっぱり反応はない。いらいらした僕は、立ち上がってドンと強く蹴ってみた。すると案の定、〝ガラガラ〟という音が響いてきた。

　海外映画のお約束よろしく、壁が一気に回転するか自動ドアのように開くものと思っていた。だが実際は足元の地面がいきなり消えてしまった。予想外のことに、僕は抗《あらが》いようもなく一気に下へ落ちていった。これは「秘密の扉」じゃない、ただの落とし穴だ！　やばい、もうおしまいだ！　この下には何があるのかわからない。ひょっとしたら、骨までぐっさり突き刺さる剝《む》きだしの鋼の刃《やいば》が待ち構えているかも――。

すべては一瞬だった。妄想が終わらないうちに、僕は地面に尻もちをついていた。手にしっかかとにぎっていたはずのカンテラはパンッと音をたてて地面に落ち、衝撃で電池が飛び出した。灯《あか》りは消え、あっという間に暗闇に呑《の》み込《こ》まれた。

こんな状況では、カンテラは命同然だ。もし灯がなかったら、それは古墓の中では死を意味する。カンテラに触れようと、すぐに見当をつけて手を伸ばした。カンテラの落ちた場所ははっきり覚えていたので、すぐに触れることができた。電池はその左側にあるはず——そのまま手をカンテラの左側にのばしてまさぐると、ふいに、何者かの冷たい手に触れた。

13 02200059

僕は驚き大声をあげると、伸ばした手をとっさに戻した。暗闇の中で触ったものが何なのかはっきりわからないのは本当に嫌なものだ。しかもその手に触れた瞬間、この世のものではないことに気づいてしまった。氷のように冷たくてぶよぶよしていて、まるで生気が感じられなかったからだ。

ふいに、まだ火折子《フォジャーズ》を持っていたことを思い出し、慌てて火種を点《つ》けると、火の光に照らされて地面に横たわる死体が浮かび上がった。男の腹には大きな傷口がある。傷口には屍蟞《シービエ》が湧いていた。手のひらくらいの大きさで、青い。ときどき小さな屍蟞が、男の口や目の奥から這《は》い出てくる。見ていると吐き気をもよおしてくる。どうやら死後一週間ほど経《た》っているようだ。墓荒らしグループの犠牲者の一人で間違いないだろう。この男も落とし穴のワナが原因で、ここでのたれ死んじまったのか？

そんなことを想像していると余計に焦ってきた。消えかかっている火の光をたよりにあたふたと電池を探し出し、それをカンテラにはめる。カンテラはすぐに明るくなった。カンテラを買った店の店主は、三メートル以上の落下の衝撃にも耐えられると言っていた。ああよかった、どうやら嘘《うそ》じゃなかった！

灯《あか》りで、あたりを照らしてみた。ここには何もない。ひどく粗末な造りの四角い穴倉で、四方はすべて不規則に石が積み上げられただけの石壁だ。そこには排気口のような穴がいくつも開いている。その奥は真っ暗で、どこに通じているのかわからない。ときどき、どこからかひんやりとした風が吹いてくる。

死体を確認してみたところ、四十歳前後の中年男のようだ。腹部に切り裂かれたような傷があるが、おそらくこれが致命傷になったのだろう。迷彩服のポケットはぱんぱんだ。そこから財布を取り出してみると、いくらかお金が入っていた。駅の荷物預かり所の引き換え券も一枚あった。さらに、男のベルトのバックルには刻印が彫られていた。数字で「02200059」と刻まれている。それ以外、男の身元がわかりそうなものは何も見つからなかった。脱出してからまたゆっくり検証しようと思い、男の財布を自分のポケットに入れた。

この穴倉の様式は、西周（中国古代の王朝である周の前期。鎬京《こうけい》〔現在の西安市〕に都を置いていた）の時代に造られた古墓によく似ており、緊急時の逃走用の通路を思わせる造りにもなっている。他人の墓の上に自分の墓を造る奴《やつ》はいない。ということは、おそらくここは墓を造った職人たちが自分たちのために残した逃げ道に違いない。

古代、とりわけ中国の戦国時代において、貴族の墓の造成工事に従事することは死を意味していた。毒殺されるか、あるいは墓の主《あるじ》の死体とともに生き埋めにされてしまうことが多かったのだが、労働者の知恵はあなどれない。多くの職人たちはみな秘密の通路を造り、なんとか逃げのびてきたのだ。僕はカンテラであたりをくまなく照らしてみた。思った通り、壁には小さな門が造られている。だがこの門の入り口は地面からやや高いところに設置されていた。門の下には木製のはしごがかかっていたようだが、とうの昔に朽ちていた。この高さでは、門のところまで跳びつくのはとうてい無理そうだ。このときふいに、門のところに何かが現れた。僕は思わず大喜びした。「潘子《パンズ》！　僕だよ！」

潘子も驚いているようだ。だが僕を見つめるその顔に、喜びはない。それどころか、何か恐ろしいものでも見てしまったかのような表情を浮かべ、ショックで危うく門のところから落ちるところだった。

潘子はさっと銃を抜き、なんと銃口をこっちに向けてきた。まずい。僕のことをミイラかなんかと勘違いしてるのか？　そりゃ、とんだ濡《ぬ》れ衣《ぎぬ》だ！

「僕だってば、潘子！　なにやってるんですか⁉」

潘子には僕の声など聞こえていないかのようだ。果たして銃をこっちに一発ぶちかましてきた。穴倉のなかで銃声が共鳴する。撃ち出された銃弾は僕の耳をかすめ、空気を切り裂いて背後の何かに命中したようだ。血なまぐさい何かが僕の後頭部のあたりで破裂した。慌てて振り向くと、青くて大きな屍鱉がたくさん壁に張り付いているではないか。そのうち何匹かはすでに殺気立ち、その大あごを振り上げているし、僕の頭上まで這い上がり、僕の頭までたった十数センチのところまで接近しているものもいた。距離をとろうと僕は慌てて数歩後退しようとした。その途端、壁の二匹がバネ仕掛けの玩具《おもちゃ》さながら、ぴょんとこっちに跳んできた。僕のすぐ目の前に迫ると、間髪容れず、銃声が二発轟《とどろ》いた。二発は頭上を越え、二匹の虫が空中で木っ端みじんになった。この一撃で、僕の顔は虫の体液でびちゃびちゃになってしまった。このときになってやっと潘子の叫び声が聞こえてきた。

「そろそろ弾がなくなる。馬鹿みたいにボケッと突っ立って何してる？　さっさとこっちに来い！」

潘子という頼みの綱が現れてくれたおかげで、気持ちがだいぶ落ちついた。僕は振り向きざまに猛ダッシュした。すると潘子がもう一発撃った。おそらくまた虫が大きく爆《は》ぜたのだろう。このとき壁際までたどり着いていた僕に向かって、潘子が手を伸ばしてきたので、ジャンプしてしっかりとつかんだ。石壁がひどくざらついていたのが良かったのかもしれない。足が壁にしっかり掛かって、ちょっと引っ張ってもらっただけで、すぐに上にあがることができた。だが足元がまだおぼつかないというのに、潘子が僕の股の間からカービン銃を伸ばして、もう一発放った。飛び出た薬莢《やっきょう》が股間に命中し、僕は悲鳴をあげた。めまいでほとんど倒れそうになる。

「おいこら、僕をどうする気だ！」

潘子が声を荒らげ返してくる。

「まったく、おめえのイチモツなんか、命に比べたら命のほうが大事だろ！」

ふいに、カンテラを持って上がってこなかったことに気づいた。振り返って下を見てみると、カンテラが地面に落ちている。光源の周囲には大小の屍鱉がうじゃうじゃと群がっていて、そのあたりが青くぼんやりと光っているようだ。いったいどこからやってきたのか不思議だ。潘子に聞いた。

「弾はあとどれくらい？」

潘子がポケットをまさぐると、弾が一発だけ出てきた。思わず苦笑する。

「光栄弾（一般的には小型の手榴弾《しゅりゅうだん》。自死する際に使うもの）だけあるぜ」

台詞《せりふ》が終わるのを待たず、屍鱉が一匹、門まで跳び上がってきた。僕らの前で、ジィージィーという音を発している。

　さすがに兵役に就いて軍隊勤めをしていた潘子だ、急な変化にも充分に対応し本領を発揮した。潘子は急きょ、銃身を持つやいなや、木製の銃床をハンマーにして、あっという間に虫をぺしゃんこにすると、すかさず下に蹴り落とした。だが一息つく間もなく続けざまに虫が這い上がってくる。僕らは二人で殴る蹴るしながら懸命に抗戦したが、どうやっても何匹かは体にまで這い上がってくる。その鉤爪《かぎづめ》は僕らの皮膚を削り取った。

「逃げよう。こんなにたくさんいるんじゃ、処理しきれないよ」

「どこに逃げるってんだよ？」

僕は門の後ろにつながる石道を指さした。

「この後ろには絶対に出口がある。ここの石道を見て。大昔、墓の造成にあたっていた職人が逃亡用に残したものに違いない。ここをたどっていけば、絶対に出られるはず」

潘子が大声でののしってきた。

「馬鹿野郎！　おめえらみたいな世間知らずは、本に書いてあることはみんな正しいって思ってる。言っておくが、この石道は俺がずっと進んできたところなんだ。そもそもこの道自体が迷宮になっている。俺がやっとのことで、何かあるって見当をつけて、ここまでたどり着いたのに、また後退なんてしたら、永久に出られないぞ」

ショックだった。まさか僕の見当違いだったのか？　だが今はあれこれ考えてる暇なんてない。虫もだんだん増えてきている。僕は強く言った。

「ここで虫に食われるよりマシだろ！」

このとき突然、またガラガラと音がした。頭上の秘密の落とし穴からまた一人、誰かが落ちてきたらしい。幸か不幸か虫の上に落っこちたようだ。突然の襲来に、驚いた虫たちが脇に散開する。落ちた男はギャーギャーわめきながら立ち上がった。

「うへぇーっ、なんだよお。この隠し扉、なんだって下に開いてるんだ」

男は懐中電灯で四隅を照らして、目を見開いた。

「うおおっ！　なんだこりゃ？　なんだってこんな虫だらけなんだよ？」

いったい誰だろうかと男の顔を見てみると、二度と会いたくない奴ほど、どういうわけかよく顔を合わせてしまうようで、さっき玄室《げんしつ》で僕らを脅かしてきた墓泥棒だった。

屍鱉の動きは素早く、とっくに男の周りを取り囲んでいた。だが男も大したもので、懐中電灯をハンマーにして、一匹ずつ叩き殺していくが、さすがに間に合わない。瞬く間に背中が虫だらけになった男は、殺される寸前のブタにも似た叫び声をあげた。背中に手を伸ばして、必死に虫を払い落とそうとしている。このとき潘子が突然、懐に入れていた火折子をすべて取り出して火を点けた。そして、僕が遮る間もなく、勢いよく前に跳び下りた。

潘子は勢いに任せて地面をゴロゴロと転がり、男のそばまで近寄る。屍鱉たちは火が苦手だ。徐々に彼らの脇のほうへと避《よ》けていった。だが火折子はそう長く点火し続けられる道具ではない。しかもさっきの一連の動作のせいで、火はずいぶん小さくなっていた。すると潘子が僕に向かってたずねてきた。

「おめえんとこ、まだあるか？」

僕は懐をまさぐった。まだいくつか火折子が残っている。決めたぞ。よしっ、僕も突撃だ——心の中でそうつぶやき、潘子の真似《まね》をして、勢いよく跳び下りた。だがタイミングがずれて、前のめりに倒れ込んでしまった。その衝動で手にしていた火折子を手放してしまい、屍鱉の群れの中に転がっていく。潘子が大声をあげた。

「馬鹿かおめえは。俺を死なせてえのかよ！」

慌てて立ち上った僕は潘子たちのそばに駆け寄った。屍鱉たちは火を恐れて、しばらくこちらに近づこうとしなかった。だが火の光が暗くなっていくにつれ、屍鱉の包囲網が徐々に狭まってきた。僕は思わずごくりと唾を飲み込んだ。どうやら、ここまでだ——。

14 悶油瓶《モンヨウピン》

男がゴホンと咳《せき》をした。

「みんなに迷惑をかけたな。どうやら俺らはもろとも、あの世行きらしい。俺——王胖子《ワンパンズ》（王は姓で、胖子はふとっちょの意味）は、まじで何にも怖いもんはねえ。だがこんな死に方をするなんて思ってもみなかった！」

男は黒装束で、暗闇では体型がまるでわからなかった。目を凝らしてみると、なるほど、色白の大男か――、こんな図体のでかい奴でも盗掘者になれるとは、思ってもみなかった。

潘子《パンズ》が言った。

「こいつ、いったいどっから飛び出してきた？　マジで消えてくれよ！」

今にも消えそうな火折子《フォジャーズ》を見て、僕はほとんど泣きそうになる。

「早く逃げる方法を考えてよ。誰が死んだって虫の勝ちでしょう！」

潘子はあたりを見まわすと、カービン銃を王胖子に渡した。それから火折子を僕に渡して言った。

「本来だったら、服でも燃やせばもうちょっと時間を稼げるんだがな。だがこれじゃ火種が小さすぎる。たぶん着火する頃には俺たちがお陀仏《だぶつ》になってる。これから三つ数えるぞ。俺が虫を引きつけておくから、お前らは全力であっちの壁際まで走れ。人ばしごを作って門まで上がるんだ。時間は充分ある。俺は身軽だからお前らが上がったら速攻で走ってそっちに行く。一秒もムダにすんなよ！」

僕が拒否する間もなく、潘子はぴょんと勢いよく、屍鱉《シービエ》の群れに突っ込んでいった。一瞬のうちに、波打つ海のように屍鱉が潘子に向かって押し寄せ、僕らの目の前には一本の道ができる。僕は大声で助けを求めたが、王胖子に制止された。

「壁に登るんだ！」

そして、ものすごい力で僕を引っ張りながら助走し、壁の上に押し上げてくれた。そのおかげで僕はなんとか門のところまで這い上《はあ》がることができた。続いて僕が伸ばした手をつかんで王胖子も上がってきた。

下を見ると、潘子は痛々しく地面をのたうちまわっていた。全身、屍鱉まみれで、見ているこっちが泣きそうになる。王胖子が呼びかけた。

「早くこっちに来い。あともう何歩かでいいんだ！　早く！」

だが潘子にはもうそんな力はないようで、今や口の中に屍鱉たちが入り込もうとしている。潘子は何度も立ち上がろうとするが、そのたびに地面へと倒れ込むのを繰り返している。まさか虫の攻撃力がこれほどだとは思いもしなかった。潘子は体を縮こませたまま、僕たちの叫びに辛《つら》そうに首を振るばかりだ。

ついに潘子は顔まで屍鱉に覆われてしまった。潘子は傷だらけの手を伸ばして、銃を撃つポーズをしている。僕らに殺してくれと言っているのだ。

見ていられなくなった王胖子は、力いっぱいに大声で叫んだ。

「兄弟、許せ――！」

まさにこのときだった。ふいに上から、落とし穴が開く音が響き、また誰かが落ちてきた。だが今度の男は転がり落ちたのではなく、自分で飛び降りてきたようだ。着地はとても穏やかなものだったが衝撃も大きかったようで、男は身を沈めて衝撃を抑え込んでいた。男は片手を地面に置き、体を支えながらスーッと息を吐いた。屍鱉たちはいったんひるむと、突如としてものすごい勢いであちこちにぶつかりながら、あっという間に男から遠ざかっていった。海辺の波のように打ち寄せてきた虫たちは、一気に引いていき、壁に開いている穴の奥深くへと消えていった。その様に僕は思わず小躍りした。悶油瓶なのか――？　王胖子も驚きの声をあげた。

「まさか！　奴は死んでなかったのか！」

しかし妙だった。着ている服はひどくボロボロになっているし、全身血だらけなのだ。どうやらかなり深い傷を負ってしまっているらしい――。悶油瓶が地面に転がり、そしてもはや虫の息の潘子をちらっと見やると、急いで背負った。僕らは手助けのためにさっと手を伸ばした。一人が潘子を引っぱり上げ、もう一人が悶油瓶を引っぱり上げた。

情況の目まぐるしい変化とはまさにこのこと。映画の世界よろしく、絶体絶命の危機が、いつの間にか形勢が変わっている。僕らは潘子の傷の状況を見てみようとしたが、悶油瓶が手を振って遮った。

「すぐ行くぞ。〝あれ〟が追いかけてきた」

僕にはその意味がよくわからなかったが、王胖子はよくわかっているようで、すぐに反応していた。悶油瓶は潘子を背負い、僕は潘子のカンテラを拾い上げ、みんなを先導して進んでいった。そして四人でそのまま石道の奥深くへと進んでいく。

どれくらい進んだだろうか。角を何回曲がったかもはっきりと思い出せなくなっていた。そのとき、悶油瓶が王胖子を引きとめた。

「もういいだろう。ここの石道の造りはちょっと変わってる。〝あれ〟も短時間では追いつかんだろう」

立ち止まったところで、体が汗でびっしょりになっているのに気づいた。僕は悶油瓶たちが言っている〝あれ〟が何なのかたずねた。悶油瓶は何も答えずため息をつき潘子を地面に寝かせた。答えないのも無理はない。今いちばん重要なのは、潘子の傷がどうなっているかを確認することなのだから。

傷は全身に及んでいた。ほぼ全身穴だらけと言ってもいい。もし包帯が山ほどあって、それを巻いたら、ミイラができてしまうくらいだった。幸い傷口はほとんどが浅かったが、首や腹は致命傷といっていいほどひどかった。屍鱉は人間の柔らかい部分への攻撃が得意らしい。さっき手が触れた死体も、やはり腹をひどく咬《か》まれていたのを思い出した。

悶油瓶は手で潘子の腹を押していたが、しばらくすると腰のあたりから烏金石《うきんせき》の古刀を抜き出した。

「押さえつけるのを手伝ってくれ」

いやな予感がした。

「何をするんだ?」

悶油瓶は鋭い目つきをしている。これから始末するかのように、潘子の腹をじっと見つめているのだ。そして奇妙なまでに長い指を潘子の傷口近くに当てがった。

「腹のなかに、一匹入ってる」

「まさか——？」

僕は疑いの目を悶油瓶に向け、次に王胖子のほうを見た。王胖子は、すでに潘子の足を押さえつけていた。

「おまえらの実力からして、俺は奴のほうを信じるぜ」

それなら僕も、潘子の手を押さえつけるしかなかった。悶油瓶は刀で潘子の腹の傷口を広げると、ものすごい速さで潘子の傷口に指を刺し入れ、何かをひっかけ、取り出した。果たして悶油瓶の手には青色の屍鱉が挟まっていた。その一連の動作は一瞬だったが、潘子はあまりの痛みにのたうちまわった。ものすごい力だ。僕の力では押さえきれなくなった。

「こいつ、腹ん中で窒息死してた」

悶油瓶が屍鱉の死骸を脇に投げ捨てた。

「傷口が深すぎる。消毒しなけりゃ感染しちまう。そうなったらやっかいだ」

王胖子が光栄弾が装塡《そうてん》された銃を取り出して言った。

「なら、アメリカ人の経験に学んで、この光栄弾を使うのはどうだ。弾を外して、中の火薬で傷口を消毒しては？」

潘子がいきなり王胖子の足をつかむやいなや、痛みに歯ぎしりしながら声をあげる。

「ふざけんな、馬鹿なこと考えやがって……俺の腸を焼き切りてえってか？」

潘子はズボンのポケットから包帯を取り出した。包帯にはまだ血痕が残っている。どうやら頭の傷口から剝《は》がしたものらしい。

「捨てなくて良かったぜ。とりあえず俺を縛ってくれ。きつーくだ。これぐらいの傷なんてどうってことねえ！」

王胖子が言った。

「いまどき、英雄主義なんてのは流行《はや》らねえよ。同志、お前さんは腸だって見えてるんだ。我慢することはない！」

王胖子はそう言うなり銃から銃弾を取り出そうとする。僕と悶油瓶が慌ててそれを制止した。

「やみくもにやるなよ。内臓まで焼けちゃったらおしまいだ。やっぱりとりあえず固定させようよ」

王胖子はちょっと考えて、それもそうかと思い直したようだ。みんなで慌ただしく潘子の傷口を包帯で巻き、僕の服の布を引き裂いて、外側を覆った。潘子は痛みでほとんど気絶しそうになりながら、壁にもたれてぜいぜいと息を吐いている。僕は後悔の念にかられた。あのとき、火折子を手から放しさえしなければ、潘子はここまでひどいことになっていなかったかもしれない――。

このとき僕はあることを思い出した。

「ところであんた、いったい何者なんだ？」

王胖子が答えようとした矢先、悶油瓶が〝静かに〟と口に手を当てた。すぐに身の毛もよだつようなグッグッという音が、石道の奥から聞こえてきた。

15 トラブルメーカー

王胖子《ワンパンズ》は光栄弾が一発しか残っていないカービン銃を構えると、悶油瓶《モンヨウピン》に合図した。なんなら俺ら、とことん奴《やつ》とやり合うか？　という意味だ。悶油瓶はダメだ、と手を振った。それから息を潜めるため、僕らに鼻を押さえさせ、自分も片手で潘子《パンズ》の鼻を押さえて、もう片方の手でカンテラを消した。

僕らは暗闇に囲まれた。恐ろしいグッグッという音以外に、どきどきと高鳴る自分の心臓音しか聞こえてこない。その妖しげな音に聞き耳を立てていると、音がどんどん近づいてきて、生臭いにおいが漂ってきた。

恐怖でもう窒息しそうだ。音がどんどん大きくなってくる。まるで自分がもうすぐ処刑される死刑囚のような気分になってきた。いつの間にか音が聞こえなくなっていたが、僕は内心ぶるぶる震えていた。まさかそいつ、僕らのことを見つけちゃったのか――？

そのまま五分ぐらい経《た》った。ひどく不気味で、だがはっきりとしたグッグッという音が突然、すぐそばから響いてきた。こんなにはっきり聞こえるってことは、かなりやばいってことだ。ほとんど僕の耳の横じゃないか！　一瞬で頭がまっ白になった。絶対に叫ばないようにと、自分で口を押さえつけた。冷や汗で服はすっかりびっしょりだ。

この数分間、僕は極度の苦しみを味わっていた。頭のなかは空っぽで、これから僕を待ち構えているものが生なのか死なのか見当がつかないでいたのだ。

さらに三十秒が過ぎた。ついに、怪しい音が遠くのほうへと移動していくのがわかった。僕はほっとして、ため息をついた。なんとか助かった――。と突然、プッと音がした。あろうことか誰かがオナラをしたのだ。怪しい音はさっと消えた。そして同時に、カンテラの灯《あか》りが点《つ》くと、すぐ目の前に巨大な顔があり、ほとんど僕の鼻にくっつきそうだった。瞳孔のない目がじーっと僕の目を見つめているではないか。びっくりした僕はよろめき、何歩かのけぞった。

このとき悶油瓶の声が聞こえた。

「逃げろ！」

王胖子は信じられないスピードで動いた。地面に転がっていた潘子を背負うなり、一気に駆け出す。僕もその後ろをついていった。そして走りながら言う。

「おい、この馬鹿、屁《へ》をこいたな？」

王胖子は真っ赤になった。

「まさか！　俺が屁をしたのを見たのかよ？」

僕は心から悔やんでいた。

「ほんとにお前はトラブルメーカーだな！」

このとき突然、前を行く王胖子が声をあげた。

「あーっ」

驚き、どういう意味だよと言おうとした瞬間だった。突如として足元の地面が消え、僕も同じく大声で叫んでいた。カンテラを持たずに逃げてきたので、ほとんど何も見えない状態で突き進んできていたのだが、どうやら何度か角を曲がったところで、足元の道が突然なくなったらしい。

依然として足元が見えず、どのぐらいの深さかわからない。奈落の底に落ちたという感覚しかない。だがそんな感覚は、すぐにお尻の痛みにとって代わられた。悶絶《もんぜつ》していると、ひとすじの光が差し込んできた。王胖子が懐中電灯のライトをつけてくれたのだ。

周囲を見ると、ここも石室だった。非常に粗末な造りで、さっき僕らが屍鼈《シービエ》と死闘を繰り広げた石室とよく似ている。だが広さは違う。どうやら異なる石室のようだ。王胖子が緊張しながら言った。

「またいやーな予感がするぜ。ここでも虫に咬《か》まれねえだろうなあ？」

悶油瓶がいれば、少なくとも虫を怖がる必要はない。振り返ってみたが、なんと肝心の悶油瓶がいなかった！　まさか僕らとは別の道を行ってしまったのか？

あわてて記憶をたどってみると、さっきの混乱の最中、そもそも僕らは悶油瓶が後からついてきてるかなんて気にする余裕すらなかった。だがここは落ち着かないといけないだろう。こうも考えられる。怪物が何なのかはわからないし、僕らだけで逃げられる可能性は少ない。ということは、悶油瓶はきっと後方で怪物を止めてくれているんだ。だが危機に陥っている可能性もある――。

考えれば考えるほどまずい状況だと感じられてきた。このままじゃ、みんな遅かれ早かれここで死ぬ――。王胖子は周囲を調べ終えると、潘子を隅っこに寝かせた。それから自分も地面に座ると、尻をさする。

「そういや、お前さんに聞いておきたいことがある。お前さんたち、鬼璽《グイシー》を探しに来たんだろ?」

まったくわけのわからない話だ。

「まさか……本当にそんなものあるの?」

王胖子は何も追いかけてこないのを確かめるように、じっと耳を澄ましていたが、しばらくして小声で話し始めた。

「なんだ? お前さんたちなんにも知らねえで、この墓に入ってきたってか? これは魯の殤王《ろしょうおう》、知ってるか? 何をしてた奴だと思う?」

聞きながら、王胖子の口から何か得るものがあるかもしれないと思い逆に質問した。

「諸侯の王じゃないの? 冥府から亡霊戦士たちを借り受けて戦ったとかいう――」

「バッカだなあ!」

王胖子は軽蔑の目を僕に向けた。

「言っておくがな、魯の殤王だとか、冥府から亡霊戦士たちを借り受けて戦ったなんて真っ赤なウソだ。この古墓には陰謀が隠されてる。教えてやらなかったら、お前なんかが一生考えたって、答えにたどり着けっこないだろうな!」

16　小さな手

この数年、骨董《こっとう》と拓本の商売をやってきて、僕も人を見る目をかなり養ってきたつもりだ。この商売で一番試されるのは眼力で、それは物の本質を見る力でもあったし、人の本質を見る力でもあった。おかげで、すぐにこの王胖子《ワンパンズ》が嘘《うそ》をつかない真面目な人間のはずがないと見破れた。こんな奴《やつ》から情報を聞き出すには、ほめちぎるよりも興奮させたほうがいい。それでわざと、奴の話などまるで信用ならないといった素振りをした。

「やけにもっともらしく言ってるけど、あんたが本当に知ってたら、こんなところで頭のもがれた蠅《はえ》みたいに、あっちこっちぶつかりながら逃げ回るなんてありえないよね?」

案の定、王胖子はこのワナに引っ掛かって、懐中電灯で僕の顔を照らし付けながら話し始めた。

「このガキ、まだ信じられないっていうか? 俺が一か月以上もかけて準備してきたんだぞ。お前らは、殤王が何をしてた奴なのかなんて絶対に知らないだろ。死霊の戦士たちを呼び寄せるのがどんなことかだとか、冥府の印がどんなことに使われるのかだとか、そういうことをちょっとでも知ってるのか?」

僕が何も言わないのを見て、王胖子は得意げに笑みを浮かべた。

「教えてやろうか。この殤王は将軍と言えば聞こえがいいが、実際は俺らとおんなじ、墓泥棒なんだよ」

そういえば三叔《サンシュー》もそんなことを言っていた。だが、どうしてもわからないことがある。王胖子たちはどうやってそのことを知ったのだろうか。

王胖子は続けた。

「だが、殤王は俺たちなんかよりずっと凄《すご》かった。墓掘りで王にまでのぼりつめたくらいだからな。これは帛書《はくしょ》にも記されていることだが、殤王の部隊はほとんどが昼間休んで夜間に行軍したらしい。だから部隊が一斉に消えて、急に別の場所に幽霊みたいに現れるように見えたのさ。しかも、奴らが行く先々は、〝死霊の戦士たちが出現したから、陵墓の多くが荒らされていた〟ってわけさ。俺らみたいな唯物論主義者にしてみれば、この世に死霊の戦士なんてものが存在するなんて、どうやったって信じられないだろ。奴らは至るところで墓を掘りまくった。もしも墓が荒らされているのを誰かに発見されたら、殤王が墓の主《あるじ》の魂をちょっと借りたってことにするわけさ。そんなわけで、死霊の戦士を借り受けたなんて話がそこらじゅうに広まっていった。当時の人たちはみんな迷信深かったし、噂《うわさ》が広まっていくうちにどんどん尾ひれがついていったってわけだ」

僕はこいつの話を完全に信じたわけではなかった。

「これぽっちの情報で結論を出すってのはどうなのかな。その見解、あんたの独断と偏見でしかなさそうだけど」

横やりを入れてきた僕に、王胖子は目をむいて僕をにらみつけてきた。

「もちろん証拠がこれだけのはずないだろ。最もはっきりした証拠は、北斗七星を模して置かれてるあのニセの棺《ひつぎ》――七星疑棺《チーシンイーグアン》だ。あのやり方は、はじめのうちは墓掘りの賊たちが使ってたんだ。これは歴史書にも載っている。奴らにも、墓を荒らしすぎたっていう自覚があったんだな。自分たちが死んだあと、墓荒らしに遭った奴らと同じ運命をたどるのを恐れた。それで自分たちの経験をもとに、あのニセの棺の配置を考え出したってわけだ。奴らはこう考えたと思う――どんなに精巧なワナを張り巡らしても、墓泥棒の手から逃れるのは難しい。逃れられる唯一の方法は、墓泥棒たちを躊躇《ちゅうちょ》させて、手を出させないことだってな。七つの棺のうち、本物はひとつだけ、それ以外はどれかひとつでも開けちまったら最後、即あの世行きだ。棺のなかには石弓が潜ませてあるかもしれないし、怪しげな術が仕掛けてあるかもしれないからな。この配置自体は、宋代以降になって少しずつ腕利きたちの手でさらに改良を加えられた。だがしょせん、こんなもん考えついた奴らなんて、ぶっちゃけほめられた生業《なりわい》に就いていていない。それに墓なんて普通の人からしたら不吉なものだし、ひとつの墓に棺を七つも置くなんて、大金もかかるしな」

王胖子は大雑把《おおざっぱ》でいい加減な奴にしか見えない。まさかこんなに博識だとは思わなかった。僕は尊敬の念すら湧いてきた。どうも奴はまだ話し足りないようだったので、こんな質問をしてみた。

「じゃあ、あなたの考えだと、どれが本物の棺か見分けられないってことなんですか？」

僕の態度が変わったのを感じ取ったのだろう、得意になって王胖子が僕の肩を叩いてきた。

「お前さんのような若いお仲間の素晴らしい向学心を見てると、わが輩《はい》も孔老二（孔子。次男だった孔子を蔑視した言葉）の〝人に教えて倦《う》まない（人に教えるのを嫌がらない）〟を見習わないといけないようだ。君、よく聞きたまえ。七星疑棺のニセ棺を見分ける方法がないわけではない。ただ、俺たちの業界にも掟《おきて》ってもんがある。墓掘りの奴らが七星疑棺にぶち当たっちまったら、普通はお辞儀してこっちから退散すりゃあ、棺の御先祖様《ごせんぞ》は目をつぶってくれる。かつて戦火で世の中が荒れ果てた時代、搬山道人（古の西域住民の子孫。ある種の呪いを受け六十歳を超えることはない。盗掘を主な稼業としている）が食べるものも着るものもなく、どうしようもなくなってこの掟を破ってしまったことがある。そのとき賢い奴が、ある方法でこの七星疑棺を破るのに成功した。そいつはまず二本のバールで棺の隅っこをこじ開け、次に棺の底を削って小さな穴を開けると、そこから鉄の鉤爪《かぎづめ》を入れたんだ。鉤爪に引っかかって出てきたものがわかれば、棺のなかに収まってるものがわかる」

感嘆してしまった。盗掘者と墓の設計者の知恵比べという話だけで、本が一冊書けてしまうほどだ。

王胖子は突然、さも内緒話でもあるかのようにこっちに近寄ってきた。

「だが、ここの七基の石棺はどうやら全部偽物だ。ひょっとしたら殤王の墓そのものが偽物かもしれねえ」

そして僕たちが今さっき落ちてきた石道を懐中電灯で照らし出し、何かが這《は》ってこないか確認してからまた話を続けた。

「もともと俺はそこがどうも腑《ふ》に落ちなかった。だけどこの石道の迷路に落っこちたとき、ここはやっぱり西周の墓だってふいに確信したんだ」

驚いた。

「じゃあここは、墓造りたちが逃げ道用に作った通路じゃないってこと?」

このとき、隅に寝かされていた潘子《パンズ》が目を見開く。

「逃げ道のはずがないって言っただろ。迷路みたいな逃げ道を造る奴がどこにいるんだよ? そんなのに興味がある奴なんているはずがねえ」

僕は戸惑っていた。何か重要なことを思いついたのに、それが何なのか思い出せなくてもやもやしていた。

「いったいどうして自分の墓を他人の墓の上に造ったんだろうね? そんな縁起が悪いことをしたら、子孫が途絶えるとか思わなかったのかな?」

王胖子が口を撫《な》でまわす。

「お前も墓掘りのはしくれなら、風水の説なんて、俺たち墓掘りにとっちゃあ聞くに値しないものだってことぐらい知ってるだろ。風水は俺たちを墓まで導くには役立つが、それ以外はなんの意味もない。確かに風水はひとつの学問だと見なしてやってもいい。だが、それは大昔の人たちの学問だ。言ってみれば、死人の学問にすぎない。今の俺らみたいな社会主義の時代に生きる好青年には似合わない代物ってことだ」

王胖子は自分の胸をことさら叩きながら続けた。

「それによ。他人の墓のなかに自分を葬るってのは、風水にも記されてるぞ。なんてったか——たしか蔵龍穴《ぞうりゅうけつ》とかなんとかって言ったかな。まあ、そんな名前だ。名前自体には何の意味もないから気にすることはねえ。どっちみち他人の墓の中に自分を葬るっていうやり方は、四柱推命をうまく組み合わせて、配置もバッチリだったら風水的にも充分にありえる手だってことさ。そんなわけで殤王の棺がこの西周の墓のどこかに隠されているってのは、絶対に間違いねえ！」

潘子が思わずプッと噴き出した。

「そりゃあ、なにかい。おめえみてぇなブタにだって風水の道理がわかるってか？」

王胖子が激怒した。

「なにが〝道理がわかる〟だ。もしわかってなかったら、俺が何でこんなにいろいろ知ってるってんだ？」

潘子はゲラゲラ笑った。それで傷口が痛んだのだろう、たまらず腹を押さえたが、そのまま続けた。

「おめえがどっからそんな与太《よた》話を仕入れたかなんて知ったこっちゃねえけどな、ちょっとでも風水ってもんをかじってるんなら、俺たちをこの迷路から連れ出してくれってんだ。俺なんかここでもう八回も同じところをさまよってて、どうやったって道がわかんねえでいるんだからよ」

潘子の話を聞いていて、急にあることを思い出した。

「そうだ。あのとき、潘子たちはどうして僕を置いてけぼりにしたんですか？　もう少しで心臓が止まるとこでしたよ！　それに三叔たちはどこ行ったんですか？」

潘子が苦しそうに背中を伸ばす。

「俺にだってよくわかってねえんだ。あのとき、あの兄ちゃんがこいつを追いかけただろ。三叔は追いかける必要はねえって言ったんだけど、俺は思ったんだ。奴があれほどテンパってるってことは、こりゃあ絶対にやばいだろってな。それにこのことはあんたにまだ言ってなかったけど、奴が俺たちと一緒にここに来た理由は、そんなに単純なことじゃないって思ってて、奴のことはそれほど信用してなかった。そんでここはいっちょ行ってみるしかねえって思って、兄ちゃんのあとをつけていったってわけだ」

潘子は眉をひそめると、戸惑いの表情を浮かべた。

「だが数分ほど走っていくと、前方の甬道《ようどう》に何かあるのが見えたんだ。ライトで照らしたら、そいつはサーッと一瞬で消えちまった。ビビりながらそこに行ってみたら、石と石の隙間に、指ぐらいの長さの人間の手が挟まってんのが見えちまった」

それを聞いている王胖子も何か言おうとしているが、あまりのショックからかアゴをちょっと動かすのがやっとで、言葉が出てこないようだ。

潘子は、そのときの詳しい状況を思い出しながら話を続けた。

「それで近寄って見てみたんだ。俺が好奇心をどうやったって抑えられない男だって、お前も知ってんだろ。クソだって一回ぐれえは食ってみてえって思ってるくらいだからな。だが、今となっちゃあ確かに怖かったよ。思いもよらなかった。その手みたいなのが急にこっちに向かってきて、俺の首を絞めてきたんだからな。ものすごい力ったらありゃしねえ。もう少しで俺も窒息しちまいそうだった。どうしたらいいか全然わからなかったんだが、運よくアーミーナイフを携帯してた。それで手足をバタバタ動かしながら、ナイフでその手を切りつけた。そのときになってわかったんだが、その手はびっくりするくらい細くて、指よりもちょっとばかり太いだけだった。そんな手なのに、どこからあんなにすげえ力が出てくるのか、まるで見当もつかないくらいの馬鹿力だった。ナイフでそいつを傷つけてやったから、すぐに力が緩んで、また元の壁の隙間に戻っていっちまったけど」

潘子は話しながら喉元を撫でた。

「それで、その壁の後ろ側が絶対にうさん臭いと思って調べてみたんだ。左側を叩いたり、右側を蹴ったりしているうちに何かを押しちまったのかもしれねえ。急に下に落っこっちまったわけだ。ざまぁねえよ。本当にくそったれだ！」

潘子は何度も壁を叩いた。

「その後のことは知っての通りだ。ここと同じような石室に落っこちた後、石道を見つけた。俺は身体能力が高いからな。何度もジャンプしてるうちになんとか上に登ることができた。そうじゃなかったらいつお前さんに出会えてたか」

「そういうことなら、潘子も叔父さんたちがどこに行ったのか知らないってことですよね？」

僕はため息をついた。潘子も今になってやっと三叔たちが失踪してしまったのを知ったのだろう。その顔には強い憂慮の影が表れていた。今度は王胖子のほうを向く。

「それで、あんたはどうやって下に降りてきたんだ？　本当のことを言ってほしい。そのやばい奴はあんたが連れてきちゃったんじゃないのか？」

王胖子は反論した。

「はあ、なんてことを言うんだ。それじゃあ、俺は蘇三（明代の文学家、馮夢龍《ふうぼうりゅう》の作品に登場する女。濡れ衣を着せられて罪に落とされた）よりもいわれなきひどい扱いを受けているってことになるじゃねえか。俺がそこにたどり着いたときには、どこからともなく現れたジジイがとっくにその怪物を連れてきていたんだからな。それを見て、俺のあとを追いかけてきたあの若造も「やばい」って叫んで、すぐに後ろを向いて逃げてったよ。その怪物とやりあっても、勝ち目はあると思ったぜ。だがな、万が一ってこともあるだろ。それに組織から与えられた任務もまだ果たしてなかったから、仕方なく回れ右してそこから走り去ったってわけだ。それで少し走っていくと、あの若造が前のほうで立ち止まっているじゃねえか。奴が俺に止まれって言うんだ。なにがなんだかわからないでいるうちに、あいつが壁を蹴った。そしたら俺も下に落っこちた。はじめ、あいつが助けてくれたんだと思ったよ。だがどうだい、あんなに虫がウヨウヨいるなんてな。くそったれめ！」

ここまで話すと、王胖子は周りを見渡し始めた。虫たちが這い上がってきてまた噛《か》みついてくるんじゃないかと思ったのだろう。

潘子が僕を見る。

「どう思うよ。あの兄ちゃんはこの墓をやけに知りすぎてると思わないか。こりゃあ、話はそう単純じゃない。絶対に何かある」

僕は悶油瓶《モンヨウピン》はできた奴で、一緒にいるだけで何となく安心できると感じていた。だが、潘子の話にも一概に否定できない点がある。確かに悶油瓶はこれまで多くのことを知りすぎていたし、起こったことはすべて想定内だったようだ。悶油瓶への疑惑がふつふつと湧いてきた。

ふいに、ずいぶん長いこと何も口にしていないことに気づいた。リュックの中には王胖子の荷物から盗《と》ってきた保存用ビスケットが入っていたので、取り出してみんなで分けあった。潘子はほとんど食べずにこんなことを口にした。

「仮にたくさん食べても、もし腸に穴が開いてたら外に漏れちまう。それより、お前らにその分を残しておいたほうがいい。いつになったらここから脱出できるかさえ、まだわからないんだから」

潘子の発言を聞いて、もっと食べたいと思っていた王胖子は恥ずかしくなって食べるのをためらった。僕がこれまでの出来事をもう一度説明しているうちに、みんなの緊張がほぐれてきた。

しばらく沈黙の時間が流れたが、また別の話が始まった。ここでずっと座っていても埒《らち》が明かない、やっぱりあの石道に突入して運試しすべきじゃないかというのが王胖子の意見で、潘子も同意した。それを受け、みんな少し休んでからまた石道を目指して出発することにした。

眠気が襲ってきて、僕は半分起きているような、寝ているような気分に浸っていた。そのときだ。王胖子が眉を寄せたり白目を作ったりして、僕に合図を送っているのが目に入った。こいつはまるで信頼できないどころか、アタマもどうかしてるんじゃ——確かにもともとそう思ってはいた。いったいどこの世界に、古墓のなかで頭に壺《つぼ》をかぶって人を脅かそうとする奴がいる？　そんな奴はよほど度胸の据わった奴か、ずいぶんと脳みそが軽い奴に違いない。そもそも僕らの一人は重傷を負って、三人は行方不明だ。こんな状況でも、まだ変顔をして喜んでるなんて。僕にもっと体力があったら、絶対に飛びかかって一発食らわしてやるのに——。

だが、潘子までもが僕に向かって変顔をしていた。

「あれれ、心の病まで伝染するものか？」

奇妙に思っていると、二人とも自分たちの左肩のあたりを何度も叩き始めた。見ると二人の頭からはだらだらと冷や汗まで流れているではないか。その口はこう言っているようだ。「手、手っ！」変だなと思って、自分の手を見てみた。どこもおかしなところはない。もしかして、肩？　何気なく振り向いてみたとき、見つけてしまった。肩の上に、緑色の小さな手が載っているのを——。

17　洞穴

その小さな五本の手指はみな同じ長さで、手首が異常に細かった。潘子《パンズ》の言っていた通り、いかにもおぞましい。王胖子《ワンパンズ》は懸命に身振り手振りで、動くなとサインを送っている。だが実際、僕はそれほど恐怖を感じてはいなかった。突飛な出来事をあまりにも体験しすぎると、かえって冷静になってしまうものだ。このときの僕はどこか悪戯《いたずら》をされているような、恐怖心というよりも反感のほうが強く、この手をつかまえてかぶりついてやりたい気分になっていた。

もちろん理性は僕に動くなと言っていた。王胖子は潘子の銃でその手をつついて、僕の肩から落とそうとしていたが、銃が伸びてくると、まるでヘビのように一瞬で手が銃に絡みついて、後ろに引っ張り始めた。王胖子も銃から手を放すはずもなく、その丸々した尻を振りながら手と綱引きを始めた。

すぐに僕も助けに入る。だが馬鹿力の王胖子に加勢したというのに、なんとか互角に持ち込めただけだった。僕たち二人がもう持たないだろうと判断した潘子が、腕を振り上げアーミーナイフを王胖子のほうに投げてきた。王胖子が何かののしったが、そのときにはナイフは下から上に飛び上がり、小さな手の皮膚をわずかに削り取っていた。小さな手は瞬時に銃を手放すと、へビのようにくねくね慌てて暗闇の中に逃げていった。力尽きた僕らは手足を上にして倒れ込んでしまった。

　だが、すぐに王胖子は豚の跳ね起き（中国武術の「鯉《こい》の跳ね起き」という動作をもじっている）をして後を追うと、石室の壁に奥に続く隙間があるのを見つけた。王胖子はなんとか中に入ろうと懸命に頑張ったが、隙間の奥は広く開けているのに、入り口が小さく、太った体では入れるはずもなかった。王胖子は諦めたように手を振った。続けて憤慨し硬そうなレンガを素手でもぎ取ろうとした。すると、いとも簡単にレンガは剝《は》がれてしまった。

「見てみろよ。ここにも洞穴があったぞ！」

　近づいて見てみると、懐中電灯に照らされた壁の内側にもやっぱり別の洞穴があった。洞穴は真っ暗闇。どこに続いているのかまるでわからない。壁の向こう側にこんな狭い通路が隠されているなんて、想像すらしていなかった。どうりで屍鱉《シービエ》たちはこんなにも神出鬼没なわけだ——。

　潘子は洞穴の壁の表面を撫《な》でながら何やら腑《ふ》に落ちない様子だった。

「こりゃあ、人工の洞穴だな。屍鱉の移動のために掘られたのかもしれない」

「それって屍鱉がなかに潜んでいるってことか？」

　もともとその洞穴に進入する気満々だった王胖子は、潘子の言葉で躊躇《ちゅうちょ》し始めた。潘子が声のトーンを落としてさらに続けた。

「恐れることはない。さっき、あの兄ちゃんが俺の傷を処置してくれたとき、奴《やつ》の血をここにこすりつけといたんだ。見ろよ！」

　潘子は自分の手に付いている血の痕を指さした。

「お前らも唾で自分の顔にも塗っておけよ。効果てきめんなのは保証するぜ！」

　たまらず失笑した。

「あんたはどうしようもない悪党だな。命を助けてもらったくせに！」

それには潘子も恥ずかしそうに笑った。

「あのときはなぜか、あいつの血が地面に滴っているのを見て、もったいないって思っちまったんだ」

王胖子は僕らの会話についていけない。

「あの若造の血っていうのはそんなにすごいのか？」

僕たちはうなずいて、水道での出来事を説明した。王胖子は、潘子の手にこびりついている血にひどく興味をそそられたらしい。

「そりゃ都合がいい。これからは堂々と墓掘りに行けるな。フン、化け物が俺の蠟燭《ろうそく》を吹き消しやがったら、今度はそいつを棺の上でひざまずかせてやる」

王胖子は、潘子の手にこびりつく血を削り取ってでも手に入れたいという顔をしていた。

「どんな意図でここに洞穴が造られたのかはわかないが、石道の迷路を脱け出せない今となったら、この洞穴こそが希望ってもんじゃないのか。入ってみるのはどうだ？」潘子が僕に提案してきた。

冷たい風が吹き出てくる穴をのぞくと、洞穴は小さく、どう見ても一人がやっと入れる幅しかない。身の毛がよだち、そこに入っていくのにどうしても二の足を踏んでしまう。とはいえ、ここにいても死を待つしかない。それで仕方なくうなずいた。王胖子はズボンのベルトを外すと、自分の足に縛りつけて潘子に言った。

「お前はこのベルトのはしを握ってろ。俺が先頭を行ってやるから」

王胖子はそう言うなり身をかがめて洞穴に入っていった。続いて潘子がベルトを握りながら入っていく。二人の姿が暗闇の中に消えていくのを見守っていた僕も唾を飲み込んだ。そして「神様、どうかお守りください」と念じながら、思い切って中へと入っていった。先頭を這《は》って進む王胖子の動きは極めて鈍い。あちこちでつっかかってしまっていた。そんなとき彼はまず息を吐いて、尻をすぼめながらやっとの思いで通り抜けるのだった。引っ張られている潘子も苦しそうだ。しかもその顔の前には丸々とした尻もある。潘子は王胖子に言った。

「絶対に屁《へ》だけはこくなよ」

先頭で息を荒くしている王胖子は悪態すらつかない。こいつみたいなめちゃくちゃうざい奴でさえ一言も発さないということは、疲れが極限に達しているってことだ。三匹の虫よろしく、僕らはちょっとずつ前進していた。どれくらい経《た》っただろう。ふいに王胖子が低い声をあげた。

「光だ!」

そして途端に動きを加速させたので、潘子の傷口は急に引っ張られ、その痛みで叫び声があがった。

「もっとゆっくり進め」

だが、王胖子はものすごい速さで進んだ。あんな体形で、この狭い洞穴を高速で這っていけるなんて、まるで奇跡だ。前方の光はどんどん強くなってくる。まさか、こんなラッキーなことがあるなんて、夢じゃないよな? この洞穴は本当に地上につながっていたってことなのか? ついに洞穴から這い出た王胖子の叫び声が聞こえてきた。

「くそ! ここはいったいどこなんだ?」

18 巨木

僕も慎重に洞穴から這《は》い出てみたが、外にはちょっとばかり飛び出ている場所があって、そこしか立てなそうだ。あと一歩でも前に進めばもうそこは崖で、下まで少なくとも十五メートルはある。強風に吹きさらされるなか、壁に張り付くような格好で周りを観察するしかなかった。

なんと表現したらいいのだろう――目の前には、ざっと見積もってサッカー場ほどの広さはある天然の巨大な洞窟が広がっていた。洞窟の天井には、それこそ大きな裂け目が開いていて、そこから注がれてくる月明かりに照され、洞窟全体の輪郭がぼんやりと浮かび上がっている。僕らは今、この天然洞窟の壁面の西端あたりにいるらしい。だがこの周辺には登り降りできるようなところは一切見当たらなかった。天然洞窟の壁面には、一万はくだらないであろう、おびただしい数の穴がびっしりと開いている。それらはいろんな口径の機関銃で掃射された痕《あと》のようにも見えた。

一番驚いたのは、洞窟の中央にそびえ立つ、十階建てのビルほどの高さがある巨木だった。その太さときたら、十人がかりで手をつないでも囲めなそうなほどだ。巨木には電線くらいの太いツタが無数に巻きついている。ツタは縦横に伸びながら、ありとあらゆる場所に絡みついていた。枝分かれしたツタは、さながら巨木から吊《つ》り下《さ》がっている柳の枝のようだ。その先端は空中で宙ぶらりんになっていたり、地面にたれ下がっていたり、さらには洞窟の壁に開いた無数の洞穴の奥にまで入り込んでいたりと、様々だ。目の届く場所にはどこもかしこもツタだらけ、僕らがいる洞穴のあたりにも一本、伸びてきていた。

目を凝らすと、木の枝にはまだ何かがたくさん吊り下がっているようだ。最初は木の実だろうと思っていたが、どうやら形が違う。生い茂るツタの後ろのほうで、ひっそりと風に揺れている様子がいかにも怪しい。

この巨大な天然洞窟の底には石畳の回廊があり、祭祀《さいし》台とおぼしき小さな建造物が置かれている場所から、巨木の樹冠の下までずっと延びていた。最終的には十数段ほどの石段へと続いていて、石段を登り終えたところには石台がある。そこにある玉《ぎょく》が敷き詰められた寝床に人が横たわっているように見える――！　あまりにも距離がありすぎて、断言はできないが。

王胖子《ワンパンズ》は異常なまでに興奮していた。

「くそったれめ。俺にこんなに探させやがって。ここは西周の陵墓の玄室《げんしつ》に違いない。玉の上に寝転んでいるのが殤王の死体ってとこだろう。殤王って奴《やつ》は倫理的にも、道徳的にもまるでなってねえな。〝カササギの巣があり、そこにキジバトが住んでる〟――とかいうことわざ（中国最古の詩集『詩経』の一篇《ぺん》から）もあるけど、人の墓を荒らしまくったあげく、墓まで乗っ取っちまうなんてまったくひどい話だ。こいつみたいな職業倫理の欠けた奴は、俺が天に代わって懲らしめてやる。墓泥棒なんかしたらどんな目に遭うか、思い知らせてやる！」

興奮のあまり、王胖子は自分の生業《なりわい》を顧みることもなく、墓荒らしに悪態をついた。

「軽率な行動はとるなよな。殤王って奴はかなりのくせ者だ。きっとここにもワナが仕掛けてあるに決まってる。やっぱり、なんとか上の裂け目まで行って、地上に脱出するほうがいいんじゃないか」と潘子《パンズ》が提案してきた。

上を仰ぎ見てみると、舌を巻くほどの高さだ。巨大洞窟の壁面の一番上まで登るのだって、ひと苦労に違いない。さらにそこの壁面から天井の真ん中にある裂け目まで、そんな距離をどうやったらぶら下がりながら進んでいけるというのか。スパイダーマンでもない僕らにはどだい無理な話だろ？　王胖子のほうを振り向いたが、奴は崖を下ろうとすでに体を半分ほど崖の縁から降ろしていた。潘子の話など、まるで気にも留めていないらしい。だが奴の動きは意外にも機敏だった。それを見た僕はあえて制止しなかった。奴はあっという間に二メートルほど降りると、別の洞穴口にたどり着いていた。そしてさらに降りていこうとしたそのとき、洞穴口から突然にゅっと腕が一本出てきて、王胖子の足をつかんだ。

王胖子は驚いた反動で、その腕をものすごい勢いで蹴りつけて、振り切ろうとした。そのとき、洞穴口の中から男の声が聞こえてきた。

「動くな！　ちょっとでも動いたら命はないぞ！」声の主は三叔《サンシュー》だった。僕は嬉《うれ》しさのあまり叫んだ。

「三叔、本当に叔父さんなの？」

声の主も驚いたようだ。

「呉邪《ウー・シエ》か。どこに行っちまったんだって探してたんだぞ。心配かけやがって！　ところでお前たちは大丈夫だったのか？」

やっぱり三叔だ。少しホッとした。

「大丈夫です。でも潘子が怪我《けが》しちゃって！　それも全部そいつのせいなんです！」

そう言いながら崖っぷちから頭を出して三叔の視線を眼下に促した。だが下の洞穴口は、僕のいるところからはちょうど死角になっていた。王胖子の足半分がやっとのぞけただけで、それ以上はどうしても見えない。王胖子の大声が聞こえてきた。

「同志、俺の足をつかまえるのは止めてくれねえか？」

すると三叔の激しい怒鳴り声が響いてきた。

「ブタ野郎、おめえ、いったいどっから湧いてきた？　ちょっとはその口を閉じとけってんだ。おい、早く下りてこい！　変なとこ踏むんじゃねえぞ。このツタにも絶対に触るなよ」

「どのツタだ？　これか？」

王胖子はそう言うとツタにつま先を向けた。三叔はさらに大声をあげた。

「やめろ！」

言い終わらないうちに、ごくありきたりのものだと思っていたツタが、急に鎌首を持ち上げたヘビのように反りあがった。そしてその先端が花みたいに広がり、鬼の手のようになった。センサーのようにツタで王胖子の居場所を感じ取っているのかもしれない。王胖子がちょっとでも動くとツタも同じように動く。その姿は曲芸で踊らされているヘビのようだ。これがまさに、潘子と僕が遭遇した、五本の指の長さが同じ鬼の手だったのだ。

王胖子もなかなかいい動きで、足で円を描き、ツタをかわしていた。なんて奴だ。どうりで独りぼっちで墓掘りするしかないわけだ。こいつがずっとくっついてきたら、そのうちこいつのせいであの世行きかも——僕の思いが通じたのかもしれない。三叔が火を吹いた。

「おめえ、なにバカやってんだ？　これが何なのかわかってんのか？　早く下りてこい！」

　言い終わったとたん、ツタが王胖子の足に絡みつき、次にその全身にも巻きついて、崖からはぎ取って投げ捨てるように動いた。さっきの石室では、僕と王胖子の二人がかりでもツタとの綱引きに勝てなかった。しかも今は、王胖子は崖にいて、踏みしめられる場所もなく、まさに片づけられそうだった。僕は石でも探してツタに投げつけようかとも思ったが、崖には何もなかったし、土からほじくり出せるものもない。無我夢中で探していると、急に足を締め付けられた。見てみると——なんてこった、鬼の手がいつの間にか僕の足にも絡みついてるじゃないか。しがみつくところを探してみたが、もう遅かった。ものすごい力で引っ張られ、僕は何もできないまま体ごと宙に放り投げられた。

　その一瞬、無重力状態のなか、手足をバタバタさせるだけで何もつかめず、そのまま壁に強く打ちつけられた。自分からぶつかるよりも、叩きつけられるほうがダメージは大きいものだ。頭がくらくらし、血を吐きそうなくらいひどい吐き気におそわれた。だがコシのある麺をこねるかのように、ツタはさらに力いっぱい下に引っ張ってきた。崖をつかもうとした両手は出血していたが、やはり何もつかめない。そしていよいよ自由落下するときが訪れた。下までは十五メートル近い落差がある。目を閉じて観念した。もう終わった！

　そこへ、僕に反応するようにさらに三、四本のツタが、崖から伸びてきた。そのうち一番太いツタが僕の腰に絡みつき、僕を麻花《マーファ》（小麦粉をこね、油で揚げて作る中国の菓子。ツイストドーナツのようにねじれている）のように何度もぐるぐる巻きにした。次にやたらと太い鬼の手が僕を引きずり回し、岩壁に後頭部を思いっきりぶつけられた。ガーンという音とともに、意識はほとんど消えかけていた。ツタに引きずられながらも、ぶつかっているのは木の枝ではなく岩だとわかった。全身傷だらけのうえ、ぶつかった衝撃で目の前に星が飛ぶ。僕の意識は完全にぶっとんだ。

かすかに意識を取り戻し、身動きのとれない自分の姿にぼんやりと気づいたとき、激しい吐き気とめまいに襲われた。目を開けているのに、目の前の光景はもやがかかったようにかすんでいる。何度か深呼吸しているうちに意識がだいぶ鮮明になり、視界もはっきりとしてきた。自分が巨木の枝分かれしている木の股の部分に引っかかっていること、そして頭のちょうど真下にはミステリアスな死体のほか、その脇にも若い女性の死体までも横たわっていることに気づく。女性の死体には白い薄絹がかけられている。両目は閉じていて、穏やかな表情だ。かなりの美人とみえた。腐敗臭はいっさいしないので、よほど注意して見なければ眠っていると錯覚してしまうだろう。脇に横たわる男の死体はといえば、キツネ顔の青銅のお面をかぶり、全身に甲冑《かっちゅう》を纏《まと》っている。両手を胸の前に置き、手には紫を帯びた金色の箱を持っていた。

甲冑姿の死体を注意深く観察していると、どうにも薄気味悪くなってくる。だがさらに丹念に見ていって、ぎょっとした。青銅のお面の目穴の奥ではまぶたが見開かれ、冷ややかな光を宿した青い二つの瞳が僕を注視していた――。

19　女の死体

じっと見つめられて、僕はどうすればいいのかわからなくなっていった。肌がそばだち、冷や汗が滝のように流れていく。でも頑張ってなんとかにらみ返す。

ソーセージみたいに吊《つ》り下げられて、逃げようにも逃げられない体勢になっていた僕は、祈りながら脱出する手段を探すことしかできなかった。ここに吊り下げられてからもう十五分ほど経《た》っているのに、甲冑《かっちゅう》の死体は目玉ひとつ動かす気配さえ見せない。さっきにらまれたのは、錯覚だったのか？

でも妖しげな眼差《まなざ》しはまだこっちを凝視している。こんなのに見つめられたら、不老不死の仙人だって不気味に感じるはずだ。できるだけ死体を見ないようにしよう。なんとかしてさっさと降りてやるんだ。それにこのままずっと吊り下がっていたら、頭に血がのぼって破裂しちゃうよ——。

力を振り絞って頭を上にあげたが、足はツタに絡まれ、全身はアザと傷だらけで、満身創痍《まんしんそうい》もいいところだった。次に後ろを振り返ってみると、飛び込んできた光景に思わず息を呑《の》んだ。数えきれないほどの死骸が木に吊り下がっていたのだ。どこまでも視界に広がる死骸は、数十とか数百といったかわいいものではない。ゆうに一万体は超えている。風が吹くと揺れる死骸の群れ、もはや風鈴のようなたくさんの骨——こんなものを見せられて、気分がいいわけない。

よく見ると死骸には動物のものもあるようだ。そのほとんどは完全に風化しているが、一部はまだ腐敗が進行しており、ひどい悪臭を周りにまき散らしている。そこに群がる大小の屍鷲《シービエ》たちは蝿《はえ》と見まごうばかりに、争うように死骸を貪っていた。僕はさっき潘子《パンズ》の腕から悶油瓶《モンヨウピン》の血を拝借して体に塗っていたから、運良く効果があった。こんなことをするのは、倫理的に問題があるのかもしれない。でも腕やら足やらがなくなるのを思えば背に腹は代えられない。

そういえば、僕と同じくツタに足を絡まれた王胖子《ワンパンズ》はどうしているのだろう、少し心配になってきた。だが、周りを見ても視界に入ってくるのはツタだけで、他は何も見えなかった。何か使えるものがないかと服を調べてみたが、デジカメが一台見つかったぐらいで、他には何もない。どうしようかと思案していると、ふいに足にからまっていたツタが緩んで、体ごと落下した。地面にぶつかる——とっさに両手で頭を守った。だが結局、ツタはちょっと緩んだだけで、またきつくからみついて、僕の体は止まった。目を開けると、僕の顔が女の死体の顔にほとんどくっつきそうになっている。もう少し下がればキスできてしまう。僕は慌てて口をすぼめ、首もできるだけ縮めた。

このとき、女の脇に横たわっている甲冑の死体の腰のあたりにぶら下っている小刀に目が留まった。

これはありがたい――。

仙女様、こんな状況ですから隣のお友達の小刀をちょっとだけ拝借しますね。きっとお友達だって気にしないはずです――心の中でそうつぶやくと、腰を思いきり振った。その勢いに任せ、せいいっぱい刀に手を伸ばした。さらに二回、三回と体を揺らし、刀を強く握りしめ、鞘《さや》から一気に抜き取ろうとした。だが、思いのほか刀はしっかりと鞘に納まっているらしく、一向に抜けない。そればかりか、甲冑の死体の腰帯まで全部剝《は》ぎ取《と》ってしまった。

なんてこった。ズボンのベルトまで取っちまったのか？　もしかしてこれを根に持って、こいつの反応も変わってきちゃうんじゃ――？　僕は股で刀の鞘を挟んで、思いきって刀を抜き取った。冷たい光を放つ刃《やいば》は、これが名刀であることを物語っている。まずは天の助けに感謝し、それから懸命に上体を起こすと、ひと振りでツタを断ち切った。このときはツタを切ることだけに集中していたので、下に何があるかまで気がまわらなかった。だが、ツタが切れて自分が落ちていくときに――後悔、先に立たずとはこのこと、気がついたときには、僕はもう女の死体の上に横たわっていた。

不幸中の幸い、着地したとき、体が瞬間的に脱力したことで、女を潰すのだけは避けられた。そうでなかったら、この死体から糞《くそ》まで飛びだす事態になっていたかもしれない。慣性の作用で女との距離を保てなくなり、僕の顔は女の顔にぴったりくっついていた。女の顔から、鳥肌が立つほどの氷のような冷気だけが伝わってくる。そのまましばらくじっとしていると、だんだん不安になってきた。口から舌が伸びてこないだろうか。それが僕の喉の奥に入り、五臓六腑《ごぞうろっぷ》まで吸い取られやしないだろうか――？　一方で、ラッキーだと思ってしまう自分もいた。この死体は女性だ。それもかなり美人ときている。これがラッキーじゃなくていったいなんだ。逆に男だったらヘドが出ていたところだ。

結構な時間が経《た》ったが、舌は伸びてこない。空気の読める人でよかった――そろそろおいとましようと、ゆっくり半分ほど頭をもたげたそのときだった。ふいに良い香りが漂ってきたかと思ったら、女の両腕が僕の肩の上に添えられた。とたんに、体が上から下までガチガチに固まり、動けなくなった。このとき、脇の男の死体からもカタンと音がした。これはまずい……。心のなかで僕はこう呼びかけていた。

(お兄さん、あんたの奥さんが離してくれないんです。僕が誘惑してるわけじゃありません。誤解しないでください――!)

振り返ると、男の剝ぎ取られた腰帯とのつなぎ目にあった甲冑の欠片《かけら》が欠け落ちていただけだった。本当にほっとした。僕を離さないのは女の死体で、隣に寝ている化け物のほうではない、それだけでもかなりラッキーな話だった。もしそいつにつかまれていたら、とっくにちびっていたに違いない。

何の動きもなく十数秒が過ぎた。微動だにしない女の腕の下をくぐり抜けようとしてみたが、僕が前に動くと前に、後ろに動くと後ろというふうに、ちょっとでも動くと僕の首の上に置かれた女の腕も同じようにくっついてくる。首を振り上げて、一気に腕を振り切り、そのまま横に転がって抜け出てみよう――そう決心したが、手は予想以上に強く僕の首に巻きついていた。意を決して首を思いきり振り上げてみると、今度は僕に引っ張られた形で、女はちょうど座る格好になった。同時に振動で女の口が開き、口に含んでいたものが姿を現した。

20 鍵

それは深緑色の玉《ぎょく》でふちどられた銅製の鍵のようだった。一見しただけで、ただならぬ雰囲気が感じられる代物だ。どんな材質でできているのかはわからない。だが、古代の人々が時折、防腐用の玉を死体の口に含ませておくことは知っていた。この鍵を取り出したら、この千年の美女も一瞬にしてぱさぱさのミイラに変わり果ててしまうかもしれない。僕はそんな罪深くて恐ろしいことができるような人間ではない。でも、今置かれている状況をどうやって解決すればいいのか。さすがに女を背負っては進めない。

あれこれ悩んでいるちょうどそのとき、叫び声が聞こえてきた。はじめ、声は遠くで聞こえていたが、だんだん近づいてきた。見れば雄たけびをあげ、木の枝に衝突している輩《やから》がいる。そのうち、そいつはツタに引っ張られ僕の真上に吊《つ》るされてしまった。それはほかでもない、ブタ野郎——王胖子《ワンパンズ》だった。奴《やつ》も結局我慢比べに負け、僕と同じ道をたどったということか。奴の傷は僕よりもっとひどいようだったが、運よく頭だけは無事なようで吊られながらも悪態をついていた。

「くそったれ、こんなにひょろひょろのツタが、馬鹿力だとは思ってもみなかったぜ！」

そして僕を発見すると、奴は動きを止めた。

「そこの同志さんよ、そのお嬢さんと何をやらかそうってんだ？」

泣きたいやら笑いたいやら、そのときの僕にはいろんな感情が入り混じっていた。大声をあげる勇気もなく、ジェスチャーで意思疎通を図った。

「こいつはもう死んでる！　早く何とかしてくれよ！」

王胖子はアッと叫ぶと、宙で尻を振りながら言った。

「それにはまず、俺を降ろしてくれなきゃな！」

僕は手にしていた刀を上に向かって放り投げた。それを受け止めるなり、王胖子はすぐに身をもたげてツタを叩き切った。最初は意識していなかったが、あることにふと気づいて、僕は奴に「待ってくれ」と叫ぼうとした。だがもう間に合わなかった。叫び声をあげ、王胖子は一瞬で甲冑《かっちゅう》の死体の上に落ちた。死体から甲冑の面が外れてしまっている。よく見るべく、顔をそっちに向けようとすると、王胖子が慌てて大声をあげた。

「絶対に見るんじゃない！　これは青眼狐《せいがんこ》（青い目をしたキツネの妖怪）だ！」

だがその忠告も間に合わなかった。僕はもう面の下の顔を見てしまっていたのだ。一瞬その顔が目に入っただけなのに、脳内に音がガンガン鳴り響き、ショックで髪が逆立ち、言葉に詰まってしまった。

「こ、これのどこが人間だって！」

面の下に隠されていた顔は血の気がなく、真っ青だった。頭髪のない頭部、眉毛もひげもなく、奇形を疑うほど尖《とが》った形状の顔。ほとんど一本の線のような隙間に開かれた目。二本の隙間から、冷たい光を放つ二つの青い瞳。注意深く観察すれば、なんとか顔かたちを判別できるのかもしれないが、それほどぼんやりした目鼻立ちだ。普通の死体ぐらいなら驚かなくなっていた僕でも、残虐な笑みを浮かべた人面キツネそっくりの顔、とりわけ異様な妖しさを放つ二つの青い瞳――凄惨すぎるその顔を直視する勇気などすっかり奪われてしまった。なんの心の準備もせずに直視してしまえば、あまりの恐怖にたちまちショック死してしまうかもしれない。

びっくりしている王胖子が、身をひるがえし、玉の台から跳び降りた。

「こいつは驚いた。殤王《しょうおう》ってこんなに陰険な顔だったのか！」

「これ、本当に殤王なのか？　――キツネにしか見えないけど？」

王胖子は甲冑の死体に何度か目をやる。

「俺のダチが言ってたことだけどな。こいつは青眼狐の死体だと思う。ずいぶん前になるが、どの王朝かもわからねえほど古い墓を掘り起こした奴がいたらしい。外棺を開けてみると、死体の上には青い目をしたキツネが一匹いた。キツネって奴は、妖しいものの象徴だから、それが死体の上に横たわってるなんて、かなりやばいってこった。そういうときは墓を元に戻しておかなくちゃならねえが、その墓掘りはまだまだ修行が足らなかったんだな。もったいねえって思いが先走っちまって、玉でできた亀をひとつだけ盗んだらしい。それから数年経《た》って、そいつは墓泥棒稼業から足を洗い、田舎《いなか》で嫁をもらった。そんでその嫁が孕《はら》んで産気づいたときだ。産婆が大声でわめき立てて気絶しちまった。墓泥棒の奴が部屋に飛び込んでみると、生まれたばかりの子どもの目が真っ青じゃねえか。墓泥棒もはじめはそれがキツネの祟《たた》りだなんて思いもしなかった。ただ子どもが妙な病気にかかったとしか考えなかったらしい。それでいろんな医者を訪ねてみたが、どの医者も、どう処置していいのかまったく見当もつかなかった。そうこうしてるうちに、子どもの髪の毛が全部抜け落ちて、顔がだんだんキツネみたいになっていった。このときになってやっと、墓掘りは本当の原因に気づいたってわけだ。それから奴は長い道のりを歩いて、古墓にたどり着くと、玉の亀を戻した。それ以来、子どもの症状は止まったんだが、すっかりキツネみてえになっちまってた顔だけは、どうしても元通りにはならなかったんだとさ」

王胖子は舌を鳴らしながら続けた。

「青眼狐の死体は、かなり邪悪らしい。そいつをちょっと見ただけで感染して、顔がだんだんキツネみてえになっていくんだってよ。お前、さっき見てねえよな？」

化け物に変わり果てるなんて聞いただけでもぞっとする。だがまだそんな話を、僕は完全には信じられなかった。

「嘘《うそ》つくな。それにキツネ顔に変わるかどうかなんて後のことだろ。それより先に脱出させてくれよ！」

王胖子のほうも、こんな状況で細かいことをぐだぐだと言っていても仕方がないと思ったらしく、女の手を振りほどこうとしてくれた。何度も力を振り絞って頑張ってくれたものの、女の手は鋼でできているのかというほど、微動だにしなかった。力いっぱい引っ張り続け、息もだいぶあがっていた王胖子は、緊張でこわばる僕の顔を眺めながら慰めてくれた。

「心配するなって。俺には奥の手がある。どうしてもダメなら、この女の手を切り落とせばいい」

僕は慌てた。

「それだけはやめてくれ。もしこの死体に毒が仕込んであったらどうする？　絶対にダメだ。それに僕はこの人に何の恨みもないんだ。それなのに手を切り落とすなんてひどすぎるよ」

他の手段が思いつかない王胖子は頭をかいている。

「一般的にはな、死体が硬直してないってことは、その死体は何かかなえたいことがあると言われている。お前が女の代わりにその願いをかなえてやれば、きっとお前を離してくれるはずだ。ちょっと思い返してみろよ。さっき女がお前に抱きついてきたとき、何か特別なことは起こらなかったか？」

そういえば、さっき僕が身を起こしたとき、女の口が急に開いて、中に何かを含んでいるのが見えた。どうも鍵のようだったが、まさかあれのこと？　それで、慎重に女の頭をまっすぐに立ててつぶやいた。

「ゴメンなさいっ」

次にその両頰《ほお》を押し潰して、唇をわずかに開かせると、舌の下側に深緑色の玉で縁取られた鍵が姿を現した。

王胖子が驚く。

「あれれ、こんな上物があるじゃねえか。きっとこの鍵を取り出してほしいんだ。女の口はこんなに小さいんだから、ずっと口に入れてて苦しかっただろうな」

その言葉に、僕は頭に血が上ってしまった。

「女が僕の手を嚙《か》んできたらどうする⁉」

王胖子はお宝欲しさ丸出しで、もう我慢できないといった感情が態度に現れている。

「お前、自分のざまをよく見てみろよ。全身ボロボロじゃねえか。女がお前を嚙んだところでこれ以上なんだってんだ。それになんでこの女がお前の手を嚙まなくちゃならねえんだ？」

それもそうだ。こうなったらもう、指が二、三本減ってもいい――そう心に決め、深く息を吸い込んだ。交差させた二本の指は震えている。女の口のなかに指を押し込もうと女の唇に指が触れようとしたその瞬間、ふいに僕の耳元で声がした。

「やめろ！」

21 青眼狐《せいがんこ》

一瞬、あっけにとられた。この声、聞き覚えがある。まさか三叔《サンシュー》？　でも三叔はまだ崖にいるんじゃなかったか？　だとしたらなぜ声がすぐそばから聞こえてくる？　周囲を見渡してみたが、王胖子《ワンパンズ》以外、あたりには誰もいない。どうもおかしいと思っていると、突然また三叔の声がした。

「お前の手には血が通ってるだろ。そんなものを口に入れたら、女はすぐに生き返って、お前なんか殺《や》られちまうぞ。絶対に指を入れるな！」

声がどこから聞こえてくるのか耳をそばだてた。どういうわけか、声は玉台の下のほうから響いてきているようだ。だが玉台の色が濃くて、その下に何があるのかまるで見えない。慌てて聞いた。

「叔父さん、玉台の下にいるの？」

「あとで説明する。まずは俺の言う通りにするんだ。その女の死体の頭を下げさせ、親指で喉を押さえろ。それから後頭部を叩け。絶対に喉を押さえるんだぞ。さもないと鍵を飲み込まれちまうからな。忘れるなよ！」

僕はうなずいた。そして三叔が言った通りに、女の死体の喉を押さえてぽんぽんと軽く頭を叩くと、口の中から鍵がこぼれ落ちた。鍵が玉台の上に落ちたとたん、肩の荷が一気に下りた気がした。死体の両手も僕の肩越しに垂れ下がり、体も玉台の上に横たわった。

フーッと長いため息が出て、やっと解放されたと心の中でつぶやいていると、再び玉台の下から三叔の声がした。

「ところで、お前のそばにはあの太っちょはいるか？」

僕は顔を上げて、王胖子のほうを見た。奴《やつ》は落っこちた鍵をすでに手にしていて、じっくり眺めて観察している。

「ああ」

すると三叔が突然、杭州《こうしゅう》弁で話し始めた。

「奴に影があるか、見てみろ」

思わず思考が停止した。三叔の言っている意味がよくわからない。でも反射的に王胖子の足元にちらっと目を向けた。王胖子の影は玉台の影のなかに入り込んでしまっているので、首を伸ばしてでなければ、影があるかなど、わかるはずもなかった。それに三叔の話はどうも妙だ。

「この状態じゃ、はっきり見えないよ」

その瞬間、三叔の声が急に張りつめたものに変わった。

「よく聞け。お前に言わなくちゃならないことがある。怖がるんじゃないぞ。俺はさっきこの場所に来る途中、奴の死体を見た。気をつけろ。目の前のそいつは、おそらく人間じゃない」

王胖子を見ると、奴の頬《ほお》は紅潮している。その表情や動きからはどうやっても幽霊には見えない。やはり腑《ふ》に落ちなかった。

「見間違いってことは？」

「まさか。絶対に奴だった。俺が見間違えるわけねえ。奴はおそらく前の墓荒らしのグループの一味だ。奴はさっき、手を女の口の中に押し込めってお前にけしかけただろ？　つまりお前を殺ろうとしたんだよ！」

ぞっとした。

「ってことは、目の前にいるこいつは……幽霊ってこと？」

「そうだ。奴が何を言っても信じるな。近くに魔除《まよ》けになるものがないか探せ。今すぐにだ」

このとき王胖子が顔を上げて僕をじろりと見た。突然、奴の目が凶悪な光を帯びているように感じた。何かをひどく恨んでいるような――。思わず、少しばかり三叔の話を信じてしまった。慌ててあちこち探しまくって、甲冑《かっちゅう》姿の死体の腰帯に手が触れた。その腰帯には腰に佩《お》びる鞘《さや》まである。古代人はたいてい、自分の帯飾りに厄除けの文字を刻印していたことを思い出し、慌ててそれを手にした。


腰帯の文字はかなり薄くなっていたが、それでも僕にはひと目で魯国《ろこく》の文字だとわかった。まさかこの人は本物の殤王《しょうおう》？　じゃあ、隣の女は何者だ？　まさか殤王夫人？　そんなことを考えながら腰帯に目をやると、文字はほとんど読めないながらも、金粉で〝陰西宝帝〟と書かれているのが何とか確認できた。まさにこれは厄除けの呪文――ひそかに驚喜した（「陰西宝帝」とは止血剤の漢方薬でもある麒麟竭の別名）。


このときある疑問が浮かび、三叔にたずねた。

「おかしいな。この玉台は透明じゃない。なのに、叔父さんはどうして僕らのことが見えるんですか？」

「俺にもわからん。下から見ると、透明なガラスみたいに全部くっきり見えるんだ。俺がここに来たとき、お前があの女の死体の口から鍵を取り出そうとするのが見えた。それでやめろと叫んだんだ。運よく、お前には聞こえたようだ。じゃなきゃお前は手を突っ込んで、大変なことになっていただろう！」

ますますわけがわからなくなった。何かがおかしい。この玉台はそれほど大きくない。上に並んでいる二つの死体の隙間だってかなり狭い。しかもここに差し込む月の光は特に明るいというわけでもない。このぐらいの光線で、並んだ二体の死体がそんなにはっきり見えるなんてありえない――疑念が湧いてくる。

また王胖子をちらっと見た。まだ鍵を物色しているが、その様子もちょっとおかしく思えてきた。王胖子なら、僕の話す杭州弁が聞き取れなかったとしたら、どこかで必ず茶々を入れてくるはずだ。何もせず鍵を見つめてるなんて絶対にありえない。

奴を試そうと、玉台から降りて王胖子の肩を軽く叩いた。すると王胖子は思いのほか、こっちがびっくりするほどの反応をみせた。突然カッと目を開いて僕をにらみつける。

「おめえ、ずっと俺のこと騙《だま》してたな！」

すかさず刀を振り上げて、僕を突き刺そうとしてきた。僕は驚き、後ずさりする。

「何するんだよっ⁉」

奴の両目は真っ赤に血走り、僕の話などまるで聞こえちゃいない。また刀を振り上げてきた。俊敏な動きだ。このままでは刺されてしまう。慌てて後方の石の階段に逃げた。王胖子が大声を上げた。

「逃がさねえぞ！」

すぐに奴は、親の仇《かたき》を見つけたような激しい怒りの形相で必死に追いかけてきた。

僕は石畳の道に沿って走った。王胖子は太っているのに、びっくりするほど俊足だった。見たところ、石畳の道は短い。ちょっと走ればすぐに行き止まりの祭壇に着いてしまう。それに後ろはツタだらけ。もしそんなところに足を踏み入れたら、おそらくまたソーセージみたいに吊《つ》るされてしまうだろう。焦ってきた。奴は悪霊なのか？　僕を死の淵《ふち》へ引きずり落とすつもりなのか？　でも悪霊が刀を持って人を切りつけるなんてことあるのか――？

気がつくと前方には道がほとんどなくなっていた。僕は逃げるのをやめて、手に持っていた腰帯をムチ代わりにして振り回した。王胖子がそれを避《よ》けるため身をひるがえしたのを見はからって、突進して奴の手に嚙《か》みついた。僕は世界で初めて、幽霊に嚙みついた男――。すると王胖子が大声をあげ、刀を地面に落とした。すかさず僕は刀を蹴り上げる。刀は石畳の道の外に飛んでいった。だが、この瞬間ちょっとした隙ができてしまった。王胖子が僕を地面に押しつけてきた。

「ガキが。おめえを殺してやる！」

王胖子がものすごい勢いで首を絞めつけてくる。

すぐに、僕も腰帯を奴の首に巻きつけた。そっちがそう来るならこっちだって。フン、一緒にあの世行きにしてやる——！

僕が王胖子の首を締めつけ、王胖子は僕の喉を押さえつける格好になった。お互いに首を絞め合うときは、自分が窒息してしまう前に、相手を絞め殺す必要がある。王胖子は、はなから手を緩める気はない。奴がものすごい力で喉を押し潰してくるので、舌まで吐き出しそうになるが、僕は懸命に腕の力を振り絞った。するとと思いもよらないことが起こった。腰帯は見た目の保存状態は良かったが、実際はそれほどではなかったようだ。力を入れたとたん、パンッと音がして、折れてしまった。

牛革で作られた腰帯の表面には、小さな鱗《うろこ》のような甲冑の銅片がついている。牛革が折れると、銅片が天女に撒《ま》かれた花のように僕の顔に散った。「陰西宝帝」と刻印された銅片が口の中に入ってきたとたん、苦くて渋い液体が喉に流れ込んできた。銅片の持ち主はあの死体だと思ったら、気分が悪くなった。咳《せ》き込むと、突然、黒い霧が立ち込めたように目の前がぼんやりとしてきた。

意識が薄れ、わけがわからなくなってきた。まさか、王胖子に窒息死させられるとは——。口の中の苦みがだんだん濃くなっていく。そして目の前のものが徐々にはっきりしてきたかと思うと一気に目が覚めた。僕はまだ王胖子に乗っかられて玉台の上にいた。王胖子は目を真っ青にして、両手で僕の首をきつく絞めつけている。女の口の中にある鍵も、どういうわけか落下していないし、両手でなおもしっかりと僕の肩を押さえつけている。まるでわからない、極端に混乱している。

僕はようやく理解できた。全部幻だったのだ！

首を横に向けて隣の青眼狐《せいがんこ》を見た。奴の面具は地面に落ちたままだ。細い隙間の中の二つの目は、僕らのほうをじっと見つめていた。

これはまずい――。なるほど、さっき王胖子が「見るな」と僕に言ったのは、青眼狐の死体の目に幻惑されないようにするためだったのか。僕はやっと冷静になれたが、王胖子はなおも強烈な力で、僕を絞め殺そうとしている。慌てて自分の口に触れてみたが、口の中の欠片《かけら》はとっくに溶けていた。やばい。ふいに視界のはしに、青眼狐が手にしている紫磨金《しまごん》の小箱が目に入った。考える暇もなく、手を伸ばしてそれを持ち上げると、王胖子の頭めがけて思いっきり叩きつけた。

王胖子の頭は頑丈だった。奴は大声をあげると、さらに強く締め上げてきた。どれだけ僕を絞め殺したいと思ってたんだ。ずっと僕の首をへし折ってやろうと狙っていたのか！　ならば僕も、腹をくくってやろう。殺意が芽生えてきた。こいつはめちゃくちゃやばい奴だから、いっそ殺してやろう、そう決心した僕の手には、これまでとはまるで違う力が入っていた。力を込めて一発お見舞いしてやると、ドンという音とともに、王胖子が白目をむいた。この一発でぐらついた王胖子は、一瞬で僕の体の上に突っ伏した。奴の手の力が緩むと、僕の口のなかに血の味が広がった。

このとき青眼狐の目がカッと見開いたように見えた。青眼狐の不思議な力に引きよせられて、目をそらすことができない。頭の中がまたぼんやりとしてきた。もう王胖子なんて構っていられない。王胖子を青眼狐の上に押しやった。体格のいい王胖子は、ちょうど青眼狐をしっかりと隠してくれた。これで、不思議な感覚がすぐに消えてなくなった。

首をさすってみると、大きな指の痕《あと》がいくつもついていた。きつく締めつけられて、喉が変形してしまっているんじゃないかと思うほどだ。上から下まで、体じゅうが痛い。青眼狐の目がこれほどまで強烈なものだったとは。腰帯のあの甲冑の銅片を呑《の》み込んでいなかったら、僕と王胖子は間違いなく刺し違えていた。さっき凶器として使った紫磨金の小箱を見ると、小さな鍵穴が付いている。

「わっ」

思わず声が出る。また女の死体の口の中に目がいった。この箱を開けるのに、この鍵を使えってことなのか——？

22　八重宝函《はちじゅうほうかん》

手に取った紫磨金《しまごん》の小箱は、重たかった。見たところ八重宝函（仏舎利の入った八重の箱。唐代に作られ、舎利容器ともいう）の一番外側の銀棱盝頂《ぎんりょうろくちょう》（ふちが銀で囲われていて、蓋が「盝式《ろく》」という古代の宮殿で使われた屋根の形になっている小箱）のミニチュア版——それもかなり小さいサイズのものに見える。この古墓の時代、仏教はまだ中国には伝来していなかったから、この中に納まっているのは仏舎利のはずもなかった。ゆすってみても、何の音もしない。まさか、この中には王胖子《ワンパンズ》の話にあった鬼璽《グイシー》（冥府の印）とやらが納められているのか——？

鍵はまだ女の死体の口の中だ。気を落ちつかせようと一度深呼吸し、いよいよ指を二本、舌の下に入れた。そして鍵を指で挟んで、ゆっくりと取り出そうとした。鍵はまだ半分口の中だ。だが極細の糸が鍵の柄にくくりつけられ、その糸が死体の喉の奥まで伸びているのが見えた。どうも怪しい——糸の先には、さらに何かがくくりつけられているようだ。

そういえば、祖父は言っていた。商《しょう》王朝（殷とも称される）の頃にはすでに、中国の職人たちは巧妙に弩機《どき》（「弩」と呼ばれる射撃用の弓を発射する装置）を死体のなかに埋めることができたと。墓泥棒が死体の口か肛門《こうもん》に納まっている玉塞（目や耳の穴に詰める玉《ぎょく》）や宝珠（宝の玉）を取り出すだけで、金糸（金属の糸）を伝って衝撃が伝わり、からくりが瞬時に発動、弩にセットされている矢が死体を突き破って射られるというわけだ。そのときには、泥棒は死体と至近距離にいるはずだから、そもそも逃げられない。どれほどの墓泥棒たちがこの手の仕掛けの餌食となったのか、はかり知れない。

女の死体の腹を何度か押してみた。やっぱりいくつか何か固いものが入っている。慎重に指を動かしてよかった。これがもし王胖子や潘子《パンズ》だったら、とっくに仕掛けにはまっていたに違いない。ここにあるすべての仕掛けやワナは、墓泥棒対策として特別に設計されているようだ。僕は思わずぞっとした。

鍵の裏につながっている糸は金糸で、引っ張れるものの折れ曲がらない。だが爪でつねるとすぐに切れた。鍵を取り出して、紫磨金の小箱の鍵穴と合わせてみた。やっぱりぴったりだ。だがこの箱の中だってなんとなく怪しい。ひょっとしたら、まだワナが隠されているのかもしれない。僕は少し躊《ちゅう》躇《ちょ》し、やっぱりまだ開けないでおくことにした。

まさにこのときだった。僕に寄りかかっている女が恐ろしい形相に変化しているのに気づいてはっとした。女の顔が腐ったミカンのように、どんどん縮んでいく。喉の奥から形容できない声を発し、女はほんの数秒で変貌を遂げた。さっきまでみずみずしかった美女が、いきなりぱさぱさのミイラと化したのだ。僕がちょっと震えただけで、朽ちたような女の腕がぽきりと折れた。ぱさぱさに乾いた体が玉台の上にずり落ちたが、それでも収縮は止まらなかった。

その変わりようはあまりにもショックだった。どうやらこの鍵に付いている宝石には、防腐作用があったらしい。これ以上余計なことは考えないほうが無難だ、長居は無用。そう心でつぶやくと、僕は小箱やら鍵をバッグにしまい込み、王胖子を背負った。

しかし王胖子は僕がだいぶやったからか、何度引っ張ってもまったく起きる気配がない。まさか、これって僕が殺したってこと——？　もうそんなことを気にしている余裕はない。僕は王胖子の手を握って大声で呼びかけた。

「起きろ！」

背中をまっすぐにして、背負ってみたが、めちゃくちゃ重たかった。血へどを吐きそうだ。歩きながら、王胖子ばかりか、奴《やつ》のご先祖様たちまで呪ってやった。

さいわい石畳の道はそれほど長くなかったので、すぐに中間地点までたどり着いた。ツタの絡まりを通り抜けると、すぐそばに断崖が見えてきたが、三叔《サンシュー》も潘子も崖の上にはいないようだ。彼らは洞穴を戻って出口を探しているのかもしれない。石畳の道のはじにある祭祀《さいし》台にたどり着くと、背負っていた王胖子をそこに降ろした。あまりに疲れていた。少し休みたい――するとそのとき、三叔が、地面にいちばん近い洞穴の中から出てくるのが見えた。

三叔は奇門遁甲《きもんとんこう》の術を熟知しているから、彼がいれば、迷宮なんてどうってことはないはずだ。だが三叔が僕に気づいてくれないとまずい。僕は急いで手を振った。

「三叔、僕はここです!」

三叔がこっちを見た。さっと顔色が変わった。そして僕の背後を指さした。振り向くと、王胖子がいつの間にか起き上がって座っていた。それに王胖子の背にもたれかかっている奴もいる。なんと青《せい》眼狐《がんこ》がじっと僕のことを見つめていたのだった。

23 棺《ひつぎ》

青眼狐《せいがんこ》と目が合い、またもや目をそらせない状態に陥った。だが腰帯の銅片を食べたおかげか、首を回せないだけで幻覚は起こらなかった。視界もぼんやりとはしているものの、意識ははっきりしている。

ふいに、三叔《サンシュー》たちがこっちに突撃してくる音が聞こえたが、「来たらまずいよ!」と心の中で念ずるしかなかった。三叔たちは狐《きつね》の妖術を知らない。相手の力がどれほどのものかわからずにやみくもに攻撃したところで、散々な結果になるのは目に見えている。三叔たちに気づいてもらおうと、僕は大声をあげようしたが、喉に何かが詰まったようで、口を大きく開けても何も言葉が出てこない。僕は血管が破裂しそうなほどに慌てた。

だがふいに、ひらめいた。僕の手はまだいくらか動かせたので、すぐに両手でピストルの形を作り、指先を青眼狐の頭に向けた。そして手を動かして何度も射撃する真似《まね》をした。潘子《パンズ》、ここは機転をきかせてくれ。これで気づかないんだったら、くそ食らえだ！

少し経《た》って、ようやく後ろで銃声があがった。そして青眼狐の頭が僕の目の前で破裂した。僕は口を開けていたから、人油《じんゆ》（死体の油）が顔にかかったばかりか、口の中にも入り込んできた。すぐにそれを吐き出したものの、吐き気を催して胃の中のものをほとんど全部吐き出していた。吐き気が収まるのを待って後ろを振り返ると、片手で傷口を押さえながら、もう片方の手で僕にＯＫサインをしている潘子の姿が遠くに見えた。くそったれ――僕は悪態をつきながら、顔にかかった人油を袖でぬぐった。

三叔のいるところからこの祭祀《さいし》台までは少し離れているし、道はどこもツタだらけで、危険極まりない状況だった。だが三叔には策があった。まず石を投げてツタをその方向に誘って道を開かせて、そこを進むというものだ。ほどなくして、三叔たちも祭祀台に這《は》い上がってきた。僕を心配していた三叔は、すぐに近寄ってきたが、僕の体臭を嗅ぐなり苦虫を嚙《か》みつぶしたような表情を浮かべ、吐きそうにしている。もともといい気分ではなかった僕は、三叔にわざと抱きついてやった。三叔は、ひどい吐き気に襲われたようで、そのまま倒れ込みそうになった。

僕は三叔たちに会えてほっとしていたが、ふいにあることを思い出し、悪態をついた。

「叔父さん、なんで墓室に僕を一人残して逃げたんですか？　殺そうとしたわけ？　あんなとこ、一人でじっとしていられるわけないですよ！」

すると三叔が大奎《ダークイ》の頭に思いっきりゲンコツを食らわせた。

「まったく。こいつになんでもかんでも触らせたのがまずかったぜ。こいつが俺の話を聞かなかったんだ！」

三叔は、自分たちに起きたことをひと通り話してくれた。あのとき、三叔たちは墓室のもうひとつの耳室《みみしつ》の壁を調べ始めたらしい。通常古墓は、壁の後ろに隠れ部屋がある場合が多い。だが三叔たちも、この古墓の秘密の入り口がすべて下に向かって開いていることまでは気づいていなかった。博識の三叔は、ひと目でワナを見破っていたが、制止するよりも早く大奎の手のほうが先に動いた。三叔がワナの仕組みを解明する前に、大奎がワナに触れてしまったのだ。それからは僕と同じだ。二人とも下にある西周時代の墓まで落とされたのだった。そのあとのいきさつは複雑怪奇で理解が追いつかなくなっていた。三叔の話はしだいに常軌を逸し、とりとめのない話になっていったので、話を一旦ストップさせた。

「まだ信じていないようだな。それじゃあこれならどうだ。見てみろ――」

三叔はそう言うと、後ろから黒い小箱を取り出した。するとカチャッと、魔法のように箱が銃に変わった。多少なりとも銃の知識があった僕は、一目見て、それがかなり有名な銃であることに驚いた。

それはアレスの折り畳み式自動小銃で、口径は九ミリ。拳銃用の銃弾を使う。中華（中国最高級の煙草《たばこ》の銘柄）の外箱ぐらいの大きさで、重量は三キロもなく、持ちやすい。だがもちろん体積が小さいぶん、銃撃精度も不安定だ。

三叔によれば、石道で死体をいくつか発見し、そこから銃と爆薬を失敬してきたということだった。死体の周辺は銃痕だらけで、ひどい銃撃戦があったらしい。

僕は銃を調べて、妙に思った。僕たちの前にここにやってきた墓泥棒たちの装備は、すこぶる良いものだった。彼らがどんな素性なのかはわからないが、少なくとも僕らの装備よりずっと立派なものを持っていた。それなのに奴《やつ》らの中に、古墓に入って出てきた者は一人もいない。これはいったいどういうことなのか。全員ここで死んだというのか？　もしまだ生きているとしたら、今どこにいるんだ？

あれこれ考えながら祭祀台にもたれかかった。すると思わぬことが起こった。いかにも頑丈に見えていた石台が僕を支えきれず、こっちの体重が全部のしかかる前に祭祀台が半分ほど沈み込んだ。僕は思わず叫んだ。また何かの仕掛けにでも触れてしまったのか――条件反射的に体をうずくまらせると、仕掛けが作動する音だけが聞こえてくる。最初、音は足元から響いてきていたが、徐々に遠くの玉台のほうへ音源が移動していって、最後に轟音《ごうおん》がひとつ聞こえてきた。頭をもたげてみると、玉台の後ろに立つ巨木に、大きな裂け目ができている。裂け目には青銅製の巨大棺が出現し、巨木から伸びている鉄鎖がぐるぐると青銅の棺に巻きつき、棺を固定している。

「わぁお」

三叔が目を見開く。

「ほんとうの棺は、あそこにあったのか」

「よくやった、小僧。あんなにどでかい棺、絶対にものすごい価値があるお宝だぜ？　こりゃ無駄足にならなかったな！」大奎は本当に嬉《うれ》しそうだ。

三叔が大奎の頭をバチンと叩いた。

「価値がある、価値があるって、カネのことばかり言うなよ。こりゃいくら価値があったって、おめえにも持ってけねえよ。何度も言ってるが、あれは棺の外棺だ。棺の内棺じゃねえんだぞ！　毎回俺の顔を潰してくれんじゃねえよ」

大奎はぽりぽり頭をかくと、それ以上は口をきこうとしなかった。僕は棺をじっと見ていたが、なんとなく違和感がして三叔に言った。

「変ですね。他の棺には全部釘《くぎ》が打ってあって、後になって開けるつもりはないのがわかるでしょ。

でもあの棺をよく見てくださいよ。この石台の仕掛けは、そもそも誰かに棺を見つけ出させるためのようです。この墓の主はもともと、誰かに自分の棺を開けてもらうつもりだったんじゃ？　しかも見て。鉄の鎖があんなに頑丈に棺をくくってる。固定するためだけだとは思えませんね。逆に、中のものを出させないようにしているように見えるでしょ」

　みんなが棺を凝視した。不安が的中したようだ。こんな状況ではお互いの顔を見合わせるしかない。僕らが今回の旅で出くわした摩訶不思議《まかふしぎ》な怪事件は数えきれないというのに、またなのか、なんだってあの中にモンスターがいるっていうのかよ？　棺を開けたほうが良いのか悪いのか、いったいどっちなんだ――？　思いが交錯する。

　三叔が沈黙を破った。

「おそらくこの墓で価値のあるお宝ってのは全部あの中だな……。あの棺を開けねえのなら、ここまでの苦労が無駄にならねえか？　ちくしょうっ！　中に粽子《ゾンズ》がいたらどうだってんだ？　今の俺らには銃もあるし、爆薬だってある。本当にダメだったら、武器を取ってそいつとやり合えばいいさ！」

　僕はうなずいた。三叔が続けた。

「それに今の俺らにとっちゃあ、もと来た道を戻るってのもありえない話だ。この断崖にある洞穴は、すべて石道迷宮の中に通じてやがるからな。迷宮から出るのにどんだけ時間がかかるかもわからねえ。一番いいやり方は、やっぱり上の裂け目まで登って出ていくことだな」

　僕らは顔を上げた。洞窟の天井に裂け目が見える。そこから射《さ》し込んでくる月の光に、とてつもない恐怖を覚えた。三叔が巨木を指さした。

「お前ら見てみろ。あの巨木のてっぺんから洞窟の天井はめちゃくちゃ近い。しかもツタが木の上から洞窟の外まで生い茂ってるときた。まるで天然のはしごだ。あんなにたくさん枝がついてるんだから、登りやすいぜ。出ていくのに好都合ってもんだ」

「アニキ、ここまで来てなんででたらめ言うんですか？　ありゃ食人木だ。あんなのに登るなんて、死にに行くようなもんだ」と潘子だ。

三叔がげらげら笑った。

「あの木は九頭蛇柏《ジイウトウシャーバイ》ってんだ。俺はとっくに気がついていた。すべてのツタが、ここの石に触れようとしていないのが見えねえか？　この石は天心岩《ティエンシンイエン》っていって、九頭蛇柏の天敵だ。石灰を体に塗ったら、間違いなくうまくいく」

それでも大奎は心配そうだ。

「本当に効果はあるんですかい？」

三叔がじろりとにらみつけた。またカミナリが落ちそうなのを察知して、慌てて僕が割って入った。

「もういいよ。試してみりゃわかるでしょ？」

みんなは何も言わず、すぐに行動に移すことにした。大奎は王胖子《ワンパンズ》を背負い、三叔が潘子を支え、僕は装備をまとめた。振り向いて、岩の洞窟を眺めた。みんな無事だ。だが悶油瓶《モンヨウピン》は今頃どうしているだろう――。三叔が僕の迷いを感じとったらしい。

「奴の腕なら、てめえひとりぐらい守れてるはずだ。心配ないさ！」

僕はうなずいた。冷静に考えれば、悶油瓶のことなど心配している立場ではないのだ。奴は僕よりずっと強いし、妖術まで操れる。むしろ奴のほうが僕を心配するべきなのだ。

僕が銃を抱えながら前を歩き、みんなはその後ろをついてくる。ゆっくりと石段をのぼった。さっきはさっと駆け下りたからはっきりと見ていなかったが、この石段はどれも大きな天心岩を重ねてできていた。こんなに大きな石、どこから運んできたのだろう。段の上には鹿の頭をした鶴が彫ってある。こんな浮き彫りは珍しい。でもどこか腑《ふ》に落ちない。殤王《しょうおう》という人は、いったいどれほどの階級の諸侯なのだろうか。なんだってこんな奇妙な墓葬にしたんだ――？

僕らは素早く木の洞の前までたどり着いた。ここでようやくわかったことがある。洞はもともと自然に裂けたのではなくて、中に埋められていた十数本の鉄の鎖によってこじ開けられたものだった。巨大な青銅の棺はもう目の前にある。少なくとも二メートル半はあって、上にびっしりと銘文が刻まれているようだ。

　戦国時代の文字は複雑だが、斉《せい》、魯《ろ》の文字は当時の学者たちによって幅広く使用されていた。楚《そ》は魯を併合したあとも魯の文化を積極的に取り入れ、文字も魯と似通っている。僕が以前売った戦国時代の拓本はほとんどがその頃のものだ。だからこの銘文の概略くらいは読み取ることができた。

　このときなぜ誰も口をきかなかったのかわからない。たぶん、この墓の主を起こしてしまうかもと思ってびびっていたのだろう。三叔がバールを取り出して棺をコツコツ叩くと、中から重くるしい音が響いてきた。絶対に内側には何かが詰まっている。それも、たくさん――。僕がこの手のものが好きなことを知っている三叔が、そっと聞いてきた。

「お前、上になんて書いてあるかわかるか？」

　僕は首を振った。

「具体的なことはわからないけど、この棺の主は、僕らが探してる殤王だってことは確かですね。上の文字は彼の生い立ちらしい。五十歳になる前に亡くなってる。子どもはいなかったようです。死の直前の状況というのは、これまでの記述と同じですね。魯国の君主の前で座ったまま、急にこと切れたという。それ以外はさしずめ彼の功績が書かれてると思います」

　僕は当時の魯の文化には興味がなかったから、ちらっと見ただけで、ちゃんと読んではいなかった。

「じゃあこの文字はなんて意味だ？」大奎が聞いてきたので見てみた。棺の真ん中に「啟」（現代中国語の文字では「启」。日本語の漢字では「啓」にあたる）という文字があり、その下には時を表す十二支が長々と一列に記してあった。それらの文字は少し大きくて、ひときわ目立っている。これらの文字が、ある日にちを表していることはわかる。ただ春秋戦国時代の頃の周王朝《しゅう》はすでに落ちぶれていて、諸侯はそれぞれが勝手にふるまい、暦法もめちゃくちゃになっていた。だからこれが具体的にどの日を指すのかわからなかった。それで大奎にこう答えた。

「これは納棺された日にちが示されているはずだ。でも、これが何日なのかわからないよ」

僕が銘文を調べている最中、三叔は棺をどうやって開けようかと模索していた。三叔が鉄の鎖をゆする。親指ほどの太さの鎖は、鉄器時代に入ったばかりのこの頃の中国では贅沢品《ぜいたくひん》のはずだ。だいぶ年月が経っているので、鉄の鎖はほとんどが朽ちていて、原型をとどめていなかった。僕はみんなを押しのけると撃鉄を起こし、鎖に向かって数発撃った。鉄の鎖は残らず折れたが、そのうちの数本は、位置を固定させておくためにそのまま残しておいた。

三叔が僕を押しのけた。

「もう銘文なんか調べる必要はねえ。これを開けてからにしようぜ」

言い終わったとたん、棺が突然ぐらぐらと揺れて、中からごそごそと音がし始めた。何かの聞き違いかと思い、みんなにも確認しようとしたそのとき、突然また棺が揺れた。今度ははっきり聞こえた。思わず全身が震え、僕は腹のなかですっかりクダをまいていた。

——ちくしょうっ、この中、やっぱ問題ありありだったじゃないか！

24 ゾンビ

全員が仰天して後ずさりした。棺《ひつぎ》の中に何かがいることに誰もが薄々気づいていた。だがそれが事実となると、それはそれで冷や汗が出てくる。この物音から、棺の中には何か動くものがいることがはっきりした。そんなの、いいことなわけがない。

顔面蒼白《そうはく》の大奎《ダークイ》は、ぶるぶると震えが止まらない。

「中に、なんか生き物がいるっぽいぜ。こりゃやっぱり開けねえほうがいい」

三叔《サンシュー》は棺の継ぎ目を確めると、首を振った。

「そんなのありえねえよ。この棺はしっかりと密封されてる。だからそもそも空気が入らねえ。中に何かしら生き物がいたとして、それの寿命が三千年ぐらいあったとしたって、とっくにお陀仏《だぶつ》になってるだろうよ。それに、こりゃあただの外棺だ。中にはまだ何層も棺がある。とりあえずいくつかこじ開けて、音をしっかり聞いてみようぜ」

僕は棺の重さを想像してみた。記憶の限りでは、いちばん重たい青銅の外棺は擂鼓墩《らいことん》にある曾侯乙《そうこういつ》墓《ぼ》（中国湖北省随県擂鼓墩で一九七七年に発見された戦国時代初期の諸侯の墓）の巨大棺で、だいたい九トンだ（外棺が約七トン、内棺が約二トン）。この棺はそれとほぼ同じ形をしているが、曾侯乙墓のは青銅が木板にはめ込まれた造りなのに対して、こっちは全部青銅だから、おそらく九トンでは済まないだろう。具体的にどれくらいなのか見当もつかなかった。

大奎と三叔がまず、継ぎ目を密封している蠟《ろう》を刀でそぎ落とした。それからバールを差し込んで、気合いのかけ声とともに、力いっぱい下に押したおす。するとカサッと物音がして、青銅の外棺の板がぱっと跳ね上がった。僕はすぐさま青銅の板を外に押す。この板だけで、少なくとも八百キロはあるだろう。だいぶ時間をかけて半分ほど押したところで、息が上がってきた。最後に、みんなで肩を使ってひと息に板をひっくり返すと、ついに内側の棺があらわになった。それは精致な玉《ぎょく》がはめ込まれた漆棺《しっかん》（漆が塗られた棺）で、表面は玉石がぎっしり敷き詰められた棺掛《かんか》けで覆われていた。棺掛けは整然と並ぶ玉石で、ひし形や円形の二種類の形がデザインされている。それは天円地方《てんえんちほう》（天は円形、地は方形であるという意味）という古代中国の宇宙観を表現していた。そんな棺掛けの内側には、上絵のほどこされた漆棺が置かれている。外側を覆う棺掛けには玉石がびっしりと詰まっているため、漆棺の表面に何が描かれているのかわからなかった。棺を見た潘子《パンズ》は、目玉が飛び出そうなほど狂喜している。傷口を押さえながら、顔は泣いたり笑ったりと忙しい。

「くそっ。こんなにたくさん玉が付いているのかよ。これからは大手を振って生きられるぜ！」

潘子はそう言うなり、なんとか玉を取りはずそうとし始めた。三叔が慌てて制止した。

「ダメだ！　これは新彊《しんきょう》マナスの玉だぞ。もし玉をはずして売ったとしても、たった十数万だ。俺たちの分け前にもならん。玉がはまったままの棺掛けを売ってこそ価値が出るんだ！」

これまでにやらかしていた潘子は、三叔ににらまれて軽はずみに動くこともできず、ぽりぽりと頭をかいて引き下がった。

三叔は上絵がほどこされた漆棺をコツコツと叩いて言った。

「戦国時代の諸侯や王たちは、普通は自分の棺を二重の外棺と三層の内棺にしていた。もしあの巨木を一層目の外棺だと見なせば、今の俺たちは二層目の外棺まではずしたことになる。そしてこの棺掛けと漆棺が二つの内棺だ。つまりこの漆棺の下にあるもうひとつの内棺がいちばん重要だということだ」

そう言うなり、細心の注意を払って小刀で金糸を全部、漆棺から抜いていった。棺掛けの玉を傷つけないよう注意しながらだったので、ずいぶん時間はかかったが、ついに棺掛けが取りはずされた。

玉で飾られた棺掛けをはずすと、木棺の表面の上絵が見えた。これはさっきの銘文よりもわかりやすい。カンテラで照らしてじっくりと見てみた。棺の板に描かれているその絵は叙事的なもので、納棺時の光景を表しているらしい。巨大な樹木と、その真ん中に裂けて開いた洞《うろ》、おびただしい数の骸骨に支えられている青銅の棺の蓋はまだ閉じられていない。棺のそばに大勢の人が集まり、ひざまずいてお見送りしている。

三叔は玉で飾られた棺掛けを丁寧にたたむと、リュックに入れた。僕はためしに背負ってみたが、びっくりするぐらい重たかった。このリュックを背負うのは大変だ。

お宝に気を良くしたのか、たちまち元気になった大奎は、今度は何も言わずに上絵のほどこされた漆棺をすぐ開けようとした。三叔は大奎を制止した。

「おめえは幽霊を見ちゃあ、すぐぶっ倒れるくせに、金目のものさえお目にかかれたら、命はいらねえって輩《やから》なんだな。この下にはあとひとつしか棺がねえんだ。いい加減に扱うなよ。そっとやれ！」

三叔はそう言いながらひざまずくと、耳を棺の板にくっつけて、僕らにシーッとジェスチャーをしてみせた。

邪魔にならないよう、僕らは息を潜めた。三叔はしばらく耳をあてていたが、くるりと体を向けた。

「くそっ！　何かが息してる音がするぜ――」と言うその顔はもう真っ青だった。

僕らも恐怖におののいていた。もし中の物音が幽霊の叫び声だったら、まだ耐えられただろう。だが今、中のものは呼吸をしている。かえって不気味さが増していた。大奎はもはや会話もままならなくなっている。

「まっ……まさか、ゾ、ゾ、ゾ、ゾンビじゃねえよな……」

「ばっ……馬鹿野郎！　こんなところででたらめ言うなよ。ここまで来たのに、棺のなかの奴《やつ》のために蓋をまた戻してやるってのか？」

そう言うと、三叔は黒ロバの蹄を取り出して脇に挟み、僕に合図した。僕は銃を構え、大奎は手に持っていたバールを振り上げて棺の脇に立ち、何かが飛び出してきたら、一撃食らわす準備をした。

三叔がペッペッと手にツバを吐きかけた。それから首を振って気合いを入れると、バールを棺の隙間に差し込んだ。その瞬間、後ろから大声があがった。

「やめろ！」

振り向くと、いつの間にか目を覚ました王胖子《ワンパンズ》が、頭をかきながら僕らに向かって必死に手を振っていた。

「ダメだ、ダメだ。そんなふうに開けたら、とんでもないことになるぞ。馬鹿だな、おめえらは。その程度の知識で殤王《しょうおう》の墓を荒らそうってえのか？　まったく、死にてえのかよ」

「じゃあどうやって開けりゃあいいんだ？」三叔が不安気に言う。

王胖子は手を振って三叔をどかせると、漆棺と青銅の外棺の隙間に手を伸ばした。目を閉じたまま、しばらく中を探ると、ふいに手に力を入れた。するとパンッと音がして、棺が真ん中からきれいに裂けて開いた。その瞬間、すさまじい叫び声が棺の中から聞こえてきた。僕はもう少しで銃を落とすところだった。

王胖子が素早く後ろに跳びのき、両手を開く。

「下がれ！」

僕も銃を構え、棺に照準をあて、さっと数歩後ずさりした。漆棺が蓮《はす》の花のように外棺の中から上に持ち上がり、裂けた棺の蓋が左右にひっくり返った。この神業ともいえる驚異の設計は素晴らしく、僕らは思わず見とれてしまった。

同時に、黒い甲冑《かっちゅう》姿の人が棺の中から起き上がってきた。僕が銃を掲げて撃とうとすると、王胖子が制止した。

「動くな。あいつが身につけてるのはお宝だぜ。ぶっ壊しちゃダメだ！」

このときついに、神秘的な殤王の姿を目にすることになった。それは珍しい湿屍《しっし》（肉体は乾燥しておらず、腐敗もしていない状態の遺体。多くは液体に浸かった状態にある）で、全身の皮膚はすでに白からほとんど透明になっていて、両目は閉じている。だが死ぬときにひどく苦しんだ様子もうかがえた。五官のほぼすべてが歪《ゆが》んでいるのだ。しかしどうしても腑《ふ》に落ちない。殤王はあの女の死体を千年も腐らせない方法を知っていたのに、なぜ自分の死体はしっかり保存できなかったんだ――？

三叔がそばに寄ってきた。

「くそっ。また粽子《ゾンズ》かと思ったぜ。見てみろ、後ろの木で奴を支えてるぞ。どうりで座っていられるわけだ」

僕らは周りをひと通りまわってみて、それがかなり精巧な仕掛けだと知った。棺を開くと、中の死体が木に支えられながら起き上がる仕組みだ。普通の奴なら、そんなものを見せられたらショック死してしまうだろう。

仕掛けだとわかって、やっと僕らは安心できた。殤王という人は実に用心深い策士だったとも言えるかもしれない。ただ少し残念なところもあった。そもそも幽霊を怖がるような奴は、絶対に墓掘りになんてならない。墓掘りは幽霊なんて恐れない輩だということを殤王は心しておくべきだった。それにあえて夜中に他人の棺を開けるような奴は皆、命知らずの輩たちなのだ。こんなやり口で人を脅かすこと自体、墓掘りを馬鹿にしすぎている。

みんなでぐるっと棺の周りを一回りしてみた。僕は殤王が身につけている甲冑こそが実は最後の棺の役目を担っていて、学名では金縷玉衣《きんるぎょくい》（金糸で玉片をつづってつくった、遺体を覆う服）というのをわかっていた。だが不思議なことに、その金縷玉衣の上部の玉片がすべて真っ黒に変色している。近づいてよく見てみると驚いた。なんと、死体の胸が動いていて、まだ呼吸しているようなのだ。耳を澄ますと呼吸音もはっきりと聞こえ、まるで湿った空気を鼻から噴き出しているかのようにさえ感じられた。

大奎が仰天している。

「こっ……こっ……こいつ生きてらあ！」

25　玉俑《ぎょくよう》

僕は声を失って後ずさりした。全身の筋肉が緊張で完全にこわばっていた。死体が突然立ち上がって、今にも飛びかかってきそうだ。僕はびくつきながらささやいた。

「この死体、どうやって息してるんだろ？　みんな、こういうのに出くわしたことはない？」

大奎《ダークイ》はぶるぶる震えている。

「もちろんねえよ。毎度のことこんなのに出くわしてたら、墓掘りになんて来ねえで、喜んで便所掃除でもしてらあ」

僕は潘子《パンズ》を見た。傷口を押さえながら、ひたいに汗をかいている。

「どうでもいいから、さっさと一発ぶち込め。何が何でも殺《や》れ！　奴《やつ》が立ち上がりでもしたらやっかいだ――」

確かにそうだ。あれこれ考えているよりも、動くべきだ。どんなことだってさっさと動くのが正しい――すぐに銃を構えた。だが三叔《サンシュー》と王胖子《ワンパンズ》が慌てて手を振る。

「まっ……待て待てっ！」

そう言いながら、三叔が死体の目の前まで近づく。僕に手を振りながら、死体が着ている甲冑《かっちゅう》を眺めているが、口を開け呆然《ぼうぜん》としている。そして黒く変色している甲冑を指さした。

「こっ……こりゃあ玉俑じゃねえか？　まさか、本当に存在したとはな！」

僕は頭の中が真っ白になり、わけがわからなくなっていた。三叔は驚喜しすぎて泣きそうになっているし、声もうわずべりしている。

「なっ……なんて運がいいんだ、俺は。長いことこの稼業をやってきたが、つ……ついに神器を発見したぜ。これは玉俑だ！」

三叔が僕の肩をつかんだ。

「これを着るだけで、若返れるんだ。聞いたことないか？　こりゃあホンモノだ！　この死体がまさにその証拠だ！」

当時の四十歳、五十歳といえばとっくに爺《じい》さんだ。この死体は筋肉がしぼんでいたものの、顔つきは確かに若い。僕は少し興奮していたが、まだ疑わしく思っていた。この世に、本当に若返り現象なんてあるのか――？

王胖子もじっと食い入るように見つめている。

「本当に思いもよらないもんだな。秦《しん》の始皇帝だって見つけられなかったこいつは、ここにあったってわけか。おい、こりゃあどうやって脱がせるのかわかるか？」

三叔は首を振った。

「外側から脱がせるのは無理だと聞いたことがある。こりゃ一苦労だ。いっそ俺たちで、死体をかついでここから出ていくか？」

三叔と王胖子に腕や足をひっぱられている死体は、まったく起きる気配もない。見た感じ危険はなさそうだ。僕はだんだん緊張の糸がゆるんできた。

「もしこの玉俑を脱がせたら、中はどうなってるんだろうね？」

思いもよらない疑問だったのだろう。王胖子が答えた。

「知ったこっちゃねえよ。きっとあとかたもなく消えちまうだろうよ」

「じゃあそれってどうなのさ。この人はそもそもまだ生きているってことだよね。ってことは、そんなことしたら、僕らは殺人犯になっちゃわない？」

王胖子が倒れ込みそうな勢いでげらげらと笑った。

「ぼっちゃんよ。墓掘りがみぃんなお前さんみてえな考えの持ち主だったらな、なんにもできねえぞ。この古代の諸侯様の手はどれも血みどろだろ？　生きている奴らをつかまえたら、それこそ銃で殺さなきゃな。お前さんの心配なんて無駄なんだよ」

言われてみればそうだ。せわしなく作業をしているみんなを見て、自分だけ暇をしているのも悪い。僕は僕で棺《ひつぎ》を調べてみることにした。棺の中にまだお宝があるか探ってみようと思ったのだ。よく見ると棺の底にはぶ厚いうろこ状のものが敷いてあって、それに埋もれる形で明器《めいき》（副葬品）が重なって置かれていた。だが、明器の名前が出てこない。僕はうろこ状のものを一枚つかんでたずねた。

「これって何なんですか？」

恍惚《こうこつ》状態に陥っていた三叔が、においを嗅ぐ。

「これは、殤王《しょうおう》が脱ぎ捨てた皮膚だ」

僕は言いようのない不快感に襲われ、それをとっさに投げ捨てた。

「くそっ。殤王様は皮膚病にでもかかってたんですか？　こんなに皮が剝《は》がれ落《お》ちるなんて」

「馬鹿言え。これは殤王が脱ぎ捨てた古い皮膚だ。一枚脱ぐたびに若返るんだ。この量だと五、六回は脱皮してるぜ」

見ているだけで、たまらなく不気味だった。それにそれ自体はヘビの皮みたいでなんの興味も湧かない。このとき王胖子が喜びの声をあげた。

「やった、見つけたぞ！」

取り囲んで見てみると、玉俑の腋《わき》の部分の玉だけ、金糸の糸口が他より多いのがわかった。奴の発見に僕は面白くなかった。

「さすがはブタ野郎様だ！　無駄に鋭い目をしているね。ここに糸口がちょっとだけ多くあるのも見逃さないなんて」

王胖子がぎろりと僕をにらみつける。

「お前さんたち南派《ナンパイ》の皆さんってのは、血気盛んなこった。どんな墓だってお宝を根こそぎ持っていっちまうもんな。だがよ、墓掘りってのは緻密な手さばきが必要とされるのさ。わかるか？　俺が今ここにいなかったら、死体を溶かすかなんかしてからやっとこさ玉俑を脱がすことになってたんだぜ」

するとその言葉にプライドを傷つけられた三叔が声を上げる。

「馬鹿なこと言ってんなよ！　ホントのところはまだわからねえんだから。もともとここには糸口が余分にあったのかもしれないんだぜ」

王胖子がガハハと笑った。

「ちくしょうっ！　まだ信じられねえってか」

そう言いながら糸口をひっぱろうとして手を半分ほど伸ばしたところで、フーッという音とともに、目の前で何かが光った。電光石火よろしく、即座に反応した三叔が、王胖子を蹴り飛ばした。王胖子が吹き飛ばされた瞬間、黒い刀が音を立てて木に刺さった。刀身の半分が木に埋まっている。僕は思わず飛び上がった。三叔が蹴り飛ばしていなかったら、刀は王胖子の頭を貫いていたところだ。

振り返ると、石段の下に悶油瓶《モンヨウピン》が立っていた。全身血だらけで、体にはいつの間にか青色の麒麟《きりん》の入れ墨が現れていた。左手は刀を投げたときの格好のまま、右手には何か妙なものをぶらさげている。それが何かわかったとき、みんなが一瞬で凍りついた。

右手にぶらさげているものは、血屍《シュエシー》の頭だ。

悶油瓶は僕らを一瞥《いちべつ》しながら、おぼつかない足どりで階段を上がってくる。呼吸が乱れている。傷はかなり深く、だいぶ疲れているようだ。満身創痍《まんしんそうい》の姿からして、激しい戦いを繰り広げてきたのは間違いない。奴は棺に目をやると僕らに向かって手を振る。そしてぽつりと言った。

「どけ」

顔に青筋をたてた王胖子はそれを無視し、いきり立つ。

「おめえ、さっきは何やらかしてくれた？」

悶油瓶は振り返ると、王胖子を冷たい目でじろりとにらみつけた。

「お前を殺す」

逆上し、そでをまくって突進しようとする王胖子に大奎が慌ててしがみついた。王胖子も善良とはいえない奴なのだ。三叔が物騒な気配を察知して、すぐにとりなした。

「まあそう慌てるな。こいつだって何か理由があってやったんだろ。とりあえず話を聞いてやろうぜ。何度も助けてもらっただろ。ひとまず落ち着けや」

しぶしぶ納得したのか、王胖子はもう手を出すことはなかった。そして大奎を振りほどくと、依然として憤然とした態度で地面に座り込んだ。

「ちくしょうっ！　よってたかってなんだよ。多勢に無勢、これじゃ勝ち目はねえみたいだしな。しょうがねえ。おめえらの言う通りにしてやるよ」

すると悶油瓶は手にしていた血屍の頭を玉台の上に放り投げ、コホンと咳払《せきばら》いをした。

「この血屍は、この玉俑の前の主《あるじ》だ。殤王が墓掘りをしていた頃、こいつを見つけたのさ。玉俑を脱がせたから、こんな状態になっちまったんだ。この玉俑に入ると五百年に一度脱皮する。脱皮するときだけ玉俑を脱ぐことができる。そのときじゃなきゃ血屍になっちまう。今お前らの前にいる生きた死体は、ゆうに三千年は経《た》ってるな。糸口を一本ひっぱるだけで、粽子《ゾンズ》として息を吹き返して、俺らもろともここでお陀仏《だぶつ》だった」

そこまで言うと、またゴホゴホと咳をした。口から少し血が出ているのが見えた。まずい、内臓をやられたか――。

潘子は苦痛に耐えながら、無言でそばにもたれかかっていたが、突然口をひらいた。

「そこの兄さんよ、俺は遠まわしに言えるタチじゃねえんで、気にしねえでほしいんだが――お前さんはいろいろとよくご存じのようだ。よかったら、はっきり言ってくれねえか。お前さんはどこぞの神仙《しんせん》なんだい？　お前さんが俺の命を救ってくれたんだから、もし生きてここを出られたら、お参りしてお礼を言わないといけねえと思ってよ」

潘子の話術は巧みだった。悶油瓶はどうやってもごまかせないだろうと僕は思った。だが悶油瓶は、そもそもわかってほしいなどとは考えてもいないようで、黙ったままだった。そして殤王の死体の前まで歩いていくと、憎々しそうに死体をじっと見つめた。ふいに、冷たい光が目に走った。悶油瓶の動きは素早かった。あっという間に手で死体の首根っこを締め上げ、棺から引きずり出したのだ。死体が喉の奥からうめき声を上げ、ぶるぶると震え出した。展開が早すぎて、僕は反応すらできなかった。悶油瓶は死体に向かって冷やかに言いはなった。

「お前はもうずいぶん生きすぎた。死ぬがいい」

悶油瓶の手には青筋が浮き出ている。そして骨が砕かれる音とともに、死体の四肢はガタガタと震え出し、最後に足が痙攣《けいれん》するように突っぱると、またたく間に皮膚が真っ黒になった。

僕らはぽかんとして、しばらく何を言っていいかわからずにいた。玉俑がゴミのように取るに足らないものだとでも言わんばかりに、悶油瓶が死体を地面に投げ捨てるのを見ているしかなかった。僕は悶油瓶をつかんだ。

「あんたいったい何者なんだ？　殤王に何か深い恨みでもあるのかよ？」

悶油瓶は僕のことをじっと見ている。

「それを知ったからってどうなんだ？」

王胖子は不満げな様子だ。

「こりゃあどういった理屈だよ？　俺らは苦労してこの墓の中までたどり着いて、やっとのことで棺を開けたってのに、おめえはなんにも言わずにいきなり死体を絞め殺しちまった。少なくとも俺らに説明する必要があるだろうが！」

振り返って、玉台の上に横たわる血屍の頭を見ている悶油瓶は、ひどく寂しげだった。すると上絵のほどこされた漆棺《しっかん》の後部に置かれてある、紫の玉でできた箱を指し示した。

「すべてを知りたいなら、その箱のなかにある」

26 紫水晶の箱

紫の玉《ぎょく》は紫水晶だった。お守りや魔除《まよ》けとして身につけるもので、箱にする人は少ない。この箱は紫水晶のかたまりを削り出して作られたものらしく、極めて珍しいものだった。紫水晶は削ったり磨いたりするのに向かない。だから箱の表面には何も絵は描かれておらず、蓋の周りだけが金で縁どられていた。置かれている位置からして、死体の枕として使われていたはずだ。玉でできた枕はただでさえ珍しいが、紫水晶となるとさらに価値が高い。おそらく当時の皇帝でもこんな待遇はされなかっただろう。

僕らは細心の注意を払って箱を抱え上げ、地面に置いた。箱には鍵がかかっていなかった。開けてみると、中には金があしらわれた黄色の絹織物があった。繊維に金糸が縫い込まれている生地は保存状態が極めてよかった。広げてみると、左側に「冥公殤王《しょうおう》地書」とあり、隣にはびっしりと小さな字が書かれていた。

王胖子《ワンパンズ》は、こんな帛書《はくしょ》よりも玉俑《ぎょくよう》に興味があるのが明らさまな態度だった。ぱっと見て文字が理解不能とみるや、ぶつぶつ独り言を言いながら玉俑のほうに走っていった。一方の悶油瓶《モンヨウピン》は、木に刺さっていた刀を抜き、玉台の隣に寝ころがって、じっと殤王の死体を見つめている。だが、その視線はどこかぼんやりとしていた。

僕と三叔《サンシュー》は箱の脇に座って、帛書に書かれている文字をじっくり読んでみた。僕のレベルでは一部しか理解できなかったが、断片をつなげれば、なんとか意味を読みとることができた。この「冥公殤王地書」に書かれていることは、まったく常軌を逸していた。もし僕らが不思議な事件をいろいろ経験していなかったら、この世にまだこんなことがあるなんて、とうてい信じられなかっただろう。

「冥公殤王地書」と書かれている行の隣の小さな文字は殤王自身が書いた序で、たった数行しかない。その後は殤王の出生から死までに起こったあらゆる重大事件が書かれており、もしそのすべてを解読しようとすれば、半月あっても間に合わないだろう。だがさいわい、そのなかでことさら重要とおぼしき二つの出来事に関しては読み取ることができた。

ひとつは、殤王が冥府の印を入手した経緯で、かなり簡潔に書かれている。僕はまずおおよその見当をつけて読みあげた。

「殤王は二十五歳で父親の官職を継承した。魯軍のために古墓を盗掘し、黄金を掘り当てれば献上して軍の収入としていた。あるとき、殤王が年代不詳の墓穴に入ったところ、棺の中にはなんと巨大なヘビがいた。だがびくとも動かない。殤王は大胆な男だった。ヘビが棺のなかでとぐろを巻いているなんて絶対に妖魔に違いないと、刀をひと振りし、ヘビをぶった切った。それからその腹を破るよう命令し、切り裂かれた腹から出てきたのが紫磨金《しまごん》の小箱であった」

ここまで読んで、思わずぎょっとした。なんだって？　今、リュックの中にある箱こそ、ヘビの腹の中から出てきたものだというのか？　三叔は無言になった僕を見て、しびれを切らしたように言った。

「やめるな。続けろ！」

僕は深く考える余裕もなく、我に返って続きを読んだ。

「殤王はこの箱のことをただヘビに飲み込まれたものなのだろうと気にもとめずにいた。しかし、夜になり床につくと、夢に白髭《しらひげ》の老人が現れてたずねてきた。

『なぜ余を殺したのだ?』

「殤王は普段から横暴な人間で、大勢の人を殺していた。しかもそのことをさっさと忘れてしまうので、老人がいったい誰なのかわからなかった。殤王が言った。

『殺したいから殺すまでだ!』

「すると老人が突然、巨大なヘビに変化して殤王に咬《か》みついてきた。凶悪な殤王は、なんと夢の中でも果敢にヘビを斬りつけた。それから足で踏みつけ、頭を斬ろうとする。するとヘビは突然、赦《ゆる》しを請い始めた。

『自分の肉体はすでに殤王に殺されておる。魂までも殺されてしまったら、永遠に超生《ちょうしょう》(現世を去って極楽浄土で生まれ変わること)できん。もしここで解放してくれるなら、宝物を二つ授けよう。これさえあれば、最高位の大臣になれるはず』

当時、墓荒らしの士官は皇帝直属だったが、その地位はとても低かった。そのためプライドの高い殤王にとって、この条件はとても魅力的に映り、すぐに応じた。

「するとヘビは腹の中にあった紫磨金の小箱の開け方を殤王に教えたばかりか、中の宝物の使い方まで伝授した。そして殤王はその宝物の妙を深く会得した。ただ、これは天のみが知るべきことで、天下に伝わってはならないことだった。殤王は躊躇《ちゅうちょ》なくヘビの頭に刀を振り下ろした――」

ここまで読んだところで、僕はショックで声が出なくなった。殤王はどこまで残虐な奴《やつ》なんだ――。

このとき王胖子が駆け寄ってきた。

「その宝物ってのはぜってえ鬼璽《グイシー》のことだぜ。あともうひとつはなんだ? 古籍にも触れられていねえな。まさかこの玉俑かな?」

王胖子に慌てるなと合図し、続きを読む。

「殤王は目覚めた後、夢のなかで聞いたやり方を試してみた。すると案の定、箱は開いた——そう書いてある。だけど殤王は、この帛書のなかで、箱の中にどんな宝物があったのか、最後まで触れちゃいない。それを使うと、すこぶる調子が良くなるとしか書いていない。殤王は他人に知られたくないと思ったらしい。引き連れてきた随行者、さらにはその一族郎党まで一人残らず殺しちゃったんだって。生後ひと月の赤子でさえ見逃すことはなかった——」

また背筋が凍った。殤王という人は、絶対におかしい。じゃなきゃどうすればここまで残虐になれるんだ。

王胖子が言った。

「まさか、一人でそんなにたくさん殺《や》ったのか？　絶対その宝物とやらを使ったはずだ。まったくじれったいな。さっさと次を読め」

「うるさいなぁ。そっちこそどれだけ無駄口叩いてるんだよ？　お前は玉俑でもまとめてろ」

「わかった、わかった。これ以上、口を挟まなきゃいいんだろ？　ただ、もうちょっと早く読んでくれねえかな。こそばゆくてな！」

僕は構わずに、続きを読んだ——。

「それからの数十年、殤王はこの二つの宝物のおかげで向かうところ敵なしの状態だった。戦にしろ、政務にしろ、ずっと誰も殤王には敵《かな》わなかった。ところが殤王は死体から出る腐敗ガスに長いこと触れていたことが災いし、晩年いくつもの病を患い、体の自由がきかなくなった。皇帝も歳をとった殤王を邪険にして、軍隊の指揮権を取り上げると、墓掘りだけをやらせた。事実上の左遷であった。

「体が日に日に言うことをきかなくなり、殤王は死を恐れるようになった。ある日、殤王は数十年前に見た巨大ヘビの夢を再び見た。ヘビは言った。

『おぬしの死はもうそこまで来ておる。われらは冥土でおぬしを待っておるぞ――』

「見れば、そこには自分がかつて罪なく殺した人たちが集っていた。目覚めてから、その恐ろしい夢を思い出して、殤王は軍師に教えを乞うた。

「殤王の軍師というのは鉄仮面と呼ばれ、四柱推命や風水に精通していた。彼は少し考えると殤王に言った。

『上古《じょうこ》（漢代までの時代）には玉俑というものがあって、それを身につければ若返ることができ、老いることなく長生きできます。ですが残念なことに、それを探すための足跡はとっくに途絶えてしまいました。もし探すなら、古代の墓に行って探すしかありません』

「もはや残された道がない殤王は、鉄仮面の話の真偽がどうであれ、わずかな希望をたくすしかなかった。そして墓掘りは得意分野でもあったから、殤王は徹夜で古籍を研究した。当時はまだ文献や資料が豊富で、散逸してもいなかったので、ついに彼はある文献の中から玉俑があるであろう墓を探し当てたのだった。

「それから殤王は三千人あまりを動員し、半年もの時間をかけて山を切り開いた。そして見当をつけていた区域で、大規模な西周の皇陵《こうりょう》（歴代皇族の墓）を発見した。各国の国力がそれほど強くなかったその当時としては、皇陵の規模は驚くべき大きさだったといえる。皇陵は山を切り開き、天然の洞窟を利用して建設されていた。中の石道は周易（『易経』に記載された占術）の八卦《はっけ》（筮竹《ぜいちく》を用いて占った結果のことを卦《け》と呼び、それが八種類の組み合わせがあることから）の原理が応用された、極めて複雑なものだった。もし殤王が奇門《きもん》遁甲に通じていなかったら、そもそも侵入することすらできなかっただろう。そして何よりいちばん奇妙だったのは、主墓としての岩洞窟には、のちに殤王が九頭蛇柏《ジィウトウシャーバイ》と名づけた巨木があり、そこにはほぼ骨と皮だけになった若い男の死体が黒の金縷玉衣《きんるぎょくい》を着て、巨木の下の玉台にあぐらをかいて座っていたことだった。

「それを見た鉄仮面は、これこそ玉俑だと断言した。男の死体は死体のようであって死体ではない。

一定の間隔で、死んだ皮膚が落ちていき、中から新たな皮膚が生まれている。鉄仮面は、この若い男が亡くなるときは、枯れ果てて朽ちた老人だっただろうと予想した。

「この鉄仮面という人はずばぬけた才能の持ち主で、血屍《シュエシー》をいかにして抑えるかという術《すべ》まで知っていた。特殊な方法で玉俑のなかの男の死体を取り出すと、副墓室の石棺の中に納めた。殤王は鉄仮面の定めた計画に従って仮死薬を飲み、皇帝の前で死んだふりをした。皇帝は殤王が本当に陰と陽の二つの世界を自在に行き来できると思い込み、殤王をひどく恐れた。そして殤王の霊魂を鎮めるために、皇帝は殤王に諸侯の待遇以上の墓葬を許すことにした。それを受け殤王の側近は、墳墓を掘るという口実で、扇のように皇陵を隠す役目の墓をさらにこの西周皇陵の上に築いた。墓荒らしのありとあらゆる技を熟知していた殤王は、四方にワナを凝らし、七つの偽物の棺を残し、そして自らを西周皇陵にあった樹齢千年の古木の中に隠した。

「殤王は自分が棺に入る前、この工事に参加した人を皆殺しにして川に突き落とした。それから従者を残らず毒殺すると、忠誠心に厚い側近を男女一人ずつだけ残し自分を納棺させた。その二人もことがすべて済んだあと、服毒死させた――おそらく死の洞窟のなかにあった死体の大部分は、このときのものだったんじゃないかなあ」

「鉄仮面の最後ってのは、いったいどんなだったんでしょうね。ここでは触れられていないようですが、彼も陪葬されちゃったんですかね？」

僕の問いに三叔が首を振る。

「そういう奴は賢いからな。殤王が口封じに側近たちを殺すなんてとっくにわかってただろ。だからバカみてえにやすやすと殤王に陪葬されるわけがねえ」

悶油瓶が淡々と言った。

「もちろんだ。なぜなら最後に玉俑のなかに眠ったのは殤王じゃない。そいつのほうだからだ」

27　でたらめ

その発言に、僕は驚いてたずねた。

「じゃあ最後の最後に、二人がすり替わってたってこと――？」

悶油瓶《モンヨウピン》がうなずいて、死体に目を向ける。

「こいつは策士だ。殤王《しょうおう》の勢力を借りて、不老不死という自分の目的をかなえたいと思っただけだ」

「なんであんたはこのことを知ったのさ？　まるで自分が経験してきたかのようだな」

「そういうわけじゃない――」悶油瓶が否定する。

「何年か前に、墓掘りをしていたとき、宋《そう》の墓の中から完全な状態の戦国時代の帛書《はくしょ》を見つけたんだ。実はそれこそ鉄仮面の自伝だった。奴《やつ》は殤王にすべての計画を伝授したあと、自分の一族郎党に火を放って殺害した。そのとき身代わりとして、物乞いの死体を火に投げ込んで、自分は物乞いになりすまして逃げのびた。これには殤王も何らかの計があると気づいていたが、なす術《すべ》がなかった。最後に殤王が納棺されるのを待って、鉄仮面は墓穴にやすやすと潜入した。そしてすでに抵抗する力がなくなっていた殤王を玉俑《ぎょくよう》から引きずり出すと、そこに自分がおさまった。殤王が苦労して自分のために造営したはずの墓は、結果として他人のためのものとなってしまった。そんなことになるとは、殤王も想像すらしなかっただろうな」

僕はまだ納得できないところがあった。

「殤王の死体は引きずり出されたんなら、血屍《シュエシー》になってるはずだよね？　じゃあここにはまさか血屍が二体いるの？」

「それは自伝にも書かれてない。おそらく殤王は玉俑に入っていた時間が短すぎて、血屍に変われなかったんだろう」

悶油瓶の視線がかすかに揺れる。

「自伝といっても、わずかな情報しか書かれていない。これ以上の細かい記述があるはずないだろ――」

なぜかわからないけれど、僕は悶油瓶の話にどことなくうさん臭さを感じていた。三叔《サンシュー》を見ると、やはり信じていないようだったが、何か言うつもりはなさそうだ。奴の中で話はもうできあがっているんだ、お前がそれを暴いたところで何の意味もない――とでも言いたげに。悶油瓶は話し終えると、任務をまっとうしたかのように、元の無表情に戻って立ち上がった。

「そろそろ夜も明ける。ここから出ていかないといけない頃だ」

「ダメだ。俺たちはまだ鬼璽《グイシー》を見つけてねえ」王胖子《ワンパンズ》が反対した。「ここにはお宝がわんさかあるんだぜ。いま出て行ったら無駄足になっちまうよな?」

悶油瓶が冷ややかな視線を投げた。王胖子を敵視しているかのようだ。不興を買い、王胖子はやれやれといった素振りをした。

「わかった、わかった。けど、この玉俑はなんとかして持っていこうぜ? こんな代物、世界でこれひとつしかねえんだ。俺はみんなのためを思って言ってるんだぜ――」

確かにその通りだった。三叔が王胖子の尻をぱんぱんと叩いた。

「何をぐずぐずしてる。短期決戦だ。こんなひでえ場所から早いとこおさらばしようぜ」

ふいに、僕は興味を失った。みんなを手伝いたいとも思えなかったので、目を閉じて少し休もうとした。だがこのとき突然、水滴がぽたぽたと顔にたれてきた。はじめは雨が降ってきたのかと思った。だが見上げてみると、恐ろしい形相をした血屍の頭が玉台の端からはみ出していて、瞳孔のない両目がほとんど僕の眉毛に貼りつきそうなほど間近にあった。

驚き飛び起きると、血屍の頭が玉台の上を転がり、地面にごろりと落ちるのが見えた。その頭の中には何かがいるのかもしれない。近づこうとする王胖子を悶油瓶が引きとめた。

「動くな。ちょっと様子を見るんだ」

王胖子がうなずいた。このとき一回り小さな赤色の屍鱉《シービエ》が血屍の頭皮を咬《か》み破き這《は》い出てきた。

「うわっ！　こんなに小せえくせに、よくも俺の前に出てきやがったな」大奎《ダークイ》が手にしていたバールを振り上げて、叩きつぶそうとする。三叔は大奎の体をつかんで制止する。

「この馬鹿っ！　こりゃあ屍鱉の王だ。こいつを殺したら、大事になるぞ」

大奎は驚いたものの、とても信じられないといった様子だ。

「こんなのが、屍鱉の王だってのか？　こんな小さい奴がそんなに偉かったら、あのでけえ奴らはやる気が出ないんじゃねえのか？」

悶油瓶もだいぶ驚いていたが、僕の肩をぽんと叩いて言った。

「さっさとここを離れよう。屍鱉の王がここにいるってことは、どうやっても屍鱉たちを抑えられそうにない。かなり手ごわい相手になるぞ！」

赤色の屍鱉が突然、ギーッ、ギーッと声をあげて羽をばたつかせた。僕らを見つけたらしい。羽を広げ、こっちに向かって襲いかかってきた。

「毒がある！　ちょっとでも触れたら死ぬぞ。避《よ》けるんだ！」と悶油瓶が叫んだ。

三叔はさっと動いて避けられたのだが、その後ろにいた大奎は根っからどんくさい。瞬時に反応できず、反射的に手で屍鱉を握ってしまった。一瞬、茫然《ぼうぜん》とするが、我に返り叫び声をあげる。大奎の手が一瞬で真っ赤に染め上がり、ものすごい勢いで腕全体が赤く腫れていく。

「毒がまわった。急いで奴の腕を切り落とすんだ！」

王胖子はそう叫びながら、悶油瓶の手から刀を奪い取ろうとした。すでにだいぶ体力を消耗している悶油瓶は、王胖子に体ごとぶつかられて、手から黒い刀を落としてしまった。その刀が地面に落ちる寸前に、王胖子が空中で奪い取ったが、体ががくんと沈む。

「おいおい、なんだってこんなに重てえんだ！」

王胖子は懸命に刀を振り上げようとするが、空振りを繰り返す。

もう間に合わない。苦痛に苛《さいな》まれた大奎は、全身を折り曲げている。全身の皮膚が数秒で真っ赤になった。

大奎は自分の手を見て怯《おび》えながら、大声をあげようとするのだが、どうにも声が出ない。僕は大奎を助けようとしたが、悶油瓶に阻止された。

「触っちゃダメだ。少しでも触れたら死ぬぞ！」

怪物を見てしまったかのような顔で後ずさりし始めた僕らを見て、さらに恐怖に駆られた大奎が、こっちに向かって突進してきた。「救《たす》けてくれ！」と叫んでいるかのように大きく口を開けている。僕は恐怖で固まってしまった。そこへ三叔が飛びかかってきて、僕を突き飛ばしてくれた。ものすごい勢いで襲いかかってきた大奎の手が空を切ると、今度は潘子《パンズ》に向かって突進し始めた。重傷を負っている潘子が、反応できるはずもなかった。王胖子は「まずい」と叫び僕から銃を奪う。大奎を撃とうというのだ。僕は、慌てて銃を奪い返そうとするが、もみ合っているうちに、弾丸が撃ち出されてしまった。銃声が大きく響いたかと思うと、弾丸は大奎の頭に命中していた。奴の体がぐらりと揺れて、地面に倒れた。

頭の中でガーンと大きな音がして、僕は地面に崩れ落ちた。一瞬の出来事だった。さっきまで元気だった人が、突然こんなふうになってしまうなんて。頭の中はもう真っ白で、どうしたらいいか何もわからなくなった。

「ギーッ」

赤色の屍鱉が鳴き声をあげ、大奎の手から這い出てくると、羽を震わせた。王胖子が大声をあげた瞬間、悶油瓶が制止した。

「ダメだ！」

だがその制止も間に合わなかった。王胖子は突進し、紫水晶の箱を手にすると、あっという間に赤い屍鱉を叩きつぶした。

一瞬、洞窟は死んだように静まり返り、いっさいの音が途絶えた。悶油瓶がものすごい勢いで地面の石粉を手に取ると、自分の体に振りかける。

「すぐに逃げろ。じゃなきゃ間に合わん！」

王胖子があたりを見回すも、不思議とどこにも異常はない。

「なんで逃げなきゃいけねえんだ？」

すると、静寂に包まれていた洞窟が突然ざわめき出して、ギーッ、ギーッという声があちこちに響きわたった。岩洞にある大小の洞穴の中から、一匹、二匹、三匹……十匹、百匹……数えきれないほどの青い屍鱉が、瞬く間に潮水のごとく湧き出てきた。言葉では言い表せないスケールだ。波のように押し寄せてくる屍鱉は、互いに踏みつけ合いながら、辺り一面を這いずりまわっている。

そのときあっけにとられ、固まっていた僕の頭を、三叔がばちんと叩いた。

「逃げろっ！」

三叔が潘子を背負った。そして、まだ紫水晶の箱を拾いたそうにしている王胖子を制止した。

「お前って奴は、命が惜しくないのか！」

王胖子はぱっと見て箱を持っていくのは難しいと悟ると、金糸が縫い込まれている帛書をつかんでポケットに押し込んだ。

僕らは木に登り始めた。ツタや枝が伸び放題の木の上は登りやすく、僕のように体力に自信がなくても、十数メートルくらいの高さまではすぐ行けた。木の下には屍鰲たちがあふれるほど集まってきていた。下に目を向けると——なんとしたことか、木の根元がどこもかしこも真っ青に染まっている。そこに落ちてしまったら、骨すら残らないはずだ。

屍鰲たちは意識的にこの木に集まっているようだ。すると突然木に跳びついて、登り始めた。僕らが木を登るよりもずっと速い。たちまち僕らの足元まで追いついてきた。

僕の上を行く王胖子が聞いてきた。

「あの若造の血ってのは、虫除《むしょ》けスプレーよりすげえって、お前言ってなかったっけ？　なのに今、なんだって効かねえんだよ？」

僕の頭のなかはいまださっき大奎が倒れた光景でいっぱいだった。そもそも王胖子の話など聞きたくもなかった。王胖子はつまらないとばかりに、ぼそっと何かぼやいた。ふいに足に激痛が走った。下を見てみると、屍鰲がすねに咬みついている。とっさに足で蹴落として、さらに下に目を向けると、屍鰲たちがわれ先へとばかり、這い上がってきているではないか。まるでぐつぐつとたぎる鍋のようだった。このときだ。上を登る三叔が大声を出した。

「爆薬だ。玉台の脇に置いたリュックのなかに、まだ爆薬が入っている！」

「どこだって？」

「ちくしょうっ、お前は馬鹿か！　あそこに座ってたってのに、わかんねえのか。リュックの左側のポケットの中だ！」

あたりを見回したが、爆薬が入っているというリュックは屍鰲の海に埋没していて見えない。急いで何発か、そのあたりに見当をつけて銃撃し、数匹ほどけちらした。そこへ悶油瓶が、突然ポケットから火折子《フォジャーズ》を取り出して点火すると、玉台の上に放り投げた。屍鰲は悶油瓶の血をもう恐れていなかったが、火はまだ苦手のようだった。火が落ちたとたん、屍鰲たちが音を立てて大きく円形に散開し、リュックがあらわになった。尻に何匹か屍鱉をくっつけた王胖子が、大声でわめく。

「おいっ、さっさと撃つんだ。もうもたねえっ！」

「うわっ！　ダメだ。中にある爆薬が多すぎる。俺たちまで吹っ飛ぶぞ！」と潘子も上から叫ぶ。登ってくる屍鱉はますます増えている。いま躊躇《ちゅうちょ》したら、死ぬだけだ——僕も大声を張り上げた。

「そんなことまでもう構っていられないよ。死ぬときゃあ死ぬさ！」

僕は思いきってリュックに向かって一発お見舞いした。

すぐに爆発した。爆音が響き、よろめいた。下あご、おしり、太ももが杭打機《くいうちき》で同時に打たれたような痛みが走り、爆発の衝撃で吹っ飛ばされそうになった。立て続けに何か重たいものにぶつかって、頭がフラフラになる。喉の奥に少し甘い感じがしたかと思ったら、たちまち血がほとばしり、目の前が真っ暗になった。頭がガンガンして、何も聞こえない。

しばらくして、ようやく動けるようになってきたので下を眺めてみると、かなりの数の屍鱉が爆風で吹き飛ばされていた。周囲を見渡してみたが、みんなもどこにもいない。僕は慌てて上に登っていった。体には石段の粉を振りかけてあったから、九頭蛇柏《ジィウトウシャーバイ》のツタはそれを察知して、どんどん退いていく。そのとき、下のほうから騒々しい音が響いてきた。見てみると、屍鱉たちがまたもや潮水のごとく登ってきている。ものすごいスピードで登ってくる屍鱉を見て、万事休す——と思ったが、全身の痛みをこらえながら、とにかく登り続けるしかなかった。虫たちを見ないように、僕は必死によじ登った。

そろそろ裂け目の入り口だというところで、ふいに背中に痛みが走った。振り返ると一匹の屍鱉が僕の背中にかじりついていた。身をよじって一撃すると、屍鱉は砕け散った。だがさらに大きな奴がすぐに太ももに咬みついてきた。今度は銃を棍棒《こんぼう》代わりにして一撃食らわせた。その屍鱉は一旦落下したものの、木の枝にしがみつき、また跳び上がろうとしている。そこで手を後ろ手にして銃で撃つと、そいつは砕け散った。だがすぐに三匹目、四匹目と飛びかかってくる。

出口まであと数歩だ。咬めよ、どのみちちょっとの時間じゃあ、僕を殺せないだろ。地上まで登りきったら、どれだけ世界が美しいか、目にものみせてやる——心の中でそう誓いながら、必死に登り続けた。まさにこのときだった。枝をつかんでいた手に突然、激痛が走った。見てみると、幹の後ろに血だらけの顔と目があった。今にも外に跳び出しそうな二つの目玉が、じっと僕をにらんでいた。

28 火

その顔はのっぺりとしていて、血と筋肉の見分けがつかなかった。皮膚が溶けて、中から筋肉が露出しているのか、はたまた血が体内からにじみ出て、顔を覆っているのか——。ふと、この顔に見覚えがあると思った。じっくり眺めると、なんと大奎《ダークイ》だった。さっきまで普通の姿だったのに、なんだってこんなに変わり果ててしまったのだろう。

さっきの銃弾で左側の頭皮の一部が削られ、骨がのぞいていたが、中の大脳は損傷していないようだ。確かに重傷には違いないけれど、致命傷ではないぞ——僕は大奎に促した。

「すぐに上がっていけ。ひょっとしたらまだ助けられるかもしれない！」

それでも大奎はまったく動く気配を見せない。大奎の目を見ると、僕らに置いていかれたのを悔しがっているような、ひどく恨めしい目をしている。僕は息を呑《の》んだ。だが、大奎の体を染めた恐怖の深紅色が、奴《やつ》に握られた僕の手にもたちまち伝わってきてぴりぴりとかゆくなった。

（もうおしまいだ——！）

大奎の口もとから、もごもごと声がしたと思ったら、突然、下のほうに引っ張られた。大奎のように全身の皮膚が溶けていく——悲惨な光景が脳裏をよぎり、夢中で奴の手を振り払った。だが奴はさらに僕の足をひっつかんできた。口を大きく開いたその顔からは、何としてでも僕を道連れにしてやるという思いが伝わってきた。

「大奎、行かせてくれ。これも運命なんだよ。まだ生きていたいなら、僕と一緒に上にあがるんだ。ひょっとしたら治るかもしれない。僕を道連れにしたって、なんの意味もないぞ！」

逆に僕の言葉に触発されてしまったのだろうか。大奎がものすごい勢いで飛びかかってきた。目には凶悪な光が浮かび、完全に理性を失くしている。大奎は僕の首をぐっとつかみ、絞め殺そうとしてきた。

お前が死ぬか、こっちが死ぬか——そんな状況に追い込まれると、僕の心にふいに殺意が湧いた。容赦なく大奎を蹴りつけ、奴の手がゆるんだ隙に胸にぴたりと銃口をあて、引き金を引く。銃弾は先端を平らに加工したピストル用のもので、威力は絶大だ。とたんに大奎の傷口から血しぶきがあがると、振り回していた両手は宙をつかみ、そのままどすんと屍鱉《シービエ》の群れのなかに落ちていった。

大奎につかまれていた手は、しびれて感覚がなくなっていた。もはや、自分がまだ木の枝をつかんでいるのかもわからない。体ごとまっさかさまに落ちそうになり、慌ててもう片方の手を伸ばして、傍らの九頭蛇柏《ジイウトウシャーバイ》のツタをつかもうとする。だが手には天心岩の粉がついていたため、ツタは手の中から逃げていった。ちくしょう——！　僕はまっさかさまに大きな横枝の上に滑り落ちていった。

横枝の上をうじゃうじゃと這《は》っていた屍鱉のうちの何匹かは、僕の墜落に巻き込まれ一緒に落下した。両ももに力を入れて木の幹を挟み込み、なんとかこれ以上の落下はくい止めたものの、またもや屍鱉の大群に囲まれてしまった。もう苦笑いするしかない。叩き落とされて死ぬか、虫に咬《か》まれて死ぬか、毒がまわって死ぬか——今の僕は死に方が、選び放題だ。神様はなんて薄情なお方なんだろう。

悶々《もんもん》としていると、王胖子《ワンパンズ》が下から登ってきて、屍鱉を何匹か蹴散らした。そして僕を見る。

「あほんだら。こんなところで寝てる余裕があったのか。ほれ、俺のケツなんて咬まれて穴だらけだぜ！」

そう悪態をつきながらも、僕を支えようと手を伸ばしてきてくれた。僕は大声で制止した。

「触っちゃダメだ！　僕は毒にあたったんだ。お前は先に行け。僕はもうダメだ！」

すると王胖子は何も言わずに僕を背負った。

「鏡に映してみろってんだ。お前さんのほうが俺よりずっと顔色がいいぜ。それどころか、お肌つやつやだ。まさか、それで毒にあたったってか？」

見てみると手は湿疹《しっしん》だらけで真っ赤っかになっていた。数えきれないほどの蚊に喰《く》われたようにも見える。でも、その赤みは肩のあたりで止まり、今やゆっくりと消えていっている。おかしいな。なんだって、この毒は僕には効かないのか――？

王胖子は僕を背負いながら懸命に登り続け、僕は王胖子の背中で盾代わりになっていた。屍鱉は僕の尻の上までよじ登り、しっかりと咬んだ。僕は痛みに悲鳴をあげた。

「ちっ！　親切で背負ってくれたのかと思ってたけど、実は僕のこと盾にしようって魂胆だったんだな！」

「なにグダグダ言ってやがる。嫌ならお前が俺を背負えってんだ！　俺のケツにはとっくに肉がなくなってんのが見えねえのか！」

こいつとこんな与太《よた》話なんてしたくもない。九頭蛇柏の幹近くを囲むように吊《つ》り下《さ》がっているのは、全部何かの死骸だった。死骸は密集していて、王胖子は骨の塊にぶつかりながら登っていくが、逆にそれが幸いした。屍鱉にとっても面倒なものだったらしい。あまりの死骸の数に、屍鱉にも死骸と僕らの区別がつかないようだ。たくさんの屍鱉が、僕らにぶつかり揺れているミイラに飛びかかり、咬みついている。

王胖子がそんな状態を見て、これはいい方法だと考えた。そして僕に死骸を蹴りとばし回転させることで、屍鷲の気を引きおびき寄せる作戦に出た。僕はこんなことはやりたくなかったが、かといって他に方法もない。結局、背に腹は代えられなかった。

僕は死骸を見つければすかさず蹴り飛ばした。すぐに、僕らが通過したところはぐるぐる回転する死骸だらけになった。人間より知恵の劣る屍鷲は、死骸を見て混乱に陥った。僕らを追いかけるのがいいのか、それとも回転する死骸に咬みつくほうがいいのかわからずにいるのだ。ついには、その場所にとどまってぐるぐると回りだす始末だった。王胖子はこの機に乗じて登る速度を上げる。たちまち屍鷲との距離が開き、ようやくひと息つけるようになった。

想定外の運動をしたおかげか、いつの間にか手足の感覚もほとんど元に戻っていた。さっき毒にかかったときの感覚は、祖父のノートにあった中毒の感覚に関する記録と同じものだ。しかも最終的に祖父は死ななかった。ということは、僕には免疫が備わっているってことなのかもしれない。

だがこれについてはいくら考えてもさっぱりわからない。ともかく手足を動かせるのがわかって、王胖子の背から降ろしてもらう。顔を汗まみれにして、ぜいぜいと荒い息づかいの王胖子を見て僕は思った。

（石段の上にいたときには僕がお前を背負って、血を吐いた。これでチャラってことだ――）

このときふいに、誰かが王胖子の後ろの木の枝に座って、僕に手招きしているのが見えた。

しかし、ぎょっとして目をこすっているうちに、もう見えなくなっていた。木の後ろに隠れているのではと思い、慌てて首を伸ばすと、王胖子に先を促される。

「ぐずぐずしてんじゃねえ。さっさと行くぞ！」

「待った！」

王胖子を止めた。

「左だよ、左！　さっき、誰かがこっちに手を振ってるのが見えたんだ」

王胖子はため息をついたものの、僕の後からついてきてくれた。そこには誰もいなかった。だが、なんとか頑張れば人ひとりくらい収まる大きさの木の洞《うろ》がそこに口を開いていた。中は真っ暗で、誰かがいるのかどうかはわからないが、王胖子の懐中電灯に照らされた光景を見て飛び上がった――ツタにぐるぐる巻きにされた、ひどく腐乱した外国人の死体があったのだ。そいつの青い両目はすでに濁っていて瞳孔は見えない。大きく開いた口は僕に何かを訴えかけているようだ。王胖子が僕の顔を見た。

「これってただの死体じゃねえか。ったくお前、幽霊でも見たんじゃねえのか！」

今回の旅は不思議なことばかりだ。これなら幽霊に遭遇しても、もはや不思議なことではない。そいつが僕を手招きしてここまで来させたということは、きっと何かの目的があったはずだ。死体をよく見てみると下あごは腐敗の程度がひどく、そげ落ちている部分もある。さらに、手は何かをつかんでいる。広げてみると、それはペンダントだった。

下では屍鱉たちがまたギーッ、ギーッと鳴き声をあげながら登り始めているようだ。その鳴き声のせいで、死体から物を漁《あさ》ろうなんて気もすっかり失《う》せてしまった。僕は迷彩服姿の死体に敬礼し、また木を登り始めた。王胖子はかなりのスピードでどんどん登っていく。僕らはすでに天井の裂け目までそう遠くない位置まで来ていた。そして残りもたやすく登りきり、地表へとたどり着くことができた。

僕らは裂け目から這い出ると下をのぞいてみた。登ってくる屍鱉たちが、裂け目にまで迫ってきていた。王胖子がせっつく。

「休むのはまだだ。さっさと走れ！」

地下に長いこといたせいか、もはや方向感覚を失っていた。すると突然、前の草むらから誰かが飛び出してきた。何かを担ぎながら走ってきたその人が、三叔《サンシュー》だとわかって嬉《うれ》しくなった。僕を見つけるなり、三叔が大声を出す。

「すぐに後ろのガソリンを運びだせっ！」

僕らは走った。裂け目から盗掘穴を掘った場所までは、低いくぼ地をひとつ隔てただけだったとわかった。つまり十メートルも離れていなかったのだ。僕らの装備はまだ全部そこにあって、ガソリンのタンクも見える。僕の怒りのスイッチが入った。

「よし。今度こそ地獄に落としてやる——」

僕と王胖子はひとつずつタンクを担ぐと急いで引き返す。三叔はひとつ目のタンクのガソリンを下に向かってぶちまけていた。そして今まさにこっちに登ってこようとしている屍鱉に向かって三叔がライターを投げ落とすと、またたく間に下から火の手があがった。鼻をつく焦げた臭いが瞬時に広がり、潮のように上へと押し寄せてきていた屍鱉の群れが一瞬で退散した。裂け目にはガソリンの炎で壁が作られ、炎で焼けた屍鱉たちがギーギーと鳴きわめいている。僕は興奮していた。僕らは文字通り、火に油を注いでやろうと、二つ目のタンクと三つ目のタンクもぶちまけた。裂け目から立ち昇る炎は、人二人分の背丈をゆうに超え、眉毛が焼け焦げるほどの熱波を放っていた。

熱さに何歩か後ずさりする。そして持ってきたペンダントを見てみると、それがネームプレートだとわかった。死者の名はジェームスというらしい。ネームプレートを拭いて上着のポケットに入れた。いつか機会があったら、ご家族に返してあげよう。今はゆっくりお休みください——。

そのとき熱気を浴び全身汗でびっしょりの王胖子が、三叔に尋ねた。

「あの二人は？」

すると三叔が後ろを指さす。

「潘子《パンズ》の様子がちょっとおかしい。熱があるみたいだ。若造のほうには会っていない。てっきりお前らと一緒だと思ってたぜ」

王胖子を見ると、ため息をついている。

「爆発のあとからずっと見てねえんだ。おそらく面倒ごとに巻き込まれたに違いねえ」

「まさか、それはねえだろ。奴は神出鬼没だ。しかもさっきまで俺たちの上にいたはず。もし仮に爆風で吹っ飛ばされてたとしても、上のほうに吹っ飛ばされているはずだし、奴一人でもここから出てこられるだろ」

表情から、三叔もまるで把握していないのだと知った。確かに悶油瓶《モンヨウビン》は凄い奴だけど、爆薬の前では僕らと同じはずだ。もし木の外側まで飛ばされていたら、さすがに生きてはいないだろう。

その後も近くを探してみたが、何の手がかりも得られなかった。誰かがここから立ち去ったような痕跡もない。三叔はため息をつくと苦笑いした。

僕らは野営地に戻り荷物をまとめた。かがり火を燃やし、リュックのなかの缶詰を温めて食べた。空腹をとっくに通り越していた僕は、どんなものでも食べられた。三叔が食事を取りながら、後ろの低いくぼ地を指した。

「見てみろ。この野営地は本当に裂け目のすぐそばにあったんだな。死体が吊り下げられていた怪しげな木は、おそらく九頭蛇柏だろう。奴らは夜にどんちゃん騒ぎをしたはずだ。騒ぎすぎて、裂け目の中から九頭蛇柏を引き寄せちまったんだな。今回、俺たちは夜をここで過ごさずに、そのまま盗掘穴まで行ったからよかったんだ。じゃなきゃあとっくに九頭蛇柏にやられていた」

「かがり火がいつまで燃え続けてくれるかわからん。もし消えちまったら、また虫が出てきてやっかいなことになる。空が明るいうちに、さっさとこの森から脱出しようぜ！」

僕は慌てて食べ物をかき込んで、王胖子にうなずいた。王胖子と三叔は交替で潘子を背負い、林を出発した。

帰りの道は至って静かなものだった。来たときはしゃべりながらだったが、帰るときは誰もが黙々と、まるで逃げているかのように先を急いでいた。

もはや体力は限界にきていた。一晩まるまる寝ていなかったせいで、神経が極度に張りつめている。ほとんど気力だけで最後までたどり着いた。仮に目の前に突然ベッドが現れでもしたら、二秒と経《た》たずに眠りに落ちたことだろう。僕らは早朝から半日近く歩きつづけた。林を抜け出て、土石流でできた石ころだらけの坂を越えて、ようやくあの温かい人たちが住む集落が見えてきた。

村に着いたものの、僕らは気を抜けなかった。まずは潘子を村の診療所に連れていった。裸足《はだし》の医者（農村部で、最小限の基本的な医学や救急医療の訓練を受け、「医者」として働く農民）に診てもらうと、医者は眉間にしわを寄せ、慌てて看護師を呼んだ。僕は腰掛けで寝そべっていたが、彼らの話し声が二言三言聞こえたところで、記憶が飛んで、そのまま眠ってしまった。

疲れがピークに達し、夢さえ見なかった。どれくらい寝ていたのだろう。目覚めると、外からなにやら騒ぎ立てる声が聞こえてきた。事件が起きていたらしい。

29 紫磨金《しまごん》の小箱

僕はぼんやりしながらも、外でなにが起きているのか三叔《サンシュー》に聞こうとした。だが、あろうことか三叔も、隣の椅子で居眠りをしていた。僕以上の爆睡ぶりだ。そこで、今度は診療所の外へ駆けていくと、村人たちが総出で荷車やラバを牽《ひ》き、せわしなく山の中へ向かっている。村の子どもも走ってくる。

「まずいぞ、まずいぞ。山火事だ」

ぎょっとした。まさか、さっき僕らが放った火が林に延焼したのか――？　洞窟に火を放ったときのことが頭をめぐる。確かに裂け目の周りには対処できるような備えは何もなかった。もし延焼したら、森林もろとも燃えてしまう。そんなこと、あってはならない。

僕は慌てていた。この山火事がひとたび燃え広がれば、人一人、二人死ぬという問題では済まない。僕らのような都会の人間は、森林の防火意識なんて皆無だ。今度こそ大災事になってしまうかもしれない。

すぐに三叔を起こして、二人で病院からしびんを二つほど運び出した。ちょうどいいものがなかったのだ。みんなのあとを追って急いで山に入る。このとき、王胖子《ワンパンズ》がロバに引かれた荷車に乗ってやってきた。手には洗面器を持っている。

「まずいことになった。早く乗れ！　早く火消しに行くんだ！」

僕らはいっせいに飛び乗った。ロバ車は慎重に道を縫って村を出た。遠くの山に、大きく黒煙が広がっている。すでにだいぶ焼けてしまっているらしい。三叔がぼうぜんとつぶやいた。

「あの方向を見ろ。やっぱり俺たちが火を放ったあたりだ」

僕は慌てて三叔の口をふさいだ。前にいる村の幹部らしき人物が駆け戻ってきた。

「すぐに電話して部隊を呼べ。前の山が崩れてるぞ！」

岩洞が燃えて崩れ落ちたのだろう。もし屍鱉《シービエ》が洞窟から飛び出してきたらそれこそやっかいだ――急に不安になる。僕たちはロバに鞭打《むちう》つと、土石流が堆積し盛り土になっているところまで走った。王胖子の手は真っ黒になり、ロバの尻は鞭で打たれて腫れていた。

村人たちは普段から森林火災を想定し生活している。林のなかで道を切り開いたり、洗面器を使って水を林の中へと運び始めたりと、せわしなく動いている。だが洗面器のようなものでは、水場から火事場の往復に最低でも二時間はかかる。そんなことでは間に合わない。慌ててさけぶ。

「みなさん、水なんか汲《く》んでもムダです。こんな量じゃあ消せっこありません。いたずらに犠牲者を出してはいけません。部隊が来るのを待ちましょう！」

声をあげた僕のことを、村人たちが頭のおかしな奴《やつ》という目で見ている。すると年配の男が言った。

「小僧、この水は飲むためのものだ。火事場で飲み水がなけりゃあ、すぐにのたれ死ぬだろ。わしらは周りに防火帯をつくるんだ。そしたら火がそっちまで燃えても、燃やすもんがねえから自分から消えてくれる。おめえさんたち、わかんねえんなら、邪魔しねえでくれや」

そう言いながら、僕らが抱えているしびんを見て首を振った。

僕は自分の浅はかさに恥ずかしくなった。これからはむやみに意見しないようにしよう――あたふたと頭をさげ、僕はみんなの後に続いて林に入っていった。途中の木はすべて伐り払われていたので、スムーズに進める。一時間ほど進むと、周囲の温度が上昇し、前方の空にも黒煙が立ち昇っているのが見えてきた。

村人たちがマスクを取り出し水に浸して装着する。王胖子の服にはもういくらも布の部分が残っていない。奴はどうやら決心したらしい。金糸が縫い込まれた帛書《はくしょ》を水に浸して顔に巻き始めた。そしてスコップを持つと、村の人たちに倣って防火用の溝を掘り出した。

山火事は猛烈な勢いで延焼していき、危険な様相を呈していた。大規模の山火事では航空機での制御が必須だ。「制御」といっても、それは火が自然に消えるのを待つだけのことだった。山火事では都市の火災のように放水で消火するという手法は通じない。木が一本成長するのに二十年はかかるが、山火事はものの十分もあればすべて燃やし尽くしてしまう破壊力がある。しかも延焼範囲は広く、一か所の火災を消火しただけではとうてい間に合わない。炎は見えない方向から背後へと回り込み、気づいたときには火に囲まれている。そうなれば、炎の中でそのまま死を待つほかない。

僕は、火に包囲され、逃げる手立てがすべて失われた消防士たちの最期を描いたハリウッド映画を思い出していた。もちろん僕らはまだそんな状況にはない。今のところ火災が発生している区域はそれほど広くはないし、防火用の溝も早々に作られていたからだ。

その後僕らは午後二時頃までずっと作業にあたった。上空に森林保全部隊のヘリが見えると、ほどなくして部隊が続々と林に集結し、消火作業に加勢してくれた。この現場で誰か犠牲になったんじゃないかと、僕は心配していた。だが幸いなことに、現状、数名が軽傷を負っただけで済んでいた。

とはいえ、みんなほとんど死にそうな状態で村に戻ってきた。僕はひどい空腹だったので、子どもに焼餅《シャオビン》（お焼きのようなもの）を二枚持ってきてもらい、ありがたくいただいた。あまりのいい香りに、涙が流れてきた。しかも村の党支部の書記という人が、僕らのことを称賛してくれた。都会の人がこんなに決死の覚悟で作業にあたってくれるなんて、めったにないことだというのだ。

（どうかそんなに褒めないでください。そんなに褒められたら、いたたまれないです。僕が火災の原因と知ったら、絶対に絞め殺すでしょ――）

看護師が潘子《パンズ》の包帯を交換し、傷口を洗う。呼吸はすでに安定していたが、まだ意識はない。医者は心配するな、今のところは危険な状態ではない。もし他にも負傷者が出たら、潘子も一緒に市内の大病院に搬送してやると言ってくれたので、少しだけほっとした。

僕と三叔は招待所に戻ると、シャワーを浴びた。裸になるまで気づかなかったが、上から下まで全身傷だらけだった。内出血しているし、皮もむけている。必死に逃げていたときには何も感じなかった傷が、今になって痛み出す。浴室から出るときには、痛みでほとんど歩けなくなっていた。

ベッドに横たわると、すぐに意識がなくなった。死んだようにぐっすり眠り続け、翌日の昼まで目を覚ますことはなかった。目覚めると王胖子と三叔がベッドに横になって、雷のようないびきをかいている姿が見えた。

食事をとったついでに宿の人に聞くと、山火事はもう鎮火したとのことだった。結局山火事としては小規模なものだったらしく、軍隊もすでに戻ったらしい。それを聞いてほっとした。次に診療所に行って潘子の容体をたずねると、済南《ジーナン》（山東省の西部に位置する副省級市）の千佛山病院に搬送されたと教えてくれた。僕は礼を言った。ここにこれ以上の長居は無用だ。早速、戻る準備をしないと――。

余談はこれくらいにしておこう。数日後、僕らは済南に向かった。僕と三叔はまず潘子が搬送された病院に行って入院手続きをした。潘子はまだ完全には危険な状態から脱しておらず、意識不明のまだったので、僕と三叔はあと数日ここに滞在することにした。王胖子は、山から離れると、これからは電話で連絡を取りあおうと、電話番号を残した。さらに別れ際には例の金糸が縫い込まれた帛書を三叔と僕に渡し、後の処理を頼んできた。この日、僕は病院に電話をした。潘子の意識は依然として戻っていない。それを知って、思わずため息が出た。このとき、三叔がげんなりとした顔つきで入ってきた。

「ちくしょう。まさかのこの俺がはめられるとはな！」

まさか、この三叔が骨董《こっとう》市で騙《だま》されたっていうのか？

「叔父さんのキャリアで騙されるってことは、その骨董がものすごく精巧なニセモノってことでは。だったら転売したって問題ないでしょう？」

すると三叔は金糸の縫い込まれた帛書を取り出した。

「転売？　何を転売するんだ。俺の言ってるのはこの帛書だよ！」

思わずベッドから転げ落ちそうになる。

「なんだって？　まさか――」

「そう、間違いねえ、そのまさかだ。この中の金の含有量を検査してもらったんだ。純度が高すぎたら、昔の技術では精錬できねえからな。だがこれはほぼ完璧なニセモノ！」

信じられなかった。三叔がため息をついた。

「前々からとっくに疑ってかかってたけどな。あの兄ちゃんだったら、血屍《シュエシー》をやっつけることなんて簡単にできたはずだ。だが、なぜかひたすら逃げてた。そして最後になってようやく血屍を成敗したってわけだ。つまり俺たちを置きざりにして、一人で何かやろうって企《たくら》んでいたわけさ——」

「僕らとはぐれてる間に、あの洞窟まで行って殤王《しょうおう》の棺《ひつぎ》を開け、ニセの金糸が縫い込まれた帛書を入れておいたってことですか？　まさか。そんなの一人でできます？　しかも木の洞《うろ》は鉄の鎖に引きちぎられたんですよ。誰かに開けられてたら、跡が丸見えになるはずじゃ……」

「お前、棺の後ろ側は見たのか。奴は墓掘りだ。おそらく木の背後に盗掘穴を掘ったはずだ。その穴から直接、棺の背後から帛書をすり替えてたんだ！」

三叔はまたフーッとため息をこぼした。

「残念ながら、俺の十数年の経験をもってしても見破れなかった。奴は本当にあなどれねえ。ただの発丘《はっきゅう》中郎将《ちゅうろうじょう》の子孫だとばかり思ってたが、どうやらそんな簡単な話ではなさそうだ」

まるで意味がわからない。

「じゃあ帛書に書かれてた記録は全部嘘《うそ》だっていうんですか？」

「ああ。あんな『山海経《せんがいきょう》』みてえな話は、もともと信用ならねえんだがな。ただあのときの俺たちは、古墓の神秘的な雰囲気に惑わされ、まんまと信じちまった。今思えば奴の話はだいぶ破綻してたぜ。しかもお前ぐらいの知識で、なんであの文章のいちばん重要な二つの出来事が書かれた箇所を解読できたと思う？　他の部分は解読できなかったってことは、理解できるようにあそこにだけ特別な細工がされてたってわけさ」

あっけにとられている僕を見ながら、三叔は深いため息をついた。

「どうやら、この殤王の地下宮殿の秘密を知ってるのは奴だけのようだ。でも、あの墓は崩れちまった。また入ろうとしたって無理だ」

このとき、僕はあることを思い出した。

「そういや、すっかり忘れるとこでしたけど——百パーセントおじゃんになったわけじゃありませんよ。洞窟から持ち出してきたものがあったんでしたっ！」

　僕は急いでリュックの中身を探した。

（どうかなくなっていませんように――）

　果たして例の紫磨金の小箱はあった。箱を取り出す。

「これこれ。青眼狐《せいがんこ》の手からいただいてきたやつです」

「こりゃあ迷宮箱だな。何かを入れて鍵をかけておくためのものだ。それほどモノは入れられないが、開けるのは難しいぜ。ほらっ――」

　三叔が箱の蓋をひねると、箱の底の四つの角が一斉に動き、回転盤が現れた。盤面には八つの穴が開いていて、ひとつひとつに数字が記されている。古い電話機のダイヤルのようだった。

「これは最古のセキュリティボックスだ。パスワードを知らないと開けられないようになってる。ちょっと待ってろ。車の修理屋で工具を借りてくる。こじ開けて見てみよう」

　三叔はもう駆け出していた。止めても間に合わない。僕はじっと考えていた。八文字のパスワード。まさか０２２０００５９？　あの外国人のベルトのバックルに刻印されていたものだ。そんなまさか。ためしにダイヤルをまわしてみた。０‐２‐２‐０‐０‐０‐５‐９。カタン――。巻かれたぜんまいが緩むような音とともに、箱の蓋がひとりでに開いた――。

「地下迷宮と七つの棺」了

怒れる海に眠る墓

怒海潜沙

Episode 2

1　蛇眉銅魚《シャーメイトンユー》

蓋がゆっくりと開く。箱の中は小指ほどの空間しかなく、そこに小さな銅製の魚が入っている。取り出してみると、それはごくありふれた魚の彫り物だった。だが細工は実に凝っている。魚の目の上に生き生きとした蛇があしらわれ、今にも動き出すんじゃないかと思うほどだ。とはいえ、これがどれほど貴重なものなのか、なぜここに収められているのか、まったく見当がつかなかった。

そうこうしているうちに、三叔《サンシュー》がガス切断器を引きずりながら戻ってきた。三叔は箱がもう開いていることに、目を見開いた。

「なんで開いてるんだ。おまえ、どうした？」

数字のことを話すと、三叔は眉をひそめた。

「どんどんおかしなことになってきたな。どうやらアメリカ人もただ盗掘に来たんじゃなさそうだ」

銅の魚をつまみあげるなり、三叔の顔色が一変する。

「こいつは蛇眉銅魚じゃねえか！」

三叔は何か知っていそうだ。三叔はウエストポーチから何やら取り出し、僕に手渡してきた。それは銅でできたとても精巧な作りの魚で、小指ほどの大きさだった。二本の眉もやはり海蛇の形をしている。鱗《うろこ》はどれも素晴らしい出来で、まさに傑作と呼べるような品だ。出所は箱の中のものと同じに違いない。ただ残念なことに、魚の鱗には白い石灰のような汚れがたくさんこびりついている。

「これ、海揚がりだよね？」

三叔はうなずいた。三叔がこんなものを買うなんて前代未聞のことだった。海揚がりとは海底から引き揚げられた骨董品のことで、市場には海揚がりの青花磁器がよく出回っている。その多くが海底の表面に露出しているから、陸地の骨董品よりも探しやすい。だが海には様々な微生物が生息しているため、ほとんどの遺跡には石灰状の付着物が白くこびりついている。この汚れを洗い流すのは難しく、そのため値段もぐっと下がってしまうのだ。

僕は当惑した。三叔がこんな価値の低いものに興味を持つはずがないからだ。

「叔父さん、海でも盗掘をしたことがあるの？」

三叔はうなずいた。「一度だけな。だけど今でも本当に後悔してる。もしあのとき海に潜るのを我慢していたら、今頃は俺にもガキがいっぱい生まれてただろうにってな」

この話については、僕もちょっとだけ知っていた。三叔にはかつて、盗掘が縁で知り合ったというしっかり者の恋人がいた。その人は文錦《ウェンジン》といって、とても物静かな女性で、およそ北派《ベイパイ》の土夫子《トゥーフーズ》には見えなかったらしい。二人は五年ほど付き合っていた。文錦は「尋龍点穴《じんりゅうてんけつ》」、三叔は「探穴定位《たんけつていい》」（穴を探って墓の位置を決めること）の凄腕《すごうで》で、盗掘界の『神鵰俠侶《しんちょうけんきょう》』（金庸《きんよう》の武俠《ぶきょう》小説のタイトル。剣技に優れた夫婦の物語）とまで称されていた。だがある日、文錦は突然失踪してしまった。墓へ潜入する際に、何かをしくじってしまったらしい。女の子がこんなことをするのはやっぱりよくなかったのだと、家族もひどく悔やんだ。当時、幼かった僕にはよく事情が呑《の》み込めなかった。記憶に残っているのは、三叔が一週間もぬけの殻状態だったこと、それだけだ。心に負った深い傷は、のちに少しずつ癒やされていった。僕も小さかったから、そのあたりの記憶はあいまいだ。いま、三叔はその話をしたがっている。もちろん僕も知りたかったが、噂《うわさ》好きだと思われてはいけない。

「叔父さん、あの事件ってもしかして海底盗掘に関係していたの？」

三叔は深くため息をついた。「あの頃は二人とも若かった。あいつの同級生たちはみんな調査隊に参加してたんだが、彼らは俺がこの業界の腕利きだと薄々感づいていた。俺だってみんなを騙すつもりはなかった。俺たちはみんな仲良くやってたんだ。しばらくして彼らはパラセル諸島（中国海南島の南東約三〇〇キロメートルに位置し、五十近いサンゴ礁の島と岩礁から構成されている）で沈没船の考古学調査をすることになった。それで俺も一緒にくっついて行ったってわけさ。だがあれはまさかの……」

三叔は口を止めた。それについては、あまり話したくないようだった。

「思いもよらなかったぜ。海底に沈んでいるものがあんなにばかでかいとはな」

それは十数年前のこと。実のところ、三叔は海底盗掘の経験など皆無だった。恋の魔力にかどわかされて、頭がどうかしていたともいえる。三叔は、文錦の前では自分は何でもできるすごい男だと、大口を叩いて調査隊と一緒に出航したのだった。三叔たちは現地で漁船を一隻借り、二日間の航海ののちパラセル諸島の碗礁（海底に陶器がたくさん眠っているポイント）近くにたどり着いた。そこは古代の海のシルクロードで最も危険な海域として知られていて、沈没船がやたらと多いところだった。三叔も潜ってみたが、海底はどこも青花陶器の破片だらけで、その圧倒的な光景に、ため息を漏らすばかりだった。

　これらの陶磁器はもともと沈没船の積み荷で、海水の流れによってあちこちに散らばったのだと、文錦は三叔に教えてくれた。かつては漁師たちが海に網を投じると、いくつも陶磁器が引っかかってきたらしい。だが、彼らは海に一旦沈んだものは龍王《りゅうおう》のものだと信じていて、引き揚げたものは海に戻すことにしていたらしい。

　三叔にとって残念なのは、今回引き揚げたもののほとんどが壊れていたということだった。完全な状態のものはほぼなかった。壊れてこそいなくても、海洋生物がへばりついていて、それを洗い流すのは至難の業だった。考古学的価値に注目していた文錦の同級生たちは、だいぶ興奮していたようだったが、三叔は、そんな破片を眺めていると逆に辛《つら》くなった。なぜ船が沈没したときに自分は生まれていなかったのか、それを悔やんでばかりいた。青花磁器が沈んだ当時、それらはまだ骨董品にもなっていなかったというのに。

三叔たちは三日間にわたって海中の探索を続け、いくつもの陶磁器を収集した。陶磁器好きの三叔は収集物についても熟知していたし、詳しい説明もできた。そのおかげですぐに考古学チームの中心になった。三叔は三省《サンション》という名前だったので、チームの若いメンバーからは三省さんと呼ばれていた。気分をよくした三叔自身もいつしかリーダーを自負するようになっていた。

そんな中で事件は四日目に起きてしまった。チームの一人がいつの間にかボートに乗って出かけ、姿が見えなくなっていたのだ。夕暮れ時になっても戻らず、しばらくして碗礁から二キロほど離れた岩礁に乗り上げられた無人のボートが発見された。

海に潜って何かを探っているうちにアクシデントに遭遇したのだろう、三叔はそう推測した。その夜のうちに潜水装備を装着し、緊急捜索したところ、深夜になってその仲間の遺体を発見した。足がサンゴ礁に引っかかった遺体は、すでに痛み始めていた。三叔は引き上げられた遺体の左手に何かがしっかりと握りしめられているのを見つけた。そして手を開いてみると、この蛇眉銅魚が握られていたというわけだ。他のメンバーは仲間を失った悲しみに打ちひしがれていたが、三叔は水底に何かが潜んでいると感じていた。何もなければ、夜中にこんなところに来て作業をする奴などいないのだから。

三叔の推測はこうだった。昼間の探索中（船で人を引っ張りながらの探索）に、この遭難者は何かを発見したはずだ。そしてそれを秘密にしておいて、誰もいない夜になるのを見はからってここまで戻って探索を続けていて事故に遭った――。もちろん三叔もこの推測をすぐには口にしなかった。仲間は死んでしまったし、そんなことを今さら言ったところで何の役にも立たないからだ。ただ、遺体が握っていた蛇眉銅魚が何かを暗示していることは間違いない、それだけは確信していた。

翌日、三叔はみんなに遠まわしにそのことを話した。

「彼は考古学への貢献のため、時間外まで作業をしていた。だが、運悪く事故に遭ってしまったようだ。手に握られていたものから察するに、彼が海底で何かを発見したことは明らかだ。自身の生命を犠牲にしてまで、この蛇眉銅魚を手に入れてくれた。だから俺たちはそんな彼の死を無駄にしてはいけない――」と言ってみんなの心を焚《た》きつけた。そしてみんなの気持ちが落ち着くのを待って、事故現場の海域に戻った。そうしてみんなで潜ってローラー作戦で探索した結果、ある事実が浮かびあがってきた。

付近の海底で、巨大な碇石《いかりいし》（昔の船の錨《いかり》の部品）が四十個以上も見つかったのだ。すべて同じ大きさと形状だったが、表面に彫られている文字はどれも浸食が進みほとんど読み取れなかった。これらの碇石は、同じ規格の四十数隻の船のものか、一隻の船のもののはずだ。だが、同じ規格の船が四十数隻で一斉に、それも同じ場所で沈没するなんてありえない。ということは、一隻の巨大船舶がこの海底に眠っているはずだ。四十数個もの錨を使わないと係留できないほどの巨大な船が――。

歴史にめっぽう強い三叔は、それまでの経緯から大胆な仮説を立てた。そして水面に浮き上がると、文錦にこう告げた。

「海底に沈没船を利用した海底墳墓があるはずだ――」

2　墓の二重壁

文錦《ウェンジン》と三叔《サンシュー》の育った家庭環境はまるで違っていた。根っからのやくざ気質《かたぎ》である三叔は、盗掘を生業《なりわい》とする家系に生まれてこなければ賊になっていたに違いない。自己中心的で、交友関係もまず自分の利益を最優先に決める人間だからだ。一方、文錦は正反対のタイプだった。欧米留学組の文錦は進歩的で、古墓の発掘も考古学の研究のためで、盗掘を始めたのも単なる好奇心からだった。だから三叔から海底墳墓の話を聞いたとき、真っ先に頭に浮かんだのは古代墳墓の考古学的価値だった。それで海底墳墓という仮説を同級生たちにも伝えようとしたらしい。

沈没船による海底墳墓というのは珍しい。沈万三《シェン・ワンサン》（元末明初に海外貿易によって巨万の富を築いた人物。沈万山ともいう）の息子がこの方法で水底に埋葬されたという伝説があるだけだったから、文錦がみんなに海底墳墓のことを伝えようとしたのは無理もない。だが三叔からしてみれば、ちょっとやっかいなことだった。やっとのこと引き上げたものが国に没収されてしまったら、たまったものではないからだ。だが、文錦のとっておきの方法——微笑《ほほえ》みとキスひとつで、三叔は賊からいきなり中華人民共和国の考古学研究者に大変身して、無償奉仕を提供することになってしまった。

その晩、三叔はおおいに悩んだ。海での盗掘経験などないのに、みんなの前で大口を叩いてしまっていたからだ。翌日にはなんとしてでも凄腕《すごうで》ぶりを見せなければならなかった。だが、海底ではシャベルで掘り進めるのさえままならない。力が入らないから、思うようにシャベルが刺さらないのだ。それにシャベルを使えたとしても、海底と陸地では土の質もだいぶ違う。これまでの経験などまるで役立たない。三叔は必死に僕の祖父のノートに書かれていたことを思い出そうとした。祖父は確かに何度か海で盗掘をしていた。でも何か特別な手段を使っていたのではない。入念に地形を読み取っていただけだった。

沈没船を用いた海底墳墓は、一隻の船上にまず墳墓を築き上げ、それから海谷や海溝を探し出す。さらに船体に穴を開けて墳墓を沈ませ、最後にその上に土を盛る——といった工程で造りあげる。海と陸という違いこそあれ、やり方は陸地とそれほど変わらない。三叔は、今いるところの海底は、谷状になっていたのを平らに埋め立てた場所に違いないと考えた。だとすれば、船を沈没させるときにその周りにたくさん錨《いかり》を沈ませて、船を係留しておいたはずだ。ということは、錨が沈んでいるポイントの中心点、あるいはそこから少しずれたところあたりに海底墳墓があるということになる——。

三叔は考えれば考えるほど、その仮説が正しいもののように思え、自信が湧いてきた。翌日は天候もよく、三叔は数人を引き連れて海に潜った。すべての碇石《いかりいし》を縄でつなげて、その真ん中の地点に印をつけ、それから付近の数か所にシャベルを入れてみた。すると中心点からやや東にずれたポイントで、木材が埋もれているのを発見した。

続いて、昔ながらの位置を決める方法を使って「土」の字状の巨大な地下宮殿の姿を海底に描き出すことに成功した。その宮殿は二つの耳室《みみしつ》、二つの配室（玄室《げんしつ》の前後にある前室や後室の脇にある部屋）、甬道《ようどう》と後室で構成されていて、総面積は千平方メートル以上あった。なかでも最も大きな部屋は後室で、奥行きは十数メートル、幅も十数メートルあった。どうやらそこに棺《ひつぎ》を安置しているようだ。

三叔は驚きのあまり言葉も出なかった。墓に埋葬されている人物は、ただ者ではない。この規模は皇帝の陵墓にも匹敵するほどなのだ。

その晩は興奮のあまり誰もがみな寝つけず、海鮮鍋をつつきながら、どうやって墓に入るか議論を重ねた。三叔はみんなに海底墳墓の構造を説明した。海底墳墓は何よりも海水の侵入を嫌う。すでに浸水しているかどうかはわからないが、もし浸水していた場合は、壁に穴を開けて進入すればいい。潜水服を着用していさえすれば、何の支障もないはずだ。だがもし墳墓が密封状態のままだとしたら、かえってやっかいだった。ひとたび穴を開けてしまったら、海水が激流となって内側に流れ込み、大変なことになるからだ。シャベルを打ち込んで調べた木片の状態からみて、墳墓には酸素が残っていると推測できた。今回の墳墓は規模が大きいため、その内側に毛細血管に似た構造を作りやすい。どこかの部屋にはまだ大量に酸素が残されている可能性があった。

三叔の説明は、長年にわたる盗掘の経験をもとにしたものだったから、頭でっかちの書生のような仲間たちは、ただぽかんと口を開けて話を聞いているだけだった。話し合いで、最終的な課題はどうやって海底に穴を掘削するかという一点に絞られていった。砂ばかりの海底に盗掘穴を掘ると、穴の形状を維持するのは難しく、すぐに崩れてしまう。穴が崩れたら大ごとだ。特に水中では身動きが取れず即死だ。長い話し合いの末、三叔たちは確実なやり方を選んだ。まず漁船に装備されていたダイナマイト漁用のダイナマイトで海底に穴を開ける。それと同時に、その爆発で海底表面の砂も吹き飛ばす。そして砂の下層にある安定した泥の地層の中に斜めに穴を掘り進める、というものだった。みんなやる気満々だった。三叔はこの工程は一週間ほどかかると見積もった。そこで問題になったのは、船に安置している遺体の処理だった。そのまま放っておけば腐敗が始まるからだ。

結局、大きな母船で遺体を搬送して、残りのメンバーは小船で作業するという折衷案をとった。ここ数日間の天候は大変よかったので、誰も天気のことなどまったく心配していなかった。三叔はボート三隻を一緒にくくりつけ、必要な機材をすべて岩礁まで運び上げた。

翌日、母船が行ってしまうと、海上には安心できる場所がすっかりなくなってしまい、三叔は少し気がかりになった。だが墳墓のことで頭がいっぱいの他のメンバーは、一抹の不安がよぎったものの、またすぐ作業に没頭し始めた。墳墓への進入用の穴掘りは着々と進んでいった。進度は予想を上回り、作業から四日目にはもう墳墓の壁にまで到達するほどだった。だが母船はいまだ帰ってこず、さすがにみんな心配し始めた。パニックを防ぎ、理性を保っておくには作業を継続するしかない。それをわかっていた三叔は、みんなを勇気づけ、不安にならないように心がけた。

進入用の穴の中でむき出しになった墳墓の壁をきれいにし、三叔はレンガの壁を叩いてみた。するとひとつひとつのレンガが空洞になっていることがわかった。墳墓全体の重量を軽くするためだろう。そうしておかなければ、船底が墳墓の重みに耐えきれなかったと思われる。壁には五メートルおきにボールペンほどの太さの穴が開いている。つまり、この墳墓は壁の内側に海水を満たすことで密封する設計だということだ。それを確認すると、三叔たちはレンガを取り外す作業に取り掛かることにした。

実際、三叔は墳墓に進入する前から、海中ではどんなワナも役に立つまいと考えていた。水の抵抗が大きすぎるからだ。もし潜ませてある石弓がボロボロになっていなかったとしても、発射される矢の速度は極めて遅くなる。それに落とし穴だって意味をなさない。そもそも穴に落ちるなんてありえないし、仮に穴に落ちたとしても泳いで上ってこられる。さらに水銀がトリガーとなる落石のワナも、海中ではまったく役に立たない。水中では水銀の流れは遅くなるし、簡単に拡散してしまうからだ。実は致命的かつ最強のワナは、水そのものだ。酸素呼吸の装備もない時代、海中での盗掘は夢のまた夢の話でほとんど不可能なことだったからだ。この墳墓にワナが仕掛けられている可能性は極めて低い――そう踏んでいた。

三叔たちは壁のレンガを取り外して内側を覗《のぞ》いたが、そこには漆黒の闇しかなかった。仲間たちはどいつもこいつも頼りにならない。三叔はみんなに動かないよう指示をし、ライトを照らしながら一人で内側へと入っていった。だが、一メートルも進まないうちに、またしても壁にぶつかった。今度の壁に使われているレンガは、さっきの外側の壁のものよりもかなり大きく、隙間には白い漆喰《しっくい》まで塗り込められていた。この二枚の壁の間で周囲をライトで照らすと、内壁の上方に五十センチ幅四方の口が開いているのが視界に入った。どうやら、墳墓へ進入するには掘削だけでは厳しい――三叔はすぐにそう判断した。

話し合うため全員が水面に浮上して岩礁に集まる。三叔はこう説明した。「この墳墓には二重の壁がある。外壁と内壁の間は海水で満たされていて、内壁には墳墓内への通路が口を開けてる。そこを通じて海水が入っていく構造というわけだ。この構造なら、墳墓内のどこかには水のない空間があるはずだ。気圧の原理を利用して、墳墓の中に空気を残しておくってわけさ。ただ、今のところ穴がどこまで続いてるか、さっぱりわかんねえがな。明日、ひとまず三人で行ってみることにしよう。手始めに一人四本ずつ酸素ボンベを持って、墳墓の内側まで行き着けるかどうか、確かめてやろうや」

誰が墳墓に行くべきか、みんなで何度も話し合った。三叔はもちろん外せなかったが、残り二名の選抜には慎重を期す必要がある。もし墳墓内が浸水していなければ、かえって状況は複雑になり、危険が潜んでいる可能性もぐっと高まるのだ。このとき文錦が急に大声を上げ、あたりが騒然となった。いつの間にか、今いる岩礁周囲の海面が下がっているらしい。三叔が見てみると、確かに海面がだいぶ下降していた。もともと岩礁は海面から五十センチほどの高さしかなかったのが、いつの間にか五メートルほどにもなっていたのだ。

これはまずい――三叔は直感的にそう思って空を見上げると、一筋の黒い線が、遠くの水平線上にまっすぐ引かれている。しかも黒い線は、どんどんこっちに迫ってきていた。実家が漁師だという、この光景を見た学生の李四地《リー・スーディ》が、唇を真っ青にしながら叫んだ。

「大嵐が来るぞ!」

3　大嵐

李四地《リー・スーディ》は泳ぎが得意だったから、水中での作業はすべて彼に任されていた。李四地はみんなに言った。

「一時間もしないうちに、ここに巨大な嵐がやってくる。見てみろ。こんなに海水が引いているだろ。これが証拠だ。もうちょっとしたら、低気圧に吸い上げられた海水が一気に襲ってくる。小型の津波と同じだ。おれたちには三隻しかボートがない。気楽になんて構えていられねえからな」

李四地は遠まわしに言うが、三叔《サンシュー》には、その表情はすでに死を覚悟しているように見えた。メンバーたちの中にはショックのあまり顔から血の気が引いている者もいるし、泣きそうになっている女子学生もいた。

三叔は、握っていた文錦《ウェンジン》の手が汗でびっしょりと濡《ぬ》れているのに気づいた。怯《おび》えているのだ。こんな事態は三叔も初めてだったが、そこは盗掘のプロ、とことん強い精神力を持ち合わせている。取り乱しちゃいけねえ、慌てたら本当に一巻の終わりだ——三叔は自分を鼓舞し続けた。

　三叔はまず人数を確認した。来たときは十人だったが、一人は亡くなり、もう一人は事故と海底での発見を役所に報告するため母船で戻っていった。だから今は八人しか残っていない。

　三叔は李四地にたずねた。「嵐はどのくらい続くと思う？」

「こんな夏の時期の嵐は、たぶん数十分もすれば過ぎ去るはず。ただ、海面が五、六メートルは上昇するんだ。こんな岩礁なんか海に飲み込まれちまうよ」李四地は続けた。「たかが数十分と思うかもしれねえけど、大変だぞ。襲ってくる波で岩礁に打ちつけられて死ぬか、深海まで引き込まれちまうか、どっちかしかない。わざと驚かそうとしてるんじゃない。本当にやばいから言ってるんだ」

　三叔は頭をフル回転させた。さまざまな策が浮かんではすぐに消えていく。ボートに乗って漕《こ》いだとしても死ぬだけだ。どんなに頑張って漕いだところで、嵐からは逃げられない。酸素ボンベを使って水中に潜っても、この辺りの海は深くてもせいぜい七メートルというところだ。まるで話にもならない。

　海の底がほとんど肉眼で見えるくらい浅くなった海原を見つめていると、三叔の脳裏に突然、真っ暗な夜空を引き裂く稲妻のように、大胆な計画がひらめいた。だが、もうみんなでその可能性について話し合っている余裕などなかった。

「もう時間がねえ。みんなで酸素ボンベを集めて、どのくらい酸素が残っているか見てくれ。水中の墳墓まで行って避難するぞ！」

　墳墓への突入など、三叔にとってはごく当たり前のことで何とも思っていなかった。だが、頭でっかちで書生気質の仲間たちにはあまりにも大胆すぎる策だったようだ。みんな騒然となった。意見がまとまりそうにないとみた三叔は、さらに続ける。

三叔は水平線を指した。「みんな、あの嵐を見てみろ。今はまだ、何も感じないかもしれない。でも津波の映像くらいは見たことがあるだろ？　今度のは本当にやばいんだ。もしここに嵐が襲ってきたら、生き延びられる確率はゼロだ。死体すら見つからないだろう。だが海中にはすでに避難場所が用意されてるんだ。それに俺たちは、あの墳墓には空気があることも知ってる。墳墓の中の空気は新鮮なはずだ。新鮮な海水につながってるんだからな。だから内側の酸素はまあ大丈夫だ。俺たちは人数もそれほど多くないから、中で一時間くらい嵐をやり過ごしたらまた出てくればいい。それしか生き延びる手はねえんだよ！」

三叔には人をその気にさせる天賦の才が備わっていたということなのだろう。商売でもだいぶ成功したが、それはカリスマ性がなければ無理だ。みんな三叔の話を聞いて納得し、ひとすじの希望の光が差し込んだように感じたらしい。全員で潜水器具を集め、三隻のボートから空気を抜き取って畳む。すべての準備が整うと、海中で意思疎通するためジェスチャーをメンバーたちと決めた。そしてみんなを率いて潜水し、防水ライトを点《つ》けた三叔を先頭に、墳墓へ続く通路に進入していった。

当時の潜水器具は、大きなヘルメットを頭にかぶるスタイルで、不細工なものだった。だが、これはこれでかなり丈夫だったし、大型の海洋生物に出くわしたとしても、このヘルメットなら一口で飲み込まれることもないはずだった。三叔はできるだけ気持ちを落ち着かせ、周りを観察しながら泳ぎ続けた。通路は先に進むほど狭くなっていく。このまま進めば、最後には通り抜けられるだけの幅があるのかすら、だいぶ怪しかった。だが、必要な装備はすべて用意してあったから、通れなければぶち壊してでも進むことは可能だ。

通路の壁には人面のレリーフがたくさんあったが、どれも付着物に厚く覆われ、いつの時代のものかさえ判別できなかった。学究肌のメンバーたちは今の危機的な状況もすっかり忘れ、ことあろうかレリーフを囲んで調査を始めていた。怒った三叔が何度も急《せ》き立《た》てなければいけない始末だった。

泳ぎ進むこと十五分、何度もカーブを曲がったせいで、三叔たちはすっかり方向感覚を失っていた。乱れた隊列を正すために、合図を送って後続のメンバーを停止させ、文錦に人数確認をさせた。狭い通路での泳ぎはかなりの体力を消耗する。みんなも疲れきっていたのだろう。まるで恩赦を受けたかのように、そのままそこに座り込んだ。

そんな様子に、三叔は彼らには期待できないと思ったが、一方で、リーダーの難しさも感じていた。ライトで照らされた前方の様子を探ってみようと思った矢先に、三叔の足を文錦が叩いてきた。振り向くと、ひどく慌てた表情をしている。もしや誰かいなくなっているのか。とたんに冷や汗が出てきた。

文錦は手足をバタバタと動かしながら、何かを伝えようとしているが、その意味は理解できなかった。次に彼女は指を立て、何度も何度も三叔の目の前で動かすが、やはりなんのことかさっぱりわからない。

「誰か一人いなくなっちまったのか?」

文錦は三叔の口の形から言わんとする意味を読み取るなり、首を振った。今度は片方の手のひらを開いたまま、もう片方の手の指を四本立て、そのまま両手を合わせて見せてきたが、三叔はそれでもやはり理解に苦しむばかりだ。だがふいに、文錦の言いたいことを察してしまった。

「一人、多いのよ!」

4　海鬼《ハイグイ》

三叔《サンシュー》は驚いた。後続のメンバーが一人や二人いなくなるぐらいなら想像がつく。メンバー全員がいなくなっていたとしてもありえると思えただろう。だが一人多いだなんて、想像の範囲を超えていた。

だから最初は数え間違いだろうと、自分でも数え直してみた。一人目が自分、二人目が文錦《ウェンジン》、そして順番に三人目、四人目、五人目、六人目、七人目と数えていくと、八人目が李四地《リー・スーディ》だった。そして九人目――。

三叔は息を呑《の》んだ。九人目がいた。そいつは長く伸びた隊列の後ろに潜んでいた。しかしぼんやりとして風貌がわからない。

冷や汗が出てきた。三叔は妖怪の類《たぐい》を恐れているわけではない。海中での経験がないこと、そしてそいつの正体が何なのか分からないことに冷や汗が出たのだった。粽子《ゾンズ》なら泳げないに決まっている。そもそも海中の墳墓にいる粽子はどう呼べばいいのだろう？　海粽《ハイゾン》？　それとも餃子《ギョーザ》とでも――？

まったく、李四地はどんくさい奴《やつ》だ。誰かが後ろについてきているってのに、ちっとも気づかないなんて――この状況では、もう誰もあてにできなかった。自分が始末するしかない。三叔はナイフをゆっくり取り出して、手首の裏に忍ばせ泳いでいった。

九番目の奴はちっとも動かない。李四地は三叔がこっちに向かって泳いでくるのを見て、やっと自分の後ろに気づいたらしい。慌てて後ろを振り向くと、そいつも李四地の動きを真似《まね》て、同じように動いた。その動きはいかにも怪しかったし、滑稽でもあった。三叔がヘッドライトを向けると、光に刺激されたのか、そいつは慌てて後方へ逃げた。その瞬間、ちらりと顔が見えた。鱗《うろこ》で覆われた大きな顔、残忍そうな顔つき――三叔は、危うく握ったナイフを放すところだった。

李四地も顔面蒼白《そうはく》だった。逃げ出そうとばかりに、前方へ泳いでいこうとする。三叔はそれを慌てて引き止めた。李四地は三叔に向かって何か叫んだが、口の形だけでは「いい子《ハオハイズ》だ。いい子《ハオハイズ》だ」と言っているようにしか見えない。

李四地の方言の訛《なま》りは強烈だった。普段の会話でさえ聞き取れないのに、口の形だけではよけいにわけがわからない。三叔は李四地がパニックで自分のヘルメットを脱ごうとしているのを見て、慌てて壁に押しつけた。すると、その壁のレンガの周囲の隙間がぐらぐらし、あっという間に向こう側に沈み込んだ。一瞬で周囲の海水が壁の内側にものすごい勢いで吸い込まれていく。まずい。だがもう遅かった。トイレに吸い込まれていくゴキブリさながら、渦を描きながら壁の穴へ飲み込まれてしまった。

　意識が飛ぶほど何度も回転し、五臓六腑《ごぞうろっぷ》のすべてが片方に寄ってしまったようだった。ふいにゴツンと固いものに頭がぶつかった。幸いヘルメットが丈夫だったおかげで、九死に一生を得た。頭を上げ、目をしばたたかせて見てみると、水面から顔が出ていた。

　他のメンバーも三叔と似たり寄ったりの状況にあるらしい。悲惨なのは女子学生で、何人かはヘルメットのなかで嘔吐《おうと》していた。見ているこっちも気分が悪くなる（あれはどんな歌だっただろう？確か、「一番気持ち悪いのは腐った死体を見ることではない、自分の吐しゃ物のなかでおぼれ死ぬことだ」とかいう歌詞だったような）。体力に自信のあるメンバーたちは、彼女たちが水中に沈まないように、つかまえていた。

　三叔も文錦を抱きかかえる。ライトで周囲を照らしてみると、明殿（墳墓のなかの部屋のひとつ。埋葬者の生前の住居の居間を真似て家具などを置いておくところ）に流れ着いたらしいとわかった。風防ライターで明かりを灯す。どうやら酸素はあるようだ。みんなに空気は問題ないと「ＯＫ」のジェスチャーで伝える。何人かがヘルメットを外し、空気を吸い込む。

「なんていい匂い！」

　そこにはうっとりするほどのいい香りが漂っていた。どこから漂ってくるのだろう。ほのかに香っているのだが、その割に目が覚めるような匂いだ。三叔にはさっぱり理解できなかった。これまで、我慢できない異臭を放つ墓には数えきれないほど遭遇してきた。だが、いい香りがする墓なんて初めてだった。ライトで照らした周りの様子を見ると、この部屋は玄室《げんしつ》ではないらしい。陶磁器や副葬品が置かれているだけで、棺《ひつぎ》がないのを見るに、おそらくここは耳室《みみしつ》だ。これらの品々は、埋葬者が生前に使用していたものに違いない。部屋の真ん中、円形の池の中、泉が湧き出ている場所に三叔たちはいた。部屋の装飾を眺めていると、ますます怪しくなってくる。どの壁にも壁画が描かれているが、湿気のせいで腐食がひどい。かろうじて、壁に描かれているのはすべて人間だということが読みとれた。

いろいろな人間が描かれていた。背の高い人、背の低い人、ふくよかな人、歩いている人、踊っている人。どれも生き生きと描かれていて、生きている人間をそのまま写しとったのではとさえ思わせるほどだ。だが奇妙なことに、どの人も妊婦のようにお腹《なか》が大きく描かれていた。文錦は壁画には詳しかったが、彼女もその理由がわからないようだ。

だが、李四地だけは違った。壁画を見たとたん仰天し、青ざめて叫ぶ。

「海鬼！　ここに海鬼がいる！　ここは海鬼の墓だ」

今さっき見たあの怪物を思い出した。まさかあれが海鬼だったのか？――認めたくなかった。今ここでそれを言ってしまえば、みんなパニックになる。三叔はしばらく誰にも言わないことにした。

李四地は叫び続けていた。だがひどい方言のせいで、他のメンバーには「海亀《ハイグイ》（海鬼と発音が似ている）」と聞こえていた。みんなから大笑いされた李四地は泣きたいやら苦笑いしたいやら、複雑な気分を味わっているようだ。三叔は時計を見て、水から出るようみんなに指示した。度胸のある者たちはこの部屋の壁の先の門まで歩いていった。それほど高さのないその門は、地下宮殿の甬道《ようどう》に面しているはずだ。三叔は甬道に出ようとするメンバーを遮った。

「今はまだダメだ。第一、俺たちは発掘のための機器を何ひとつ持ってきてねえ。それに救急時の準備だってしてねえだろ。お前らはここで待ってろ。この先の甬道にどんなワナが仕掛けてあるかわからねえんだから、ここを動くな。一時間は安全ってことだけでも感謝しろ。いいな？」

悔しがるメンバーもいたが、三叔に従うほかなかった。そこで部屋で静かに陶磁器を調べはじめた。一目見ただけで、三叔には陶磁器が明代初期のものだとわかった。まさかここって沈万三《シェン・ワンサン》一族の墳墓なのか――?

三叔は骨董《こっとう》など見慣れていたから、興味はなかった。それに喫緊の課題は空気が足りるかどうかなのだ。人数を再度確認し、問題ないとわかってようやく安堵《あんど》した。ここ数日の疲労がたまっていたし、休みも取れていなかったから、今のうちにここで休んでおこうと三叔は思った。

座って壁に寄りかかった三叔に文錦がもたれかかり、キスをしてきた。ここまでの一連のファインプレーに対するご褒美とでもいうのか。三叔はしばらく天にも昇る気分でいた。本当はメンバーへの不満がたまりにたまっていたが、文錦の優しい微笑《ほほえ》みによって、ここまでの道のりをもう一回繰り返してもいいという気持ちにさえなっていた。

みんなは少し休憩することにした。潜水経験のある人なら誰でも知っているが、水中に長時間いたことがない人にとって、潜水はとてつもなく体力を消耗する。三叔の体力は確かに人並み外れていた。だが、他のメンバーに比べてまだまだ潜水には不慣れだったから、緊張が少しほぐれたとたんにあくびが出てきた。加えて、漂っている香りもリラックス効果があるようで、ひどい眠気に襲われる。

「ちょっと寝るわ。時間になったら起こしてくれ」

尋常ではない睡魔に、三叔はもう考えることもできなくなっていた。優しくこくりとうなずく文錦をぼんやりと眺め、淡い香りで満たされた。果たしてその香りが文錦の髪の匂いなのか、それとも墳墓の匂いなのかもわからないまま、ほとんど一瞬で深い眠りへと落ちていった。

5　古い写真

僕の意識は過去の物語から戻ってきたが、完全に三叔《サンシュー》の話に囚《とら》われていた。まだ自分が墳墓のなかにいて、温かくて玉のように美しい文錦《ウェンジン》を抱きしめている、そんな感覚さえあった。三叔の咳払《せきばら》いでやっと、枕を抱きかかえている自分に気がついた。叔父さんの過去の女性にこんなよこしまな気持ちを抱いてしまったことに気まずくなり、僕は顔を赤らめた。

「それで、その先を早く教えてよ。最後は結局どうなったのさ？」

三叔は苦笑いした。「もう話せることは何もねえ。物語はここで終わったんだから。俺だっていまだにわからねえんだ。寝ちまった後、あそこでいったい何があったのか――」そう話す唇は震えていた。「あのときどのくらい眠ってたんだろうなあ。目を覚ましたときには、耳室《みみしつ》に俺一人取り残されてた。みんな、どこに行っちまったのかさっぱりだった。俺の寝てる隙を狙って、勝手に玄室《げんしつ》に行ったんじゃないかとさえ思った。そりゃ怒ったぜ。文錦はいつだって俺の言うことを聞いてくれたからな。でも今回だけは馬鹿なことをやらかしてくれた、そう思って追いかけようとした」

三叔は煙草《たばこ》を一本取り出すと口にくわえた。苦痛に顔を少しゆがめている。

「そのときになってやっと、壁のところの門がなくなっているのに気づいたんだ。後ろを振り向いてすぐにわかった。ここは俺が眠り込んだ最初の耳室じゃないってことによ。まったく見たこともねえところだった。後ろには金糸楠《きんしくす》（古代中国の三大帝王専用の木材のひとつ。一般人は使用できない）の木で作られた棺《ひつぎ》が置かれてたんだからな」

僕は笑った。「度胸のある叔父さんなんだから、なんの躊躇もなく棺の蓋を開けて、なかのお宝をすっかり取り出したんでしょう？」

「馬鹿言え。俺だってな、あのときはびびって小便をもらす寸前だったんだ。確かに棺なんてものはたくさん見てきた。だがな、その棺からじゃばじゃば水があふれ出てたんだよ。まるで誰かが棺のなかでシャワーを浴びてるみたいにな。それで思い出したんだ。李四地《リー・スーディ》が言ってた海鬼《ハイグイ》の墓のことをよ。お前も知っての通り、俺は粽子《ゾンズ》なんてさらさら怖くねえ。だが海鬼は初めてだったから、さすがに焦った。それに文錦のことも心配だったしな。何度も大声で呼んだけど、誰も答えてくれなかった。そのとき、急に棺の蓋が跳び上がったんだ」

　そこまで話した三叔の表情にはどこか違和感があった。

「頭の中が真っ白になっちまった。持ってたヘルメットをかぶってそのまま泉のなかに飛び込んで、そこから脱出したんだ」

　僕は間髪容れずに追及した。「でもそれって変じゃない？　だってそこは別の部屋だったんだよね。なんで泉がそこにあったのさ？」

　三叔の顔色がさっと変わり、しどろもどろになった。

「あっ、ああ。そっ、それはなんだ、もちろんまだそこにあったんだ。お前、話の腰を折るなよ！話はまだ終わってねえんだよ！」三叔は気を落ち着かせ続けた。「俺にはもう高潮なんてどうでもよくなってた。俺たちの盗掘用の穴を見つけると、泳いで外に出た。まだ空は明るくて、水の中から太陽も見えたよ。何時なのかはわからなかったがな。なんとか水面まで浮かび上がって見てみると、遠くに大きな船が何隻も浮かんでいた。俺たちを助けにきた船らしい。それで船まで泳いでいった。船で時間を聞いたらなんと二日目のお昼時になっちまってた。墳墓のなかでちょっとひと眠りしただけなのに、もう一日経《た》ってたんだ。そんなこと信じられるか？」

　三叔の顔をうかがうと、そこには「嘘《うそ》」と書いてあった。きっと最後に何か重大な事件が起こったに違いない。なぜ本当のことを話してくれないんだ、このタヌキ。墳墓のなかでいったい何をしたんだ？　くそっ。無理やり口を割らせるわけにもいかないし。だけどこんなざっくりとした話じゃあ、気になるだろ──僕はもどかしくてならなかった。

　そこで僕は、気になっていた文錦のことを聞いた。

「他の人は？　誰も脱出できなかったの？」

　三叔は顔に悔しさをにじませながら太ももを叩いた。

「船に乗ったとたん、どういうわけか会話を二言三言かわしただけで意識を失っちまった。それから海南島《かいなんとう》（南シナ海北部の島）の病院に搬送されたんだ。意識不明のまま一週間が過ぎて、みんなを探そうと思ったときには、俺たちをあの場所まで乗せていってくれた船長を見つけられなくなっちまってた。海の上では、正確な座標を知らなかったら、どうやってもたどり着けない。海はどこでも同じに見えるからな」ひと呼吸おいてさらに続ける。「海事管理局や仲間たちが所属してた研究所も訪ねてみた。そしたら全員行方不明ってことになってた。文錦も他の奴らもみんなだ。かれこれもう二十年が経つが、消息はまったくつかめない。墳墓での出来事がいったい何だったのか、まだ見当もつかねえ。なんで突然、わけもなく人間が消えちまったんだ？」

　ガツンと机を叩いた三叔の目は赤く潤んでいた。

「本当に後悔してる。あのとき、なんで強がって馬鹿なことしちまったのかなってよ。もし俺があの海域に行かなかったら、あいつらは今頃孫だって生まれてたかもしれねえんだぜ！　文錦には本当にすまないことをしちまった」

　涙を流す三叔を初めて見た。どう声をかければいいかわからなかった。すると三叔は蛇眉銅魚《シャーメイトンユー》を取り出した。

「その後もずっと考え続けてきた。なんで俺だけ脱出できて、他の奴らはできなかったのかってな。奴らとたったひとつだけ違ったのは、俺がこれを持ってたってことだ」

　その魚を見ながら思った。殤王《しょうおう》も海で盗掘をしていたとしたら、蛇眉銅魚を持っていただろう。だとしたら、殤王の地下宮殿と今度の海底墳墓には何か関係があると言えないだろうか？　だがすぐにその可能性を否定する。そもそも二つの墓は時代背景が違いすぎる。ひとつは戦国時代、もうひとつは明代初期。どう考えても関係ないのだ。この二つの墓の間の謎は、いくら考えても見当すらつかない。

三叔は話し終えると気持ちを乱したのか、疲れた様子で横になっていた。こんな苦しい思い出を話した後なのだから、確かに少し休んだほうがいい——。だが、三叔はふいに身を起こしてこっちに顔を向けた。

「呉邪《ウー・シエ》。俺、急に思い出しちまった」

真っ青な顔。それはまた恐ろしい何かを思い出したことを物語っていた。三叔が頭をかく。

「一緒に海に入った奴らのうちの一人が、あの若造にうりふたつだった！」

僕の頭の中も一瞬で真っ白になった。

「それ、記憶違いじゃないの。あいつは、そのときまだ子どものはず……」

三叔は記憶をたどっているのだろう、眉間の皺《しわ》がより深くなっている。

「時間が経っちまってるから、百パーセント断定はできない。だが、海に出る前に撮った集合写真がある。スキャンして家から送ってもらえばはっきりするはずだ」

三叔はそう言ってすぐに電話で指示を出した。五分もするとメールが届いた。写真はモノクロで、被写体は全部で十人。前列のメンバーはしゃがんでいて、後列は立っている。前列中央は若い頃の三叔で、そのすぐ後ろに立っているのは、なんとあの悶油瓶《モンヨウピン》だった！

全身を冷や汗が流れていく。見間違いかと思ってもう一度じっくり見てみたが、目つき、表情、完全にあいつだった。手がぶるぶる震え始める。三叔の顔にも深い疑惑の色が浮かんでいる。何か言いたいけれど、奥歯にものが挟まっているようで、なかなか言葉が出てこない。三叔はなんとか言葉をしぼりだした。

「な、なん、なんで奴は二十年間、歳《とし》を取ってねえんだ？」

そして、ふいに何かを悟ったように、叫びにも似た声をあげた。

「わかった！　俺にはわかったぞ！」

三叔の狂気じみた様子に、僕は呆然《ぼうぜん》としていた。すると、三叔はいきなり荷物を持って部屋を出ていこうとする。引き留めようとしたが、簡単に振り切られた。

「おい、お前はここで潘子《パンズ》を看病してろ。俺はもう一回、パラセル諸島に行ってくる！」

そう言い残すと、三叔は振り返ることなく行ってしまった。

6　海南島《かいなんとう》

三叔《サンシュー》は十代そこそこでこの世界に飛び込んで腕を鳴らしてきた。危険な目にも遭ってきたから、何かをするときは決して準備を怠らなかった。今回の盗掘も含め慎重すぎるほどで、八割がた使う機会がない道具でも用意する。それなのに、今回はトランクひとつで出ていってしまうなんて――。僕は大声で叫ぶしかなかった。

「気をつけてね！」

三叔は一声「おう」と言って、エレベーターに乗り込んで行ってしまった。

ちょうどそこにホテルのマッサージ屋（原文は「洗脚店」。健康のために足を洗ったりマッサージしたりする）のスタッフが精算にやってきた。この一部始終を見ていたスタッフは笑った。

「叔父様はあなたよりも落ち着きがないんですね。普通は逆ですよ。あなたが叔父さんのことをよく見張ってないといけないなんて」

僕はうまく説明できず、笑って請求書を受け取るしかなかった。だが額面を見るなり凍りついた。なんと四千元を超えている。

（ちくしょう、あのジジイ。昨日の夜もどっかに出かけて、怪しいことしてやがったな――）

請求書を見て、ちょっと心配になった。ここ数日で、かなりの出費だ。いつもの三叔ならポケットに充分なお金が入っていた。だが先日の逃亡劇以来、お金は湯水のように流れていったし、山火事を起こした村にも寄付金を置いてきたので、所持金がもう底をつきかけていたのだった。三叔は遠出するとき、クレジットカードをけっして持ち歩くことはせず、自分は昔気質《かたぎ》の人間だとかなんとかのたまっていたものだ。だがここ数日は恥ずかしげもなく僕に金をせびりに来る始末だった。あとで自分の会社から送金してもらって返すからとか何とか言ってだ。結局、後のことは気にせず、僕たちのこともまったく気に留めず行ってしまった。今思えば、こっちのお金も尽きかけているのを察して逃げたとしか思えない――。

まったく不愉快だった。財布を眺めていると、気分がさらに冷え冷えしてくる。このところ支払いが続き、もうお金が出ていくのも気にならなくなっていた。今や、財布のなかにも数枚のお札しか残っていなかった。潘子《パンズ》はといえば、もう長いこと意識不明の状態が続いていて、いつ目覚めるかわからない。医者からは、大きな問題はないが、経過観察の必要ありと診断されていた。十日や半月くらいは、ここから動けないだろう。それに奴《やつ》には身寄りがない。僕の代わりに世話してくれる者を見つけるのは難しい。これっぽっちのお金じゃ、誰も引き受けてくれないだろう。それこそ焼け石に水だ。

さらにやっかいなのは、目の前のうん千元という金額の請求書だった。この場をどう切り抜けようかと密《ひそ》かに焦りながら、僕は笑う。

「いま現金が足りないんで、後で支払います」

ここ数日、僕の払いっぷりを見てきたスタッフは笑顔で答えてくれた。

「大丈夫ですよ。明日でも結構です。どうぞお構いなく」

スタッフがいなくなったとたん、今度は別の心配事が浮かんできた。考えないといけないことが多すぎだ。アホ潘子の毎日の治療費はうん千元という額にもなるというのに、いったいどうやってお金を工面すればいいのか？　父に連絡できるわけがないし、できたとしても怒鳴られるに決まってる。父は、ここ何年も商売あがったりの僕に言いたいことが山ほどあるだろうし、しかも僕は今回、三叔に頼み込んで盗掘に参加させてもらっている身だから、父を頼るのは無理そうだ——。

部屋に戻り、頭を抱えて悩んでいたところ、リュックに入ったままの金縷玉《きんるぎょく》の棺掛《かんか》けがふいに僕の目に飛び込んできた。三叔はこれを大切に扱っていて、油紙で何重にも包んでいた。それを見ていると、ふいに衝動が湧いてきた。

（これからの十数日間はよく考えて行動しないといけないよな。毎日、ここで食っちゃ寝を繰り返してお金が払えませんじゃ済まないんだから。骨董《こっとう》市にでも行ってこれを売ってしまうのもいい考えかもしれない。そしてその金でここ済南《ジーナン》中を見物して回るのもいい。時間の無駄にもならないし——）

考えれば考えるほど、このアイデアがとても理にかなっているように思えてきた。そもそもここには旅行半分で来たはずだったのに、もはや『X-ファイル』（アメリカのテレビドラマ。超常現象ミステリー）みたいな状況にいる。本当はそんな必要なかったはずなのにだ。いまや、のんびり事を進めていられなくなったし、僕がここからつまみ出されるだけなら大したことじゃない。でも病院から潘子の薬が断たれでもしたら、それこそやっかいだ。今ならまだ空も暗くない。さっさと行ったほうがいいかも——。

そう考えながら下に降り、このあたりに骨董市場がないかロビースタッフにたずねてみた。スタッフはとても親切だった。エントランスまで連れていってくれて、しかもタクシーまで呼んでくれた。タクシーに乗ると、運転手は英雄山市場まで送ってくれた。そこは一見して騙《だま》し合いの戦場だとわかる場所だった。

道すがら、運転手はあれこれ話し続けた。あそこは骨董や書なんかがわりあい集まってて、人も多いし騒々しい場所ですよ。店主相手におしゃべりして、ほらでも吹いてやれば、あっちもまんざらじゃないでしょう。ただ、偽物も多いので注意したほうがいいですよ――。

死ぬほど重たい棺掛けを背負いながらタクシーを降りると、できるだけ大きな店を探し始めた。こんなのは庶民が買えるような代物じゃない。大きな店に頼めば、必ず大口の常連客を紹介してもらえるはずだ。その場合、店には二パーセントくらい手数料を支払っておけばいい。こういうことにかけては僕はこの道のプロなんだから、簡単に騙されるはずはない。棺掛けの値段については、地下宮殿からの帰り道に三叔と話したことがあった。三叔は、最低でも百万元（約千五百万円）はするはずだと見積もっていた。これは値打ちものだが、売りさばくのは難しいからだ。高すぎて、こんなのは外国人以外に手を出せない。ただ、大きすぎるという問題もあった。そもそも大きなものは小さなものより売りにくい。もし本当に買いたい人が現れたとしたら、八十万元で手放してもいい――。

このときのやりとりから、僕には売値にだいたいの見通しがついていた。市場であちこちきょろきょろしているうちに、ある店が目に入った。店内には青銅の香炉が飾られていたが、それに彫り込まれた人の形を見てハッとなった。大きな腹を抱えた人たち――三叔の話に出てきた海底墳墓の壁画とそっくりだ。身をかがめてもっとよく観察してみようとしたそのとき、店主が出てきた。

「これはこれは、お目が高くていらっしゃる。うちの店ではこれが一番の品物なんです！」

店主には北京訛《なま》りがあった。

「この香炉の表面に彫られているものは何ですか？　かなり変わった彫り物ですよね。もしかしたら海南島由来のものでは？」

店主は表情を一変させ、慌てた様子で僕を店の中に引き入れた。

「今日は本当の専門家に出会ってしまったようです。これはずいぶんと長いこと、ここに置いてあるのですが、見抜いたのはお客様が初めてです。いかにも。確かにこれは海南島のものです」

骨董の商売を生業《なりわい》としている以上、口がうまいのは当然だ。店主の表情からは、その言葉が本心なのか、それとも単にこれを売りつけたいだけなのかまでは読み取れない。実際、この品物について、こっちの手の内のコマはそう多くない。知ったかぶりをしたところで、どのみちばれるに決まっている。

「専門家なんかじゃありませんよ。海南島で見かけたことがあるだけなんです。それでちょっと不思議に思ったんですよ。これの名前だって知らないくらいですから」

店主は僕を座らせると、お茶を出して言った。

「そんなに謙遜なさらなくても。でも、本当にご存知《ぞんじ》なかったとしても、お教えしますから大丈夫です。この香炉に彫ってあるのは一種のお化けです。禁婆《ジンポー》と呼ばれています。その由来を話せば長くなってしまいますが、もし本当に興味がおありでしたら、お話しさせていただいてもよろしいでしょうか？」

これは脈がある。僕はすぐに、ものすごく買いたそうにうなずいた。店主はちょっとお待ちをとばかりに手を振ると、香炉をガラスケースのなかから取り出して、サイドテーブルの上に置いた。すぐに変わった香りが漂ってきて、思わずアッと声を上げてしまった。店主がにやりとする。

「どうです、この香り。格別でしょう！」

「香料にはどんなものが入ってるんですか？」

店主は香炉の蓋を開けて、なかに納まっている黒い小石のようなものを見せてくれた。驚く僕を横目に見、店主が得意げに笑った。

「これは禁婆の骨なんです。この香りは骨香《グーシャン》といって、とても貴重なものなんですよ。寝るときに脇に置いておけば、香りに包まれてよく眠れること請け合いです」

それを聞くなり、急に気分が悪くなってきた。

「禁婆ってのはいったい何なんです？　人の骨の香りで眠るだなんて、ずいぶん倫理的に問題ありませんか」

店主は笑った。

「禁婆とは概念です。まあ、良くないものの総称と言ってもいいでしょうね。あのあたりの人たちは、病気になったり怪我《けが》をしたりすると、誰もが『禁婆がやった』と言います。禁婆がいったい何なのかは、本当のところわかりません。あえて言葉で表現するなら、一種の悪霊ですかね」

「へえ。じゃあこれがその女性の骨ってことですか？」僕は眉間に皺《しわ》を寄せさらに聞いた。「これはどこから来たんですか？　蓋に付着物があるところを見ると、海揚がりのようですけど――」

「やっぱり専門家じゃないですか。いかにも。これは漁師が網で引き揚げたものです。ただ、珍しいものほど高いって言うでしょう。少し付着物がこびりついてはいますが、それほどお安くはできないんです」

そもそも手持ちの金など一銭もなかったのだが、いかにも残念そうにため息をついてみせた。

「残念ですが、僕は完璧なものが好きなんですよ。こちらは結構です。もしどうしても売りたいっていうことでしたら、中の骨香だけ売っていただけませんか？」

店主は顔色を一変させると、愛想笑いを浮かべた。

「それはできませんな。あなたにこの骨香だけ持っていかれたら、いったい誰に香炉を売ればいいんです？」

表面に微《かす》かなホコリが積もる香炉を見れば、もうかなりのこと売れずにここに置かれていたものだとわかる。こういうものは買っても転売が難しいから人気がないのだ。投資目的なら、普通は誰もこんなものには見向きもしない。乱世では黄金が、繁栄の時代には骨董がもてはやされるものだが、さすがに売れないものには、商売人も自然と手入れをしなくなる。僕は首を振った。どうせ僕が買ったところで役に立たないしね。もうちょっとしたら、あの棺掛けをこの店主に見せてみよう。誰かにつないでくれるなら、そのとき香炉をプレゼントしてもらってもいいよな——そう思い、にっこり微笑《ほほえ》む。

「わかりましたよ。ひとまずこれについては保留にしておくとして、実はちょっとお見せしたいものがあるんです」

僕はそう言いながら、棺掛けの端っこだけをバッグの外に出して見せた。この店主が本当にプロかどうか、反応を見ればわかる——チラッと目をやると店主の顔色がすぐに変わったのがわかった。店主は何も言わずに棺掛けをバッグのなかに押し込むと、立ち上がって店のシャッターを下ろしてしまった。それから僕のお茶を捨てると新しく淹《い》れ直してくれた。香りだけでわかるほど上等な鉄観音《てっかんのん》——僕の扱いもワンランクアップしたらしい。

店主は額の汗を拭いた。

「あなたはどちらの職人さんでしょうか？　何とお呼びすれば？」

この人は並みの骨董売りではない——そう感じさせる素早い反応だった。一目でそれが墓から出てきたものだと見抜いている。こっちもうまく立ち回らなくては。

「呉《ウー》と申します。そちらは何と？」

「老海《ラオハイ》で結構ですよ。ところで呉先生、こちらは手放されるおつもりですか。それとも私にお見せくださるだけで？」

「もちろん手放すつもりです。こんなの持っていても、やっかいなんでね」

店主はいそいそと店内を行ったり来たりし始めた。

「欠陥はありませんか？」

僕はうなずいた。

「もちろん。それも今さっき出たばかりの、ほやほやです」

老海は座って声をひそめた。

「それでは呉先生、こういうのはどうです？　私は率直な人柄で通っています。この英雄山市場のどこを探したって、このお品を買い取る度胸のある者は私ぐらいでしょう。こちらのお品に関しては、値段のことでちまちま交渉するつもりなんてさらさらありません。本当の宝物は値段なんてわかりませんからね。ご希望の金額を正直におっしゃってください。どのくらいだったら手放してもいいか。そうしたら知り合いに電話して聞いてみますから」

考えてみた。どうしても百万元は欲しい。大奎《ダークイ》の家族にも三十万元はやらなくてはならないだろうし、潘子の入院治療費だって最低二十万元はかかるだろう。それにあの王胖子《ワンパンズ》にもこれを売ったら取り分を送金すると約束してある。これじゃ、一人当たりの取り分はたかだか十数万元にしかならない――命懸《もう》けの生還だったことを考えると、何とも割に合わない報酬だ。でも三叔が言っていたように、盗掘の儲けなんてその程度なのかもしれない。そうじゃなかったら、こんなに続けざまに盗掘をしなきゃならないはずがない。掘りあてたものがどんなに貴重だったとしても、誰も買わなければそれこそゴミになるしかない。だから三叔は、価値のある大事なものを持ち出さない。結局、売れないから――。

百万元くらいが適当だろう、そう思って手で金額を提示すると、老海は露骨に嬉《うれ》しそうな表情をした。その顔を見て、何だか気が沈んでしまった。もしかして安すぎたか――？　老海は部屋の隅で、なにやら小声で電話をしている。電話を終えたその顔は、紅潮していた。

「成立しました！　ご成約です！　呉先生は運がいい。ちょうどこれを欲しがっていた方がいたんですよ。百万元だと高くないけど、二百万元じゃちょっと高い。それで私が百二十万元で話を通しておきました。どうですか？」

あんたがいくらで話をつけたかなんて確かめようがない。もしかすると相手には倍の値段で吹っ掛けたかもしれない。まあどっちにしろ、予想より二十万元多くなったんだから、悪くはない。

「それじゃあ、そちらの取り分はどうしましょうか。慣例通りでいいですか？」

老海の口元がほころんだ。

「実を言いますと、買い手から少し私に手数料をいただけることになったもので、百二十万元はそっくり呉先生がお受け取りください。その頭のお怪我からして、これを手に入れるのにかなりのご苦労をなさったご様子ですしね。ただ私のことを覚えておいてくださるだけで結構です。次にこういうお品が手に入った際には、他のところに寄り道などせず、すぐにこちらへいらしてください。言い値の二割増しで話をまとめてみせますから。私の顧客にはとんでもない富豪がおりましてね。他の人たちではとても手が出ないようなものでも買ってくださるんです」

老海は僕が一刻も早く立ち去ろうとしているのを察したようだ。

「もう少し休んでいってくださいよ。ちょっとお金を用意して参りますから。確かにこの店は小さいかもしれませんが、百二十万元くらいならことありません。呉先生には先にお支払いしますから」

大きく出てきたもんだ。確かに骨董商は職業の王様だとよく言われる。これはかならずしも嘘《うそ》ではない。それに老海も、この道を心得たかなりのやり手のようだ。

「わかりました。ところでこの禁婆の香炉ですけど、少しまけていただけませんか？　持って帰りたいので」

老海はへへっと笑って手を振った。

「呉先生、これを気に入られたのなら、ご自由にお持ち帰りいただいて結構です。私からの心づけといたしましょう。実を言うと、これはたったの五元で買い取ったんですよ。さっきいろいろとごたくを並べたのは、すべてあなたをひっかけるためだったんです」

三時間後、僕は大金を抱えて天にも昇る気分になっていた。ホテルに戻ったときにはドアマンの顔すらまともに見られないくらいだった。後ろのほうから誰かの話し声が聞こえてくる。

「ひょっとしてあの若造、五百万元でも当たったのか。あの表情、半端ないぞ。ニヤニヤしっぱなしだ」

僕はさっそくお金を整理して、すべての支払いを済ませた。病院にも行って、潘子の一か月分の医療費も支払った。それから王胖子に送金し、自分の取り分と、三叔の代わりに立て替えていた分も含めて全額を銀行口座に振り込んだ。それらをひと通り済ませると、やっと気持ちが落ち着いた。

それからの数日間、ご当地の美人ガイドを雇って済南各地を観光してまわった。だけど古都杭州《こうしゅう》から来た僕にとっては、歴史的なものや文化的なものは見慣れていて、何の面白味《おもしろみ》もなかった。だから、しまいには釣り堀でのんびり釣りをしていた。この数日こそ、人生最高の豊かで穏やかな日々だったかもしれない。だが人間という奴はどうも愚かなもので、平穏な日々を過ごしていると、刺激が恋しくなってしまう。

無駄話はこれくらいにしておこう。平穏だけど退屈な日々を一週間ほど過ごしたある日、僕が釣り堀から部屋に戻りドアを開けると電話が鳴っていた。ここの電話番号は三叔しか知らないはずだ。何か起こったのかも——慌てて電話を取った。だが、相手は見知らぬ男で開口一番こう言ってきた。

「呉三省《ウー・サンション》という方をご存知でしょうか？」

焦っているようだった。

「はい。どうしたんです？」

「失踪しました」

一瞬呆然《ぼうぜん》となったが、急いで聞き返した。

「えっと、いついなくなったんですか？」

「呉さんが乗船なさっていた船が、陸地との連絡を絶ってもう十日になるんです。失礼ですが、呉さんとのご関係は？」
「甥《おい》ですが」
「では、すぐに海南《ハイナン》までお越しになれますか？」

7 女

電話の相手は海洋資源の開発を手掛ける巨大多国籍企業の人間だった。海洋資源の開発といっても、実際には現存するいろいろな航路情報や史料をもとに、沈没船の位置を特定して物資を引き揚げるという仕事だった。

事業内容は確かにプロの海洋盗掘者の仕事と似通っている。だが、やっていることは合法だった。なぜなら、公海で発見される相当数の沈没船の物資は、発見者へ合法的に継承されるからだ。もっとも、それらが本当に公海で引き揚げられたものかなど、確かめようもないのだが。

こういった類《たぐい》の企業は、大きく二つに分類される。ひとつは現代の沈没船を引き揚げ、まだ腐食していない船体を解体してオークションに出したり、引き揚げた物資を売りさばいたりする企業で、もうひとつは古代の沈没船を引き揚げて、中にある骨董《こっとう》をコレクターや博物館に売りつける企業だ。

電話の男の企業は後者で、古代の沈没船を得意としていた。彼らにはお抱えの考古学アドバイザーがいて、どのプロジェクトも考古学と海洋の専門家たちの手で二、三年を費やして実施される。入ってくる資金も潤沢で、最新の機器や船舶を多数所有している。

三叔《サンシュー》はできるだけ早く海底墳墓を探し当てるため、担保を設定して、この企業から設備と人員を融通してもらっていた。さらにはこの企業名義で五人の臨時調査隊も派遣していた。これは企業のビジネスとしてはうま味のある話だったが、想定外のことが発生した。出航して五日目、調査隊の乗船する船との連絡が途絶えてしまったのだ。

企業側は四十八時間、待ち続けた。人員を派遣して船が消えた海域を捜索してみたものの、結局、消息はつかめなかった。失踪の三時間前に伝えられた最後の情報では、三叔とその他二名の調査隊員がすでに海底墳墓に進入したということだった。

企業が僕に電話してきたのは、三叔が出発直前に、もし何かあったら僕に連絡するようにと頼んでいたからだった。

「今、私どもは墳墓内部の状況を把握しておりませんし、三人の生存も確認できていません。ですから別にチームを編成して墳墓に送ろうと思っているんです。ただ、我々は机上の理論しか語れません。ですから経験豊富なガイドが必要なのです。最低でも捜索隊が墳墓の正確な位置を探し当てられるくらいのガイドが」

男は「ガイド」という言葉の語気を強めた。お前が何者か知っているんだぞと言わんばかりだ。僕はその勢いに気後れして、急に話を聞く気が失《う》せてしまった。だが、今回ばかりは事情が事情だけに、僕が行かなければいけない。それで結論を先送りする作戦に出ることにした。

「そちらの状況は僕だってよくわかっていないんですよ。できれば僕がそっちに行ってからまたお話しするってことではダメですかね？」

「わかりました。では、できるだけ早くいらしてください」

電話を終えると、すぐに出発することにした。慌ただしく荷物をまとめ、ホテルで海口《ハイコウ》（海南島《かいなんとう》の中心都市）までの航空券を予約してもらう。パラセル諸島には一度行ったことがあったので、たどり着くには飛行機、車、船といった三つの交通手段を何度も乗り換える必要があることを知っていた。

それからの十数時間は、休むことなく道を急いだ。他のことを考える余裕もなく、ただ最悪の事態が起こっていないことだけを祈り続けていた。翌日の昼、飛行機が海口に到着すると、そこにはすでに会社側が手配した車が待機していた。

出迎えてくれた劉《リウ》という男の話では、会社の経営陣は今回の事件に極めて強い関心を寄せているということだった。今回、三叔と一緒に姿を消した人たちのなかに、経営者の息子がいたからだった。さらに今回のプロジェクトの舞台が南シナ海ということで大っぴらにできない事情があり、それで民間人を探す必要があったということだった。

なぜ民間人でなければならないか、はじめはどういうことかわからなかったが、だんだんわかってくると笑えてきた。だが、この劉という男はただの運転手に過ぎない。細かい事情までは知る由もなかった。話をしているうちに、車はすぐに港へ着いた。

わけがわからず途方に暮れていると、中年の男が声をかけてきた。

「呉《ウー》さんですか?」

うなずくと、男は車のドアを開けた。

「一緒にお越しください。もうすぐ船が出航しますから」

「船、船ってなんのことですか? ホテルに行くんじゃないんですか?」

「時間的に難しくなってしまいました。我々は七時間以内にあの場所に行かなくてはなりません。十時間以内にミッションをクリアしなければならないのです。そうしないと半月も続く台風シーズンに突入してしまいますからね。そうなると海上からのサポートも受けられなくなるので、状況はさらに厳しいものになってしまいます」

なんて身勝手なんだ。不愉快になってきた。だが三叔の命に関わることだし、他に手段はなさそうだ。ちょっと口を尖《とが》らせたものの、荷物を背負って男の後をついていくしかなかった。埠頭《ふとう》に着くと、男はオンボロの鉄張りの七トン漁船を指さした。

「この船です。今回はこの船を用意させてもらいました」

悪い冗談としか思えなかった。すると、男はすまなそうに釈明し始めた。

「こりゃあどうしようもないですな。我々が実施したあそこ一帯での大規模探索は、もう海警局から目をつけられてしまいましたから。今回は偽装して行くしかないってことです。まあ、大船に乗ったつもりで安心してください。設備は最新鋭のものですし、航海にはまったく問題ありませんよ」

そう言いながら、男は船に乗っている漁民に僕の荷物を渡した。そして漁民と方言で軽く言葉を交わすと、手をさし出してきた。

「船上でのすべての事務は阿寧《アーニン》という者が責任を持ちます。彼女は船の後方におります。それでは、幸運を祈っています」

男の仕事ぶりは驚くほど手際が良く、こっちが反応する前に足早に立ち去ってしまった。振り向くと、後ろに人が立っていた。体にフィットした潜水服を着た短髪の若い女だった。やるせない様子で立ちつくしている僕を見るなり、女がクスクスと笑い出す。

「一緒に来て」

8　天候の変化

女の後について船室に入っていくと、室内は足の踏み場がないほど、山のように荷物が積まれていた。今回の出航はかなり慌てて準備したことが見て取れる。貨物室に運びきれない一部の物資が、入り口のあたりに雑然と置かれている。船内を移動する途中にも、潜水装備や大型機械、食料、ロープといったものが置かれていた。特に酸素ボンベはふんだんにあった。

荷物の間を通り抜け、機関室につながる後部船室に入ると、そこにはベッドが乱雑に並べられていて、上には油が付着して黒ずんでいる毛布が敷かれていた。そのうちのあるベッドに、太った薄毛の中年男が座っていた。脂で顔がてかてかに光っている。僕が入ってくるのを見るなり立ち上がると、神経質な様子を漂わせながら手を差し出してきた。

「これはどうも、どうも。張《ジャン》と申します」

第一印象はまったくといっていいほど良くなかったが、社交辞令で握手だけは交わした。張は肉体労働者なのかと思うほどの馬鹿力だった。

阿寧《アーニン》が紹介してくれた。

「張先生は弊社の特別顧問なの。明朝の地下宮殿の研究をなさっている専門家で、今回は海底地下宮殿の分析をしてくださるのよ」

僕は正統の考古学界になどこれっぽっちも興味がなかったし、張という名も聞いたことがなかった。だが得意満面の彼の顔を見ていたら、何か言わなくてはという気分にさせられた。

「ご高名はよく存じております」

張は大げさに手を振った。

「専門家だなんてとんでもない。ただちょっと研究しているだけですよ。まあ、私は少しばかり運が良かったんでしょうなあ。うまいこと論文も何本か発表できましてね。いやはや、それもたいしたことじゃあないですがね。話題にするのも恥ずかしい限りです」

こういう奴《やつ》とは今まで話したことがなかった。どう返せばいいのかわからなかったので、こう言うしかなかった。

「ご謙遜を」

張はこれを真に受けたらしい。またもやぎゅっと手を握ってきた。

「呉《ウー》先生は今回、どんなお役目で呼ばれたので？　先生の研究分野があまりにもマイナーだからなのか、それとも私の見識が少なすぎるのか——はっきり申し上げますと、考古学の専門誌で、呉先生のお名前を拝見したことがないんですよ」

どういうつもりなのかわからないが、明らかに人をバカにしている。元来怒りっぽい僕は、発作的に切れそうになった。だが乗船して時間もそう経《た》っていないし、状況もよく把握していなかったので、なんとか怒りを収めた。内心面白くなかったものの、僕はこう切り返した。「専門は地面の掘削なんですよ」

僕のひどく不満げな口調も、張はまったく気づかないようで、「オッ」と声をあげた。

「あなたは建築士ってわけですね？　合点がいきましたよ。私どもの分野とは少し違いますからな。しかし実際、我々は半分同業とも言えますね。だって呉先生は生きている人間のために家を建て、私は死んだ人間の家を研究しているわけですから。ね、共通点があるでしょう」

これには苦笑いするしかなかった。張の話はわけがわからないが、裏表はなさそうだ。

「僕は建築士じゃありませんよ。地面に穴を掘る労働者です。あなたが研究なさっている死人の家だって、まず僕が掘り起こさなければどうしようもないでしょう」

言ってしまったあと、少し後悔した。僕はまだ墳墓に行くなんて言っていないのだ。まだ墳墓の状況も知らないし、どのみち実際の状況を見てから決めるしかない。

「でも、そのときになってみないと掘るかどうかなんてわかりませんよ。実際どうなってるか見てみないとなんとも。状況によっては、掘りたくても掘れませんし」

含みを持たせた僕の言葉の意味を、彼が理解できるはずもなかった。そればかりか、友達は多ければ多いほどいいとか、北方に来たときには自分を頼ってきてほしいとか、そんなことを話しながら、懸命に名刺を渡そうとしてきた。会ってものの二分も経たないというのに、まるで十数年来の旧友のように接してくる。もう少し話したら、兄弟の契りでも結ばされる勢いだ——戸惑って話題を変えようと、海域の状況について阿寧に聞いてみた。

阿寧は仕事をテキパキとこなせる人だった。状況を手際よく説明してくれたおかげで、大まかな様子がつかめた。

三叔《サンシュー》も海底墳墓の具体的な位置まではよくわかっていなかったらしい。海底墳墓が存在する可能性のあるエリアを四つ選び、ひとつずつ探しに行っていたようだ。そして最後に三叔たちは発見した。だが失踪した船からの最後の報告は簡潔なもので、最終確認した海域がいったいどこの海域なのかについては触れられていなかった。やはりひとつずつ探していかなければならないようだ。

会社側の計画はこうだった。まずは近くにある仙女礁《シエンニュージアオ》からスタートし、次にウッディー島まで行って物資を補給する。それから七連嶼《チーリエンユー》付近にある他の三つの海域で探索する。途中停留したとしても、三十分を超えないようにする。パラセル諸島の海水は澄み切っていて、光線の加減では目視で水深三十メートル以上見通すことができるという。それに海底の水流の動きは活発で、流動性が高い砂もない。数日前に掘られた盗掘穴なら、埋もれずにいるはずだった。

この船の船長は、このあたりの海域を完全に把握していた。僕らのような素人《しろうと》は、海上から海底を見てもどこも同じにしか見えない。だが熟練の船乗りが見れば、どの海底にも特色があり、何か変化が生じていればすぐに見つけることができた。

阿寧の話からは、三人がまだ生存しているという強い確信がうかがえた。どこからそんな盲目的な自信が生まれているのかわからないが、当然僕も彼女の言葉の通り、三叔が海底墳墓のなかで生存していることを願っていた。

張は僕が阿寧と盛り上がっている様子を横目に、部屋の隅っこでぽつんとしていた。内心面白くなかったのだろう。そのまま眠ってしまった。精神年齢はまるで子どもと同じだな——そう思うとなぜだか急に笑いがこみ上げてきた。本当に世の中ではいろんなことに出会うもんだ。この先、こいつと一緒にやっていけるのだろうか。

思いをめぐらしていると、船が大きく揺れた。船の後部で、錨《いかり》が引き揚げられたのだ。いよいよ出航だ。振動がどんどん大きくなっていく。まるで揺りかごのように、船は前後に不規則に揺れ続けている。ここまでの道中で過ごした十数時間の疲れが一気に出てきたのか、眠気を感じ始め、あくびが止まらなくなった。阿寧が気を利かせ、少し休むように言ってくれた。その言葉に甘えて横になるなり、極度に疲労していた僕はすぐに深い眠りに落ちた。

目覚めたときには、船はすでに大海原の真ん中まで進んでいた。窓越しの光景から一日近く眠っていたことがわかった。空は暗く、大海原もいつの間にかすっかり深緑色に変わっていた。太陽は大きな黒雲の中にすっぽりと隠れ、雲のはざまを縫って光が射《さ》し落ち、金糸の混ざりあう巨大な版画となって天空に彫り込まれていた。こぼれ落ちる光の筋が、海面にも金色の鱗《うろこ》を浮き彫りにしていた。天空と大海原が融合した光と色とが入り混じる様相は、荘厳な趣を感じさせた。

だが、素晴らしい光景は長くは続かなかった。黒雲があっという間に隙間なく連なって太陽の光をすべて封じると、大海原は一瞬で恐ろしい漆黒と化した。押し寄せる逆巻く波に揉《も》まれ、船は揺れ続けた。波の谷間にいるときは、海面が船べりの上のほうにまでそそり立っている。巨大な波に一気に飲み込まれそうで、もはや恐怖しかなかった。

緊張した面持ちの船乗りたちが、飛び回りながら荷物を網で固定していく。船乗りたちは激しく、慌ただしい動きを見せていた。船長の顔には恐れなどひと欠片《かけら》も浮かんでいない。

都会暮らしに慣れきった僕は、この光景に異常なまでの興奮を覚えた。何か手伝おうと甲板に出るが、そこには想像とはかけ離れた現実が広がっていた。こんなとき重要なのは、甲板にしっかりと立っていることだ。反応が早ければいいというものではない。波の動きや船を、完全に理解し、次の展開を予想できなければならない。僕がそんなハイレベルの知見を備えているはずもなく、数歩進んで、突き出ている鉄製の輪にしがみつくしかなかった。

しばらくして、船乗りたちが何かを見つけて叫び始めた。閩南語《ミンナン》（泉州、漳州、厦門《あもい》など中国福建省南部で話されている方言）はわからなかったが、彼らが指さす先を見てみると、船の左舷に隆起する波の後方に何かがあるのがぼんやりと見えた。

遠すぎてはっきりと見えなかったが、船らしきことはわかった。このとき阿寧がそばを通り過ぎたので、船乗りたちが何を叫んでいるのか聞いてみた。

濡《ぬ》れそぼる髪が風になびいてボサボサになりながらも、阿寧は船乗りたちの言葉に耳を傾ける。

「どうやら船を見つけたらしいわ」

すると船長がこちらにやってきて、慣れない標準語で話してくれた。

「どっかの船が事故っちまったみてえだな。規則だから、俺らも行って見てやらねえとならねえんだ」

反対する理由もないので、阿寧はうなずいた。船長が方言で船員たちに指令を出すと、船は大きく舵《かじ》を切り、左舷に向かって進んでいった。

大風のなかでは、海は丘陵のようになり、波のひとつひとつが山と化す。船はそんな大きな山に真正面から突っ込んでいく。波が打ち砕かれるたび、海水がシャワーとなって降りかかってくる。何度ずぶ濡れになったか、もはやわからない。こんな興奮も、狂気の叫び声をあげまくった体験も初めてだった。

船が十数回ほど波の山を乗り越えたとき、やっと目標の輪郭がはっきりしてきた。

このとき、船長の驚きと恐怖の入り混じった怒号が響き渡った。船員たちも慌て始めている。いったい何が起こったのか。船長の叫びを耳にして、顔色を一変させた阿寧が、僕の腕にしがみついてきた。

「絶対に後ろを振り返っちゃダメ。幽霊船よ！」

9　幽霊船

みんな緊張で固っていた。背を向けてそれが視界に入らないようにしている。いったい何が起こっているのかまるで状況が分からない中、むやみに意見を主張するわけにいかない。僕も慌てて背を向ける。すると阿寧《アーニン》が震えながら僕に忠告してくれた。

「何があっても、後ろを振り向いちゃダメ。何かがあなたに触れても知らんぷりしていてね」

「そんなことを言って脅さないでくれよ。何かが触ってくるって？」

阿寧は冷や汗を流す僕に、冷ややかな眼差《まなざ》しを向けてきた。

「信じてくれなくてもいいわ。どうせあと少しでわかることなんだから。とにかく早く前を向くのよ！」

船員たちも怯えきっている。どうやらただの脅しではないらしい。

「これだけは教えてくれよ。いったい何が来るってんだ？」

すると阿寧は自分の口の前に指を立てた。

「黙ってて。成仏できないお化けが命を奪いに来たのよ」

この一言で、余計に怖くなってきた。だけど恐いもの見たさで首が自然に回っていく。慌てて太腿《ふともも》をつねり我に返る。

船は高波を受けてひどい揺れだ。ギシギシと音を立てる甲板はいまにもバラバラになりそうだった。僕は船べりの二つの鉄製の輪を握りしめ、尻に力を入れて必死に踏ん張った。それでも上半身は揺れ続け、首も動かない。起き上がりこぼしのように揺られ続け、何度も手を放しそうになった。

一方、ギシッギシッと幽霊船から発せられる音も伝わってきていた。まるで何者かが甲板を歩きまわっているようだ。体じゅう海水でずぶ濡《ぬ》れのところに冷や汗まで加わって、気分は最悪だった。我慢できずに阿寧に声をかける。

「誰かが甲板を歩き回っているみたいだけど、さっきのは君の見間違いじゃないの?」

阿寧は怯《おび》えながら唇をつきだしてきた。その唇が指し示す先は、船に取り付けられたガラス窓だった。そこには僕たちの後方の光景がくっきりと映し出されていた。僕たちの船とほぼ同じくらいの大きさの漁船があとをつけてきている。そしてその距離はだんだんと近づいていた。そのぼろ船は真っ白い綿花のような錆《さび》に覆われている。錆の付き具合からして数十年は海中に沈んでいたようだ。こんな船が海面に浮かんで、さらに灯《あか》りまで点《つ》けているなんて、想像の域をはるかに超えていた。

小説に登場するような幽霊船はどれもボロボロではあるものの、それでも普通に航行できそうな船だ。だが、この船は本当にボロボロで、海底から引き揚げられたばかりのようにしか見えない。頭をフル回転させて、過去のニュースを思い返してみたが、こんな幽霊船が出たという話は記憶になかった。

ボロ船はどんどん距離を縮めてきている。心の中で〝やばい、やばいぞ〟という声が響く。

「阿寧、こんなんじゃダメだよ。このままだと幽霊船に追いつかれてぶつけられちゃう。船長に言って全力で振り切るってのはどうなのさ?」

阿寧も怯えていた。髪の毛は顔にぴったりと張り付いていたが、髪をかきわける余裕もないようだ。

「逃げられるのなら、船長だってとっくにそうしてるでしょう。二隻の船は大きさも同じくらいだし、ぶつかられてもなんとか大丈夫だと思うわ。あなたこそ、しっかり握って振り落とされないでね」

もはやこっちにアドバイスしているのか、皮肉を言っているのかわからない。

「だけどさ、もし船長が船を捨てて逃げ出したりしたら、どうしようもないだろ」

「そういう輪を乱すようなことは言わないで。この漁船は彼らの命みたいなものよ。死んでも捨てたりするもんですか。今度そんなくだらないことを言ったら、海に突き落としてあげるわ！」阿寧は明らかにいらだっていた。

もう何も言えなかった。ただガラスに映っている幽霊船に、意識を集中させることにした。今の速度なら、ぶつかってきたとしてもそれほど大きな衝撃はないだろう（後でこれは馬鹿げた考えだと思い知らされたが）、そう思うと少しずつ冷静になれた。

ボロ船はどんどん接近していた。もうはっきりと見えるところまで来ている。船上には何もないようだ。何か恐ろしいものがいると予想していたのでほっとした。幽霊船はもうすぐそば、ほとんどぶつかりそうだ。目を閉じ、歯を食いしばり、衝突の衝撃にそなえる。

すると一瞬、後ろから聞こえていた音が消えた。十数秒ほど待った。ぶつかるのならもう十回はぶつかったぐらいの時間が経《た》っている。だが不思議と何の衝撃もない。そうこうしているうちに、甲板を誰かが歩いているようなあのギシッギシッという音がまたも後ろから聞こえてきた。薄目を開けて船のガラスに目をやると、幽霊船はすでに僕たちの船に横付けされているが、僕の背後には何もいない。

少し安心して脇を見てみると、僕同様、ガラスを見ている阿寧はショックで動けないようだった。何かおかしい——よく見てみると、その肩に干からびた二本の腕が載っていた。

10　干からびた腕

干からびた腕は明らかに人間のものだったが、小さく縮こまっている、枯れ枝にも似たその腕が、阿寧《アーニン》の肩に張り付いていた。見ているだけでも身の毛がよだつのだから、阿寧がどんな思いでいるのか。背中に大量の冷や汗が流れてきた。

二本の腕は何の動きも見せず、ただ力なく垂れさがっていた。一見すると服の飾りにも見える。いったいどこから伸びてきているのだろう――腕の根元のほうに目をやるが、阿寧の乱れた髪のせいでよく見えない。

阿寧は恐怖でぶるぶると震えている。並みの女性だったら、とっくに気を失っているはずだ。げんに、阿寧はふらふらしていて、極限状態にあるのがうかがい知れた。

船長はといえば、こっちに背を向けながら土下座していた。頭を甲板に何度もこすりつけながら、何やらブツブツと唱えている。その土地の言葉で何を言っているのかは聞き取れないが、何かの儀式をしているようだ。おそらく媽祖《まそ》（航海、漁業の守護神として、中国沿海部を中心に信仰を集める道教の女神）にでも安全を祈願しているのだろう。よく見ると何言か唱えるごとに、半円の奇妙な木片を二枚、甲板の上に放り投げている。おみくじを引くようなものだろうか。放り投げるたびにその結果を確認し、また頭を甲板にこすりつけては、木片を放り投げることを繰り返している。すると、船長が全身をブルブルと震わせ始めた。おみくじの結果が良くなかったのかもしれない。

こんな迷信じみた儀式を、僕はもともと信じていなかった。だが、船長のこの敬虔《けいけん》な姿に、一抹の不安がよぎった。この儀式を心底信じきっている彼らへの御告げが、悪の元凶は僕だと示していたら――彼らはなんのためらいもなく僕を海に放り投げることだろう。

このときふいに、阿寧が叫び声をあげ、体ごと後ろに引っ張られていった。しっかりと船べりをつかんでいなかったからなのか、それともあの幽霊の腕に引っ張られたからなのかは定かではないが、あっという間に幽霊船に引き込まれていく。これはまずい――そう思ったとたん、幽霊船が僕らの船から離れていった。振り向いてはいけないことなど、もう構ってはいられない。僕はとっさに助けようとして飛び込もうとしたが、後ろからすっ飛んできた船長に抱え込まれた。

「もうダメだ！　幽霊船に引き込まれたらもう助かりっこねえ。行っても死ぬだけだぞ！」

馬鹿力の船長をどうしても振り払えなかった。魔物に取りつかれたように、他の船員たちは頑として後ろを振り向かない。僕は、心のなかで怒声をあげることしかできなかった。そこへ、どこからともなく張《ジャン》が現れた。船の錨《いかり》を力いっぱい放り投げると、幽霊船の船べりに引っ掛ける。ものすごい速さで動いていた幽霊船に錨のロープが引っ掛かり、一瞬でまっすぐにぴんと張った。僕たちの船も大きく揺れ、抗《あらが》うこともできず引きずられていく。

船長は目玉が飛び出るほど仰天し、ナイフでロープを叩き切ろうとしたが、張に殴られ甲板に沈んだ。それを見ていた船員たちはいきり立ち、張に詰め寄る。張はピストルを取り出し、船長を抱きかかえながら叫んだ。

「動くな、こいつを殺すぞ！」

こんな場面になど出くわしたことがないであろう。船員たちは、みな動けなくなった。張が僕に言った。

「呉《ウー》さん、こいつらは私が見張ってますから、早く助けに行ってください！」

僕は衝撃で唖然《あぜん》となった。聞き間違えたのか？　こんな荒波のなか、まさか僕に泳いで行けと――？

張は当然だろうという表情でロープを指さしながら叫んだ。

「早く行って！　若者なら勇敢になれ！」

冗談じゃない。体育はもともと苦手なのに、泳いで行けだなんて、それじゃあみすみす死にに行くために飛び込むようなもんじゃないか。あのロープを伝っても、たどり着いたときには瀕死《ひんし》の状態になっているはずだ。そんな状態でどうやって助けろというのか。

逡巡《しゅんじゅん》していると、幽霊船から阿寧の叫び声が聞こえてきた。向こう側から懸命にロープにたどり着こうとしているが、何かに引き戻されているようだ。一向に前に進めない中、船べりを両手で必死につかみながら僕に向かって大声で叫んでいる。

「呉さん！　助けて！」

その声がずしんと心に響いた。僕は自分の頬《ほお》を力いっぱい張った。

「呉邪《ウー・シエ》っ、お前はそれでも男か！」

すると、一瞬にして血が騒ぎ、歯ぎしりしながら大声をあげた。

「死んだって構うもんか！」

深呼吸してからゴーグルを装着し、靴を脱いで船べりまで行った。僕はピンと張り切ったロープになんとかしがみついた。目の前にはもう渦を巻く波しかない。ロープは海中に沈んだり、海面に現れたりを繰り返している。ロープの長さはだいたい十二メートル。かなり丈夫そうだ。素早く動けば、それほど危険ではないだろう。やっかいなのはロープにしがみついているときに、波に襲われることだ。そのことが頭をよぎり、不安で心がちょっと揺れた。

これまで、こんなに決死の覚悟をしたことはなかった。僕は船べりで腰を上下に動かしリズムをとって、ゆっくりとロープに手をかけた。テレビで見た特殊部隊の動きを思い出しながら、ロープにぶら下がった。祈りながら前に進もうとしたが、祈りの言葉を唱えることさえできなかった。押し寄せてきた波に、一瞬で飲み込まれてしまったのだ。海面に浮上したときには、息を止めていたから顔が真っ赤になっていた。ただ、同時に波の力がわかって迷いも消えた。この程度の波なら幽霊船まで行くのも問題ない――。

波が打ち寄せてきたときは動かず、海中から浮上した瞬時に数歩進む。どのくらい時間が過ぎたのだろう、幽霊船はもうすぐそこにあった。その一瞬、巨大な波が打ち寄せてきて、体ごと海中に沈められた。波に巻き込まれて、水面から一気に一メートル以上も引き込まれ、もはや気絶する寸前だった。息を止め目を凝らすと、怪しげな光景が飛び込んできた。幽霊船の船底から、錆《さび》だらけの鎖が長く伸びていたのだ。その鎖の端には何やら変なものがくっついているが、深くてよく見えない。

息を吐き出しながらじっくり見ようとすると、突然ロープが跳ね上がり海面に浮かび上がってしまった。気づくと今度は波の上にいた。下に目をやると、なんと仰向《あおむ》けの阿寧がいた。阿寧は奇妙な格好で、幽霊船の船室に向かって這《は》っている。だが自分の腕で前進しているのではなく、あの干からびた二本の腕に引っ張られているのだった。

当の本人はピクリともしていない。意識を失っているようだ。他に手段はない――僕は手足に力を入れて勢いをつけ、素早くロープを進み、身をひるがえして幽霊船に飛び込んだ。そしてそのまま甲板の上を転がった。

11 甲板

長いこと海水に浸《つ》かっていて腐食の進んだ幽霊船の甲板が、八十キロある僕の体重を受けて、ギシギシと音を立てた。もうちょっとで裂けそうだ。だが、もうそんなことには構っていられなかった。阿寧《アーニン》のことが心配でたまらなかった。

阿寧の上半身は、すでに真っ暗な船室の中へと引きずり込まれていた。まずい――照明になるようなものはいっさい持ってこなかったし、武器になるようなものもない。船室に引き込まれたら最後だろう。

僕はゴロゴロと転がりながら前進し、阿寧の太腿《ふともも》をつかんだ。力まかせに何度も引っ張ってみたものの、彼女の体は微動だにしない。阿寧は体にフィットした潜水服を着ていてつかめるところがなかったし、しかも海水で滑ってしまい、充分に力が入らない。

このままではダメだ――かといって、いいアイデアもすぐには浮かんでこない。焦った僕は、阿寧の上に覆いかぶさってその腰を抱いた。こうすれば、体重は少なくとも二人分で百三十キロ以上にはなる。ローソクみたいな細い腕じゃどうやっても引っ張れっこない。

だが、想定外の事態が起こった。甲板が限界を超えたのだ。僕がのしかかったとたん、バキバキと音を立てて崩れ落ちた。数秒後には、僕らはおびただしい数の朽ちた木片もろとも、下層の船室のなかに落っこちていた。幸い船底は頑丈だった。さもなければ、そのまま海の中だっただろう。

落下の衝撃は強烈で、ぐらぐらと目が回っている。なんとか身を起こして座ったものの、苦笑しか出ない。さっきまで船室に入らないように必死に抗《あらが》っていたけど、入ってしまった今となっては、かえってすがすがしい。このとき、僕の下から阿寧の大声が聞こえてきた。

「早くどいてよ。潰れちゃう！」

僕は、阿寧の尻の上に座っていた。慌ててどいたが、内心では得した気分だった。今まで見たドラマでは、たいてい女性が男性の上に乗っかっていた。それが今は逆になったわけだ。阿寧は苦しそうに腰に手を当てながら身を起こした。驚くことに肩にあったあの腕はすっかり消えている。

「あの腕はどこに？」

「あたしにもわからない。この船に引き込まれたときにはもう意識がぼんやりしていたの。いつ消えたのかなんてわからないのよ。あなたこそ見てなかったの？」

「さっき落っこちたときはめちゃくちゃだったからね。僕もそこまで気が回らなかったよ。だけどあの腕は生きている人を引きずっていけるんだから、絶対に幻覚なんかじゃない。実際に存在しているものなんだ。だから煙みたいに消えちゃうなんてありっこない。落ちたときに、どこかにぶつかって剝《は》がれたんだと思うよ。君の体の下にあったりしない？」

阿寧が慌てて尻を持ち上げる。しかし体の下には木片の他は何もなかった。

「やっぱり落ちてきたときに引き剝がされたのかもね。さっき、奴《やつ》が船室の入り口の階段をしっかり握ってるのが見えたんだ。僕たちが急に落ちたから、手を放すタイミングを逸したのかもしれない。

まだ上に残ってるのかも」

阿寧がうなずいた。

「どういうわけで、あれがあたしを引っぱり込もうとしたのかしら。どちらにせよ、もっと用心しないといけないわね」

あたりを見渡してみると甲板に大きな穴が開いていて、室内にほどよく明かりが差していた。船室の壁はもちろんなにからなにまで、ほとんどのものが白錆《さび》に厚く覆われている。僕はそれを少し剝がしてみた。するとその下から航海に必要な物資が姿を現した。だが、たいていのものは腐食が進んで骨組みしか残っていない。

この船の大きさや構造からして、一九七〇年代か八〇年代頃に使われていた中型の漁船に違いなかった。船体は鉄で覆われ、船室は広く、木の板で間仕切りされている。船員の休憩室、船長室と貨物室とに分けられているのだろう。僕らが今いるのは貨物室のようだが、顔をのぞかせているものからして、この船は荷物を運んでいる途中に沈没したのではないようだ。

船の竜骨はまだ完全には朽ちていないから、ある程度の航海は可能というわけだ。そうでなければこんな荒波にもまれたら、一瞬でバラバラになっていたはずだ。

阿寧は周りを眺めながらしきりに首をかしげていた。

「自分で言うのもなんだけど、あたし船に詳しいの。だけどこの船は常識では考えられないことだらけね。こんなにぶ厚い錆が付着してるってことは、普通に考えれば最低でも十年以上は海底に沈んでいたはず」

「大嵐がこいつを海底から引っ張り上げたってことは考えられないかな?」

「その可能性は低いでしょうね。数十年前に沈んだ船なら、とっくに海底の泥の下に深く埋もれているはずでしょ。クレーンで持ち上げようとしたって厳しいわよ。船体はかなりもろくなってるから、下手《へた》したら骨組みごと壊れてバラバラになっちゃう」

その話はよくわかったが、僕にはどうしても腑《ふ》に落ちない点があった。一度は沈没したこの船が、なぜこうして海上に浮かんでいられるのだろう？　誰かが船を引き揚げたのだとしても、沈没したときに開いた穴が残っていなければおかしい。それともその穴も自然と塞がってしまったとでもいうのか——？

ここにいても何かがわかるわけでもないけれど、あの腕も消えて、少しだけ気が楽になっていた。僕は体に付いた木片を払いのけて立ち上がった。阿寧に声をかけ、船室の奥へ歩いていく。二つの船室は木の板で仕切られているが、すでに穴だらけだった。僕が板を蹴破ろうとすると、阿寧に止められた。

「木板が上の甲板にまでくっ付いているのがわからないの？　蹴っとばしたら、甲板がそっくり落ちてくるかもしれないのよ」

そう言う阿寧に、僕は内心でくだを巻いていた。もしも甲板がまるごと落っこちてきたら、それこそ願ったりかなったりだ。外の光だって差し込んでくるから、そうびることもなくなるし——。

殤王《しょうおう》の地下宮殿での経験のおかげで、洞察力が鍛えられた。とりわけ生死の境を何度もさまよったことで、緊急事態への対応力がかなり上がったようだ。おかげでこの幽霊船でも神経こそ張り詰めてはいたものの、ショックで思考停止することはなかった。

木の間仕切り板にはちゃんとドアも取り付けられていたが、押すのか引くのかわからず、とりあえず引いてみた。すると間仕切り板がドアノブごと半分剝がれてしまった。

「これじゃあ、板を全部取り外すのとほとんど同じじゃない？」

僕の言葉など気にも留めず、阿寧はドアの向こう側の漆黒の闇にばかり目をやっている。もしかするとこの人は案外、度胸が据わっているのかもしれない。だが、さっき彼女の身に起こったことを考えれば、無鉄砲に突っ込んでいくとは思えなかった。

「この先は光も弱い。もし中に入るのなら、甲板に穴を開けて、天窓のようにして光を採り入れたほうがいい。また何かに取りつかれないようにね」

阿寧にとって、この僕の言葉は充分効き目があるだろうとは予測していた。思った通り、阿寧は躊《ちゅう》躇《ちょ》し始めた。僕は内心ほくそ笑みながら、彼女の前に出て間仕切り板を取り外しにかかった。結局、そのまますべて取り外してしまった。間仕切り板の内側には大きなベッドの鉄製のフレームだけが残されている。木製のフレーム部分は朽ちてなくなっていた。部屋の内装は、ここが船員の休憩室だったことを示していた。隅にはスチールキャビネットが置いてある。その扉はしっかりと閉められていたが、引っ張ってみるとガタガタと少し動いた。

こういう類《たぐい》の船では、文字で記録されたものが見つかることはほとんどない。今の時代の船長たちは航海日誌を毎日書くことが義務付けられているが、当時は文字を書ける人が多くなかった。だから何か役立つものが見つかることは期待していなかった。だが、そのキャビネットを開けてみて驚いた。中には古い防水袋があり、それを開けてみると、なんとバラバラに解《ほぐ》れたノートが入っているではないか。表紙には『パラセル諸島碗礁での考古学調査記録』と書かれてある。

表紙をめくると美しい筆跡でこう記されていた。

一九八四年七月、呉三省《ウー・サンション》から陳文錦《チェン・ウェンジン》へ——。

12　三叔《サンシュー》の嘘《うそ》

驚いた。呉三省《ウー・サンション》と陳文錦《チェン・ウェンジン》といったら、三叔《サンシュー》と文錦《ウェンジン》の本名じゃないか？　つまりこのノートは彼らが昔、使ってたものなのか？　こんなものがどうして幽霊船から出てくるんだ——？

この幽霊船が沈没する前、偶然にも呉三省と陳文錦という同姓同名の人が乗船していて、しかも考古学調査に従事し、さらにパラセル諸島碗礁まで行って一緒に調査をしていた——そんな偶然が重なる確率なんて、宝くじで何度も五百万元が当たるようなものだろう。

疑いの余地はない。このノートに他の解釈が成り立つはずもなかった。これは三叔たちが残したものに違いない。ノートにある署名も、当時の三叔が文錦に贈ったものであることを示している。文錦が碗礁での考古学調査の日誌として使っていたのだろう。ノートの持ち主は文錦で間違いない。

この幽霊船は、三叔たちの考古学調査と関係があったということになる。もしかすると当時、予定通りに戻ってこなかった中型漁船の可能性さえある。

少し考えただけで、あまたの疑問が湧き上がり、頭がズキズキと痛み出した。

つまるところ、真実なんて当事者にしかわからないのだ。今、僕が知りえたことなんてほんの上っ面の事実でしかなく、それら個々の事実を結び付ける根本的な情報が欠落している。あのタヌキ——三叔さえ事実をありのままに語ってくれていれば、すべての謎を解く鍵のありかも予想できていたかもしれないのに——。

あるいは、このノートに書かれていることが何かを指し示してくれるかもしれない。もともと僕はノートを一旦どこかに隠して、誰もいなくなってから見るつもりだった。だが、自分の中に湧き上がってくる強烈な好奇心をどうしても抑えられなかった。どのみち阿寧《アーニン》だってこのことを知ることになるんだから、隠しごとをしたり、避けたりする必要もないはずだ——。僕は、そのままその場でページをめくり始めた。

文錦は何事にも几帳面《きちょうめん》だったようだ。毎日の記録が同じ形式で、はっきりとわかりやすく記されている。最初のページの日付は彼らが出航した七月十五日だ。そこにはメンバーのリストの記載があって、リーダーはやっぱり呉三省となっていた。あの悶油瓶《モンヨウピン》はなんて名前だっただろうか。三叔は「張《ジャン》」

と言っていたはずだ。そこには確かに張起霊《ジャン・チーリン》という名が載っていた。本当にこれがあいつなのか？

さらにページをめくっていった。ノートの前半は、どれも盗掘場所の海底の位置をどのように確定していったかの記述だった。例えばロープの種類や、位置を推測した経緯などが、あのずぼらな三叔の話よりずっと詳細に記録されていた。なぜ二人が一緒にやっていけたのか理解に苦しむ。こうした細かな内容は一度読めば充分だったから、一気に最後のページまでめくってみたところ、そこでアッと驚いた。

最後のページまで読まなくても章タイトルを見るだけで僕はびっくり仰天してしまった……。それほどショッキングな内容だった。僕は「三叔の馬鹿野郎」と、心のなかで百回は悪態をつかずにはいられなかった。

文錦の記録はこうだ。

七月二十一日　海底墳墓への第一回探査
人員：呉三省
進度：左右の耳室《みみしつ》と甬道《ようどう》の整理及び後ほど後室を整理するための準備
引き揚げた文物：双鳳凰を彫り込んだ金糸楠《きんしくす》製の子ども用棺《ひつぎ》（嬰児《えいじ》用の棺）
備考：緊急事態発生。詳細は後ほど補筆

その下にはさらにこう記録されていた。

七月二十三日　海底墳墓への第二回探査
人員：メンバー全員

進度：なし
作業：夏季の暴風雨からの避難
引き揚げた文物：なし
備考：なし

三叔はみんなで探査する前に、自分一人で海底墳墓に侵入していたのだった。泥棒根性の三叔のことだ。必ず何か持ち出しているはずだ。文錦の記録では、左右の耳室と甬道を整理したとあるが、三叔が後室を開けていないなんて誰がわかる？　棺の中はすべて三叔が手をつけたあとだったことも充分考えられる。あの老いぼれは、いったい何をしたってんだ――！　ひどすぎる。僕はぎりぎりと歯ぎしりした。

もう一度、ノートを見返してみた。そこには役立つ情報がたくさん記されていたが、謎を解く鍵となるような記録は何も見当たらなかった。もうこれ以上読む必要もないだろう。ノートを防水袋に戻し、阿寧を振り返る。意外にも阿寧は僕のことなどまるで気に留める様子もなく、船長室との間仕切り板に付着している錆《さび》をひたすらに剥《は》ぎ取《と》っていた。

その作業は異常なほど速かった。剥がしているというより、ほとんど壊しているようだった。板の半分はすっかりきれいになっている。錆で覆われていたものは、鋼だとわかった。阿寧は錆を剥がし続け、船体の壁と間仕切り板が接するところまで進んでいった。板の四隅は船体にしっかりとはんだ付けされている。間仕切り板に取り付けられているドアもやはり鋼製だ。ドアには自動車のハンドルのような開閉用の旋回型ハンドルがついている。

阿寧は錆を剥がしながら、何やらぶつぶつ言っている。「大丈夫、大丈夫よ。すぐに解放してあげるから」と何かに語りかけているようだった。

ちょっとおかしなこの独り言は、阿寧の異様な精神状態を表しているようだった。彼女が鋼のドアに付着している錆を素早く取り去ると、ドアとドア枠の隙間にもゴムが挿入されているのが見えた。内側の船室はどうやら密封されているらしい。阿寧はドアの周りをきれいにすると、今度は旋回型ハンドルを回し始めた。だが、力がまるで足りていなかった。ドア自体、極めて重たいうえ、ドアの内側も錆で覆われているのだろう。よほど怪力の船員でなければ、開けるのはとうてい無理だ。阿寧は何度も回そうと試みたが、ドアはびくともしなかった。

これはなんだかやばいんじゃ——心の奥底からそんな声が聞こえてきた。

「内側はたぶん水に浸《つ》かってると思うんだ。だからこれ以上開けなくてもいいんじゃないかな。もし中に怪物がいたらどうするのさ。僕らは武器を何も持ってきていない。確実にここでゲームオーバーだ」

阿寧は僕の言葉を完全に無視し、なおも力いっぱいにハンドルを回そうとしている。こりゃあ何を言ってもダメだ——もう彼女への好印象などどこかへ消え去っていた。

それからの数分間、阿寧が無駄に時間を使う姿を、僕は両手を腰にあてながら眺めていた。阿寧のそんな様子を眺めていると、えらく気分が良かった。ふいに阿寧がこっちを振り向いた。もしかして、やっとわかってくれたのかな——ところが阿寧は突然、異様な叫び声を喉から絞り出した。そしてそのまま後ろにジャンプすると、髪のなかから二本の干からびた腕が稲妻のような勢いで飛び出し、ハンドルを握ってまた回し始めた。その腕は怪力だった。またたく間に、ドア内側の錆が剝がれ落ちていくのがわかる。

衝撃的なシーンだった。今、目の前で展開されている光景はひどく常軌を逸している。腕は消えたものと思っていたのに、髪のなかに潜んでいたのだ——それじゃあ、さっきまで話していた相手も幽霊だったというのか?

すると、ついにハンドルが回り始めた。干からびた腕はなおも回し続ける。あとはドアを引っ張って開けるだけというところで突然、巨大な咆哮《ほうこう》が響きわたり、ドアから大量の水が流れ出てきた。水圧で鋼のドアが完全に開け放たれる。阿寧の背中に水流がものすごい勢いでぶち当たり、彼女を吹き飛ばした。こっちへと飛ばされてきた阿寧に巻き込まれ、僕も一緒に床に叩きつけられた。これはまずい――僕はとっさに阿寧を押しのけて逃げようとした。だが一瞬で激流に飲まれて、一気に二十メートル押し流された。なんとか頭をもたげた僕の目に映ったのは、ドアの向こうにたたずんでいる、鱗《うろこ》に覆われた巨大な顔だった。その目はこっちをじっとにらみつけていた。

13 海猿《うみざる》

その巨大な顔は、いかにも残忍そうだった。大きさは僕の頭の五倍はありそうだが、体はまだ鉄のドアに隠れていて、いったいどのくらいの大きさなのかまるで見当もつかない。甲板に開いた穴から射《さ》し込んでくる光線は充分ではなく、そいつの姿かたちもぼんやりしている。幽霊なのか、生き物なのかさえはっきりしない。ただその顔は邪気に満ち、口では言い表せないほどの不気味な雰囲気を漂わせていた。

あまりの衝撃に、呆《ほう》けたようにそいつを見ていると、頭のてっぺんからつま先まで、全身がだんだん冷たくなってきた。足もおぼつかなくなって、伸び切ったラーメンのように力が入らない。なんとか数歩後ずさりしたそのとき、やっと床に横たわったままの阿寧《アーニン》のことを思い出した。確かに彼女はいい人ではないかもしれない。だがさすがにこのまま放ってはおけなかった。

阿寧をひっくり返してみても、あの二本の干からびた腕は見当たらなかった。だが今は、そんなことはどうでもいい。構っている余裕はもはやない。海面がさらに上昇してきたら、阿寧の頭部は水没して溺れ死んでしまう。僕は彼女の両脇に手を入れて、ゆっくりと後ろに引きずっていった。船のもう一端には、甲板に上る階段があるに違いない。阿寧を甲板まで引き上げてしまえば、後は海に飛び込むなり、助けを求めるなり、何らかの方法があるはずだ。

震える足を動かしながら、僕は自分に言い聞かせた。

「冷静になれ、落ち着け。こんなときこそ、落ち着かなくちゃ」

後方に少しずつ移動する最中も、巨大な顔から片時も目が離せなかった。向こうはぼんやりとこっちを見ているだけで微動だにしない。聞こえてくるのはザーザーと流れる水の音だけだ。奴《やつ》が頭を動かしたり口を開けたりしていたら、逆に楽だったのかもしれない。だが奴はこっちににらみをきかせているだけだ。そんな視線を浴びせられていると、ますます恐怖心がつのり、もはやこれはこれでかえって妖しく感じてくる。でも、動かないのならそのままずっと動かないでいてくれよ。階段にたどり着いたところで襲われるなんてごめんだからな――。

いっそのこと奴を視界に入れなければいい、僕は頭を低くしたままスピードを上げて移動した。もう少しで階段だ。だがその階段を見てショックを受けた。階段はもうボロボロで、骨組みしか残っていなかったのだ。これでは、自分一人だけだったとしても上りきれるかは微妙だ。半分くたばってる阿寧も一緒だから、結果はわかりきっていた。階段には鉄の骨組みがまだいくつか残っていた。阿寧の腕を引っ張りながら、足をかけてみた。思った通り、とたんに折れてしまった。とっくに朽ちていたのだ。

厄介な状況だった。振り向いてみると、ラッキーなことにモンスターは忍耐強く、まだ元の位置でじっとしている。今はこちらが暗いところにいて、奴との間には明るいところ（甲板の破れた穴）もあり、奴の輪郭をだいたいつかむことができた。そのおかげでだいぶ気分も落ち着いてきた。ひとまず阿寧を壁にもたれかけさせ、僕は力いっぱい跳び上がった。この後どうするかは、ひとまず上に行ってから考えようと思ったのだ。

僕の両手は長くてすらっとしているが、残念なことに力はまったくない。二度試みて、二度とも失敗した。それどころか口を強打し、あまりの痛さに涙が出た。どうすればいいか、いくら考えても名案は浮かんでこない。モンスターの様子を確認しようと、振り返ったのだが、ここで振り向くべきではなかったのかもしれない。いつの間にか、奴がすぐ真後ろに突っ立っていたのだ。お互いの顔がぶつかりそうなほど近くにいた。僕は驚きのあまり叫び声を抑えられなかった。

振り向いた瞬間、誰かが音もなく忍び寄っているのがわかっただけでも、かなりの恐怖だろう。しかも今、眼前にあるのは恐ろしく残忍な顔なのだ。えもいわれぬ恐怖を間の当たりにしたら叫び声をあげてしまうのは当然で、僕は瞬時に体を後退させ船室の壁にへばりついた。

奴の姿かたちがはっきりと目に焼きつく。そしてその瞬間、ある思い出がよみがえった。

子どもの頃、海岸沿いの村に住むクラスメートからこんな話を聞いたことがあった。村の漁師が奇妙なものを網で捕獲したという。そいつは人間にも似ていたが、全身が鱗《うろこ》で覆われていた。漁師は村までそいつを引っ張って戻り、みんなにも見せてみたが、誰もそいつが何かはわからなかった。しばらくして、村の長老がやってきた。長老はそいつを見るなり腰を抜かすほど仰天した。

「早く、そいつを放さねえとダメだ。これは海猿だぞ。すぐに他の海猿どもが探しにやってくる。そしたら、ただごとじゃ済まないからな!」

だが、漁師はそいつが珍しいものだとわかると、逆に悪だくみを企てた。そいつを飼って、街で売ろうとしたのだ。村の人たちには、もうすでに放してやったと言ったが、本当は自宅に隠していたのだった。すると翌日、漁師の一家全員が失踪した。村人たちはおかしいと言って二日間ずっと探し回った。そして海辺の崖の下で漁師の妻の死体を発見した。恐ろしいことに腹は引き裂かれ、内臓はすべて食い尽くされていた。

長老は死体を見て、他の海猿どもが復讐《ふくしゅう》に来たのだと考えた。風水師を招いて海辺に祭壇を築くと、豚の頭やら羊の頭を供えて数日間にもわたって祭事を執り行い、ようやく事が収まったという。

クラスメートは海猿の絵も描いてくれた。そのクラスメートは絵が得意で、かなりリアルに描いてくれた。当時の僕にとって、この話は衝撃的で、何日も眠れなかったことを今でも覚えている。それほどまでに強烈な思い出だったのだ。今、目の前にそいつが現れて、その記憶が一瞬で呼び戻された。ただ、まさか海猿の頭がこんなに大きいとは。

ぱっと昔の記憶がよみがえり、また現実に戻った。怪物はやはり何の動きもない。壁にもたれかかっている阿寧に興味をそそられたのだろう、怪物が口からよだれをたらしながら、じいっと眺めている。運のいいことに、阿寧の意識はまだ戻っていなかった。そうでなければ、あまりの恐怖に失禁していたに違いない。

僕の意識は徐々に冷静になってきていた。後方の壁に触れてみると、やはり腐食がだいぶ進んでもろくなっている木の板だ。ここで、あることをひらめいた。この壁だったら、めいっぱい体重をあずければ穴が開くだろう。そうすれば海猿が襲いかかってきたとしても、後ろによけられる。ただここはもう船尾なので、この後ろには機械設備がたくさん置かれているはずだ。そこに何か武器になるようなものがあるかどうか……。

いろいろ考えをめぐらしていると、突如、甲板がギシギシと音を立て始めた。どうやらもう一人、誰かがこの船に乗り込んできたようだ。そんな奴なんかいるはずがないと思っていると、あの張《ジャン》という禿《は》げ頭が甲板の穴からぱっと飛び下りてきた。張は、ピストルを構え鉄のドアのほうを警戒すると、こっちを振り向くなり驚きの声をあげた。

「なんてこった！」

その声に反応して怪物が振り返り、張に気づいた。そして悲壮な咆哮《ほうこう》を発し、身をかがめたかと思うといきなり襲いかかっていった。だが、張も機敏だった。瞬時に床に伏せて怪物の一撃をかわしながら、撃鉄を起こし、弾丸を放った。怪物は苦しそうなうめき声をあげた。肩に銃創が開いた怪物は、あまりの激痛に堪《こら》えきれず壁に張り付くように逃げ出した。張は怪物めがけてさらに撃ちまくった。首をすくめヒヤヒヤしている僕の頭をかすめ、弾丸が飛んでいく。

海猿も、張に負けていない。銃の威力を思い知ったからだろう。もう襲いかかってこようとせず、一瞬飛びかかるような動きを見せたかと思うと、電光石火、連続ジャンプで張の頭上を跳び越し、そのまま鉄のドアの内側に滑り込んでいった。

怪物の動きに、張は照準を合わせ、そして撃った。するとたんに壁にできたいくつもの銃痕から水が浸入し、船室内の水位が急速に上がってきた。怪物がドアの内側に逃げ込むと、すさまじい殺気を漂わせた張が二つのヒンジを弾丸で打ち砕き、そのままドアを蹴破った。張の後をついていった僕は、ドアの向こう側の船底に開いた穴を見た。その穴から中に水が流れ込み、怪物は穴に潜り込もうと必死にもがいている最中だった。この穴こそ事故が起こった時にできた穴、つまりこの船を沈没させた穴に違いない。今やその穴も大量の錆《さび》に覆われ、おわんほどの大きさまで小さくなっていた。怪物は穴に頭を突っ込んでありったけの力でぐいぐい穴を広げている。そのおかげで張が銃を構えたとき、穴は通り抜けできるぐらいにまで広がっていた。怪物はものすごい勢いでそこから下に飛び込んだ。

張が悔しそうに、海中に向かって何発も撃ち込むと、船が張り裂けるようなうめき声をあげ始めた。水位はもう膝のところまで上がってきている。これ以上ここに留《とど》まっていてはいけない。今すぐここを離れなければ——。張は阿寧のところまで戻り、体を揺すった。

「寧《ニン》さん、寧さん！」

張は阿寧が何も反応しないのを見ると、彼女を背負うなり、僕の背中を踏みつけてきた。そして僕を踏み台にして、上の甲板に素早く飛び乗った。僕は踏み台にされた衝撃で血を吐き、身をかがめてもだえ苦しんだ。そんな僕を張は甲板でしゃがみ込み、手を差し伸べて引き上げてくれた。

14　ウッディー島

僕がなんとか甲板によじ登ると、幽霊船から何かが軋《きし》む音が響いた。その響きには悲哀がこもっているようだった。船体が変形してしまったのだろう。よく見ると船首と船尾が同じ高さに揃《そろ》っていない。嫌な予感がして船室を見やると、やはり竜骨が折れていた。

竜骨の折損——それは、船体がいずれまっぷたつになる運命を示している。こんな船にとっては裂け目ひとつでも致命傷となるのにだ。すでに海水が激流となって進入している。ものの五分とかからずに、船のてっぺんまで完全に水没してしまうだろう。

張《ジャン》は顔を真っ青にしている。

「我々の船が来るはずです。そうしたら、ここからできるだけ早く離れましょう。他のことはそれからです」

振り返ると、僕らがもともと乗っていた漁船が近くまで来ていた。あと少しでこっちの船に横付けできるだろう。向こうから船長が大きく手を振っている。

「お前ら、大丈夫かーい？」

阿寧《アーニン》を背負った張も、漁船に向かって手を振る。すると漁船から歓声が起こり、横付けするためエンジンをブンブンとふかして移動してきた。漁師たちは興奮して何か叫んでいる。さっきまでびびりまくって、泥団子みたいに小さくなっていた奴《やつ》らとは思えないほどの豹変《ひょうへん》ぶりだった。まったく何だってんだ。わけがわからないよ。こういう単純な奴らは、やっぱり僕らとは違うようだ。

浸水した幽霊船は、速度がかなり遅くなっている。船同士が横付けされるなり、漁師が何人か跳び移ってきた。彼らの表情には、まだ恐怖が残り、素早く阿寧を抱きかかえると、そのままあっという間に船に戻っていった。そして慌ただしく錨《いかり》を上げる。

「出発だ！　ここを離れるぞ！　こんなやべえとこ、さっさと離れねえとな！」

船長は阿寧を甲板に寝かせ、僕に抱きかかえるよう指示すると、いきなり彼女の髪の毛をかきあげた。

心の準備はとっくにできていたものの、髪の中から実際にそいつが現れると、やっぱり背筋に冷たいものが走った。髪の毛のなかから現れたもの、それは丸くカールしたような干からびた二本の腕だった。よく見ると、それほど長くなく、皮膚の一部は石灰化しかかっている。さらに肉の塊が付着していて、腕の端につながっていた。最もおぞましいのは、その肉塊には小さな人の顔がぼんやりと浮かび上がっていることだった。あろうことか、その顔は阿寧の後頭部にぴったりと吸い付いていた。

それを見つめていた船長の表情がさらに険しくなった。船長はその顔に向かって何度か土下座し、ポケットから何かをひとつかみ取り出すと、その小さな顔の上にぱっと振りかけた。すると小さな顔は瞬時に、引き裂かれるような金切り声を立てて苦悶《くもん》に歪《ゆが》んだ。船長はナイフを抜くと、慎重に、だが素早く阿寧の頭皮の間にナイフを差し込んで、肉塊を持ち上げた。さらに力いっぱい引っ張って、引《ひ》き剝《は》がしてしまった。

肉塊は甲板に転がり落ちてもまだくねくねと動いていた。傍観していた漁師たちは、恐怖に後ずさりする。しばらくすると、そいつはどろどろに溶けて、甲板の隙間から流れ落ちていった。

「これはいったい――――？」

船長はナイフを海水に浸《つ》けて洗いながら僕にささやく。

「こいつは人面脛《じんめんけい》（人の顔がついた脛）だ。あの幽霊船にいた怨霊だな。牛の毛を顔に振りかければ大丈夫だ」

船長の表情からは、今回この仕事を引き受けた後悔がにじみ出ていたし、なにやら不平のような独り言もずっと口にしていた。阿寧の髪の毛にこれ以上何もないとわかると、船長は船員に後部の船室まで彼女を運ばせた。そして、船が再び動き出す。

このときには、海はもういつもの静けさを取り戻していた。大空にはまだ黒雲が残っていたが、すでに小さくなり、その隙間を縫って陽光が差している。空に再び幻想的な光景が広がっていた。あの忌々しい暴風雨はもう存在しないようだ。

僕らが阿寧をベッドに横たえたとき、船長はマストに登って周囲の海上の様子を見渡していた。海猿の怨念は強烈だ。復讐《ふくしゅう》の機会を狙って後を追いかけてきているかもしれない。幸いなことにパラセル諸島の海水は透明で、日ざしの加減によっては水深四十メートル以上まではっきりと見える。もし何かが僕らを追跡していたとしても、見逃すことはない。だからそれほど心配する必要もなかった。

みなは忙しく立ち回り続け、誰も僕のことなど眼中にないようだった。僕はと言えばさっきのことで、体力が消耗しきっていた。柔らかそうな場所を探してもたれかかるとすぐ眠りに落ちた。目覚めるともう日は西に傾いていて、船はどこかの島の海岸と並行して航行していた。美しく輝く真っ白な島の砂浜を遠くに望むことができた。だが、砂のきめは粗いようだ。歩き心地はよくないだろう。そのうち前方には港も現れた。どうやらそこに寄港するらしい。

次の探索地点まで直行するものだとずっと思っていたので、寄港するのは意外だった。

「僕たち、これからどこに行くんですか?」

「ウッディー島に寄っていくんだよ。そこで何人か乗せるのさ」

そばにいた漁師が答えてくれた。

気がつくと、いつの間にか阿寧が隣に座っていた。顔色もすっかり回復している。どうやら彼女もたったいま目が覚めたようだった。ひょっとして僕は、女性なら誰でもいいのかもしれない。阿寧の少しやつれた様子にさえ、色気を感じてしまう。

「誰を船に乗せるんだい？」

「彼らよ。潜水士が数名、それにあなたと同じ顧問が一人。きっとあなたも知ってる人だと思うわ」

阿寧が指し示してくれた遠くの港に、リュックを背負った人たちがぼんやりと見える。

よく目を凝らしてみると、彼らのうちの一人、ぽっちゃりした奴をどこかで見た覚えがあった。だがどうしても思い出せない。すると船員が船首に立って呼んだ。

「おーい、おーい！　準備して待っていてくれ。俺らはここだぞ！」

巨漢がこっちを向く。

「おい、よくも王胖子《ワンパンズ》さまを三十分も寒風にさらしやがったな。お前らには時間の概念ってもんがねえのかよ？」

15　王胖子《ワンパンズ》

王胖子の登場には確かにちょっと驚いた。だけど、その可能性は充分ありえた。殤王《しょうおう》の地下宮殿から脱出してきた者のうち、大奎《ダークイ》は死に、三叔《サンシュー》は失踪、潘子《パンズ》は意識不明、悶油瓶《モンヨウピン》は生死すらわからなかった。残るは僕と王胖子だけ。今回の会社だって、保険を用意していたに決まっている。もしかすると本当の第一候補は王胖子で、僕は二番手だったのかもしれない。

船は港に入ったものの、減速せずに進んだ。しばらく見ないうちにさらに体が大きくなった王胖子だったが、素早い身のこなしは相変わらずだった。他の人たちと一緒に船に飛び乗ると、その勢いのままつんのめった。奴《やつ》は僕を見るなり大喜びで笑った。

「おう、おまえさんもここにいたのか。どうやら俺たちの阿寧《アーニン》は、かなり顔がかなり広いとみえる」

阿寧は苦笑いを浮かべた。かなり親しい仲のようだ。僕の王胖子への評価は玉石混交だ。奴の登場を喜ぶべきか、悲しむべきか判断がつかなかった。だけど殤王の地下宮殿で奴がやらかしたこと、そのせいで何度も死にかかったことがよみがえって頭が痛くなった。

王胖子は荷物を甲板に放り投げ、僕の向かいに座り込むと、ぽんぽんと肩を叩《たた》いてきた。

「俺は本当に急いでここまで来たんだぜ。お前ら、せっかちすぎるぞ。ところで、あれがどこにあるのかもうわかったのか？」

阿寧は首を振った。

「ターゲット地点は残すところあと一か所よ。想定外のことがなければその場所で間違いないでしょうね」

「言っておいたはずだぞ。俺は尋龍点穴《じんりゅうてんけつ》や探穴定位《たんけつていい》の類《たぐい》は何もできないって。だからあんたたちのほうで場所を探し出して知らせてくれって。もし探し出せなくても、俺を責めるのはなしだぜ。ただ報酬は約束通りいただく。それがこの業界の慣習だ。そりゃあ、あんたたちだって従わないとだろ。郷《ごう》に入っては郷に従えだ」

やれやれと、阿寧はため息をついた。

「あたしだってあなたができないことくらい知ってるわ。ただもう予定は組まれちゃってるの。具体的な場所に関しては、呉《ウー》さんが責任を持って確認してくれるわ」

それまでリラックスしていたが、この話でうろたえた。僕が責任を持つだなんて、どうやって？

今までシャベルで土を掘ったことすらないのに――。

「それってどういうこと？　おたくら、墓がどこにあるのかもうわかってるんじゃないのか？」

「おおよその見当をつけただけよ。盗掘穴を発見できれば一番いいんだけど。もし穴が見つからないなら、海底墳墓の位置確認と形状に関する判断はあなたに任せるわ。あたしたちが持っているのは何の役にも立たない資料の山だけ。そんなんじゃ土夫子《トゥーフーズ》の経験には遥《はる》かに及ばないわ。あなたの叔父さんは賢いわね。役に立つ資料はこっちにちっとも残さないなんて」

全身に冷や汗が流れっぱなしだった。これじゃあ今晩はもう眠れない。昔祖父が教えてくれたことを思い返さないといけない。そうしなきゃ墓に着くなり、化けの皮が剝《は》がれてしまう。

土を掘るのに関しては言い訳が立つはずだ。海底で何かうまくいかなかったり、失敗したりしても、海水のせいにすればいい。僕は土夫子であって、海夫子《ハイフーズ》じゃない。門外漢なのだから。だが、地下宮殿の位置を判断するとなると話は別だ。あまりに難易度が高すぎる。ただ、幸いにも実践の経験こそなかったが、理論は少し知っていた。

ここまで考えると、緊張がだいぶ収まってきた。案《あん》ずるより産《う》むが易《やす》し、現場でどうしようもできなかったら、今回の海底墳墓はちょっと変わっているとか適当にごまかしてしまえばいい。

王胖子がこっちを見て言った。

「それならそれでいいぜ。すべて揃《そろ》ったってことだな。ところでパラセル諸島なんてめったに来られるところじゃねえ。今夜はたっぷり食べて英気を養っておこうや。盗掘は肉体労働だからな」

王胖子はそう言いながら船長のところに走っていくと、船に海の幸はないかしつこくたずねた。

阿寧は食欲がなさそうで、壁にもたれかかって何も話さない。逆に僕はお腹《なか》がぺこぺこだった。海鮮という言葉につられて、王胖子のあとを追った。

パラセル諸島にはサワラ、アカヤガラやハタなどの魚がいる。このあたりの海は半分が水で、半分が魚だともてはやされるほど、魚の宝庫として知られていた。漁に出て手ぶらで戻ることなどめったにない。旅行シーズンのパラセル諸島では、レジャーとして釣りが大人気だ。王胖子に強く迫られたり、おだてられたりしたが、船長はまったく乗り気ではなかった。だが、最終的には折れて、水槽から大きなサワラを取り出し船員に命じた。

「こいつでアラ鍋でもつくってこい」

王胖子はさっきの事件を知らなかったので、船長の浮かない顔を見て機嫌が悪くなった。

「こいつ、俺が金を払わないと思ってねえか。お前のものを奪うってわけじゃあねえんだよ」

だが、そんなことは、食べる段には、もはやどうでもよくなっていた。鍋が運ばれてきたときの香りといったら、それはもう言葉では例えようもないくらいだったのだから。一瞬ですべての欲望が食欲に変わっていく。都会暮らしでは、こんなに食欲に支配されたことなどなかった。王胖子の目に食への欲望があからさまに浮かんでいた。王胖子は鍋がまだテーブルに置かれていないうちから、箸を伸ばして魚の皮にぱくつき、その熱さに涙を流すありさまだった。

鍋の破壊力はすさまじかった。みんな飢えていたのか、鍋の周りにあっという間に人だかりができた。船底で寝ていた張《ジャン》も引き寄せられてきて、クンクンと匂いを嗅いでいる。

「パラセル諸島はやっぱりいいですな。私たちのところじゃ一生食べられない魚ばかりですからね」

すると王胖子が張の首ねっこを強く引っ張った。

「お世辞ばっかり言ってんじゃねえ。お前のよだれが吹き飛んで料理に入っちまうだろ。気色悪いな」

張は王胖子が見慣れない顔だとわかると、握手しようと手を伸ばした。

「あれ、お初にお目にかかりますね。失礼ですがお名前は？」

王胖子は恐ろしく率直な男だった。張を一瞥《いちべつ》すると阿寧に言う。「このハゲ、誰だよ？」

その言葉に張は顔色を一変させた。

「張先生とか、張教授と呼んでくれませんかね？」

しかし王胖子は張を相手にもしなかった。雲行きが怪しいのを見て取った阿寧が、慌てて二人の間を取り持とうとする。

「紹介するのを忘れてたわ。こちらは張教授、今回私たちの顧問を引き受けていただいてるの」

王胖子は相手が教授だと知って、傍若無人な態度を改めた。慌てて張の手を握る。

「これはこれは失礼しました。そんな教養がおありのように見えなかったもんだから。俺はひたむきで真正直な男なんでね。俺のことは王《ワン》と呼んでください。そしてこんな野蛮な男が言ったことなんか、気に留めないでください」

張は引きつった笑いをやっとのこと作った。

「教養であれ、野蛮であれ、人間であることには変わりありませんから。教養のある人だって、もともとは野蛮な人間ですよ。ただ役割が違うだけです。そう、役割の違いだけです」

王胖子も張の言っていることの意味がわからず、愛想笑いを浮かべるしかなかった。だが、張は懲りずにしつこく聞いてきた。

「それで、王さんはどんなお仕事を？」

王胖子はすぐには返事をしなかった。少し戸惑ったが、教養人の前で恥ずかしい態度を取るのもよろしくないと思ったのだろう。

「それは、簡単に言えばあれですな。地下活動をしています」

張はそれを聞くとぴしっと姿勢を正した。

「そういうことですか。公安の戦士の方だったとは。いやこれは誠に失礼いたしました」

僕は笑いをこらえるので精いっぱいだった。張も本当にしつこい奴だ。王胖子が顔に笑みを浮かばせている僕をにらみつけながら張に言った。

「話はこれくらいにして、まずは食べましょう」

王胖子はそう言いながら、他の人にも箸をつけるよう勧めた。

そうだ、こんな奴らに付き合ってる場合じゃない。僕は箸をつけた。その食感といったら言いようのないほどで、初めの一口目を飲み込まないうちに、思わず次をつまんでしまう。

王胖子も何口かほおばって「うまい、うまい」と連呼したかと思うと、今度は酒が飲みたいとわめき出し、阿寧にたしなめられていた。

「漁に出てるんだから、お酒なんか積んでるはずないでしょ」

しかし王胖子はそれを真に受けることなく、船室に入って何やらごそごそ探し始めたかと思うと、あっという間に酒樽《さかだる》を抱えて戻ってきた。船長は真っ青になり、その酒は龍王《りゅうおう》様に捧《ささ》げるものだと言って奪い返そうとする。

だが王胖子が黙って酒を渡すような奴ではなかった。

「お前、無駄話が多すぎるんだよ。こんなまずい酒、龍王が飲んだらそれこそこの船が沈められかねねぇってもんだ」

そして王胖子はリュックから紅星二鍋頭《ホンシンアルグォトウ》（コーリャンを原料とする北京特産の大衆向け焼酎）を一本取り出すと、船長のポケットにねじ込んだ。

「これでも取っとけ。龍王様だって他の味も飲みたいに決まってらあ。これが本当の南北酒文化交流ってもんだ。見ろよ、紅星二鍋頭、上等な酒だ。これ以上、大人げない態度はやめとこうぜ」

船長はあっけにとられて立ち尽くすしかなかった。どうしたものかと途方に暮れている。王胖子は船長が何も言わないのをいいことに、酒樽の封を勝手にほどいて僕らにつぎ始めた。それは海南《ハイナン》の黎《リー》族・苗《ミャオ》族特産のヤシ酒で、実にうまかった。僕らは大いに食べて飲んだ。そうこうしているうちに、あっという間に時間が過ぎていった。月がいつの間にか頭の上に移動していた。

王胖子は最後の酒を飲み干すと、げっぷをひとつした。そして太腿《ふともも》をばちんと叩き、背筋を正す。

「みんな、腹いっぱいになったようだな。それじゃあ、そろそろ本題といこう」

16　会議

王胖子《ワンパンズ》の顔色が変わった。それにつられ、僕も自然と元気が出てくる。こいつはあまり頼りにならないが、墳墓の中での動きはやはり目を見張るところがあった。少なくとも経験は僕の倍以上ある。僕はこれまで一度もひとりで墓掘りをしたことがないし、メンバーの集め方も準備の仕方もわからない。今は弟子に甘んじて、奴《やつ》の言うことを聞くしかなかった。

王胖子はたらふく食べて、ふくれてきた腹を叩く。

「俺はまだやったことがねえんだが、海底盗掘は事前に手はずを整えておく必要がある。そうしておかねえと、海に入ったときに慌てるのが関の山だ。大変さは陸地での盗掘とは比べもんにならねえ。つうことでまず、お前らが準備した装備がどんなもんか見てやる」

「じゃあ、あなたは今回どのくらい自信があるの？　あたしたち、ひとまず計画を立てたほうが良いんじゃないかしら。心の準備だって必要よ」

そう言う阿寧《アーニン》に王胖子は首を振った。

「言いにくいんだが――俺の経験からして、海底盗掘は、まず位置決めが難しい。二番目に盗掘穴が掘りにくい。そしてさらに中の状況もわからない。二つ目までは、さしあたり考えなくていい。問題は、中がどうなっているかわからないことだ。粽子《ゾンズ》がいるかもしれないからな。もしいたらやっかいだ。いなきゃ、海底盗掘っていったって、陸地でやることを水中でやるようなもんさ。ささっといただきってこった」

粽子といえば、僕は三叔《サンシュー》が言ったことを思い出した。考えれば考えるほど、三叔が通路で出くわしたモンスターとは、僕らが今日幽霊船で出くわした海猿なんじゃないかと思えてきた。僕は内心ちょっとおじけづきながら、「そこに粽子がいるかどうかはわからないよ。でもたぶんやっかいな奴はいるはず――」と、幽霊船で見たものや化け物の話をした。他の人はとっくに張《ジャン》から尾ひれのついた話を聞いていたが、張の話は、どうやって僕と阿寧を助けたかということがメインだったから、僕の話のほうが事実を正確に伝えるものだった。僕が話し終えると、王胖子が眉をひそめた。

「けっ、くそったれが。マジでそんなもんがいるのかよ?」

「いろんな場所でこういう伝説はあるからね。間違いなんかじゃない」

僕がうなずくと阿寧も同調した。

「子どもの頃に川のそばで遊んじゃダメって言われたわ。大人たちに脅かされてるんだと思ってた」

するとと船長が口を挟んできた。

「ちげえよ。お前さんたちまったくわかっちゃいねえな。ここで漁をやってる漁船なら、みんなそんなの見たことあるぞ。言っておくけどな、ありゃ海なんとかってやつなんかじゃねえんだよ。夜叉《やしゃ》だ!龍王《りゅうおう》様の親戚だ。今悪さしたら、必ず報復にくる。わしら、やっぱり早く岸に戻ったほうがいいと思うんだ。ブタでも買って、道士さまにお祓《はら》いをしてもらったら、大人《たいじん》の懐に免じて、わしらを解放してくださるかもしれねえ」

それを聞いて、張が笑い出した。

「船長さん、私はその龍王の親戚の肩を打ち抜いてやったんですよ。ということは、私はまさかの孫《そん》悟空《ごくう》ですか?」

「お前さんの格好のどこが孫悟空だってんだ。さしずめ猪八戒《ちょはっかい》だべ!」

船長の言いぐさは笑えた。張は自分でもちょっと似ていると思ったのだろう、顔の肉をつまんで複雑な面持ちをしている。

しばらく笑っていた王胖子が言う。

「海底に何かしらあるってことは、武器を持っていったほうがいいな。万が一、海底墳墓が奴らの古巣だったらどうする。命を差し出すわけにもいかねえだろ？　阿寧、銛《もり》か何か準備しているか？」

「そういうことも考えて、水中銃を用意してあるわ。でも銃は大きいし、一回で一発しか撃てないの。とっさのときは、なんの役にも立たないでしょうね」

　この種の銃は、圧縮ガスの衝撃を利用することを僕は知っていた。有効射程距離は四メートルそこそこだが、長槍《ながやり》代わりにはなる。ただ、銃身があまりに長すぎる。狭い通路では威力を発揮できないだろう。

「使えるかどうかはともかく、銃はあっても悪いもんじゃねえから、持っていけるだけ持っていこう。さっそく明日行こう。俺が先陣切るから、呉《ウー》坊は後ろにつけ。しんがりはお前とハゲだ。もし怪しいもんを見たら手を上げる。そしたら、お前らはすぐに止まれ。もし俺がこぶしを振ったら、なりふり構わず逃げろ」

　王胖子の方策は合理的に思え、みんなうなずいた。そのあと他のことについても話し合った。僕は三叔との経験を思い出しながら必要なものをリストアップし、それらを夜のうちに準備してもらうことにした。水中ライト、ナイフ、火折子《フォジャーズ》、密封袋、ナイロンロープ、カラビナ、それから食料、救急用品、防毒マスク、貴重品を入れる小箱――彼らはてきぱき準備を整えてくれ、なんと黒ロバの蹄まで揃《そろ》えてくれた。

　相談が終わった頃には、空が明るんでいた。話を終えた王胖子は、今は休んでおくべきだと主張した。それを受けて各自で寝場所を探して体を休めることにした。ヤシ酒の効き目は絶大で、海風に吹かれながら僕の頭はがくっと重たくなり、そのまますぐに眠ってしまった。目を覚ましたのは、すっかり日が昇ってからだった。

　すでに起きていたメンバーは、とっくに準備を終えていた。僕が海水で顔を洗っていると、潜水士が水中から浮かび上がってきて、レギュレーターをはずして言った。「見つけたぞ。ぜったいにあそこだ。盗掘穴も見つけた」

「中に入って何か見た？」

驚く阿寧に潜水士がうなずいた。

「はい。でも穴は奥深く続いているし、短時間しか潜っていることができず、全部を見る余裕はありませんでした。それ以上進むのは危険があると判断して、すぐに出てきてしまいました」

阿寧はうなずいた。それからまた潜水士にいくつか質問をすると、僕らのほうを振り返った。

「よし。準備しましょ。彼らは盗掘穴の入り口を片づけたら、あたしたちを呼んでくれるわ。入り口に少し崩れた跡があるから、支柱で固定するって」

僕らは潜水服を着た。僕はジャストサイズだったが、王胖子は腹がなかなか入っていかない。へそも丸出しで見苦しくはあったが、なんとか着ることができた。僕らは装備のチェックを終えると、必要なものを持って、一人ずつ水の中へ入っていった。

17　髪の毛

盗掘穴は船からそう遠くはなかった。爆薬によって海底に大きなくぼ地ができているのが見えた。盗掘穴はくぼ地の底部にある。さすがは三叔《サンシュー》の職人技だ。僕らはまず盗掘穴の周囲を捜索したが、崩落の跡はどこにも見られない。三叔の腕前はまったく落ちていないようだ。

僕は、碇石《いかりいし》をいくつか見つけた。三叔の描写とよく似てはいるが、それと断定はできなかった。

海底には三叔が描いた地下宮殿の痕跡がまだ残っていた。僕と張《ジャン》はそれを慎重に覚えた。この盗掘穴の位置からして、耳室《みみしつ》に向かって下に掘られているに違いない。

二人で五分ほど崩落の跡を探したが、それ以上探す必要はなさそうだった。王胖子《ワンパンズ》が僕に手を振ってきた。今すぐ入るのかと聞いているのだ。阿寧《アーニン》はダイバーウォッチを見てうなずいた。

今の僕らの装備は二十年前の比ではない。どれも軽装で自由に動くことができた。僕らは最後に盗掘穴の入り口で装備をチェックし、それから決めておいた合言葉を確認し、すべて問題なしと判断した。それらを終えると、王胖子の気持ちも固まったようで、腰をかがめて一番に入っていった。僕らも水中ライトをつけて後に続く。すぐに水深五、六メートルまで潜る。

この盗掘穴は不規則で、広いところも狭いところもある。泳ぎながら盗掘穴の壁を眺めていたが、見れば見るほど不思議な穴だった。どう見ても人が掘ったように見えない。もし三叔が掘ったとしたら、絶対にシャベルを隙間なく入れてきっちり掘りあげているだろう。だが今この壁に残っている跡はめちゃくちゃで、まるで動物が掘った穴のようだった。

僕らはやっとのことで二十メートルほど泳ぎ進んだ。盗掘穴の入り口から入ってきていた光線はもう届かなくなっていた。このとき、盗掘穴が突然垂直方向に変わった。何か胸騒ぎがする。まだ墓にぶつかってもいないのに、なぜ方向を変える必要があったんだ?

ここは水の中だ。気になったことをすぐに話せないのはもどかしい。僕らはこの垂直方向に変化した盗掘穴への曲がり角で、一旦進むのをやめ少し休憩した。すると王胖子が「気をつけろ」というジェスチャーをして、先に下へと泳いでいった。王胖子のライトの光が下へ下へと向かっていき、小さなひとつの点になった。なんて深いんだ——僕は思わず震え上がった。

そこへ、下にいる王胖子が水中ライトをゆらし、安全だというサインを送ってきた。それを受け僕らは一人ずつ潜っていった。ダイバーウォッチで確認すると、水深は十数メートルにもなっていた。こんな深いところまで潜ったことがなかった僕は、自分の体が耐えられるのか不安になった。

しかし、下にはさらに大きな空間が広がっていて、やがて墳墓の壁が見えてきた。壁には大きな穴が開いている。それをひと目見て、さらに疑念がつのった。穴は不規則な形に開いていて、普通の墓掘りがレンガをひとつひとつ注意深く取りはずしていったものではないうえに、ぶつかって割れたレンガもいくつかあったからだ。僕は王胖子と目を合わせると二人で一緒に少し泡をはいた。すると王胖子が割れたレンガの欠片《かけら》を指して、猿の真似《まね》を始めた。王胖子の言いたいことはわかっていた。この穴は盗掘穴ではなく、海猿が掘ったものに違いない。

僕もうなずいて、王胖子が背負っている水中銃を指さす。王胖子は水中銃の安全装置を外し、穴の中へ泳いでいく。

これは、僕にとって二度目の古墓探検だ。少し興奮しているけれど、前回のことを思い出すと、やっぱり恐ろしさで体がこわばる。特に水中では水の抵抗が加わる。危険に遭遇したら、陸地のように簡単には逃げられないだろう。

穴の中の通路は思いのほか大きかった。僕は水中ライトの光量を上げ、さらに手にしていた懐中電灯の向きを変え、王胖子の後ろをついていった。ライトの光はかなり強く、奥のほうまで一気に明るくなった。墳墓の壁には案の定、三叔の話にあった人面レリーフがあった。そればかりか、このレリーフの額には不思議な動物が精巧に彫られていた。泳ぎながらそれを見ていると、おかしなことに気づいた。これらの動物はほとんどが鎮墓獣《ちんぼじゅう》（邪気から墓の門を守る獣）だが、奇妙なことにどれも目が彫られていないのだ。

ふいに、人面の額に刻まれているのは三匹の蛇眉銅魚《シャーメイトンユー》のようだと気づいてハッとした。慌てて王胖子を呼びとめてレリーフを調べることにした。

僕は先を急ぎたくてイラついている王胖子に待ってもらい、引っ付くようにして壁を丹念に調べてみた。人面レリーフの額に刻まれているのは、三匹の蛇眉銅魚がつながってひとつの輪になっている紋様だった。それぞれ形が違っていて、そのうちの二匹が僕のリュックの中のものと同じで、もう一匹には目が三つ刻まれていた。これまで見たことのないものだったから、それが何を意味しているのかわからなかった。魚の下にある顔は、他のものとは違い明らかに女性の特徴が見受けられる。だが表面にたくさん異物が貼りつき、人相が変わってしまったようで気味が悪い。

僕はもっと調べてみたかったけれど、阿寧が後ろからつっついてきたので、先に進むしかなかった。だが幸いにも人面レリーフは一定の間隔をおいて何度も現れた。何度見ても、それ以上の発見はなかったが、何かおかしいと、かすかに感じ始めていた。

五度目に人面レリーフが現れたとき、ようやく何がおかしいのかに気づいた。確か、ひとつ目の人面の目は閉じていた。二つ目の人面はわずかに目を開けていた。三つ目、四つ目では目がさらに大きく開かれていて、今目の前にある五つ目は、ほぼ全開に見開いている。

僕は危険を感じ王胖子を引っぱってこれ以上前に進ませないようにした。そして水中ノートを取り出して「壁にある人面、目がだんだん開いてる。やばいぞ！」と書き、壁を指した。

王胖子は手で人面に軽く触れながら、首を振って水中ノートにペンを走らせる。「気づかなかった。だけどただの石のレリーフだろ。中は全部石ころだ。考えすぎだ」

僕は頑として首を横に振り、王胖子に銃を構えさせた。僕の険しい表情を見た王胖子は従うしかなかった。ほどなくして、同じようなレリーフが目の前に現れた。王胖子は僕の話に思うところがあったのだろう。迷わず止まってライトで照らしている。その人面の目は完全に見開いていた。前を向き、まっすぐに前を直視しているが、どことなく生気がない。王胖子があちこちライトで照らしながら観察しているが、どこもおかしなところはないようだ。王胖子はそのまま人面に近づくと、こっちに向かって「大丈夫だ」というジェスチャーをしてきた。

僕も人面に近づきよく見てみたが、やっぱりただの石のかたまりで、何の変哲もなかった。さらに両目に指を入れてみたが、何の反応も返ってこなかった。僕は思わず自嘲気味に首を振った。どうやら、ここは墓穴の設計者の遊び心を表すためのからくりでしかないようだ。やって来た墓荒らしたちを威嚇するためのもので、それ以上の意図はないらしい。僕はここで、自分で自分を威嚇してしまったというわけか。まったくお粗末なことだ。王胖子が僕をぽんぽんと叩いてきた。あんまり考えすぎるな、さっさと先を急ごう、ということらしい。

前へ泳ぎ続けながら、僕は三叔が言ったことを思い出していた。三叔たちがワナにはまり、吸い込まれて墓の中の泉に出たという話だ。だがここの墓の壁はどれも同じで特に変なところはない。どうすれば、三叔がはまったというワナを探し出せるだろうか——?

頭をフル回転させて考えた。こうやってむやみに前進を続けるのはいい方法じゃない。この通路がどこかに通じている保証なんてないし、もしかするとループしてるだけかもしれない。もしこの奥が迷路だったらおしまいだ。頭の中で見当をつけてみた。三叔の話では、ワナが仕掛けられた場所では隊列が最後の一人まで見通せたそうだ。ということは、そこの回廊は長い直線になっていたに違いない。さっき僕らはカーブをいくつも曲がったけれど、そんな直線の回廊は二か所しかなかった。そう考えると、ワナの場所を見つけ出すのはそう難しいことではなさそうだ。ただ、時間との闘いにはなる——。

このとき、前を進んでいた王胖子が急に止まった。僕は思わず王胖子の尻に激突した。前で何か起ったのだろうか、たちまち緊張が走る。近づいて見てみると、そこはもう通路の端で、眼前で通路が石板で遮られていた。

石板の表面はつるつるで、文字も彫り物もなかった。手で触れてみるが、ワナのようなものは見つけられない。すると。阿寧が僕にメモを渡してきた。

「まさかの行き止まり?」

「精巧な隠し扉がこの近くにあるはずだ。簡単に動かせる壁がないか探してみよう」

みんながうなずくと、王胖子が人面レリーフを細かく調べ始めた。僕は祖父のノートに書かれていた手がかりを思い出しながら、石板の隅の隙間をひとつずつナイフでなぞってみたが、何も起こらなかった。石板はやはり目の前を遮ぎったままで、びくともしない。

僕は気がめいり王胖子を振り返ると、なんと奴《やつ》はただぼんやり浮遊しているだけだ。僕は王胖子をぽんぽんと叩き、ノートを渡す。

「何か発見はあった？」

王胖子は異様な表情で僕を見ながら、こう返してきた。「海猿は長髪か？」

なんでそんなことを聞いてくるんだろう？　しかも海猿の髪のことなんて、頭部全体はつるつるで、全身は鱗《うろこ》で覆われていたという記憶しかない。

ありのままに伝えると、またもや王胖子は壁の隙間を指して、これは何だと言ってきた。指の先を見てみると、石板と通路の隙間から、なにやら黒い髪の毛が漂っているのが見えた。

瞬時に体が固まる。そんなまさか。この石板の裏側に誰かが寄りかかってるっていうのか？

王胖子は大胆にも手を伸ばして漂う髪の毛を引っぱろうとした。すると髪が突然縮こまり、隙間の中に引っ込んだ。王胖子がじっと僕を見つめている。「石板の裏に幽霊がいるぞ」

18　大量の髪の毛

水底の墳墓の中で、毛髪の束が発見され、しかもそれらが動いているとなると、幽霊がいると思って当然だ。だが、幸いにも一枚の石板で隔てられているので、その「幽霊」もすぐにこっちに向かってくることはなかった。

髪の毛をつかめず、くやしがっている王胖子《ワンパンズ》は、次に隙間をライトで照らして、裏側に何があるのか見ようとしていた。だが僕は怖がりのくせに髪の毛が出てくるホラー映画はたくさん見ていた。だから石板から遠く離れて、王胖子がどう反応をするか見守ることにした。

王胖子が隙間を覗《のぞ》き込む。すると奴《やつ》には本当に何かが見えたようで、一瞬当惑した表情を浮かべていたが、すぐにまた貼りつくようにして隙間を覗き始めた。だが今度の反応は激しかった。ぱっと勢いよく後退すると、慌てて泳ぎ出し、振り向きざまにぼくらに向かって握ったこぶしを必死に振り上げてた。まるで殴りかからんばかりの勢いだ。だがすぐにわかった。違う！　あれは「逃げろ」と言っている。

僕は反射的に振り向くと、道をさえぎっていた石板が突然、上にスライドして開いていくのが見えた。石板の底辺部で少しずつ広がっていく隙間からは、真っ黒い墨汁のようなものがしみ出てきている。とっさに有毒だと思った僕は後ずさりしながら、そいつをよく見てみると、その黒いものは、なんと人間の髪の毛だった。

王胖子は僕らが呆然《ぼうぜん》としているのを見て、慌てて泳いで戻り、僕らを引っ張る。ようやく我に返った僕らは慌てて逃げ出した。水中ではより体力を消耗するし、緊張すれば泳ぎも遅くなってしまう。取り乱していてはとても速く泳げない。だから僕は王胖子にならって壁をキックしながら進むことにした。実際にそうしてみると、格好は見苦しいかもしれないが、速く進めたし、しっかりと足を踏みしめている感覚もあった。

僕らが二十回ほど蹴りながら進んでいくと、ある曲り角までたどり着いた。王胖子が僕らを一人ずつ引きとめて、曲がり角の後ろに隠れさせた。ひとまず状況を見てから次を考えようという作戦だった。

僕らは大きく酸素を吸い込むと、思いきって後ろを振り返ってみた。おいおい、後ろの通路はすっかり髪の毛だらけじゃないか。もうほとんど真っ黒のかたまりになっている。そんなものを見てしまった僕は息が詰まりそうになった。何年間、散髪せずに放っておいたら、こんなに伸びるんだよ！　王胖子は水中銃を構えるや、黒いかたまりのど真ん中を撃った。王胖子はこの一撃が相手を貫通するはずと思っていたに違いない。だが銛《もり》は六、七メートル飛んだあと急に勢いが落ち、あっという間に髪の毛に呑《の》み込まれてしまった。王胖子の顔が真っ青になる。

とはいえ、それでも銛はその威力をある程度発揮してくれた。髪の毛には意識があるらしく、前後に収縮したかと思うと、勢いよくグルグルとくねりだした。くねりながら髪の毛の中の何かを放出しようとしているのだろうか、思わず警戒する。王胖子はまた銛を装填《そうてん》して、髪の毛が近づいてきたらもう一撃ぶち込もうと準備した。すると急に髪の毛が大きく収縮し、そうかと思うと瞬時に元に戻り、髪の毛の奥深いところから死体が吐き出されてきた。

死体は僕らと同じデザインの潜水服を着ていた。おそらく行方不明の三人のうちの誰かだろう。鼻と口の中は髪の毛が詰まり、両方の目玉の中からも髪の毛があふれ出ている。窒息死か。

そのひどいありさまに頭まで鳥肌が立ってきた。この髪の毛はものすごくいやな予感がする。すぐに逃げたほうがいい——僕は王胖子を引っ張ろうとして顔を上げてみるが、王胖子はもうそこにいなかった。見れば王胖子はとっくに遠くのほうに逃げていて、そこからこっちに向かってこぶしを振っていた。

なんて奴だ！　先に自分だけ安全なところに逃げるなんて——僕は怒りが噴き上がっていた。僕は奴に追いつくとすぐさま、その尻を蹴とばした。痛がる王胖子はいかにも不服そうで、僕に殴りかかろうと突進してきた。だが阿寧《アーニン》がそれを慌てて押しとどめ、焦った様子で後ろを指さす。すぐに逃げないと——僕は逃げることを優先し、この借りは絶対に返してもらうぞと心に誓った。

このとき、手にしていた酸素濃度計がカタカタと震え出した。まずい。この道を進むのに、かれこれもう三十分が経《た》っていた。しかも息も上がり、酸素の消耗が通常より数倍も早く、すでに限界に近づいていた。酸素の残り時間を計算してみると、かなりまずい状況だった。もしこの先で耳室《みみしつ》への通路を見つけられなければ、さっさともと来た道を戻らないと、酸素が足りなくなる。だがここまでやってきたのに、耳室への道はまるで見つからない。なんだか悔しかった。

このとき、最後尾を泳いでいた張《ジャン》が突然、僕らが身につけているサスペンダーを勢いよく引っ張り、いちばん前に躍り出てきた。そして王胖子を捕まえ停止させる。張は目をぱちぱちさせている。こいつは僕よりも古墓の構造をよく知っている。まさか何か手がかりを見つけたというのか？

結局、僕らは張の後についていくことにした。王胖子はまた焦って先頭を行こうとしたが、さっきの態度があまりにもひどかったので、僕らは無視した。王胖子も仕方なさそうに、ふくれながら僕らの後ろに回った。

そのまま数メートル進むと、張は少しへこんだ壁を指し示した。さっき王胖子がキックして進んだときの蹴り跡が壁についていたのだ。

僕は密《ひそ》かに小躍りして、ジェスチャーで前と後ろのみんなを呼んだ。ここはやっぱり例の長い回廊の端に違いない。三叔《サンシュー》が言っていたワナは十中八九ここにあるはずだ。ここのワナを作動させれば、水が怒涛《どとう》の勢いで壁の内側に流れ込んでいくだろう。当時の三叔はヘルメットをかぶっていたから何ともなかったが、今の僕らはゴーグルしか身につけていない。ひとたび急流に呑み込まれたら、それこそ終わりだ。

後ろを見ると、あの髪の毛はまだ追いかけてきていないようだった。僕がひとまずみんなにワナについて知らせようと思ったとき、何を思ったのか、張がいきなりそこを押してしまった。あまりに突然だったので僕らが何も反応できないうちに、大量の泡があふれ出てきた。

まずいことになった。張のトラブルメーカーぶりときたら、王胖子よりひどい。だがクダひとつ巻くこともできないうちに、ものすごい力が僕の背中を押してきた。僕はあっという間に壁に開いた穴の中に押し込まれ、一瞬で激しい水流に呑み込まれた。まるで三叔の話を追体験しているようだった。

内臓全部が振り回されるような、まるで自分が洗濯機のなかに押し込まれたような感じだった。しばらくかき回されると、ひどい目まいで目の焦点が合わなくなった。

どのくらい時間が経ったのだろう。ふらつく状態が少し治まり、意識がはっきりしてくると、今度は全身がばらばらになるような痛みが襲ってきた。特に首がひどく痛む。だが幸いにも折れてはいないようだ。レギュレーターのマウスピースはまだ口にくわえていた。目をこらして見てみても、上下左右周りの空間すべてが真っ黒だ。みんなは下のほうにいるようだが、気を失っているのかもしれない。かなりマズい状況だ。ちなみに王胖子はバレエを踊るように、まだぐるぐる回っている。

水の外には壁が見えていて、その壁は上質の漢白玉《かんぱくぎょく》（古代中国の王朝時代から貴重な石として使われている。白色鉱物の変種。アラバスターともいう）でできていた。ここにこれほど上質な素材が使われているのだから、僕たちはもう墳墓の地下宮殿の内部に達したとみて間違いない。どうやら、三叔が言っていた例の耳室の中の泉の口にたどり着いたらしい。足を動かしさらに上がっていくと、ふいに暖かくなり、水面に到達した。

周囲は漆黒の闇だった。水中ライトの光は集約されていて、一点しか照らせていない。僕は水中ライトを消して懐中電灯に換えると、この墓室をさらにじっくりと観察してみた。墓室は長方形だった。天井には五十の星図が描かれているが、精緻に彫られた装飾はなく、いたって質素なものだった。

この部屋には棺《ひつぎ》を置く台座や棺がないから、耳室のひとつに違いない——。そして他に出口はないようだ。左側にある石の門だけが甬道《ようどう》に続いているらしい。

墓室の壁は安っぽい白土《はくど》で塗られているが、表面にはもともときらびやかな壁画が描かれていたようだ。だが残念ながら今はもう湿気で腐食して手に負えない状態になっている。もはやそこに描かれているのが禁婆《ジンポー》の姿なのか見分けがつかなかった。

墓室の床には副葬品の陶器が残されていた。数は百ほどだが、なかにはいくつか貴重な青花雲龍《せいかうんりゅう》柄の大きな陶器の壺《つぼ》もあった。また床には足跡も残っていた。どれも濡《ぬ》れた足で床に積もった埃《ほこり》に残されたものだ。足跡はまだ新しい。おそらく三叔の残したもののひとつだろう。

僕は酸素の濃度を測定して、みんなを水から上がらせた。阿寧は足跡のことが気になっているらしく、上がってくるなり僕に聞いてきた。

「これって墓荒らしが残したものかしら?」

僕は眉をひそめただけで、肯定も否定もしなかった。足跡のなかに、やけに目立つ素足のものがひとつ見えたからだった。不思議なのは、その足跡がとても小さく、子どものもののようだったことだ。人間なら三歳以下だろう。

僕はこれまで、墓掘りが子どもを連れてくるなんて聞いたことがなかったから王胖子に足跡を見てもらうことにした。奴は経験豊富だから、ひょっとしたら何か知っているかもしれない。その王胖子は足跡を見つめながら、啞然《あぜん》としていた。

「大きさはさておき、この足跡そのものが異常だぜ。お前もしっかり見てみろよ」

もう一度よく見てみると、足跡の上に黄色の蠟《ろう》のようなものが付着している。それをナイフで削り取って嗅いでみる。

「これは死蠟《しろう》じゃないか!」

19 大きな壺《つぼ》

死蠟《しろう》というのは通常、水に浸《つ》かっていたり、湿った泥土に埋まっている死体の表面に生成される。死体の脂肪やミネラルが凝固してできる、いわゆる蠟《ろう》の一種ともいえるものだ。

僕らは足跡に沿って進んでみると、それは部屋の隅にある大きな青花雲龍《せいかうんりゅう》柄の壺《つぼ》の裏側まで続いていた。心臓が高鳴る。

小物は扱いにくいとはよく言ったものだが、ひょっとしてこの壺の中に未成年の粽子《ゾンズ》がいるってことなのか――？　僕は王胖子《ワンパンズ》に言った。

「見ろよ。この足跡は向こうに行くものしかなくて、戻ってきたときのものはないぞ。まさか……」

半分も言わないうちに、王胖子がさっと手を振って、僕を口止めする。すると、大きな壺が突然、ひとりでに揺れ動き始めた。

王胖子がささやく。

「あれが、後ろに隠れてる」

そのとき、張《ジャン》はすでに半分ほど装備を脱着してしまっていたが、慌ててストップし、酸素ボンベを担ぎこっちに寄ってきた。

「何が？」

王胖子はうざったそうに張に目をやった。

「粽子だよ！」

「粽子？　嘉興《ジャーシン》の五芳齋《ウーファンジャイ》（浙江省《せっこうしょう》にある粽《ちまき》の名店）の？」

王胖子はあいつには構うなとばかりに張に首を振った。僕は王胖子に聞く。

「それは確かなの？　そんなに小さな粽子なんて聞いたことない」

「俺だって確信は持てねえ。ただ、違ったとしても、確かめてみないわけにはいかねえだろ。じゃなきゃ、後でまずいことになる。この墓は本当に気味が悪いぜ」

そう言って、王胖子が手にしていた水中銃を構え、手招きをしてきた。行きたくない――そう僕は首を振った。

王胖子はため息をつくと、仕方なく今度は張を呼び寄せた。張にとっては初めての墓掘りだ。異常なまでに興奮している張は躊躇《ちゅうちょ》することなく王胖子にならって進んでいった。二人が敵に攻め込むように構えながら、大きな壺に向かって歩いていく。

僕は内心怖かったのだが、女性の前で意気地のないところを見せたくなかったから、張の後ろについて用心深く見守っているふりをした。

何かが突然跳び出てきやしないかという不安で、僕らの足取りはなかなか進まなかった。王胖子がまず懐中電灯で壺を照らしてみたが、壺はかなりの大きさだということ以外、特に変わったところはなかった。さらに水中銃で壺の後ろめがけて突いてみるも、その姿は子どもがイタチを捕まえる姿のようで、僕は思わず笑ってしまった。王胖子が五、六回とつついてみるが、後ろ側には何もなさそうだった。

「ちくしょう、ただの空の木箱じゃねえか。びびらせるなよ」

僕らも近くに寄ってみた。見れば、バイオリンケースぐらいの大きさの二羽の鳳《おおとり》が彫られた嬰児《えいじ》の棺《ひつぎ》がひとつある。棺はすでに開いていて、その蓋は近くに置かれていた。棺の内側の白い底は保存状態が良かったが、肝心の遺体はそこにはなかった。どうりで王胖子がこれをただの箱だと思ったわけだ。

「これは箱じゃない、棺だよ」

僕の言葉を王胖子はにわかに信じなかったが、ふと我に返ったように返してきた。

「つまり、これは子どもの粽子の棺だってのか？」

僕はうなずいた。そしてまたじっくり見てみると、棺の本体にいくつかの穴を発見した。そして黒い筋が穴から床まで伸びている。何か液体のようなものが、この穴を通じて内側から流れ出たようだ。この種のことは確か、祖父のノートにも書かれていたはずだ。

王胖子は懐中電灯で棺をくまなく照らしてみたが、何もないことに残念そうにため息をついた。

「この棺の規格からして、納められている子どもは何かいいものを身につけてたと思うんだよな。だが遺体はどっかに行っちまった。なんなら探してみるか。真珠やら何やら出てくるかもしれねえ」

確かに夭折《ようせつ》し陪葬された子どもの場合、棺の中にたくさんものが入っていて、しかもそのほとんどを身につけていることが多い。とりわけ陪葬された子どもの腹の中には、防腐用に貴重な玉《ぎょく》が詰められている。

遺体がいったいどこにあるのかと、僕らは周囲を探しまわったが、屑《くず》ひとつ見つからなかった。墓掘りたちに盗まれてしまったに違いない。

王胖子はくやしがり、棺をひっくり返そうとしていた。さすがにそれはまずい。僕は王胖子を引きとめた。

「この棺は他のものとは違う。単に死人を納めていたわけじゃない。絶対そうだ。触るのはよくないよ」

「けっ、笑わせせんな。死体がねえのに怖がってどうする。この棺が飛んできて、俺に嚙《か》みつくのが怖えってか?」

「あたしたちがここに来た目的は明器《めいき》(副葬品)を取り出すことじゃないわ。さあ、早いとこ玄室《げんしつ》に行きましょ。時間を無駄にしちゃダメ。速戦即決よ」

自分が道義にもとっていることを百も承知の王胖子は、こうなるともはやお手上げだった。僕らは戻ってまず潜水具の整理をした。王胖子はリュックを背負うと、僕を見ながら口をモゴモゴさせていた。何か言いたそうだったが、恥ずかしそうにためらっている。

「おいおい、言いたいことがあるならさっさと言えよ。なんなんだ?」

「あの子どもの粽子、ひょっとしてさっきの陶器の脇のでっけえ壺の中にいやしねえか?」

僕は大きな壺に目をやってぎくりとした。確かにその可能性はあるかもしれない。

王胖子は少し顔を赤らめて言った。「さっきそっちの方向で音がしたんだ。あの中から音が出てるような感じがした。粽子はネズミじゃねえんだから、壺に潜り込むなんてことねえだろ。だから聞き間違いだと思ってたんだ。言ってみただけだよ。特に深い意味はねえ」

僕は、王胖子が気になっているのは死体が身につけているお宝だとわかっていた。皮肉でも言ってやろうかと思ったそのとき、例の壺がカタンと突然音を立てて床に倒れたのでびっくりした。王胖子の言ったことは正しいのではないか——音にヒヤリとした僕は内心そう思っていた。

四人とも何も言わず、緊張しながら壺のほうを見ると、今度はその壺がぐるぐると回転し始め、僕らのほうに向かってゴロンと転がってきた。

20 甬道《ようどう》

その壺《つぼ》は回転していたかと思いきや、次の瞬間には方向を変え甬道に通じる石門のほうに転がっていき、最後には門の枠にぶつかって、大きな音を立てて止まった。

僕らは目の前の不思議な光景に互いに目を見合わせた。まさか王胖子《ワンパンズ》の言ってたことが正解で、本当に中に粽子《ゾンズ》がいるのか？

しばらく呆然《ぼうぜん》としてしまい、僕らはなかなか次の行動に移ることができずにいた。そんななか王胖子が声を落として言った。

「なあ……あの壺、やっぱり変だ。とりあえず銛《もり》でも刺して反応を見てみねえか」

もちろん僕は反対だった。「絶対ダメだ。まずはあれが何なのか、はっきりさせてからだよ！」

こう言ったのは、元代から明代のものと思われるこの大きな青花柄の壺が、極めて珍しいものだと知っているからだった。ここまでの壺は、世界中どこを探してもそう見つからない。これが壊れたら、二度とお目にかかることはないだろう。それにもし中に何か変なものが潜んでいたとして、それが本当に王胖子の言う粽子だとしたら、また戦わなければならない。でも僕はさっき水中でだいぶ体力を消耗していたから、これ以上走って逃げることなんて無理だ。

だが僕らは今まさに水深十数メートルの墳墓の中にいる。この中の空気がどれだけもつかわからないが、このまま壺と対峙《たいじ》したままではいつかまずいことになる。状況は刻々と変化している。何かを選択するのは極めて難しい状況の中、僕は何の策も頭に浮かばないまま、ただ焦りで汗だくになっていた。

そんな僕を見て、王胖子がじれったそうに言う。「俺だって中にいるのが粽子だって確信なんかねえよ。この場所は海に通じてるから、カニやらエビやらがいるかもしれねえしな。だけどこれ以上勝手に怯《おび》えているなんてバカらしい。やっぱりちょっと確めてみようぜ」

「あたしたちの本来の目的は玄室《げんしつ》に入ることよ。途中で時間を無駄にすることはないわ。だからできることならこんなの避けておいたほうが無難よ。他の場所に門はないのかしら」と阿寧《アーニン》。

確かにそれもひとつの手だろう。僕らはまた耳室《みみしつ》を隅々まで入念に調べてみた。だが残念ながら、この場所には二つ目の門も、僕たちが潜り込めそうな穴もないことがはっきりしただけだった。

王胖子はもはや我慢の限界のようだった。「今さらだけどよ、あの壺を移動させるか、さっさと船に戻るか決めようぜ。他に選択肢はねえんだろ。俺はあれを移動させるほうがいいと思うぜ。ここまでやっと来たってのに、壺なんかにびびらされてすごすご戻るなんて、俺は嫌だからな！」

阿寧も毅然《きぜん》とした表情のままだし、張《ジャン》は何も言わず、何を考えているのかわからない。みんなが意見を求めているかのように僕を見つめている。

僕はまだ決心がつかなかった。やみくもに飛び込んでいくのはもちろん妥当じゃない。でも王胖子の意見も一理ある。墳墓の中では、たいてい自分の姿に怯えているだけ——そう内心ではわかっていた。そんな中、阿寧の目を見ていると、なぜか気持ちがやわらいだ。

「わかった。先に進んでからまた考えよう。お互いに何もしなければ済むことだし、それにあっちが何か仕掛けてきても、こっちには水中銃が四挺《ちょう》もあるんだ。怖くなんてないさ！」

王胖子が僕の肩を軽く叩いて励ましてくれた。僕は水中銃を取り出すと、ロックを解除して壺に照準を定めた。王胖子が先陣を切り、四人まとまり用心しながら門のあたりに向かった。

怖くはなかったけれど、少し緊張していた。潜水服の中に汗が溜《た》まって不快でたまらない。

壺の中が王胖子の視界に入ろうとしたそのとき、突然音がして、今度は壺がものすごい速さでゴロゴロと回転し始めた。僕は一瞬で体じゅうの血がカッと頭にのぼって、銃に手をかけた。

王胖子は機敏に二歩さがると、動くなと僕らの前に手を伸ばした。するとゴロゴロと回り出した壺は、今度はカーブを描き、真っ黒な甬道へそのまま転がっていった。僕らはこの音が遠ざかっていくのを、黙って聞いていた。しばらくして「ドンッ」という音が聞こえてきた。壺は何かにぶつかったらしい、音はそこで消えた。

僕らはすぐに壺を追いかけた。目の前は真っ暗だったので、懐中電灯で照らすと、そこは漢白玉《かんぱくぎょく》のレンガで造られたまっすぐの甬道になっていた。甬道はとても簡素な造りで、そこには何も置かれていないようだった。ただ、床の両側それぞれには明かり取り用の溝があり、中には一メートルごとに明かりの台座が設置されている。甬道のもう一方の端には玉《ぎょく》でできた門、その手前、甬道の左右両側にもそれぞれひとつずつ小さな門があり、それら三つの門はすべて開いていた。どうやら何者かがすでに侵入しているようだ。例の壺は、左側の小さな門の前で動きを止めていた。

壺の動きはまるで僕らを道案内しているかのようだった。「follow me《ついておいで》」という言葉こそ言ってはいないが、絶対に何かの意図が隠されている。ひょっとしたら、壺の中に潜んでいるのは粽子じゃなくて幽霊なのかもしれない。

僕は張を何度も見たが、緊張しているのか、それとも怖がっているのか、その表情からは何も読み取れなかった。そこで僕は幽霊かもしれないという疑念をみんなに話してみた。すると王胖子は一理あると思ったのか、こんなことを言った。

「お前さんの言う通り幽霊なら、こうも考えられねえか。あれがあんなにゴロンゴロン転がってるのはボウリングの球の幽霊――」

僕は内心、苦笑していたが、王胖子はそんなことを意に介さず続けた。

「もうここまで来ちまった以上、悩んでる場合じゃねえ。行こうぜ。あれの正体が何か見てやるんだ。どっちみち死んじまうんなら、命懸けでやってやろうじゃねえか」

みんながうなずき、王胖子が僕をぽんぽんと叩く。「こういうつるつるの石板の道には、たいていワナがある。よく見てみろ、ここには何か問題はねえか?」

これは僕以外の誰にも任せられない作業だとわかっていた。だから僕は素直にうなずいて、懐中電灯で床を照らしてみた。この甬道の表面にはすべて小さな石板が敷かれている。おそらく石弓なんかのワナが隠されているはずだ――。三叔《サンシュー》がこの場所にたどり着いていたら、ワナなんてとっくに破壊しているか、無効化しているに違いない。だが万が一、壊されていなかった場合はやっかいだ。だから僕はみんなに注意をうながし、リュックの中身を整理すると、みんなに先駆けて甬道を進んでいった。

ワナを避けるのに一番有効な対応策は壁に貼りつくことだ。だがこの甬道の両側には、明かり取り用の溝が巡らされている。そしてその中にはべとべとした真っ黒な、得体の知れない何かで満たされているから、僕は溝の脇に沿って進んでいくしかなかった。

みんなには、足元に特に注意を払うように伝えた。だが実のところ、僕にだってワナに関しては何の自信もなかった。足をどうやって下ろすか、どれくらい体重をかけるか、どれくらい早く足を放すか、すべてにコツがあり、これは経験がものを言う。僕にはそんなものあるはずもないから、先へ進めば進むほど気持ちが焦ってきた。

そして焦ったまま十数歩ほど歩くと、すでに体じゅうが冷や汗でびっしょりになっていた。そんな僕の緊張ぶりを見て、後ろに続くみんなもすっかり焦ってしまったようだ。

「どうやら、地雷を探る任務はやっぱり簡単なもんじゃねえな。お前がもし疲れてるんなら、小休止しねえか？」と王胖子が言ってきた。

僕も王胖子と口論している余裕はない。

「うるさいな。ちょっとでも僕が気を緩めたら、みんな死ぬんだぞ――」

言い終わる前に、突然足元が震えはじめた。振り向くと、阿寧の足元の石板が沈み始めていて、彼女は焦っている様子だ。

「どうしてこんなについていないんだ」僕は射られたハリネズミのような、大きな叫び声をあげた。同時に一本の矢が阿寧の耳元をかすめるようにして飛んでいった。それに僕はまったく反応できず、すぐに二本目の矢も飛んできて、それが阿寧の胸に突き刺さったように見えたが――

それはまさに電光石火の動きだった。阿寧の目つきが変わり、稲妻のように素早く身をひるがえし、手をさっと一閃《いっせん》させる。なんとその手には矢が握られていた。その動きはあまりに速く、僕の目では何が起こったのかはっきりと捉えることができなかった。

ただ足元がぶるぶると震えているだけの僕には、焦って声をあげるのが精いっぱいだった。

「ちょっと待った。まだ石弓が来るぞ！」

言い終わらないうちに、また十数もの白光のようなものが射《さ》してきた。僕は慌てて頭をかがめた。このとき、ふいに遠くに転がっている壺の中から毛だらけの白い何かが這《は》い出《だ》してきて、ものすごい速さで左側の石門に突っ込んでいくのが見えた。瞬間、胸に鋭い痛みが走った。頭を下げると――くそっ！　いつの間にか胸に二本の矢が突き刺さっている。どうやら深さ六、七センチぐらいまで達しているようだった。

21 矢

矢じりのほぼすべてが僕の体にめり込んでいた。たちまち胸に激痛がひろがる。それでもまだ現実とは実感できなかった。僕はまだこんなに若いし、女の子の手すらまともに握ったこともないというのに、何だってこんな見ず知らずの人の墓でこんな死に方をしなきゃならないんだ？　ここで死んだら、何百年経《た》ったとしても誰にも見つけてもらえないはず。こんな終わり方って、惨めすぎないか――。

また矢が雨のように降ってきた。どんなものを使って撃ってきているのかわからないが、速すぎて逃れられない。王胖子《ワンパンズ》は自分のリュックを盾にして、さっと僕らの目の前に飛び出すと、身代わりとなって数本の矢を受けた。僕は王胖子の背中を見て思わず青ざめた。背中にはびっしりと十数本、矢が刺さっていたのだ。まるで香炉にたくさんお香が刺さっているかのようだ。これでは奴《やつ》は確実に死ぬだろう。だがなぜか王胖子はちっとも痛そうにしていない。

小説なんかでよく見かける「ハリネズミのように、矢が体に刺さっている」という状態を実際には見たことはなかったが、今やっとそれをこの目で見ることができた。こんな状況にあって、僕は己の運命を呪っていた。このとき突然、僕は誰かに服をつかまれ、無理やり前に押し出された。びっくりして振り向くと、なんと阿寧《アーニン》だ。その冷ややかなまなざしに、僕はぞっとした。まずい――僕は慌てて力いっぱい振りほどこうとする。だが阿寧は容赦なく膝を僕の腰の後ろに押しあててきた。それは胸元に刺さっている二本の矢よりずっと痛くて、一瞬で全身の力が抜けた。阿寧は無言で僕を前へと押しながら、中央の玉《ぎょく》でできた大きな門に向かっていく。阿寧の盾にされた僕の肩、お腹《なか》、胸元に矢が突き刺さってきて、そのあまりの痛みに、僕はほとんど失神しかけていた。

最も凶悪なものは女性の心だとはよく言われる。だが僕はそんな話は信じていなかった。女性がこれほどまで残忍な生き物だとは思ってもみなかったのだ。さっきまで少女のように怖がっていたというのに、一瞬で僕を盾にして矢の雨を受けさせるなんて、誰が予想できただろう。

もちろん僕はそれほど寛大な人間じゃないから、力いっぱい全身をひねって抗《あらが》った。阿寧の力はそれほど強くなかったので、すぐに振り切って壁沿いの溝の中に逃れた。阿寧は盾代わりを失ったとみると、さっと身をひるがえし、瞬時に十数本の矢を避《よ》けた。そして振り向きざまに苦々しい表情でこっちをにらみつけてきている。おいおい、よくそんな顔していられるな！　頭にきた僕は大声をあげて阿寧に飛びかかった。阿寧は僕に冷笑を浴びせると、高くジャンプして壁を蹴り上げ、一瞬で安全な場所に逃れていく。一連の動作は極めて機敏だ。電光石火の動きは一瞬で終わった。

見れば阿寧には一本も矢が当たっていない。僕は怒りのあまり地団駄を踏んだ。阿寧は振り向くと、突然フンと僕に投げキッスをしてきた。そして懐中電灯を手にしたかと思うと、身をひるがえしながら真ん中の玉の門へ消えていった。

怒りで血へどが出そうだったが、僕には何もできない。脇の溝の中で転がっているしかなかった。今は頭上で飛びかう矢が甬道《ようどう》の壁にぶつかる金属音を聞いているしかない。矢の雨は五分ほど続いて、やっと止まった。王胖子のほうを見ると、針のむしろ状態だった。ふらふらと倒れ込みそうになっていたので、僕は慌てて這《は》って助けようとした。だがあろうことか、王胖子は「なんともない」と言いたげに手を振っている。

「おい呉坊《ウー》、この矢、なんだかおかしいぞ。こんなにぐっさり刺さってるってのに、ちっとも痛くねえんだ。何本か抜いて、ちょっと見てくれねえか」

僕もちょっと変だとは思っていた。この矢の傷が思いのほか痛くないのはなぜだろう。呼吸もいたって正常だ。とはいえ僕もまだ死んだことがないから矢に射られて死ぬのがどういう感覚なのかわからなかった。

王胖子は僕に何本か矢を抜かせようとするが、僕は肝の据わっていない腰抜けだ。王胖子を前にして、しばらく手をかけられないでいた。このとき張《ジャン》がいきなり立ち上がった。さっきは王胖子の後ろで守られていたので、矢は一本も命中していないようだ。

「安心しろ。どうってことない」

僕と王胖子はその声を聞いて驚いた。なんだか変だ。しかもどこかで聞いたことがある。すると張の体が突然、不自然にピンと伸びた。そしてカタン——音が聞こえたとたん、なんと張の身長が数センチ伸びていた。張はさらに前に腕を伸ばし力を入れると、タンッ——音がして、腕も一気に数センチ伸びた。

僕はあごがはずれそうになった。これは縮骨《しゅくこつ》（武術の技のひとつ。軟骨の隙間に気を入れて体を収縮させる）じゃないか——！　祖父のノートで読んだことがあった。それは昔の墓掘りの基本的な技のひとつで、狭い隙間を通るため体を縮ませるというものだ。例えば冥殿の梁《はり》の穴とか地下の隙間を通るときにこの技を使ったようだ。僕はこの技の原理がわかっていなかったから、いつも笑い話にしていたぐらいだった。だから今この目で見ることがなければ、こんな神がかった技が本当にあるとは思いもしなかっただろう。

（ここ数年、洛陽《らくよう》の盗掘村ではまだこの技の使い手がいると聞く。彼らは盗掘穴を小さく掘り、そこに縮骨して入っていく。警察が通り過ぎてそこを見ても、イタチが掘った穴ぐらいにしか思わないだろう。さらに、のちにそれが盗掘穴だったとわかっても、そこから進入して捕まえることはできない。それに穴を大きくして人が通れるようにしてからでは、中にいる墓荒らしはとっくにもう一本の抜け道を掘って逃げてしまっている。ただ残念なのは、この技は極端に習得が難しいことだ。子どもの頃から修練を始めたとしても、全身の骨格バランスが合っていなかったら無理だろう）

背が一気に伸びた張は、さらに自分の耳の後ろを引っぱった。すると人の仮面が剝《は》がれて、本当の顔があらわになった。なんとそいつは悶油瓶《モンヨウピン》だった！　僕はあまりのことに唖然《あぜん》としたが、ふいに怒りが湧いてきた。こいつは抜け目がない奴だが、とんだ役者でもあったのか。今の今までまったく気がつかなかったなんて。

悶油瓶はしばらく動かしていなかったからとばかりに、伸びをするように腕を勢いよく振り回している。

「おいおい、こりゃどういう意味だよ？　わざと俺たちをこんな目に遭わせて楽しんでたんじゃねえだろうな？」

悶油瓶はそう言う王胖子を何も言わずにぽんぽんと叩くと、その場に座らせた。それから王胖子の背に刺さった矢の矢じりをつかむと力を入れて一気にねじった。矢はするりと抜けた。王胖子の体にはうっすらと赤い痕がついていたが、どこにも傷はなかった。

僕は驚愕《きょうがく》し、その一方で自分も死ぬことはないとわかり安堵《あんど》した。すぐに悶油瓶をまねて、自分の体に刺さった矢を抜いた。抜く方法はいたって簡単だ。自力で矢を抜くことができた。矢をひと目見てわかった。この矢の矢じり部分はとても巧妙な作りになっていたのだ。何かものにぶつかると、矢じりから爪のような鉄の鉤《かぎ》がいくつも出てきて、獲物をがっちりつかむ仕組みだ。

悶油瓶は床にたくさん落ちている金属製の矢じりを見ながら、さらっと言った。「さっきのワナはあの女がわざと踏んだんだ。どうやら、自分の腕に自信があるらしい。それだけじゃない、俺たちを皆殺しにするつもりだった」

さっきの阿寧の投げキッスを思い出した。明らかに僕をあざ笑っていた。怒りをこらえようと歯を食いしばったら、血がにじんできた。やっぱり美人は信じちゃダメだ。二度とこんな目に遭ってたまるものか！

背中がすり傷だらけの王胖子も、口をゆがめる。

「ちっくしょーっ、この矢は矢じりが蓮《はす》の花みたいに開くやつだ。危うくあいつのたくらみにはまるところだったぜ。俺みてえな天才がハリネズミ状態で死んだら、それこそ笑い者だ」

僕はこの矢を見て不思議に思った。

「どうしてここの矢はみんなこの矢じりを使ってるんだろう？　何か意味があるのかな？」

「俺も知らない。だがあんたに刺さってる矢を見てすぐ、これが蓮花《れんげ》型の矢じりだとわかった。理由は分からないがこの墓室の主人が俺らに一計を図って、退却させたかったのかもしれない――」と悶油瓶だ。

それだとちょっとつじつまが合わないと僕は思った。だが今はそれを話し合っている場合ではない。阿寧はとっくに玄室《げんしつ》に入っている。やすやすとお宝を持ってトンズラさせるわけにはいかない――。僕はすぐに真ん中の玄室に突入しようと前に出た。だが悶油瓶は僕をつかんで、首を振った。

「さっき、あの壺《つぼ》は俺たちを左側の墓室に入らせようとしたよな。あれには絶対に理由がある。ここは慎重になれ。今は奴のテリトリーにいるんだから、むやみに動かないほうがいい」

僕は焦っていた。今あの女が出てきてそのまま逃げたら、どうやって捕まえていいのかわからないからだ。

「あんな女、怖くなんかねえ。ひとまず戻って、潜水具を全部隠しておこう。くそっ、あいつが酸素なしで海中に出てこられるか外で待っててやる！」

肝心なときには、王胖子の頭の回転は早くなる。なぜそれを僕は思いつかなかったのか――僕たちは三人で、急いで例の耳室《みみしつ》に戻った。だが懐中電灯でさっき荷物を置いた場所を照らすと、そこには何もなかった――なんと僕らの酸素ボンベが全部なくなっていたのだ。

22　謎解き　その一

目の前の状況に三人とも固まってしまった。ここを往復するだけなら五分ぐらいしかかからないというのに、そんな短い間にどうやって僕らの装備をまるごと持っていけたんだ。しかも耳室《みみしつ》から甬道《ようどう》に出るルートはひとつしかない。いったいどこに運んだというのだ？

三人とも目を見合わせた。みんな暗い顔をしている。前の問題が解決しないうちに、また問題が起きるとは。

「まさかここ、粽子《ゾンズ》一匹だけじゃあ済まねえってか？」

そう言う王胖子《ワンパンズ》に僕は手を振った。今は粽子のことを話してる場合じゃない。粽子となら懸命に戦えばなんとかなる。だが潜水具もなしに、どうやって数十メートルも続く海底通路を通り抜けるというんだ。これはかなり厳しい。最悪の場合、全員この海底墳墓に閉じ込められてしまう。

「さっき最後に装備を脱いだのはあんただろ。置いてからどこかに移動させてないか？」

王胖子が僕に答えた。「してねえに決まってるだろ！　ボンベ八本なんて、めいっぱい食った後じゃなきゃあ動かせねえよ」

あのとき、僕らは全員その場にいた。もし誰かが装備をどこかに移動させていたら一目瞭然だ。しかもボンベは確かに重い。いっぺんに全部を運ぶなんて普通ではありえない。

すると考えていても仕方ないと思ったのだろう、王胖子がそこらへんを探してみようと提案してきた。たとえ幽霊が装備を運んでいったとしても、必ず何かしら手がかりが残されてるはず――という言い分だ。それもそうだと思い、僕は陶器をひとつずつ移動させ、後ろに装備が隠されていないか確認してみた。でもそんなのはちょっとした自己満足の行動にすぎない。こんな狭いところなら、何かあればすぐに見つけられる、そう思い込みたかったし、今はそれが一縷《いちる》の望みでもあった。

僕らはあたりをくまなく探した。だが五分、六分と、時間が経《た》つにつれ、だんだん不安になり胸騒ぎがしてきた。どこがおかしいのかはわからない。ただ、そこにあるすべてのものに対して、なんとも言い難《がた》い違和感を覚えていた。最終的に気づいたのはやはり王胖子だった。

「くそっ！　そもそもここは、さっき俺らがいた場所じゃねえよ！」

今、部屋は王胖子が懐中電灯で照らしている隅だけが見えている。だが僕の記憶ではもともとそこには何もなかったはずだ。しかし今は石柱がそこに見えていた。石柱の片側は壁に埋まり、もう片側は外にあらわになっている。そしてその表面には不思議な獣がたくさん彫り込まれている。ここは、さっきの部屋とは完全に違う造りの墓室だった。僕らはすぐさま、残り三か所の隅も見てみた。やはり、四隅とも同様の造りで、どこも違う様相に様変わりしてしまっている。僕の額からは滝のような汗が流れ出てきた。これは常識的に考えておかしい、完全に常軌を逸している――。

悶油瓶《モンヨウピン》を見ると、うなずいていた。

「確かに。ここは別の部屋みたいだな。隅にあった嬰児《えいじ》の棺《ひつぎ》もなくなっているし、副葬品の配置だってだいぶ違う。しかも上を見てみろ――」

僕は顔を上げるなり、びっくりしすぎてのけぞった。なんと天井のレリーフの陰陽の星図が、からみ合う二匹の大蛇に変わっているのだ。円形の梁《はり》にからみついた大蛇は、今にも飛びかかってきそうな勢いだ。

「こりゃどういうことだよ。まさか、入り口を間違えた？」

「そんなわけねえ。ここが一本道だってのは見てわかるだろ。そんなに広くもねえし。俺たちはここからあのぼろい甬道に出た。そこでハリネズミにされかけて、またここまで駆け戻ってきた。それは間違いねえよ！　くそっ、これは俺の〝王〟の字を逆さまにでも書けるくらい間違いねえ」とは王胖子だ。

このとき僕は、三叔《サンシュー》が二十年前に遭遇したことを今の僕らも経験しているのだと感じていた。だがこの状況は三叔の描写とは少し違う。当時から今までの間に、この墓で突発的な何かが発生したせいで異なっているのかもしれない。当時の三叔は潜水具を脱いでいなかった。そのおかげでなんとか泉の口を通って逃げのびられたのだ。だが僕はどうだ。ここに来たとき、こういうことが起こりうるとわかっていたにもかかわらず、何も用心しなかった。そう思うと自責の念にかられた。

王胖子も何が何だかわからないようだ。

「お前ら南派《ナンパイ》は古墓のからくりに詳しいんだろ？　こういうの、前に見たことねえのか？」

もちろん見たことはない。

「ここには僕らしかいないから本当のこと言うけど、僕は今回の墓掘りが二度目なんだ。隠し扉がどうとか言わないでくれ。ああいう陶器の名前だって合ってるかどうか怪しいんだ。だからあんまりあてにしないでくれ」

「がっかりさせないでくれよな。俺は本当にお前さんをあてにしてるんだからよ」

王胖子にどう答えていいのかわからず、僕は苦笑いするしかなかった。

「今はありえないくらい奇妙な状況だろ。だから僕がちょっとくらいからくりに詳しかったとしても、何の解決策にもならないよ。数分間で部屋の中のものを全部変えちゃったり、部屋の構造すら変えられる、そんなからくりが存在するっていうのか？　そんなのありっこないだろ。絶対他に何か理由があるはずだよ」

同意してくれたのか悶油瓶が淡々とうなずいている。一方、王胖子は頭をぽりぽりかいて言った。

「からくりじゃなきゃ何だってんだ？　まさか魔法か？」

「なんて言ったらいいのかな——その可能性もあるね。前にこんな話を聞いたことがある。ある墓掘りが古墓に入り、宮殿のようなきらびやかな建物を発見した。しかもそこではある人が酒を飲んでいて、その人は墓掘りに酒をふるまい、さらには腰ひももくれた。二人はすっかり酔いつぶれ、古墓の中で眠ってしまった。目覚めたとき、墓掘りはぼろぼろの棺の脇に倒れていて、もらった腰ひもは蛇になっていた――これって今の僕らの状況とちょっと似てないか？」

「馬鹿だな。あっちは少なくとも酒があるけど、俺らは水だけだ。比べられるかって」と王胖子。

僕はこのとき、三叔から聞いた話を二人に言うべきか迷っていた。この件は全貌がはっきりとしていないし、おそらく悶油瓶にも関わってくる話だ。僕は今、悶油瓶がどういういきさつでここにいるのかまだ知らない。万が一、下手《へた》なことを言ったら、もっと面倒なことになるかも。僕はよく考えた末、本当のことを半分だけ言うことにした。

僕は二人を座らせて、三叔の体験をかいつまんで話した。王胖子が口を挟んでくるたびに僕は言葉に詰まってしまい、話を短くせざるを得なかった。話が終わり、王胖子がいら立った。

「ちくしょう、そんなにいろいろ知ってたのになんで何にも言わなかったんだ。見てみろ。お前のせいで、俺らは半殺しの目に遭ってるんだぞ！　お前、ほんと最低だな」

真剣に聞いていた悶油瓶が、僕の腕をつかんだ。

「三叔は意識を失っていたとき、何て言ったって？　もう一度言え！」

悶油瓶があまりにも厳しい表情だったので、僕はしどろもどろになった。

「えっ、〝エレベーター〟って、い、言ってたよ」

「なるほど、そういうことか」

悶油瓶が急に笑い出した。

23　謎解き　その二

悶油瓶《モンヨウピン》は起き上がって甬道《ようどう》の石門まで行くと、門の枠を触り始めた。

「ここには確かに、あるからくりが仕掛けてあるようだ。しかもそれはかなり単純で子ども騙《だま》しみたいなものだ。だからかえってそのせいで、二十年前にあんたの叔父さんは見つけられなかった。そして二十年後に発見できた」

王胖子《ワンパンズ》は悶油瓶が何かに気づいたことを察知した。

「おい兄ちゃんよ、わかったことがあるならさっさと言いな。もったいぶるなよ。イライラするだろ」

「わかりやすい例を出そう。二階建ての建物があって、各階には一部屋ずつしかないとする。お前が二階の部屋から出かけている間に、俺が一階の下にもう一つフロアをつくる。お前が戻ってきたとき、二階の部屋は三階になっていて、一階の部屋は二階になっている」

例が悪かったのか、王胖子はわけがわかっていない様子で指を折り曲げている。

「一・二、二・一、一・二・一……何が一・二・三だ。ますますわかんねえよ！」

僕はすぐに理解した。なるほど、三叔《サンシュー》の言っていたエレベーターとはそういう意味だったのか。三叔がこの秘密を発見したとき、ぱっと頭に浮かんだのがこの言葉だったようだ。これは奇想天外とはいえるものの、構造自体は複雑なものじゃない。確かに子ども騙しの仕掛けでしかない。

王胖子はまだちんぷんかんぷんのようなので、僕がもう一度説明した。理解するとたんに興味を失ったようだ。

「なるほどそういうことか。超単純なことじゃねえか。もっと大きな仕掛けがあるのかと思ってたけど、なんてことなかったってことか」

僕は内心、恥ずかしかった。というのも、かつて建築を勉強していたからだ。こういった造りは建築学の範疇《はんちゅう》だというのに、まったく気づかなかったのだ。もっとよく考えてみるべきだった。あらかたのことはたいてい、意外とシンプルなものなのかもしれない。

だが悶油瓶の表情は依然として硬いままだった。門の枠を調べ終わると、泉の口の中の水を見に行った。何かまだ納得できないようだ。

「どうかした。何か問題でも?」

悶油瓶がうなずく。「あんたの叔父さんが言ってたことと、俺たちのたどってきた経路との間にはひとつ大きな矛盾がある。あんたが気づいてるかは知らないが」

僕はいぶかしく悶油瓶を見た。実は僕もさっき悶油瓶が言った考えには、ちょっと納得いかないところがあったが、それがどこなのかわからずにいたのだ。

「あんたの叔父さんはこの部屋の中で寝ていた。甬道には出ていない。ってことは部屋がどんなに上がったり下がったりしたとしても、彼の目に入ってくるのはやっぱりこの部屋の様子のはずだ。どうやって部屋の様子が変わるなんてことが起こるんだ?」

確かにそうだ。さらに悶油瓶が続ける。「しかも古墓の中にある耳室《みみしつ》は、そもそも左右対称だ。一部屋しかないなんてありえない。俺たちの向かいにもう一部屋あると考えるのが正しくないか」

さっそく僕らは甬道に出て、懐中電灯で周囲を照らしてみた。向かい側には漢白玉《かんぱくぎょく》でできたレンガの壁が立ち塞がっているばかりで、扉のようなものはない。悶油瓶は壁にぴったり耳をくっつけて、二本の指でレンガの隙間をひとつひとつ触って確めてゆく。しばらくそうした後、こっちに来て残念そうに首を横に振った。どうやら正真正銘、レンガの壁らしい。

待ちくたびれた様子の王胖子が、あくびをする。

「耳室なんてどうでもいいよ。三叔が脱出したルートがまだ見つかってねえんだからよ。仕掛けがどういうものかわかったからって、俺らが死ななくなるわけじゃないだろ？」

その意見ももっともだった。三叔はどうやって二度もここから逃げ出せたのだろう。いったいどんな手を使ったのか。二回目に脱出したとき、潜水具は何も身につけていなかった。ということは海底墳墓の中から息を止めて、泳いで出てきたというのか？

三叔の体験には、まだ僕の知らないことが絶対ある。それをあのジジイが言わなかったのだ。なんで肝心なところを言わなかったんだよ。そのせいであんたの甥《おい》が、もうすぐ水深十数メートルの海底で死ぬかもしれないのに。

僕同様、他の二人もいろいろと考えをめぐらせているようだ。実のところ、海底墳墓から脱出する方法なんてそう多くない。ひとつは、もと来た道を戻ることだが、僕らの肺活量がイルカ並みでもない限り、この方法は不可能だった。もうひとつは昔の職人たちが残した秘密の通路を探し出すことだ。これは陸での盗掘でなら比較的ポピュラーな方法だが、海底盗掘では現実的な策ではない。沈没船を海底墳墓にするには、まず船上に墳墓全体を構築してから海底に沈めることになる。だからどんな通路を通っても最後には必ず海中に出ることになるのだ。それから最後の手段として、墳墓を直接掘削して外に出ていくという最もばかばかしい手がある。天井を見上げるとレンガを積み上げて造った分厚い天井が見えて、思わず長いため息が出た。うまく掘れたとしても、その掘削自体が途方もなく大きなプロジェクトになってしまう。

僕は自分がこの海底墳墓を設計するつもりで考えてみた。一番シンプルな建築原理を採用するなら、この天井の上には何かが設けられているはずだ。

それに加えて確かなのは、レンガだけでは気密性の高い構造にはできないということだ。だからレンガの隙間には必ず密封用の白土《はくど》が埋められているはず。その上にはさらに封蠟《ふうろう》を何層にも塗った木板で、海水と隔離するための密封層が造られ、最上部には膏土をかけてあることだろう。

ここまで考えた僕は突然ある大胆な計画を思いついた。

「実はそんなに怯《おび》える必要なんてないんだ。ここの地点はだいたい海面から十数メートルしか離れてない。なぜって、この墓室をエレベーター構造にするためには、必然的にかなりの高度になっちゃうだろ。だから墳墓のてっぺん部分は海底からそう遠くないってことになる。つまり墳墓に直接穴を掘れれば、海底まで到達できるはずだ。それに海底から海面までだってそんなに離れてない。引き潮のときならなおさらだ。ということは、上から砂が崩れてこなければ、脱出できるチャンスはあるはずだ」

王胖子が手を振り、おっくうそうに言う。

「俺たちは、何にも道具を持ってこなかったんだぞ。上のほうはレンガ造りでカチカチだ。いったいどうやって掘るつもりだ。手か？」

「まったくわかってないなあ。沈没船を海底墳墓にしてるんだから、軽くするためにほとんどのレンガがスカスカのはずだ。圧力には強いけど、打撃には弱いだろうから、叩けるようなものを探すんだ。それで力いっぱい叩けば、穴が開くはずだよ」

王胖子はそれを聞いて元気が出たようだった。「そうだな——その方法ならひょっとしたら成功するかもしれん。俺らも道具を探してこようぜ。この墓はこんなにでかいんだし、玄室《げんしつ》の中には副葬品の銅器ぐらいあるだろ」

王胖子はこういう奴《やつ》だ。自分が死ぬとなったら諦めて何もしようとしないのに、まだ望みがあるとわかれば、あらゆる知識を総動員して助かろうとする。僕も頭を回転させ、穴掘りの腹案を考え出した。大学では建築を専攻していたから、こういうことには詳しい。改めてよく考えてみると、やはりすべての条件がぴったり当てはまる。潮が引いている数十分以内に穴を掘削できれば、脱出の可能性はある——！

「引き潮までまだかなり時間がある。ここの空気がそこまで持つかはわからん。すべては天意あるのみだ」

悶油瓶の言葉に王胖子が飛び上がった。

「くそったれ。もう引き潮かどうかなんて構ってられねえよ。まずは穴を掘ってから考えようぜ。ここで悶《もだ》え死ぬなんてごめんだ。そんなんだったらいっそ俺は喜んで粽子《ゾンズ》に咬《か》み殺されてやるよ！」

そもそも僕は王胖子に「もし引き潮ではないときに穴を貫通させてしまうと、水面まで最低二メートルはある。穴が開けば、すぐに浸水してくるから、脱出するなんて当然無理だ。ここの墓室はたったこれっぽっちの空間しかない。水がいっぱいになるのに数分もかからないだろう」と言おうと思っていた。だが王胖子の興奮ぶりを見ていると、さらに奴をがっかりさせるのは気が引けてきた。

お互いに気を奮い立たせ、荷物を整理した。そして三人で甬道に出ようと歩を進め、石門から甬道へ出たところで、王胖子が叫んだ。

「くそっ、ここも変わってらあ」

見れば、もともとレンガの壁しかなかった場所に、門が現れている。僕が懐中電灯で照らしてみると、門の中には金糸楠《きんしくす》でできた巨大な棺があった。

24 開かれた棺

この墓室が上下二層の構造ならば、ここに門が現れても不思議なことではなかった。さっき僕らが話していたとき、こっちの部屋も上下に移動していたのだろう。墓の主がどういう意図で設計したのかはまだわからないが、僕はもう慌てることはなかった。

だが一方で、門の中、耳室《みみしつ》に置かれている棺には驚かされた。金糸楠《きんしくす》の棺は高級品とされている。

数千年来、棺の大きさは使われている木のサイズで決まる。この棺は巨大だから、実際に棺に使われた楠木《くすのき》の原木は、明《みん》の長陵《ちょうりょう》にある三十二の巨大な柱に使われた金糸楠と同じぐらいの太さだったであろう。金糸楠は同じ分量の白銀よりもさらに価値があるとされている木材だ。

でもそんなに貴重な棺が、どうしてこんな妙な状態で耳室に置かれているのだろう？　耳室の中にこれほどの棺が置いてあるのなら、玄室《げんしつ》の中には最低でも黄金の棺が置かれていなければおかしいのでは。考えるほど変な感じがしてきた。この墓の主はしきたりを完全に無視しているみたいだ。風水的な間取りはめちゃくちゃだし、あちこちにワナを巧みに張り巡らせているわりに、人命を奪うほどでもない。いったい何を考えているのか。

とはいえ、墓掘りが棺を見てしまったのだ。とたんに墓掘りの血が騒ぎ出し、体がムズムズしてきた。とりわけこんなに凄《すご》い棺なんだから、中は絶対にお宝に違いない。見れば王胖子《ワンパンズ》の目が棺に釘付《くぎづ》けになっている。

「なんだよ、棺を拝んだら命なんていらなくなったのか。なんなら先に行っていくつか中から持ってくれば？」

僕の皮肉の言葉は王胖子の耳にはまるで届いていないようで、なおも真剣な様子だ。

「俺は意識が高いからな、俺たちが今やらなきゃならねえことくらいわかっている。このくそ天井をなんとか突き破ることだ。お宝の話で俺の気を散らせるなよ。やることをやってから、お宝を持っていったって遅かねえんだ！」

その話しぶりから、王胖子がいよいよ調子に乗っていることがうかがえた。

「戻ってきたときにこの門がまだあるかなんて誰にもわからないけどね。また下まで下がっていってるかもしれないよ」

実際のところ、王胖子がここの明器《めいき》を欲しがっているのは明らかだった。僕の話を聞いてまったくその通りだと思ったようで、ちょっと困った顔をしている。そのとき、悶油瓶《モンヨウピン》が急に僕らに向かって手を振ってきた。

「静かにしろ」

その厳しい表情に、僕は慌てて口をつぐんだ。

「これは普通の棺じゃない。養屍棺《ようしかん》（遺体を妖怪にする棺）だ」

僕はすぐにはピンとこなかった。それで悶油瓶のほうに顔を向けてみたが、奴《やつ》はあまり多くを語りたくなさそうだ。腰をかがめて棺が置いてある耳室に入っていく。王胖子は「意識の高い俺」というイメージをキープしたかったようだが、厳しい顔をした悶油瓶が棺のほうにどんどんと進んでいくのを見て、すぐに本性に戻ったようだ。急いで後をついていく。

甬道《ようどう》は真っ暗だった。耳室の外でひとり待っているのは怖いので、すぐさま僕も後に続いた。

この小部屋は、僕らがもといた部屋と同じ造りだった。天井には二匹の大蛇のレリーフがあり、部屋の真ん中には泉の口もある。ただ陶器の副葬品はなく、巨大な棺が壁から一メートルほど離れて置いてあるだけだ。

悶油瓶がアーミーナイフを棺の隙間にそのまま差し込み、ゆっくりと動かしていく。ワナがないか探っているのだろう。ところが王胖子は悶油瓶が棺を開けるのだと勘違いしていた。

「ゆっくりだぞーっ。おまえさん、普段は真面目くさってんのに、棺を見たとたんに命知らずになってるし」そう言いながらローソクを取り出すと、部屋の隅で火を点《つ》けようとした。

それを見た僕は慌てて制止する。

「おいっ！　空気がこれっぽっちしかないのにローソクをつけようってか。あんたこそ死にたいのかよ」

「一本のローソクでどれだけ酸素が減るってんだ。たいしたことねえよ。俺が少なめに息をすりゃいいんだろ」

王胖子が面白くなさそうにそう言うと、おもむろに手にしていた風防ライターをつけた。火がともると突然、部屋の片隅のあるものが照らし出された。いつもは胆の据わっている王胖子も、それを見るやいなや驚いて、尻もちをついた。僕もすぐに懐中電灯で照らしてみた。とたんに肝が冷え、体が縮こまってしまった。

部屋の隅には、なんとひからびた猫の死骸が置かれていたのだ。両の目は王胖子をじっと見つめ、体の皮という皮はほぼ溶けてしまっているようだ。開いたままの下あご、むき出しの牙。見れば見るほど気味が悪い。

僕は子どもの頃の経験から猫の死骸にトラウマがあった。家族が魚を盗んだ野良猫をよく木に吊《つ》るして、腐らせていたからだ。当時、まだ小さかった僕は、それが何なのかわからなかった。ある日、僕が木の下で遊んでいると、突然腐った猫の頭部が落っこちてきて手の上に乗っかった。猫の牙と目を見てしまった僕は驚いてお漏らしをしてしまい、それからしばらく呆然《ぼうぜん》として日々を過ごす羽目になったのだ。

目の前のものがただの猫の死骸だと知った王胖子は、悪態をつくと、足でそれを脇にどかし、ロウソクに火を点けて棺のほうに行ってしまった。それにしてもどこか妙だ。墓室に猫の死骸が置いてあるなんて、墓の主はその死体がゾンビになるのを恐れていなかったということなのか?

ここには常軌を逸した不思議なことが多すぎる。この墳墓の主人はあえて慣習から外れることをやっているようにさえ感じていた。すべてのことにおいて、常識とは真逆のことをやっているし、本来墓室にあってはならないものまで置いてある。この調子だと、玄室にたどり着いたときには何に遭遇するのかわかったものではない。

そのとき悶油瓶は棺にうまく隠されていた鍵穴を探し当てると、次に大切な道具箱を取り出し、中から二つの鈎《かぎ》を取り出した。そしてその二つの鈎を棺の隙間に入れ引っ掛けると「カチャッ」という音がした。だが鍵が開いたばかりではない。同時に棺の蓋が跳ね上がり、黒い水が湧き出てきた。だが王胖子は、そのおぞましさなど気にもしていないようだ。そのまま棺の蓋を開け、びっくりした様子だ。

「うへえ、こんなにたくさん粽子《ゾンズ》が！」

25　一人

棺《ひつぎ》の蓋が開くと生臭いにおいが漂ってきた。中には真っ黒い水しか見えない。表面には水煙がゆらゆらと立ちのぼり、周囲をじめじめさせている。水の中ではたくさんの手足が交錯しているが、どれだけの死体が重なっているのかは定かでない。ざっと十二体はあるだろうか。死蠟《しろう》化した死体はひとつにくっついて、巨大な塊になっているように見えた。誰が見ても吐き気を催す悪趣味な光景だった。

悶油瓶《モンヨウピン》のほうは一瞬だけ眉をひそめたものの、表情は軽く、手にしていた銃も下ろした。そんな奴《やつ》の様子から、これがそう危険なものではないと察した。でもさっき悶油瓶がなぜ緊張したのか、結局その理由はわからずじまいだった。

棺の中には、黒っぽい金色の丸釘《くぎ》が、数センチおきに並んで打たれている。だが水中なのでそれが純金なのか金めっきなのか判然としない。それ以外、死体の塊の下にも何かがあるように見える。王《ワン》胖子《パンズ》が懐中電灯を下から上へ少しずつ照らしていくと、それは文字が彫られた石板のようだった。死体同士の隙間や手には玉器や象牙の器も収まっている。これらは持ち出しやすく、かつ極めて価値が高いお宝だ。

王胖子はウズウズしていたが、なにぶん死体が気味悪すぎた。いくらがさつな三胖子でも、さすがに人間の油が漂う棺の中に手を入れてすくい取りたいわけがない。王胖子はしばし悩んでいたが、これぞという妙案も出ず諦めたようだった。

「くそっ、こりゃひでぇ。どうもこの墓の主は道徳心がある奴とは思えねえな。こんな邪悪なものを置いとくなんて。俺らに墓を掘られちまったとしてもそりゃあ自業自得だ」

僕もこれがどういうことなのか意味がわからなかった。ただ棺の中の情景はあまりにも刺激が強すぎた。

「合葬された棺だなんて、めちゃくちゃ気持ち悪くない?」

王胖子が失笑した。「馬鹿だな、お前さん。誰が好き好んで麻花《マーファ》みてぇに合葬されてるって? こりゃあ明らかに生きたまま葬られてる。しかもまとめてな。毒でも盛られて水に入れられて、この中で悶《もだ》え死んだんだ。こういうのを養気蔵屍《ようきぞうし》っていうんだよ」

「麻花」と聞いて、僕は喉がむずがゆくなった。お腹《なか》がぺこぺこだった僕は、このとき死体の塊に大きな麻花を重ねて想像してしまい、思わず吐きそうになった。だが王胖子はもっといろいろな話を知っているようだ。僕は吐き気をこらえ詳しい内容を聞いてみた。

「おまえさんはそんなことも知らねえのか? これはな、こみいった内容だからちょっと話が長くなるぞ。俺がまだ険しい長白山《ちょうはくさん》(吉林省に位置する火山)の中にいた頃……」

したり顔の王胖子にまたでたらめな話を聞かされると思った僕は言った。

「だらだらと語ってるんじゃないよ。今がどんなときなのかまだわかってないのか。養気蔵屍が長白山と何の関係がある。本当は知らないんだろ。ほら話なんか聞きたくないよ!」

すると王胖子がまんまと挑発に乗ってきた。

「俺は大局的な視点から話を始めただけだ。聞きたくねえならそれまでさ。これは養屍棺《ようしかん》と言って、風水の内容のひとつだ。一般的には陵墓や墳墓に置かれている。もしこの類《たぐい》の棺があれば、その墳墓には、棺を置くために風水的にいい場所が二つあることを意味している。もしその位置に棺が置かれていなければ、その空いてる場所には海や川の霊気が滞留する。そうなったら、逆に妖怪の類を呼び寄せちまう。だからそこに養屍棺を置いておくってわけだ。さらに養屍棺の中には墓の主人と血縁関係にある人を葬る。つまり合葬ってわけ。その棺は絶対に玄室《げんしつ》の中に置かれた棺と同じじゃなきゃダメなんだ。このことを風水的には『養気《ようき》を取る』って言うんだ。おわかり？」

王胖子は暗唱するように、ひと息に言い切った。僕は半分くらいしか理解できなかったが、驚きすぎてうまく声が出せなかった。

「この中にはこんなにたくさん人が入っているけど、みんな……」

王胖子がバチンと太ももを叩く。「だからな、こいつはおそらく家族全員をここに入れちまったってことさ。ひでえもんだ！」

「まさか、そんなことが。風水的にいいって言っても、それってそもそもは後世の子孫たちにとってでしょ。家族全員を葬っちゃったら、風水が良かったとしても何の意味もなさないじゃないか！」

「俺が言ったことをお前が信じようが信じまいがどうでもいい。だが金持ちってのはそれほど馬鹿じゃない。さしずめ外戚の貧しい甥《おい》っ子やら姪《めい》っ子やらを連れてきて陪葬したんだろ。こんなの明朝の墓ならいくらでもあることだ。ただ俺もいろいろ見てきたがこんなにでかいのは初めてだ」

僕は死体の塊を見て、葬儀のときの光景を思い浮かべた。祖父も言っていたけれど、やはり人の心はわからない。まったく意味のないことのために、人の命がまるで雑草のように扱われてしまうのだから――。

とはいえ棺の蓋はもう開いてしまっている。あの王胖子が簡単にお宝を見逃すはずがない。その王胖子が頭をかいて言った。

「こいつら……なんてかわいそうなんだ。何なら隣から壺《つぼ》でも持ってきて、それで水をすくい取るのはどうだ。棺の中のたまり水は縁起が悪いしな」

「根っからの盗人《ぬすっと》根性のあんただ。中にある明器《めいき》が気になってるのはわかってたよ。落ち着きがないったらありゃしない。あとで明殿の中からものを持ってくればいいじゃないか」

王胖子は顔を赤らめて怒鳴った。「おいおい、俺がそんな奴だって？」

僕も奴と無駄話をする気はなかった。「今はそんなくだらないこと言ってる場合じゃないだろ。ここから出られなくなって、いよいよここで死ぬってことになったら、僕らの入る棺だってないんだ。そのとき、僕らのことを悲しんでくれる人なんて誰もいないんだぞ」

そう言ってみるが王胖子は何も言わず、この耳室《みみしつ》の中に何かないか探し始めた。だが残念ながら猫の死骸以外はない。利用できそうなものは何ひとつなかった。

一方、悶油瓶はずっと死体の塊を見つめていた。しばらくすると、突然何かに気づいたのか、その顔に緊張が走った。

いつも冷静沈着な悶油瓶が緊張しているときは、絶対によくないことが待ち受けている。僕は心臓を高鳴らせ、慌てて銃を握った。

悶油瓶はまだ眉間にしわを寄せたままだ。その場に立ちつくし、じっと棺を見つめている。そして五分ぐらい経《た》って、ようやくこっちを向いた。

「この中に入っているのは一人だけだ……」

26　陶器の絵

王胖子《ワンパンズ》の言う養気蔵屍《ようきぞうし》というものをやっと理解したばかりだというのに、今度は悶油瓶《モンヨウビン》がこんなことを言い出すとは。その言葉はあまりに唐突で、脈絡もない。意味がわからず、僕はどういうことなのかたずねてみた。

「おかしな点がないかどうか、そいつらの頭をよく見てみろ」

悶油瓶が棺《ひつぎ》を指すので改めて見返してみたが、やっぱり大小六つの頭があるように見える。それらの頭はブドウの房のように体につながっている。じっと眺めていると余計に気分が悪くなる姿だが、かといって他におかしなところは見当たらない。だが悶油瓶がもっと丹念に調べなおせと言うので、さらに目を凝らしてみると、ようやくおかしな点に気づいた。

死体の一番上でつながっている頭以外、他の頭にはどれも五官が備わっていないのだ。頭蓋骨の形すらなく、ただの巨大な肉塊がにょっきりと体から生えている、そんな感じだった。

改めてその観点から他の部位も調べてみると、腕の関節という関節がすべて体に直接つながっていることがわかった。この死体は体自体がひどくねじ曲がっていて、まるで洗濯機で脱水をかけられたみたいな形状をしていたし、さらに濁った黒い水のせいで体全体の様相がはっきり識別できない。だから複数の死体がくっついているように見えていたのだ。

それにしても、見れば見るほど身の毛がよだつ。ただ同一の体だと結論づけるのはまだ早い。棺に横たわっている奴《やつ》が、十二本の手足を持つ不思議な姿だとすれば、その背景や身分はどうなのか？なぜこんな体でここまで大きく成長できたのか――？

王胖子も死体の本当の姿を悟ったらしい。「べーッ」と舌を何度も出している。

「なんだこりゃあ、これでも人間だってのか？　まるで虫じゃねえか！」

倫理観の欠片《かけら》もない言い草だったが、特徴をつかんではいた。

「水に浸《つ》かってるものを見てるから、はっきりはわからない。結論づけるにはまだ早すぎるよ。冷静に考えてみてよ。こんなにグロテスクな姿だったら、異形のものだと思われちゃって、生まれてすぐに親から抹殺されてしまうかもしれない。こんなに大きくなるまで育つことができるなんて、絶対にありえないよ」

「世の中に絶対ってことはないぞ」と悶油瓶は依然冷静だ。

そう言われても僕はやっぱり信じられない。

「真相究明は、実際そう難しくないぜ。俺の言う通りにすればな。隣の部屋から水をすくい取る容器を持ってくればいいんだ。そうしたらはっきり見えるようになるだろ。それに見てみろよ。この死体の下にはまだ石碑がある。それを調べれば、何か意外な発見があるかもしれねえ」と王胖子だ。

その話を聞いているうちに僕も少し興味が湧いてきた。今回、この海底墳墓に侵入してから、まだ文字をお目にかかっていない。だから墓の主人の素性はまだ謎だらけだ。もしこの石碑の文字を読むことができたら、最低でもひとつか二つぐらい謎解きができるかもしれない。それは僕らにとって何か大きな助けになるかもしれない——。

僕と王胖子の意見はすぐに一致した。何も言わずに二人とも、甬道《ようどう》の向かい側にあるさっきの耳室《みみしつ》まで戻ると、柄付きの椀《わん》を三つほど見つくろった。これらの品は、本来どれも百万元（約千五百万円相当）はする貴重品だが、今の僕の手の中ではなんの変哲もないただのお椀にすぎない。

お椀を持ってみると自然と青花柄の図案に目がいき、息を呑《の》んだ。図案が物語風に描かれていたのだ。

さっきこの耳室に初めて入ってきたときは、三叔《サンシュー》のことで頭がいっぱいで、副葬品を調べる気にもならなかった。だが改めて見てみると、たちまち様々な状況が頭に浮かんできた。三叔も昔、この墓へ侵入したとき、やっぱり僕と同様、副葬品の数々をざっと見ただけで終わりにしてしまったんだろう。だが他のメンバーは違ったはずだ。なぜなら彼らにとっては初めての墓掘りなのだから。きっと興奮して、陶磁器ひとつひとつを入念に調べたに違いない。そして鍵となる重大発見をしていたのかもしれない。

僕はお椀をいくつか持ち上げて突き合わせてみては、それぞれの違いを丹念に調べていった。どの図案も、人々が土木工事に従事している姿が描かれている。石を積んでいる者、原木を運んでいる者、木で梁《はり》を組んでいる者など様々だ。陶器が置かれている順序も、工事の進捗順に並べられていることがわかった。ひとつ、またひとつと見ていくほどに驚き、額からはずっと汗が流れ出てくる。王胖子は僕が陶器を熱心に調べているものだから、妙に思ったのだろう。

「陶器を選ぶのがそんなに難しいのか？　どれでもいいから手に馴染《なじ》むやつにしておけよ」

そんな忠告など僕の頭にはまるで入ってこなかった。僕は床に這《は》いつくばってじっくり観察を続け、最後尾に置かれている八角瓶のところまでずっとそれを続けていった。最後の図案は巨大な門にかんぬきを設けているもので、その八角瓶の後にはもう他の陶器は並んでいなかった。だがそこまで調べた感触から、僕はもっとたくさんの記録が他の陶器に描かれているはずだと感じた。

僕の呼吸は乱れていた。それほど興奮していたのだ。だがこんな簡単な図案だけでは、描かれている建造物がいったい何なのかを知るのは不可能だった。それでもこの建築工事がいかに大きなものだったか、故宮と比べても遜色ない規模だということがうかがい知れた。だがその建築の構造には、中国の中原《ちゅうげん》（中華文化の発祥地である黄河中下流域にある平原）の風格がまるで備わっていない。残念ながら僕の少ない知識では、過去の中国のどこにここまで豪華で壮大な建築物が建てられたのかなど知る由もない。

ふと我に返り、この大発見を王胖子にも教えてあげようと振り返るが、背後には漆黒の闇しかない。王胖子の姿は影も形もなくなっていた。

啞然《あぜん》とした。それと同時に強い怒りもこみ上げてきた。僕がこんなところに一人でいたくないってわかってるくせに、一言も声をかけずに消えちゃうなんてひどい奴だ――僕はお椀を手に、向かい側にあるさっきの耳室まで戻ろうと、甬道に出て息を呑《の》んだ。

なんと向かい側の耳室の門が消えていて、またしても漢白玉《かんぱくぎょく》のレンガ壁に変わっていたのだ！

いったいどんな仕掛けなんだ。一瞬で何の音も立てずに部屋ごと消えてしまうなんて。真っ暗な墳墓の中でたった一人過ごす経験なんてもうこりごりだった。

努めて冷静になろうと試みた。ここの墓室はかなり頻繁に動くようだから、少し待っていれば、またすぐに門が現れるはずだ。

しかし王胖子がいなくなった墳墓はしんと静まり返っていて、まるで生きた心地がしなかった。その中で心臓の音だけが雷鳴のようにどくんどくんと鳴り響いていた。周囲を取り囲む闇は異常なまでの漆黒だ。時が止まったように、一分が一時間のように感じられた。とてもじゃないが、ずっと待ち続けるなんてできっこない。

僕は深呼吸して、懐中電灯で門があったはずの真っ暗な空間を照らしてみたが、やはり何も見えてこない。この世で一番の恐怖は、永遠に自分の心の中に存在するんだ。そう念じて気持ちを落ち着かせようと試みても、門の内側に潜む何者かににらまれているように感じてしまう。僕の背筋はとっくに凍りついていた。

落ち着けとばかり、自分の頰《ほお》を力いっぱい叩き、頭を低くして、また甬道から陶器が並んでいた耳室に戻ろうとした。何か見逃していないか、もう一度、陶器を吟味し直したほうがいいと思ったからだ。このとき、耳室から身の毛もよだつ叫び声が降ってきた。照らしてみると、巨大な海猿が泉から床に這い上がろうとしている。鱗《うろこ》で覆われたその凶暴な顔は一生忘れられない形相だ。

「うっ……」僕は瞬時に踵《きびす》を返して甬道を逃げた。もうワナなんて気にしている余裕などない。何も考えず突進していくしかない。もう少しで安全な場所だというところで、僕は不覚にも何かにつまずき壺《つぼ》の脇に倒れ込んでしまった。必死に素早く身を起こし、後ろを振り返った。らんらんと緑に光るふたつの目玉が、ものすごい勢いでこっちに突撃してきている。

ありったけの力で壺を抱え上げ、そいつに投げつけようとするが、海猿の反応は速い。僕が武器らしきものを持っているや見るや突撃を止め、甬道の天井に跳び上がった。だが僕もその一瞬の隙を見逃さない。左側の玉《ぎょく》の門の中に滑り込み、すぐに門を押し閉めた。

玉門の下には自動ロックする石かんぬきが設けられていたようだ。門がぴったり閉まると、自然に鍵が掛かった。海猿は外でギャーギャーと声をあげ、凄《すご》い勢いで門を叩き続けている。だが頑丈な門は、素手では歯が立たないのは明らかだ。海猿はどんなに体当たりしても無理だとわかったようで、今度は門の隙間から内側に入り込もうとしてきた。大きな頭が門を擦《こす》りながら侵入してくる。僕はとっさに水中銃を構え、門の隙間を狙って銛《もり》を発射した。どこに突き刺さったのかはわからない。でも海猿はひどい叫び声をあげて、あっという間に飛び跳ねながら逃げていった。

隣にある別の玉門も、今いる墓室とつながっているのかどうか、状況をまだ把握していなかった。僕は、すぐにまた銛を装塡《そうてん》し、懐中電灯とカンテラに灯《あか》りを点《つ》けた。墓室が隅々まで明るくなる。しかし目に入ってきたのはさらに度肝を抜かれる光景だった。広い円形墓室と中央にある大きな池。気がつけば僕の足は池の縁にまで迫っていて、もう一歩後ろに下がっていたら、池に落ちてしまう寸前だった。

池の中央には足を洗うための桶《おけ》にも似た巨大なものがぷかぷかと浮いている。それに描かれた絵柄とレリーフを見て合点がいった。この「桶」は外棺で間違いない。それにしてもこの墓の主人はものすごい想像力を備えていたようだ。自分の棺をバスタブの形にするなんて。どうやら生前は風呂に入るのがよっぽど好きだったに違いない。僕は思わず笑ってしまった。

水面も懐中電灯で照らしてみたが、水底まで見通せない。どのくらい深いのか想像がつかなかった。もしかすると墓の底部まで続いているのかもしれない。どうしてこんな風な造りにしたんだろう――そんなことを考えていると、いきなり首のあたりがかゆくなってきた。

27　汪蔵海《ワン・ザンハイ》

首に触れてみて合点がいった。さっき、蓮花《れんげ》型の矢じりが当たった箇所だった。あの四つの鉄の爪は僕の体に食い込んだものの、命を危うくするものではなかった。それでも皮膚が少しえぐり取られていて、汗で刺激されたことで、かゆくなったみたいだ。

矢を受けた他の箇所も少しかゆいが、我慢できないほどではないし、それに今はそんなことに構っている余裕などない。かゆいところを何度か擦《こす》って、引き続きこの怪しい地下宮殿の中を調べていった。

僕は明代の一般的な墓の地下宮殿の構造など詳しくない。貴族の墓の知識をちょっとかじった程度だ。ましてやこの二種類の墓の違いがどのくらい大きいか知っていようはずがない。そんなわけで目の前の状況を見ながら、これまでの知識を総動員して問題解決を図るしかなかった。

今僕がいるのは左配室で、ここと向かい合っているのが右配室だろう。部屋の配置は左右対称になっているはず。一般的に配室の内側には、棺《ひつぎ》を置くための床台が漢白玉《かんぱくぎょく》を積み上げて造られている。そして床には金レンガ（ろ過した泥で作ったレンガ）が平らに敷かれ、中央には長方形の穴、その内側には黄土を詰めて「金井」と呼ばれる部分が造られているはずだ。だが目の前の現状はだいぶ異なる。この配室にはそういったものはいっさい見当たらず、ただ大きな池があるだけなのだから。

でもこれは謎のひとつにすぎない。もうひとつの謎、それは二つの配室の間にある門だ。それは後室へと続く門で、本来ならその後室にこそ外棺が設置されているはずだった。ではなぜこの配室のなかに外棺が置かれているのか、なぜ足洗い用の桶《おけ》の形をしているのか？　このようなバスタブ型の棺は戦国時代特有のもので、明代では絶対にありえないものだ。

戦国時代と言えば、殤王《しょうおう》の地下宮殿で手に入れた蛇眉銅魚《シャーメイトンユー》も戦国時代のものだ。二つの場所で、同じものが発見された。さらにここでも戦国時代特有の棺が出現した。これはただの偶然なのか――？

心がざわつき、考えがまとまらない。

池を一周してまた門の前に戻ってきた。床を見るとさっき武器代わりにした大きな壺《つぼ》も転がっている。僕は何気なくそれを手に取り、絵柄をじっくり眺めてみた。

この壺はさっきとは別の耳室《みみしつ》の品のはずだ。その絵柄だけでは、何の情報を伝えているか理解できなかった。描かれているのは、山の上に立っている明朝の服装の人が、下界の建築現場を視察しているというものだ。傍らにも官僚らしき人たちが何人かいて、同じく建築現場を視察している。

壺の図案から、墓の主は皇族や貴族ではなく、職人か建築士ということが見てとれる。その道の人だけが、これほどまで奇抜な造りの墳墓を設計する能力と知識を備えているからだ。他の人がアイデアを思いついたとしても、それを建造できる技量はない。

明代初期、卓越した技能の持ち主は何人もいなかった。それに墓の規模から極めて高い地位の者に違いない。明の宮殿に匹敵する巨大建造物を造ることができるばかりか、風水や怪しげな技術にも通じている人間を特定するのは決して難しいことではない。

ある人物の名が脳裏に浮かび上がる――汪蔵海。

稀代《きたい》の奇才と呼ばれる汪蔵海は、風水の見識にかけてはトップクラスだ。さらに明の宮殿すべての設計に携わったばかりか、中国の大都市の設計も数多く手掛けている。当時、汪蔵海の鶴の一声で、複数の都市が中国から消滅したというほどの影響力を持っていた。古文書を読んで、汪蔵海の手による風水書を知る機会があったが、その内容の奥深さといったら類を見ないほどで、自然界の神秘をのぞき見たようだった。だが残念なことに、彼の後継者がその著作を数冊模写しただけで、書籍はすべて散佚《さんいつ》してしまっている。

周荘《しゅうしょう》（江蘇省蘇州市崑山市に位置する水郷）・銀子浜の地下にある沈万三《シェン・ワンサン》の水底墓も、汪蔵海の設計だという言い伝えがある。そんな人物からすれば、自分のために変わった墓をひとつ作るくらい、たやすいことに違いない。

　この見立ては筋が通っていそうだ。ここに文字で書かれた資料が少しでもありさえすれば、この考えが正しいか判別できるだろう。だが墓の主は極端に文字を書くのが苦手だったのか、これっぽっちの銘文も遺《のこ》していなかった。

　このとき、不意に水中から「ゴトン」という音が複数回響いた。僕は気が動転し、集中していた思索の糸を途切れさせてしまった。懐中電灯で音が響いたところを照らしたが、池の隅にブクブクと湧き上がる泡が見えるだけだ。泡は大きくなったり小さくなったり、不規則かつ断続的に湧き上がっていた。何か得体の知れないものが水中深くをさまよっているようだ。

　僕は本能的に銃を構え、緊張しながら泡のあたりに照準を当てた。すると突如、白い何かが岸に乗り上げ、一気に壁の近くまで転がってきたと思うと、ぜいぜいと苦しそうに息を吐き出している。そいつを見たとたん、自然と顔がほころんだ。王胖子《ワンパンズ》だった。なぜか上着を着ておらず、ぽってりした太鼓腹があらわになっている。

「ちっ、ちくしょうめ、俺も、もうちょっとで、ちっ、窒息死するところだった」

　そう言って息を切らす王胖子に事情を聞こうとすると、また足元で何者かが水面に浮上してきた。今度は悶油瓶《モンヨウピン》だ。岸に上がってきた悶油瓶も、同じく上半身裸だったが、あの黒い麒麟《きりん》の刺青《いれずみ》は消えていた。奴《やつ》は王胖子ほど苦しくない様子だ。仰向《あおむ》けになって大きく息をしながら僕を一瞥《いちべつ》する。

「ここは左側か、それとも右側か？」

　僕が左側だと答えると、悶油瓶はゆっくり身を起こして座りなおし、黒く爪痕が残された腕を隠した。何か悪い予感がする。

息をあげる王胖子は腹を押さえながら、大きくゆっくりと息を吐いている。

「本当にさっきはひどいもんだった。お前はあんなの見なくて良かったな。運がいいぞ。見たら本当に胆を潰しちまうからな。それくらいやばい状況だった。だけど最後はラッキーだった。棺底の石碑の下から穴がここまでつながっていたんだ。そうじゃなかったら俺たちはあそこで終わってたな」

「何がそんなにやばかったんだ？」どうも腑《ふ》に落ちない。

「口に出すのも恐ろしい状況だった。六つの体がくっついた屍《しかばね》、その腹の中にまだ他にとんでもない奴が潜んでたってわけさ」

28 旱魃《かんばつ》

王胖子《ワンパンズ》はそこまで話すと、また咳《せ》き込んでしまった。気が急《せ》いていた僕は、畳みかけるように続きを促した。王胖子は背中をひっかきながら続けた。

「首を括《くく》られるってときだって、一息つかせてもらえるもんだろ。今回は展開が早すぎた。一気に話せるもんじゃねえ。俺にも話の順番くらい考えさせろ」

その顔色は真っ青で、声もおかしくなっている。どうやら気管支に水が入り込んでしまっているようだ。力いっぱい背中を叩いてやると、王胖子は体を折り曲げ、続けて激しく咳をして、ねばねばしたものをドバッと吐き出した。

「もういい、もう止《や》めろ。これ以上叩かれたら死んじまう」

「わかった。じゃあ早く言ってよ。いったい何が起こったって？」

王胖子は手鼻をひとかみすると続きをかいつまんで話してくれた。めまぐるしく状況が変わるせいで、奴《やつ》の話もちょっと混乱していたが、話の大枠はつかむことができた。

王胖子は、さっき耳室《みみしつ》で僕がボーッと陶器の絵を見ていたとき、何度も声をかけてくれたそうだ。だがそのときの僕は絵柄に意識がいっていて、何も耳に入ってこなかった。ただ、こっちが何も反応しないからといって、それ以上促してこなかったということは、奴の頭の中はお値打ちものの玉《ぎょく》の装飾品かなんかでいっぱいだったのだろう。僕をそのままにして、すぐに一人で戻って作業を始めたのだという。お椀《わん》を選び終われば僕もさっさと戻ってくるだろうし、僕と彼らのいる耳室もたったの五、六歩しか離れていなかったから、アクシデントなど起きようもないと思っていたという。

そしてその直後に目撃した悪夢の光景が、王胖子から意識を完全に奪ってしまった。僕のことなど完全に忘れ、石門がいつ消えたのかもまったく気づかず、僕を残して、悶油瓶《モンヨウピン》と一緒に水をすくい始めたという。死体はあれよあれよという間に水面から姿を現した。じっくり目を凝らして見て、王胖子は愕然《がくぜん》とした。頭だとばかり思っていた複数の肉の塊は、実は女性のたわわに膨らんだ乳房だったのだ。パンパンに膨らみすぎて、今にもぽろりと落ちそうな乳房が、ねじれた体に垂れ下がっていた。王胖子は目を点にした。まさか女とは思ってもいなかったからだ。

道理からいって、手が十二本あるなら乳房も十二個あってもおかしくはない。だがこっち側からは五個しか見えていない。まさか背中側についているのかと思い、二人は死体を棺《ひつぎ》から持ち上げてみることにした。

王胖子は銃を鉤爪《かぎづめ》代わりにして死体を引っ掛けて取り出そうとしたが、死体はふにゃふにゃだし、体全体が死蠟《しろう》化しているせいで、つるつる滑って引っ掛けられるようなところはなかった。手袋をはめて直接つかもうとするも、それはもっと無理筋だった。もはや死体は石鹼《せっけん》も同然だったのだ。つかむと油が出てきて、ヘドが出るほど気持ちが悪い。結局二人は服を脱いで、その服で一人が女の頭を、もう一人が足を包み、銃を服に通して天秤棒《てんびんぼう》のようにして、二人がかりで持ち上げて床に下ろした。

サーチライトの強烈な照射を浴びると、女はあっという間に乾燥し、黒く変色していった。こうして、すべてがあらわになった。乳房はいくつか切り取られ、お椀ほどの大きさの傷痕が体の両面に残されていた。実際、体はねじ曲がっていないこともわかった。ぜい肉があふれるように盛り上がり、山のようになっていただけだったのだ。

そのときは二人とも、女の腹がなぜ膨れ上がっているのかまで考えもしなかった。単に太っているだけだろうと考えていたのだ。まさか女が妊娠し、お腹《なか》に生命を宿したまま死んだなどとは、これっぽっちも思っていなかった。

二人が死体を担ぎ出すと、下に置かれていた石碑が姿を現した。悶油瓶によると、それは圧棺石《あっかんせき》と呼ばれるもので、海底墳墓の気圧構造が破壊され、棺が浮かび上がるのを防止するためのものらしい。粗い作りの圧棺石には、大きく文字が一行記されていた。

王胖子はそれを何度も読もうとしたが、まったく理解できなかった。そしてそのときになって、ようやく僕のことを思い出したのだ。同時に、二人は壁に開いていたはずの門がなくなっていることにもやっと気づいた。王胖子は慌てた。が、それは門がなければ自分が脱出できないと不安になったからで、僕のことが心配になったからではなかった。悶油瓶は、門は時間が経《た》てば自然と現れる。慌ててもしょうがない、今大事なのは、目の前の作業を終えることだと主張した。王胖子も落ち着き払った悶油瓶を見て、気が軽くなってきた。

二人は石碑を棺から取り外そうとしたが、石碑はずっしり重かったし、松やにを使って棺の底にしっかりくっついている。王胖子はいら立ち、石碑を力いっぱい殴りつけた。だがこの一撃のおかげで石碑の下が空洞になっていると気づけたのだった。

次に二人が火折子《フォジャーズ》に火を点《つ》け、松やにをすべて溶かし石碑をどけると、下から大きな穴が姿を現わした。王胖子は大雑把《おおざっぱ》な奴だが経験も豊富だ。そんな奴でさえもこのときばかりは開いた口がふさがらなかった。なぜならその穴は墳墓の設計者が設けたものではなく、盗掘用だったからだ。

その盗掘穴は目を見張るほど素晴らしい出来だった。穴の位置決めだけ見ても最高の仕上がりで、ピンポイントに棺の真下まで直接掘り抜いてきている。これを掘った奴はまさに天下無双といえる腕前だった。もし圧棺石に阻まれていなければ、棺内の死体はとっくに穴の中へと持ち去られていたはずだ。それにしても不思議なのは、海底に位置する墳墓に穴をどうやって開けたのかだ。

しかも、墓室が上下のエレベーター構造となっているとしたら、棺の下はもうひとつ別の墓室になっていなければおかしい。だがそれならばこれほど深い穴を掘るだけの空間がどこにあるのか——。王胖子はすぐに、墓室の仕掛けについて、自分たちの見立てが間違っていたと結論づけた。

この発見で二人は沈黙した。あたかも謎めいた濃霧に呑《の》まれたかのように感じていた。王胖子は、自分たちが圧棺石を取り除いて盗掘穴を開けたせいで、この墓に施されていた風水的に計算された養《よう》気蔵屍《きぞうし》の間取りがすでに破壊されたことを理解していた。目の前の死体は幸いに死蠟化し、ゾンビ化することはない。だがこの場所における「勢（風水の三原則「勢・形・気」のひとつ）」はもう失われてしまっている。それは間違いなく墳墓全体の風水にも大きく影響するだろう。それによって墳墓全体がどう変化していくのかは不明だが、霊験あらたかな穴がモンスターの巣窟のような妖しげな穴にいつ様変わりしないとは限らない。王胖子は風水への造詣がそれほど深いとはいえない。だが、そうは言っても北派《ベイパイ》の墓掘りだから、この展開が危険なことだとすでに悟っていた。

とはいえ、王胖子はいかんせん風水の専門家ではない。細かく考え始めると、王胖子の頭は混乱した。仕方なく王胖子は石碑の文字が謎解きの鍵だろうと判断し、模写を始めた。このときだ。女の死体の脇にしゃがんでいた悶油瓶がいきなり「まずい！」と叫んだ。

王胖子が振り向くと、悶油瓶の左手が、女の体内から伸び出した、長い白毛《バイマオ》で覆われた小さな手にがっちりと握られている。王胖子にとって腹の中に赤子の死体がいるなど想像すらしていなかった。王胖子は一瞬体が固まったものの、すぐに冷静さを取り戻した。そしてすかさず銃を取り、女の腹めがけて銛《もり》を発射した。銛は命中し、悶油瓶はその一瞬の隙に小さな手から逃れることができた。王胖子がさらに撃ち込もうとするのを、悶油瓶が声をあげて制止する。

「無駄だ！　早く逃げろ！」

そして王胖子を引っ張った。そしてさっさと棺の中の盗掘穴へ潜り込んでいってしまった。

だが王胖子の目には、棺に残っていた液体が穴の中に流れ込んでいく様子がまだ焼き付いていた。急な吐き気に襲われ、とたんに穴に足を踏み入れる気が失《う》せる。しかし振り返れば女の腹が盛り上がり、そこに顔の形が浮き出てきている。赤子が腹の中から懸命に出ようともがいているのだ。腹の皮は引っ張られすぎて、半透明になり、中にいる赤子の五官まではっきりと確認できた。王胖子はあまりの恐怖に、心の中でこう唱えてみた。「君子は転んでもただでは起きませんっ」そして思い切って悶油瓶の後について穴に潜っていった。

その盗掘穴はレンガを掘り抜いて造られたもので、非常に巧みな構造となっていた。レンガを半分壊すことで天井をアーチ型の梁《はり》にし、上部が崩れ落ちないようにしている。これを造り上げるのは相当な時間がかかったはずだ。

一方、悶油瓶はすでに少し先を這《は》い進んでいた。王胖子も穴がどこに通じているかわからない恐怖の中、必死に追いかける。さらに進んでいくと、穴が急に下方に傾き、水面下へと続いていた。だが水中に潜っていなければならない時間はそれほど長くならずに済みそうだ。王胖子が水中に潜り、少し泳いでみると穴の前方は予想通り広くなり池につながっていた。息がもたなくなる直前でなんとか水面に浮き上がり、水中から出ると、僕が王胖子のほうに向けて水中銃を構えていたということらしい。

ここまでじっと王胖子の話を聞いていたが、ついに我慢できなくなった。

「おいおい、それじゃあ、あんたは腕を一本見ただけで、びびって逃げ出したってことだね」

「お前なあ、俺はそんなもんこれっぽちも怖くねえ。だけどあんなに手練《てだ》れのこの兄ちゃんが、あれを見て逃げ出したんだぞ。そんな姿を見ちまったら、俺がどうやってそこで辛抱できるってんだよ。まあ実は俺も、なんで逃げるのかよくわかんなかったんだがな。おい兄ちゃん、あの腹の中の、ありゃいったい何者だったんだ。本当にすげえ奴なのか？　あの程度の奴だったら、銛を何発かバンバン撃ち込んじまえばやっつけられると思うけどな」

「あれは白毛の旱魃（いくつかあるゾンビ化の一種）だ。確かに奴の頭を切り落とせば殺せる。だが、死ぬときには大量の毒が発生するから、あんな狭い場所じゃ無理だ」悶油瓶は答えながら自分の腕をなでる。

旱魃というのは日照りを招く伝説上のモンスターだ。ゾンビが養屍地（そこに埋葬された死体は自然には腐敗せず、歳月とともにゾンビ化する）で長いこと過ごすと、魃に変身するとも言われていて、『詩経』（中国最古の詩編）には「旱魃は日照りの災い、憂いであり燃えるようである」と記されている。旱魃に関する言い伝えは数多《あまた》あるが、まさかこんな見た目だとは想像すらできなかった。だがそれは今、重要なことではなかった。墓に侵入してからというもの、僕は変わり種の化け物との遭遇くらいは予見していたが、この盗掘穴にいたってはまともではない。この池まで穴を掘り進めるのは、不可能に近いことだ。盗掘穴に関して僕はこう予想をつけた。池に通じている盗掘穴には必ずひとつ別の出口があるはずだ。何者かがこの盗掘穴を掘ったとき、主棺の位置が不確かなままだったから、いくつかの方向に穴を掘り進めたはずだ。今回二人が通ってきた穴はそのうちのひとつに違いない——そこで盗掘穴の途中で分かれ道がなかったか二人に聞いてみた。

王胖子は首を振った。盗掘穴はそれほど長くはなかったし、明らかに一本道だったというのだ。その返答は僕をそれほどがっかりさせなかった。なぜならレンガをくり抜いた穴だったら、それをレンガで隠すことなど、いたって簡単なことなのだから。

だがこの盗掘穴が墓の持つ密封構造を壊していないという点から考えると、出口と入り口はともにこの墓の中にあるはず、つまりそれを探し出しても脱出には役に立たないという結論になってしまう。僕の予想では、穴を掘った人物は泉から耳室に入ったが、そのとき耳室は門が消えている状態だったから、仕方なく穴を掘ったのではないだろうか。それにしても、いかにも不運な奴だ。耳室に向けて掘って、たどり着いたのは圧棺石の下、次に配室に向けて掘ったら、今度は池の中に行ってしまったのだから。ならばそいつは玄室《げんしつ》まで掘り進めることができたのだろうか？

あれこれ思いをめぐらしていると、王胖子が何の前触れもなく口を開いた。

「旱魃って奴は泳げるのか？」

王胖子が水中を指さしているので、僕は振り返って見てみると、池の真ん中に大量の泡がにわかに湧き上がっていた。

29 石碑

泡は均一にぶくぶくと湧き立ち、外側に向かって急速に広がっていく。まるで池の底に巨大な何かがいて、大きく息を吐き続けているようだ。僕らは警戒しながら銃を構えて、壁に背中をぴったりくっつけた。激しく緊張しているのだが、体が気持ちに追いついていかない。手はもう汗びっしょりだ。どんな結果が僕たちを待ち受けているのだろうか。五分間ほど泡が湧き上がっていたが、急に池の底から何とも言えない淀《よど》んだ音が響いてきた。

同時に池の水位が急激に下がり始め、水面には十数個もの渦が次々と現れ、水が飛び散る飛沫《しぶき》しかもう見えない。池はあたかも水洗トイレの水を十数台同時に流したような状態になっているし、あのバスタブ型の棺も水流に巻き込まれ、回転ゴマのようにめまぐるしい勢いで回転している。しばらく見ていると、あっという間に水面が二、三メートル下がっていった。急いで懐中電灯で池の中を照らしてみると、池の内壁に掛けられた石の階段が出現しているではないか。階段は石壁に沿ってらせんを描きながら降下し、池の底まで伸びている。

その間も水位は急速に下がりつづけ、じっくり観察している余裕などない。水はもう漆黒の池の底に吸い込まれ消えていって、渦の轟音《ごうおん》だけが途切れることなく響きわたっている。見れば、池はすり鉢状になっていて、上が広く下が狭い、深さ十数メートルの構造になっていることがわかった。だが懐中電灯の光は充分ではなく、加えて池の底からは水煙がゆらゆらと立ち昇り濃いもやがかかっている。そのせいで暗闇に沈んだ池の底をはっきりと見定めることができなかった。

そういえば僕らは、強力な照射力を備えた水中ライトも持ってきていた。水煙に対してどれほどの効果があるのか不明だったが、僕は二人を呼んでライトの輝度を最大にし、三人で別々の方向から下に向かって同時に照射してみた。

すると視界が完全にクリアになったとまではいかなかったが、池の底のおおよその様子を確認することができた。池の底は直径十メートルほどの円形になっていて、底面は平らになっている。具体的には何が彫られているかまでは判別できないが、底面表面にはレリーフがあるようだ。さらに下水口らしき大きな穴が何か所も開いているように見える。

池の底の真ん中には水蒸気をまとった黒い影がかすかに見えているが、それが何かは見当もつかない。ところが目ざとい王胖子《ワンパンズ》は、目を凝らして言った。

「お前、見えてるか。池の底の真ん中、石碑っぽくねえか？」

王胖子の指し示すところを凝視しても、僕の目にはぼんやりと輪郭が見えただけだった。

「石の階段を下りていったら、どこに着くかはわからねえ。だがひょっとしたら、他の通路もあるかもしれねえから、行ってみようぜ！」王胖子はそう言うなり、石の階段に跳び乗った。

だが僕はやみくもに下りるのには賛成できなかった。この墳墓に漂う妖しさが尋常じゃないからだ。

「そんなに慌てるなよ。下りるのは危険だろ。少なくとも下の水煙が収まるまで待ったほうがいいと思うけど」

「大丈夫だ。俺がまず先に下りてみるから。ダメそうだったらすぐに戻ってくる」王胖子はそう言うなりさっさと歩を進めていく。

奴《やつ》の性格はわかっていたので、もう好きにさせた。すると王胖子は石壁に沿って二周りほどしていったが、何かを見つけたようだ。

「ちっくしょう、ここに何で西洋の文字があるんだ！」

僕は耳を疑った。――明朝時代の墳墓から西洋の文字が見つかるなんて、ありえない。

「何わけのわかんないこと言ってるんだ。どうして西洋の文字があるんだよ。文字じゃなくて何かの模様なんじゃない？」

「お前なあ、俺は確かに西洋の文字には疎い。けどアルファベットくらい知ってるぞ。信じられねえんなら、自分の目で見てみろ！」

「じゃあ、彫ってある文字を読みあげてみてよ」

「ちっ、俺が自分で読めればお前なんて呼ぶかよ！」

僕はもともと池の底になんか下りるつもりはなかった。だが、こうなると下りないわけにもいかないようだ。僕はため息をつきながら、王胖子にならって石段に跳び乗った。幅がたった五十センチしかない石段は、ひとかたまりの青御影石《みかげいし》をくり抜いて作られているようだ。一方の端が壁に差し込まれていて、足踏みしてもびくともしない。かなり丈夫そうなので崩れる心配はなさそうだ。すると、悶油瓶《モンヨウピン》も跳び乗ってきた。僕らは前後の列をなし王胖子のところに向かった。

前方を遮るように階段の先に立つ王胖子が、池の壁面を指さした。

「ここを見てみろ。これが西洋の文字じゃなかったら、俺は自分の〝三〟の字を逆さまに書いてやってもいいぞ！」

見てみると、確かにノミで削られた文字がいくつか残されている。その痕跡は新しくもないし、古いとも言えない。もしかするとこれは二十年前に三叔《サンシュー》の仲間が遺《のこ》したものなのかもしれない。三叔が寝ているときに、仲間たちがこの場所に来ていたということだろうか？　ならば、仲間たちの失踪はこの不思議な池と関係があるのだろうか？

王胖子がぼんやりとしている僕に返事を急《せ》かしてきた。

「どうなんだ。早く言えよ！」

「そ、そうだ。あんたには謝らなきゃダメだな。こりゃ確かに英語だ」

王胖子は得意気に膝をはたと打った。

「そういうことか。なんでこんな妙なことがあるんだって思ってたが……。このボロ墓の中を探し回ってずいぶん時間が経《た》ってる。なのにちょっとした値打ちものすら出てこない。なんてことはない。足の速い外国のお仲間に先を越されちまってたとはね。八カ国連合軍が来た当時（一九〇〇年に起こった義和団の乱のこと）を思い出せよ。俺たち同胞に残してくれたものなんかこれっぽっちもなかったよな。今回もそうだ。どうやら何も残ってないようだ」

「西洋人とは限らないよ。中国人だって西洋の文字は書けるからね。刻字に関しては、西洋の文字のほうが漢字を彫るよりずっと時間を短縮できるし。これらの文字は略称だ。何かの標識だと思う。時間に余裕がなかったのか、だいぶ慌てて彫ったのがわかるだろ。途中で、何か緊急事態が起きちゃったんだろうね。あるいは誰かが彫っていた人に何か催促したとか。だから、後から来る人のために記号を遺すことにして、ここに数個だけ文字を彫った」

「確かにそんな感じがするな。そいつらは何をしに下まで行ったと思う？　まさかお宝があるってか？」

王胖子はまた別のことを考え始めている。僕は相手にしないほうがいいと思ったが、王胖子が話を続けてくる。

「どっちみち俺らには時間がある。下まで行ってみようぜ。青銅器なんかを見つけたら、それを道具にできるかもしれねえしな。そしたら一挙両得ってもんじゃねえか?」

宝物、そんなものは僕にとって貴重でもなくなっていた。生きているうちにどんなに稼いでも、命を落としたら使えなくなるようなお金だったら要らない。だけど下に行けば文錦《ウエンジン》たちの行き先がわかる可能性がある、行ってみる価値はあるかも——僕がしばらく躊躇《ちゅうちょ》していると、脇にいた悶油瓶が出し抜けに言った。

「俺、この場所に来たことがあるかも」

30　池の底

悶油瓶《モンヨウピン》はそう言うなり、足早に下りていった。それに対する僕の質問などまったく気にも留めていない様子だ。真実にたどり着ける、そんな一筋の希望の光がやっと現れたのだ。この機会を逃すまいと、僕たちも下りていった。

そして十歩ほど進むと、水底から立ち昇る濃霧に完全に呑《の》まれてしまった。視界も急激に悪くなり、さっきまで見えていた王胖子《ワンパンズ》の姿はもう見えない。さらに少し行くと、前方で光る懐中電灯の灯だけしか目に入らなくなっていた。しかも無鉄砲な王胖子が尋常でないスピードで階段を駆け下りていったせいで、結果的に僕は置いてけぼりにされてしまった。まだらせん状の階段を一周も回っていないのに、王胖子の懐中電灯の光はもう視界から消えている。

これにはさすがに僕も慌てた。どこをどう向いても五十センチ先はかすんでいて、濛々《もうもう》と昇る霧に溶け込んでいる。ぼんやりとしか見えないのは、漆黒の中にいるよりもかえってきつかった。

もともと池の水面から池の底までの垂直距離は、実際にはそれほどでもなかったようだ。さらに煙草《たばこ》を一本吸うほどの時間が過ぎた頃、下から王胖子の声がした。

「底に着いたぞ！」

水たまりに足を踏み入れたらしい音も響いてきた。僕も勢いをつけて下りていくと、急に足がひんやりとした。水中に足を踏み入れてしまっていたのだ。池の底の水は完全になくなっていたわけではなく、まだふくらはぎあたりまで残っていたらしい。どうりでさっき上から下を見下ろしたとき、ぼやけていたわけだ。

あたりの様子から、すでに霧が立ち昇っている中心エリアに入っているのだと悟った。視界は極めて悪く、僕は池の壁に触れながらのろのろと進んだ。

「水の下に気をつけろよ。ここは排水用の穴だらけだ。絶対に穴に足を踏み入れるな」

足元を探ってみると、周りには確かにお椀《わん》くらいの大きさの穴が開いている。注意して進まなければ——すると、懐中電灯を振り回しながら霧の中からぬっと出てきた奴《やつ》がいる。王胖子だ。そして後をついてこいと合図してくる。

僕は王胖子の後について水たまりの中を進んでいった。すぐさま前方に得体の知れない黒いものがその輪郭を現した。王胖子は一足先にその存在を見ていたのだろう。それに物怖《ものお》じすることはない。のろのろするなと僕に向かって指示を出してくる。王胖子について黒いものに近寄ってみると、なんとそれは人の背丈の半分ほどの、四匹の石猿で、それぞれ別々の方角を向いている。石座の上にしゃがみ込んで祈禱《きとう》をしているらしい姿だ。これは定海石猿《ていかいせきえん》と呼ばれている。普通は邪気を遠ざけるために池の底に沈めてあるものだった。だからここに置かれていても、とりたてておかしいということもない。

黒いものの正体が判明し、僕はほっと胸をなでおろした。それから数歩さらに進んでみた。次に霧の中に浮かび上がってきたのは、四匹の石猿の真ん中に立つ、高さ二メートル以上はある青御影石《みかげいし》の石碑だった。そのそばでは悶油瓶が懐中電灯を当ててじっくり眺めていた。

「どうしたの、これを見て何か思い出した？」

悶油瓶は石碑の礎石の前の部分を指さした。そこには小楷（細字の楷書体）で数行ほど文字が彫り刻まれていた。王胖子が、僕に何が書いてあるのかと聞いてきた。

「墓の主人は天宮を築いた。天宮への門はこの石碑の中にある。もし縁があるならば、この門は開かれるだろう。この門を通り、天に昇ることができる——そう書いてあるね」

王胖子は石碑に何度も目をやった。「この石碑の中に門が？」

「この文はちょっと禅問答みたいで、いろんな解釈ができると思う。けど単純に、石碑の中に本当に門があるってことじゃないと思うよ。たぶん何かの比喩だ」

「けっ。この石碑に何か仕組まれているってか？　俺には一文字だって見えねぇぜ」

僕は顔を上げて改めてよく見てみた。石碑の正面部分はぴかぴかに磨かれ、光っていて玉《ぎょく》と見間違えるほどだ。だが確かにそこには一文字も書かれていない。どうも腑《ふ》に落ちなかった。

「ここには、〝縁があれば開かれる〟って書いてあるよね。あんたは天宮と縁がないんだから、何も見えないはずだよ」

王胖子はクソッとため息をつくと、身をかがめて手探りで水の中を探し始めた。「天宮と縁がなくても構わねえ。お宝と縁があればいいってことよ」

一方の悶油瓶は僕が何度話しかけても無視し、何かを探すかのように石碑を注視している。顔色も悪くその様子はかなり異様だった。ただの石の板にすぎないのに、何をそんなに見ているのだろうか。

このとき後ろから何かをぱんぱんとはたく音がしたので、振り返ると、王胖子が水中からダイビングマスクを拾い上げたところだった。

「どうやら、ここに来た奴は少なくねえようだな」

「これはたぶん三叔のだよ。酸素ボンベなんかは見当たらなかったか」

僕がそう言い終わったときには、王胖子はもう水中からひしゃげたボンベを探し出していた。それを試すも、使えないようで、すぐに水中に投げ捨てた。

「ここにあるのはカスばっかりだぜ。あんなに高いところからここまで下りてきたってのに、とんだ無駄足だ。早く上に戻ろうぜ。いつ水が上がってくるかわからねえ」

水位を見ると、王胖子の言うことも一理あると思えてきた。それですぐに悶油瓶を探しに戻ったが、もうそこにはいなかった。何度も呼んでみたが、なしのつぶてだ。

あいつは妖怪かよ。いつも不意に現れたかと思うと急にいなくなる。だけど今回だけは絶対に消えないでほしい。

王胖子にも悶油瓶を探すよう声をかけた。確かに霧は濃いが、ここはそんなに広くない。二回りほどして、悶油瓶が壁の近くに座り込み、ぼうっと前を見ているのを発見した。その目つきは一目で尋常ではないとわかるほどだ。いつもの冷静さが失われ、代わりに死を思わせる絶望が宿っている。ほとんど死人のようだった。

僕がどうしたの、と声をかけると、悶油瓶は顔を上げ、こっちを直視し、消え入るような声で言葉をしぼり出した。

「二十年前のこと、思い出した――」

31　二十年前

悶油瓶《モンヨウピン》――いや、張起霊《ジャン・チーリン》と呼ぶべきか。彼の話しぶりはいたって穏やかで、少しも感情的な色を帯びていなかった。その話から、僕もわずかに巨大な謎の一部を垣間見《かいまみ》ることはできたが、事件に対する張起霊の思いは理解してやれなかったし、彼の本当の境遇を知ることもできなかった。だからしばらくは、彼を寡黙で知恵のある青年としておこう。

深い海底では荒れ狂う海面の音は聞こえるはずもなかったが、暴風雨がやってくる前の息苦しさを感じ取ることはできた。

張起霊は静かに耳室《みみしつ》の隅っこに座り、仲間たちが争うようにして床の青花陶器を調べているのを眺めていた。彼にとってこんな陶器は何の魅力もなかったが、先輩と思《おぼ》しき者たちは、完全にそれらに魅了されていた。

先輩たちは陶器を順番に回し合いながら調べている。模様を模写する者、描かれている図柄の意味するところを議論する者などがいたが、このときにわかに誰かが声をあげた。

「みんな早く来てよ！　この陶器の底に変なものがあるわ！」

声の主は霍玲《フォ・リン》といい、考古学チームに三名いる女生徒のうちの一人で、最年少のメンバーだった。上流家庭に生まれ、常日頃から甘やかされ、なんでもないことで大騒ぎしては周囲の注意を引くことを好んだ。張起霊はその声を聞いて、頭が痛くなってきた。とはいえチームでは大の人気者とあって、この甘えた声に引っかかった者が何人もいた。霍玲の前で自分の博識ぶりをひけらかすことにかけて、男子学生たちは他から後れをとりたくなかったのだ。それで続々に声があがった。

「何が変だって？　僕に見せてくれよ」

霍玲は手にしていた陶器をひっくり返してみんなに見せると、ある者が言った。

「これかい。これなら知ってるよ。窯印《かまじるし》っていうんだ。陶器の産地を示しているものだよ」

別の者が間髪容れずに反論した。

「それは違うね。明の窯の窯印はこんなんじゃない。これはたぶんこの墓の主人の身分を表す屋号の銘文だよ！」

先の学生はプライドをやや傷つけられたようだ。

「屋号の銘文ってのは、普通は四文字だ。でもここにはたった一文字しかないじゃないか。それにこんな文字はめったに使われない。だからお前の言い分はもっとありえない」この二人は文化大革命の遺風を受け継いでいるらしい。ごたごたと言い争っているうちに、手が出そうな雲行きになってきた。

こんな光景を飽き飽きするほど見てきた霍玲はため息をついた。隅にいる張起霊が、冷ややかな顔をして、まったく彼女に見向きもしないことが、さらに霍玲の機嫌を悪くした。ずかずかと張起霊のところにやってくると、青花の長頸瓶を彼の目の前に差し出し、甘えるような声で言った。

「張くん、ちょっと見てくれないかしら。これって何かなあ？」

一ミリとも相手をしたくない張起霊は、冷たい目を向けさっと顔を戻すとそっけなく言った。

「さあね」

霍玲は顔色を一変させた。これまで異性から門前払いされたことなどほぼなかったので、面白くなかった。

「適当にお茶を濁すなんて許さないわ。もっと詳しく見てから答えてよ！」

そう言って、瓶を無理やり張起霊に押しつけた。

張起霊はため息をついたもの、仕方なくそれを持ち上げて眺めるしかなかった。霍玲が得意げに指した青花の長頸瓶の底には、なんとも奇妙な刻銘があった。

その刻銘は張起霊も初めて見るもので、内心驚いていた。陶器の底には、どこの窯で作られたかを表す窯印があるのが一般的だが、でこぼこしているこの刻銘は、どこの窯印の名称でもなく、どちらかというと番号に近いようだ。張起霊は別の陶器も適当に手に取ってひっくり返してみた。やはりどれにも同様の刻銘はあったが、さっき見たものとはそれぞれ違った。これらの陶器はよくある副葬品のように単純な品ではない、うっすらとそんな印象を持ち始めた。

霍玲は張起霊の顔色の変化から、この朴念仁もやっと物事を理解できるようになったと勘違いした。

「張君どう？　これはいったい何かしら？」

張起霊はそもそも霍玲のことなど空気のような存在としか思っていなかった。他の陶器も続けざまに調べてみると、それぞれの底に異なる刻銘が付されていることが判《わか》った。刻銘は何らかの規則に沿って変化していて、まるで何かの順番通りに並べられた番号のようだ。

それにしても、なぜ陶器に番号を振らないといけないのか。この並び順は厳格に守られなければならないものなのか？　この順番でなければ、何かの目的が達成されないということなのか？　無数の疑問が頭の中を飛び交う中、張起霊は陶器を丹念に調べ続けた。

結果は、震天動地のものだった。陶器に描かれているのは春の農耕の風景でも、庭園でもなく、職人が巨大石像を彫っている姿だったのだ。この種の絵柄は古代中国では価値があるものとは言えない。なぜこんなものを描いたのだろうか？　すると並んだ順番に眺めているうちに、少しずつ糸口がつかめてきた。陶器の絵柄は単独で見ると何ら特別なところはない。だが、並んでいる順番通りだと絵柄が連続し、壮大な工程を描いたものだというのがうかがい知れた。張起霊の不可思議な行動は、仲間たちの注目を集めることとなった。他の男子学生たちはその目的の見当がつかず、怪訝《けげん》そうに見守っていた。

張起霊は周囲の視線など一切気にしなかった。ひとつひとつ順番に見ていくのではなく、一番奥にある、花がかたどられた小さな双耳壺《そうじこ》（底部は平らで、胴の下部に一対の把手がつく陶器）に注目していた。驚いたことに、この双耳壺には工程全体の完成時の状況が描かれていた。

張起霊はその絵に絶句した。漂い浮かぶ天空の宮殿、下方には立ち昇る雲、地上の宮殿建造者たちが大空を仰いでいる。そばの山の上にも道士が一人いて、穏やかな喜びの笑顔を浮かべていた。

こんな小さな双耳壺では、さすがに雄大で壮観な工事の様子を表現しきれていなかった。だが、張起霊には抑えきれない激しい感情が湧き上がっていた。探し当てたものが何かを悟ったからだ。

張起霊は確信していた。絵柄は明代初期の神の手を持つ名工、汪蔵海《ワン・ザンハイ》が設計し建造したと言われる伝説の雲頂天宮《ユンディンティエンゴン》だと――！　宮殿は天空にふわふわと浮かぶことができると民間では言い伝えられていた。汪蔵海は巨大凧《だこ》と大量の鉄線によって雄大で華麗な架空の空中宮殿を造り出し、朱元璋《しゅげんしょう》（明の始祖であり、初代皇帝）の機嫌を取ったのだという。

だがもしその伝説が正しいとしたら、ここに描かれている一連の絵は何を意味するのだろう？　逆に伝説が間違いなら、この絵柄は汪蔵海が正真正銘、天空の宮殿を建造したことを説明しているのではないか？　伝説とこの絵のどちらが事実なのか、張起霊は悩んだ。

少し考えたくらいでは見当もつかなかったが、まだ状況が呑《の》み込めていない仲間にも見解を伝えた。初めは信じなかった仲間たちも、ひとつひとつの陶器を並べて見せられると、みんな目を見開いた。これは中国史上でも唯一無二、世界的にもケタ外れの大発見だ。霍玲は自分の見つけたものが重大な発見を引き出すことになったと知って歓喜し、張起霊の顔にキスする始末だった。これは、他の学生の嫉妬を招くことになった――。

だが当の張起霊はまるで気づきもしなかった。誰にキスされたのかもわかっていなかっただろうし、知りたくもなかっただろう。張起霊は文錦《ウエンジン》のところに直行し、後室への探索を今すぐ始めるべきだと主張した。もっと多くの発見が外棺の中で待っているに違いないと考えていたのだ。

だが、文錦は責任者だった。それはあまりにも危険だと即座に判断した。

「ダメよ、絶対にダメ。リーダーなしで古墓の奥には入っちゃダメ！」

張起霊は文錦が同意しないと見るや、さっさと自分で装備を準備し、甬道《ようどう》のほうへすたすたと歩き出した。だが、勝ち気な文錦は、自分が無視されたとあっては面白くないらしく、張起霊を少し懲らしめてやろうと考えた。これまでも、制裁はお手の物だった。研究所では、自分の言うことを聞かない者をことごとくそれで黙らせてきたのだった。

文錦は素早く前に進み出ると力を集中させ、張起霊のか細い手首の関節を捕らえようとした。この技は扣脈門《こうみゃくもん》と呼ばれ、脈門という脈拍を測る部分を押さえ込むことで、文字通り小よく大を制することができる。女性の弱い力でも、先制攻撃すれば、張起霊のような大きな男を痛めつけ、許しを請わせることも可能なのだ。

文錦の技を受けた苦い思い出がある他の男たちは、心の中ではざまあみろとあざ笑いながら、張起霊がやられる姿を期待していた。

文錦のこの技は常に百発百中だった。武術の心得がない者はどうしたって防ぐことはできなかった。だが、まさかの目を疑うようなことが起こった。技がかからなかったのだ。張起霊は振り向いて淡々と言い放った。

「安心しな。俺は自分のことぐらいなんとかできる！」

「あなたね、どうやって自分のことを何とかしようっていうの？　張君、あなたは研究所内でも組織に従わない、規律を守らないことで有名よね。だけどここは古墓なの。自分のことばっかり考えていないでよ。みんなの安全を考えられないっていうの」

「考えるよ。すぐに戻ってくるから」

文錦の小さな顔が、上気して真っ赤になった。よりによって、なぜこんなひねくれ者に当たってしまったのか――。だが張起霊の落ち着き払った言葉を聞くと、自分だけがヒステリックになるわけにもいかない。

「ダメ、何がなんでも行くのは許可できないわ。私たちはすでに一人いなくなってる。あなたね、研究所に戻ったら、私にどう報告しろっていうわけ？」

袖をつかまれた張起霊はうんざりした様子で、冷ややかに文錦を見つめる。

「手を放してくれ」

文錦は固い決意をまなざしにこめて、張起霊を正視した。どんな男も、可愛《かわい》い女性にこんな目でまじまじと見つめられたら妥協するに決まっている。だが張起霊は突然大きく目を見開くと、一瞬で悪魔のような凶暴な目つきへと変貌した。文錦が驚いて手を緩めたその隙に、張起霊は彼女の手を振りほどいた。

不思議なことにもう一度文錦が視線を戻したときには、張起霊はいつものクールな目つきに戻っていた。

「ありがとう！」

一見、この一幕は文錦がやり込められたように見えたので、みんなは不服に感じた。とはいえ、誰か一人が規則を破れば、他のメンバーもそれに追随し、同じことを一斉にやりだす。人間とはそういうものだ。張起霊が甬道に進み出たのを見て、他のメンバーも一緒に行きたいと口々に騒ぎ始めた。それは張起霊に功績を独り占めされてしまうと心配したからでもあったし、ひとたび抑えていた好奇心が再燃したからでもあった。

文錦はやはり女性だった。不覚にも自分が手を緩めてしまったことで、もう統制がきかなくなってしまったことを悟っていた。そうなると、銃でも使わなければこの若者たちを止める手立てはない。

かといって、気性が荒く、プライドの高い呉三省《ウー・サンション》を今もし起こしでもしたら、張起霊と激しく衝突するに決まっている。そうなったら完全にお手上げだ――そう考え、文錦はみんなを引き連れて後室に入り、急いで戻ることに決めた。長年の墓掘りの経験からして、ここが普通の古墓なら大きなリスクはないはずだった。

張起霊の話の続きは、僕たちが体験したこととほぼ一緒だった。彼らがいかにしてワナの張り巡らされた甬道を通り抜け、階段を発見して池の底へと下りていったのか。確かに経緯も充分に複雑でおどろおどろしかったが、それは重要ではない。鍵となる話は、彼らが霧の濛々《もうもう》と立ちこめる池の底に下りて、文字のない石碑を見つけてからである。


池の底の光景は実に妖しかった。濃霧は懐中電灯の照射を浴びると、くまどりのように次々と変貌し、僕たちをさらに恐怖に陥れた。石段の最後の一段を下りると、みんなは自然と肩を寄せ合い、息をするのもはばかられるほどだった。霧の中で互いに引っ張り合い戦々恐々で、何かが急に飛び出してくるのではと気が気でなかった。

そんな中、張起霊はまるで恐怖を感じておらず、逆にいつも威張り腐っている先輩たちが、今や小さくなって後ろに隠れていた。その様子を見て、霍玲は張起霊に自然と好感を持った。と同時に他の男子生徒にはこう吐き捨てた。

「あなたたち、自分の姿を見てごらんなさいよ。張君より何歳も年上のくせに、爪の垢《あか》ほどの勇気もないのね。恥知らずにもほどがあるわ！」

この年頃の者は経験不足で、無鉄砲なまねをするもので、霍玲にはっぱをかけられて頭に血がのぼり、それこそ命懸けで張起霊より前へ出ようと、先を争って飛び出していった。彼らはちょっと走っても何も起こらないので気が大きくなってきた。しかし、まっすぐ霧の濃い真ん中のところまで行こうと数歩進んだとき、やにわに先頭の学生が大声をあげながら、一目散に逃げ戻ってきた。

「前にモンスターがいるぞ！」

みんなを一瞬にして恐怖が包む。後ろのほうにいた者は、直接見ていないのにもかかわらず、目を白黒させて逃げ出した。張起霊はそれには一切構わず、何人かを率いてさっさと前進した。そしてそのモンスター――定海石猿《ていかいせきえん》を確認したのだった。

そしてすぐさま、他にも何匹かの定海石猿と、文字のない神秘的な石碑を見つけた。

これにはみんなが強烈なショックを受けた。目の前の石碑は確かに壮観といえるような代物ではないかもしれない。だがその意義はあまりにも大きかった。この古墓の中のものは、教科書に載っていないものばかりだった。つまりそれは数千年にも長く続いてきた中国の墓葬観念自体を覆す、計り知れない考古学的価値があるものなのだ。

文錦でさえ衝撃のあまり言葉が出ず、ただブツブツ独り言をつぶやくしかなかった。「なんてこと。こんなの信じられない。中国考古学界のマイルストーンになるかも」

最初の衝撃が収まると、今度は歓喜にあふれ返った。その当時、重大な発見はとてつもなく大きなチャンスを手にすることを意味していた。これを世間に発表すれば、自分たちの名は誰もが知るものとなるわけだ。思慮の浅い者は未来の自分ににやけ、高まる気持ちを抑えきれない者は踊りまくっていた。

一方、この禍《わざわい》を招いた張本人、張起霊はきつく眉根を寄せていた。誰よりも丹念に眺めていたことで、石碑の礎石に印刻された古文の存在にすでに気づいていたのだ。

「この碑と縁のある者には、天宮の門が現れる。そしてその者は仙郷を得ることができる」

この言葉はこれまでの発見を遥《はる》かに超える内容だった。張起霊は他の学生たちの浮かれぶりに毒されることなく、冷静に黙考にふけっていた。

この文字は何の理由もなしにここに書かれているはずはなかった。「物があるからには必ずや用いるべきところがある」と言うように、墓の主がこれらを置いたのなら、そうせざるを得ない理由もあったはずだ。ではこの石碑の中の天宮への門はいったいどこにあるのか？「縁がある」とはどういうことなのか？　張起霊は石碑の前に立ち改めてじっくり観察してみた。だが石碑はやはりただの石碑で、からくりやら暗号文の痕跡はどこにも見当たらなかった。

騒いでいた仲間たちも、さすがに冷静さを取り戻してきた。そろそろいい時間だ。文錦はここに留《とど》まっているのも適当ではないと考え、帰ろうと呼びかけた。見るべきものを見て充分に楽しんだメンバーたちは、作業にひと区切りつけ、ほくほく顔で階段へと向かった。文錦は人数を数えていたが、最後まで数えたところで、まだ張起霊が来ていないことに気がついた。

張起霊は自分に逆らって後室に来ることを押し通した。そして今度はチームに戻ってこようともしない。文錦は腹立たしさを覚えたが、職責をまっとうするためには放っておくこともできず、声を荒らげながらメンバーに指示を出し、急いで霧の中へと戻っていった。

しばらく進むと、張起霊が石碑の前にしゃがみ込んで何かを調べているのが見えた。

「まだそんなところにいるの！　何をそんなにひねくれて……」

文錦が言い終わらないうちに、顔をこわばらせた霍玲が腕を引っ張ってきた。見てみると、どうしたことか、みんなの顔にびくびくと恐怖の色が浮かび上がっている。

まだ状況を理解していない文錦に霍玲が、大慌てで霧の中を指さす。見れば、張起霊から二メートルも離れていない深い霧の中に、巨大な人影が出現していた。

32　奇門遁甲《きもんとんこう》

石碑とほとんど同じ高さの巨大な影は、頭や首がぼやけているものの、その姿は人と変わらない。ただ、立ち姿は腰をかがめているかのようにも見えるし、何とも言えない奇怪な姿をしている。瞬時に鳥肌が立ち、身の毛がよだつ。

文錦《ウエンジン》に滝のように冷や汗が流れる。文錦たちは、石の階段と池の底が接するあたりの、巨人とはほんの五歩程度の位置に立っていた。それは遠いとも近いとも言えない距離で、非常に厄介な状況だった。池の底の霧は渦を巻き、照明もパワー不足の懐中電灯が数個あるだけなので、その巨大な影が人なのか幽霊なのかさえ見定められなかった。今さっきここを探索したときには、十メートルほどのこの池の底には、真ん中の四つの定海石猿《ていかいせきえん》と文字のない石碑以外に何もなかったのだ。ではこの巨大な「人」はいったい、いつどこから湧いてきたのか？　誰にも見当がつかなかった。

しかし、張起霊《ジャン・チーリン》はそれをまるで気にかけている様子がない。何を調べているのか、なおも石碑に見入っている。文錦は憤懣《ふんまん》やるかたない気持ちでいたが、責任者として彼を放っておくわけにはいかなかった。ただそうは言っても、今この場では何の手立てもなく、後ろのメンバーに動くなと指示を出すしかなかった。

それから五分ほど経《た》ったが、巨大な「人」は霧の中に紛れたままで、動く気配が見られない。

このとき、耐えきれなくなったのか霍玲《フォ・リン》が小声で張起霊に呼び掛けた。

「張君、馬鹿みたいにしゃがみ込んで何してるの？　早くこっちにいらっしゃいよ！」

文錦は息を呑《の》み、慌てて霍玲を制止する。張起霊は巨大な「人」に近づきすぎている。何かあっても、この距離では逃げるのは難しい。しばらくこの現状を維持すべきだった。

文錦は瞬時にそう状況を分析した。確かに古墓には危険がつきものだが、遭遇しているものの正体がわかってさえいれば、立ち向かう手立てはおのずと見つかるはずだ。逆に身に迫る危険に怯《おび》えてばかりで、それを打開する糸口を探り当てられなければ、わけのわからないまま命を落とすのが関の山だ。

それに、ここに粽子《ゾンズ》はいないはずだ。なぜならこの墳墓は絶妙な場所にあるからだ。パラセル諸島には数百年にわたって人為的な干渉が少ない。また海上には環状の小島が星のように点在し、海底でひとつに連なり、海底山脈を形成している。海底に隠されている山脈には風が集まって気が養われ、東が龍頭、西が龍尾となった、非常に珍しい海底龍脈を形成している。龍というものは五行思想（万物を構成する木・火・土・金・水の五種類の元素からなるという古代中国の自然哲学に端を発する思想）でいう「水」に属していて、天空に昇り飛翔《ひしょう》することから、風水学的に水龍は山龍よりもランクが上なのだ。

こんな場所に本当に棺《ひつぎ》が置かれているなら、財を成した地位の高い人物のものと決まっている。とりわけこの墳墓に埋葬されているのが汪蔵海《ワン・ザンハイ》その人だとすれば、名前の「蔵」にだけ五行の「水」の字がない（「汪」も「海」も「水」を意味するさんずいだが、「蔵」には水の要素がない）から、海底墳墓によって「水」を補うことで、風水的な効果をいっそう高めることになる。まさに風水で言うところの「天の時、地の利、人の和」をすべて兼ね備えるのだ。

だから、風水に関する書物がどれも役立たずでない限り、ここには絶対に粽子がいるはずがなかった。粽子でないとすれば、それは必然的に人間か動物ということになる。生き物ならば、こっちにはこんなに仲間がいるんだから、相手の身長が二メートルどころか三メートルあったとしても、自分たちでやっつけることができると、文錦は思った。

このときになって、ある学生が口を開いた。

「文錦、なんだかおかしくないか。僕の記憶では、あの場所には石猿があった。もしかして何かが石猿の上に立ってるってことはない？」

文錦もハッとして、にわかに思い起こした。もしや三省《サンション》が目を覚まし、誰もいないことに気づいて、ここまで探しに来たということはないだろうか。あの人の行動は予測できない。みんなが自分の指示に従わなかったことを責めているとも考えられる。わざと霧に隠れて石猿の上に這《は》い上《あ》がって、こっちを驚かせようという腹づもりでは。

もしそうなら、だいぶ性質《たち》が悪い。それが一番しっくりくると思えてきた文錦は、その影に向かって怒声を上げた。

「呉三省《ウー・サンション》！　いい加減にして！　早く下りてきて！」

相手が紛れもなく三省なら、これでばれたと気づくだろうから、こんなことを続ける必要などなくなるはずだ。大らかな奴《やつ》だから、こんな小さなことはアハハと笑って終わりにし、絶対に根に持つことなんてないだろう。

だが文錦の言葉が終わらないうちに、その影からさっと手が伸びてきた。まるでみんなに「話すな！」と言うかのように——。

しかし、手の長さと身長との比率がおかしい。やっぱり誰かが石猿の上に立っていて、それは呉三省なのだと文錦は直感した。激情に駆られた文錦は地団駄を踏み、突進すると、パッと跳び上がり、影の耳を引っ張ろうと試みた。

これは文錦が三省に立ち向かうときの最後の一手だった。二人の間には決して喧嘩《けんか》をしないという不文律があって、文錦の怒りが極限に達したときには、三省の耳を引っ張って、自分が爆発寸前だと伝えることにしていたのだ。

だが、今回はこの技を繰り出すことはなかった。石猿に跳び乗ったとたん、石猿の上の影は文錦を抱きとめて、彼女の口を押さえたのだ。

「俺は張だ！　話すな！　下を見てみろ！」

すでに癇癪玉《かんしゃくだま》が破裂しそうになっていた文錦は、その声を聞いて固まった。それは間違いなく張起霊の声だった。でもなぜ石猿の上に立っているのか？

そこで別のあることに気がついた文錦は、全身から冷や汗があふれ出てきた。おかしい！　もしそうなら、あの石碑の前にしゃがんでいるのは誰——？

文錦はさっきの光景を思い返した。あのとき目に入ってきたのは、石碑の前で何者かが懐中電灯を持ってしゃがみ込んでいる姿だった。仲間のうち張起霊だけが欠けていたから、彼だと判断したのだが、先入観のあまり、判断を見誤ったのかも？

そう思い、すぐに首を伸ばし下を見やると声を失った。石碑の前の人は、まさに呉三省その人だった。着ているのは彼らと同じウェットスーツだったし、体形もそのものだ。絶対に別人ではない。だが、どこか様子がおかしい。はじめ文錦は呉三省が何をしているのかよくわからなかった。だがよく見てみると、鏡みたいにつるつるの石碑に向かって、髪を梳《と》かしている。ある意味、それは身も凍るような光景だった。体をくねらせる動きは、明らかに女性の仕草だったのだから。

呉三省はしばらく髪の毛を梳かすと、今度は石鏡の中の自分をまじまじと見つめ始めた。それはまるで深窓の御令嬢《ごれいじょう》が化粧を終えその姿を眺めて、うっとりしているようだった。

石鏡に映る呉三省の顔は笑っているようで笑っていない。その姿には、言葉では表せない不気味さが漂っている。もしも日常でこんなものを見せられたら、それこそ失笑ものだっただろう。だが、このときの文錦は息を吐き出すのも躊躇《ちゅうちょ》するほど緊張し、その手足には悪寒が走っていた。

下にいるメンバーたちは、石猿の上の二人が抱き合って微動だにしない様子を見て、本当に呉三省が幽霊を装って脅かしに来たのだと勘違いし、胸をなでおろした。一方、張起霊のことが心配だった霍玲は、石碑前でしゃがんでいる人の背後に近づき、その肩をパシッと叩いた。

「張君ったら、こんなところで何ボーッとしてんのよ？」

それは誰もが予想していなかった行動だった。張起霊は心の中で「まずい」と叫び、止めようとしたがすでに遅かった。石碑の前のその人が、ものすごい勢いで立ち上がった。驚いた霍玲が叫んだのがわかったが、霍玲は目の前にいるのが呉三省だとわかると、驚きは憤怒へと変わった。

「呉三省、なんであんたなの！　寝てたはずでしょ。こんなところで座ってるなんて、本当にどういう神経してるの？」
呉三省は霍玲を見るなりがばっと手で顔を隠し、奇妙な雄たけびをあげるやいなや、彼女を押し倒し、後ろのほうに逃げていった。張起霊が即座に石猿から飛び降り後を追った。その身のこなしは矢のように速かったが、霍玲の横を過ぎる際、彼女が負傷しているか気になり思わず立ち止まってしまった。これが失敗のもとだった。霍玲は自分が倒れたところにすかさずやってきてくれた張起霊は、自分を心配してくれているものと勘違いした。そして湧き上がる激情にかられて、彼に抱きついてしまった。

張起霊はため息をついた。この数秒の遅れは出足の素早さを一瞬で帳消しにした。呉三省に目を向けると、もうすでに濃霧の中に溶け込んでいた。影の様子では、もう池の壁まで行ってしまっているようだ。

「石の階段を見張れ！　奴を登らせるな！」

張起霊が声をあげてものすごい勢いで呉三省を追いかけていった。このとき前方に霞《かす》む呉三省がすっと体を横に向け、瞬間的に壁の中に入ったように見えた。だが霧があまりにも濃くて、はっきりとはわからない。

張起霊は池の壁にたどり着いたが、もうそこには誰もいなかった。呉三省が壁の中に入っていったなんて、とても信じられない。張起霊はなんでも唯物論で物事を説明するような頭でっかちの理論家ではなかったが、それでも人が壁の中に消えるなんてあまりにも常軌を逸している。きっと何かうさん臭いものが壁の中に仕掛けられているはずだ。

さすがの張起霊もこのときはわずかに体が固まってしまったが、すぐに手で目の前の石壁を探りはじめた。張起霊はこの世に本当に壁抜けの術があるとは信じていなかった。異常に長い指を二本伸ばして石壁にくっつけたその瞬間、その敏感な指によって壁がゆっくり旋回しているのを感じとった。

やられた！　さっきまで何も感じられなかったが、池自体が巨大な装置になっていたのか！

張起霊はもはや、感動すら覚えていた。こんな古代の奇跡を目の当たりにしてしまうと、この墓の主の前では自分の経験してきたことなど実に陳腐なものだった。

だがこのからくりの目的は結局何なのか？　まさか汪蔵海は、自分の墓に回転レストランを作ろうと思っていたわけじゃないだろう。

からくりの原理について、張起霊は何も知らないわけではなかった。彼曰《いわ》く、自分は中国の古墓に仕掛けられたからくりに関しては世界中の誰よりも詳しいらしい。からくりの仕組み、起源、欠点、さらには発明者の名前に至るまで、張起霊は熟知していた。

そんな彼の経験から、ここのからくりは最も簡単な原理で作動しているはずだった。なぜならバネ仕掛けのワナ、木製弓による暗矢などが、どんなに優れた材質で作られていたとしても、数百年から、千年といった歳月を経れば、とっくに腐敗して役に立たなくなっているはずだからだ。墓泥棒を阻止するのに最も簡単なワナは、往々にして墓壁の外側に仕組まれた盗掘防止用の砂の層なのだ（墓泥棒が砂の層を掘り進むと、上部から大量の砂が崩れ落ちて墓泥棒を生き埋めにする仕組み。だが、現代の墓泥棒は、洛陽《らくよう》シャベルの中の砂を分析し、古墓の正確な位置を確定することで、墓の天井の十二層からなる青レンガを貫いて直接進入する）。

あるからくりを数百年、数千年も作動させ続けるには、どれだけ年月を経ても朽ちたり廃れない材料が必要になる。例えば石や、涸《か》れることなく流れる水などだ。ここにはふんだんに水がある。さらにここの水は潮の満ち引きの変化によって動力源にもできるので、からくりに利用するには実に都合がいい。

もし墓の主が汪蔵海なら、ここのからくりで表現されている奇抜な技術への執着心とからくりの運用能力からして、最高の境地に達していた人物だということがわかる。世界広しといえども、それを超える者はいないかもしれない。

張起霊はそんなことを考えながら、石壁の他の箇所も探っていった。ここの壁には必ず入り口があるはずだ。だがさっきのタイムロスのせいで、入り口はもう位置を変えているに違いなかった。張起霊が手で探りを入れながら何歩か前進していくと、やはり隠し門が見つかった。

こんなにやすやすと見つかるなんてありえない——彼はあえて中には入らず、さらに前進した。だが、進んでいくほどに疑念はつのっていく。最後に数えてみると、こんな小さな場所に、隠し門がなんと八つもあった。しばらく考えて気がついた。これは奇門遁甲（奇門遁甲には開門、休門、生門、傷門、杜門、景門、驚門、死門の八つの門がある）そのものだった。

33 生門《せいもん》

奇門遁甲《きもんとんこう》の起源は中国での文字の歴史に匹敵するほど古く、四千六百年以上前にまでさかのぼる。世界で初めて奇門遁甲を使用したのは中国の始祖、黄帝（中国古代の伝説上の帝王。三皇の治世を継ぎ、中国を統治した五帝の最初の帝とされる）と言われ、それが後世へと脈々と受け継がれ、今や世界中の軍事家や軍師なら誰もが多少の心得があるほどだ。だが、実際には漢代の時点ですでに内容がかなり欠けてしまっていた。黄石公《こうせきこう》（秦《しん》末の隠士、張良《ちょうりょう》に兵書を与えた人物）から張良（漢初期の功臣、政治家・軍師）に奇門遁甲が授けられた後に、あろうことか張良がそれを簡素なものにしてしまったからだ。そのため後世の人々は、その本来の意味を知ることが絶望的になってしまったのだ。

僕の奇門遁甲の知識は主に家族の一人——二番目の叔父（三叔《サンシュー》ではない）から教えられたものだ。それほど多くを理解しているわけではないが、張起霊《ジャン・チーリン》がこの言葉を言ったとき、王胖子《ワンパンズ》が見せたような、ちんぷんかんぷんの状況に陥ることだけは避けられた。もともと奇門遁甲は四千三百二十局あったと言われている。黄帝が授かった際にはすでに千八十局しか理解できなかったという（黄帝は戦術と兵法を司る女神である九天玄女から奇門遁甲を授かったとされている）。張良の時代にはさらに減って七十二局になっていた。そして僕の二番目の叔父が整理できたものは四十二局だけだが、それはそれでだいぶ貴重なものだ。なぜなら現時点で世に伝わっているのはたったの十八局しかないのだから。ちなみに残りの局は三叔が漢代の墓から得たものだった。

奇門遁甲は確かに奥が深くてとらえ難《にく》い。だが、実際には兵法と命数法の理論で、それらから派生して奇門遁甲の陣立てに利用されている。奇門遁甲の陣は八陣とも呼ばれるもので、八つの門に分かれ、それぞれ開門《かいもん》、休門《きゅうもん》、生門、傷門《しょうもん》、杜門《ともん》、景門《けいもん》、驚門《きょうもん》、死門《しもん》となる。生門から入れば生き、死門から入れば死ぬ。それ以外の門から入れば再び八門があり、ぐるぐる回った後また最初に戻ってきてしまうというものだ。

張起霊の探し出した八つの隠し門は、奇門遁甲の説を連想させるものだった。これらの隠し門は非常に狭く、人ひとりが体を横向きにしてカニのように進まなければ通れない。霧が立ち込める池の底の壁にあるそれら回転式のレンガ造りの門は、ちょっと押すだけで簡単に開き、体を横向きにして中へ入ると、自動で閉まる仕組みだ。閉まってしまうと、触れない限り、そこに門があるなんて見破ることはできない。

張起霊は自分の甘さを後悔しているように見えた。だが彼はもともと無鉄砲な男ではない。さっきは目先の功に焦りすぎたのだろう。世にある秘術は、小さくて精巧なものが優れているとされるが、ここでは真逆で、大きくかつ、すべてを兼ね備えていたから、それがかえって張起霊を見誤らせることになったのだ。

石碑に戻った張起霊が、隠し門のことを報告すると大騒ぎになった。しかしこの学問はとても奥深いものであったし、さらに文化大革命を経験したばかりの仲間たちが、どうしてこの仕組みを理解できただろう。文錦《ウェンジン》はじっと何かを考え込んでいたが、不意に言葉を口にした。

「さっきの三省《サンション》の行動は何であんなに妖しかったのかしら。まるで女の幽霊に取り付かれていたみたい。もしかしてその幽霊って、この墓の主人だなんてことはないかしら。三省がさっき入っていったあの隠し門、生門だと思う？」

彼女の瞳はキラキラと輝いていた。何かをひらめいたのかもしれない。張起霊が聞いた。

「何か思いついたのか？」

文錦はみんなに後をついてくるように指示し、後ろに立つ石碑の前まで進んだ。そして呉三省《ウー・サンション》のように半分ひざまずき、髪を梳《と》かし始めた。文錦はスタイル抜群だったから、そんな姿勢をとると恐ろしいほど魅力的だった。男たちはみなぼーっと見とれている。彼女は何度か髪を梳《す》くと、今度は緊張した面持ちで首を少し回す。そのときだった。彼女がびくんと大きく震えた。

「あった！」

みんなが急いで周りを取り囲み、石碑を見上げた。だが、どうしても何も見つけられなかった。

「ダメよ。みんな、私みたいにここにひざまずかないと！」

張起霊は何かを悟ったようで、すぐにひざまずいた。文錦は彼の肩を下に押し下げた。

「まだ高すぎるわ。もっと低くして。直視しちゃダメ。横目で自分のもみあげに目をやる感じよ」

張起霊はバカバカしいと思いながらも、文錦を真似《まね》て髪を梳かし、女性のように一瞥《いちべつ》してみる。すると石碑に映った自分の影のもみあげのところに輪のように連なった三匹の魚がうっすらと映っていた。だが少し頭を動かし、角度をちょっと変えると、もうそれは見えなくなってしまった。

「アッ」と声をあげた張起霊は、ようやく「縁がある」の意味するところに気づいた。どうやら、美を追求する女性が、この石碑の前にひざまずいて髪を整えるときだけ、この印が見えるということらしい。そのとき位置が高すぎても低すぎてもダメなようだ。これも文錦が諦めずに丹念に観察してくれたおかげだ。自分みたいな大男だったら、どうやってもこの秘密を解けなかっただろうと張起霊は思った（これを聞いた僕は、この墓の主はまさかエロジジイ？　とにわかに思ってしまった）。

　張起霊がその魚の印から目を離さずにいると、印がゆっくりと移動していく。どうやらこの石碑には、池の壁と同じ速度で回る仕掛けが組み込まれていて、印はつねに天門を示しているらしい。これに気づいた張起霊は、石碑は文錦に見ていてもらって、その間、自分は懐中電灯を点《つ》け池の壁まで行ってみることにした。そして隠し門の位置をひとつずつ照らし出してみると、三つ目の隠し門のところまで行ったときに、文錦が印と懐中電灯の光が重なったことを確認した。

「そこよ！」

　みんなが一斉に歓喜の声をあげた。張起霊でさえ、気持ちを抑えきれず思わずガッツポーズしてしまった。そして力いっぱいに隠し門を押し開けた張起霊は、真っ先に横向きになって、中へと入っていった。内側は非常に狭い一本道になっていて、奥へと続いていた。張起霊は今回はいつも以上に細心の注意を払っていた。先に周りの壁を探り、他にワナがないことを確認してから他のメンバーを中へ入らせた。

　この通路も青御影石《みかげいし》を積み重ねて造られていた。一人分の幅しかなく、ちょっと太った人間が二人いるともう進めなくなる。張起霊は懐中電灯を点け、先頭を切って進んだ。前に目をやると、漆黒の闇が青御影石の色と混ざり合ってかすかに青く見える。それはまるで冥界のようだった。張起霊は全神経を集中させ、充分に警戒しながら歩を進めた。少しでもおかしな音がすれば、しばらく立ち止まって様子をみた。彼は完全にグループの精神的な支えとなっていて、絶大な信頼を受け、もう誰も無駄話などいっさい口にしなかった。

　彼らが懸命に進み続け、煙草《たばこ》を半分吸えるくらいの時間が経《た》った。前も後ろもすでに漆黒の闇に包まれていて、自分たちだけ宇宙に取り残されたような感覚だ。張起霊は気分が悪くなってきた。しばらくすると通路が上に傾き始めた。上方に目を向けると、驚いたことに前方遠くに光が見える。夕日ほど明るくはないが、温かみのある薄明かりだった。張起霊は出口に近づいていると悟った。さらに歩く速度を上げて、光へとまっしぐらに進む。そしていよいよ光が間近だと思ったときだ。いきなり足元が水平になり、突如すべてが金色の光に包まれた。眩《まぶ》しさに目を細めながらも目の前の光景に思わず息を呑《の》んだ。

　前方に、巨大な四角形の部屋が出現していた。単に大きいだけでなく、すさまじい覇気が感じられる。部屋全体からかもし出される雰囲気は圧倒的で、その勢いに思わずひざまずきそうになる。

　四角い部屋の各辺には、金糸楠《きんしくす》の柱が十本ずつ立ち並んでいた。その一本一本が三人がかりでも抱えきれないほどの太さで、地の果てにあると言われる擎天柱《げきてんちゅう》（天を支えると言われる柱）を彷彿《ほうふつ》とさせた。部屋のすべてが黄色のレンガで積み上げられ、左右の長さは三十メートルほどあった。梁《はり》やひさしには彫り物や絵画が施されていて、五本の光る爪を持つ金色の龍が十頭陣取っている。宙から見下ろしている龍は、目も奪われんばかりの豪華絢爛《ごうかけんらん》ぶりだ。十メートルもあろうかという高さの天井には五十星図がはめ込まれていて、星のひとつひとつに、燦爛《さんらん》とした夜光石（皇帝や王族のみが持つことを許された石。一旦光を浴びると光を放ち続ける）が使われている。夜光石はどれもアヒルの卵ほどの大きさで、ほのかに黄色い光を放っていた。部屋の四隅に置かれた大きな鏡がその光を互いに反射させている。光は明るいとまでは言えないが、部屋全体を照らすには充分だ。一番度肝を抜かれたのは、部屋の真ん中に置かれている巨大な石盤だった。張起霊は、石盤の上に巨大な宮殿の模型が置かれていることにすぐ気づいた。それは確かに模型に過ぎないものの、龍楼（宮殿の楼門）や宝殿（広壮華麗な宮殿）も置かれ、築山《つきやま》や水流までも再現された、極めて壮観なものだった。

　張起霊は石盤に駆け寄った。気持ちが高揚し、ぐるぐると何周もした。それは雲頂天宮《ユンディンティエンゴン》の模型だった。墳墓の中に宮殿があることほど常識外れなことはないだろう、もともとそんなふうに思っていたから、張起霊は模型しかないことに落胆することもなかった。だが、心の中に立ち込める霧がいっそう濃くなる。これを見ると、汪蔵海《ワン・ザンハイ》が天宮を造ったというのもあながち嘘《うそ》ではないかもしれない。ならばその天宮はいったいどこにあるのか？　その名のごとく、空の上にあるとでもいうのか？

前代未聞のこの大発見に、メンバーは小躍りし驚喜していた。すると大騒ぎする数人の男子学生が霍玲《フォ・リン》を石盤の上に持ち上げた。霍玲もしばらく無邪気に笑っていたが、石盤に立つなり、突然に悲鳴を上げた。

「上で人が死んでる！」

張起霊が反応し、さっと石盤に飛び乗った。模型の真ん中には円形の玉石でできた庭園があり、その庭園には石の腰掛けが置かれていた。そしてそこになんと、乾燥して完全に縮んだミイラがちょこんと座っていた。身につけている服はボロボロで、真っ黒い体が露出している。これは貴重な金色即身仏で、自然乾燥され、状態も非常によく保たれていた。金紛をちょっとまぶすだけで、そのまま寺院に置いて拝めるレベルだ。ミイラの片方の手は天を指し、もう片方の手は地を指している。髪の毛と手の爪は他の金色即身仏と同じように、死後も伸び続けたようだ。とりわけほとんど手の指と変わらない長さの爪は、ちょっと不格好な印象を受ける。

張起霊はパサパサのミイラに近づくと、躊躇《ちゅうちょ》なしに口の中を見る。そして何も入っていないことを確認すると、次にミイラの腋《わき》の下《した》に手を突っ込み、その体を押し始めた。文錦も石盤に飛び乗り、張起霊のやり方をしっかりと見定めると、すかさず背後に回った。

「あなた、墓掘りなのね。そうじゃなかったら、古墓でこんなに落ち着いていられっこない。私たちと一緒にここに来た目的は何？」

張起霊はそれを手で制し、ミイラを指さす。

「そんなことはどうだっていい。見ろよ！」

張起霊はそう言うとミイラの衣服を脱がせ、その腹にある、長い傷痕――左側の最も下の肋骨《ろっこつ》から丹田までの傷をあらわにした。次にミイラの腹を押し、さらに文錦の手をつかむと、その手で腹を押させた。文錦は身震いした。やはり、死体の腹の中に何かが隠されているようだ。

張起霊は顔を上げた。腹からその「何か」を取り出すべきか迷っていた。もしこの人物が死に臨んでもなお、何かを自分の腹に隠そうとしたということなら、それはその人物にとって極めて重要なもの、あるいはそれ自体、死者が彼らを試す方法のひとつということになる。張起霊は、古墓の中の品物を奪うときは死体を損壊しないという厳しい掟《おきて》を自分に課していた。張起霊はしばらく葛藤していたが、文錦に目をやった。文錦は道義を重んじる北派《ベイパイ》だ。彼女は首を振った。

「仁を選ばなければ、必ず天の裁きに遭う」

張起霊はため息をついた。諦めることにしたのか、後ろに一歩退くと、死体の前にひざまずいて頭《こうべ》を垂れた。だが頭を上げると、死体がどこかおかしいと感じた。そしてアッと息を呑《の》み肝を冷やした。驚いたことに、ミイラが妖しげな微笑《ほほえ》みを浮かべていたのだ。

34　つながる

こんなこと、後にも先にもないだろう。張起霊《ジャン・チーリン》でも飛び跳ねる粽子《ゾンズ》ぐらいしか目にしたことがなかった。こんな笑う粽子など見たことがなかった。緊張が走る。張起霊はすぐに逃げられるよう全神経を集中させ、そいつの次の動きに対応しようと警戒していた。だが想定外のことが起こった。もともと天を指していたミイラの手が突然動き水平になって、東のほうを指し示したのだ。すると天井の夜光石が一瞬で消え、部屋が真っ暗になった。

節電のために懐中電灯はとっくに消していたから、他のメンバーは突然の暗闇に慌てふためく。しかし、張起霊はそれでも部屋の中はまだ漆黒とまではいかない暗さであることに気づいた。頭を上げてみると、近くの壁にある四つの夜光石は消えていない。まさに真っ暗な道に立つほの暗い路灯のように、その一角だけを照らし出していた。

「かっ、壁にか……顔が……ある！」

李四地《リー・スーディ》の震える声に張起霊は驚いて彼のほうを振り向いた。東側の黄色いレンガの壁は夜光石に照らされ、光線の加減で模様が現れている。そこへ、前ぶれもなく真っ白の巨大な人面が出現した。

これも何かのからくりによるものだとわかっていた張起霊は、即座に石盤から跳び下り、東側のレンガ壁の前まで行って、壁に映っているのは影絵のようなものであることに気づいた。こういう類《たぐい》の絵は、ある決まった角度から光に照らされることで、壁のくぼみの影によって絵が浮かび上がる。だが少しでも光線の角度が違えば絵は現れない。この影絵の作り出すあまりに怪しい絵柄を見れば、極度の緊張状態では、恐ろしい人面と錯覚してしまう。

張起霊は胸の高鳴りを抑えることができなかった。目の前にある絵は叙事的な絵画のようだ。しかもそれは、雲頂天宮《ユンディンティエンゴン》が竣工《しゅんこう》したばかりの状況を描いているらしい。張起霊が見た〝天宮〟とは、実は非常に険しい山々の中に築かれた宮殿であって、山の頂にゆらゆらと立ちのぼる雲霧が宮殿全体を包み込むことで、雲の上に浮かんでいるように見えているのだった。張起霊は、山の峰が真っ白な様子から、標高がかなり高いということはわかったものの、どの山に宮殿が築かれているのかまでは判別できなかった。

張起霊があたりを見回してみると、四方向の壁すべてに影絵が出現していた。慌てて南側のレンガ壁も確認しに行くと、そこは天宮の下にある断崖に桟道でつながっている石窟がいくつも掘られていた。ひとつの巨大な棺《ひつぎ》を「はねつるべ」（クレーン）で引っ張り上げている影絵が映っている。しかも野辺送りの行列は一列になって、桟道沿いを苦しそうによじ登っている——。なんと天宮は陵墓だったのだ。ならば棺に入っているのは誰だ？

張起霊がさらに影絵を追って眺めていくと、西側の影絵はさらに不思議なことになっていた。断崖に架かっている桟道は、めらめらと火が燃えさかっている。これは陵墓を守る兵士たちが納棺の儀式を終えた後、陵墓を盗族から守るため、天宮へ入る唯一の道を焼き払っている絵だった。つまり、これで盗掘を阻止することができるわけだ。南派《ナンパイ》であれ北派《ベイパイ》であれ、こんな高所で百メートルもの断崖を登って盗掘できる者などまずいない。不可能だし、そもそもそんなことを試みようとする奴《やつ》はいない。

張起霊はこれまでこんな墓に出会ったことがなかったから、気持ちの昂《たかぶ》りを抑えることができなかった。そして最後の影絵の前まで行ってみると、その絵は奇妙なほどシンプルなことも判《わか》った。山頂の天宮が突然消えて、真っ白な雪だけが見えている。それればかりか、断崖までも白く覆われている。一見しただけではどういう状況かわかりづらいが、張起霊はここで雪崩《なだれ》が起こったと悟った。

激しい火で温度を上昇させれば、天宮の上方にある積雪を緩ませることは簡単だ。そうやって大規模の雪崩を起こしたのだろう。天宮全体を雪の下に埋め、さらに山全体に蓋をする。この宮殿を正真正銘、嘘偽《うそ》りのない陵墓にしたのだ——と張起霊は推測した。

雲頂天宮が最後の最後でまさかこうなる運命だったとは、本当に思いもよらなかった。どうやら、汪蔵海《ワン・ザンハイ》はこのことをかなり気にかけていたらしい。自らの傑作が完成したとたん雪崩に呑《の》まれてしまうなんて、死んでも死にきれない。なるほど、彼がこれをこんなふうに秘密裏に記録しなければならなかったのは、天宮が地位の高い人物の陵墓だからであろう。彼はこの自分の作品を公にこそできなかったが、自己顕示欲の塊のような彼の性格からして、必ず何らかの方法で知らしめようとしたはずだ。自分の作品にはまだこんなに壮観な雲頂天宮があるのだと——。

しかしどんな人物がこの墳墓に埋められているのか、相変わらず張起霊にはわからなかった。ふと見ると、文錦《ウェンジン》と他の二人がどういうわけか、南東側にある大鏡を動かそうとしているではないか。すると文錦が慌てた様子で教えてくれた。

「私、さっき三省《サンション》がこの鏡の後ろに隠れたのが見えたの。でも一瞬でまたいなくなって」

張起霊はようやく呉三省《ウー・サンション》のことを思い出し、文錦たちを手伝うことにした。金メッキに「福」の字が刻まれた銅鏡は二メートルもあり、ずっしりと重たく、みんなで懸命に運んでようやく五十センチほどずらすことができた。のぞき込んで見てみると、鏡の後ろ側、壁の隅に、人半分ほどの高さの四角い通路が開いている。張起霊は中を照らしてみたが、真っ暗でどこに続いているのかわからなかった。

数日前に呉三省が位置決め法を使って地下宮殿の配置を描き出したときは、こんなに大きな通路はなかった。実は張起霊は、この地下宮殿が呉三省の描いたものほど単純ではないことに、とっくに気がついていた。船を沈没させて葬るのと、陸で葬るのとでは違うからだ。船を沈没させ葬るには、船のバランスを保っていなければならない。だから陵墓の構造には対称性が求められる。呉三省が描いた地下宮殿の姿はおおむね間違ってはいなかったが、明らかに前が重く、後ろが軽い間取りになっていた。もしその状態で沈没させてしまえば、陵墓全体が頭から海に沈むことになるに違いない。

位置決めの際、張起霊は積極的に動かず、呉三省と議論することもなかった。今思えば、部屋のこの位置に全体のバランスをとるための道があってもなんら不思議ではない。

張起霊はみんなにそれを説明すると、懐中電灯を持って真っ先に中へ入っていった。懐中電灯は盗掘穴に入ったときからほとんどつけっぱなしだったため、もう、いつ切れてもおかしくない状態だった。そこで、文錦は彼らの隊列の前と後ろ一本ずつに電源を入れさせ、それ以外は全部消させた。この通路の中は四人が並んで歩けるほどの幅がある。霍玲《フォ・リン》は張起霊と文錦が並んで歩いていることにムッとして、無理やり間に割って入った。一方の張起霊は、このときすでになにやら異変を感じていた。前方の暗闇の中で、何かがかすかにうごめいているのが目に入っていたのだ。

しばらくして、空気中に臭気が立ち込めてきた。臭いの発生源に近づいていっているようだ。さらに進むと、その臭いがますます強烈になり、もはや気が散って集中できないほどになっていた。文錦のほうを振り向くと、後ろを歩いていた人たちが床に倒れ込んでいる。文錦も自分の額に手を当てながら、焦点の定まらない目で張起霊を見ていたが、急に張起霊の懐に倒れ込んできた。

まずい——張起霊は、すぐに息を止めた。だがすでに間に合わなかった。抗《あらが》いようのない眠気に襲われ、壁にもたれかかると、だんだんと意識が遠のいていく。朦朧《もうろう》とぼやける視界の中に、呉三省の姿が映り込む。呉三省はしゃがみ込み、無表情で自分のことを見ているようだ——。


悶油瓶《モンヨウピン》はそこまで話すと、大きくひとつ深呼吸をした。

「目が覚めたとき、俺は病院のベッドにいた。何も覚えてなくて、何もわからなかった。そのまま数か月が経《た》って、ようやく断片的に記憶がよみがえってきた。それからまた数年が経って俺は気づいた。自分の体がおかしいってね」

それって自分が不老不死になったのに気づいたってことだろ——口を挟みたくなったが、その機会はなく、悶油瓶はそのまま続けた。「それについて、今は言えない。だが三か月前、あんたの叔父さんにばったり会ったんだ。どっかで見たことがあるって気づいた。それでもっと事情を知りたくて、お前らと殤王《しょうおう》の地下宮殿に行った」ここで悶油瓶がふいに僕を見つめてきた。

「殤王の地下宮殿で、あんたの叔父さんはだいぶ問題ありだって気づいたぜ！」

意味がわからずうろたえる僕に悶油瓶がたたみかける。「あんたらが青銅の棺から持ってきたあの金糸が縫い込まれた帛書《はくしょ》、あれはニセモノだ。とっくにあんたの叔父さんが持ち去っていた」

「嘘言えっ！　あれはあんたが持っていったんだろ？」

「違う。お前の叔父さんだ。大奎《ダークイ》と二人で、木の後ろから穴を掘って、そのまま棺の底まで掘ったようだ。それが大奎が死なきゃならなかった原因だろう」

全身の血の気が引いて、いつにも増して緊張していった。これからもずっと三叔《サンシュー》の味方でいたい。だが頭の中に無数の光景が閃光《せんこう》のようにフラッシュバックする。大奎はなぜ中毒になったのか。潘子《パンズ》は木に登る前は意識がしっかりしていた。ではなぜ僕らが地上で奴を見たときには虚《うつ》ろな表情だったのか。僕や王胖子《ワンパンズ》がまだ裂け目から這《は》い出《で》てきていないにもかかわらず、三叔はガソリン入りのタンクをかつぎながら走ってきていた——。

僕はそこから先を考えられなくなっていた。世界のすべてがひっくりかえったような感じだった。誰の話が本当なのか、誰かが嘘をついているのか。いったい、誰を信じればいいのか。頭の中が混乱して、整理がつかないまま独り言のように僕は言った。

「違う違う、そんな単純なことじゃない。動機もなしに、三叔はどうやってそんなことをやれる？」

「もしその人物が本当にあんたの叔父さんなら、確かに動機はない。だが……」悶油瓶が、ため息をつく。

悶油瓶の言っていることの意味がわからなかったが、内心では、もうほとんど悶油瓶のことを信じていた。思わず苦笑する。今までの僕はずっと、どれだけ三叔に騙《だま》されてきたかばかりを考えていた。でも、これからは考えを変えなければならないかもしれない。

物事は大きく変化していた。本当に予想していなかったことだが、今はそんなことを考えても無駄だった。誰が本当のことを言っていて、誰が嘘をついているのか。それはすべて僕らがここから逃げ出せた後にやっと意味を持つ。逆にここで死んだら、真相が判明したところでどうだというのだ。

そこまで考えると、頭の中が整理され、かえってリラックスすることができた。このとき、王胖子も石碑の前にいるのが見えた。王胖子は不器用にひざまずくと、蘭花指《らんかし》（中国の伝統劇の女役の手の動き。親指と中指の先を軽く合わせた形）

の形を作り、悠々と髪をとかし始めた。

「バカッ、何してるんだ。ちょっと勘弁してくれないか？」

「あたくしは今、髪を梳《す》いておりますの。髪を梳くだけで別にそなたの命などいりませぬ。なのに何をくだくだ言っておるのです？」女形の声音で返す王胖子に僕は呆《あき》れはてた。

「髪を梳くだって？　まさか天門の中に入ってみようと思ってるのか？」

「もちろん。そんな絶景、見逃すわけがねえだろ。それに、またここまでやってくるのなんてどだい無理な話だ。あの女はまた逃がしちまったしな。こんなんじゃ手数料もあてにならねえ。どうであれ、夜光石をいくつかもらっておかねえと。そもそもカネがあるなら盗掘なんてしねえし、やるんなら手ぶらで帰るわけにはいかねえ」

「さっきはあんなに長いこと話を聞いてたくせに、まさか夜光石のことしか耳に入ってなかったのかよ！」

「おい、本当にそういう口の利き方はよせ。俺がこの天門に入りてえのはだな、もうひとつ重要なワケがあるんだ。お前ら、何だかわかるか？」

35　血文字

「あんたが企《たくら》んでいることなんてどうでもいい。言いたかったら好きにすればいい。でも、僕らは今かなりやばい状況だってことを忘れないでくれなよ。雲をつかむような話ならまっぴらごめんだ」

「まあそう慌てるな。俺が言いたいことはだな、今の俺たちの境遇に大いに関係ありだ。お前はさっき、この兄ちゃんの話を聞いただろ。この天門に入る道は上り坂だ。しかも天宮の模型が置いてある大部屋はかなりの高さがあるってことだ。ここよりもっと高いのなら、少なくとも十数メートルはあるよな。この墳墓がいったいどれぐらいの深さにあるのか考えてみろ。その大部屋の天井は、墳墓全体のてっぺんだ。脱出したいなら、頭を使え！」

さっき海底の通路に下りたときに見た水深計では水深は十三メートルだった。そこを基準にすると、今の僕らがいるこの池の底は、さらに十数メートルは下だ。つまり僕らは水面から二十メートルから三十メートルの間の地点にいることになる。だとすれば、雲頂天宮《ユンディンティエンゴン》の模型が置いてあるというその部屋の頂部は、少なくとも海底から十メートル以下——確かに王胖子《ワンパンズ》の言う通りだ。

さっきは話に夢中になっていたから、そんな細かいことにまで頭が回っていなかった。こいつは無鉄砲なようでいて、実はちゃんと考えてるんだな。僕は王胖子のことを見直した。どうやら、これからも奴《やつ》には隠し事は通用しなさそうだ。

「王胖子、今回はあんたの言う通りだ。だが今それがわかったところで、残念ながらなんの役にも立たないぞ。なぜって、僕らは丸腰だからな。それは高さ十メートルの天井に登れないってことを意味しているだけじゃない。何も持ってないんだから、登れたとしても、何層もレンガが積まれてできている天井にはどうやったって歯が立たないだろ？　まずは丈夫な金属の明器《めいき》をいくつか探してくることが先決だ。そしてさっさと盗掘穴を開ける計画を進めたほうがいいと思う。これ以上ぐずぐずしてたら、引き潮が終わる」

僕はそう言ったものの、本当は何も自信がなかった。ここに来るまでに見かけた副葬品は、陶器以外は石器だけ。金属製のものは何ひとつなかったからだ。こんなことは普通ではありえない。これも墓の主がわざとやったことなのかもしれない。こうなると次は後室に行って探すしかない。それでも見つからなかったらもうお手上げだ。つまりは神が僕たちを地獄に落とそうとしているので間違いないだろう。

「そいつは俺だって考えたさ。その大部屋の四面には〝福〟の字が入った金メッキの銅鏡があるって言ったよな？　お前も骨董屋《こっとうや》のはしくれなら、その鏡がどんなもんだかわかるだろ？　その鏡の足はめちゃくちゃ重いからハンマー代わりになるに違いねえ」

さっき聞いていて、その銅鏡に覚えがあると思ったが、今の王胖子の話を聞いてようやく思い出した。ただ、確かに商売で扱ったことはあったが、具体的にどんなものかははっきり覚えていなかった。とはいえ、王胖子の真剣な口ぶりから、言っていることが嘘《うそ》とは思えなかった。

「わかった。それならそうしよう。遅くなるとまずいから、すぐに動こう。でも着いてから、変なところを触ったりするなよな。絶対だぞ。あそこはワナだらけだ。僕らはまだまだ人生先が長いんだから。亡くなった人の持ち物のために、僕らがここで命を落とす必要はない」

王胖子はうなずいて、レンガの欠片《かけら》以外には、絶対に触れないと断言した。だが僕は、奴がまだ夜光石を失敬しようと考えているかもしれないと思い、しつこく何度も注意した。それから例の場所の具体的な構造をはっきりさせ、段取りを明確にしておくことにした。出くわしそうな状況、取るべき必要な措置を話し合い、それから三人で計画通りに事を進めることを確認する。それらを終えて僕たちは天門を探し当てた。そして王胖子が先頭、悶油瓶《モンヨウピン》は後ろ、僕は真ん中で、狭い通路の中をまっすぐ進んでいった。

僕は悶油瓶から通路の中の様子を聞いていた。だが実際に入ってみると、また違う印象を持った。初めは何も思わず、夜に西塘鎮《シータンジェン》（浙江省《せっこうしょう》嘉興市《ジャーシン》に位置する鎮という町のような行政区）の石皮弄《シーピーノン》（細い路地）を歩いているような、とにかく狭いという感覚しかなかった。だがしばらく歩いていくと、前後の境を失ったように感じ胸騒ぎがした。僕は列の真ん中を歩いていたから、真っ暗でも怖くなかった。ただ周りが静かすぎる。狭くて長い通路で聞こえるのはみんなが履いているフィンのパタパタという足音だけだ。それがやけに恐ろしく、モンスターが後ろからくっついてきているようだった。だが神経の図太い王胖子はまるで無頓着で、ただ通路が狭すぎて歩きづらいと不満をこぼすばかりだった。

「こんな石道、どこのどいつが造りやがったんだ。バカにしてるぜ。天門につながる通路が、何だってこんなに貧弱なんだよ。天上への道も全部こんなんだったら、弥勒菩薩《みろくぼさつ》様は下界に出たがらないだろう」

「まあそう言うなって。こんなふうに設計されてるのには、それなりの理由があったわけだろ。これは船葬なんだから、船がもっと大きかったとしても限界がある。自分の天宮を目立たせるために、他の場所は広さを抑えたんだろうね。しかも昔の墓掘りはみんな痩せぎすで小柄だ。誰もあんたみたいな奴に墓掘りが務まるなんて思いもしなかっただろうよ」

「そりゃあ摸金派《もきんは》って言ったら、歴史があるからな。他のことはさておき、体格なら俺が一番だ。太っていても俺の腕前は確かだ。これぞ……うわあぁっ！」

王胖子が得意げに言いながら突然、動かなくなった。見れば両肩が両側の石壁にぴったりはまり、通路に挟まっている。僕は大笑いした。

「ちょっと調子に乗らせておけば、言ってるそばからこのざまかよ」

王胖子は前に進もうとしたがどうやっても動けない。「呉《ウー》坊よ、笑ってる場合じゃあねえだろ。さっきまで順調に進んでたってのに、なんで急に引っかかるんだ？」

「どうやらこの通路は常に同じ幅ってわけじゃなさそうだね。さっき入ったときはちょっと広かったけど、だんだん狭くなってるらしい。ちょっと後ろに下がって、抜け出せるかやってみたら」

王胖子は大きな尻をよじらせ後退を試みたが、結果は同じだった。

「違うって。それが原因じゃねえ。この場所自体が明らかにさっきよりも狭くなっている。この壁は変だ。ちょっとやばいかも――」

さっきこの通路を進んでいたときは、暗闇の中での移動だったので、壁のことなど気にもしていなかったが、王胖子の言葉に、僕も道が狭くなったような気がしてきた。試しに、両手で壁を押してみると、妙な感じが伝わってきた。「まずい、壁と壁がくっつこうとしてるようだ」

悶油瓶が壁を触りながらうなずいた。「どうやら何か異変が起きたようだな。時間がない。ひとまずここから出て、それから作戦を考えよう！」

冗談じゃない、二枚の壁に挟まれたら三枚の烙餅《ラオビン》（厚さ一センチほどの小麦粉をこねたお焼き）にされてしまう――僕は、とっさに踵《きびす》を返して逃げようとする。すると、それを見た王胖子が慌てて叫んでくる。

「待ってくれよ。自分たちばっかり、くそったれ」

僕はかつてないほどのスピードで全力疾走した。ほとんど転げまわるように走り、全身の力を使い果たそうとしていた。さらに出口のほうまで走っていくと、両面の壁がさらに狭まって、僕の体でやっと通れるほどの幅になってしまっている。これでは王胖子が通り抜けるのは無理で、カニのように横歩きするしかない。悶油瓶が手を伸ばして隠し門を開こうとしたが二回試したところで突然声をあげ、振り向いた。「外から誰かに門をロックされた！」

王胖子が顔を真っ青にする。「ろくでもねえ天門だな。今度こそおしまいだ。お前らさっさと策を考えろよ、じゃなきゃ俺たち今日にはお陀仏《だぶつ》だ！」

僕はいらだっていた。少しずつ迫ってくる石壁を前に、ほとんど生きた心地がしなかった。だがこんなわずかな時間でいい方法なんて思いつくはずもない。こんな状況では奇跡でも起こらない限り、大羅天《だいらてん》（中国の民間宗教の道教でいう三十六天の最上天）様だってお手上げだ。「何かしら方法があるかもしれないから、とりあえず最初の入り口まで逃げよう。急いで逃げれば少しは望みがあるかもしれない」

悶油瓶はそう言う僕を引きとめて首を振った。「通り過ぎるには少なくとも十分はかかる。もう間に合わない。上を見てみるぞ」悶油瓶はそう言うと、両足を両側の壁に突っ張らせ、上へと登り始めた。見上げると、上のほうもやはり真っ暗だ。壁の間の幅が広くなっているようにはまるで感じない。よじ登ったからといって、助かるかは不明だが、ここでじっと死ぬのを待っているよりかはいい。王胖子にも声をかけ、僕も慌ててよじ登り始めた。

壁の間の隙間は狭くなっていたから、よじ登るのは道を歩くみたいに容易だった。僕らはものの数分もしないうちに、ゆうに十数メートル登り切った。王胖子も驚いているようだ。「やっぱりあの兄ちゃんは頭の回転が早いな。この方法でよかった。俺らは烙餅になる前にここから身投げもできるようになったってことだ！　そしたら潰されて痛い思いなんかしなくって済むしな」

王胖子が本心から言っているのかわからないが、僕も烙餅になった自分の姿を想像して気分が悪くなった。自分の頭蓋骨が押しつぶされる音が自分で聞こえてしまうかもしれないのだ。死ぬとしても潰されて死ぬのはごめんだった。このとき悶油瓶が上で叫んだ。「馬鹿なことを考えてる場合じゃないぞ。まだ時間はある。棺《ひつぎ》の下にあったあの盗掘穴、まだ覚えてるか？」

「もちろん。だがそれと今の俺たちとなんの関係が？」王胖子はそう応えながら「あっ」と声をあげた。「わかったぜ。そいつの意気込みを学べって？　つまり最後の最後まで諦めないって根性か？」

「いや。地下宮殿にもともとある通路には見向きもせず、わざわざ地下宮殿の壁に穴を開けて、そこばかり通る墓掘りなんてこの世にいるわけないだろ。もしそうしたとしたら、理由はただひとつだ。そいつは何かしらまずい状況に遭遇して、地下宮殿の壁に穴を開けて逃げなければならなかったってことだ」

「つまりその穴を掘った人は、僕らみたいにやっぱりこういう状況——逼迫《ひっぱく》した状態で、その盗掘穴を開けたってこと？」

悶油瓶の頭の回転の早さには頭が下がるばかりだった。これでその彼がなぜ上までよじ登ったのかもわかった。ここの床板と両側の壁は、どれも青御影石《みかげいし》でできている。爆薬でも使わない限り、穴は開けられない。となれば、手を出せる唯一の場所は、必然的に見えないところにある天井だけになる。

そんな話をしている間に、もう天井までたどり着いていた。天井は一層の青色のレンガになっている。ちょっと叩いてみると予想通りだった。レンガ自体が空洞になっている。こういうレンガは手で押す程度では穴は開けられないが、ちゃんとした工具さえあれば楽勝で穴を開けられるはずだ。だが周囲を見渡してもあたりは真っ暗で、盗掘穴はどこにも見当たらない。

「まずいぞ。兄ちゃん、この通路は長い。もしそいつがその穴の入り口を通路のあっちの端に開けてたらどうする?」

「どんな奴だってこんな状況に陥ったら、絶対に出口に向かって逃げるだろ。出口のドアがロックされているのに気づいて、ようやく盗掘穴を開けるっていう考えになるわけだ。だからその盗掘穴の入り口は必然的にこの近くにあるはずだ。もし別の場所に掘っていたら、そのときは俺たちは潔く諦めるのみだ」と悶油瓶が言った。

この説明はものすごく説得力があった。僕も王胖子も納得し、もう一度気を奮い立たせてあたりの捜索を開始した。このときの僕と悶油瓶の状況はまだいいほうで、体を斜めにすれば前後に拳を入れられるくらいの隙間は空いていた。だが王胖子はほとんど限界で、お腹《なか》をへこませてなんとかすり抜けられるくらいの隙間しかなかった。こんな状況だから、王胖子にはかなりの負荷がかかっているはずだ。

「かなり無理してお腹をへこませていると思うけど、壁が骨に直接当たらない限り大丈夫だよ」と僕は慰めてやった。すると王胖子は真っ青な顔で、無駄話をするなと僕にひらひらと手を振った。

僕たちは一番出口に近いところから捜索を始め、十数メートルほど前に進んだが、結局何も見つからなかった。実は横方向に移動するのは、上によじ登っていくよりも体力を消耗する。足にはもう力が入らず、何度も滑り落ちそうになった。もし両方の壁がさらに狭くなってくれば、僕の膝はいやおうなく曲がらなくなる。そうなったらさらに移動が難しくなるだろう。前方は依然として真っ暗のままで、いったいどこに盗掘穴が掘られているのか見当がつかない。もし万が一、本当に通路の逆側の一端に盗掘穴の入り口があったとしたら、僕はどんな死を迎えるのだろうか。

こうなることが前もってわかっていれば、海猿に咬《か》まれて死んだほうがずっと楽だったかもしれない。化け物の粽子《ゾンズ》はものすごく恐ろしいものだと言われている。だが僕としては、ここで何の手立てもなくぺしゃんこにされるよりも、粽子十匹に遭遇したほうがずっとましだ。

ここで突然、前を行く悶油瓶が、懐中電灯で僕を照らした。こっちへ来いという合図だ。僕と王胖子は盗掘穴を見つけたのかと思い、喜び勇んで悶油瓶に近寄っていった。しかし顔を上げて愕然《がくぜん》としてしまった。頭上に見えたのは、青色のレンガに書かれた一行の血文字だけだったからだ。

「呉三省《ウー・サンション》に襲われた。窮地に追い詰められ、冤罪《えんざい》にて臥《ふ》す。天地が証人だ——解連環《シエ・リエンホアン》」

なんだよ、これ、武侠《ぶきょう》小説じゃないんだからさ……。

「そっ……それってどういうこと？　誰だよそいつ？　なんで三叔《サンシュー》がそいつを？」

僕は驚いて悶油瓶に聞いた。

「この解連環って奴も調査隊のメンバーだ。つまり、蛇眉銅魚《シャーメイトンユー》を手に握ったまま、珊瑚礁《さんごしょう》の中で死んでた奴さ」

僕の頭がまた混乱する。悶油瓶が続ける。

「奴は文字を残したばかりか、ここで圧死してはいなかった。つまり盗掘穴は絶対にこの近くにあるということだ。今は奴のことを考えてるヒマはない。先を急ぐぞ」

僕は悶油瓶の後について数歩進んだとき、突然あることを思い出した。解連環——この名にどこか聞き覚えがあった。確か、祖父が言っていた人だ。

36　苦境を経て

僕は記憶をたどり、解連環《シエ・リエンホアン》が何者かを思い出した。解家《シエ》と僕ら呉家《ウー》には昔からの縁があり、系譜をたどれば親戚の親戚という間柄にあった。俗に「母方の親戚は一代違うと疎遠になる」と言われるが、まさにそれだった。僕の代ではもはや面識はない。だが、彼らのほうも長い歴史のある墓掘りの家系だ。解連環は三叔《サンシュー》と歳《とし》の近い解家の御曹司で、何度か見かけたことがある。祖父が三叔を叱るときは、よく解家の話を持ち出していたものだった。三叔のせいで、僕ら呉家は一生、顔を上げて解家の前を通れないというのだ。可哀想《かわいそう》に、解連環という人は三叔についていったせいで、やっかいごとに巻き込まれてしまったというわけだ。

解連環の死に方を考えると、なるほど父が僕を三叔に近づかせなかったのは、三叔には前科があったからだ。

しかし王胖子《ワンパンズ》が後ろから押してくるので、僕もじっくり考えられなくなった。懸命にまた数歩ほど足を進めると、レンガの天井に盗掘穴の暗い入り口が口を開けていた。王胖子はあまりの嬉《うれ》しさに身を震わせているが、もう限界がきていた。まるで風呂であかすりをされたように、青御影石《みかげいし》にこすれた体は前も後ろも真っ赤だ。僕のほうも同じようなものだ。むしろ王胖子よりひどいかもしれない。足には力がまるで入らないのだ。だが今はもう焦る必要もなかった。悶油瓶《モンヨウピン》が穴の中を覗《のぞ》いて滑り込み、盗掘穴の両側の壁を蹴って、かなり頑丈なことをまず確かめた。そのあと僕は悶油瓶に引っ張り上げてもらって、ようやく中に進入できた。やっかいなのは王胖子で、僕一人で引っ張ってもびくともしない。王胖子は力いっぱい弓なりに体を伸ばした。すると背中の皮がごっそりむけてしまったが、壁の隙間からなんとか抜け出ることに成功した。

僕たちは盗掘穴の中から改めて下を見て、今さらながらぞっとした。両側の壁の間は、もうわずかな隙間しか残っていなかったのだ。さっき脱出できていなかったら、今頃どうなっていたのだろうか。想像したくもなかった。今回は「道は必ず開かれる」ということわざ通りになったから良かった。だがほんの数分でも遅かったら、盗掘穴を見つけていたとしても、中まで入っていけなかったに違いない。

　僕はまた上を見てみた。この盗掘穴は人の背丈ほどの高さまで上に垂直に伸びていて、そこからすぐに角度を変え、上に傾斜しながら続いている。おそらく上にあったというあの盗掘穴ともつながっているはずだ。僕の膝は相変わらず笑ったままで、もういくらも持たないだろう。僕は悶油瓶に早く上へ行ってくれと催促し、三人で斜め上に少し這《は》い進んだものの、たまらず穴の壁にもたれかかってぜいぜいと息を切らした。

　このとき、下から石壁が完全に閉まる音が伝わってきた。僕は深く息をはき、足を揉《も》んで、硬くなったすねの筋肉を強く叩いて、リラックスしようと努めた。さっきまで激しく緊張していたのと、急に力が抜けたせいで思わずぼうっとしてしまう。壁にもたれている王胖子は、血の気が引いた真っ青な顔をしているし、全身の皮がずるむけてしまっている。そんな王胖子が喘《あえ》ぎながら言った。「今回のことでいろいろ学んだぜ。戻ったら何としてでもダイエットしてやる。できなかったら、俺は〝王〟の字を逆さまに書いてやってもいいぞ」

　このレンガの盗掘穴はよくできていた。解連環は、いいかげんな人間ではないらしい。上を照らすと、盗掘穴全体が「之」の字を描きながら上へ向かって続いているのがわかった。建築学的観点から見れば、この掘り方なら小規模の崩落が起こっても大きな危険はない。もし体力の消耗を抑えるためにまっすぐ上に掘っていったら、上のレンガが全部崩れ落ち、結局は杭打機《くいうちき》で穴を開けるのと何ら変わらなくなってしまう。

王胖子は少し休むと、悶油瓶に聞いた。

「兄ちゃん、ちょっといいか。こりゃいったいどういうこった。なんで二十年前の通路が、まだちゃんとした状態のまま残っているんだ。それに今度は挟まれて死にそうになった。ひょっとして道を間違えてねえか？」

目をつぶって静かに休んでいた悶油瓶が返す。

「その可能性は低い。石碑の中にある生門《せいもん》を示す記号に誰かが手を加えていない限りは――さっきのひどい状況から考えて、たぶん俺らは死門《しもん》に入っちまったんだろう」

王胖子はまだ納得いかないようだ。「まさかあの女、俺らが死んでないって気づいて、また俺らをハメに来たんじゃ？」

僕は否定した。阿寧《アーニン》が残忍な人間だということは僕も認める。だが彼女に数百年前の古墓の仕掛けに手を加える能力があるとは思えないし、それこそ現実離れしている。だが、ここには五人目の人間はいない。……。まさか、三叔が――？

僕の疑念を察したのか、悶油瓶が僕の肩をぽんぽんと叩いてきた。

「実はな、それについてもひとつ仮説があるんだ。もしそんなに気にするようなら、俺の考えを聞いてみるか」

悶油瓶はこの件の当事者だ。しかも一番肝心なことを体験してきた人物でもある。そんな彼が僕に自分の考えを話してくれるのだ。断る理由はない。

「その仮説だが――二十年前、呉三省《ウー・サンション》と解連環はすでに知り合いで、しかも関係はかなり良かった。だが彼らはそれをみんなには知らせずにいた。俺たちが最初に海中探索をしたとき、実はすでに解連環は海底墳墓を発見していた。だが誰にも言わず、呉三省にだけに話したんだろう。

呉三省と解連環はともに墓掘りの血筋だ。当然この機会を逃すわけにはいかない。そこで他のメンバーが気づいていないのをいいことに、タイミングを計って、秘《ひそ》かにこの墳墓に潜入することにした。二人ともその道の手練《てだ》れだったから、潜入は簡単だった。だが墳墓に入った彼らに、何らかの想定外の事態が生じた。そして呉三省に殺意が芽生え、解連環を――。

殺害に至るまでにどんなことが起こったのか、俺たちには知るよしもない。だが解連環が窮地に追い詰められたのは確かだ。レンガの天井に血文字を残し、さらにそこが空洞なことに瞬時に気づいた。いくつか工具を携帯していた解連環は、急いで盗掘穴を掘ってなんとか一命をとりとめた」

ここまでの分析は矛盾のない完璧なものだ。悶油瓶が続ける。

「解連環は危機を切り抜けた後、盗掘穴を通って脱出しようと考えた。そしてそれまでの経験をたよりに、何度かの失敗はしたものの、ついにこの墳墓から逃げ出すことに成功した。それから解連環は、すぐに呉三省に復讐《ふくしゅう》しようとした。だが逆に呉三省から返り討ちにされ、さらにその死体は珊瑚礁《さんごしょう》に引っかかって死亡したように偽装されてしまった――」

悶油瓶の分析は、正直不快だった。だが反論するに充分な根拠もないし、悶油瓶も仮説だと言っている。僕は気分を平静に保つよう努めた。

「それから呉三省はある目的のため、あるいは本当に嵐を避けるために俺たちを海底墳墓に連れていくと、俺たちを欺いて狸《たぬき》寝入りした。そのとき、俺が陶器の秘密を発見して、みんなをあの池の底に連れていった。たぶん呉三省にとってそれは想定外のことだったのだろう。仕方なく女の幽霊に憑りつかれたふりをすることで、俺たちを模型が置かれた部屋に引き入れた。それからあの鏡の後ろの通路で、俺たちを気絶させた。

俺たちが意識を失った後、呉三省は俺たちに何かしたに違いない。でもそのあと、俺はどうやって墳墓から出てきたのか、他の仲間がどうなったのかまったく記憶がない。他の仲間も同じように記憶をなくしたに違いないと俺は確信している。この二十年の間、ひょっとしたら仲間の誰かを見かけていたかもしれない。でも思い出すことはできなかっただろう――」

僕は聞いた。「なぜ三叔は当時、さっさとあんたたちを殺さなかったんだろうね、そうすればもっと簡単だったんじゃないか?」

「俺もそこは引っかかってる。だが奴《やつ》はそのとき、俺たちを殺す必要はないと考えたのかもしれない。俺たちはそもそも、何も事情を知らないんだから」

この仮説は、三叔を密《ひそ》かに陰謀を謀ってきた大悪党に仕立てているように聞こえ、僕には受け入れがたかった。三叔は絶対にそんな奴じゃないはずだ。

そこまで聞いていた王胖子は何かを悟ったかのように僕に言った。「呉坊よ、俺は考えたんだが――この件はこんなふうに説明がつくんじゃないかな。ただ、俺の話を聞いても絶対に笑うなよ」

今は様々な意見を聞いておくべきときだ。それに王胖子の考えは筋が通っていることもある。ひょっとしたら僕が考えつかないようなことをひらめいているかもしれない――僕が王胖子を促すと、王胖子は神妙に、ささやくような声で話し始めた。「俺はな、ことは実のところ単純なんじゃないかって思うんだ。お前さんの三叔はここに着いてから、何かよくないものに遭遇して、憑りつかれちまったんじゃないのか。さっき兄ちゃんは、三叔が髪を梳《と》かす素振りをしてたって言ったよな? よく考えてみろ、つまり奴は天門を探し出す方法を教えてくれたんだろ? その方法を一番わかってるのは誰だ? それはこの墓に昔から宿っている幽霊に決まっている。俺はな、三叔はこの墓の主人の怨霊に憑りつかれて、操られているんじゃないかって思うんだ。だからもし三叔が見つかったら、犬の血をぶっかけてみろ。怨霊を除霊したらもう大丈夫だからよ」

王胖子の話はますます滅茶苦茶《めちゃくちゃ》になっていった。

「あんたのその解釈は全部『聊斎志異《りょうさいしい》』（中国の清代前期に蒲松齢《ほしょうれい》によって記された怪異譚）をなぞってるみたいだね。僕は三叔と二十年の付き合いだけど、女っぽいなんて思ったことこれっぽっちもないよ」

「俺はその幽霊のことを女だなんて言っちゃいない。病気だって、発作が起きてるときと起きてないときがあるだろ。お前の呉三省叔父さんだって人前では普通にしてるけど、一人になったら口紅塗って刺繡《ししゅう》をさしてるかもしれねえぞ」王胖子はそう言いながら指を立てて蘭花指《らんかし》のポーズをとった。僕は呆《あき》れた。

「刺繡もして東方不敗（金庸《きんよう》の小説に登場する人物。普段は女装している武芸の達人）のつもり？　そんなはずないだろ」

「いや、こいつの言ってることは確かにありえると思う。墳墓の中で、確かにそういう事件が起こったこともある」

　王胖子は悶油瓶が参同してくれたとみるや、すぐに強気になった。

「ほら見ろ、俺は絶対にでたらめは言わない。おそらくそのことは、この墓が海底にあることと何かしらつながりがあるはずだ。きっと風水だ。風水の――『風生水起《ふうせいすいき》』ってやつだよ。風は水にぶつかると止まる。なんで水鬼《すいき》が憑りつくための体を探すかわかるか？　魂のままだと水から出ていけないからさ。この墳墓は水中に建てられてる。だから風水的にはいいけど、墓の主の魂にとってはだいぶ不利になるってわけだ」

　次から次へと出てくる王胖子の説は、いかにもうさん臭い。

「なら、僕らはまずこれだけ胆に銘じておけばいいんじゃないか。もし本当に三叔を見つけ出したら、僕は魔除《まよ》けの『佛《ほとけ》』の印をおでこにつけてみる。効果があるか見てみようじゃないか」

「俺たちはここで代表大会を開いてる場合じゃねえ。俺の言ったことが正しいと仮定する。そしたら俺たちがここで餓《う》え死《じ》にでもしてみろ、俺たちの魂だってここから出られっこねえからな。生まれ変われなかったらそれこそ大損だぞ」

　ここまで言うと、王胖子が背中をかきながら聞いてきた。

「ところで呉坊よ、この墳墓に入ってから、知らないうちに体がめちゃくちゃかゆくなってるってっことねえか？」

37　盗掘穴

僕は王胖子《ワンパンズ》からそう言われて思わず首をすくめた。正直なところ、さっきはかなり緊張していたこともあってか、特に気にも留めていなかった。だが甬道《ようどう》にいたときから、蓮花《れんげ》型の矢じりによってできた傷口が熱を持っていて、確かにかゆさを感じてはいた。だがかいているうちに、かゆみは収まっていた。服をまくり上げて傷口を見てみたが、腫れはもう引いていたし、違和感もない。

「かゆかったよ。でも今はもう大丈夫。ここは湿気が多いから、アレルギーじゃないか」

王胖子はかゆくてたまらないようだった。「これがアレルギーだとして、何かかゆみが収まるような方法はないか？　さっき冷や汗をかいてから、かゆみが止まらないんだ」そう言いながら、ずっと壁に背中をこすりつけている。こすれて背中に血の痕がついている。僕はこれはおかしいと思い、見せてみろと王胖子をうながした。王胖子は体をくねらせながらこっちに背を向けた。僕はまだ背中をかいている王胖子の手を払いのけて、懐中電灯で照らしてみた。すると、なんと背中の傷口から、白い毛がたくさん生えていた。それはあまりに不気味な光景だった。

「王胖子、あんた、どれだけ風呂に入ってない？」

「風呂だって？　そんなこと聞いてどうする。これは個人情報だ、答えられねえな」

「わかった。何日も風呂に入ってないんだな。驚くんじゃないぞ。あんたの背中のものは、おそらくカビだ。それも白カビ。あと数か月そのままでいたら、霊芝《れいし》（不老長寿とされるキノコで漢方薬に使われる）が生えてくるだろう」

「何だって？　す……白い煤《すす》（中国語で「白いカビ」と「白い煤」は発音が似ている）なんてあんのか？　回りくどい話はよせよ、

いったいどういうことだ？」

わけがわかっていない王胖子に悶油瓶《モンヨウピン》が眉をひそめている。もう冗談も言えない空気になっていた。そこへ突然悶油瓶が割って入ってきて、王胖子の背中に軽く手を置くと、瞬時にどす黒い血がぶくぶくと噴き出し始めた。

「面倒なことになった。さっきのあの矢、どうもおかしい」

悶油瓶が僕にささやく。

そんなことってあるだろうか。矢はさっき僕にも刺さったのだから、道理からすれば僕も王胖子と同じ状況になっているはずだ。まさか僕の祖父は、本当に僕に特異体質を遺《のこ》してくれたのか？ そこで僕は自分の傷口を悶油瓶に見せた。

悶油瓶は僕の傷口を見るとうーむと言ったきり黙り込んでしまった。いったいどういうことなんだ。王胖子が僕のほうを向いた。少し怖くなってきたらしい。

「何が毛だ！ くそっ、わけがわからねえよ。どこに毛が生えてきたって？」そう言いながら、また背中を触り始めた。僕はすぐに王胖子の手をつかんだ。

「触っちゃダメだ。たぶん皮膚炎だと思うよ。もう一度よく見せてくれ。絶対にひっかいたらダメだ。痕が残っちゃうよ」

王胖子はあまりのかゆさにもう耐えられない様子だ。僕は悶油瓶に言った。「このままじゃダメだ。なにか方法を考えないと。かゆみに耐えかねて、自殺する人だっているっていうじゃないか！」

「くそっ、今まさにそんな気分だ！ 死にたいぐらいかゆいんだよ。ならお前さん、骨を削って傷を治したという関羽《かんう》と華佗《かだ》（後漢末期の伝説的な名医）の逸話に倣って、ぜい肉ふたつかみにどそぎ落としてくれりゃあいいだろ」

僕も子どもの頃に皮膚炎にかかったことがあった。ちょっと気持ち悪いけど確かに昔から伝わるそんな民間療法があったっけ。

「肉をそいだって無駄だよ。ていうか、削りたいなんて本当に思ってるのか？　それに僕は華佗じゃない。でも、ちょっとだけローションを持ってるから、とりあえずそれを塗ってやるよ。少し痛いだろうけど、あんたなら耐えられるはず」

「だからお前さんたち都会っ子は過保護だっていうんだよ。どこの墓掘りがローションなんて持ち歩いてるってんだ。今度はトランプでも持ってこいって。辛《つら》くなったときでも鋤大D《チューダーディー》（「大富豪」のようなトランプゲーム）がやれる」

もちろんローションなんて持ってきていない。ぺっぺっと王胖子の背に唾を吐き、手袋をはめて唾をのばそうとした。思いのほか、王胖子は痛みに弱かった。背中をひと拭きしただけでものすごい悲鳴をあげた。

「おいっ、何を塗った！　チクショウ、肉をえぐられるほうがマシだ。今度こそ俺はお陀仏《だぶつ》だ」

痛いなら効き目があったんだ――僕は言った。「根性なしだな。かゆみより痛みのほうが耐えられないなんてね。今もまだかゆいか？」

すると手足をばたつかせていた王胖子が不思議そうな顔をしている。

「おお、呉《ウー》坊、こりゃあいい。めちゃくちゃ効いてるぞ、だいぶ良くなった。どこのどんなローションだい？」

僕の唾だなんて言ったら、殺されかねない。僕はとっさにごまかす。

「女の子みたいな質問すんなって。さっさと行こう」

このやりとりを見ていた悶油瓶は、腹を抱えて笑っている。こんな悶油瓶を見たのは初めてだった。やっと血の通った人間になったのかも、そう思ったほどだ。やはり人っていうのは、たくさん交流してみないとわからないものだ。

だが、悶油瓶はすぐにまたいつものポーカーフェイスに戻り、僕たちについてくるよう指示した。三人は盗掘穴を何度も曲がりながら、煙草《たばこ》を半分吸い終わるぐらいの時間、上へと進み続けた。すると悶油瓶の声がした。

「分かれ道だ」

僕が顔をねじ込んで前を見てみると、確かに左右二つに穴が掘られていた。左側を照らしてみると、中には積み上げられたレンガがあるだけで、行き止まりのようだった。その先、レンガの向こう側こそが、悶油瓶たちが右の耳室《みみしつ》から左の配室へ行くときに通ったあの甬道だと思われた。なぜ解連環《シエ・リエンホアン》がそこを封鎖してしまったのかはわからない。まさか何かが棺《ひつぎ》のところからやってくるのを恐れたのだろうか？

左側は封鎖されているから、解連環が最後に脱出したときに通った盗掘穴は必然的に右側となる。悶油瓶も同じ右側を指さした。三人とも何も言わずにまた進み続けた。

今までこんなに長いこと這《は》って進んだことなんてもちろんなかったから、僕はもう汗びっしょりになっていた。土の洞穴の中を這っていくのはそれほど苦にならない。膝に何も当たらないから、それほど痛くはない。だが今、膝の下の地面はそこらじゅうレンガの欠片《かけら》だらけ、その上を這うのはもはや罰ゲームだ。両膝が燃えるように熱い。どうやら、まともな堅気の人間でいるほうがいいことがあるようだ。来世は何が何でもまっとうな人間になってやろう。

あれこれ考えながら進んでいると、悶油瓶が動きを止め、僕に〝声を出すな〟とジェスチャーで合図をしてきた。

「また何かあったのか？」と後ろから王胖子が聞いてきた。

僕は奴《やつ》を黙らせた。悶油瓶はすでに懐中電灯を消している。それに倣い僕も王胖子も懐中電灯を消したので、あたりが暗闇に包まれた。このときの僕はひどく冷静で、胸の鼓動はまだ高鳴ってもいなかった（後で気づいたのだが、さっきの壁に挟まれて死ぬ寸前だったことが大きく影響していたらしく、僕は墳墓に対する恐怖心がすっかり消えていた）。僕には悶油瓶がどういうつもりなのかさっぱり理解できなかった。だが墳墓の中では彼の言うことを聞いておけば間違いない。

僕らは気分を落ちつかせようと努めた。荒い呼吸が収まってきて汗も乾いた頃、真上のレンガの上を何かが通り過ぎる音が聞こえてきた。人だ――。ぞっとした。どうやら上には後室か甬道があるらしい。だがいったい誰だ？　まさか阿寧《アーニン》？　それとも三叔《サンシュー》？

そのとき、ふいに首の後ろにかゆみを感じ、緊張が走る。まさか、僕にも毛が生えてきたとか――？慌てて首の後ろに手を伸ばすと、びしょ濡《ぬ》れの何かに触れた。首に何か貼りついている。王胖子かと思い、僕は内心悪態をつきながら、それをどかそうと手で力いっぱい押しやった。すると、爪にべたべたとしたものがこびりついていた。しかも、ほんのり香りがする。

気持ちが悪くなって、僕はそれを脇のレンガにこすりつけた。王胖子はあのハリネズミのような頭にめちゃくちゃへアオイルを振りかけているに違いない、次に水場を見つけたら、絶対に洗ってやる。王胖子の頭の油は何か月前のものだか怪しいしな――。

そう思っていると、また首がむずがゆくなってきた。あいつ、また妙なマネしやがって――僕はイラついて、また手を壁にこすりつけた。このとき、変なことに気がついた。王胖子の顔はこんなに小さかったっけ？　僕は慎重に体を起こすと、それに触れてぎくっとした。びしょ濡れの何かは、おそらく髪の毛だ。さらに二回触れてみる。するとその髪の毛がひとまとまりになって、伸ばした僕の手にからみついてくるではないか。汗がどっと出てきた。王胖子の髪はこんなに長くない。ならばこの髪の毛は――！

水中の通路にあった、驚くほど大量の髪の毛を思い出して、息苦しくなってきた。懐中電灯も点《つ》けたくない。そいつはたぶん僕の後ろのわずか数センチのところにいて、懐中電灯を点けたら絶対にそいつと目が合ってしまう、冗談じゃない――、するとじっとりと湿ったかぼそい手がさっと僕の顔をなでてきた。氷のように冷たく、するどい爪。僕の意志に反し、頭皮がしびれ出し、顔の筋肉が勝手に震え始める。

僕はそいつの手の爪が僕の首に一瞬触れたのを感じると、次にそいつの頭がぶつかってくる気配を察知した。直後、じっとりとした髪の毛が顔に貼りついてくる。僕は吐き気をもよおしながらも歯を食いしばるが、すぐに耐えられなくなる。すると突然、髪の毛の中から女の声が聞こえてきた。女のかぼそい声が耳もとをくすぐる。

「あなた誰？」

その声は本当にささやくように小さなものだったはずなのに、なぜかはっきり聞こえ、僕は狼狽《ろうばい》した。同時にその女の体がもたれかかってきて、僕の懐にすっぽりと入ってきた。かぼそい手が肩を伝い首にしがみついてくる。僕は本能的にぶるぶると震える。この女は小柄なようだ。女の口が僕の耳に貼りつく。吐き出す息も氷のように冷たい。ほぼ気を失いかけていた僕に、女がまた言った。

「私を抱きしめて」

僕は憑りつかれたようになった。頭の中ではあらがっているのに、腕は脳の指令を聞かず、なぜか女の腰を抱きしめた。さらに都合の悪いことに、女はなんと裸だった。氷のように冷たいその肌は、不思議なほどすべすべしている。僕は思わず心を乱されて、顔を真っ赤にする。さらに女の口が少しずつ寄ってくる。あたかもキスしてとでもせがんでいるかのようで、僕は完全に自分をコントロールできなくなっていた。キスしよう――そう思った瞬間だ。ふいに悶油瓶の懐中電灯が点いた。僕は反射的にふところに抱えている「もの」を見てしまった。そのとたん頭が割れそうになり、全身のうぶ毛が総立ちになった。

38 禁婆《ジンポー》

僕のすぐ目の前、手のひらひとつ分くらいのところに、いきなり顔面蒼白《そうはく》の巨大人面が現れた。いったいどれくらい海水に浸《つ》かっていたらこうなるのか、その皮膚はすっかりむくんで透き通っている。一番ぞっとしたのは、その両目には白目がなく、黒目だけだったことだ。さながら両の眼をえぐられたようなその腐乱死体は、いかにも凶悪そうな表情を浮かべている。

僕は腰を抜かすほど驚き、ヒステリックに絶叫するとそれを押しのけ、命懸けで前へ這《は》い出《で》ようとした。頭の中を「逃げろ」という言葉が埋めつくす。だがこの穴は二人並んで通り抜けるのは難しい。僕と悶油瓶《モンヨウピン》はもつれあって身動きがとれずにいた。僕は前には割り込めないと悟り、悶油瓶にしがみついて大声で叫んだ。

「鬼だ！　水鬼《すいき》がいる！」

とっさに悶油瓶が僕の口を塞ぐ。

「声が大きい！　水鬼はどこだ？」

僕は背を向けて後ろを指した。「後ろだよ、すぐ……」

そう言いかけて絶句した。後ろには何もなかったのだ。人面も髪の毛もない。水があった痕跡さえなかった。僕の手の指が王胖子《ワンパンズ》の顔に当たり、王胖子が顔をしかめる。

「おい、お前のほうこそ水鬼だ」

今度は僕のほうが慌てる番だった。慌てて後ろを向きあちこち探してみたが、何も見つからない。でも変だ。さっき見たものはかなりリアルだった。幻覚なんかじゃない。それともまさか僕は墳墓に来て気でも触れたのか？　心臓はまだバクバクしているし、頭の中はもやもやしてる。

「いったいどういうこった、落ち着いてゆっくり話せ」

そう言って心配してくれる王胖子に僕はつかえながら話した。「さ、さっき、たくさんの髪の毛と、は……裸の女の人と、そっ……それから水鬼を見たんだ！　しかもキスまでしようとしてきた！」

僕は混乱していて、会話も支離滅裂だった。要領を得ない話に、王胖子は、いよいようんざりしたらしい。

「呉《ウー》坊よ、お前さんは夢でも見たんだろうよ。もし本当に水鬼がいたとしても、そいつがお前のところまで行くには、真っ先に俺の背中を乗り越えていかなくちゃおかしいだろ？」王胖子は僕の肩をぽんぽんと叩く。「けどお前さんはもう二十歳《はたち》を過ぎたいい大人だ。裸の女の夢を見るなんて正常じゃねえか。俺も若い頃はよくそういう夢を見たから、気にすんな」

「ふざけんな。僕をバカにする気か。さっきのは絶対に夢なんかじゃない！　見ろよ。首がまだ濡《ぬ》れてるだろ。そいつになでられたんだよ！」

僕は首を見せると、悶油瓶と王胖子が手で触りながら眉をひそめた。王胖子は、上から水でも漏れているのではと、天井のレンガを確かめるように頭を上げた。僕はありえないと王胖子に反発した。レンガの隙間は白土《はくど》で埋められていて、水漏れなんてありえないからだ。

「そりゃ変だな。ここは一本道だ。道理からして、もし何かが俺の体の上を這って越えていったら、俺も気づかないわけがない」

王胖子がいぶかしむ。

「あんたは寝てたんじゃないのか？　誰かがあんたの体の上を這っていっても気づかなかったんだから」

そう言われると王胖子は面白くない。「フン。俺が居眠りしてたとしてもだな、誰かが俺の体を踏んづけて気づかないことがあるか？　ていうかそもそも、こんなところで居眠りなんてできるかよ。

信じられねえんなら、俺の背中に足跡が残ってねえか見てみろ！」そう言いながら僕らに背中を見せてきた。

　このとき僕はまさかそいつが王胖子の背に乗っかっているとは思いもよらなかった。王胖子がくるっと体勢を変えると、そいつの顔がこっちを向いて、そいつの口が僕の鼻にぶつかった。あまりのことに僕はひきつった声をあげてしまった。命懸けでなんとか二歩ほど後退したところで、足を引っ張られた。見ると、いつの間にかすねのあたりに髪の毛がびっしり巻き付いていた。僕は力いっぱい足を引き抜こうとしたが、どうしても振り切れない。するとさらに大量の髪の毛がまとわりついてきて、とうとう口の中にまで入り込んでくるではないか。僕にとっての人生で最も恐ろしいこと、それは口の中に毛が入り込んでくることだ。慌てて手で防ごうともがいていると、悶油瓶が僕の襟首を引っ張って助けてくれた。

　だがすぐに今度は悶油瓶の手が髪の毛に締めつけられてしまう。一方、王胖子はすっかりさなぎのように髪の毛にくるまれて、苦しそうに体をよじらせている。加えて、そいつの本体が見えなくなっていて、穴全体が真っ暗な盤絲洞《ばんしどう》（『西遊記』に登場する地名）に変わってしまったかのように、髪の毛だらけになっていた。

　悶油瓶が必死に手を抜き出すと、すかさず僕に言った。

「火を点《つ》けられるものは何か持ってないか？　こいつは火に弱い！」

　僕は腰のウエストポーチをまさぐった。すると、嬉《うれ》しいことに風防ライターが見つかった。船で魚《ユー》頭火鍋《トウフオグオ》（魚の頭が丸ごと入った火鍋）を食べたとき、石油コンロに火を点けた。そういえばそのときにライターを失敬していたんだった。これがまさかここで役立つとは――。僕は急いで火を点け、体にからみついた髪の毛を焼いた。髪の毛はじっとりと湿っているのだが、火がつくとすぐに焼き切れた。僕は髪の毛を払って抜け出し、王胖子のところに飛んでいって奴《やつ》を中から引っ張り出そうとした。すると突然、脇にあった髪の毛の山の中から突然巨大な顔が飛び出したかと思うと、僕の背にへばりつこうとする。

終わった——とても避《よ》ける余裕などない。頭を低くかがめて、拳を振り上げた。これはまさに、人が極端な恐怖に襲われたときの条件反射的動きだ。この一発にどれほどの力が込められていたのか、自分でもわからない。ただガンッという音がして、そいつの鼻がへこみ、どす黒い水が流れ出てきた。さらに運のいいことに、僕はまだ風防ライターを手にしていて、まだ火もついていた。力を振り絞ってもう一度殴ろうとすると、そいつは身震いして、少し後ずさりした。

その様子は僕の心に希望の光を差し込ませてくれるものだった。突破口は必ずある。ふん、やっぱり神様だってお化けだって、強い奴を怖がるもんだな。ただのパンチなのに、それすら恐れるなんて。ここで僕は何を思ったのか、次の瞬間、興奮した勢いで、そいつの顔面を蹴り上げてしまっていた。そいつの顔はゆがみ、そのまま髪の毛の中に戻っていく。僕のほうも次に蹴ったとき、そいつにかみつかれないよう、何歩か後ずさりした。そしてライターを構えながらそいつと対峙《たいじ》した。

髪の毛の中に戻ったそいつの顔にはひどく凶悪な表情があらわになっている。だがそいつはとにかく火が苦手なようで、やみくもにこちらに向かってくることはなかった。すると悶油瓶がどこからともなく湿った火折子《フォジャーズ》をいくつか取り出して、僕のライターに何度かこすりつけて火を点けた。今回の火はかなり大きい。そいつはそれを見て叫び声をあげ、後ろに逃げ出した。その隙に僕は王胖子を髪の毛の中から脱出させ、彼の頭にまとわりついていた髪の毛も焼き払った。

悶油瓶はそいつが暗闇の中に消えて見えなくなるまで追いかけてから、ようやく追跡の手を緩めた。火折子は悶油瓶の手元ですでに燃えつきようとしている。僕は頭をかがめて王胖子を見た。奴の鼻と口はすっかり髪の毛でふさがれていて、顔が真っ青になっている。僕が慌てて王胖子の胸元を叩くと、急に息を吹き返し、鼻の穴から何やらどす黒いものを吹き出した。

僕は長いため息をついた。幸い王胖子は肺活量が大きく、すぐに自力で息を吹き返すことができたが、もしダメだったら王胖子に口移しで人工呼吸を施す羽目になっていたはずだ。だが無理に我慢してそんなことをやるのは絶対にごめんだ。

王胖子はしばらく息を荒くしていたが、大きく咳《せ》き込《こ》むと、気道に入っていたものをやっとのことで吐き出した。

「くそっ、何だよありゃ。これっていったいどういう冗談だ?」

僕は放すまいとずっと握っていたライターの火を消した。さっきまで手元がちょっと熱いな、ぐらいにしか思っていなかったが、見ると手の皮が全部やけどでただれていた。僕と同じようになっているのだろう。悶油瓶が手を冷やすよう、振りながら王胖子に言った。

「あれは禁婆に違いない」

英雄山市場の老海《ラオハイ》からその話を聞いたことがあった僕も、さすがにそれをすぐには信じられなかった。

「禁婆なんて本当にいるの?」

「俺も奴がどこから湧いてきたのかわからん。だがこの一帯には多く生息してると聞いたことがある。間違いない」

悶油瓶はそう言ってうなずくと、話を続けた。

「禁婆は水中で育つものだ。だから火を怖がるということはわかっていたが、それ以外のことはよくわからない。きっと粽子《ゾンズ》みたいなもんだろう。古くから粽子ってのは黒ロバの蹄が苦手だと言われてる。だけどなぜ蹄が苦手なのかは誰も知らないだろ? それにしてもまさか禁婆に自分の意志があるとは思いもよらなかった。絶対に用心しないと。俺たちの後ろにまだ隠れてるぜ」

まだびくびくしている王胖子が、僕のほうに寄りかかってきた。「変だな。この墓の風水はかなりいいはずなのに、なんで中にこんな変てこなもんがいるんだ？」

　ここの風水がいいかどうかなんて、今の僕にはわからない。ただ、禁婆については少し調べたことがある。禁婆というのは山間部の少数民族の間では祈禱師《きとうし》や霊媒師にあたるらしい。だが沿岸部で古くから伝えられている説では、この世で最も邪悪な鬼とされている。なぜこんなに大きな認識の差があるのかはわからない。だが禁婆が捕まった場合の死に様はどちらも悲惨だ。手足を切断されて生き埋めにされるという。一説によれば、禁婆のルーツは妊婦に関係があるとされている。ということは養屍棺《ようしかん》が収められていた耳室《みみしつ》とは、切っても切れない関係があるはずだ。加えて三叔《サンシュー》が言っていた大きなお腹《なか》の壁画もこの墳墓にはあるわけだ。禁婆がここにいるのは偶然なんかじゃなく、墓の主が故意にここに放したとも考えられる。

　そんなことを僕が考えていたのとは裏腹に、悶油瓶のほうは禁婆が再び追いかけてくるのを心配していたようだ。僕らに前進を続けるよう手招きして促してきた。僕は盗掘穴の上のほうから音が響いてこないか確認してみたが、もう何も聞こえてこなかった。さっき通り過ぎていったのは、いったい何者だったのだろう。さっき僕らがそいつの下でがちゃがちゃ音を鳴らしていたから、気づかれたかも。これ以上の長居は無用だ。すぐに前進しないと――。

　王胖子にも確認すると、そうしようという素振りだ。王胖子だってここでじっとしているなんて嫌に違いない。僕は王胖子に懐中電灯を点けさせると、それを奴のベルトに引っ掛けさせて、後ろをいつでも確認できるようにした。そして僕はライターを手に握りしめたまま、前進を続けた。

　さらに這って前進していくと、盗掘穴が突然またもや「之」の字を描くように曲がっていた。解連環《シエ・リエンホアン》はこの場所で、墳墓の壁にぶち当たったようだ。おそらく壁の外は海水なので、方向を変える必要に迫られ、さらに上に向かって出口を探したのだろう。たぶん、解連環も僕らと一緒で、墓のてっぺんから出たいと思っていたはずだ。

この盗掘穴に入ってから、この地点にたどり着くまで、僕らは三十分ぐらいしかかかっていないから、それほど長い穴ではなさそうだ。ここまで進んでくると海底墳墓の大きさについてもだいたいの目星がついてきた。この墳墓の長さと幅は実はそう大きくない。一番の問題となるのはやはりその高さだ。今、ざっと見積もっても三十メートル近くはある。もし今の建物の基準にあてはめて一階分を三メートルとすると、この墓は地下十階分くらい海底深くに埋め込まれていることになる。確かに壮大な建造物ではあるけれど、奇跡と呼ぶほどの規模ではない。

今の僕らには引き返す手はない。ただ這い上がり続けるしかなかった。さらに這い続け、タバコ一本を吸い終わるほどの時間が過ぎたところだ。悶油瓶の動きが急に止まった。

「道がなくなった」

悶油瓶がぽつりと言った。まさか、ありえないだろ。だが見てみると確かに前方は行き止まりで、大きな青御影石《みかげいし》の板で遮られていた。手で押してみると、石板はかなり重い。だが押し上げられないわけでもなさそうだ。僕は悶油瓶と一緒に力いっぱい上へ押し上げてみた。するとわずかに小さな隙間ができて、上の墓室から光が漏れてきた。これはいったい……と思っていると、不意に石板を押す手が軽くなって、頭に上にあった石板が突然消えてしまった。

39　混戦

僕は一瞬呆然《ぼうぜん》としてしまったものの、頭上の石板が何者かによって取り払われたのだとすぐに悟った。墳墓にいる何者かの仕業だとすれば、三叔《サンシュー》か阿寧《アーニン》のどちらかだろう、そう思ってふと見上げると、鱗《うろこ》に覆われた海猿の巨体が、弓なりに背を曲げた格好で高いところからこっちを見おろしている姿が目に入ってきた。横目で見てみると、海猿の肩には銛《もり》が一本突き刺さり、血だらけになっている。クソッ、嫌な奴《やつ》に限って運悪く出くわしてしまうものだ。こいつはどこまで僕にまとわりつけば満足するんだ。もうため息しか出てこない。

こんなドラマじみたことが本当に起こるとは。僕はどうしたら良いか頭が真っ白になっていた。するとと誰かが僕のズボンを引っぱっているのに気づいた。下を見ると、悶油瓶《モンヨウビン》だった。「すぐに下に戻れ」という意味だ。僕はその意図を察して、図体《ずうたい》の大きい海猿の動きを探りながら、急いで下に戻ろうとした。ただ盗掘穴は下のほうで斜面になっている。もともと僕は悶油瓶と押し合うような格好で動きにくかった。それに加えてあまりにも慌てていたせいで、動きがさらに半拍ほど遅れてしまった。やっとのことで僕が数歩退いた瞬間だ。海猿が「グォーッ」と大声をあげ、穴まで侵入しようかという、ものすごい勢いでかがみ込んできた。凶悪な海猿の顔が肉薄している。慌てた僕は思わず足をとられ、盗掘穴の底へ尻から落下してしまった。

尻に激痛が走ったが、その勢いで下へ素早く滑り降りることができた。これも神様のお恵み、神仏が助けてくれたのかも。これでやっと逃れられる――。海猿はあんなに大きな図体だから、穴にはきっと入ってこられない。これなら少しは安心だ、そう思った。だがやっぱり神様も願いをかなえてくれなかったようだ。僕は五十センチほどしか下に降りていなかったのだ。ちょうど上に進んでくる王胖《ワンパン》子《ズ》の体で穴の隙間が塞がれていたからだ。

「上がれ、上がれ。あの禁婆《ジンポー》がまた這《は》い上《あ》がってきたぞ！」

王胖子の叫び声に僕は慌てて後ろを見てみた。確かに髪の毛の塊がもう「之」の字の最後のカーブにまで差し掛かっている。もうこうなると怒るしかない。まったく、いいことは続かないってのに、悪いことは何度も続くものだ。もう何でも来やがれ。僕は素早くライターを王胖子に投げてやった。禁婆の前進を王胖子が邪魔している間に、上の状況を確認しておこうと僕は首を動かした。そのとたん、肩に激痛が走った。振り向くと、あの海猿だ。海猿は肩幅が広く、穴に肩まで入れることはできない。それでも首だけなら自由がきくらしく、僕は海猿に右肩を咬《か》まれていた。

今度という今度は本当にやっかいだ。海猿はちょうど僕の急所に咬みつき、牙が筋肉に深々と食い込んでいる。激痛にほとんど失神しかけたが、幸い牙は筋肉や骨にまでは達していないようだ。懸命にもがいて抜け出そうとしたが、逆に海猿に引っぱられて、体ごと穴から引きずり出されてしまった。海猿は宙でも僕を放さない。すぐに僕の息の根を止めるつもりはないらしい。だが僕には海猿が少し力を入れるだけで、僕の体を肩からまっぷたつにすることも可能だとわかっていた。こんな恐ろしいときこそ、絶対に抗《あらが》わなければならない。そこへ、海猿の肩に刺さっている銛がふと目に入った。即座にそれを蹴ると、うまいこと銛がさらに半分ほど奴の肩にめり込み、海猿は「ギャッ」と声をあげて、僕を放り投げた。

僕は懸命に床を転がる。そうしているうちに、床に叩きつけられた衝撃が吸収されていく。また立ち上がろうとしても、今度は右手に力がまったく入らなくなっていた。一方の海猿は激痛のあまり興奮し、何度も咆哮《ほうこう》をあげてまた飛びかかってきた。喉を咬みちぎるのが狙いらしい。

そのあまりの勢いに、僕は逃げられず、手で遮ることで喉を庇《かば》うことしかできなかった。これはさすがに無理があるのだが、そうでもしなければ今頃は頭ごとなくなっていたに違いない。このとき王胖子が突如、後ろから海猿の足に飛びかかると、そのまま一緒に倒れ込んだ。団子状にもつれあって闘う王胖子の動きはだいぶ素早い。虎を素手で倒した武松《ぶしょう》(『水滸伝《すいこでん》』の登場人物)のように、海猿の背に馬乗りしようとしている。だが海猿もかなりの馬鹿力だ。結局、王胖子は抑え込むことができず、逆に海猿に蹴り飛ばされてしまった。

王胖子の力でも海猿を抑えられないとは。案の定、海猿は歯をむき出して王胖子に威嚇だけすると、向きを変えてまた僕に飛びかかってきた。ちくしょう、ずっと僕だけ狙ってきやがって！　僕は慌てて腰に掛けていた水中銃を抜こうとしたが、さっき壁をよじ登っていたとき、脱出を優先して、あの長槍みたいな邪魔な銃は捨ててしまっていたことを思い出した――今頃はおそらくぺしゃんこにされて、麻花《マーファ》と化していることだろう。

後悔先に立たずとはよく言ったものだ。海猿はあっという間に目の前に迫っていた。海猿の狙いは僕の首を嚙《か》み切《き》ることだろうと予想し、僕は頭を下に引っ込めた。いっそのこと目を閉じて、死を待とうか——。海猿はまだ怒りが収まらないらしく、容赦なく僕の腹を踏みつけてきた。背骨が折れそうになる。僕は口から血を吐き出し、意識を失いかけた。海猿はすぐにまた僕の胸元を蹴りつけようとしている。だが海猿が足を上げた瞬間だった。ドーンと大きな音とともに、海猿が「ギャッ」と叫んだ。奴は吹き飛ばされ、のたうち回っている。いったい何が起こったんだ。

振り向くと、王胖子が立っていた。その姿はあまりにも神々しく僕の目には映った。奴は一枚の大きな銅鏡を手にしていて、その銅鏡は今震えている。さっきの大きな音はまさにこの凶器によるものに違いない。王胖子は情け容赦ない奴だ。もしこれが人間相手だったら、確実に即死だったろう。これからは絶対に逆らわないことにしようと、僕は密《ひそ》かに誓った。

このとき、王胖子の怒りはピークに達していた。海猿が立ち上がるのを待たずに飛びかかり、攻撃の手を一切緩めない。またドーンと大きな音があがる。殴られた海猿の顔がぐにゃりと変形し、体ごと数メートルも吹き飛ばされた。しかし残念ながら海猿は巨体だった。これぐらいの打撃では致命傷には至らない。とはいえ海猿も王胖子の凶暴さを悟ったらしく、もう飛びかかってくることはなかった。何度かジャンプを繰り返し柱をよじ登っていくと、上のほうから王胖子に向かって吠《ほ》えている。

さすがにこのときになると、僕にだってこの場所が、まさに悶油瓶の話にあった、天宮の模型が置いてある部屋なのだと気づいていた。その証拠に、四方の壁には四つの巨大な影絵が映っている。その絵が、悶油瓶の話と一致しているか確かめる余裕はなかったが、ここの光景は悶油瓶たちがここを離れて二十年経《た》っても何ら変わっていないことは確かだろう。だが妙なことに、聞いていた話ほど部屋は広くない。悶油瓶が語っていたように、ここで壮観と言えるものは、脇に立つ金糸楠《きんしくす》の柱だけだった。それらは確かに三人がかりでも抱えきれないほどの太さで、正真正銘の本物だった。他のものは上っ面だけ豪華に飾ってあるにすぎない。

海猿に一撃を加え気が大きくなっている王胖子が、海猿に罵声を浴びせかけた。

「ざまあみろってんだ。俺はめちゃくちゃ粽子《ゾンズ》をやっつけてきたから、お前なんかが偉そうにしてたって、俺には屁《へ》でもねえ」

そう言いながらまた鏡を投げつけようとしている。だがこの銅鏡はかなり重たい。さすがに力を使い果たしてしまったのだろう。今回ばかりは持ち上げられず、鏡はその場で何度か揺れ動いただけだった。

狡猾《こうかつ》な海猿は、王胖子の勢いが失われたと見るや、突然柱の上から跳び下りると、その勢いのまま王胖子を床に押し倒した。王胖子はとっさのことに反応できなかった。一気に押さえ込まれ、そのまま海猿の重い拳を許してしまった。だがこの一撃は逆に王胖子の本性をむき出しにさせた。王胖子は今までこんなにやられたことがなかったのだろう。目を血走らせ、怒号をあげると、いきなり海猿の顔に嚙みついた。これにはさすがの海猿も耐えきれず大声を上げて、跳びはねながら何歩か後ずさった。

海猿の顔の鱗が大きくはがれ、したたり落ちる鮮血が、海猿をさらに凶悪な姿へと染め上げていた。王胖子にやられた海猿は用心して、離れたところに立ったまま僕らを観察し始めた。王胖子の隙をうかがっているようだ。王胖子も負けじとばかり、なんとか対峙《たいじ》し続けているが、その息はあがり、体力の消耗ぶりも甚だしい。

そのまま双方のにらみ合いが数分続いた。とはいえ、動物にすぎない海猿は、人間と同じようにはいかない。集中力が切れてきたようで、あくびをしたかと思うと、くるりと向きを変え、左右をきょろきょろし始めた。そしてすぐに、もともと盗掘穴の口を塞いでいた石板の蓋を懸命に元に戻そうとしている悶油瓶に気づいた。しかし石板はかなり重く、一人ではどうにも動かせない。悶油瓶でさえ少しずつ押してずらしていくしかないようだ。海猿は悶油瓶が一人なのを見て、再び殺意が芽生えたのか、一声咆哮するなり、悶油瓶めがけて突進していった。

海猿が人間との類似点——弱者には強く出て、強者には下手に出る特徴を有していることに僕は驚いた。

「気をつけろ！」

僕は慌てて警告したが、悶油瓶はとっくに後ろの気配くらい感じ取っていたようだ。仕方がないとばかり、石板を動かすことをひとまず諦めて、体を一回転させ海猿の攻撃をかわす。空振ったと気づいた海猿がすぐにまた飛びかかる。僕は悶油瓶なら海猿を倒せると確信していたから、そう心配していなかった。悶油瓶は数歩前に走り、海猿を金糸楠の柱の辺りへ引き寄せてから、ふいにジャンプした。それから柱を踏み台代わりに強く蹴り、踊るようにくるりと体勢を変え、次の瞬間、海猿の肩めがけて両膝を打ち下ろすという強力な一撃を食らわせた。海猿はその打撃に体を沈め、ひざまずきそうになる。何という名の技かわからないが、一瞬の早業だった。だがそこはスタミナのある海猿だった。大きなダメージを受けた様子もない。しかし悶油瓶は攻撃の手を緩めない。すぐに肩から飛び降りることはせず、そのまま電光石火のごとく両膝で海猿の頭部を挟み込み、力を入れて腰をぐいっとひねった。すると、ゴリッという音とともに、海猿の首が不自然な形に百八十度ねじれた。あっという間に、海猿は首の骨を折られてしまった。

まさに文字通りの秒殺だった。見ていた僕や王胖子はあまりのことにあっけにとられ、そして寝違えたかと思うぐらいに自分の首に痛みを感じていた。僕はあの血屍《シュエンシー》の頭を思い出していた。奴もこんな感じでやられたに違いない——想像しただけで体に震えが走るほど、これは残酷な必殺技だ。海猿にとっては本当に割に合わない戦いになったようだ。

悶油瓶は海猿の肩から飛び降りると、急いでまた石板を穴の口に戻し始めた。見れば髪の毛が、盗掘穴の出口から出てきている。慌てた僕は王胖子にも手を貸してくれと頼んだ。王胖子はまたさっきと同じようにライターで髪の毛を払いよけながら、悶油瓶と一緒に青御影石《みかげいし》の蓋を元の位置に戻し終えた。禁婆はいかにも悔しそうだ。下から何度も凄《すご》い勢いでぶつかり石板を押しあげようとしてきた。これにはさすがの王胖子も石板を割られないか心配になったようだ。穴の出口をしっかり押さえつけようと石板の上にどっしりと座り込んだ。

禁婆のぶつかる衝撃で、十分間ほど振動が続いていたが、王胖子の重みまで加わった石板の重量は普通では持ち上げて動かせるはずもない。さすがの禁婆もどうしようもなかった。王胖子が振動に疲れてきた頃には、振動も静まってきた。王胖子も怒鳴り声を吐きながら、そのまま床板に倒れて動けなくなってしまった。

危険は去ったとみていいようだ、僕は安堵《あんど》する。このときには僕の右手の感覚はすでに戻ってきていたし、わずかならば動かすことも可能になっていた。僕は悶油瓶が部屋の東南の隅へ行くのを見て、慌ててついていった。そこの鏡はもう動かされていて、壁には真っ暗な通路への入り口がひとつあった。通路は人の半分ほどの高さしかなく、奥も深そうだ。いったいどこへ通じているのだろうか。

40　壁の通路

この通路の入り口こそ、今回の探索の重要ポイントとなる地点に違いなかった。しかし悶油瓶《モンヨウピン》の記憶はここで終わっていて、その先はまったくの謎だ。通路の中に何があるのか、悶油瓶がどうやってそこから外に出たのか、他のメンバーも悶油瓶同様、記憶をなくしているのか、現時点でそれらに対する推測は何の根拠もなく、ただの憶測の域を出ない。

僕はこの通路を外部からじっくり観察した。外観の感じからは、そう合理的とはいえない位置に設置された人工洞門（坑道戦以外で、何者かがこんな場所に入り口を作っているのを僕は見たことがない）としか言えない。入り口からのぞいてわかるのは、内側の壁も外側と同じ黄色のレンガを使っていることだけだ。ごくありふれた構造といえるだろう。こういった類《たぐい》の通路は山西省の製炭工場にはいくらでもあって、そこでは黄色のレンガもレンガ窯の天井に使われている。だがこの位置に通路の入り口が開いているのは、墳墓の構造としてはいかにも唐突で、通路が実際何のために使用されたものなのか、まったく見当もつかなかった。

僕の知る限り、ほとんどすべての墳墓は対称構造になっていて、どこかに不自然な通路が作られているとか、部屋がひとつ多いといったパターンはかなり少ない。その墓の主がそういう嗜好《しこう》でない限りはだが――。もし墓の主の嗜好が理由でなければ、二つの可能性しか考えられなかった。

ひとつは、中に何か特別な副葬品が隠されている場合で、そのこと自体は、何も不思議なことではない。祖父のノートにもあるように、自分の墓の中に秘密の部屋を設計する人間はどこにでもいて、それら秘密の部屋はだいたいが、かなり精巧に偽装されている。もし秘密の部屋の入り口が隠されておらず、ただ外に鏡が置いてあるだけなら、それはもう戯れにもほどがあるというものだ。

もうひとつありえるのは、風水と関係している場合だ。そう推測したのは、鏡は風水ではとても重要な道具で、どこか決められた場所に置くことで何らかの意味を持たせることもあるからだ。一般的に、ひとつの部屋に出入り口を設けるということは、風水では「通」を表す。つまり、何かを引き入れたり放り出すという意味だ。

この風水の考え方は「小風水」と呼ばれるもので、昔の「大風水」とはだいぶ違う。大乗仏教と小乗仏教の関係と似ていて、小風水が説くのは「改」、つまりある一定の手段によって小さな範囲内で悪い気を改善することだ。僕は小風水にとても興味があって、大風水よりいくらか知識を持ちあわせている。

何かヒントが見つからないだろうかと、この鏡の配置された対角線上に沿って歩いてみた。この部屋のレイアウトは悶油瓶が言っていたのとまるきり同じだった。室内は二十年前のままの状態で、四方向にある夜光石だけが光っていた。真ん中に置かれた天宮の模型も暗闇に隠れ、懐中電灯で照らしていくらか見えるだけだ。僕は周囲を眺めて、壁に映った影絵に目が釘《くぎ》づけになってしまった。

四枚の影絵は、確かに悶油瓶の言った通りだった。僕が描いていたイメージは、もっとぼんやりとしたものだったが、実際にこの目で見る影絵はもっと写実的なものだった。じっくりと見ていけば、さらに細かい点までわかってきそうだ。

実際、僕はあることに気づいた。絵の中の真っ白な山脈、それは吉林省の長白山《ちょうはくさん》の北坡《ペイポー》に限りなく似ている。これを憶《おぼ》えているのは僕の記憶力が優れているからではない。長白山囲辺の主峰はどれも特徴的で、長白山に行ったことがある人なら誰でも簡単に見分けがつくからだ。

続いて二枚目の絵に注目してみた。野辺送りの行列の服装は皆、元の時代のもので、棺《ひつぎ》に納められた人物が地位の高い権力者だったことがわかる。雲頂天宮《ユンディンティエンゴン》の建築期間は、元末の王朝交代の頃である可能性が高いが、そんな乱世の中でも、ここまで巨大な陵墓を建設する能力があるとは、この墓の主人は相当な大物なのだろう。

そしてもうひとつ、これが一番びっくりしたことだが——野辺送りの行列に並んでいるのはすべて女性ということだった。これはかなり異例なことで、普通ではありえない状況だ。僕はモンゴル族（元はモンゴル帝国によって建国された）の葬儀がどんなものか知らないが、女性だけの野辺送りなんて聞いたことがなかった。

他にもいくつか気になる点はあったが、それらが雕り師《ほ》によってあえて残された手がかりなのか、それとも作風なのかは見分けがつかなかった。

これらを見てきて僕の考えはまとまっていた。この手がかりをもとに、そのあたりの地形に詳しい現地の住民に聞けば、絶対にこの宮殿の位置を突き止められるはずだ。ただ、数百年も残雪の下に埋まっていることは心配だ。凍土が柔らかくなっていると、掘削時には少しのミスも許されない。小さな雪崩《なだれ》が起きただけでも、宮殿が再び雪の下に眠り続ける可能性さえ出てくるわけだから。

だがこれらの影絵に示されていることは、壁に開いたあの通路とはまったく関係がないようだ。僕はさらに他の鏡の後ろの壁も調べてみたが、特別なものは何も見つけられなかった。どうやらすべての謎の答えは、あの通路に入らないとわからないようになっているらしい。僕が通路の入り口に戻ってみると、悶油瓶はまだ何かを見ていた。その視線にいくらか迷いが見て取れる。何かをじっと考えているようだ。僕が近づいてくるのを見た悶油瓶が、突然言った。

「もう一度ここに入るべきだと思う」

「ダメだよ」僕は狼狽《ろうばい》した。「それって死にに行くようなもんだろ？　もしあんたがまた二十年間の記憶をなくしたらどうする。全部水の泡じゃないか」

「俺はお前らとは違う。お前らからしてみれば、今度のことはしょせんちょっと不思議な体験をしたくらいのもんだろ。だが俺にしてみれば、ずっと抱えている大きなわだかまりだ。もしそれが解消できなかったら、いくら全部記憶に残ってたって一生気が休まらない」

僕は焦ってきた。ダメだと繰り返し言ったものの、悶油瓶の気持ちがわからないわけではなかった。ただ、今の僕らが置かれている状況で、事をあえて複雑にすることは許されない。できるだけ早くここを脱出することが肝心だ。たとえ世界中の秘密を知ったところで、酸素が尽きてみんなが窒息死してしまえば、そんな秘密なんてなんの価値もなくなるのだ。

「じゃあお前は、俺たちがここから脱出できる可能性がどれくらいだとみてる？」

悶油瓶からの問いには強い葛藤がにじみ出ていた。それを聞いて、ここの天井をまだじっくり見ていなかったことに気づいた。僕は慌てて天井を見上げる。

祖父のノートにある明代の墓の描写を読む限り、頂部は幾重にも重なっていてかなり頑丈なはずだ。僕の見立てでは、ここの天井は圧力に耐えられるよう、中心が高く両側が低いアーチ形の構造になっているはずだった。だが今見てみると、通常の陸地の地下宮殿の様式を踏襲し天井が平屋根に造られている。これでは天井のどこの位置に穴を開けてもあまり違いがない。

天井は僕らの位置から十メートル上にある。しかしここには踏み台にするものはない。まずは隅に立っている柱に足場を作って上っていくしかなかった。鏡の脚で柱を叩いて穴を開け、そこを足場に這《は》い上《あ》がっていく。次に、天井表面の白土《はくど》を剥《は》がして青色レンガをむき出しにし、処理に取り掛かる。この作業はそう慎重を期す必要はなく、時間だけを気にしていればいい。圧力のかかっている上部の構造を破壊してしまえば、自然と天井は崩れ落ちて穴が開くはず。そして流れ込む海水で墓が満たされるのを待っていれば、あとは容易に逃げ出せるという計算だ。

この計画における一番のポイントは、確実な時間の把握だ。引き潮ではないときに、強い圧力のかかっている天井を破壊してしまえば、激流となって進入してくる海水によって天井全体が押し潰され、僕らも圧死してしまうかもしれない。

さらに言えば、僕らが脱出できるチャンスは大きいが、一度脱出したらこの墓自体は破壊されてしまう。とはいえ完全に消え去るわけではないし、お宝も残るはずだ。装備をしっかり整えてまた後日戻ればいいのだから、今は急ぐ必要はない——。

僕がひと通り説明すると悶油瓶はうなずいた。なんとか説得できたようだ。一方、王胖子《ワンパンズ》はこれ以上待ちきれない様子だ。

「そういうことなら、もう待つことねえ。さっさとやろうぜ。とりあえずこの柱を何とかしておけば、後で慌てることもないだろう」

僕は腕時計を見た。引き潮まであと六時間、時間はまだ充分にある。

「さっきだいぶ体力を消耗しただろ。しかも飲まず食わずで、だいぶガタがきてる。今はしっかり休憩をとるべきだよ。うまく脱出できたとしても、その後でどんな目に遭うかわからないんだし。ひょっとしたら海上に船はもういなくなってるかもしれないしな。体力がない状態で脱出して、また溺れ死ぬなんて悲惨すぎるよ」

本来大胆な性格の王胖子も、僕の話を聞いてなるほどと思ったのだろう、さすがに気が滅入《めい》った様子で頭をかく。

「あぁ？　まだ待つってか？　それじゃあ俺はひとまず寝る。作業を開始するときに呼んでくれ」

僕も寄りかかって休める場所を探した。だが頭の中はちっとも休まらない。もし海水が流れ込んできたらどうやって逃げようか。この部屋から池の底の石碑に通じる穴は密封されたわけではないものの、実質すでに封鎖されている。この部屋からその穴へ水が流れ出る速さは、この部屋に入ってくる水の流れより確実に遅い。つまり残りの大量の水は、まっさきに壁に開いているあの不思議な通路の中へ入っていくに違いない。通路がいったいどこまで通じているのかは定かではない。もし通路がどこか他の部屋につながっているとしたら、かなりやっかいだ。ここに渦が発生して、呑《の》み込まれてしまう可能性さえある。

僕はなぜか通路の奥に目を奪われながら、通路を塞ぐのに何か方法はないかと考えていた。すると、部屋に置いてあるあの模型を積み上げて、通路の口を塞げばいいことに気がついた。さっそく通路の入り口の高さや幅を目測し、どうすれば確実に穴を塞げるか算段してみた。

だがそのとたん、猛烈な違和感が湧き上がってきた。通路の暗闇に潜む何かに強く引きつけられた。それには抗《あらが》えない力が備わっているようだ。振り向こうとしても首が回らず、眼球さえ動かせなくなっていた。

このとき、さらにある種の焦燥感も覚えた。極限の飢餓状態にいる人が食べ物の包みをつかんでいるのに、どうやってもその包装を開けられない、そんな感じだ。さらにこの焦燥感は、僕の心に別の強烈な衝動をかき立てていた。入り口から中へ入ってみたい――。

それは何の前触れもなく、すべてがほぼ一瞬だった。他の二人が何やらおかしいぞと思ったときにはもう遅かった。僕は前にいた悶油瓶を押しのけて、穴の中にとっさに飛び込んでしまっていたのだ。僕は通路の入り口近くにいたから、悶油瓶の制止も間に合わず、一瞬で通路の暗闇の中へと進入できてしまっていた。このとき、自分がいったい何をしているのかなんて、まるで頭になかった。ただ一心に通路の一番奥を覗《のぞ》いてみたい、その思いに囚《とら》われていただけだ。僕は懐中電灯すら点《つ》けずに、猛スピードで暗闇の中に飛び込んでいた。足元なんて気にしていなかったし、後ろから誰かが追いかけてきているかなんてことも、どうでもよかった。

だが数歩進んだところで突然、後ろから風が吹いてきたかと思うと左膝に激痛が走り、足の力が抜けて床に倒れ込んでしまった。

僕は派手に転倒し、床に額をぶつけてしまった。激痛に頭がガンガンし、鼻血もあふれ出てきた。だがこの転倒でさっきまで感じていた焦燥感が消え去り、すべてが元通りになった。

心の中でガタンと大きな音がした。なんとも言えない違和感だけが残っている。この通路は凄《すご》く危険だ。真っ暗な空間が続いているだけなのに、なぜか心から平静さが失われていく。さっき夢中で通路の奥を眺めていたせいで、何か術中にはまってしまったのかもしれない。

振り向けば、悶油瓶と王胖子がすぐそこまで来ていた。足元には懐中電灯が転がっている。どうやらこれが僕の膝に当たったらしい。

二人は、何も言わずに僕を両側から支えて外へ引っ張っていこうとした。だが僕は左膝を負傷して、立ち上がろうとしても立ち上がれない。

王胖子は片手で僕を引きずるのは無理とみるや、懐中電灯を脇に挟み、両手で僕を引きずりだした。その動きはだいぶ乱暴で、引っ張られる僕のほうは激痛で気絶しそうだった。

まさにこのときだ。王胖子の懐中電灯がある場所を照らした。その瞬間、僕の目に暗闇の中でうずくまっている一人の人間の姿がちらっと映った。

一瞬だったのではっきりとは見えなかったが、確かに誰かがそこにいた。三叔《サンシュー》か！

「ちょっと待て、前に誰かいるぞ！」

王胖子が懐中電灯で照らすと、ちょうどそいつが立ち上がって、通路の奥へ逃げていくところだった。

僕ら三人ともしっかりその姿を見たが、それが誰なのかはっきりとはわからない。そんな中、反応が一番早いのはやっぱり悶油瓶だった。

「追え！」

飛び出した悶油瓶に続き、王胖子が追いかける。

僕も懸命に立ち上がり、足をひきずりながら追いかけた。悶油瓶がそいつともみ合いになると、あとに続いた王胖子が加勢する。二人が前と後ろからそいつを投げ倒し、地面に押しつけた。すぐさま王胖子が懐中電灯でそいつの姿を照らしだす。

「阿寧《アーニン》だ！」

その様相はあまりにもひどく、僕もその姿に狼狽した。髪は乱れ、全身が汚れ、着ている潜水服もびりびりに破れていた。そればかりか、体からはひどい異臭がし、鼻と口の周りには血痕がこびりついている。どんな目に遭ったらこんな姿になってしまうのか。もっとも、僕ら三人もそう大差はなかった。とりわけ王胖子は全身傷だらけで見るに堪えない姿だった。

王胖子はそんな阿寧にも怒り心頭だった。彼女をにらみつけ、鼻先を指さして暴言を浴びせかけた。

「待て。彼女、ちょっと変だ！」

ふいに悶油瓶が王胖子を制した。

41　珊瑚《さんご》の木

悶油瓶《モンヨウピン》が言う通り、確かに阿寧《アーニン》の表情はうつろで、以前のような快活な色はすっかり消えている。床に押しつけられても、抗《あらが》うこともなく、言葉も発さないし、こっちを一瞥《いちべつ》することもない。すべてのことに無関心といったふうだ。

「こいつ、ちょっとおかしくねえか。俺がひどくなじっても何も反応しねえなんてよ。いつもだったら、こいつに何かちょっかい出そうものなら、すぐに蹴りをお見舞いされちまうのにな」

僕は王胖子《ワンパンズ》に言った。

「あんた、さっきはやりすぎじゃないのか。見ろ、彼女、もう何も言えなくなっちゃってるよ。こりゃあ十中八九、あんたが殴りすぎて気絶させたんでしょ。そうとしか思えないんだけど」

「でたらめもたいがいにしておけよ。俺がいつも女にどう接しているか知らねえだろ？　さっきはこいつの足を軽く押しただけだ。見ろ、何の痕も残ってねえ。そんなに信じられねえってなら、兄ちゃんにも聞いてみろよ」

「二人とも安心しろ。この女は単に意識が朦朧《もうろう》としてるだけだ。何か強いショックを受けたんだろう」

悶油瓶はそう言いながら阿寧の顔の前で手を振り指を鳴らす。だが、阿寧は何も反応しない。

「こいつ、何かを見たショックでこうなっちまったのか？」と王胖子が言った。

「この女はひどい奴《やつ》だよ。こいつが僕に何をしたか、あんただって見てただろ。ショックで失神だなんてありえないって。騙《だま》されるなよ。もしかしたら、これだって演技かもしれないんだから」と僕が言ってやった。

「ごもっともだ。世の中で一番性質《たち》が悪いのは、女の心だっていうからな。俺たちも注意するに越したこたねえ。なんなら俺が、こいつに何発か張り手を食らわせて、こいつが節婦烈女《せっぷれつじょ》（貞節を守る勇敢な女性）、銅頭鉄臂《どうとうてっぴ》（巴金《ばきん》の『旅途通信・広州在爆撃中』にある言葉。強い者を表す）みてえに頑張れるか見てやるってのはどうだ」

「やめてくれよ。革命ものの映画の見すぎじゃない？　国民党（辛亥革命後の一九一九年、広州で革命諸派が連合して結成した革命政党。日中戦争では日本と戦い、その後中国共産党と戦った）の特務機関にでもなりたいって？　彼女の様子を見なよ。今の彼女を殴るなんて、そんなことあんたにできるのかよ」僕は変なことを言い始めた王胖子をたしなめた。

　すると王胖子は大きな手のひらで阿寧の小さな顔を軽く叩いて、吐き捨てるように言った。

「俺は一度も女を殴ったことがねえ。残念だが今回も無理だ。これじゃあ、どうしろってんだ？」

　阿寧とそれほど一緒に過ごしていない僕には、これが演技なのかどうか見分けはつかない。

「そう簡単に判断できっこないだろ。とりあえず彼女を縛って、ここから出よう。それからどうするか考えたほうがいいんじゃない？　後で警察に通報すればいい」

「お前って奴は本当に馬鹿なのか、それとも馬鹿な振りをしてるのか。俺たちは墓泥棒だぞ。警察に突き出すって、お前の頭、どうかしてるんじゃないか？」

　その通りだった。王胖子に指摘されて、自分を殴りたくなった。まったく……。気持ちの切り替えもできず、自分をまだ骨董屋《こっとうや》の店主だと思っていたなんて。

「前回の墓掘りは無理にやらされたんだし、それにずっと自分は善良な市民だと思ってたからね。困ったときは警察に相談するのが当たり前だから、口からポロッと出ちゃったってわけさ。忘れてくれ」

「もういい。お前もいい案がねえみたいだし、こうなると兄ちゃんに期待するしかねえな。お前の考えなんか待っていたら間に合わねえだろうしな」

そう言って王胖子が手を振った。

確かに僕には何の手立てもなかった。結局は悶油瓶に頼るしかない。すると懐中電灯を手に阿寧の瞳の様子を確めていた悶油瓶がこっちを振り向いた。

「二人とも小競り合いはよせ。こいつの瞳孔は定まってないし、反応も遅い。単なる〝ショックで失神〟なんかじゃない。これは演技でできるもんじゃない」

「それじゃあ、どうしてこうなっちゃったのかわからないの?」

「俺が知っていることなんて、ほんの上っ面だけだ。自分が検査を受けたときに聞いたことだからな。もしこれ以上の判断が必要なら、俺じゃあダメだ。専門の病院に行くしかない」悶油瓶は首を振った。

僕はため息をついた。阿寧の以前のはつらつとした姿が思い浮かんで、自然と感慨にふけってしまう。

「そうだね。何が起こったかだなんて、すぐにはわからないだろうね。ここでごちゃごちゃ考えてたってどうしようもないよ。とりあえず彼女を連れて出てから考えよう」

僕のこの提案には二人とも反対しなかった。「そうと決まったら、ぐずぐずしてねえで行こうぜ。ここはやばすぎる。周りの状況を確認して、何もなかったらとっとと出ていくぞ」

僕は自分がどこにいるのか、頭から抜け落ちていたが、王胖子のこの言葉に悪寒が走った。僕は周りの状況なんかどうでもいいから、すぐにここから立ち去りたかった。ただ、それぞれ確固たる目的を持つ二人の前でそれを口にするのはやはりはばかられる。僕はしぶしぶうなずくしかなかった。

王胖子が懐中電灯で通路の奥を照らす。懐中電灯の灯が照らす限り、通路はそれほど長くはない。数十歩ほど先はもう行き止まりになっているようだった。しかし懐中電灯の光では充分ではない。奥にあるものの輪郭をかろうじて照らし出しているに過ぎなかった。

王胖子に劣る僕の視力では、奥に何があるかははっきり見えない。今となっては、王胖子にも何も見えていないことを願うばかりだ。お宝への執着が奴の心から今すぐ消えてくれればいい。とにかくここにはもう一分たりともいたくなかった。

照らされた箇所をしげしげと眺めていた王胖子が、何かを見つけたのか、いきなり眉を寄せた。だが僕にはその視線の先は何も見えない。

「奥を見てみろ。木があるよな？」と王胖子だ。

「古墓の中にどうして木があるんだよ。ここは太陽の光だって入らないし、水をやる人だっていないんだぞ。もし本当に木だったら、とっくに枯れちゃってるはずだろ」

穴が開くほど見つめている王胖子も、結局断定できないようだが、僕にどうしても見ろとしつこい。仕方なく言う通りに目を凝らしたが、いくら大きく目を見開いても、木の枝みたいなものがかすかに見えるだけだった。その輪郭を見ると何となくなじみがあるのだが、どうしても思い出せない。

「はっきり見えないよ。だけどあれが木じゃないことだけは確かだ」

「いや、木みたいだぞ。金色にきらきら光ってるだろ。近寄ってみようぜ」王胖子はなおもしつこい。

「僕があんたの胸の内くらい見抜けないとでも思ってるのか。もし黄金の木だったら、あんた、背負って持ってくのかよ？」

「そんなの見てみないとわからねえだろ。その脇に何か小さいものがあるかもしれねえしよ。ここまでたどり着いてなかったら諦めるけど、良さそうなお宝があったら、そりゃあどうしたって見たいだろ！　それに俺たちはもうここまで入り込んじまってんだ。もし何かが起こるんだったら、とっくに起きてるはずだ。だから何も怖がることはない、そうだろ？」

僕が言ったところで、王胖子がお宝を諦めるはずもない。悔しいがどうしようもない。こいつの理屈は明快だ。見たいなんて言っていても、何か見つけでもしたら結局は全部かっさらっちまうんだ。こんな悪魔の申し子みたいな奴に関わっていたら、それこそ運が尽きる――。

一言ぐらい皮肉ってやろうと思っていると、悶油瓶が騒ぐなと手で合図をしてきた。

「二人とも俺についてこい。離れるなよ」

僕たちとは顔も合わせず、悶油瓶はまっすぐ暗闇に向かって歩いていった。

王胖子は大喜びだ。僕は阿寧を背負ってついていく。ちょっと怪訝《けげん》に思ったものの、悶油瓶の歩みは速い。じっくり考えている暇などなく、僕は仕方なく足を引きずりながら後を追うしかなかった。

悶油瓶が足早に前を行く。レンガでできたこの通路は、奥から出口まで同じ幅で、かつ、僕らのいたところから一番奥までは、ほんのわずかだった。あっという間に「木」の前までたどり着く。ここはもう通路の一番奥だ。悶油瓶が懐中電灯で照らすと、その「木」の姿があらわになった。

はたして「木」は真っ白な巨大珊瑚だった。人の背丈よりも高く、十二本に枝分かれし、上方に広がっている。見た感じは確かに木に似ていた。素晴らしい彫刻も施されているが、珊瑚としてはごく普通、およそ貴重なものとは言えない。

珊瑚は巨大な陶器の鉢に植わっていて、鉢の表面には丸石が敷き詰められ、珊瑚の枝には金色の小さな鈴がたくさん掛かっている。王胖子が見た金色の光は、この鈴に反射した光に違いない。だが鈴が黄金でできているという可能性はなかった。なぜなら、鈴の隙間からは内側の緑青《ろくしょう》が覗《のぞ》いていたからだ。内側は真鍮《しんちゅう》で、外側の表面にだけ金メッキを施すことで光沢を保ってきたのだろう。

黄金の木でないと悟った王胖子は、ひどく落胆した。それでも諦めがつかない様子で、あたりを隅々照らしている。

「おい、この珊瑚はどうだ。値打ちものか？」

僕は珊瑚についても知識があった。さっきの王胖子の品のない様子を思い出して、無性に困らせたくなった。

「あんたに辛《つら》く当たるつもりはないけど、この程度の珊瑚だったら市場価格は一斤（五百グラム）十六元

(約二百四十円)、それでも良いほうじゃないかな」

　半信半疑の王胖子は悶油瓶にも聞いてみるが、悶油瓶からの回答も同じだった。王胖子が一気に落ち込む。

「クッソー、今度ばかりは稼げるって期待してたのに。結局はまたしてもスカってことかよ」

「そんなにがっかりしないでよ。いいかい、この珊瑚は確かに値打ちものじゃない。だけど吊《つ》り下《さ》がっている鈴を見てごらんよ。こりゃあ上物だ」僕はふふんと鼻で笑う。

　王胖子は信じない。「おまえのその笑い方、どう見ても悪だくみしてるようにしか見えねえ。どうせ口から出まかせだろ。こんなボロい鈴、俺だって掘り出したことあるぞ。せいぜい千元(約千五百円)くらいだ。どこを見て値打ちものだっていうんだ?」

「あんたのそれっぽっちの商才じゃあ、見抜けないのも当たり前かもね。本当のことを言うと、僕にだって正確な値段なんてわからない。ただ同じ分量の黄金と同じくらいの価値はあるだろう。鈴の模様を見てみなよ。明代よりももっと古い年代のものだってわかるでしょ。明の時代にはもうすでに骨董品になっていた品だ。それがどういう意味か、わかるかい?」

　王胖子はまだ僕の話が眉唾物じゃないかと疑っているようだ。そんな奴の様子を見ていると胸のすく思いがした。だが本当のところこの鈴がどの程度のものなのか僕にも見当がつかないでいたのだ。鈴は骨董の中でも人気がない商品だ。金属は錆《さ》び付《つ》くし、保存も特殊な方法が必要となるのだが、そんな技術は大きな博物館しか持っていない。どれだけお金があっても、民間ではそんなところまで費用はかけられないといった問題があった。しかし鈴は金属器のなかでも特に複雑な造りで、細かい部品も多い。保存状態が完全なものなら一気に貴重なものになる。

　王胖子はじっと考えていたが、結局は僕への疑いは完全には晴れないようだ。それで王胖子は鈴をひとつもぎ取って見ようとすることにした。それを悶油瓶が制止した。「動くな」

王胖子の足は、すでに丸石をいっぱいに敷き詰めた鉢の上に乗っていたのだが、悶油瓶に無理やり引きずり降ろされてしまった。すると悶油瓶が僕に聞いてきた。

「この鈴をどこで見たのか、覚えてるか？」

42 苦境

悶油瓶《モンヨウピン》の一言で、たちどころに数週間前の出来事がよみがえってきた。

あのとき、僕らは殤王《しょうおう》の地下宮殿に行く準備に追われていた。そして死の洞窟を通過するときに、一匹の大きな屍鱉《シービエ》を捕まえたのだ。その虫の尾っぽにも、ちょうどこんな鈴が引っ掛かっていた。その中には青い大ムカデが一匹入っていて、それが動くと人のひそひそ話のような音がした。死霊の声にも似たその音は妖しげな力を宿していて、僕らは呪いをかけられそうになったが、悶油瓶が機転をきかせて僕らを水中に蹴り落としてくれて、なんとか正気を取り戻せたのだった。

三叔《サンシュー》はその鈴を戦国時代以前のものだと言っていたが、僕には具体的な年代はわからなかった。だが、危険が目前に迫っていたそのときの僕には、そんなことなどどうでもよかった。殤王の地下宮殿で立て続けに起こった出来事は、ほとんど悪夢で狂気の沙汰だった。その狂気に呑《の》み込まれなかっただけでも運がよかったぐらいだ。そんなわけで、僕がそのときの鈴の細かな形状など覚えているはずもなかった。

今ここで僕に識別してみろと言われても、同じものか判断できるはずもない。あのとき、死の洞窟の中は今と同様、カンテラがいくつか照らされていただけの薄暗い状況だった。それに手に入れた鈴も潘子《パンズ》に踏みつぶされてしまっていたのだ。だからこの鈴と比べることなんてそもそもが不可能なことだった。

仮にこれらが死の洞窟の鈴と同じものだったら、さっき王胖子《ワンパンズ》が触ったときに大惨事になっていただろう。死の洞窟では鈴ひとつだけで僕らはみんな呪いにかけられそうになったのに、ここには鈴が少なくとも四十個はある。ちょっと揺れただけでどうなってしまうのか、わかったものではない。

悶油瓶は僕があのときのことを思い出したとわかったようだ。

「あの死の洞窟には、もっとやばいのだってまだまだあったはずだ。あそこはもともと巨大な墓室だからな。だが何の因果で汪蔵海《ワン・ザンハイ》と結びついてしまったのか、想像もできない」

王胖子はまだ腑《ふ》に落ちないようだ。

「おまえらさ、見間違いってことはないのか。戦国時代前のものが何でまたここにもあるんだよ。話が出来すぎだ。それとも、汪蔵海も墓掘りだったっていうのか？」

「言われてみれば、それもありえるかもな」悶油瓶は話を続けた。「汪蔵海がもともと何をしていた人物なのかは誰も知らない。だが汪は由緒ある家柄の出だったはずだ。先祖代々から風水の大家で、本人も風水に詳しかったから生活にもまったく困らなかっただろう。そんな人間が、こんな賤《いや》しい下人のような仕事をするなんて、ありえないな」

悶油瓶は顔色ひとつ変えず、「賤しい下人」という言葉をさらりと言った。僕らのことを貶《おとし》めているなんて意識はこれっぽっちもなさそうだ。

「そうだね、僕も思うけど、墓掘りってのはありえないんじゃないかな。墓掘りだったら自分の墓に何か印を遺《のこ》しておくだろ？　後世の人間が墓に入ってきたときに、忌避するような何かをね。ここにそんなものあった？」

「俺も注意していたが、確かに何の痕跡もなかった」

この方面にかけて、悶油瓶は遥《はる》かに造詣が深い。彼が「なかった」と言うのなら本当にないのだ。

「それじゃあここに鈴があるってことは、こう考えられないかな。つまり骨董《こっとう》好きの汪蔵海が、自分のお気に入りのコレクションを副葬品にしたとか?」

「ここまでの道中、当時の骨董なんて、これ以外にはお目にかかれなかったんだぞ。おまえの説は間違いだ。別の理由があるはずだ」そう言う王胖子は、何か思い当たることがあるのか得意満面だった。

「墓掘り以外にも、古墓にいつもぶち当たる類《たぐい》の人間がいるぞ。何だと思う?」

僕はすぐにピンときた。「あんたが言いたいのは、汪蔵海が工事現場で鈴を掘り当てたってことだろ?」

「その当時、汪蔵海は最大の工事施工主だったはずだ。それならこういったものに出くわすこともあり得るだろう。戻って資料を調べれば、当時、汪が山東省の瓜子《グァーズ》寺院に行ったかどうか、わかるはずだ」

王胖子の話は理にかなっていた。僕は思わず奴《やつ》を見直した。だけどこの鈴には絶対に触れてはいけない。阿寧《アーニン》はきっと、珊瑚《さんご》の木に触ってしまったのではないだろうか。こんなにたくさんの鈴が一斉に鳴り出せば、どうにかなってもおかしくない。だけど、鈴の音が脳にどう作用すれば、そんな恐ろしい効果を発揮できるのだろう——。

そもそも人間は簡単に暗示にかかってしまうものだし、墳墓の中の雰囲気は妖しく、気をしっかり持っていなければ、すぐにおかしくなってしまいそうだ。もしかすると悶油瓶の記憶喪失もこの鈴が原因だったのかもしれない。鈴の紐《ひも》は銅線で珊瑚にしっかりくくりつけられている。珊瑚はもともと中が空洞で、音を伝達しやすい。楽器にも似た鈴つきのこの珊瑚の音色は、それこそ変幻自在に鳴り響くのだろう。すべてを忘却させてしまう音色でない保証などどこにもない。

だが、この考えはあまりに現実離れしていたので、僕は恥ずかしくて言い出せなかった。三人ともしばらく黙り込んでいたが、王胖子が口火を切った。

「この通路にはこれ以上何もなさそうだな。それに何かのまやかしがこの鈴に仕込まれているんだったら、もうそろそろ戻ったほうがいいんじゃないか？」

どうやらこの通路には妖魔やモンスターはいないようなので、気分的にはかなり安心できた。もういつ通路から出ていっても構わなかったし、時計ももうすぐ干潮の時間だと知らせている。これ以上ここにいる意味もなかったので、僕たちは通路から引き上げることにした。

歩きながら、僕の心には二つの疑問が湧いていた。ひとつ目は二十年前の一件だ。当時、悶油瓶たちは三叔に誘われるかのようにこの通路に入った。ならばここで一緒に気絶した仲間たちは今、いったいどこにいるのだろう？　三叔が彼ら全員を運び出したのか？

二つ目は匂いだ。前回、悶油瓶が通路に進入したときに嗅いだという、かなり変わった匂いのことだ。今ここではそんな匂いなどしない。それは二十年前、通路に他の何かが存在したということを意味しているのではないだろうか？

この疑問は、三叔にしか解けない。

だが三叔は消息を絶った。いつ発見できるかもわからない。下手《へた》すればこの疑問は永遠の謎となってしまうのかもしれない。

王胖子の言うように、三叔が墓で悪霊に憑りつかれたのだとしたら、彼はどこに行ったのだろう？　三叔は悶油瓶の写真を見て「俺にはわかった」と言ったが、いったい何が「わかった」のだろう？

考えれば考えるほど、今までの出来事すべてを結びつける何かが欠けているように思えてきた。もう少し手がかりがあれば、なんとかなるかもしれないのに――。今回のことは、殤王の地下宮殿と何らかの関係がある、僕の直感がそう語っていた。

四人で小さな通路を出ると、王胖子は阿寧を床に降ろした。

「もう時間だ。やるしかねえ」

今はこの墓から脱出することが重要だ。気を落ち着かせ、僕はみんなに段取りを詳しく説明した。

墓の天井に穴を開けた経験はないし、自信もない。やりながら考えていくしかない。

僕たちはさっそく計画に取り掛かった。王胖子は道具を手に取ると、柱の一本に穴を開け始めた。だが、金糸楠《きんしくす》を甘く見ていたようで、あまりの硬さに、まだ作業を始めたばかりなのにもう息が上がっている。柱はわずかに削れただけだ。

「呉《ウー》坊、この柱は硬すぎねえか。この調子じゃ一週間でも終わらねえぞ」

「そう慌てるなよ。一番外側の部分さえ削り取っちゃえば、あとは楽になるからさ」

王胖子は半信半疑だ。だが、力の限りに道具を振るったかいもあり、少しずつ形になってきている。しばらくすると、鉄みたいに硬い外側の部分が削り取られ、柱に足先を入れられるくらいのくぼみができた。

さっきの通路は行き止まりだ。だから海水が通路に入ってきても、レンガの隙間からちょっと漏れるくらいで、ここで渦が発生する心配はない。僕も道具を手に王胖子を手伝ってみて、この作業は王胖子がやっぱり適任だとすぐに悟った。彼は腕っぷしが強く、持久力もある。この道中、ずっと苦しめられてきたはずなのに、いつでもスタミナ全開、疲れなどまるで見せていない。隣で同じ時間、作業していた僕なんて、あまりの疲れに手を上げることすらままならなくなっていたというのに。

みんな、意識が朦朧《もうろう》とするまで作業を続けた。三時間かかって、ようやく柱一本に足先をかけられるくぼみが完成した。作業は柱の下のほうでは簡単だった。だが上へ登っていくと、すでに開けたくぼみに足を置いて空中で作業するしかなく、力がうまく入らない。一番上ではかろうじてつま先を置ける浅い段差をやっと開けられたに過ぎなかったが、それでも成功には違いない。

僕たちはズボンも上着も全部脱いだ。潜水服は弾力性があって、細長く切り裂いて結べば一本のロープになるからだ。僕たちはメキシコのツリークライミングのような縄の輪を作り、それを柱に回した。そして三人が三方向から縄を張りながら上に登っていくのだ。

少し登るだけでも死に物狂いで、柱をどうやって登っていったのかはもう覚えていない。

「おまえら俺にくっついてきてどうするつもりだ。俺が穴を開けりゃ済むことだ。それに水が入ってきたら、お前らは自然に浮上できるんだぞ。みんなで同じ縄を使ってたら、縄に締め上げられて、俺は豚の角煮になっちまう。呉坊、お前は下に行ってろ。そうしないとこっちが持たない」

「僕は上の状況がどうなってるか見ないといけないし、あんたを死なせたくないから登ってるだけだ。天井の上には中間層があるかどうかもわからないんだ。あんた一人で行かせて、もし中間層があったらどうするんだよ。流砂が落ちてきたら、この部屋もろとも埋まっちゃうんだぞ」

嘘《うそ》じゃなかった。墓の壁に流砂の層をつくるのは、墓泥棒対策として当たり前のことだ。この手段はかなり有効だった。流砂層のある大きな墓で順調に事を運びたければ、盗掘用の穴を掘るときに砂落ち用の穴も掘って、そこから流砂を流してしまえばいいのだが、すべての砂を壁から流し終えるのに何日もかかるぐらい、流砂の量は多い。今の僕たちには流砂を防ぐ手段はないし、もし、上にあるのが流砂ではなく強い酸性の液体や油だったら、それはもう悲惨な事態になる。

王胖子は墓掘りの経験が豊富だから、僕の話が嘘ではないことを理解していた。手を振ると、「それじゃあ、登れ」と合図をくれる。

僕たちは歯を食いしばって登り続け、さらに三十分かけて柱の一番上までたどり着くことができた。王胖子は体を安定させると、力尽きたように柱に抱き着き、そのまま動かなくなった。

「ちくしょう、さすがの俺もこれ以上は無理だ」

王胖子には一息つかせてやろう。もう少ししたらレンガに穴を開ける。そのときにはまた活躍してもらわなければならないんだから——。僕は注意深く天井を叩いてみると、悶油瓶がそのまま続けろと合図してきた。同時に悶油瓶は指で天井に触れて何かを感じ取っているようだった。

「中身が詰まってる」

それを聞いて、王胖子は疲労が吹き飛んでしまったようで、何も言わずに天井の白土《はくど》を掘り始めた。力まず、適度に力を調整しながら作業を進めていく。体を支えている縄は丈夫ではない。万が一切れてしまったら、全員が落っこちて大怪我《おおけが》をしてしまう。縄が切れると十メートルもの高さから落下する。それを防ぐため、僕らは手を伸ばして、王胖子の背中を支えてやった。

白土は柔らかかった。王胖子は力を入れるだけで、かなり深く掘り進めることができた。もう中からは青いレンガが姿を見せている。だが、王胖子がいきなり「まずい」と声をあげた。王胖子に勧められ、レンガに触ってみて、僕は唖然《あぜん》としてしまった。

レンガの間には、なんと溶鋼が流し込まれていたのだ。

43 爆弾

僕らは顔を見合わせた。みな表情が固まっている。

レンガを溶鋼で固めると、鉄筋コンクリート並みの硬さになる。そうなるとハンマーを使ってもびくともしない。

今ここに見えているレンガの上には、同じ造りのレンガが最低でも七層控えていて、どれも上下互い違いに配置されているはずだ。これは最新の設備がなければ絶対に貫通できない。

この構造に思い至らなかったとは――僕は自責の念にさいなまれた。平天井の耐圧性はアーチ型ほど強くはないから、何かしらでレンガを補強する必要がある。明代の墓は補強方法がそれほど多いわけではなく、どの墓も一律に溶鋼で固められている。祖父のノートと浅い建築知識だけを頼りに机上の空論を振りかざし、屁理屈《へりくつ》ばかり並べてきた罰が、今になって下ったということだ。

「建築士さんよ。どうするんだい？　早く決めてくれよ」

「どうするって、最後まで頑張るしかないよ。ほら、道具を取って」もう運に賭けるしかない。「二百年以上経《た》ってるんだから、そんなに頑丈ってことはないはずだ」

僕が平然としているので、王胖子《ワンパンズ》は大した問題ではないと思ったのかもしれない。猛然とレンガを叩き始めた。中が空洞になっているレンガはたやすく割れたが、その上には溶鋼が固まった鉄の面が残されている。王胖子が力いっぱい叩いたところで、鉄にはちょっと跡がつくだけで、すぐに無駄骨だとわかった。

「ダメだ。この鉄の部分は俺の手のひらくらいの厚さがある。解放（中国の車のブランド）のトラックがぶつかっても壊れるかわからないぞ」

僕も何度か叩くが、親指と人差し指の付け根がしびれるだけだった。これは確かに力業でなんとかできるような代物ではない。自然とため息が漏れた。

「どうも僕らは昔の建築技術を甘く見てたようだね。この鉄の純度はかなり高いし、まるで歯が立たないよ」

「磨いてみるのはどうだ。昔からこう言うだろ。〝どこまでも磨き続ければ鉄の杵《きね》も針に成る〟ってよ」

「やめとけ。こんなぶ厚い鉄をいつまで磨き続けるつもりだよ？　あと二十分もしたら引き潮だ。磨き終わるのを待ってたら、みんな仲良くあの世行きさ」

「じゃあどうするんだよ？　あの女が言ってたことを聞いてなかったのか。このあたりはもうすぐ暴風期に入って、それが一週間そこら続くってな。今ここから出ていけなかったら、俺たちは七日間ここで待つしかねえ。七日間っていったら、退屈すぎて悶《もだ》え死ぬか、餓《う》え死《じ》にするかじゃねえかよ」

これは本当に大変な事態だった。「こういうことにかけては、二人とも僕より経験豊富だよね。こういう墓の壁を破るのには、いつもどんな方法を使ってるの？」

二人はすかさず同時に答えた。「爆破だ！」

唖然《あぜん》とする僕に、王胖子が補足する。「そんなに奇抜なことじゃない。この壁の頑丈さは、おまえの想像を遥《はる》かに超えてるだろう。俺もこういう墓を掘ったことがあるが、盗掘穴ってのは、普通は墓の底へ向かって掘るもんだ。だが、もしこんな壁を打ち壊す必要があるなら、爆弾を使うしかない」

だが、その説明はかえって気分を暗鬱にした。そんなことは僕でも知っている。だがこの状況でどうやって爆薬を手に入れるのか？　今となっては後悔するばかりだ。というのも海に潜る前、実は阿《アー》寧《ニン》が僕に爆薬を持っていくか聞いてきていたのだ。だが殤王《しょうおう》の地下宮殿の爆破のトラウマで、爆薬に強い拒否感があった僕は、船室の爆薬をそのままにしてここに来てしまっていた。これがもし三叔《サンシュー》だったら絶対に持ってきていたに違いない。

今になって思えば、あのときの僕は本当に甘かった。もし次があるなら、絶対にあんな決断はしないだろう。

ここにきてもう上への脱出という希望は尽きた。諦めるしかない。

「どうやらこの方法は無理みたいだ。長い目で計画を練らないといけないね」

「何が長い目で、だ？　俺たちにはもうあと二十分もねえんだぞ。どうしてもダメなら、来た道を戻るしかねえな。もしかすると俺らの潜水具を置いていたあの墓室が、元に戻ってるかもしれねえだろ」

あの盗掘穴を通って戻るなんて本当は嫌だ。だけど、こうなったら他に方法は残されていない。ただ、また穴の中であのモンスターに遭遇するのかと思うと、本当に頭が痛い。

そのときだ。「待て！　おまえら、ここから動くな！　ひょっとしたらあそこになら爆薬があるかも！」と言って、悶油瓶《モンヨウピン》がいきなり縄を緩めて柱を滑り落ちていった。

王胖子は当惑した顔を向けてきたが、僕にだってわけがわかるはずもない。

悶油瓶は超がつくほど生真面目な奴《やつ》だから、何かの冗談のはずもない。だが、ここのどこに爆薬があるというのか。三人とも服をほとんど脱いでいて、どこにも隠すところなどない。すると悶油瓶は、部屋の真ん中にある天宮の石盤の上に飛び乗った。懐中電灯の光に照らされた悶油瓶が、石盤の中央で座禅を組んでいる、ひからびたミイラの前にしゃがみ込んで何かを探しているようだ。

ミイラは悶油瓶が言っていた金色即身仏に違いない。だが悶油瓶は何を探しているのか……ああ、そういうことか――！

そのとき、悶油瓶はもう金色即身仏を持ち上げていた。ひからびたミイラはほとんど骨だから、持ち上げるのはさほど苦にもならないだろう。

「あいつ、何やってんだ？」

「僕もただの推測だけど、あのミイラの体にワナが仕掛けてあるんだと思う。八宝転子《バーバオジュアンツ》（チベット仏教で使用するマニ車のように回転するもの）がトリガーになって、引き金が引かれるんだろう。中には爆薬も仕掛けられているかもしれない。もしミイラに不敬を働いて、体の中の宝を取ろうとでもしたら、爆発するかも」

「あいつはどうしてそんなことまで知ってるんだ？」王胖子はただただ驚いている。

「二十年前、悶油瓶はあのミイラに触れたことがあるらしい。そのとき知ったんじゃないかな。考えてもみなよ。さっき悶油瓶は〝ひょっとしたら〟って言ってただろ？　つまり奴だって確信がもてないのさ。数百年も経ってるから、爆薬がまだ使えるかどうかなんてわからないしね」

そうこうしているうちに、悶油瓶が柱の下までミイラを担いで戻ってきた。「おい、下りて手伝ってくれ」

王胖子が柱から下りるのは難しいだろう、奴を待たせ、僕が下りることにした。悶油瓶はミイラを僕の背中に乗せると、縄でぐるぐると縛り付けた。「絶対にぶつかるなよ。中の仕掛けがまだ生きてたら、即あの世行きだ」

金色即身仏の妖しげな様子を悶油瓶が語っていたが、実物を間近で見ると、その描写はまだまだ控えめだったと感じた。本物の気色悪さはその何万倍だった。ミイラは全身が黒光りし、つるつるの材質に彫刻が施されたかのように見える。筋肉は完全に落ちていた。とりわけ口もとは笑っているのか笑っていないのか微妙な表情で、そのあまりの気味悪さに鳥肌が立つ。このミイラは寺院に置かれている高僧のそれとはまるで違っていて、一言でいえば極めて不吉そうだ。

　そんなミイラに触れるのは抵抗があった。「このミイラ、本当に問題ないのかな？　何か仕掛けられているようにしか思えないんだけど。この表情を見てよ。なんでこう……こんなに……」

「妖しげなのか、だろ」悶油瓶が僕の話を引き取る。「それは俺にもわからん。このミイラは、見る者を不安にさせるってことは確かだ。だがこいつはもう完全にひからびてて、ゾンビ化することはない」

　僕は冷や汗が止まらない。「それなら安心なんだよな。それで、この中の爆薬がまだ使えるのは確かなんだよね？」

「八宝転子がまだ動くなら爆薬は大丈夫だろう。問題は中の仕掛けが老朽化して使えなくなっていないかだ」

　ミイラを背負った僕は身動きがうまく取れなかった。特に目の前にまで伸びているミイラの長い爪を見ると身の毛がよだち、膝の震えが止まらなかった。僕は湘西《しょうせい》（湖南省西部一帯）の趕屍匠《かんししょう》（死者を歩かせる呪術師）を思い出した。彼らも今の僕のように死体を背負うことがある。だが趕屍匠は内側に三層、外側に三層と死体を包み込むのに対して、こっちはミイラも僕も裸ときている。お互いの皮膚がくっついているんだから、ひどくグロテスク、口にするのもおぞましい状況だった。

　だがそれもどうしようもない。幸い灯の具合がよく、はっきり相手が見えていたので、かえっておかしな妄想を抱かずに済んでいた。背負っているのはただの麻袋だと必死に思い込み、懸命に一歩ずつ柱を登っていく。悶油瓶は、僕が足を滑らせて落下しても対応できるよう、僕の下から控えるように登ってきていた。

五歩ほど登ったあたりで、不意にミイラの様子がおかしいことに気づいた。ミイラの皮が僕の背中に密着しているので、ミイラの体が急に大きくなったのがはっきりとわかったのだ。僕はミイラに起きている変化をもっと感じ取ろうと、一旦登るのをやめた。だがそれ以上は異常な感じはなかった。悶油瓶を見た。悶油瓶は僕の下にいるのだから、ミイラに何か異変が起きていれば、一瞬で見て取れるはずだ。だが悶油瓶は何も感じていないという。僕が気にしすぎているだけなのだろうか？

まあ、それもいたしかたない。なにせ僕は妖しげなミイラを背負っているんだから、怪しい気分に陥らないほうがおかしいのだ。

僕は再び登り続けた。緊張しているからだろうか、足が震えている。こんなことは少しでも早く終わらせたかった。スピードを速めて、やっとのこと一番上まで登り切った。

王胖子だってミイラなんて星の数ほど見てきたはずだ。だがそんな王胖子でさえ、このミイラを見ると露骨に嫌な顔をした。仮にミイラを縄で縛り吊《つ》るして登れば、ミイラとの距離はまだこぶし二、三個くらいは離れているだろう。だが、今の僕はミイラとチークダンスを踊っているような距離にある。こんなの絶対に耐えられない。

僕は強く言った。「あんたがこのミイラを天井に固定して、終わったらすぐに下りてきてくれ。僕らが下で起爆させるから。もし中の仕掛けが動くようなら、問題ないはずだ」

「おまえ、俺にごまかしは効かねえぞ。だいたい、どうやってこれを固定するんだ？　俺に董存瑞《ドン・ツンルイ》（敵のトーチカを爆破し十九歳で死亡した中国人民解放軍の軍人）の真似《まね》でもしろっていうのか？」そう言って王胖子は天井を見上げた。

確かに天上にはミイラを引っ掛けられるようなところは見当たらない。もし爆薬の威力を百パーセント発揮させたいなら、ミイラを天井にくっつけておかなければならないから、これは確かに問題だ。

「どうしても無理なら、ミイラの頭を下にしてこの柱に縛ろう。早くしろ、もうすぐ時間だ」

王胖子はミイラを慎重に受け取る。

「あれっ、変だぞ。このミイラ、なんでしっぽがついてるんだ？」

44 脱皮

「こんなしっぽ、どこから出てきた？　さっきはなんで見つけなかったんだろ？」

僕は王胖子《ワンパンズ》がからかっているのだと思った。

「こんなときにふざけるな」

「それが見えないのか？」王胖子が生真面目な顔で僕を指さした。

「おまえの目は節穴か？」

王胖子の指した先を見ると、金色即身仏の尾てい骨に、確かに突起物が一本あった。長さは十センチ、太さは指二本分ほどで、黒ずんでいる。ミイラの体と同じぐらいひからびていて、硬くなった牛のしっぽが上に弯曲《わんきょく》しているようだ。

変だな、さっきはこんなものなかったぞ。まさか今、伸びてきたっていうのか。

記憶をたどってみても、何の覚えもない。さっきはひどく緊張していたから、見たのかさえ定かではない。こんなことを考えていると急に不吉な思いに駆られた。

しかし、今は不思議がっている場合じゃない。しかもこんなものが、しっぽだと断定できるはずもなかった。

「そんなにすぐに決めつけなくたっていいじゃないか。それに人間の体になんでしっぽが生えるんだ？　まさか、そいつのアレじゃないのか。よく見てみろよ」

王胖子は大笑いした。「ナニがケツに生えてるって？　しかも死んでるのに？」

「もういいよ。そいつに構ったところで、もう少ししたら爆破しちゃうんだ。そうすれば残らず全部粉々になるんだ。そこを突っ込んでたら、数年後には僕らのほうが誰かの研究対象になっちゃってるよ」

僕がそう言うと、王胖子はやれやれと、ようやく作業に取りかかった。

僕は王胖子を手伝って逆さまに死体を置こうと、柱を登る補助の縄を取り外し、それを使ってミイラを柱にしっかりと固定した。今は爆発がどれほど激しくなるか、よくわかっていない。僕は『三《さん》侠《きょう》五義《ごぎ》』（清朝時代の通俗小説。実在の裁判官の活躍が描かれている）の内容を思い出した。そこに登場する九子連環炮という武器は、十層の金剛石板を破壊する。今回のものも、それに引けを取らないはずだ。

くくりつけたミイラを力いっぱい引っぱってみたが、正直やっつけ仕事だったから、それほどしっかりとはくくられていない。だが、少しの間ならこれで充分だろう。

僕はもう上にいるのが嫌になって、ひと通りチェックを終え、問題ないと判断すると、爆破の準備に取りかかった。

一気に緊張感が増す。この方法が正しいかどうかは、もう天に祈るしかない。あとのことは脱出してから考えればいい。すべてが順調にいくことなんてないだろうが、命だけは取り留めたかった。

あれこれ考えていたところに、王胖子が待ったをかけた。

「ちょっと待った。まだひとつ、やり残したことがあった」

「何を忘れたんだよ。もう全部やり終わったんじゃなかったのか?」

王胖子は僕にまだ下りるなと制し、振り向いてひからびた死体に向かって言った。「しっぽ先輩、あんたが人間であれ猿であれ、もう天に召されたんだ。この体は、あんたにとっちゃあもう何の役にも立たねえ。俺らは確かにあんたを火薬袋の代わりにさせてもらうが、今は状況が状況だ。先輩は大《たい》人《じん》で懐の深いお方だ。どうか怒らねえでくれよ。もう少しでサウナに入れるからさ。そこでは争いも、

ってて冗談言ってるのか！」


タブーもないからよ」そう言い終えると、即身仏に向かってひざまずいて手を合わせる。

　僕は頭にきて、王胖子のパンツを力いっぱい引っぱった。「ふざけんな。今がどういうときだかわかってて冗談言ってるのか！」

「おまえはわかっちゃいねえな。こういうのには邪気があるだろ。俺らに悪い運気を運んでこないとは限らねえ。しかもさっきまでずーっとあそこに座ってたこいつをここまで引っ張ってきて、爆薬の包みにしちまうんだから、ちょっとくらい挨拶しておく必要があるぞ」

「さっき十二本の腕を持つ死体を持ち上げたときには、ひざまずいたりなんてしなかったんじゃないか？　今こいつは長いしっぽがあるってだけだろ。大騒ぎするほどのことかよ」

　南北両派は重視する内容がそれぞれ異なっている。僕の言葉が気に入らないらしい王胖子は、フンと僕に背を向けた。

　僕らは床まで下りていった。悶油瓶《モンヨウピン》が阿寧《アーニン》を背負い、僕らを墓室の隅っこに呼び寄せた。僕らは他の銅鏡を数枚自分たちの目の前に持ってきて、盾の代わりにした。爆発で砕けた石が飛んできたときのことを考えてのことだ。すべての手はずが整い、あとはそのときを待つだけとなった。最後は悶油瓶の確かな腕を頼みにしている。奴《やつ》が銅鏡の脚一本を放り投げ、金色即身仏の腹の中の装置を起爆させる手はずだ。殤王《しょうおう》の地下宮殿で、王胖子を殺そうとした悶油瓶のナイフ投げの腕前だったら、今回も問題ないはずだ。それにもはや今となっては、他の方法を考えても意味がない。僕は祈りながらじっと時計を見つめていた。

　海水の満ち引きの規則性はこうだ。満ち潮は毎日十二時間おきに二回起こり、満潮はたいていい一時間続く。そして引き潮が始まる。干潮は、二度の満潮の間の時間帯に起こる。このとき海面は最も低くなり、場所によっては海底があらわになることもある。

　だが、ここの海底はそれほど浅くないはずだ。浅かったらここで座礁する船はもっと多くなっていてもおかしくない。だから干潮時に水深二メートル以下まで下がってくれれば万々歳だ。

干潮がどれぐらい続くかわからなかったが、記憶では、かなり短い時間だったはずだ。天井にできた裂け目が水流で大きくなるのを待つ必要もあり、その分少し時間をくってしまう。だから行動を始めたら最後、一分も無駄にできない。

とはいえ、これはだいぶ楽観的な予測であって、他にも想定外の事態が起こる可能性もある。そのときは臨機応変に対応するまでだ。考えるべきことは底なしに多い。僕が今までどれだけいいかげんなことを言っていたのか考えると恐ろしくなる。もし僕の考えが間違っていて、天井全体が崩れ落ちてきたら本当に二人に申し訳ない。そんなことを考えていたら、緊張してきた。

「お二人さんよ。本当のことを言ってくれ。おまえら、本当は自信なんてぜんぜんねえんだろ？」

僕は王胖子にどう答えていいのかわからなかったから、適当なことを言ってお茶を濁した。「今のこんな状況じゃ言いにくいよ。どのみちちょっと待ってれば結果はわかる」

王胖子がため息をついた。「まったく、ひでえな。おまえが何か言えば言うほど不安になってくる。もしこいつが爆発しなかったら、他の策はあるのかよ？　まずそれを教えてくれ。少しは俺を安心させてくれよ」

「あるよ。さっきあんたが言ったやつだ。つまり元の道を戻るのさ。耳室《みみしつ》に戻って、最初の部屋に変わっていないか確認するんだ。それ以外の方法らしい方法っていえば、そうだな、ここで待っているってことだろう。ここで誰かが僕らを助けに来るのを待つ」

「どうやったらそんなに長い間、待ってられるんだよ。救助隊がここまで入ってこられなかったらどうする？　一生待つのか？　パラセル諸島の海底墳墓に生き埋めとなって、摸金校尉《もきんこうい》（古代に実在した盗掘を専門とする官職）、江湖《こうこ》（本来は江西省や湖南省、大きな川の名前だが、ここでは裏社会の意味）に死す、ってか」

王胖子をなだめようとした。「僕が言いたいことはだな、ここは確かに危険極まりないし、僕らも一時的には身動きが取れない。だからってすぐに死ぬわけじゃないってことだよ。時間さえあれば、もっとじっくり検討できるだろ。そしたら必ず何かしら手立ては見つかる。ここは広いんだから、酸素も数日はもつ。一週間ぐらいは問題ない。しっかり寝て、激しい動きは控える。できるだけ酸素を節約して備えておくんだ」

「酸素が充分あるって言うけど、おまえさんは何も食わねえのかよ。ここは山奥じゃあねえ、何にもねえんだぞ。風だって吹いてねえから、風を飲むことすらかなわねえ。俺は悶死《もんし》より餓死のほうが嫌だね」

「方法なんて人間が考えるものだ。あんたのぜい肉なら、一週間何も食えなくたって餓死しないよ。まじで腹が減っていよいよやばくなっても、海猿がいるだろ。海猿を喰《く》らえばいい。それでも腹が減るっていうのなら、下のほうにいる禁婆《ジンポー》を捕まえて食ってやればいいのさ」

王胖子はそれを聞いて気が楽になったようだ。こいつは誰かと口論していると元気になるタイプなのだろう。

「よしわかった。おまえの話は俺のスタイルそのものだ。大きなことをするつもりなら、世の中に何ひとつ怖いもんはねえって精神だ。今回は確かにお前も成長したようだな」

だが実際のところ、僕自身が自分の言葉にかえって狼狽《ろうばい》していた。何だってこんな馬鹿げたことを言ってしまったのだろう。どうやら王胖子の影響を受けてしまっているらしい。僕は絶対に王胖子みたいになってはいけない、そう思いながら、自分の腕時計だけを注視していた。時計はあと五分だと知らせている。このくらいなら、もう爆薬に引火させても、結果に大差はないはずだ。僕は悶油瓶に「機を逃さないよう、もう準備に取りかかろう」と言った。もともと金色即身仏はそんなにきつく縛っているわけではない。金色即身仏が柱から外れて、床で爆発してしまったらそれこそ冗談では済まない。

悶油瓶は手にしていた銅鏡の脚の重さを手で推し量りながら、うなずいた。

「あれっ？　あのミイラは？」

突然、王胖子が言った。振り向くと、柱にくくりつけていたはずのミイラが消えていた。柱から外れてしまったのかと思い下を見てみたが、床にもいない。

あまりにもおかしくないか。肝心なところでこんな目に遭うなんて、まるで想像もしていなかった。僕がさっきまで説明していたでたらめで臨機応変な手段は、実際のところどれも自分を安心させるためのものであって、まさかこんなにすぐにそんな事態での対応力を試されるとは思ってもみなかった。

「ほら見ろ、言っただろ。あいつのしっぽ、絶対に変だって」王胖子が叫んだ。「さっさと探そう」

はたしてミイラはすぐに見つかった。そいつはしっかりと天井のレリーフをつかみながら、柱の後ろの天井に貼りついていた。黒く硬い皮膚には無数の亀裂が走り、皮膚の欠片《かけら》の一枚が落ちようとしているところだった。皮膚の内側はなにかよくわからない。だが、血がしたたり落ちてきている。

ミイラを縛っていたロープはまだその腰にくくりつけられていた。ロープは丈夫な潜水服の素材でできているから、ミイラも簡単には振りほどくことはできなかったに違いない。だが、それも長くは持たないようだ。

王胖子がそれを見て叫んだ。

「早く！　奴はまだ逃げてねえ。先に爆発させせろ！」

同時に、僕は空気が引き裂かれるような音を聞いた。そして青い光が飛び上がり、ミイラの腹に突き刺さるのを見てしまった。

45 脱出

「まずい！」と僕は焦った。悶油瓶《モンヨウピン》の動作があまりにも早すぎたのだ。僕らはまだ外へ向かって突き進んでいる途中だから、もし今ここで爆発したら、確実に吹き飛ばされる。

もう間に合わないと思ったその瞬間だ。目の前にぱっと白く閃光《せんこう》が走り、同時に王胖子《ワンパンズ》が覆いかぶさってきて、あっという間に床に倒され、奴《やつ》に潰されてしまった。そして轟音《ごうおん》とともに墓室全体が急に大きく揺れ、熱くうねる衝撃波が一気に襲いかかってきた。僕は爆風で十メートルほどゴロゴロと転がされ、そのまま壁に叩きつけられた。

それはもうひどい罰ゲームといってもいい。幸い王胖子が僕の上に倒れ込んで盾代わりになってくれたから良かったものの、そうでなければ爆発の衝撃で確実に首が折れていただろう。僕は壁に叩きつけられた瞬間、意識が飛んで何も見えなくなり、ガンガン耳鳴りがしていた。まさか自分は死んでしまったのかと思ったが、ほどなくして目の前に光が差し込んできた。目を開けようとした。だが頭はくらくらするし、視界は黄色に染まっているうえ、強いめまいと吐き気もする。

僕はなんとか立ち上がった。あちこちでガチャガチャと何かの音がしているが、何の音なのかは判《わか》らない。ただただ頭が割れるような雑音にしか聞こえない。混乱しきったその最中だ。悶油瓶が咳《せ》き込みながら煙の中から走り出てきた。

「大丈夫か？」

僕は呂律《ろれつ》が回らずうまく言葉が出てこない。手を振って無事を伝えるしかなかった。悶油瓶も僕も、手で口を塞ぎ王胖子を探した。すると、少し進んだところに、王胖子が座っていた。レンガにこすれたのか、肩をひどくすりむいている。

「このくそ野郎、おまえの動きが早すぎたんだよ。少なくとも俺らが後ろに下がるのを待ってからにしてくれよ。俺がもう二センチ上にずれてたら、この手が片方ふっ飛ぶとこだったじゃねえか」

すると悶油瓶が手を上げて、持っていた銅鏡の脚を僕らの前に掲げた。

「勘違いするな。さっきのは俺じゃない！」

「ええっ⁉　あんたじゃないのか！」王胖子と僕は同時に驚いた。

さっきの技の精確ぶりからして、絶対に凄腕《すごうで》の人間の仕業に違いない。悶油瓶じゃなかったら、誰だというのだ？　王胖子は僕のそばにいたし、そもそもあいつの腕ではあんなに精確にできっこないし、僕なんてもっと無理だ。だとすれば一人しか当てはまらない——その人間が頭に浮かんだ僕は、振り向いて急いで阿寧《アーニン》を探す。

王胖子も同じことを思ったらしい。僕らは部屋を隅々まで捜したが、阿寧がいるはずもなかった。

「あいつめ！　やっぱり演技だったんだ！」

王胖子の声に悶油瓶でさえ信じられないといった表情だ。自分の判断にそれなりの自信があっただろうから、それがまさか間違いだったとは思ってもみなかったようだ。僕だって信じられない思いだ。阿寧への評価を考えなおさないとならない。

「あの女はかなりの猛者《もさ》だね。この世界じゃあ、海千山千のつわものと見た。意識を失った演技があんなに上手《うま》い奴にお目にかかったことがない」

「海千山千なんてレベルじゃない。まるでオスカー女優だ。今度あいつを捕まえたら、どんな演技をされたって絶対に信じねえ」

王胖子はさらに阿寧を探しに行こうとするが、悶油瓶が慌てて引きとめる。

「時間がない。諦めろ」

僕も王胖子をたしなめた。「これ以上、事を複雑にするなって。僕らが今やらなきゃならないのは、天井がさっきの爆発で壊れてないか確認することだ。あんたの屈辱を晴らすのは、ここを出てからにしてくれ」言い終わる前に、突然天井から何かがゆっくりと裂けているような奇妙な音が聞こえてきた。その音は決して大きくはないが、そのことがかえって僕の心臓を高鳴らせる。まさか。あの一回の爆発だけで崩落するとでもいうのか。

その音に王胖子も顔面蒼白《そうはく》になっている。

「何だ、この音は。呉坊《ウー》、あそこを見てみろ。おまえが考えてた穴よりもだいぶ大きそうじゃねえか?」

ミイラの腹の中の爆薬の威力は絶大で、想像をはるかに超えていた。天井の溶鋼の層はとっくに爆発で破られ、直径五十センチメートルくらいの穴ができているし、レンガの上にあった防水層までも爆薬で破裂され、そこから海水が浸水して小さな滝となっている。さっき天井から聞こえてきた奇妙な音は、この滝の裂け目がどんどん大きくなっていく音だったのだ。裂け目の周辺は、もう少しで崩れ落ちてくるように見える。

脇に立つ金糸楠《きんしくす》の柱は爆発で上から下へと巨大なひび割れが走っていて、今にも傾いて倒れそうだ。この想像もつかないほど巨大な価値を持つ柱もまた、最後には廃物と化してしまうわけだ。

どうやらこの柱の損傷によって、その上部にある横梁《はり》も影響を受けているらしい。天井の崩落は間違いないようだ。音を聞くと、横梁にもすでにひび割れが生じているのがわかる。今すぐに崩れなかったとしても時間の問題だ。もう少ししたら絶対に逃げられなくなる。

僕は王胖子を慰めるように言った。

「どうってことないよ、安心しろ。この墓は普通のよりもしっかりしてるんだ。今、ここで地震でも起こらない限り、崩れることはないよ――」

しかし、そう言い終わらないうちに、足元の床が震え始めた。海底墳墓の気密構造が破壊されて、下から海水がとめどなく湧き上がってきているのだ。こうなることはある程度予想できていた。それでもこの振動は思っていた以上に大きい。緊張が走る。

震動はどんどん激しくなっていく。このままだと天井が崩落するよりも前に、僕らが立っている床のほうが先に崩れてしまうかもしれない。

「おいおい、なんでまたこんなことになってんだ。まさか本当の地震とか？　呉坊よ、おまえさんが爆破したのはいったいどの部分だ？」

「大丈夫だよ。正常な現象だ。ただ少し用心深くいかないとダメかも。もう少ししたら、ここの隙間という隙間から水が噴き出てくるかもしれないからね。気をつけて。噴き出てくるときの水圧は半端ない。パンチを食らうも同然だから。当たったらひっくり返っちゃうよ」すると突然、盗掘穴の口を塞いでいた青御影石《みかげいし》の石板が激流によって持ち上がり、吹き飛ぶと、轟音とともに海水が噴水のように噴き出してきた。高さは七、八メートルある。また間髪おかず、何かが盗掘穴の中から噴き出て天井に直撃し、部屋の真ん中の石盤に向かって落ちてきた。一瞬のことで、はっきり見えなかったが、この盗掘穴の中にはあれ以外、何もいないはずだ。そう、禁婆《ジンポー》に違いない。

禁婆が飛び出てきたとなると、やっかいだ。水中では火を点《つ》けられない。もしも禁婆にしがみつかれでもしたら――考えるだけでも恐ろしいことだった。

だが今は、禁婆にどう対処するか考えている余裕はなかった。もう盗掘穴の入り口の床全体が盛り上がっていた。火山の噴火を思わせる激しい動きで、しかもかなりの速さで水位も上昇している。ほぼ一瞬で、僕らは床から五、六メートルほど押し上げられ、水面を漂うことになった。

僕は阿寧がいないか、周囲を見回した。爆発の煙はもうほとんど消えていて、視界は良くなっているのに、彼女は見当たらない。どこかの柱の陰にでも、身をひそめているのだろうか。泳ぎが苦手な王胖子は阿寧のことなど構ってはいられないようだ。だが、ここには出口はひとつしかないから、いずれ合流できるはずだ。王胖子が僕に目くばせしてきた。阿寧にひと泡吹かせてやろう、そんな魂胆だと見当がついたが、さすがに女性には手を上げらない。僕は王胖子のその視線を無視した。

僕らはさらに水面を漂い続け、もう頭が天井に届きそうなほど上昇していた。ところがなぜか王胖子は部屋の端のほうへと泳いでいく。

「一分もしないうちに、ここは全部水没するんだぞ。あんた、何やってるんだよ。死にたいのか？」

王胖子は夜光石のあたりまでまっすぐ泳いでいくと、持っていた道具で夜光石をひとつ叩いて取り外し、ポケットに入れるとまた戻ってきた。

「ついでだからいただいてきた。精神的ダメージの賠償金代わりってことにするぜ。縁起を担いでおかないとな」

こいつをマジで絞め殺してやりたい。だが、さすがにこんなときだ。僕は黙っていた。口を開く時間の余裕すらなかったのだ。目の下のあたりまで水が迫る。鼻を上げて、むさぼるように酸素を吸った。数秒後には耳もとがひやりとしたと思った瞬間、もう体はまるごと水中に沈んでいた。

僕は水に弱い王胖子を先に行かせようと王胖子に向かって合図した。だが王胖子は拒否する。自分は太っているから、穴にはまってしまったらみんなで全滅するという意味だろう。それを受け、僕は爆発でできた穴まで泳いでいった。穴は下が広くて、上が狭くなっている。穴の奥をのぞき込んでみると、そこにはまだ手のひらほどの厚さの海砂が残っているようだ。だが最上層の柔らかい砂は止まることなく崩れ続けているようだ。あたかも白い霧に包まれたかのようで僕は目を開けられず、何度かあたりを足で蹴るしかできなかった。だが、それでも奇跡的に浮上することに成功した。

タイミングも良かった。ちょうどその時間帯、海はかなり浅くなっていたのだ。しかし呼吸のほうはもう限界で、僕はとにかく無我夢中で急いで上へと泳いだ。海面に浮かび上がったとたんに気を失いかけたが、大きく息を吸って何とか意識を保った。

数秒後、王胖子と悶油瓶がほぼ同時に水から頭を出した。王胖子は大きくむせながら大笑いする。

「はは、マジで成功するとは思わなかったぜ。ついに脱出だ！　わははは！」

夕焼けに反射した、水平線上の燃えるような雲が、なまめかしく海水を照らしている。夕日は深紅に染まり、ほの暗い黄色の光を発しながら、すべてを柔らかに包み込み、ことさら穏やかで美しい光景を作り出していた。

この道中、何度も日没を見てきたが、ここまで美しい光景に巡り合ったことはなかった。感慨もひとしおだった。だが、すぐに足がつりそうになり、慌てて自分たちの船を探す。船はそう遠くない岩礁の近くにあった。船があるなら、すぐにこの苦海から逃れることができるだろう。

王胖子がふと何かに気づき、突然また水中に潜っていった。僕も後に続いて潜ると、例の穴のところで阿寧が必死にもがいていた。何かにひっかかっているらしい。

王胖子よりもずっと痩せているはずの阿寧が、王胖子でさえ問題なく出てこられたところで引っかかっているのは奇妙なことだった。

阿寧の息はもう限界にきているのは明らかだ。僕と王胖子は深く潜って、それぞれが阿寧の片手ずつを持って、力いっぱい引っ張った。

だが彼女の体は何か強い力で下から引っ張られているようだった。僕らは穴の中からなんとか阿寧を引っ張り上げた。すると、阿寧の耳のあたりには大量の髪の毛がからまっていた。それを見て僕は、今いったい何が起こっているのかを理解した。

穴の中は今、真っ黒の髪の毛でいっぱいで、もう少しで禁婆も登ってくるはずだ。この状況では、ひとまず水中から上がるのが先決だ。僕らは急いで水面まで浮上した。王胖子は阿寧の呼吸を確認した。彼女は全身から力が抜けぐったりしているが、まだ息はあった。僕ら三人は泳いで船に戻り、阿寧を引っ張り上げた。彼女は水を吐き続けている。これはかなり危険な状態だ。

溺水者の救助知識がない僕は、慌てて人を呼んだ。

「船長！　溺れた人がいる！　すぐに救助を！」

しかし、何の反応も返ってこない。不思議に思った僕は王胖子に阿寧を預けて船室を探ってみた。ありえないことが起きていた。ここは遠海だ。船に誰もいないはずがない。泳ぎに行っているとしても、最低数名は船に残っていないとおかしい。

再び何度か呼びかけるも、やはり反応はない。僕の声に気づいた王胖子が駆け寄ってきた。

「このありさまだ。船には誰もいない！」

王胖子も、あたりを見回すと頭をかきながら言った。

「本当に誰もいないらしい。けど船倉に置いてる魚がまだ生きてる。ってことはだな、奴らは三十分前にはまだ魚を獲《と》ってたはずだぜ。なのにたった三十分の間に、どこへ行っちまったんだ？」

46　エピローグ

僕は方向舵《ほうこうだ》の計器を調べてみたが、いたって正常だった。

「船はなんともないよ。事故があったようには見えない。海警局に捕まって、船員もろとも連れ去られたってことはないか？」

「船員を連行するなら、船だって持っていくはずだ。ここに捨ててあるってのはどういうわけだ？絶対にそっちがらみじゃない。このあたり一帯は船が入り乱れてるからな。貨物室を見てみよう。荷物が消えてたら、間違いなく海賊の仕業だ」

ここへ来たときに船長が何度もその話をしていたので、海賊のことは僕も知っていた。そのときは本当にそんなことがあるのかと思いながら聞いていただけだから王胖子《ワンパンズ》から海賊という言葉が出て、僕は少し驚いた。

「このあたりは近海っていうほど陸から近くないし、遠海っていうほど遠くはないよね。そんな海域で海賊がのさばれるのかな?」

王胖子は僕を子どもだと笑い飛ばした。

「まったく、おまえは人民解放軍だったら万能だって思ってるのか? 誰だってうっかりするもんだ。ここの海域にはベトナム人だって、日本人だって、マレーシア人だっている。見た目じゃ見分けはつかないさ。実際にはカオスな状態だってことだ。その中にどれだけ麻薬の密輸船やら密航船、海賊船がいるかわかってるか? しかも奴《やつ》らはみんな銃を所持してるときた。だからここに無人船があったってぜんぜん不思議じゃない」

僕らは貨物室へ向かった。入るなり茶の香りがした。僕は前を行く王胖子の後ろから部屋を隅々まで見てまわったが、物資はなくなっていない。僕らが水に潜る前と同じ状態だった。しかも僕らが寝ていたベッドのところには、茶まで置かれていた。

「まったくおかしな話だよ。このお茶、まだ温かいぞ」

「毎日おかしなことばかりだが、今日は特に多いな。ひょっとしてこの船の船員は、もろとも鬼にさらわれたってことか?」

「ちょっと、これなんてちょっとしか飲んでないよ。でも湯呑《ゆの》みに蓋までしてる。これって急いで逃げようとしたけど、取り乱してたわけじゃないってことだよね。どんな状況だったんだろう?」

王胖子はやれやれという素振りをし、知るかと言った。いくら考えても、ここで何が起こったのか思いつかなかった。操縦室に戻ると、王胖子が無線で何度か救助を呼び掛けたが、誰からも応答がない。このとき、僕はラジオが置いてあることに気づいてスイッチを入れた。すると、台湾の漁業無線の台風警報が流れてきた。

僕らが操縦室へ戻ってきたときは、風はもうだいぶ強かった。だが黄昏時《たそがれどき》とあって、遠くの雲行きまでは見通せなかった。ラジオから流れてきた言葉はよく意味も取れないものばかりだったが、「海上船は港に避難せよ」と何度も繰り返される最後の言葉だけは理解できた。

王胖子も僕もすっかり暗い顔になっていた。本来だったらこんなとき、僕らは何も構う必要がない。船長に任せていればいいからだ。だが今この船には僕らしかいない。まったく神様のいたずら以外に考えられない。

「ここでただずっと待ってるのは得策じゃないぞ。こんな小さいオンボロ船、すぐにでも沈んで、俺らみんなあの世行きだ。俺はとりあえず船を前に進ませる。深い海だったら台風に遭遇したってまだ揺れてるだけだけど、ここはどこも暗礁だ。波が来たら座礁するに決まってるからな。おまえさんは錨《いかり》を上げてくれ」

王胖子は時計を見ながらそう言うと、煙草《たばこ》に火を点《つ》け、パチパチとスイッチを入れて計器を作動させた。その動きがあまりに板についていたので、僕は不思議に思った。

「船の操縦が本当にできるのか？　これは冗談なんかじゃ済まないんだぞ。僕らみんな、やっとのことで脱出したってのに、あんたのせいで座礁して、魚のエサになるのなんてごめんだからな」

王胖子はふんとこっちを一瞥《いちべつ》し、「俺は天才だから、船どころか飛行機でさえ、ちょっといじれば天空まで飛ばせるんだ」と豪語する。

その言葉を完全に信じていいのだろうか、いや、やはり安心できない。王胖子は慣れた手つきでエンジンをかけ、こう言った。「上山《じょうざん》下郷《かきょう》運動（文革時に都市部の青年が地方の農村で肉体労働をしながら思想改造させられた）の頃は某漁協の生産組長をやっていたから基本的な操作はできるし、ここまで来るときに操縦士の操作を見ていて、ハイテク機器の使い方もだいたい理解している。だから大しけにでも遭わない限り、俺の操縦で間違いなく何ごともなく戻れるはず。だから俺を信じろ」

だが後で知ることになった。王胖子の言ういわゆる「生産組長」というのは、いかだ船を使って渓流で魚を捕まえるという程度のものだった。だがそのときの僕は王胖子の真剣な様子を見て、まさか騙《だま》しはしないはずと信じてしまい、言われた通りに錨を上げてしまった。

船が動き出すと、王胖子は「まだ暗礁区域内だ。集中しないとならない、邪魔だからどこかに行っていろ」と言う。王胖子の額に汗がにじむ険しい表情から、どうやら本当らしいと悟って、僕は甲板に出た。

甲板では悶油瓶《モンヨウピン》が阿寧《アーニン》にマッサージを施し、血行を良くしようとしているところだった。阿寧の状況はさっきよりいくらか良くなっていたが、顔色はまだ悪い。呼吸も荒く、不安定な状態が続いている。悶油瓶に阿寧の容態を聞くと、悶油瓶は静かにうなずいた。大きな問題はないらしい。

僕は自分の荷物から取り出した携帯食を、みんなで分け合った。まだ苦境から脱出できたとは言えない。それでも、ひどく濃い経験ばかり続いた後に、やっと馴染《なじ》みある場所に戻れたのだ。そのせいか急に眠くなってきた。着替えて毛布にくるまり、操縦室の外側の壁にもたれかかっているうちに、そのまま眠ってしまった。

少し寝たら、王胖子と交替するつもりだったが、僕はすっかり眠り込んでしまい、目覚めたときにはもう翌日になっていた。午前なのか午後なのかすらわからない。よほど深く眠りこけていたらしい。

海は波が高く、海鳥がまばらに飛んでいるばかり。曇り空の中、雲が一片ずつ重なり合っている。どうやらこれから雨になるようだ。海上には高層ビルのような遮るものもなく、黒雲が視野いっぱいに広がっている。自分の存在がなんとちっぽけなものかと思わされる。こういう感覚は街のなかでは味わえない。

操縦室に目を向けると、王胖子が身を抱えるような格好で眠っていた。雷のような大いびきをかいている。舵《かじ》をとっているのは悶油瓶だった。僕はこの光景になぜか違和感を覚えた。だがさして気にせずまた眠りについてしまった。そして昼過ぎになって、王胖子に叩かれてようやく僕は目覚めた。

「まったく無邪気なもんだよ。メシだ。さっさと箸を取ってこい」

見れば王胖子が魚頭火鍋《ユートウフオグオ》を作ってくれていた。ちょうど食べ頃だ。スープは出汁《だし》が利いていたし、熱すぎずいい具合だった。僕はこの魚に見覚えがあった。船長のあのハタらしい。これには笑うしかない。この魚は王胖子が食べたがっていたものだ。だが船長はホテルに売ると言って、頑として食べさせてくれなかった。でも王胖子の魔の手からはやはり逃れられなかったということか。

王胖子はいそいそとネギを切り、唐辛子、魚を鍋に放り込んだ。その手さばきはやはりこなれている。

「大した腕前じゃないか。どこで教わったんだよ?」

「上山下郷運動の頃は、俺には母ちゃんも嫁もいなかったから、何でも自分でやらなきゃならなかったのさ。あの頃は山の中で狩りをしたり、川で魚を獲《と》ったり、蜂の巣を探し回ったりって何でもやった。これはちょっとしたプレゼント、魚のスープだ」

僕は王胖子に「ナイス!」とばかりに親指を立てた。

「王胖子様、お見それしました。僕はあんまり人を褒めるほうじゃないけど、あんたから学ばないとだね」

「まったく、持ち上げるのはそのくらいでいいから、食べるならさっさと食べろ。食べないならとっととどっかに行け!」

もちろん僕が美食をふいにするわけもなく、すぐに鍋に箸をつけた。二十分も経《た》たないうちに、二人で一・五キロはあるハタを一匹まるまる食べきり、腹がいっぱいで苦しいほどになった。

食べ終わると、王胖子は悶油瓶と操縦を交替した。この船には自動運航装置があるが、僕らは扱えなかったから、自動操縦にはできなかったのだ。王胖子は充分に飲み食いすると、一方の手を操舵輪にかけ、もう一方の手で夜光石を取り出して眺めながら、鼻歌を口ずさんでいた。

「竹造りの家の中にいるあの可愛《かわい》いお嬢さん／夜光石のようにまばゆい美しさよ……」

歌いながら、王胖子がぼんやりと座っていた僕に夜光石を手渡してきた。

「暇なんだったら、どのぐらいの値がつくか、予想してくれないか。だいたい、いくらぐらいになりそうだ？」

「偽物だ。これ、夜光石じゃないよ」

僕の言葉に王胖子はほとんど卒倒しかけ、目をぱちくりさせている。

「まあ落ち着け。偽物にだって価値はあるんだからさ。これは魚眼石だ。〝魚目混珠《ぎょもくこんしゅ》〟ってどういう意味か知ってるか？　まさにこのことだよ。魚眼石ってのは稀少《きしょう》なものだから、買い手がつくか見てみないとね。僕はさっき一目見て夜光石じゃないってすぐわかった。考えてもみろ、汪蔵海《ワン・ザンハイ》が天井にあんなにたくさん夜光石を取りつけるなんてこと、できると思うか？　中国の歴代皇帝が数百年かけても、たった十個ぐらいしか集められていないのに」

「これからはもったいぶらずにさっさと結論までずばっと言ってくれ。おまえのせいで、落ち込んで病んじまうところだった。それで、おまえはこの石にどれくらいの価値があると思うんだ？」

僕は魚眼石を扱ったことがなかったから、自分の常連客ならどれくらい出すだろうかと値を予想した。だが王胖子はその値段に納得していない。王胖子はこれは命懸けで持ち帰ってきたものだ、もし満足のいく値段がつかなかったら、家のデスクランプにでもするさ、と言った。

「わかったよ。じゃあ戻ったら、こないだ知り合った済南《ジーナン》の大口顧客に見せてみるよ。別荘一棟ぐらいにはなると思うから、あんまり悩むことないよ」

「おお、そりゃあ面倒かけるね。別荘、あてにしてるぞ。それならあとちょっと我慢して、もう一個取っておくんだった。そしたらセスナも買えてたかもなあ。俺たちだってアメリカの富豪からもっと学ばないといけないな」

王胖子の妄想を僕が無視すると、王胖子は魚眼石を自分のポケットに入れた。

「今回、おまえの叔父さんは見つからなかったが、おまえはどうするつもりなんだ？　俺が思うに、事はまだ終わっていないはずだ。おまえはまだ苦労しそうだな」

僕は家に戻ったら三叔《サンシュー》の部屋を徹底的に漁《あさ》り、三叔が何をやらかしているのか、絶対に突き止めてやるつもりだった。だから王胖子の質問には正直に答えられず、笑うことしかできなかった。

「僕にはもうできることはないよ。戻って自分の店を続けるさ。この仕事はもうやらない。絶対に。大金が入ったって、命を落としたら割に合わないだろ」

王胖子は大笑いしたが、それ以上は何も言わなかった。

数時間後、僕らはウッディー島にたどり着いた。島は防災準備をしているところで、かなりの漁船が港に避難していた。僕らは荷物を整理すると、この騒ぎに紛《まぎ》れ、船を置いて逃げようと決めた。そして王胖子が阿寧を背負ってひとまず島の軍病院に連れていき、それから僕らは招待所を探して宿泊することにした。今は、ほとんどの漁師は何かあったらすぐ対応できるよう自分の船で待機しているし、台風が来ているから旅行客もほとんどいない。だからこの招待所はガラガラだった。

僕らは島で定期船の再開を待ちつづけた。だいたい一週間は待っただろうか。その間、何度となくあの海底墳墓について話し合い、いくつかの点で認識を共有した。

ひとつ目は、あれは確かに汪蔵海の墳墓ではあるものの、石盤に座っていた金色即身仏が本人であるとは断定できないという点だ。これは三人とも同意した。というのも、ミイラは何者かに手を加えられているからだ。汪蔵海は変わり者だが、そこまで理性をなくすような人間ではないはずだ。

二つ目は、雲頂天宮《ユンディンティエンゴン》は長白山《ちょうはくさん》にあるが、葬られているのは何者かまではわからないということだ。その人はおそらくモンゴル人で、しかもかなり特殊な身分、地位のある女性と思われた。

三つ目は、蛇眉銅魚《シャーメイトンユー》と六角形の青銅鈴が魯《ろ》の地下宮殿と海底墳墓の両方に出現したということは、蛇眉銅魚と六角形の青銅鈴には何らかのつながりがあるということだ。魯の殤王《しょうおう》は墓掘り、汪蔵海は建築家だ。彼らの唯一の共通点はよく土を掘ること。彼らはおそらく、ある場所で何かを掘り当てたのではないか――だが、それも推測にすぎない。

四つ目は悶油瓶の意見だった。悶油瓶は略図を描くと、そこに僕らが海底墳墓の中でたどったルートに線を引き、だいたいの墳墓の構造の輪郭を描いてくれた。加えて悶油瓶はいくつかの地点を指し示した。それらは天井の部屋（僕らが脱出した場所）とそれより下の耳室《みみしつ》の間に挟まっている箇所だった。そしてそこにさらにいくつか部屋があるはずだ、さらにこの耳室の構造は戦国時代の皇陵《こうりょう》と似ていて、ここにある部屋のうち、ひとつは珍禽異獣坑《ちんきんいじゅうこう》（珍しい動物や鳥を埋めてあるところ）で、奴ら妙ちきりんな化け物どもはその部屋からやってきたはずだと言う。

その話で毛穴から大量の汗が出てきた。「それって、汪蔵海が旱魃《かんばつ》と禁婆《ジンポー》を捕まえてペットにしてたってことなのか？　それってめちゃくちゃえげつなくない？」

悶油瓶はうなずいた。「そんなことをしたのは、彼が初めてじゃないぞ。商や周の皇陵、それから秦《しん》の始皇陵《しこうりょう》にも先例はあるからな。特に汪蔵海はそういうのを好みそうだ。そんなに咎《とが》めるようなことでもない」

それからの時間、僕は折につけてはノートパソコンを開き、インターネットで汪蔵海の情報を探した。しかしネットでの情報はそう多くなかった。マカオは彼の設計によるものだということ、それからもうひとつ、まったく同じ造りの街があるということくらいしかわからなかった。それからの数日間は死ぬほど暇だった。風が強すぎて外へは出られないし、四日目には電話線も切れて、僕は王胖子と鋤大D《チューダーディー》をやるしかなかった。悶油瓶は鋤大Dが好きではないらしく、一日中ベッドにもたれて天井を眺めていた。

王胖子の背に生えていた白い毛は、いつの間にか消えていた。僕の唾に効き目があったのかは疑わしいが、それも妙なことのひとつではあった。ただそのことを深掘りする気もなかったから、すぐに忘れてしまった。本当はこのとき、変だと思うべきだったのかもしれない。でもこんな性格だから、命懸けの日々を経験したにもかかわらず、だらだらと自堕落に過ごしていくだけだった。だから痛い目に遭うのも、結局は自分のせいともいえるだろう。

この数日間、僕も悶油瓶の身の上を探ろうとしたが、軽くあしらわれてしまった。こいつは天才的な嘘《うそ》つきだ。たぶん、阿寧なんかよりもずっと上手の。

五日目に電話線が復旧し、インターネットが使えるようになった。張起霊《ジャン・チーリン》の身の上のことで頭がいっぱいになっていた僕は、このとき急にあることをひらめいた。張起霊は記憶をとり戻せた、ということは同じような経験をした他のメンバーの中にも、記憶をとり戻せている者がいるかもしれない——そう思ったとたん、僕は神がかったように張起霊を検索した。膨大な数がヒットしたが、どれも同姓同名の別人の情報だった。そしてどれからも有力な情報は得られなかった。

検索方法がよくなかったのかと思い、僕はさらに三叔の名も入れて検索してみた。すると、一件だけヒットした。尋ね人の広告だ。

クリックしてみると、なんと彼らが出発前に埠頭《ふとう》で撮った集合写真が表示された。これは思わぬ発見だった。誰かがスキャンしてアップロードしたらしく、画像の下には全員の名が記されている。名前を追っていくと、最後に一文を見つけた。

それはごく短い文だったが、僕の心はわしづかみにされた。

「魚はここにある」

「怒れる海に眠る墓」了

「あとがき」にかえて

なぜこの物語を書こうと思ったのか？　ずいぶん昔のことなので、自分がそのとき何を考えていたのか、もう忘れてしまった。ただ学校に上がりたての頃のかすかな記憶にあるのは、学校の教科書に書かれていることに対して、先生はいつでもなにかしら意味を見出《みいだ》すようにと言っていたことだ。そのとき、私はずっとこんなふうに考えていた。世の中には、意味のない文章というものは存在しないのだろうか、ただのお話を紙に書いただけではいけないのだろうか？　と。私はこの物語を書こうと思ったとき、どんなことを考えていたのかは忘れてしまったが、このときの疑問は鮮烈に記憶に残っている。私はただ創作をしたいのだ。どんな意味も必要としない、ただただ面白い作品を作りたいのだと。

このことについては、この作品が広く世に伝わってからというもの私を悩ませた。ある人に、この作品をどうやって宣伝したらいいだろうかと聞かれたとき、私は即答できなかった。意味のない、単純明快な物語を書くことで、子どもの頃の、教科書の文章に意味を見出さなければならなかったことに対して抵抗したかっただけだなんて、口が裂けても言えなかった。でもこれが本当のことなのだ。それで、この問いは最後まで答えの出ないものだった。だが何か意味を持たせておかなければ、かなりやっかいになるだろうと私は思うようになった。

いま日本でこの作品が出版されようというときになって、この問題はさらに重いものとなった。出版社の方から、当時なぜこの物語を書くに至ったのか、そのいきさつを書くよう頼まれて、私はしばらく狼狽《ろうばい》していた。この作品は言語の制限を飛び超え、まもなく日本で出版される。まさかそれでも、やはりこの問いに答えられないままなのだろうか。

もちろん違う。今の私はもう完璧に答えられる。この数年来ずっと考えてきて、もう答えは出ているからだ。この際、気恥ずかしい思いなど断ち切って、口に出そうと思う。

本作では中国の伝統的な盗掘者のことに重点を置いて描いているが、これは伝統文化にまつわるダークな一面だし、そこには犯罪であったり、不道徳な内容にも触れている。私はつねに注意を払ってそれらを記した。だから、ここではあまり多くを語らないでおく。

本作の最も面白いところは、主人公が現代人の視点でこの物語に入り込んでいることだ。一九八〇年代から、世界では劇的な変化が起こり、中国でも急激な変化が起こったが、このバーチャル世界に身を置く主人公が、それらをどう感じているのか。また、フィクションであるこのおどろおどろしい物語の中に、現実世界の細部をどうやって自然に融合させていくのか。リアルとフィクションの交錯、これは本当に面白いものだ。わけのわからない状態から、だんだんと真実があらわになる。そしてまたわけのわからない状態に陥り、最後には本当の真実が明らかになる。この物語の謎は人生の謎のようであり、現代と完全にシンクロしている。物語は二〇〇〇年からの時代を記録したもので、ある若者が時代の変化にともなってどう変わっていくかの記録だ。皆さんは本作を通して、現代人がいにしえの盗掘の世界に接触し、面白おかしい話を奏で、どうやって陰惨な危機を切り抜けていくのかを見ることになるだろう。そして実はそれは、われわれが過ごしてきた数十年間の反映であること、本当に起こったことというのは荒唐無稽で、小説より奇なりであることに気づいてくださるものと信じている。

二〇二三年十月一四日　杭州にて　南派三叔《ナンパイサンシュー》

訳者解説

本作のシリーズタイトル「盗墓筆記」（オリジナル版タイトル『盗墓笔记』）を直訳すると、「墓を盗《と》る」ことを「筆で記す」。つまり墓の盗掘について書き記したもの、となります。その名のとおり、この物語は盗掘者たちによる冒険譚《ぼうけんたん》です。主人公の呉邪《ウー・シエ》はなかば道楽で骨董《こっとう》業を営む今どきの若者で、ひょんなことから叔父の三叔《サンシュー》とともに冒険の旅に出ることになりますが、彼らには秘密がありました。それは、代々、墓の盗掘を生業《なりわい》とする家の出身だということ――。冒頭の、墓掘りたちがゾンビに襲撃され、命からがら帰還するシーンは、呉邪の祖父が少年だった五十年前のエピソードです。祖父は文字の読み書きを教わると、盗掘者として経験した出来事をノートに記録していきます。そこに記された出来事は、のちにそれを読んだ孫、呉邪の記憶の一部としてときおり登場することとなります。

本作は二〇〇六年、南派三叔《ナンパイサンシュー》名義で大手のインターネット小説サイト「起点中文網」（以下、「起点」）に発表されました。「起点」というのは中国を代表するＩＴ・ネットサービス企業「テンセント（騰訊）」の傘下である電子書籍大手「チャイナ・リテラチャー（閲文集団）」が運営しているサイトで、ファンタジー、武侠《ぶきょう》、歴史、ミステリー、ＳＦなど、様々なジャンルの作品が掲載されています。投稿作品が乱立するなか、本作は発表直後から人気を獲得し、またたく間にシリーズ化が決定、翌二〇〇七年から二〇一一年にかけて単行本全八巻（第八巻は上下二冊）が発売されました。シリーズの累計発行部数は千二百万部を記録し、さらには映像化、ゲーム化、舞台化――とメディアミックスが展開され、二〇二四年現在もなお、中国国内で人気を博しています。

さて、『盗墓筆記』シリーズの人気の秘密はどこにあるのか——それこそ山のようにその理由を挙げることができます。まず「墓の盗掘」というテーマ。「盗掘」という言葉を聞くと『インディ・ジョーンズ』や『ハムナプトラ』といった冒険アクション映画を思い起こし、心躍らされる方も多いのではないでしょうか。

次にスピード感のある構成と、魅力的な登場人物たち。

中国のインターネット小説は、各章が三千から四千字程度で構成され、それが何十章にもなって一つの作品となる場合が多く、本作においても、各エピソードとも約三十章から五十章の構成になっています。日本語に訳した場合、文量が多くなる性質上、文字数は一・五倍から二倍になり、一章あたり五千から六千文字になります。ところがその読み心地は決してだれることなく、まるで短編小説か一話完結ドラマを観《み》ているようにテンポ良く読み進めることができます。

もちろん、それには謎だらけの登場人物たちの魅力も大いに影響しているでしょう。第一作目で初めて墓掘り稼業に手を染めることとなった主人公の呉邪、そしてベテランの墓掘りにして、何かと問題も謎も多い叔父の三叔。三叔のネットワークで集められた盗掘仲間たち。

とくに王胖子《ワンパンズ》と悶油瓶《モンヨウピン》は本作に欠かせない個性的なキャラクターです。王胖子は姓が王という以外、本名は不詳で、「おデブ、ふとっちょ」という意味の「胖子」という表記で作中に登場しているため、日本語版も原作を踏襲し「王胖子」という表記にしています。また、ミステリアスな存在の「悶油瓶」。これは「話すのが嫌いな人」のたとえで、名づけ親の呉邪が心の中でそう呼んでいます。

彼らのほかにも、続く第二巻では呉邪の幼なじみが登場、そこでまた一悶着《ひともんちゃく》あります。一癖も二癖もある人物たちが有機的に絡み合いながら物語は進んでいきますが、呉邪が「盗掘」でつながった人たちとおどろおどろしい異世界へ足を踏み入れ、そこで出くわす奇怪なものたち、それらを畏れずに突き進む中での彼らの軽妙なやりとり（別の言い方をすると大量のスラング）を通し、彼らの絆《きずな》が深まっていく様子にも、単なる冒険譚にとどまらない魅力が詰まっています。

加えて、そんな彼らが冒険のさなかで目にする古代中国の文物、訪れる中国国内の実在する景勝地の描写にも圧倒されます。考古学や地理、歴史に興味がある人ならば、物語のスケール、奥深さを噛《か》みしめながら、登場人物たちと一緒に冒険の旅をしているような気分になることでしょう。

このように人気の理由を様々な点から見いだすことができるからこそ、発表から二十年以上経《た》ってもなお息の長い娯楽作品として君臨できているのかもしれません。

さて、そんな『盗墓筆記』シリーズについて、この場を借りて構成を整理しておきます。まず『盗墓筆記』シリーズは次の九つのエピソードで構成されています。

①《七星魯王宮》
②《怒海潜沙》
③《秦嶺神樹》
④《雲頂天宮》
⑤《蛇沼鬼城》
⑥《謎海帰巣》
⑦《陰山古楼》
⑧《邛籠石影》
⑨《大結局（クライマックス）》

このうち①〜⑤がシーズン1、⑥〜⑨がシーズン2となりますが、中国で刊行されている単行本の構成は少し変則的になっています。単行本のタイトルは《盗墓筆記・一》から《盗墓筆記・八》ですが、《盗墓筆記・一》には右記①と②が（副題は『七星魯王宮』）、《盗墓筆記・二》には③および④の前半が（副題は『秦嶺神樹』）、《盗墓筆記・三》には④の後半および⑤の一部が（副題は『雲頂天宮』）、《盗墓筆記・四》には⑤の中盤までが（副題は『蛇沼鬼城』）、《盗墓筆記・五》には⑤の後半および⑥、シーズン2のイントロダクションが収録されています（副題は『謎海帰巣』）。また、シーズン2のはじまりとなる《盗墓筆記・六》には⑦および⑧の一部が（副題は『陰山古楼』）、《盗墓筆記・七》には⑧のつづきからラストまでが（副題は『邛籠石影』）、《盗墓筆記・八》は上下二冊になっていて、⑨が収録されています（副題は『大結局・上』と『大結局・下』）。

つまり単行本全八巻のうち、一巻目に①と②の二つのエピソードが収録されていますが、単行本の副題として②の《怒海潜沙》は採用されず、また二巻目以降にはサービスなのか販売促進の施策の一環なのか、次のエピソードの一部がまるで「試し読み」のように収録されています。

このように中国における単行本版は、数珠つなぎのようにストーリーが切れ目なく続く、八巻九冊という壮大なシリーズになっています。

二〇二四年現在までに、中国国内ではこの九つのエピソードのほか、これらの前日譚および後日譚としてのスピンオフ作品や新装版などが発表されていますが、今回の日本語版は、オリジナルの二〇一一年に出版された上海文化出版社の版本を底本とし、また、エピソードごとに区切り収録することで、わかりやすい構成に組み直しました。

それに基づき、日本語版第一巻の『地下迷宮と七つの棺／怒れる海に眠る墓』には右記①《七星魯王宮》と②《怒海潜沙》を、第二巻の『青銅の神樹』には③《秦嶺神樹》を収録しております。日本語版第一巻は原書にならって二つのエピソードを同時収録していますが、第二巻以降はエピソードごとに独立して収録していく予定です。

とはいえ前述のとおり、シリーズを通じて各エピソードにはゆるやかなつながりがあるため、どのラストでもしっかり物語が完結しているかというとそうではありません。第一巻の、一見中途半端と思える終わり方から、何か続きがありそうだと思われた方もいることと思います。そして先に種を明かすと、やはり第二巻も同じように、何やら続きがありそうだという、日本ではあまり馴染《なじ》みのない終わり方になっています。

日本語版の第三巻以降の刊行予定は現時点では未定ですが、この悠久のエンターテインメントをぜひ全巻通して楽しんでいただけるよう鋭意準備中です。

このように、今回日本語版として刊行したのは、シリーズで九つあるエピソードのうち二つまで。シリーズを制覇するにはあと六つ。とにかく先は長いので、映画やドラマで『盗墓筆記』熱を醸成していただきつつ、原作小説の日本語版刊行を気長にお待ちいただければ幸いです。

なお、本作にはプロの盗掘者たちですら扱いに困るほどの珍しい宝物が多数登場し、また金銭についての描写もあちこちで見受けられますが、それらの単位は原文のとおり人民元で表記し、注釈として日本円に換算した金額を記しています。また、その換算レートについては本作の設定である二〇〇二年当時の約十五円としました。

最後に、本作の日本語版刊行にあたり貴重なメッセージをお寄せくださいました原作者の南派三叔——徐磊《シュー・レイ》氏に改めて感謝申し上げます。また、様々なご縁、ご尽力により、本作が皆様のお手元に届けられたことにも感謝いたします。とにかく奇想天外、荒唐無稽な「土夫子《トゥーフーズ》の世界」を存分にお楽しみください!

物語の続きが気になって仕方がないという方が続出することを願いつつ——。

光吉さくら

南派三叔（ナンパイサンシュー）
作家、脚本家、プロデューサー。本作『盗墓筆記』シリーズ（全8巻）は、近年の中国における冒険ミステリー小説の代表的作品となっている。また、『盗墓筆記』シリーズの世界観をもとにした、前日譚の『老九門』、後日譚の『盗墓筆記重啓（続・盗墓筆記）』、少年時代編の『沙海』、『藏海花』、『南部檔案』、『十年』などを次々と発表。その他の著作に『怒江之戦』、『大漠蒼狼』、『千面』、『世界』など。

光吉さくら：訳書に『三体』、『全職高手マスター・オブ・スキル』など。
ワン・チャイ：訳書に『三体』、『紫嵐の祈り』など。

盗墓筆記《とうぼひっき》 I　地下迷宮《ちかめいきゅう》と七《なな》つの棺《ひつぎ》／怒《いか》れる海《うみ》に眠《ねむ》る墓《はか》

2024年10月30日　初版発行

著／南派三叔《ナンパイサンシュー》

訳／光吉《みつよし》さくら、ワン・チャイ

発行者／山下直久

発行／株式会社KADOKAWA
〒102-8177　東京都千代田区富士見2-13-3
電話　0570-002-301（ナビダイヤル）

印刷・製本／TOPPANクロレ株式会社

組版／株式会社RUHIA

●お問い合わせ
https://www.kadokawa.co.jp/（「お問い合わせ」へお進みください）
※内容によっては、お答えできない場合があります。
※サポートは日本国内のみとさせていただきます。
※Japanese text only

定価はカバーに表示してあります。

ISBN 978-4-04-074647-0　C0097